W.G.P.*에게

---

* W.G.P.는 몽고메리가 16~17살에 걸쳐 아버지가 계신 서스캐치원주 프린스앨버트에서 지낼 때의 벗 윌러드 건 프리처드(1872~1897)를 가리키며, 시리즈 5권 《신혼의 앤》을 바친 대상인 로라 프리처드의 오빠이기도 함.

최순영
연세대학교 영어영문학과·국어국문학과 졸업. 옮긴 책으로 데이비드 그레이버 《가능성들》(공역), 이철수 판화집 《네가 그 봄꽃 소식 해라》, Prime Dharma Master Kyongsan 《The Shore of Freedom》, 《The Path to Awaken to and Cultivate the Mind》, 메리 E. 윌킨스 프리먼 《뉴잉글랜드 수녀》 등이 있다.

앤6
잉글사이드의 앤

지은이	루시 모드 몽고메리
옮긴이	최순영
디자인	홍동원 김도형
발행일	1판 1쇄 2025. 6. 1
펴낸이	고윤주
펴낸곳	동서문화사
창업	1956. 12. 12. 등록 16-3799
주소	서울 중구 마른내로 144 동서빌딩 3층
홈페이지	www.dongsuhbook.com
전화	546-0331~2 팩스 545-0331
ISBN	978-89-497-1977-1 04840
	978-89-497-1971-9(전8권)

이 책은 저작권법에 의해 보호를 받는 저작물이므로 무단전재와 무단복제를 금합니다.
잘못된 책은 구입하신 서점에서 바꿔 드립니다. 책값은 뒤표지에 있습니다.

앤 ANNE 6

Anne of Ingleside

잉글사이드의 앤

루시 모드 몽고메리/최순영 옮김

차례

그리운 애번리…9
옛 동산에 올라…19
집으로…31
잉글사이드의 불청객…39
젬의 반항…48
사라진 젬…55
로브리지 방문…65
미나리아재비 꽃길…73
월터의 슬픔…86
엄마는 죽지 않았어…93
반가운 손님…100
힘겨운 나날…112
화이트 크리스마스…123
봄…130

생일 파티 … 139
베란다에서 … 146
올던과 스텔라 … 157
데이지 오솔길 … 165
강아지 지프 … 179
놋쇠 돼지 … 186
진주 목걸이 … 196
4월의 눈 … 202
노인의 무덤 … 213
브루노 … 221
지빠귀와 개 … 233
거래 … 242
한밤의 공동묘지 … 252
하느님을 속였어요 … 260

난롯가집의 시간 … 263
다이의 열병 … 280
페니네 아이들 … 300
비밀 … 310
폭풍우 속에서 … 323
여성 후원회 … 336
달밤 … 365
금은 케이크 … 380
로맨스의 나라 … 395
음울한 저택 … 405
딜라일라 그린 … 417
배반자 … 427
요나의 날 … 436
결혼기념일 … 443
엄청난 가족 … 459

잉글사이드의 앤

그리운 애번리

"오늘 밤 달빛은 어쩌면 저토록 하얄까."

앤 블라이드가 혼자 중얼거리며 다이애나 라이트네 뜰 오솔길을 따라 현관 쪽으로 걸어가고 있을 때 소금기 머금은 산들바람에 작은 벚꽃잎이 하늘하늘 떨어져 내렸다.

앤은 잠시 걸음을 멈추고 옛날부터 사랑해왔고 지금도 사랑하는 언덕과 숲을 조용히 둘러보았다. 그리운 애번리여! 요 몇 해 동안 앤은 글렌세인트메리에 살고 있었지만, 애번리에는 그곳에 없는 무언가가 있었다. 가는 곳마다 앤의 기억 속에 있는 과거의 자기 영혼과 마주쳤다. 지치는 줄도 모르고 쏘다녔던 들판이 앤을 환영해주었다. 즐거웠던 예전 삶의 메아리가 조금도 희미해지지 않고 그녀에게 들려왔다. 눈길이 닿는 어디에나 아름다운 추억이 있었다. 지난날의 장미가 어김없이 흐드러지게 피어나는 추억이 깃든 뜰이 여기저기에 있었다.

앤은 애번리로 돌아오는 것이 언제나 기뻤다. 이번처럼 슬픈 일로 돌아온 때조차도 역시 그러했다. 길버트의 아버지 장례식을 치르기 위해 길버트와 함께 왔다가 이참에 앤은 1주일 동안 머물러 있었다. 마릴라도 린드 부인도 앤을 곧바로 돌려보내려 하지 않았기 때문이다.

현관 위 방은 앤을 위해 늘 비워져 있었는데, 앤이 도착한 날 밤 그 방에 들어갔을 때 린드 부인이 온갖 봄꽃들을 한가득 넣어 정성껏 만든 커다란 꽃다발이 놓여 있었다. 앤이 그 속에 얼굴을 묻자 잊히지 않는 지난날의 향내가 그대로 풍겨오는 듯했다. 그곳에서는 지난날의 앤이 그녀를 기다리고 있었다. 그립고 반가운 그 옛날의 기쁨이 가슴을 설레게 했다. 지붕 밑 동쪽 방은 긴 팔을 벌려 앤을 감싸고 꼭 안아주었다.

앤은 그리움에 사무쳐 방 안을 둘러보았다. 린드 부인이 만든 사과 잎사귀 무늬 침대보가 고이 덮여 있는 예전에 쓰던 침대와 역시 린드 부인이 코바늘 뜨기로 짠 넓은 레이스가 붙어 있는 얼룩 하나 없는 베개, 마릴라가 손수 엮어 바닥에 깔아 놓은 깔개, 그리고 먼 옛날 이곳에 왔던 첫날 밤, 울다가 잠든 어린 고아의 얼굴을 비추던 거울까지.

앤은 자기가 다섯 아이를 가진 행복한 어머니라는 것도, 집안일을 도와주는 수전 베이커가 '잉글사이드(난롯가집)'에서 열심히 털양말을 짜고 있는 것도 잊고, 다시금 그린게이블즈의 앤으로 돌아가 있었다. 깨끗한 수건을 들고 린드 부인이 방으로 들어왔을 때, 앤은 아직도 꿈꾸듯 거울을 들여다보고 있었다.

"네가 또 돌아와줘서 정말 기쁘구나, 앤. 네가 결혼해서 떠난 지 벌써 9년이 되었는데도 마릴라와 나는 아직도 너의 빈자리가 허전해 익숙해지지가 않는단다. 그래도 데이비가 결혼한 뒤로는 전만큼 쓸쓸하지는 않지만 말이다.

밀리는 정말 착한 아이야. 파이 굽는 솜씨도 훌륭하고! 못 말릴 호기심 때문에 온갖 일을 다 알고 싶어하긴 하지만. 전부터도 말했고 앞으로도 말하겠지만, 아무리 그래도 너를 대신할 사람은 어디에도 없어."

앤은 응석 부리듯 말했다.

"아, 그렇지만 이 거울은 속일 수 없어요, 아주머니. '너는 전처럼 젊지 않다.'

라고 똑똑히 말하고 있는걸요."

린드 부인은 위로했다.

"얼굴빛은 옛날 그대로야. 하기야 원래도 혈색이 좋은 편은 아니었다만."

앤은 들뜬 목소리로 말했다.

"아무튼 그래도 아직 턱이 두 개가 될 기미는 안 보여요. 그리고 내가 살았던 옛날 방이 나를 기억해주고 있어서 기뻐요, 아주머니. 돌아왔을 때 방이 나를 잊고 있다면 무척 섭섭할 테니까요. 그리고 또 '도깨비숲'에서 달이 뜨는 걸 볼 수 있는 것도 멋져요."

"마치 하늘에 떠 있는 큰 금화 같지 않니?"

그 말이 불쑥 튀어나온 순간 린드 부인은 자신이 터무니없는 시적 비약을 한 기분이 들어, 마릴라가 그 자리에 함께 있다 그 말을 듣지 않은 걸 참 다행이라고 여겼다.

"저기 달을 등지고 우뚝 솟아 있는 뾰족한 전나무 우듬지를 보세요. 그리고 은빛 하늘로 두 팔을 뻗고 있는 저 아래의 자작나무도요. 지금은 큰 나무들이 되었어요…… 내가 여기 처음 왔을 때에는 아주 어린 나무였었는데 말이에요. 그 생각을 하면 나도 좀 나이가 든 느낌이 들어요."

"나무는 꼭 애들 같지. 잠깐 등 돌린 사이에 무섭도록 쑥쑥 자라나잖니. 프레드 라이트를 봐라. 이제 13살인데도 키가 제 아버지만 하지 않던.

오늘 저녁으로는 갓 구운 치킨파이가 있고, 너 주려고 내가 레몬 비스킷도 구워놨어.

그 침대에서 자는 데는 아무 염려 없을 게다. 내가 오늘 시트를 널어서 환기를 한 걸 모르고 마릴라가 또 한 번 내다 널었는데, 그런 줄 모르고 밀리가 한 번 더 널어서 바람을 세 번을 쐬었으니까. 메리 마리아 블라이드가 내일 애번리로 오려나. 그 사람은 원래 장례식을 좋아했거든."

"메리 마리아 고모님—아버님의 사촌 누이인데 길버트는 늘 그렇게 불러요—아무튼 그분은 나를 늘 '애니'라고 부르세요."

앤은 진저리 치듯 몸을 떨었다.

"결혼하고 처음 만났을 때, 고모님은 '길버트가 너를 아내로 골랐다니 참 이상하구나. 그 애라면 얼마든지 좋은 아가씨를 고를 수 있었을 텐데.'라고 했어요. 아마 그래서 제가 그 고모님을 싫어하는 건지도 몰라요. 길버트도 좋아하지는 않아요. 다만 길버트는 집안사람이라면 워낙 감싸고돌아서 그런 말을 입 밖에 내지는 않지만."

"길버트도 오래 머무를 거니?"

"아뇨, 내일 저녁에 돌아가야만 해요. 중태에 빠진 환자를 두고 왔거든요."

"아, 그렇겠구나. 어머니도 작년에 돌아가셔서 이제 길버트를 애번리에 붙들어둘 만한 것도 별로 남지 않았을 테니까. 블라이드 씨는 부인이 세상을 떠난 뒤 갑자기 기력이 뚝 떨어졌어…… 살아갈 재미가 없어져버린 셈이겠지. 블라이드 집안은 원래들 그랬으니까…… 이 세상 사람에게 너무 정을 쏟는 편이었지.

애번리에 그 집안사람이 하나도 남아 있지 않다는 생각을 하면 정말 섭섭해. 전통 있는 훌륭한 집안이었으니까. 그런데 슬론 집안사람은 넘쳐나지. 슬론은 지금도 여전히 슬론이고 앞으로도 영원히 슬론일지니. 아멘."

"슬론 집안사람들이 얼마나 불어나든, 나는 저녁 먹고 나서 달빛 아래 과수원을 여기저기 돌아다닐래요. 그러고 나서는 잠자리에 들지 않을 수 없겠죠. 달밤을 잠으로 보내야 하는 건 시간이 아깝다고 늘 생각하지만요.

하지만 아침 일찍 일어나 '도깨비숲'으로 스며드는 희미한 새벽빛을 볼 거예요. 하늘은 산홋빛으로 물들고 지빠귀[1]가 총총대며 돌아다니겠죠. 어쩌면 조그만 잿빛 참새가 창문턱에 날아와 앉을지도 모르고, 금빛과 보랏빛 팬지꽃도 보일 거예요."

"그런데 수선화 꽃밭을 토끼가 모조리 짓밟아버렸단다."

린드 부인은 아쉬운 듯 말하고 어기적어기적 아래층으로 내려갔다. 그녀는 더 이상 달 이야기를 하지 않아도 되어 속으로 안도했다. 앤은 어릴 때부터 좀 남달랐지만 지금도 그리 달라지지 않았고, 이 나이에 달라지길 바라긴 이미 늦은 것 같았다.

다이애나가 앤을 맞으러 집에서 나와 뜰의 오솔길을 따라 걸어 내려왔다. 달빛으로 보아도 다이애나의 머리는 지금도 여전히 검고 볼은 장밋빛이며 눈이 초롱초롱 빛나고 있음을 알 수 있었다. 그러나 달빛도 다이애나가 옛날보다 제법 살이 붙은 것을 감출 수는 없었다. 다이애나는 애초부터 애번리 사람들이 흔히 말하는 '말라깽이'는 아니었다.

"걱정하지 마, 다이애나. 오래 있지 않을 테니까……."

다이애나가 나무랐다.

"네가 오래 있으면 내가 난처하게 여기기라도 한다는 것 같잖아. 오늘 밤 결혼식 피로연에 가는 것보다 너하고 같이 있고 싶다는 거 다 알면서. 아직 너를 보고 싶었던 만큼의 반도 못 봤는데 넌 모레면 벌써 돌아가야 하다니. 그렇다고 프레드 남동생 결혼식인데 내가 안 갈 수도 없고."

"물론 가야지. 나는 다만 잠시라도 보고 싶어서 들렀을 뿐이야. 예전에 지나

---

[1] 지빠귀로 번역한 이 새의 정식명칭은 미국 지빠귀. 이 새는 영국과 유럽에서 북아메리카 대륙으로 이주해온 초기 청교도민들이 '울새'(robin)라고 부르던 유럽울새와, 회갈색 등과 붉은 색 가슴 깃털을 가진 생김새가 비슷하며 봄의 시작을 알리는 철새라는 공통점이 있어 그대로 'robin'이라고 부르면서 한국어에서도 '울새'로 자주 옮겨지지만, 실제로는 지빠귀과에 속하는 새임.

다니던 길로 왔어, 다이애나. '드리아스의 샘' 옆을 지나 '도깨비숲'을 빠져 너희 집 그 나뭇잎 우거진 뜰 옆을 거쳐 '윌로미어'를 지나오는 길 있지. 걸음을 멈추고 우리가 늘 했듯이 물에 거꾸로 비친 버드나무도 보고 왔어. 엄청 많이 자랐더구나."

다이애나는 한숨을 쉬었다.

"모든 게 다 그래. 우리 아들 프레드를 보면! 우리는 다들 변했어, 너만 빼고. 넌 조금도 달라지지 않았어, 앤. 어떻게 그렇게 날씬할 수 있지? 날 좀 봐!"

앤은 샐쭉 웃었다.

"그야 물론 조금쯤 부인다운 관록이 붙었지. 하지만 너는 아직 중년이라고 푹 퍼지는 정도까지는 안 갔어, 다이애나. 내가 변하지 않았다는 데 대해서는…… 그래, H.B. 도널 부인도 너랑 같은 말을 하더라. 장례식 때 나를 보더니 조금도 변하지 않았다고. 그런가 하면 하면 앤드루스 부인은 또 '어머나, 앤, 어쩌다 이렇게 망가졌니!'라고 하는 거 있지. 그냥 보는 사람의 눈이랄지, 또는 마음가짐에 달린 거 아닐까.

내가 나이를 좀 먹었다 싶은 기분이 드는 순간은 잡지의 삽화를 볼 때뿐이야. 주인공이나 여주인공이 내게는 아주 어려 보이거든. 하지만 상관없어, 다이애나. 내일 우리는 다시 한번 소녀 시절로 되돌아갈 거니까. 그 얘기를 하러 온 거야. 오후부터 저녁까지 전에 잘 갔던 곳을 모두 둘러보자…… 하나도 남김없이. 봄 들판을 넘어 풀고사리가 우거진 오래된 숲을 거닐어보는 거야.

우리가 무척 좋아했던 그리운 것들과 언덕을 바라보다 보면 다시 젊어질 수 있을 거야. 봄에는 무엇이든 가능한 기분이 드니까. 우리 둘 다 엄마다움이나 책임감은 좀 내려놓고, 린드 아주머니가 속으로 나에 대해서 생각하는 것처럼 마음껏 철없는 짓을 해 보자. 항상 분별 있게만 살아서는 아무런 재미도 없지 않겠니, 다이애나?"

"어머나, 정말 너다운 말을 하는구나! 물론 나도 정말 그렇게 하고 싶어. 하지만……."

"'하지만'이라는 말은 금지야. '그렇게 되면 프레드 저녁은 누가 차리고?' 이런 생각하고 있는 줄 다 알고 있어."

다이애나는 자랑스럽게 말했다.

"그런 건 아니야. 이제 11살밖에 안 됐지만 앤 코딜리아가 나 못지않게 아빠 저녁 식사 준비를 할 수 있으니까. 이미 그렇게 하기로 되어 있었어. 그보다 내가 원래 내일 여성 후원회에 갈 예정이었거든. 하지만 안 갈래. 너하고 함께 보낼 거야.

마치 꿈이 현실이 되는 것 같겠다. 저녁때면 곧잘 혼자 앉아서 어린 시절로 돌아가 있다는 생각을 하곤 했었거든. 도시락도 가지고 가자."

"헤스터 그레이의 정원에서 먹자. 그나저나 헤스터 그레이의 정원은 아직 그대로 있겠지?"

"아마도?"

다이애나는 어쩐지 미심쩍게 말했다.

"결혼하고 나서는 한 번도 안 가봤어. 앤 코딜리아는 꽤 돌아다니는 편이지만, 그래도 집에서 너무 멀리 떨어진 곳까지 가서는 안 된다고 늘 타이르거든.

그 애는 숲을 돌아다니는 것을 아주 좋아해. 언젠가 뜰에서 혼자 중얼거리고 있는 걸 나무랐더니, 혼자 중얼거리는 게 아니라 꽃의 요정과 이야기하고 있는 거라지 뭐니.

네가 그 애 9살 생일에 보내준 그 작은 분홍색 장미꽃봉오리가 그려진 인형 찻잔 세트 있잖아, 그걸 하나도 깨뜨리지 않고 아직도 아주 소중하게 간직하고 있어. 그건 세 명의 초록색 사람들이 차 마시러 올 때밖에 쓰지 않는대. 그런데 아무리 캐물어도 그 세 사람이 누구인지 통 알려주질 않아. 확실히 어떤 점에서 그 애는 나보다 너를 훨씬 많이 닮았어, 앤."

"어쩌면 셰익스피어가 인정하는 것 이상으로 이름에 어떤 힘이 있는지도 모르겠는걸.[2] 앤 코딜리아의 상상력을 나무라지 말아줘, 다이애나. 자라면서 몇 년쯤 동화 나라를 꿈꾸며 지내지 않는 아이들을 보면 나는 늘 가엾더라."

다이애나는 불안한 듯 말했다.

"올리비아 슬론이 지금 이곳 학교 선생인데, 대학에서 학사 학위를 받고 나서 어머니 곁에 있고 싶어서 이 학교를 딱 1년 동안만 맡았어. 슬론 선생은 늘 아이들이란 현실을 마주하도록 길러지지 않으면 안 된다고 말하고 있어."

"설마 네가 슬론다움을 좋게 말하는 걸 듣게 될 날이 온 거니, 다이애나 라이트?"

"그렇지 않아. 절대절대 그렇지 않아! 나는 그 선생을 조금도 좋아하지 않아. 그 집안사람들이 다 그렇지만, 올리비아 슬론도 그 땡그랗고 파란 눈을 지니고 있어. 게다가 나는 앤 코딜리아의 공상을 전혀 걱정하지 않아. 옛날 너의 이런 저런 상상도 그랬지만, 그 아이의 공상도 예쁜 것들이거든. '현실'이야 살다 보면 어른이 되어 가면서 자연스레 마주하게 되지 않겠니."

"그럼 결정된 거지? 2시쯤 그린게이블즈로 건너와. 둘이 마릴라가 까치밥나무 열매로 담근 과실주를 마시자. 목사님과 린드 아주머니가 언짢게 여기는데도 마릴라는 가끔 우리가 악마 같은 기분을 느꼈으면 해서 아직까지도 그 술을 간간이 만들고 있어."

---

[2] 셰익스피어의 《로미오와 줄리엣》 2막 2장의 "이름이야 무엇이면 어떤가요? 장미꽃을 다른 어떤 이름으로 불러도 여전히 향기로울 텐데……."라는 유명한 대사를 염두에 둔 것.

"그 과실주로 나를 취하게 했던 일 기억나니?"

다이애나는 소녀처럼 쿡쿡 웃었다. 앤 아닌 다른 사람이 그 말을 썼다면 마음에 걸렸을 다이애나였지만, 앤이 '악마 같은'이라는 말을 하면 아무렇지 않았다. 앤이 진심으로 그럴 마음이 아니라는 것을 누구보다 잘 알고 있었기 때문이다. 그것은 앤의 말버릇에 지나지 않았다.

"내일은 제대로 '추억 찾기'를 하며 보내자, 다이애나. 이제 더 이상 붙들지 않을게. 프레드가 마차를 꺼내서 나왔네. 네 옷, 정말 멋지다."

"이번 결혼식을 위해 프레드가 새로 지어 입으라고 해서 산 거야. 헛간을 새로 지어서 그럴 만한 여유가 없다고 생각했지만, 프레드가 다른 사람들은 모두 잘 차려입고 오는데 자기 아내는 초대를 받고도 입고 갈 옷이 없어서 못 가는 사람처럼 보이게 할 수는 없다고 말하지 뭐니. 참 남자가 할 만한 말이지 않니?"

앤은 엄하게 나무랐다.

"어머나, 너 꼭 글렌에 사는 엘리엇 부인 같은 말을 하는구나. 조심하는 편이 좋아. 남자가 한 사람도 없는 세계에 살고 싶니?"

"그건 무서운 일인걸."

다이애나도 인정했다.

"응, 알았어. 여보, 곧 가. 알았다니까 그래! 그럼 내일 만나, 앤."

앤은 돌아오는 길에 '드리아스의 샘' 옆에서 걸음을 멈췄다. 이 오래된 작은 시냇물이 앤은 아주 좋았다. 이 시냇물은 앤의 어린 시절 명랑한 웃음소리를 그대로 간직했다가 지금 귀 기울이고 있는 앤에게 그 소리를 다시금 들려주는 듯했다. 앤의 오래된 꿈…… 그것이 맑은 샘에 떠올라 보였다. 우정의 맹세…… 은밀한 속삭임…… 시냇물은 그것들을 모두 그대로 간직하고 있다가 도란도란

속살거렸다. 그러나 그 소곤거림에 귀 기울이는 이는 오랫동안 내내 그 자리 그대로 지켜온 '도깨비숲'의 오래된 가문비나무 말고는 아무도 없었다.

옛 동산에 올라

"날씨가 참 좋구나. 우리를 위해 갠 것 같아. 하지만 오래갈 날씨는 아니야. 아마 내일은 비가 올 것 같거든."

다이애나의 말을 들은 앤이 말했다.

"괜찮아. 비록 내일 햇빛이 사라진다 하더라도 오늘은 오늘 주어진 아름다움을 마음껏 즐기자. 내일 헤어져야만 할지라도 오늘은 우리 우정을 만끽하면 돼. 저 금빛이 도는 초록의 기다란 언덕과…… 푸르스름한 골짜기를 봐. 저곳은 우리 거야, 다이애나. 저 머나먼 언덕이 애브너 슬론 소유로 등기되어 있다 해도 아무 상관 없어. 오늘은 저 모든 게 우리 거니까. 하늬바람이 불어오고 있어. 하늬바람이 불 때면 나는 언제나 모험을 떠나고 싶은 기분이 들더라. 우리 오늘은 마음 내키는 대로 실컷 돌아다니자."

그 말대로 두 사람은 그리운 옛 장소를 하나도 남김없이 다시 찾았다. '연인의 오솔길', '도깨비숲', '아이들와일드', '제비꽃 골짜기', '자작나무길', '수정 호수' 등을 다시 가 보았다. 다만 조금 달라진 점은 있었다. 두 사람이 먼 옛날 소꿉놀이 집을 꾸몄던 '아이들와일드'에는 작은 원을 그리고 있던 어린 자작나무들이 훌쩍 자라 있었다. 오랫동안 사람 발길이 닿지 않은 '자작나무길'은 고사리 덤불로 뒤덮이고, '수정 호수'는 아예 흔적도 없이 사라져 이끼 낀 웅덩이만이 남아 있을 뿐이었다.

 그러나 '제비꽃 골짜기'는 제비꽃이 흐드러지게 피어 보랏빛으로 물들고, 길버트가 지난날 숲 깊숙이에서 찾아낸 야생 사과나무가 지금은 크게 자라 끄트머리가 진분홍빛을 띤 작은 꽃봉오리를 가득 맺고 있었다.

 두 사람은 모자를 쓰지 않고 걸었다. 앤의 머리는 햇빛을 받아 여전히 윤나게 닦은 마호가니처럼 반짝였고, 다이애나 머리도 여전히 검고 윤기가 흘렀다. 그들은 마음이 통하는 사람 사이의 따뜻하고 다정한 눈길을 서로 즐겁게 주고받았다. 때때로 두 사람은 말없이 걷기만 했다. 앤은 자기와 다이애나처럼 마음 맞는 두 사람은 서로의 생각을 '느낌으로' 알 수 있다고 늘 주장하곤 했다.

 그들의 대화는 '너 그 일 기억나니?'라는 말로 채워졌다.
 "네가 토리 가도에 있는 콥 자매네 오리집 지붕에 몸이 끼었던 날 기억하니?"
 "우리가 조지핀 할머니가 누워 계신 침대 위로 뛰어들었던 일 기억해?"
 "그 이야기 클럽 일 기억하니?"
 "모건 부인이 찾아왔을 때 네 코가 빨갛게 물들었던 일 기억나니?"
 "우리가 창문에서 촛불로 서로 신호를 주고받았던 일 기억해?"
 "미스 라벤더 결혼식 때 기억나? 정말 재미있었지. 그리고 샤를로타 4세의 파란 나비 리본도?"
 "옛날 그 마을개선회 일을 기억하니?"
 마치 여러 해 전 두 사람의 깔깔대는 웃음소리가 지나간 세월의 골짜기로부터 메아리쳐 들려오는 것만 같았다.
 애번리 마을개선회는 없어진 모양이었다. 앤이 결혼한 뒤 곧 없어지고 말았다.

"개선회를 도저히 계속 유지해나갈 수가 없었어, 앤. 애번리에 있는 요즘 젊은 사람들은 우리 때랑은 달라."

"마치 '우리 때'가 끝나버린 것처럼 말하지 마, 다이애나. 우리들은 아직 15살이고 '닮은꼴 영혼'이야. 공기는 빛으로 채워져 있는 게 아니야. 공기가 빛 그 자체야. 어쩌면 내 몸에 날개가 돋았을지도 모르겠는걸."

"나도 그런 느낌이야."

다이애나는 그날 아침 몸무게를 쟀을 때 체중계의 바늘이 155파운드(약 70킬로그램)를 가리켰던 일도 잊고 있었다.

"나는 잠깐 동안만이라도 새가 되어보고 싶다는 생각을 곧잘 해. 훨훨 날아다니는 건 틀림없이 멋질 거야."

두 사람은 아름다움에 온통 둘러싸여 있었다. 뜻밖의 색채가 숲의 짙고 어두운 대지에서 어른거리다 사라지는 빛처럼 반짝이는가 하면, 마음을 잡아끄는 신비한 숲속 샛길에서 은은히 빛나고 있었다. 봄날의 햇살은 엷디엷은 망으로 흘러내리듯 여린 연둣빛 잎사귀 사이로 새어 들고 있었다. 가는 곳마다 작은 새의 명랑한 지저귐이 들려왔다.

마치 황금을 녹인 연못에서 헤엄치는 듯한 기분이 들게 하는 작은 우묵땅이 몇 군데 있었다. 모퉁이를 돌 때마다 갖가지 상쾌한 봄 내음이 얼굴에 와서 부딪쳤다. 코를 찌르는 양치식물 내음이…… 전나무의 나뭇진 향기가…… 그리고 갓 갈아엎은 밭에서 풍겨오는 싱싱한 흙냄새가.

커튼을 드리운 듯 산벚꽃이 만발한 오솔길이 있고, 풀이 우거진 오랜 초원에는 이 세상에 갓 태어난 어린 가문비나무들이 마치 몸을 숨긴 채 바깥세상을 살피는 요정인 양 풀잎 아래에 웅크리고 있었다. 아직은 '뛰어 건너기에 너무 넓지'[1] 않은 시냇물이 흐르고 있었다. 전나무 밑에 앵초꽃이 피어 있었다. 그리고 오그라든 어린 고사리는 담요를 깔아놓은 듯 펼쳐져 있었고…… 야만스러운 손길에 하얀 껍질이 군데군데 벗겨져 속살을 드러내고 있는 자작나무가 서 있었다.

앤이 자작나무를 너무나 오랫동안 바라보고 있어서 다이애나는 의아했다. 다이애나에게는 앤의 눈에 들어오는 것이 보이지 않았다. 가장 순수한 우윳빛에서 서서히 옅은 황금색을 띠었다가 점점 짙어져 마침내 가장 깊숙한 결에서는 더 이상 짙어질 수 없는 멋들어진 갈색을 띤 자작나무, 마치 자신들이 겉으로는 쌀쌀맞은 아가씨 같아 보이지만 그 안에는 따뜻한 색조의 감정을 품고 있다고 이야기하는 듯했다.

앤은 중얼거렸다.

"자작나무는 가슴속에 원시의 불을 품고 있어."

독버섯이 가득 나 있는 조그만 숲속 골짜기를 가로지르고 나니 이윽고 헤스터 그레이의 정원이 나왔다. 그곳은 그리 달라져 있지 않았다. 그리운 꽃과 풀들로 여전히 아름다웠다. 앤이 나르키소스[2]라고 부르는 하얀 수선화도 전처럼 많이 피어 있었다. 한 줄로 늘어선 벚나무는 전보다 고목이 되었지만 소복하게 쌓인 눈 무더기 같은 흰 꽃을 피우고 있었다. 정원 한복판에 있는 장미 산책길은 아직 그대로 남아 있고, 해묵은 돌담을 따라 하얀 딸기꽃과 보랏빛 제비꽃과 초록의 어린 풀고사리가 어우러져 있었다.

두 사람은 한구석에 자리 잡은 오래된 이끼 낀 돌에 앉아 소풍 도시락을 먹

---

1) 영국의 고전학자이자 시인이었던 A.E. 하우스먼(1859~1936)의 시 〈슬픔으로 내 가슴 가득 찼네〉에서 따옴.
2) 그리스 신화에 나오는 미소년의 이름으로, 요정 에코의 사랑을 받아들이지 않는다 하여 네메시스에게 벌을 받아, 호수에 비친 자기 모습과 사랑에 빠져 그 물가에서 죽어 수선화가 되었다고 해서, 영미권에서 수선화의 다른 이름으로도 쓰임.

었다. 등 뒤에는 라일락 나무가 낮게 걸린 해를 향해 연보랏빛 깃발을 나부끼고 있었다. 둘 다 무척 배가 고파 자신들이 손수 만든 맛있는 요리를 다 먹어 치웠다.

"밖에서 먹으면 왜 이렇게 맛있는 걸까."

다이애나는 기분이 좋아져 한결 가벼운 한숨을 내쉬었다.

"앤, 네가 만든 이 초콜릿 케이크는 정말…… 정말이지 말로는 표현을 못 하겠어. 만드는 법을 꼭 가르쳐줘. 프레드가 감탄할 거야. 그이는 아무리 먹어도 살이 안 찐다니까.

나는 해마다 살이 더 붙어서 늘 케이크는 더 이상 먹지 않겠다고 말하곤 해. 이러다 고모할머니이신 세라 할머니처럼 될까 봐 너무 걱정이 돼. 그 고모할머니는 엄청 뚱뚱해서 한번 앉았다 일어나려면 반드시 다른 사람들이 붙잡아 일으켜줘야만 했거든. 하지만 이런 케이크를 보거나, 어젯밤 결혼식 피로연 같은 데 가면…… 아니, 그렇잖아, 내가 음식을 먹지 않으면 정성껏 준비한 사람들이 기분이 상할 수도 있으니까."

"피로연은 즐거웠니?"

"응, 그런대로. 하지만 프레드의 사촌 누나 헨리에타에게 붙잡히고 말았어. 헨리에타는 자기가 받은 수술하고 관련된 온갖 일이며 수술하는 동안 어떤 느낌이 들었는지, 조금만 더 내버려두었더라면 맹장이 터질 뻔했었다는, 뭐 그런 류의 이야기를 다른 사람에게 세세히 들려주는 게 너무너무 재밌는 모양이야.

'열다섯 바늘이나 꿰맸어. 오, 다이애나, 그 괴로움이란!'

나는 듣기 괴로웠지만, 헨리에타는 충분히 즐긴 것 같아. 하기야 그 정도로 괴로움을 겪었는데, 이야깃거리로라도 삼아서 즐겁게 날려버리는 게 꼭 나쁘다고 할 수는 없을 것도 같고.

짐은 정말 웃겼어. 과연 메리 앨리스가 탐탁스럽게 여겼을지는 모르겠지만······.

음, 케이크 아주아주 작은 조각으로 하나만 더 먹어도 될까······ 그래, 이왕 먹었는데 이제 와서 참고 한 조각 덜 먹는다고 뭐가 달라지겠어······.

아무튼 짐이 그러는 거 있지. 결혼식 전날 밤 너무 두려워서 그대로 기선 연락열차를 타야 할 것 같은 심정이었다고 말이야. 그러고는, 아마 다들 솔직히 털어놓지 않아서 그렇지 신랑은 모두 그런 기분이 들 거라는 거야. 설마 길버트와 프레드도 그런 기분이 들었던 건 아니었겠지, 앤?"

"그럴 리 없었을 거야."

"내가 물어봤더니 프레드도 그렇게 말하더라. 그날 자기는 내가 로즈 스펜서처럼 마지막 순간에 마음이 바뀌면 어쩌나 하는 걱정밖에 없었대.

하지만 남자들이 정말로 어떤 생각을 하고 있는지 어찌 알겠어. 그리고 이제 와서 그런 걸 걱정해 봐야 소용도 없는 일이고.

오늘 오후는 정말 재미있었어! 옛날의 온갖 행복을 다시 한번 맛본 기분이야. 네가 내일 떠나지 않아도 된다면 좋겠어, 앤."

"올여름 잉글사이드에 한번 오지 않을래, 다이애나? 내가 한동안······ 다른 사람들을 만날 수 없게 되기 전에 말이야."

"물론 그러고 싶어. 하지만 여름에 집을 떠나는 건 쉬운 일이 아니야. 해야 할 일이 늘 산더미처럼 쌓여 있거든."

"드디어 리베카 듀가 한번 온다고 해서 기뻐하고 있어. 그렇지만 메리 마리아 고모님도 오지 않을까 싶어. 고모님이 길버트에게 그런 뜻을 넌지시 내비쳤대. 길버트도 나만큼이나 그 고모님이 오는 것을 바라지 않아. 하지만 '집안사람'이니까 그는 언제나 문을 활짝 열고 기꺼이 맞아들여야만 하지."

"아마 겨울에는 갈 수 있을 거야. 잉글사이드에 꼭 다시 한번 가고 싶어. 너희 집은 정말 근사해, 앤. 그리고 무엇보다 훌륭한 가족을 꾸렸고."

"잉글사이드는 근사하지. 이제는 나도 그곳이 아주 좋아졌어. 한때는 도무지 마음을 열지 못하리라 여긴 적도 있었지만. 거기로 옮겨간 얼마 동안은 아주 못마땅했어. 그 집에 좋은 점들이 너무 많아서 오히려 싫어했어. 내 소중한 '꿈의 집'을 모욕하는 것만 같았거든.

'꿈의 집'을 떠날 때 내가 너무 울컥해서 슬픈 목소리로 길버트에게 '우리는 여기서 아주 행복했어. 다른 어느 곳에 가더라도 이토록 행복해질 수는 없을 거야.'라고 말했던 것이 아직도 기억나. 얼마 동안은 마음껏 향수에 젖어 있었어. 그러는 동안에 조그만 애정의 뿌리가 잉글사이드에 꿈틀꿈틀 뻗어 나가는 게 느껴지더라. 나는 필사적으로 저항했어. 정말 그랬다니까. 하지만 마침내 항복하고 잉글사이드가 좋아진 것을 인정하지 않을 수 없었지. 그 뒤로는 해마다 차츰 더 좋아지고 있단다.

집이 너무 낡지도 않고 그렇다고 해서 너무 젊지도 않아. 너무 낡은 집은 왠지 슬퍼 보이고, 너무 젊은 집은 품위가 없어 보이거든. 그 집은 딱 알맞게 연륜이 쌓인 곳이야. 그리고 방 하나하나가 모두 마음에 들어. 방마다 다 무언가 결점이 있지만 또 좋은 점도 있어. 다른 방하고 구분되는 그 방만의 개성 같은 게 있어.

잔디밭에 있는 큰 나무들도 모두 좋아. 누가 심었는지 알 수 없지만 2층으로 갈 때마다 반드시 층계참에서 걸음을 멈추고—왜, 너도 알지, 고풍스러운 창문이 나 있고 폭이 넓고 깊숙한 의자가 있는 그 자리 있잖아—거기에 앉아 잠시 창밖을 바라보며 '누구였든 저 나무를 심은 사람에게 신의 축복이 있기를.' 이렇게 말하곤 해. 실제로 집 둘레에 나무가 아주 많지만, 우리는 한 그루도 잘라버릴 생각이 없어."

"프레드랑 똑같네. 그이는 우리 집 남쪽에 있는 큰 버드나무를 끔찍이 위한단다. 그 나무 때문에 응접실 창문으로 내다보는 전망이 가로막힌다고 내가 몇 번이나 말했지만, 프레드는 번번이 '아무려면 전망을 좀 가로막는다고 당신은 저렇듯 아름다운 것을 잘라버릴 수 있어?'라고만 한다니까.

그래서 버드나무는 그대로 남아 있어. 물론 너무나 훌륭하기는 해. 그래서 우리 집에 '외버드나무 농장'이라는 이름도 붙인 거야.

나는 '잉글사이드(난롯가집)'라는 이름이 마음에 들어. 예쁘면서도 아늑한 느낌을 주는 이름이야."

"길버트도 그렇게 말했어. 우리는 이름을 짓느라 꽤 고심했지. 다른 이름도 몇 가지 붙여 보았지만 도무지 어울리지가 않더라고. 그러다 잉글사이드라는 이름을 생각해냈을 때 우리는 '바로 이거다!'라고 느꼈어. 근사하고 널찍한 집에 살고 있어 다행이라고 생각해. 우리 같은 대가족에게는 큰 집이 필요하니까. 아직 어리긴 해도 아이들도 무척 좋아해."

"너희 아이들은 정말 귀여워."

다이애나는 살그머니 초콜릿 케이크를 또 한 조각 잘랐다.

"우리 아이들도 제법 괜찮다고 생각하지만 너희 아이들은 정말 특별한 뭔가가 있다니까. 무엇보다 너네 그 쌍둥이! 나는 너에게 쌍둥이가 있는 게 그렇게 부럽더라. 예전부터 쌍둥이를 갖고 싶었거든."

"아, 쌍둥이로부터 벗어날 수가 없는 게 내 운명인가 봐. 하지만 우리 쌍둥이는 조금도 닮지 않아서 그 점이 약간 아쉽긴 했어. 하기야 낸은 갈색 머리에 갈색 눈에다 살결도 하얘서 예쁘지만 말이야. 다이는 길버트가 아주 애지중지해. 초록색 눈에 빨강머리…… 곱슬거리는 빨강머리를 하고 있기 때문이야.

수전은 셜리를 눈에 넣어도 아프지 않을 만큼 귀여워한단다. 그 애를 낳고 나서 내가 한동안 몸이 좋지 않아서 수전이 그 애를 오래 보살폈거든. 그러는 사이 아마도 수전이 셜리를 자기 아이나 다름없이 여기게 됐다고 나는 진심으로 믿고 있어. 수전은 그 애를 '갈색 도련님'이라고 부르며 눈 뜨고 못 봐줄 만큼 떠받든다니까."

다이애나는 부러운 눈길로 말했다.

"하지만 셜리는 아직 어려서 잘 때 이불을 죄 걷어차지나 않았는지 문으로 들여다보고 네가 살짝 가서 다시 덮어줄 수도 있잖니. 잭은 9살이 되더니 이제는 내가 그렇게 해주려고 하면 싫어해. 자기는 벌써 다 컸다면서 말이야. 하지만 나는 그렇게 할 때가 정말 좋은데! 아, 아이들이 그토록 빨리 자라지 않았으면 좋겠다는 생각이 가끔 들어."

"우리 아이들은 아직 아무도 그런 단계에 이르지는 않았어. 하지만 젬은 학교에 다니기 시작한 뒤부터는 마을을 지나갈 때 내 손을 잡고 싶어하지 않는 눈치야."

앤은 한숨을 크게 쉬고는 덧붙였다.

"그래도 아직은 젬도 월터도 셜리도 모두 잠들기 전에 내가 이불을 덮어주고 재워주었으면 해. 월터는 꼭 무슨 의식을 치르듯이 그 과정을 즐긴다니까."

"게다가 넌 아직 아이들이 커서 뭐가 되고 싶어하는지 염려하지 않아도 되겠구나. 지금 잭은 얼른 커서 군인이 되고 싶다고 한다니까. 군인이라니, 그게 말이 되니."

"나라면 그런 일로 미리 걱정하지 않겠어. 또 다른 꿈이 생기게 되면 그런 건 금세 잊어버릴 테니까. 전쟁은 이제 과거의 일인걸, 뭐. 젬은 짐 선장님처럼 뱃사람이 되겠다고 하고, 월터는 시인이 될 생각이래. 월터는 다른 애들하고는 달라.

 하지만 아이들은 모두 나무를 좋아하고, 그 고장 사람들이 보통 '계곡'이라고들 부르는 골짜기에서 노는 걸 아주 좋아해. 잉글사이드 바로 아래에 있는 조그만 계곡인데, 꼭 동화에 나올 것 같은 오솔길이 있고 시냇물이 졸졸졸 흐르고 있지. 다른 사람들 눈에는 그저 흔히 볼 수 있는 '계곡'에 지나지 않지만, 우리 아이들에게는 동화 속 나라란다.

 저마다 결점이야 있지만 그리 나쁜 아이들은 아니야. 게다가 고맙게도 아이들에게 나눠줄 애정은 늘 샘솟으니까. 아, 생각만 해도 기뻐. 내일 저녁 이맘때면 잉글사이드로 돌아가 잠자리에서 아이들에게 이야기를 들려주고, 수전의 칼세올라리아[3]와 양치식물을 칭찬하며 그 노고에 감사해하고 있겠지.

 양치식물에 대해서는 수전을 따를 수 없어. 아무도 수전처럼 키우지 못해. 수전의 손길이 닿은 양치식물은 진심으로 칭찬할 수 있어. 하지만 칼세올라리아에 대해서는…… 다이애나, 내게는 그 식물이 도무지 꽃으로 보이지가 않아! 하지만 그런 말을 해서 수전의 기분을 언짢게 한 일은 아직까지 한 번도 없어. 어떻게든 요령껏 할 말을 찾아서 모면을 해. 하느님은 아직 나를 버리신 일이 없단다.

 수전은 정말 든든한 사람이야. 수전이 없었으면 도대체 어떻게 했을지 상상도 안 돼. 내가 언젠가 그런 수전에 대해 '생판 남'이라고 말했던 때가 있었다니.

 그래, 집으로 돌아간다고 생각하니 기쁘지만 그린게이블즈와 헤어지는 것은 역시 슬퍼. 여기는 이토록 아름다운 데다, 마릴라가 있고, 네가 있으니까. 우리의 우정은 옛날부터 늘 소중한 것이었어, 다이애나."

---

[3] 남아메리카가 원산지인 식물로, 붉은색, 노란색, 흰색 등의 주머니 모양 꽃 여러 송이가 가지 끝에 어긋나게 붙어서 핌.

"그래. 그리고 우리는 이제까지 죽…… 나는 너처럼 말로 잘 표현할 줄은 몰라, 앤…… 하지만 우리는 그 옛날의 '엄숙한 맹세와 약속'을 줄곧 지켜왔지. 안 그래?"

"언제나 그래 왔고, 언제까지나 그럴 거야."

앤이 다이애나의 손을 찾아서 살며시 잡았다. 함께하는 시간이 그대로 너무도 감미로워서 두 사람은 말없이 한참 동안 앉아 있었다. 풀이며 꽃이며 멀리까지 펼쳐진 푸르른 목장에 긴 저녁 그림자가 조용히 드리웠다. 해가 지고 잿빛을 띤 분홍색으로 짙게 물든 하늘은 생각에 잠긴 채 서 있는 듯한 나무숲 뒤쪽에서 빛이 엷어졌다. 지금은 찾아오는 이 없는 헤스터 그레이의 정원을 봄의 황혼이 점령했다. 지빠귀가 해 질 녘 공기 속에 영롱한 피리 소리 같은 지저귐을 흩뿌리고 있었다. 하얀 벚나무 위에 큰 별이 하나 모습을 드러냈다.

앤이 꿈꾸듯 말했다.

"첫 별은 언제 보아도 기적 같아."

"나는 영원토록 여기에 앉아 머무르고 싶어. 이곳을 떠나기가 싫어."

"나도. 하지만 결국 우리는 15살인 척하고 있는 데 지나지 않았다는 걸 인정해야겠지. 돌보아야 할 가족에 대한 걱정을 잊고 살 수는 없으니까.

라일락 향이 참 좋다! 너 혹시 이런 생각을 해 본 적 있니, 다이애나? 라일락 꽃향기에는 뭐랄까…… 정숙하지 않은 느낌……이 든다는 그런 생각?

이런 말 하면 길버트는 웃어. 길버트는 라일락을 아주 좋아하거든. 하지만 난 그 꽃향기를 맡으면 늘 라일락이 무언가 너무 감미로운 어떤 비밀을 간직하고 있는 것처럼 여겨져."

"나는 라일락은 집 안에 두기에는 향기가 너무 짙은 것 같다는 생각을 늘 했어."

다이애나는 남은 초콜릿 케이크가 든 접시를 들어 올려 가만히 들여다보다가…… 고개를 가로젓고는 굉장한 고상함과 참을성을 띤 표정을 지으며 바구니 속에 넣어버렸다.

"다이애나, 지금 집으로 돌아가는 길에 옛날의 우리들이 '연인의 오솔길'을 달려 마중하러 나온다면 재밌지 않겠니?"

다이애나는 몸을 살짝 떨었다.

"아–아–아니. 전혀 재미있을 것 같지 않은데, 앤. 이렇게 어두워진 줄 미처 몰랐어. 낮이라면 이런저런 공상을 하는 것도 좋지만……."

길어진 그림자를 끌며 말없이 서로 애정을 품고 조용히 돌아가는 두 사람의 뒤에 가로놓인 그리운 옛 동산 위로 저녁놀이 서서히 붉게 물들고, 두 사람 마음속에는 오래전부터 잊히지 않는 사랑이 타오르고 있었다.

집으로

앤은 다음 날 아침 매슈의 무덤에 꽃을 바치는 것으로 1주일간의 즐거웠던 나날을 마무리하고, 오후에 카모디에서 기차를 타고 집으로 향했다. 기차에 몸을 싣고 얼마 동안은 뒤에 남겨 두고 온 옛날의 그리운 것들로 머리가 가득 차 있었으나, 이내 앤의 마음은 몸을 앞질러 자신을 기다리는 그리운 이들이 있는 곳으로 날아갔다. 가는 길에 앤은 내내 마음속으로 노래를 불렀다. 드디어 즐거운 집으로 돌아가는 것이다. 그 문턱을 넘는 이는 누구나 그곳이 허울만 근사한 집이 아니라 사랑이 넘치는 집임을 알 수 있는 곳, 일 년 내내 웃음소리며 은찻잔이며 스냅 사진이며 아이들로 가득 차 있는 집으로 돌아가는 것이다. 곱슬머리와 무릎이 포동포동한 귀여운 어린아이들로 시끌벅적한 집, 앤을 기쁘게 맞아주는 방들과 참을성 있게 기다리는 의자며, 앤이 와서 입어주기를 바라는 옷장 속 옷들, 소소한 연중행사를 언제나 떠들썩하게 기념하고, 늘 어디선가 조그만 비밀이 속삭여지는 집.

"집에 돌아가는 것이 기쁘게 느껴진다는 것은 참으로 행복한 일이야."

앤은 지갑에서 한 통의 편지를 꺼냈다. 앤의 어린 아들에게서 온 것으로, 전날 밤 그린게이블즈에 모인 사람들에게 자랑스럽게 읽어주고 한바탕 크게 웃었다. 그것은 앤이 살면서 자기 아이에게서 처음으로 받은 편지였다.

젬의 편지는 군데군데 맞춤법을 틀리기도 하고 한구석에 커다란 잉크 얼룩이 묻어 있기도 했지만, 학교에 다니기 시작한 지 1년밖에 안 된 일곱 살배기가 쓴 것치고는 꽤 훌륭한 편지였다.

다이는 밤새 엉엉 울었어요. 토미 드루가 다이의 인형을 화영(화형)에 처해버리겠다고 했기 때문이에요. 밤에는 수전이 재미있는 예기(얘기)를 해주지만 수전은 엄마가 아닌걸요…… 어젯밤 나는 수전이 근데(근대) 씨 뿌리는 것을 도와주었어요…….

잉글사이드 저택의 여주인은 스스로를 나무라듯 말했다.
"아이들하고 1주일이나 떨어져 지내면서 어떻게 용케도 즐겁게 지낼 수가 있었지?"
기차에서 내리자마자 글렌세인트메리역에서 기다리고 있던 길버트의 품 안으로 덥석 뛰어든 앤은 외쳤다.
"여행에서 돌아왔을 때 나를 마중 나와주는 사람이 있다니 정말 기쁜 일이야!"
길버트가 마중을 나올 수 있을지 앤은 알지 못했었다. 사람이란 언제나 예고도 없이 죽거나 태어나기 때문이다. 그러나 집으로 돌아오는데 길버트가 마중 나와주지 않았다면 아무래도 집에 돌아왔다는 기분이 나지 않았을 것이다. 더욱이 새로 지은 잿빛 양복을 입은 길버트의 모습은 얼마나 근사한가!
'린드 아주머니가 여행을 하면서 이런 옷을 입는 것은 미친 짓이라고 했지만, 오늘 이 갈색 슈트에다 프릴 달린 베이지색 블라우스를 입고 오기 잘했지. 안 그랬으면 길버트에게 근사하게 보이지 못할 뻔했잖아.'

잉글사이드는 온통 섬섬히 밝힌 등불로 빛나고, 베란다에는 화려한 일본풍 초롱이 매달려 있었다. 수선화로 둘러싸인 오솔길을 앤은 신나게 달려가며 소리쳤다.

"잉글사이드여, 내가 돌아왔어!"

다 같이 앤 주변으로 몰려들어 깔깔대고, 외치고, 장난을 쳤다. 그 뒤에서 수전 베이커가 흐뭇하게 미소 짓고 있었다. 아이들은 2살 난 설리까지도 앤에게 주기 위해 특별히 꽃을 꺾어서 만든 꽃다발을 저마다 들고 있었다.

"어머나, 정말 멋진 환영이구나! 잉글사이드가 온통 행복해 보이네. 내가 돌아왔다고 우리 집 식구들이 이토록 즐거워해주니 정말 기쁜걸."

젬이 사뭇 진지하게 말했다.

"엄마가 또 집을 떠난다면 나는 맹장염에 걸릴 테니 그런 줄 아세요."

월터가 물었다.

"맹장염은 어떻게 걸리는 거야?"

젬은 살며시 팔꿈치로 월터를 찌르며 속삭였다.

"쉿! 어딘가 아프다는 것밖에 몰라. 하지만 엄마를 겁줘서 다시는 집을 떠나지 못하게 하려는 거야."

앤은 맨 먼저 하고 싶은 일이 백 가지는 되었다. 아이들을 하나하나 안아주고, 땅거미 진 뜰로 달려나가 잉글사이드 저택 곳곳에 피어난 팬지 꽃을 꺾고—잉글사이드에는 어디를 가든지 팬지가 없는 곳이 없었다—깔개 위에 나뒹굴어 있는 낡은 인형을 집어 올리고, 저마다 들려줄 흥미진진한 소문이며 자잘한 소식도 빠짐없이 듣고 싶었다. 다들 하고 싶은 이야기가 산더미처럼 많았다.

선생님이 환자 집에 가고 없을 때, 낸이 바셀린 튜브 마개를 콧구멍에 집어넣어 수전이 놀라 까무러칠 뻔한 일.

"정말 큰일 나는 줄 알았어요, 사모님."

저드 파머 부인의 소가 못을 쉰일곱 개나 삼켜버려 샬럿타운에서 수의사를 불러와야만 했던 일.

뭐든 잘 깜빡하는 페너 더글러스 부인이 교회에 오면서 모자를 깜빡하고 '맨머리로' 왔던 일.

아빠가 잔디밭에서 민들레를 모조리 뽑아버린 일.

"있잖아요, 사모님이 안 계신 동안 선생님이 갓난아기를 여덟 번이나 받았답니다."

톰 플래그 씨가 콧수염을 염색한 일.

"아내가 죽은 지 2년밖에 안 되었는데 어떻게 그럴 수가 있죠?"

항구 곶에 사는 로즈 맥스웰이 윗(上)글렌의 짐 허드슨의 속만 태우다 끝내 차버리자 짐이 그동안 로즈에게 썼던 비용을 모조리 기록하여 로즈에게 청구했던 일.

애머사 워런의 부인 장례식에 사람들이 무척 많이 모여든 일.

카터 플래그네 고양이가 꼬리 언저리를 물려 살점이 한 덩이 떨어져나간 일.

셜리가 없어져서 찾던 끝에 마구간에서 말 바로 밑에 서 있는 것을 발견한 일.

"사모님, 정말이지 그대로 숨이 멎는 줄만 알았다니까요."

유감스럽게도 자두나무가 검은옹이병에 걸린 듯하다는 것.

다이가 하루 종일 〈다 함께 신나게〉라는 노래의 곡조에 맞추어 '오늘 와요, 오늘 와요, 엄마가 오늘 돌아와요.'라고 노래를 부르며 돌아다닌 일.

조 리스네 아기 고양이가 눈을 뜬 채 태어나 사팔뜨기가 된 일.

젬이 바지를 입기 전에 실수로 파리 잡는 끈끈이 종이 위에 철퍼덕 앉아버린 일.

　슈림프가 헛간의 커다란 빗물받이 통에 빠진 일.

　"하마터면 빠져 죽을 뻔했어요, 사모님. 하지만 다행히도 우리 선생님이 슈림프가 아슬아슬한 고비에 울부짖는 소리를 용케 들으시고 뒷다리를 잡아 끌어냈답니다."

　('아슬아슬한 고비가 뭐예요, 엄마?')

　의자에 올라앉아 난롯불을 쬐며 만족스러운 듯 가르랑거리고 있는, 턱살이 두툼한 고양이의 윤기 나는 검은색과 흰색 털을 쓰다듬으며 앤이 말했다.

　"이제는 완전히 기운을 차린 것 같네요."

　잉글사이드에서는 우선 고양이가 올라앉아 있는지 확인하지 않고 의자에 무턱대고 앉는 것은 위험했다. 원래 고양이를 그리 좋아하지 않는 수전도 자기 몸을 지키기 위해서는 좋아하는 법을 배우지 않을 수 없다고 말했다.

　'슈림프(작은 새우)'는 1년 전 마을에서 몇몇 남자아이들이 괴롭히고 있는 것을 낸이 발견해 안고 돌아온 말라빠진 가엾은 아기 고양이로, 처음 보았던 모습 때문에 길버트가 그렇게 불렀던 것이, 이제는 이름과 딴판이 되었음에도 그 이름은 그대로 남았다.

　"그런데 수전! 고그와 매고그는 어디 갔어요? 설마…… 애들이 깨뜨린 건 아니죠?"

　"아니에요. 그럴 리가요, 사모님."

　수전은 부끄러움으로 얼굴이 빨간 벽돌빛이 되어 거실을 뛰쳐나가더니 곧 잉글사이드의 난롯가에 군림하는 그 두 마리의 도자기 개를 안고 돌아왔다.

　"돌아오시기 전에 도로 가져다놓는 걸 내가 어째서 잊었을까요. 실은 사모님,

떠나신 이튿날 샬럿타운에 사는 찰스 데이 부인이 오셨었어요. 아무튼 그분은 아주 착실하고 격식을 참 중요하게 생각하는 분이잖아요.

월터는 그분을 친절하게 맞아야겠다고 생각하고, 먼저 이 개를 가리키며 '얘는 고드(하느님)고 쟤는 마이 고드(나의 하느님)라고 해요.' 이렇게 말했어요. 얘는 아무것도 모르고 한 소리지만, 나는 기겁했어요. 그러면서도 데이 부인의 얼굴을 보고 웃음을 참느라 죽을 뻔했지만 말예요. 어쨌거나 제가 열심히 해명을 했어요. 하느님 이름을 함부로 다루는 집으로 여기게 하고 싶지 않았으니까요. 하지만 사모님이 돌아오실 때까지 다른 사람 눈에 띄지 않도록 부엌 그릇장에 넣어두는 게 좋겠다고 생각했던 거예요."

젬이 애처로운 목소리로 말했다.

"엄마, 우리 밥 언제 먹어요? 나 배 한구석에 구멍이 뻥 뚫린 것 같은 느낌이 들어요. 그리고 엄마, 우리가 오늘 저녁으로 모두가 좋아하는 요리를 만들었어요."

수전이 호기롭게 빙긋 웃었다.

"맞아요, 우리 도련님도 고사리손으로 열심히 거들었죠. 우리는 사모님이 돌아오시면 거기에 알맞은 축하를 해야 한다고 생각했어요. 아니, 그나저나 월터는 어디에 갔을까요? 이번 주는 월터가 식사 시간을 알리는 징을 칠 차례인데."

저녁 식사는 축제 같았다. 그 뒤 아이들을 하나하나 재우는 것도 즐거운 일이었다. 수전은 아주 특별한 경우라면서 앤이 셜리를 재우는 것까지도 허락해 주었다.

수전은 엄숙하게 말했다.

"오늘은 여느 날이 아니니까요, 사모님."

"어머나, 수전, 여느 날이란 없어요. 어느 날이든 다른 날에는 없는 무언가가 있으니까요. 그렇게 생각한 일 없어요?"

"옳은 말씀이에요, 사모님. 요전 금요일에도 그랬어요. 하루 종일 비가 와서 정말 기분이 축 처지는 날이었는데, 3년 동안이나 꽃이 피지 않았던 큰 분홍색 제라늄에 마침내 봉오리가 맺혔지 뭐예요. 그리고 칼세올라리아 꽃을 보셨나요, 사모님?"

"봤느냐고요? 그런 칼세올라리아 꽃은 태어나서 처음 보았어요, 수전. 어떻게 그렇게 키웠죠?"

('이로써 거짓말은 하지 않으면서, 수전의 기분은 만족시켰어. 아닌 게 아니라 정말 그런 칼세올라리아는 본 일이 없었으니까…… 후유!')

"계속 돌봐주고 신경을 썼죠, 사모님. 그런데 좀 이야기해 두고 싶은 일이 있어요. 월터가 무엇인가 눈치챈 게 아닌가 싶어요. 분명 글렌의 아이들 가운데 누군가가 월터에게 무슨 말을 한 게 틀림없어요. 요즘 아이들은 대체로 몰라도 되는 것까지 너무 많이 알고 있으니까요.

일전에 월터가 아주 곰곰이 생각에 잠긴 표정으로 저한테 '수전, 아기란 엄청 사치스러운 물건이야?'라고 묻지 않겠어요. 저는 어안이 벙벙해졌어요. 그래도 당황하지 않고 '어린아이를 사치품으로 여기는 사람도 있지만 잉글사이드에서는 필수품이라고 생각해.'라고 말해주었지요.

그러고 나서 생각하니 제가 글렌의 가게 물건이 죄 얄미울 만큼 비싸다고 불평을 늘어놓은 게 잘못이다 싶더라고요. 그 말을 듣고 애가 걱정이 된 게 아닐까 싶어요. 그러니 월터가 무슨 말을 하거든 사모님은 그런 줄 알고 계세요."

앤은 진지하게 말했다.

"수전이 분명히 훌륭하게 잘 대처해주었으리라 믿어 의심치 않아요. 그리고 아이들도 이제 우리가 무엇을 기다리고 있는지 알 때가 되지 않았나 싶어요."

그러나 그날의 최고의 마무리는, 앤이 자기 방 창가에 서서 바다로부터 소리 없이 밀려온 안개가 달빛 쏟아지는 모래 언덕과 항구를 지나, 잉글사이드에서 내려다보이는 글렌세인트메리 마을이 아늑하게 자리 잡은 좁고 기다란 골짜기로 흘러드는 것을 바라보고 있는데, 길버트가 앤에게로 다가온 그 순간이었다.

"힘든 하루를 끝내고 돌아왔는데 이렇게 사랑스러운 당신이 나를 기다려주고 있으니 정말 좋군! 행복해, 앤답디다운 앤?"

"아주 행복해!"

앤은 몸을 구부려 젬이 화장대에 올려놓아준 꽃병에 한가득 꽂힌 사과꽃의 향기를 들이마셨다. 앤은 사랑으로 둘러싸이고 채워져 있는 것을 느꼈다.

"길버트, 1주일 동안 그린게이블즈의 앤으로 돌아가 있는 것도 좋았지만, 이렇게 돌아와서 잉글사이드의 앤으로 있는 건 백 배나 더 기뻐."

잉글사이드의 불청객

"절대 안 돼."

블라이드 선생의 이러한 말투를 젬은 잘 알고 있었다.

아빠가 생각을 바꾼다든가, 또는 아빠가 생각을 바꾸도록 엄마가 애써줄 가망이 없음을 젬은 알고 있었다. 이번 일에 관한 한 아빠와 엄마가 같은 생각인 게 분명했다. 젬의 담갈색 눈은 분노와 실망으로 험악하게 일그러져서는 잔인하다고밖에 여겨지지 않는 부모님을 가만히 노려보았다. 아무리 노려보아도 부모님은 그 시선조차 아랑곳하지 않은 채 마치 나쁜 일이나 잘못된 일은 조금도 없는 것처럼 태연스레 저녁 식사를 하고 있었다. 그래서 젬은 한결 더 심하게 쏘아보았다.

물론 메리 마리아 대고모는 젬의 눈초리를 알아차리고 있었다. 이 고모할머니의 슬픈 듯한 물빛 눈은 무엇 하나 놓치지 않는다. 그러나 고모할머니는 젬의 씩씩거리는 모습을 보고 그저 재미있어하는 것 같았다.

버티 셰익스피어 드루가 찾아와 오후에 줄곧 젬과 놀다가 돌아갔다. 월터는 케네스 포드랑 퍼시스 포드와 놀려고 예전 '꿈의 집'에 가고 없었다.

버티 셰익스피어가 꾀었다.

"우리 사촌 형 조 드루의 팔에 빌 테일러 선장님이 오늘 저녁에 뱀 문신을 해줄 건데, 글렌에 있는 남자아이들은 모두 그것을 보러 항구 어귀에 가기로 했어. 너도 같이 가자. 재미있을 거야."

젬은 그 이야기를 듣자마자 가고 싶은 마음에 안달이 났다. 그러나 지금 절대로 가서는 안 된다는 통보를 받은 것이었다.

아빠는 말했다.

"이유야 많지만, 무엇보다도 네가 갔다 오기에는 항구 어귀는 너무 멀어. 다들 늦게까지 돌아오지 않을 텐데, 네가 자러 들어가는 시간은 8시로 정해져 있잖아, 젬."

메리 마리아 대고모가 말참견을 했다.

"내가 어렸을 때는 저녁 7시면 자러 가야 했어."

엄마도 타일렀다.

"좀 더 클 때까지 기다리도록 해, 젬. 그러면 저녁에 멀리까지 갔다 와도 괜찮으니까."

젬은 발끈하여 외쳤다.

"엄마는 지난주에도 그렇게 말했잖아요. 지금은 '더' 컸단 말이에요. 엄마는 나를 갓난아기로 알고 있어요! 버티도 가잖아요. 나도 버티만큼 크다고요."

고모할머니가 어두운 목소리로 말했다.

"홍역이 번지고 있잖니. 옮을지도 몰라, 제임스."

젬은 제임스라고 불리는 것이 몹시 싫었다. 그런데 고모할머니는 늘 그렇게 불렀다.

젬은 반항했다.

"홍역에 걸려 보고 싶어요."

그때 아빠의 무서운 눈을 보고 젬의 기세는 꺾이고 말았다. 아빠는 누구건

간에 메리 마리아 대고모에게 '말대꾸'하는 것을 절대로 용납하지 않았다. 젬은 메리 마리아 할머니가 몹시 싫었다. 다이애나 아주머니와 마릴라 할머니는 아주 좋았지만, 메리 마리아 할머니는 젬이 살면서 경험해보지 못한 사람이었다.

젬은 메리 마리아 대고모에게 말하는 것이라고 아무도 착각하지 못하도록 엄마 쪽을 보며 외쳤다.

"좋아요, 나를 사랑해주고 싶지 않으면 사랑해주지 않아도 좋아요. 하지만 내가 호랑이를 잡으러 아프리카로 가버리면 어쩌려고요?"

엄마는 부드럽게 대답했다.

"아프리카에 호랑이는 없어, 젬."

"그럼 사자를 잡죠!"

모두 나를 화나게 할 작정이군! 어떻게든지 나를 웃음거리로 삼을 작정이야! 내가 만만한 어린아이가 아니라는 걸 깨닫게 해주겠어!

"아프리카에 사자가 없다고는 못 하겠지요. 아프리카에는 사자가 몇 백만 마리나 있으니까요. 아프리카는 온통 사자로 득시글거린다고요!"

또다시 엄마와 아빠는 빙그레 웃을 뿐이었다. 메리 마리아 대고모는 그것을 마음에 들어 하지 않았다. 아이들이 건방진 행동을 하도록 내버려두어서는 안 된다고 여겼기 때문이다.

수전은 젬에 대한 애정과 동정, 그리고 의사 선생님과 사모님의 말이 맞다는 생각 사이에서 갈피를 못 잡고 괴로웠다. 젬이 마을 개구쟁이들과 함께 항구의 소문 안 좋은 주정꾼인 늙은 빌 테일러 선장 집에 우르르 몰려가는 것은 정말 있을 수 없는 일이었다.

"자, 자, 네가 좋아하는 휘핑크림 얹은 생강 쿠키를 가져왔다, 젬."

휘핑크림 얹은 생강 쿠키는 젬이 가장 좋아하는 디저트였다. 그러나 오늘 밤은 그것마저도 젬의 화난 마음을 달랠 만한 매력을 발휘하지 못했다.

"먹고 싶지 않아요."

골이 나서 매몰차게 거절하고, 젬은 식탁에서 일어나 문가까지 걸어가더니 확 돌아서서 마지막 반항의 말을 던졌다.

"무슨 일이 있어도 9시까지는 안 잘 줄 아세요. 그리고 어른이 되면 아예 안 잘래요. 매일매일 밤새도록 깨어 있을 거예요. 그리고 온몸에다 문신을 할 거예요. 실컷 나쁜 짓을 할 테니 두구 봐요."

엄마가 말했다.

"'두구 봐요'보다 '두고 봐요'라고 하면 더 좋겠구나, 젬."

아빠와 엄마는 도대체 '감정'이라는 게 있는 것일까?

메리 마리아 고모가 말했다.

"내 의견 따위 아무도 들으려고 하지 않겠지만, 애, 애니, 내가 어릴 때는 부모님에게 저런 말을 하면 숨이 끊어질 만큼 호되게 매를 맞았을 게다. 요즘은 자작나무 회초리를 아예 마련도 안 해 놓은 집들도 있다니 정말 딱한 일이다."

의사 선생님과 사모님이 아무 말도 하지 않으려는 것을 보고 수전이 대들듯이 말했다.

"젬 도련님이 나쁜 게 아니에요."

만일 메리 마리아 블라이드가 젬의 행동거지를 핑계로 자기주장을 우기려 들면, 적어도 젬이 왜 그러는지 수전은 알려줄 필요가 있다고 느꼈다.

"순전히 버티 셰익스피어가 부추겨서 그래요. 그 애가 와서 조 드루가 문신하는 걸 보면 얼마나 재미있겠냐는 공연한 소리를 해 가지고. 버티는 오후 내내 여기에 와 있으면서 몰래 부엌에 들어와서 가장 값비싼 알루미늄 냄비를 꺼내 투구로 쓰고 있었어요. 군대놀이를 한다면서 말예요. 그다음에는 널빤지로 보트를 만들어 '계곡'의 시냇물에 띄워서 놀다가 홀딱 젖어서 들어왔고요. 그러고 나서 꼬박 한 시간을 뜰에서 팔딱팔딱 뛰고 희한한 소리를 마구 지르며 개구리 흉내를 내더라니까요. 징그러운 개구리 말예요!

젬이 지쳐 평소 같지 않은 것도 무리가 아니에요. 기진맥진할 만큼 피곤하지 않을 때는, 젬처럼 말 잘 듣는 착한 아이는 이 세상에 또 없어요. 그것만은 분명해요."

메리 마리아 고모는 짜증 나게 아무 말도 하지 않았다. 고모는 식사 때 수전에게 말을 건넨 적이 단 한 번도 없었다. 그렇게 해서 수전이 '가족들과 겸상하도록' 허락하는 일에 대해 달가워하지 않는 마음을 드러내 보였던 것이다.

고모가 오기 전에 앤과 수전은 이 사안에 대해 철저히 논의했었다. '분수를 아는' 수전은 잉글사이드에 손님이 와 있을 때면 가족들과 겸상을 한 일이 없었고 그럴 생각도 없었다.

"하지만 메리 마리아 고모님은 손님이 아니에요. 우리 가족의 한 사람이죠. 그리고 그건 수전도 마찬가지고요."

마침내 수전은 고집을 꺾었지만, 속으로 자기가 여느 가정부가 아니라는 것을 메리 마리아 블라이드도 알겠지 하는 생각에 은근히 만족감을 느꼈다. 수전은 그때까지 메리 마리아 고모를 만난 적이 없었지만, 언니 마틸다의 딸이 샬럿타운에 있는 그 집에서 일한 적이 있어서 그녀에 대해 모두 들었다.

앤은 솔직하게 말했다.

"수전한테 굳이 거짓말 안 할게요. 솔직히 메리 마리아 고모님이 오시는 게 엄청나게 반갑지는 않아요, 수전. 하지만 고모님이 길버트에게 편지를 보내서 이곳에 와서 2, 3주일쯤 머물다 가도 되겠냐고 물으셨고…… 그런 일에 대해 선생님이 어떻게 하실 것인지는 수전도 잘 알잖아요?"

수전은 블라이드가를 향한 확고한 충성심에서 말했다.

"마땅한 일이에요. 남자가 자기 핏줄에게 등을 돌리면 어쩌겠어요? 하지만 2, 3주일이라…… 사모님, 제가 세상일을 꼭 나쁘게 보려는 건 아니지만…… 제 친언니인 마틸다 언니의 시누이가 2, 3주일 있겠다고 와서는 그 집에 20년을 눌러앉았어요."

앤은 미소 지었다.

"그런 걱정은 할 필요가 없다고 생각해요, 수전. 고모님은 샬럿타운에 무척 멋진 자기 집을 가지고 있으니까요. 하지만 그 집이 너무 커서 쓸쓸하신 모양이에요. 고모님의 어머님이 2년 전에 돌아가셨어요. 85살이셨대요. 고모님은 어머님을 살뜰히 모셨는데, 어머님이 돌아가시고 나서 그 빈자리가 큰 것 같아요. 이곳에 머무르는 동안 편안하게 지내실 수 있도록 우리 정성을 다하기로 해요, 수전."

"물론 힘닿는 데까지 최선을 다해볼게요, 사모님. 식탁에 널빤지를 한 장 더 이어 붙여야겠군요. 어쨌든 간에 식탁을 줄이는 것보다는 늘이는 편이 좋은 일이죠."

"식탁에 꽃을 꽂아두어서는 안 돼요. 천식이 있으셔서 기침을 일으킨다나 봐요. 그리고 후추도 재채기가 나게 한다니 식탁에 올리지 않는 게 좋겠어요. 또 심한 두통 때문에 자주 고생을 하신다니까 시끄럽지 않게 모두들 주의를 해야 돼요."

"맙소사! 어차피 사모님이나 선생님이 크게 이야기하는 것은 본 적이 없고, 내가 소리 지르고 싶은 일이 생겼을 때는 단풍나무숲에라도 가면 그만이지만, 가엾게도 아이들이 메리 마리아 블라이드 대고모 두통 때문에 하루 종일 조용하게 지내야만 한다면 그건 좀 지나치지 않을까요. 이런 말씀을 드려서 죄송합니다, 사모님."

"2, 3주일 동안만 참으면 되는걸요, 수전."

"뭐, 그렇다면 다행이겠지만 말예요, 사모님. 아무튼 돼지고기를 먹으려면 비계도 먹어야 하는 게 세상일이니까요."

이 마지막 말로 이야기를 매듭지으며 수전은 체념했다.

이렇게 해서 메리 마리아 고모가 와서 함께 지내게 되었는데, 오자마자 최근에 굴뚝 청소를 했는지 물었다. 화재를 무척 겁내기 때문이라고 했다.

"이 집은 굴뚝 높이가 충분하지 못하다고 나는 전부터 말했어. 내 침대는 바람을 쐬어 놨겠지, 애니. 눅눅한 시트는 질색이니까."

고모는 잉글사이드에 있는 손님용 침실을 떡하니 차지하고는 수전이 쓰는 방을 제외한 모든 방을 제 방 드나들듯 했다. 그러다 보니 고모를 한껏 반긴 이는 한 사람도 없었다.

젬은 고모할머니를 흘끗 한번 보고는 몰래 부엌으로 빠져나와 수전에게 속삭였다.

"있잖아, 수전, 저 고모할머니가 여기 계시는 동안 우리 마음껏 웃어도 괜찮을까?"

월터는 고모할머니를 보자마자 울먹울먹해서 굴욕적인 일이지만 급히 방 밖으로 쫓겨나갔다. 쌍둥이들은 쫓겨나기를 기다릴 것도 없이 제 발로 먼저 쪼르르 달려나가고 말았다. 수전의 주장에 따르면, 슈림프마저 뒤뜰로 나가 경련을 일으켰다고 한다. 셜리만이 포근한 수전의 팔에 안긴 채 무릎 위에 앉아 무서워하는 기색 없이 자리를 지키고 버티며 말끄러미 고모할머니를 바라보았다.

메리 마리아 고모는 잉글사이드 아이들이 하나같이 버릇이 없다고 생각했다. 그러나 무엇을 기대할 수 있겠는가. 엄마는 '신문 나부랭이에 글을 쓰는' 사람이고, 아빠로 말하면 단지 자기 아이들이라는 이유로 그 애들을 완전무결하다고 믿고 있으며, 가정부로는 수전 베이커같이 제 분수를 모르는 사람이 와 있으니 무엇을 보고 배우겠는가 말이다. 그러나 나 메리 마리아 블라이드가 이 집에 있는 동안 가엾은 사촌 오빠 존의 손주들을 위해 힘닿는 데까지 손을 쓰리라.

맨 처음 식사를 할 때부터 고모는 탐탁잖은 기색을 드러냈다.

"너의 식전 감사 기도는 너무 짧구나, 길버트. 여기 있는 동안 내가 너 대신 감사 기도를 올려주랴? 그편이 네 가족들에게 보다 좋은 본보기가 될 거야."

길버트가 선뜻 그렇게 해주십사 말해서 저녁 식사 전 고모가 감사 기도를 올렸는데 수전은 깜짝 놀랐다.

'이건 식전 기도가 아니라 무슨 예배를 보는 것 같잖아.'

수전은 음식이 담긴 접시 위로 고개를 수그린 채 속으로 구시렁댔다. 그러면서 메리 마리아 블라이드에 대한 조카딸의 비평에 마음속으로 동의했다.

"미스 블라이드는 언제나 고약한 냄새를 맡고 있는 인상이에요. 그것도 단순히 좀 불쾌한 냄새 정도가 아니고 아주 역한 냄새 말이에요."

수전은 글래디스가 참 표현도 잘했다고 생각했다. 그러나 수전처럼 미스 메리 마리아 블라이드에게 편견을 가질 일이 없는 사람의 눈에는 그녀가 55살의 여성치고는 그리 보기 싫지 않을 것이다. 스스로 '귀족적 이목구비'를 가졌다고 믿는 미스 메리 마리아 블라이드의 얼굴은 언제나 윤기 나는 잿빛 곱슬머리가 둘러싸고 있어서 같은 잿빛 머리라고는 해도 머리칼이 삐죽빼죽 삐져나온 작은 털뭉치 같은 수전의 머리를 모욕하는 것 같았다. 좋은 옷을 입었고, 귀에는 달랑달랑 내려오는 기다란 흑옥 귀걸이를 달고, 가느다란 목에는 당시 유행하던 고래 수염을 넣어 빳빳하게 세운 높은 망사 깃을 두르고 있었다.

　수전은 생각했다.

　'적어도 저 양반 외모 때문에 부끄러워할 일은 없겠네.'

　그러나 수전이 이런 생각을 하며 스스로를 위로하고 있는 것을 알았다면, 메리 마리아 고모가 어떻게 여겼을지 그것은 상상에 맡기는 수밖에 없다.

젬의 반항

앤은 자기 방을 꾸미기 위해 꽃병 가득 꽃을 하얀 수선화와, 길버트 서재 책상에 놓을 수전이 기른 작약을 꺾고 있었다. 하얀 작약에는 신의 입맞춤 자국인 듯한 붉은 핏빛의 암술머리가 한가운데에 점점이 숨어 있었다. 유난히 더웠던 6월 한낮이 지나 공기 중에 생기가 다시 느껴지는 듯했고, 항구는 금빛인지 은빛인지 알 수 없는 빛깔이 되어 있었다.

앤은 지나다가 부엌 창문을 내다보며 말했다.

"오늘 저녁노을이 아주 근사하겠네요, 수전."

"설거지를 다 끝내기 전까지는 저녁노을 같은 걸 바라보고 있을 여유가 없어요, 사모님."

"그때쯤에는 해가 다 지고 말 거예요, 수전. '계곡' 위에 떠 있는 저 커다란 뭉게구름을 봐요. 꼭대기 쪽은 발그레한 장밋빛으로 물들어 있어요. 날아가서 그 위에 사뿐히 올라타고 싶지 않아요?"

수전은 행주를 손에 들고 '계곡'을 넘어 그 구름 쪽으로 날아가는 자기 모습을 떠올려보았으나 딱히 마음에 드는 장면이 아니었다. 그래도 지금은 사모님을 너그럽게 이해해야만 한다.

"아주 고약한 새로운 벌레가 장미 나무에 들러붙어 있어요, 수전. 내일 소독

약을 뿌려야겠어요. 오늘 밤 하고 싶은데…… 마침 정원 손질을 하고 싶은 마음이 솟아나는 저녁이거든요. 오늘은 온갖 식물들이 쑥쑥 자라날 것 같은 그런 밤이에요. 천국에도 뜰이 있으면 좋겠어요, 수전. 내 말은, 우리가 가꾸어서 꽃과 풀이 잘 자라날 수 있게 도울 수 있는 그런 뜰 말예요."

그러자 수전이 이의를 제기했다.

"하지만 벌레는 사양하겠어요."

"그래요, 없는 편이 좋겠죠. 하지만 손댈 여지가 없이 하나부터 열까지 모두 '완성된' 뜰은 아무 재미가 없을 거예요, 수전. 자신이 가꾸지 않는 정원은 의미가 없죠. 나는 풀을 뽑고, 땅을 갈아엎고, 이것저것 옮겨 심고, 다듬고, 가지치기하며 내 손길이 닿게 하고 싶어요. 그리고 천국에 내가 좋아하는 꽃이 있었으면 좋겠어요. 천국에서 피는 시들지 않는 아스포델보다 내 뜰에 피고 지는 팬지꽃이 더 좋거든요, 수전."

사모님의 이야기가 오늘따라 좀 고삐가 풀려 멀리 나간다 싶어 수전은 틈이 생겼을 때 얼른 끼어들어서 물었다.

"오늘 저녁에 하고 싶은데, 왜 못 하시죠?"

"선생님이 함께 드라이브를 하고 싶다고 했거든요. 가엾은 존 팩스턴 노부인을 찾아뵙겠다고 약속을 해놔서요. 부인은 곧 돌아가실 것 같대요…… 간다고 해서 선생님이 더 이상 어떻게 해줄 수 있는 것도 없대요…… 할 수 있는 건 이미 다 해 봤기 때문에…… 그래도 팩스턴 부인은 여전히 선생님이 찾아와주기를 바라고 있어요."

"아, 그렇고말고요, 사모님. 이 근처에서는 선생님이 아니면 누구 한 사람 태어날 수도 죽을 수도 없다는 것을 다들 알고 있으니까요. 게다가 드라이브하기에 썩 좋은 저녁이에요. 저도 쌍둥이들이랑 셜리를 재워놓고 나면 산책 겸해서 마을로 식료품을 사러 갔다 올까 생각 중이에요. 미스 블라이드는 지병인 두통이 왔다면서 한 발짝 옮길 때마다 한숨을 쉬며 2층으로 올라가셨으니, 적어도 오늘 저녁은 잠시 평화롭고 조용히 있을 수 있겠지요."

"시간 맞춰 젬을 재워줘요, 수전. 그 애는 자기가 생각하는 것보다 훨씬 더 피곤한데도 절대 스스로 잠자리에는 들려 하지 않으니까요. 그리고 월터는 오늘 밤 돌아오지 않을 거예요. 레슬리가 재워서 보내도 되겠냐고 연락했거든요."

부탁하고 나서 앤은 향수를 한 병 엎지른 것 같은 저녁 속으로 걸어갔다.

젬은 현관 앞 층계에 앉아 있었다. 맨발인 채로 한 발을 무릎 위에 올리고 앉아 모든 것이 밉다는 듯 노려보고 있었다. 특히 글렌 교회에 있는 뾰족탑 뒤로 솟아오른 큰 달을 쏘아보고 있었다. 젬은 그런 큰 달을 좋아하지 않았다.

메리 마리아 할머니가 젬 옆을 지나 집 안으로 들어가며 말했다.

"그러다 네 얼굴이 그대로 얼어붙지 않도록 조심해라."

젬은 한층 무서운 얼굴로 노려봤다. 얼굴이 그대로 얼어붙든 말든 아무 상관 없었다. 차라리 얼어붙으면 좋겠다고 생각했다.

그러다 갑자기 낸에게 화를 냈다.

"저리로 가. 왜 계속 내 뒤만 졸졸 쫓아다니는 거야."

낸은 아빠와 엄마가 마차를 타고 나간 뒤 살그머니 젬에게 다가왔던 것이다.

낸은 말했다.

"심술쟁이!"

그러나 종종걸음으로 달려가버리기 전에 낸은 젬에게 주려고 가지고 왔던 빨간 사자 사탕을 젬 옆 층계에 놓고 갔다.

젬은 그것을 무시했다. 아까까지보다 더 모욕당한 느낌이 들었다. 그는 제대로 대우받지 못한다고 느꼈다. 모두 그를 괴롭힌다.

바로 오늘 아침만 해도 낸이 말하지 않았던가.

"오빠는 우리들처럼 이 잉글사이드에서 태어나지 않았으면서."

오후에는 다이가 젬의 토끼 초콜릿을 날름 먹어버렸다. 그의 것인 줄 뻔히 알고 있으면서도. 월터도 자기만 혼자 두고 케네스랑 퍼시스하고 모래톱에 우물을 파겠다고 가버렸다. 퍽도 재미있겠지!

무엇보다 젬은 버티를 따라서 문신하는 것을 보러 가고 싶어 견딜 수 없었다. 무언가를 이토록 간절히 원했던 적은 태어나서 처음이라고 생각했다. 버티 말로 빌 선장님네 벽난로 선반 위에 언제나 놓여 있다는 만함식(滿艦飾)[1]을 한 멋진 배 모형을 보고 싶었다. 이렇게 속상한 일은 정말 또 없었다.

수전이 호두를 잔뜩 얹고 단풍당으로 아이싱을 입힌 두툼한 케이크를 한 조각 가져다주었다. 그러나 젬은 매몰차게 필요 없다고 거절했다. 어째서 수전은 그가 좋아하는 휘핑크림 얹은 생강 쿠키를 남겼다가 가져다주지 않은 것일까? 다른 사람들이 다 먹어치운 게 틀림없다. 먹보들 같으니!

젬은 다시 깊은 슬픔의 구렁텅이 속으로 꺼져 들어갔다. 지금쯤 딴 애들은 항구 어귀로 가는 중이겠지. 생각만 해도 견딜 수 없었다. 식구들에게 뭔가 앙갚음을 해주어야 한다. 다이가 좋아하는 톱밥이 든 기린 인형을 북 찢어 거실 깔개 위에 놓아두면 어떨까? 그러면 수전이 펄펄 뛰겠지. 수전도 참, 내가 아이싱 속에 호두 넣은 것을 싫어하는 줄 뻔히 알면서 호두가 든 케이크를 갖다주다니.

수전의 방에 있는 달력에 그려진 그 아기 천사 얼굴에 콧수염을 그려 넣으면 어떨까? 젬은 전부터 그 미소 짓고 있는 통통한 복숭앗빛 천사가 싫었다.

---

[1] 의식 때 배 전체에 신호기를 잇달아 걸고 돛대 꼭대기에 군함기를 달아 군함을 화려하게 꾸미는 일.

시시 플래그와 꼭 닮았기 때문이었다. 시시는 "젬 블라이드는 내 남자친구야"라고, 온 학교에다 떠벌리고 다녔다. 남자친구라니? 그것도 시시 플래그 따위의! 그러나 수전은 그 아기 천사를 사랑스럽다고 여기고 있다.

낸의 인형 머리를 홀랑 벗기는 것은 어떨까? 고그나 매고그 코를 탁 쳐서 둘 중 한 개를 깨뜨려버리면 어떨까! 아예 둘 다 깨뜨려버릴까? 그러면 엄마도 내가 더 이상 아기가 아니라는 것을 알게 되겠지. 뭐, 내년 봄이 되어 보라지. 내가 4살 때부터 해마다 엄마에게 메이플라워[2]를 꺾어다 드렸지만 내년 봄에는 안 가져다드릴 테니까. 그럼, 어림도 없지!

아직 조그만 풋사과를 잔뜩 따 먹고 배탈을 일으키면 어떨까? 그러면 다들 겁 좀 먹겠지. 이제부터 다시는 귀 뒤를 씻지 말까? 이번 일요일 교회에서 사람들하고 얼굴이 마주칠 때마다 얼굴을 찌푸리면 어떨까? 메리 마리아 할머니한테 송충이를, 줄무늬가 있고 털이 북슬북슬한 커다란 송충이를 올려두면 어떻게 될까?

항구로 달아나 데이비드 리스 선장님 배에 숨어 있다가 아침에 그 배를 타고 남아메리카로 훌쩍 떠나버리면 어떨까? 그렇게 하면 다들 자기들이 잘못한 줄 알까? 그리고 만일 내가 영영 돌아오지 않는다면? 브라질로 재거(재규어)를 잡으러 가버린다면? 그러면 다들 반성을 할까?

아니, 그러지 않을 것이다. 나 따윈 소중하게 여기지 않는걸. 바지 주머니에 구멍이 뚫려 있는데도 아무도 꿰매주지 않았다. 쳇, 상관없어. 온 글렌 사람들

---

[2] 5월에 피는 봄꽃을 두루 일컫는 말로, 영국과 아메리카 대륙에서 가리키는 꽃의 종류가 다름. 영국에서는 산사나무와 기린초 등을 뜻하는 반면, 캐나다를 포함한 아메리카 대륙에서는 주로 트레일링 아르부투스를 가리킴. 후자는 숲속 나무 그늘 아래의 산성 토양에서 자라는 여러해살이풀로, 넓은 타원형 이파리 사이로 흰색 또는 연분홍색 꽃잎 다섯 장이 달린 작고 향기로운 꽃이 무리 지어 핌.

에게 그것을 보여주며 내가 얼마나 냉대받고 있는지를 알려주면 되지.

분노는 물결처럼 차올라 젬을 삼켜버렸다.

재깍재깍……재깍재깍……재깍재깍…… 블라이드 할아버지가 돌아가신 뒤 잉글사이드로 가져와 현관홀에 놓아둔 오래된 괘종시계가 쉬지 않고 째각대고 있었다. 시계가 처음 생겨났을 때부터 있었던 것 같은 낡은 시계였다. 평소에 젬은 이 시계가 무척 좋았는데 지금은 미웠다. 젬을 비웃고 있는 것만 같았다.

"하하, 이제는 슬슬 잘 시간이다. 다른 아이들은 항구 어귀로 가도 괜찮지만 너는 자야 하는 거야. 하하……하하……하하!"

어째서 나는 밤마다 자야만 하는 걸까? 그래, 도대체 무엇 때문에?

수전이 글렌으로 가려고 집에서 나오다가 반항심에 불타는 뾰로통한 어린 젬을 다정하게 바라보며 달래듯 말했다.

"내가 돌아올 때까지는 안 자고 있어도 돼, 젬 도련님."

젬은 울컥해서 말했다.

"나는 오늘 밤에 절대로 안 잘 거야. 나는 멀리멀리 달아날 거야. 진짜야, 수전 베이커 할멈. 달아나서 못에 뛰어들고 말 테야, 수전 베이커 할멈."

비록 어린 젬에게서일지라도 수전은 할멈이라고 불리자 기분이 썩 좋지 않았다. 시무룩해져서 수전은 말없이 얼른 나갔다. 저 아이는 버릇을 좀 가르칠 필요가 있다.

수전을 따라 밖으로 나온 슈림프는 사람이 그리워 젬 앞에 조용히 앉았으나, 단단히 삐친 젬은 그마저도 못마땅하여 째려보기만 할 뿐이었다.

"저리 꺼져! 그런 데다 엉덩이 푹 깔고 앉아서 메리 마리아 할머니 같은 얼굴로 날 쳐다보지 말고! 이게 안 가겠다 이거지! 그럼 이거나 받아라."

젬은 마침 슈림프 옆에 놓여 있던 양철로 만든 셜리의 장난감 외발 손수레를 집어 던졌다. 슈림프는 처량하게 울부짖는 소리를 지르며 해당화 산울타리 뒤로 달아났다.

저것 봐! 우리 집 고양이까지 나를 싫어하잖아! 이렇게 계속 살아서 뭐 해?

젬은 사자 사탕을 집어 들었다. 낸이 꼬리와 엉덩이 부분을 먹어버리긴 했지만 그래도 아직 어엿한 사자였다. 이거나 먹어야겠다. 내가 먹는 마지막 사자가 될지도 모르니까.

사자를 다 먹고 손가락까지 빨고 났을 때, 젬은 지금부터 어떻게 할 것인지 결심이 서 있었다. 남자가 무엇 하나 자기 뜻대로 할 수 없을 때, 남자로서 떳떳하게 할 수 있는 딱 한 가지 일은 그것뿐이었다.

사라진 잼

"대체 온 집 안에 왜 저렇게 불이 켜져 있는 걸까?"

11시에 길버트와 함께 대문을 들어선 앤이 소리쳤다.

"손님이 온 게 틀림없어."

그러나 급히 집 안으로 들어와 봤지만 손님은 한 사람도 없었다. 손님은커녕 아무도 보이지 않았다. 부엌도…… 거실도…… 서재도…… 식당도…… 수전의 방도…… 2층 복도에도 불이 켜져 있었다. 그러나 사람은 그림자 하나도 얼씬거리지 않았다.

"대체 무슨 일로……."

앤이 말하려 했을 때 전화벨이 울렸다. 길버트가 수화기를 집어들어 잠시 듣고 있다가, 공포스러운 외마디 비명을 내뱉더니 앤을 돌아보지도 않고 뛰쳐나갔다. 무언가 무서운 일이 벌어졌고, 설명하느라 지체할 틈도 없을 만큼 다급한 게 확실했다.

앤은 이런 일에 익숙해져 있었다. 삶과 죽음의 자리를 지키는 의사의 아내라면 모름지기 그래야만 했다. 달관한 듯한 태도로 어깨를 한번 으쓱하고 앤은 모자와 외투를 벗었다. 수전에 대해서는 은근히 짜증이 났다. 왜 외출을 하면서 온 집 안의 등불을 환히 켜놓고 문이란 문을 다 열어놓은 채 나간 것일까.

"사……사…… 사모님."

도무지 수전의 목소리라고는 여겨지지 않는 목소리가 그녀를 불렀다. 그러나 그것은 수전의 목소리였다.

앤은 눈을 크게 뜨고 수전을 바라보았다. 수전에게 대체 무슨 일이 있었던 것인가…… 모자도 쓰지 않고…… 반백의 머리에는 검부러기가 잔뜩 붙어 있고…… 옷은 온갖 얼룩으로 차마 눈 뜨고 볼 수 없을 만큼 더러워져 있었다. 그리고 그 얼굴은 또 어떤가!

"수전, 무슨 일이에요? 수전!"

"젬 도련님이 없어졌어요."

앤은 멍하니 눈을 동그랗게 떴다.

"없어져요? 그게 무슨 뜻이죠? 없어지다니요!"

수전은 손을 꽉 움켜쥐었다.

"그렇다니까요. 제가 글렌으로 떠날 때까지만 해도 젬은 분명 옆문 층계에 앉아 있었어요. 어두워지기 전에 돌아왔는데…… 젬이 거기에 없더라고요. 처음에는…… 저도 별로 걱정하지 않았지만, 아무 데도 보이지 않는 거예요. 온 집 안의 방이란 방은 하나도 남김없이 다 찾아보았어요…… 젬이 달아날 작정이라고 말했었는데……."

"바보 같은 소리! 젬은 그런 짓 하지 않아요. 별일 아닐 텐데 수전이 공연히 흥분했네요. 젬은 어딘가 가까운 데 있을 게 틀림없어요…… 어디서 깜박 잠이 들었겠죠. 분명 이 근처 어딘가에 있을 거예요."

"구석구석 모조리 찾아보았어요…… 빠짐없이요. 헛간도 샅샅이 살펴보았는걸요. 사모님, 제 옷을 좀 보세요. 젬 도련님이 건초 다락의 마른풀 더미 위에서 자면 재미있겠다고 늘 말하던 게 기억나서 거기에도 가보았어요.

그러다 구석에 나 있는 구멍에서 떨어져 여물통에 빠지고…… 달걀 위에 주저앉고 말았어요. 다리가 부러지지 않은 게 천만다행이었어요…… 젬 도련님이 없어진 일에 비하면 아무것도 아니지만 말예요."

앤은 여전히 침착성을 잃지 않으려 했다.

"아무래도 남자아이들과 함께 항구 어귀로 갔을 것 같지 않아요, 수전? 이제까지 그 아이는 어른 말을 거역한 일이 없었지만. 그래도……."

"아니에요, 가지 않았어요, 사모님…… 착한 젬은 하지 말라는 짓은 하지 않았어요. 구석구석 다 찾아봐도 없어서 드루네 집으로 달려가 보았더니 마침 버티 셰익스피어가 막 돌아온 참이었는데, 젬은 같이 가지 않았다고 했어요. 그 얘기를 듣는데 가슴이 덜컥 내려앉았어요. 사모님께서 저를 믿고 그 애를 저한테 맡기고 가셨는데…….

팩스턴 씨네 집으로 전화를 걸었더니 사모님과 선생님 두 분이 이미 다녀가셨다고 하고 어디로 가셨는지는 모른다고 말하더군요."

"우리는 로브리지에 있는 파커 씨 댁에 갔었어요."

"저는 사모님이 계실 만한 곳에 다 전화를 해 보았어요. 그리고 마을로 도로 갔어요…… 남자들이 수색을 시작하고 있을 거예요……."

"어머나, 수전, 굳이 그럴 필요까지야 있었을까요?"

"사모님, 제가 벌써 샅샅이 다 찾아보았어요. 그 애가 있을 만한 곳은 정말이지 하나도 남김없이요. 아, 오늘 밤 저는 제정신이 아니었어요. 젬은 못으로 뛰어들 작정이라고 말을 했지……."

어떤 기묘한 떨림이 자기도 모르게 앤의 온몸을 훑고 지나갔다. 물론 젬은 못으로 뛰어들거나 하지는 않을 것이다…… 그것은 말도 안 되는 소리다…… 그렇지만 못에는 카터 플래그가 송어 낚시에 쓰는 낡은 거룻배가 늘 매여 있다. 그리고 아까 잔뜩 골난 젬의 기분을 생각하면, 젬이 홧김에 그 배를 타고서 이리저리 노를 저어 돌아다니려 했을지도 모른다. 그렇게 하고 싶다고 자주 말을 했었으니까. 비끄러매어 둔 배를 풀려고 하다가 못에 풍덩 빠졌을지도 모른다. 갑자기 앤은 몹시 두려워졌다.

'더욱이 길버트는 어디로 간 건지 짐작도 안 가.'

앤은 미칠 것만 같았다.

그때 헤어롤을 잔뜩 감은 머리가 꼭 후광처럼 얼굴을 감싸고 용이 수 놓인 수면용 가운을 몸에 걸친 메리 마리아 고모가 갑자기 층계 위에 나타나 말했다.

"대체 웬 소동이냐? 이 집에서는 밤에도 조용히 잘 수가 없는 거니?"

수전이 다시 말했다.

"젬 도련님이 없어졌어요."

너무도 걱정된 나머지 미스 블라이드의 말투에 화낼 마음마저 들지 않았다.

"잘 돌보라는 사모님의 부탁을 받았었는데……"

가만히 있을 수 없던 앤은 참다못해 직접 찾아나섰다. 젬은 어딘가에 있게 틀림없다!

젬 방에는 없다…… 침대에 들어가 누운 흔적도 없었다…… 쌍둥이 방에도 없다…… 앤 방에도…… 정말로…… 정말로 온 집 안 어디에도 없었다. 지붕 밑 다락방부터 지하실까지 샅샅이 훑은 뒤 거실로 돌아온 앤은 갑자기 공포에 질린 얼굴이 되었다.

메리 마리아 고모가 기분 나쁘게 목소리를 낮추며 말했다.

"얘, 애니, 너를 놀라게 하고 싶지는 않다만, 큰 빗물받이 통 속은 들여다보았니? 작년에 샬럿타운에서 잭 맥그레거라는 남자아이가 그 안에 빠져 죽은 걸 발견한 일이 있었단다."

수전이 또다시 두 손을 꽉 움켜잡고 쥐어짰다.

"거기는 제가…… 제가 들여다보았어요. 그……그…… 막대기를…… 집어넣어 휘저어 보았어요."

메리 마리아 고모의 끔찍한 물음으로 멈춰버렸던 앤의 심장이 어느새 다시 뛰기 시작했다. 수전은 겨우 마음을 가라앉히고 손을 쥐어짜는 것을 그만두었다. 사모님을 너무 흥분하거나 동요하게 해서는 안 된다는 사실을 이제야 겨우 생각해냈기 때문이었다.

수전은 떨리는 목소리로 말했다.

"마음을 가라앉히고 우리 힘을 모아 다시 찾아봐요, 사모님. 사모님 말씀대로 젬은 이 근처 어딘가에 있을 게 확실하니까요. 증발해버렸을 리가 없어요."

메리 마리아 고모가 물었다.

"석탄통 속은 찾아봤니? 그리고 시계 안에는?"

석탄통은 수전이 이미 봤지만, 괘종시계에 대해서는 아무도 생각조차 하지 못했다. 확실히 작은 남자아이가 숨을 만한 크기는 되었다. 그곳에서 젬이 네 시간이나 웅크리고 있다는 건 터무니없는 생각이라는 것을 알면서도 혹시나 하는 마음에 앤은 시계 쪽으로 달려갔다. 그러나 젬은 시계 안에는 없었다.

메리 마리아 고모가 두 손으로 관자놀이를 누르며 말했다.

"오늘 밤에 자러 들어가면서 이상하게도 꼭 무슨 일이 일어날 것만 같은 '예감'이 들더구나. 내가 자기 전에 평소처럼 성경을 읽는데 '하루 동안에 무슨 일이 일어날는지 네가 알 수 없음이니라.'[1]라는 구절만 마치 책장에서 떠오르듯

---

1) 《구약성서》〈잠언〉 27장 1절.

도드라져 보이는 게 아니니. 이제 보니 그게 계시였던 거야.

최악의 경우를 각오하고 있는 것이 좋을 게다, 애니. 그 애는 여기저기 헤매다니다가 늪에 빠졌을지도 몰라. 집에 블러드하운드가 두세 마리 없는 게 안타깝구나."

앤은 가까스로 웃음을 지어 보였다.

"프린스에드워드섬에는 블러드하운드가 한 마리도 없을 거예요, 고모님. 잘못 독을 먹고 죽은 길버트의 늙은 고든 세터인 렉스가 있었다면 바로 젬을 찾아주었을 텐데 안타깝네요. 우리 모두 터무니없는 일로 큰 소동을 벌이고 있는 게 확실해요……."

"카모디에 있는 토미 스펜서는 40년 전에 연기처럼 홀연히 사라져버려 결국 찾지 못했단다. 아니, 찾았던가? 아무튼 찾아냈더라도 해골밖에 안 남았을 테지.

이건 웃을 일이 아니야, 애니. 어떻게 그토록 침착하게 있을 수 있는지 이해가 안 되는구나."

그때 전화벨이 울렸다. 앤과 수전은 서로 얼굴을 마주 보았다.

앤은 작은 목소리로 말했다.

"나는…… 나는 전화를 못 받겠어요, 수전."

수전도 딱 잘라 말했다.

"저도 못 받아요."

수전은 메리 마리아 블라이드 앞에서 그런 약한 모습을 보인 자신을 한평생 미워하게 되겠지만, 그래도 하는 수 없었다. 두 시간에 걸친 숨 막히는 공포에 사로잡힌 수색과 무시무시한 상상 덕분에 수전은 몸도 마음도 완전히 만신창이가 되어 있었다.

보다 못한 메리 마리아 고모가 얼른 전화 있는 곳으로 가서 수화기를 집어 들었다. 수전은 괴로운 와중에도, 헤어롤을 감은 미스 블라이드의 머리가 벽에 비친 모양이 마치 뿔 같은 그림자를 만들어내 꼭 악마처럼 보인다고 생각했다.

메리 마리아 고모가 침착하게 말했다.

"카터 플래그가 주변을 다 찾아보았지만 젬은 보이지 않는다고 알려 왔어. 하지만 못에 묶어뒀던 배는 한복판까지 밀려 나가 있는데 확인해 봤더니 아무도 타고 있지 않아서 지금부터 못 바닥을 뒤질 참이라는구나."

수전은 쓰러질 뻔한 앤을 가까스로 붙들었다.

"괜찮아…… 괜찮아…… 나 기절하지 않아요, 수전."

앤의 입술에는 핏기가 사라졌다.

"의자까지 부축을 좀 해줘요…… 고마워요. 어서 길버트한테 연락을 해야 해요."

메리 마리아 고모는 위로할 생각으로 말했다.

"혹시나 제임스가 물에 빠져 죽기라도 했다면, 애니, 그 애가 이 험한 세상에 살면서 겪었을 많은 고통을 면하게 되었다는 것을 위안으로 삼으려무나."

앤이 말했다.

"초롱불을 들고 나가 다시 한번 집 밖을 찾아봐야겠어요. 아, 수전이 다 찾아본 건 알고 있어요…… 하지만 내 눈으로 다시 한번 찾아보게 해줘요. 내가 한번 더 볼게요. 가만히 앉아서 기다리고 있을 수는 없어요."

"그럼 스웨터를 입어야 해요, 사모님. 이슬이 많이 내려 축축하니까요. 얼른 빨간 스웨터를 가지고 올게요. 남자아이들 방 의자에 걸려 있으니까, 제가 가지고 올 때까지 여기서 기다리세요."

수전은 급히 2층으로 올라갔다. 곧이어 외마디 비명이라고밖에 할 수 없는 날카로운 목소리가 온 잉글사이드 저택 안에 울려 퍼졌다. 앤과 메리 마리아 고모가 2층으로 쏜살같이 뛰어 올라가자, 수전이 복도에서 과거에도 보인 적 없고 앞으로도 보이지 않을, 히스테리 발작을 일으킨 듯한 모습으로 웃다가 울다가 하며 서 있었다.

"사모님…… 여기 있어요. 젬 도련님이 여기 있어요. 문 뒤에 있는 창가 자리에 잠들어 있어요. 나는 거기는 볼 생각을 못 했어요. 문으로 가려져 있었거든요. 그래서 침대에 잠들어 있지 않은 걸 보고는……"

안도감과 기쁨으로 다리에 힘이 풀린 앤은 방으로 들어가 창가 자리 옆에 풀썩 무릎을 꿇고 앉았다. 시간이 조금 지나면 앤도 수전도 자기들의 한심함을 돌이켜 웃게 되겠지만, 지금은 다만 감사의 눈물이 하염없이 흐를 뿐이었다.

젬은 담요를 뒤집어쓰고 창가 자리에서 깊이 잠들어 있었다. 햇볕에 그을린 조그만 손으로는 오래 가지고 놀아 해진 곰인형을 안고 있었고, 너그러운 슈림프가 젬의 다리를 베개 삼아 곁에 누워 있었다. 빨간 곱슬머리는 베개로 벤 쿠션 위로 흘러내렸고, 즐거운 꿈이라도 꾸는 듯 미소를 짓고 있어 앤은 젬을 깨우고 싶지 않았다. 그러나 젬이 불현듯 별 같은 담갈색 눈을 뜨고 앤을 가만히 바라보았다.

"젬, 왜 침대에서 자지 않고? 우리는…… 우리는 몹시 걱정했단다, 네가 보이지 않아서…… 여기를 찾아볼 생각은 미처 못 했지 뭐니……"

"여기서는 엄마, 아빠가 돌아올 때 대문으로 들어서는 모습이 보이니까 여기에 누워 있었어요. 오늘 너무 외로워서 이렇게 잠들고 싶었거든요."

어머니는 젬을 안아 올려 침대로 옮겨다 뉘었다. 뽀뽀를 받는 것은 기분 좋은 일이었다. 어머니가 다정하게 토닥이면서 이불을 덮어주자 젬은 자기가 아주 소중하게 여겨지고 있다는 기분이 들었다. 뱀 문신 구경 따위가 무슨 대수람. 엄마가 이토록 다정한데. 우리 엄마는 세상에서 제일 좋은 엄마다.

글렌에 사는 사람들 사이에서 버티 셰익스피어의 엄마는 '짠순이 아줌마'로 통한다. 게다가 아주 하찮은 일로도 버티의 뺨을 때린다는 것을 두 눈으로 똑똑히 보아 알고 있다.

젬은 졸리는 목소리로 말했다.

"엄마, 내년 봄에도 메이플라워를 꺾어다 드릴게요. 해마다 해마다 봄에 말예요. 저를 믿으셔도 돼요."

"물론 믿고말고, 젬."

메리 마리아 대고모가 말했다.

"자, 호들갑 떨며 조바심치던 것도 적잖이 가라앉았으니 이제 마음 놓고 잠자리로 돌아갈 수 있겠구나."

그러나 안도하는 그녀의 말투에는 어딘가 심술궂은 기색이 깃들어 있었다.

앤이 말했다.

"창가 자리를 생각 못 하다니 내가 멍청했어요. 남편이 듣고서 두고두고 이 일로 우리를 놀리게 생겼네요. 수전, 플래그 씨에게 젬을 찾았다고 전화해줘요."

수전은 기쁜 듯 말했다.

"선생님은 나를 마구 놀려대겠죠. 그래도 상관없어요. 젬 도련님이 무사하니까요. 아무렴 실컷 놀려대도 괜찮아요."

메리 마리아 고모는 용이 수 놓인 가운을 여미 여윈 몸을 감싸며 처량하게 한숨을 내쉬었다.

"차를 한잔 마셨으면 좋겠는데."

수전은 쾌활하게 대답했다.

"얼른 준비할게요. 차를 마시면 다들 기운이 날 거예요. 사모님, 카터 플래그가 젬이 무사하다는 말을 듣더니 '아이구, 하느님 감사합니다.'라고 말했어요. 앞으로는 아무리 비싼 값을 부르더라도 다시는 그 사람 흉을 보지 않겠어요.

그리고 내일 저녁 메뉴로 닭고기를 내도 괜찮겠죠, 사모님? 말하자면 조촐한 축하의 뜻으로요. 그리고 젬 도련님에게는 아침 식사로 제일 좋아하는 머핀을 줘야겠어요."

또 전화가 걸려 왔다. 이번에는 길버트에게서 온 것으로, 화상을 심하게 입은 갓난아기를 항구 곶에서 샬럿타운 병원으로 데려가야 해서 아침까지 돌아오지 못한다고 했다.

앤은 잠자리에 들기 전, 방 안에서 창밖을 굽어보며 바깥에 펼쳐져 있는 세계로 감사의 마음이 담긴 '잘 자라'는 인사를 보냈다. 서늘한 바람이 바다에서 불어왔다. 달빛을 받은 '계곡'의 나무들이 어딘가 환희에 들떠 있는 듯이 보였다. 앤은 심지어 한 시간 전의 두려웠던 마음과 메리 마리아 고모의 터무니없는 생각과 기억 속 잔인한 사건들을 돌이키며—비록 희미한 떨림이 어려 있기는 하나—웃을 수도 있게 되었다. 그녀의 아이는 무사했다. 길버트는 어딘가에서 또 다른 아이의 생명을 구하기 위해 싸우고 있다.

'주여, 길버트를 돕고 그 어머니를 도와주소서. 온 세상의 모든 어머니들을 도와주소서. 올바른 길로 이끌어줄 지혜와 사랑과 배려를 바라는, 여리고 착하고 순수한 마음과 생각을 지닌 아이들을 기르는 우리들에게는 많은 도움이 필요합니다.'

온화한 밤의 장막이 잉글사이드를 에워쌌다. 어딘가 아늑하고 조용한 구멍에라도 들어가고 싶다고 생각한 수전까지도 포함해, 잉글사이드 사람들은 든든한 지붕 아래에서 고요히 잠에 빠져들었다.

로브리지 방문

"함께 놀 친구들이 여럿이 있으니까…… 쓸쓸하지는 않을 거예요. 마침 우리 집 아이들도 넷이나 있고, 마침 몬트리올에서 조카 남매도 와 있어요. 혼자서는 생각 못 하는 일도 여럿이 있으면 생각해낼 수 있을 거예요."

파커 의사 선생님의 부인인 몸집 크고 사람 좋고 쾌활한 파커 부인은 천연스레 월터에게 웃음을 지었다. 월터는 좀 서먹서먹한 미소를 지어 보였다. 싱글벙글거리고 쾌활한데도 월터는 파커 부인이 아무래도 마음에 들지 않았다. 어딘지 모르게 정도가 지나친 데가 있었다. 그러나 파커 선생님은 좋았다.

그 집 아이들 넷과 몬트리올에서 와 있다는 조카 남매를 월터는 만난 일이 없었다. 파커 선생님 가족이 사는 로브리지는 글렌에서 6마일(약 9.6킬로미터) 떨어져 있으며, 파커 부부와 블라이드 부부는 자주 서로의 집을 오가며 지냈지만 월터는 파커 선생님 집에 한 번도 간 일이 없었다. 파커 선생님과 아버지는 아주 친한 친구였지만, 어머니 쪽은 파커 부인이 없어도 전혀 아무렇지 않다는 생각을 월터는 가끔 했다. 아직 6살밖에 안 되었는데도 월터에게는—앤이 인정하고 있듯이—다른 아이들은 보지 못하는 것을 꿰뚫어 보는 눈이 있었다.

월터는 자기가 정말로 로브리지에 가고 싶은 건지 어떤지도 알 수 없었다.

가는 곳이 어디냐에 따라서 손님으로 가는 일은 매우 즐거운 일이기도 하다. 이를테면 애번리 방문은 참으로 즐거운 여행이 될 것이다. 그리고 '꿈의 집'에 가서 하룻밤 자면서 케네스 포드와 노는 것은 더욱 재미있다. 그렇지만 그것은 손님으로 간다고는 할 수 없었다. 왜냐하면 '꿈의 집'은 잉글사이드 아이들에게는 제2의 집이나 다름없었기 때문이다.

그러나 로브리지에 꼬박 2주일 동안이나 가 있으면서 낯선 사람들 속에서 지내는 것은 전혀 다른 문제였다. 그러나 그것은 벌써 결정되어 버린 듯했다. 월터로서는 막연히 느껴지기는 하지만 잘 이해할 수 없는 어떤 이유로, 아빠도 엄마도 이 결정에 만족하고 있었다. '아빠, 엄마는 아이들이 귀찮아서 모조리 떼어버리고 싶은 것일까?'라고 여기며 월터는 슬프고 불안한 마음에 젖어 있었다.

젬은 이미 이틀 전에 애번리로 보내졌고, 수전이 이상한 말을 했었다.

"때가 되면 쌍둥이를 마셜 엘리엇 부인 댁으로 보내죠."

어느 때를 말하는 것일까?

메리 마리아 할머니는 몹시 음울한 얼굴로 말하고 있었다.

"얼른 무사히 좀 끝나면 좋을 텐데."

고모할머니가 끝나기를 바라는 것이란 무얼까? 월터로서는 짐작도 되지 않았다. 그러나 잉글사이드에는 무언가 심상치 않은 분위기가 감돌고 있었다.

길버트가 말했다.

"내일 내가 데리고 가겠습니다."

파커 부인이 대답했다.

"아이들이 많이 기대하고 있어요."

앤은 감사의 말을 했다.

"이렇게 배려해주셔서 정말 고마워요."

수전은 부엌에서 슈림프에게 어두운 얼굴로 이야기했다.

"이렇게 하는 게 최선이야."

파커 부부가 돌아가자 메리 마리아 고모가 말했다.

"월터를 맡아준다니 파커 부인은 참으로 친절하구나, 애니. 그분은 월터가 아주 마음에 든다고 하더라. 사람은 취향도 참 가지가지지. 자, 이제 2주일 동안은 나도 죽은 물고기를 밟지 않고 욕실에 들어갈 수 있겠구나."

"죽은 물고기라니요, 고모님? 어머나, 설마······."

"지금 말한 그대로야, 애니. 나는 절대 없는 말은 안 한다. 정말로 죽은 물고기였다고! 너는 죽은 물고기를 맨발로 밟아본 일이 있니?"

"아뇨. 하지만 어쩌다가······."

수전이 대수롭지 않다는 듯이 말했다.

"어젯밤 월터가 송어를 낚았는데요, 그것을 살려두고 싶다고 욕조 속에 집어넣었어요, 사모님. 그 속에 가만히 있었으면 괜찮았을 텐데, 어떻게 한 건지 그만 밖으로 튀어나왔다가 죽어버린 거예요. 물론 맨발로 돌아다니게 되면······."

"나는 어느 누구와도 말다툼하지 않는 주의야."

메리 마리아 고모는 말을 뱉고 벌떡 일어나 방을 나갔다.

수전이 말했다.

"저분 때문에 절대 속 끓이지 않겠다고 마음을 단단히 먹고 있어요, 사모님."

"아, 수전, 고모님이 좀 거슬릴 때가 있기는 하지만······ 그래도 이 일이 모두 끝나면 그렇게까지 신경 쓰이지 않을 거예요. 더욱이 죽은 물고기를 밟으면 확실히 기분 나쁠 게 틀림없으니까요."

다이가 말했다.

"엄마, 그래도 죽은 물고기가 살아 있는 물고기보다 낫잖아요? 죽은 물고기는 꿈틀거리지 않으니까요."

사실대로 말하자면, 잉글사이드의 여주인과 가정부는 그 사건에 대해 둘 다 소리 죽여 웃었다. 그 일은 그렇게 마무리되었다.

그러나 그날 밤 앤은 월터가 로브리지에서 정말로 잘 지낼 수 있을지 불안한 마음을 길버트에게 내비쳤다.

"그 애는 무척 섬세하고 상상력이 풍부해서 말이야."

"좀 지나칠 정도지."

길버트는 그날 아기를 셋이나 받아서 지쳐 있었다.

"왜, 그 애는 어두워지고 나면 2층으로 올라가는 것도 무서워하잖아, 앤. 며칠 동안 파커 선생네 아이들과 어울려 지내는 것이 그 애에게 굉장히 도움이 될 거야. 틀림없이 딴판이 되어서 돌아올걸."

앤은 더 이상 아무 말도 하지 않았다. 길버트의 말은 분명 옳다. 젬도 없는 집에서 월터는 쓸쓸해할 것이고, 셜리가 태어났던 때 일을 생각하면 집안살림과 메리 마리아 고모를 참고 견디는 일 말고는 되도록 수전의 일손을 덜어주는 게 좋다. 메리 마리아 고모가 말했던 2주간의 방문은 어느덧 4주째로 늘어나 있었다.

월터는 침대에 누워 눈을 뜬 채 마음껏 공상을 펼침으로써 내일은 다른 곳으로 떠나야만 한다는 생각에서 애써 벗어나려 하고 있었다. 월터는 상상력이 아주 뛰어났다. 상상력이란 그에게 자기 방 벽에 걸린 그림 속의 근사한 백마나 마찬가지여서, 월터는 그 말에 올라타서 온갖 시공간을 마음껏 오갈 수 있었다.

밤이 다가온다…… 남쪽 언덕 앤드루 테일러 씨네 숲에 살고 있는 새까맣고 크면서, 박쥐 날개가 달린 천사 같은 밤. 월터는 그녀를 반길 때도 있었고 또 너무나 생생하게 그려져 그녀가 무서워질 때도 있었다.

월터는 자기만의 조그만 세계 안에 속한 모든 것을 극화하고 의인화했다. 밤이 되면 조근조근 이야기를 해주는 '바람', 뜰의 꽃을 시들게 하는 '서리', 살그머니 내리는 반짝이는 은구슬 같은 '이슬', 저 멀리 보랏빛 언덕마루로 올라가기만 하면 반드시 손에 잡힐 듯한 '달', 바다에서 고요히 밀려오는 '안개', 끊임없이 변화하면서도 결코 변하지 않는 거대한 '바다', 어둡고 신비로운 '밀물과 썰물'. 이것들은 모두 월터에게 현실적으로 존재하고 있었다.

잉글사이드도 '계곡'도 단풍나무숲도 늪지대도 항구 기슭도 요정이며 물의 정령이며 나무의 요정이며 인어며 도깨비로 가득 차 있었다. 서재의 벽난로 위 선반에 놓여 있는 석고로 만든 검은 고양이는 요정 마녀였다. 밤이 되면 살아나 놀랍도록 커져서 온 집 안을 서성거린다.

월터는 이불 속으로 기어들어 오들오들 떨었다. 언제나 자기 공상에 겁을 먹고 떨곤 했다. 월터를 가리켜 '신경이 지나치게 예민하고 겁이 많다'고 한 메리 마리아 대고모의 말이 아마 맞을지도 모른다. 그러나 수전은 이 말을 한 대고모를 결코 용서하려 하지 않았다.

'투시력'이 있다고 소문난 윗글렌에 사는 키티 맥그레거 아주머니의 말이 아마도 맞을 것이다. 아주머니는 긴 속눈썹 아래 감춰진 듯한 월터의 흐릿한 잿빛 눈을 지그시 들여다보더니 '어린 몸에 노인의 얼이 깃들어 있다'고 했었다. 그 노인의 얼이 이미 알고 있는 많은 것을 월터의 어린 머리로는 늘 이해할 수가 없는 것이리라.

아침이 되었을 때 월터는 점심을 먹은 뒤 아버지가 로브리지로 데려간다는 말을 들었다. 월터는 한마디도 하지 않았다. 그러나 식사하는 동안 가슴이 메어와 갑자기 눈물로 눈이 흐려진 것을 감추려고 얼른 눈을 내리깔았다. 하지만 뜻대로 되지 않았다.

"설마 우는 건 아니겠지, 월터?"

메리 마리아 대고모는 마치 6살 난 아이가 우는 것이 영원히 씻지 못할 불명예라도 되는 양 말했다.

"나는 울보 아이는 '아주' 경멸해. 그리고 너는 고기를 왜 안 먹었니?"

"비계 말고는 다 먹었어요."

월터는 씩씩하게 눈을 껌벅이며 눈물을 거두었으나 아직 고개를 들 용기는 없었다.

"난 기름진 게 싫어요."

"내가 어렸을 때는 싫으니 좋으니 하는 건 용납되지 않았다. 파커 선생 부인이 네 그런 생각을 좀 고쳐놓겠지. 부인은 윈터 집안 출신이지, 아마? 아니면 클라크 집안이었던가? 아니다, 캠벨 집안이었지. 하지만 윈터 집안이든 캠벨 집안이든 모두 똑같은 부류라서 바보스러운 짓은 결코 용납하지 않아."

"아, 고모님, 부디 월터가 로브리지로 가는 것을 두려워하게 될 말씀은 하지 말아주세요."

앤의 눈 깊숙이에 노여움의 불꽃이 타오르고 있었다.

메리 마리아 고모는 크게 주눅 들었다는 듯한 투로 말했다.

"미안하구나, 애니. '나한테' 네 아이에게 '무엇 하나' 가르칠 권리가 없다는 것을 잊어선 안 되었는데, 내가 그만 깜빡했구나."

월터가 가장 좋아하는 디저트인 퀸 푸딩을 가지러 가며 수전은 중얼거렸다.

"지긋지긋한 할망구야."

막상 말을 하고 난 앤은 죄책감이 들었다. 앤에게 언뜻 나무라는 듯한 눈길을 던진 길버트의 눈에 가엾은 노인에게 좀 더 참을성 있게 대하면 좋지 않겠느냐는 뜻이 담겨 있는 것 같았다.

길버트 자신도 기분이 썩 좋지 않았다. 다들 알고 있었지만 길버트는 여름 내내 일을 너무 많이 해서 지쳐 있었다. 그 때문에 스스로는 인정하려 들지 않았음에도 메리 마리아 고모는 감당하기 버거운 짐이 되고 있었다. 앤은 가을이 되어 모든 일이 뜻대로 잘 풀려 자리가 잡히고 나면, 길버트를 무조건 한 달쯤 도요새 사냥을 하러 노바스코샤로 보내리라 마음먹었다.

앤은 뉘우치는 마음에서 메리 마리아 고모에게 물었다.

"차 맛은 어떠세요?"

고모는 입술을 삐죽이 오므렸다.

"너무 엷구나. 하지만 괜찮다. 차가 성가신 늙은이 입맛에 맞든 말든 누가 신경이나 써주겠니. 그렇지만 말이다, 사람에 따라서는 나를 아주 좋은 이야기 상대로 여기기도 한단다."

메리 마리아 고모가 말한 마지막 두 문장이 어떻게 논리적으로 연결이 되는지, 지금 앤은 헤아려 볼 마음의 여유가 없었다. 앤의 얼굴이 창백해졌다.

"2층으로 가서 좀 누워야겠어요."

앤은 힘없이 말하며 식탁에서 일어났다.

"그리고 있잖아, 길버트…… 로브리지에 너무 오래 있지 않는 게 좋을 것 같아. 그리고 미스 카슨에게 전화를 좀 해줘."

앤은 월터는 아예 안중에도 없는 것처럼 잘 다녀오라는 뽀뽀를 서둘러 건성으로 했다. 월터는 울지 않으려고 애썼다.

메리 마리아 대고모는 월터 이마에 뽀뽀를 하고—월터는 이마에 끈적끈적한 뽀뽀를 받는 게 무척이나 싫었다—말했다.

"로브리지에서는 식사 예절을 잘 지키도록 해라, 월터. 많이 먹으려고 욕심내면 안 돼. 그런 짓을 하는 못된 아이들은 망태 할아버지가 와서 커다란 망태기에다 잡아가."

길버트가 그레이 톰을 마차에 매려고 밖으로 나가 있어서 이 말을 못 들었으니 망정이지, 안 그랬으면 큰일 날 뻔했다. 앤과 길버트는 전부터 아이들에게 그런 말을 해서 겁주거나, 다른 어떤 사람이라도 그렇게 하는 일이 없도록 하는 원칙을 지켜왔기 때문이었다.

그러나 식탁을 치우던 수전은 그 말을 들었다. 메리 마리아 고모는 하마터면 남은 그레이비소스가 그릇째로 자기 머리로 날아올 뻔한 일을 꿈에도 몰랐다.

미나리아재비 꽃길

여느 때라면 아빠와 드라이브하는 것이 즐거웠을 터였다. 월터는 아름다운 것을 좋아했고, 글렌세인트메리 곳곳의 길들은 무척 아름다웠다. 로브리지로 가는 큰길은 길 양쪽에 미나리아재비가 춤추는 꽃길이었다. 길섶 여기저기에는 푸릇푸릇한 풀고사리가 숲을 이루어 손짓하고 있었다.

그러나 오늘 아빠는 그리 이야기하고 싶지 않은 듯 월터가 이제껏 본 적 없는 차가운 태도로 그레이 톰을 거칠게 몰고 있었다. 로브리지에 닿자 아빠는 한편으로 가서 파커 부인에게 급하게 두세 마디 하더니, 월터에게 잘 있으라는 인사도 건네지 않고 서둘러 달려 나가버렸다. 다시금 월터는 울지 않으려고 무진 애를 썼다. 아무도 나를 생각해주지 않는 게 분명하다. 엄마도 아빠도 전에는 나를 사랑해주었지만 이제는 그렇지 않은 것이다.

로브리지에 있는 크고 어수선한 파커 저택은 월터에게 정다워 보이지 않았다. 아마도 이때는 어느 집인들 다정해 보이지 않았으리라. 파커 부인은 요란스러운 새된 목소리가 쟁쟁 울려대는 뒤뜰로 월터를 데려가, 그 소리를 질러대고 있는 아이들에게 인사를 시켰다. 그것이 끝나자 파커 부인은 아이들끼리 '알아서 친해지도록' 내버려두고 얼른 돌아가 바느질을 계속했다. 거의 열에 아홉은 효과가 있는 조치였다. 그러니 월터가 그 열 번째 경우에 속하는 아이임을 미처 깨닫지 못했다고 해서 파커 부인을 비난할 수는 없을지 모른다.

파커 부인은 월터가 마음에 들었다. 우리 집 아이들은 쾌활하다. 프레드와 오팔은 몬트리올에서 왔다는 티를 내려는 약간의 거만한 태도가 없지 않지만, 그렇다고 불친절하게 굴 아이들은 아니었다. 모든 일이 잘 풀리리라. 비록 아이를 하나 맡아주는 일일지라도 자신이 '가엾은 앤 블라이드'를 도와줄 수 있다는 게 파커 부인으로서는 아주 기뻤다. 그녀는 '모든 일이 순조롭게 잘 되기를' 바라고 있었다. 앤의 친지들은 하나같이 셜리가 태어났던 때의 일을 생각하며 앤 자신보다도 더 그녀에 대해 마음을 썼다.

나무 그늘이 짙게 드리워진 커다란 사과나무밭으로 이어진 뒤뜰에 갑자기 정적이 흘렀다. 월터는 얌전하고 수줍은 태도로 파커네 아이들과 몬트리올에서 온 그들의 사촌인 존슨네 아이들을 바라보고 있었다.

10살 된 빌 파커는 어머니를 닮아 혈색 좋은 둥그런 얼굴을 한 개구쟁이로, 월터 눈에는 아주 커 보였다. 앤디 파커는 9살로 로브리지 아이들 사이에서 '파커네 망나니'라고 알려져 있으며, 그럴 만한 이유가 있어 '돼지'라는 별명이 붙어 있었다. 월터는 앤디의 모습이 처음부터 마음에 들지 않았다. 짧게 깎은 삐죽삐죽한 금발, 장난꾸러기 같은 주근깨투성이 얼굴, 툭 튀어나온 파란 눈까지. 프레드 존슨은 빌과 동갑내기로 황갈색 곱슬머리에 검은 눈을 한 잘생긴 아이였으나, 역시 월터 마음에는 들지 않았다. 프레드의 여동생인 9살배기 오팔도 오빠처럼 머리가 곱슬거리고 눈은 검었다. 심술궂어 보이는 검은 눈이었다. 연갈색 머리를 한 8살 된 코라 파커에게 어깨동무를 하고 두 소녀는 무시하는 눈빛으로 월터를 바라보고 있었다. 앨리스 파커가 없었으면 월터는 달아날 뻔했다.

앨리스는 7살이었다. 더없이 사랑스러운 금빛 곱슬머리가 잔물결처럼 머리

전체를 덮고 있었다. 눈은 잉글사이드의 '계곡'에 피어 있는 제비꽃처럼 푸르고 부드러웠다. 그리고 분홍빛 볼에는 보조개가 옴폭 패어 있었다. 앨리스가 입고 있던 프릴 달린 작은 노란 원피스는 앨리스를 춤추는 미나리아재비처럼 보이도록 했다. 앨리스는 오래된 친구처럼 월터에게 방긋 웃어 보였다. 앨리스라면 좋은 친구가 될 듯했다.

프레드가 먼저 말문을 열며 거들먹거리는 투로 물었다.
"누구야, 넌?"
월터는 그 거들먹거림을 곧바로 느끼며 움츠러들었지만 그래도 또렷이 말했다.
"내 이름은 월터야."
프레드는 놀란 듯한 시늉을 하며 다른 아이들 쪽을 보았다. 이 시골뜨기 녀석에게 호된 꼴을 보여줘야지!
프레드는 익살스럽게 입을 실룩거리며 빌에게 말했다.
"얘 이름이 월터래."
이번에는 빌이 오팔에게 말했다.
"얘 이름이 월터래."
오팔은 신이 난 앤디에게 말했다.
"얘 이름이 월터래."
앤디는 코라에게 말했다.
"얘 이름이 월터래."
코라는 쿡쿡 웃으며 앨리스에게 말했다.
"얘 이름이 월터래."
앨리스는 아무 말도 하지 않았다. 다만 감탄 어린 눈으로 월터를 지켜보고 있을 뿐이었다. 앨리스의 그 표정 덕분에 월터는 다른 아이들이 모두 입을 모아 '얘 이름이 월터래.'라고 놀리며 비웃을 때에도 꾹 참을 수가 있었다.

파커 부인은 셔링 주름을 잡으며 만족스럽게 생각했다.

'아이들은 뭐가 저렇게 재미있는 걸까?'

앤디가 무례할 만큼 짓궂게 노려보며 말했다.

"너는 요정이 정말로 있다고 여긴다지? 우리 엄마가 말하는 걸 들었어."

그러자 월터는 차분하게 앤디를 똑바로 쳐다보았다. 앨리스 앞에서 지는 모습을 보여줄 생각은 조금도 없었다.

월터는 단호하게 말했다.

"요정은 있어."

앤디가 반대했다.

"없어."

월터는 지지 않고 말했다.

"있어."

앤디가 프레드에게 비웃으며 말했다.

"요정이 있댄다."

프레드는 빌에게 말했다.

"요정이 있댄다."

그리고 모두들 또다시 아까와 똑같이 되풀이했다.

월터로서는 고문을 당하는 것 같았다. 이제까지 이런 놀림을 당한 적이 없었으므로 참을 수가 없었다. 그래도 월터는 입술을 꽉 깨물고 눈물을 꾹 참았다. 앨리스 앞에서 결코 울어선 안 된다.

앤디가 말했다.

"시퍼렇게 멍들 때까지 꼬집어 줄까?"

월터를 샌님 같은 남자아이로 우습게 보고 놀려주면 퍽 재미있을 거라고 생각했던 것이다.

그때 앨리스가 엄하게 명령했다.

"돼지야, 입 다물어!"

얌전하고 부드럽고 상냥한 말씨였지만 매우 엄했다. 그 말투에는 앤디로서도 가볍게 코웃음칠 수 없는 무언가가 있었다.

앤디는 부끄러운 듯 변명했다.

"물론 진심으로 말한 건 아니야."

형세가 월터에게 조금 유리해져 아이들은 과수원에서 다 함께 꽤 사이좋게 술래잡기를 하며 놀았다. 그러나 저녁 식사를 하러 떠들썩하게 몰려 들어갈 때, 월터는 갑자기 집이 사무치도록 그리워졌다. 너무 집에 가고 싶은 마음에 한순간 월터는 남들이 보는 앞에서, 무엇보다 앨리스 앞에서 와락 울음이 터지지 않을까 걱정스러웠다. 그래도 앨리스가 식탁에 앉을 때 장난스레 팔꿈치로 살짝 찔러주어서 월터는 기운이 났다. 그렇지만 아무것도 먹을 수가 없었다. 목이 메어 아무래도 먹히지 않았다.

파커 부인의 양육 방식에 부족한 점이 없다고는 할 수 없었지만, 그 일로 월터를 난처하게 만들지 않았다. 아침이 되면 식욕이 생기겠지 하며 마음 편히 생각했다. 다른 아이들은 저마다 정신없이 먹고 떠드느라 월터에게 거의 관심을 기울이지 않았다.

월터는 온 가족이 어째서 이토록 큰 소리로 말하는지 모르겠다고 이상하게 여겼다. 귀가 몹시 멀고 온갖 일에 신경을 다 쓰던 할머니가 돌아가신 지 얼마 안 되어, 그 습관이 아직 남아 있다는 사실을 몰랐기 때문이었다. 그 떠들썩함에 월터는 머리가 지끈거릴 지경이었다.

아, 지금쯤 집에서도 저녁 식사를 하고 있겠지. 엄마는 미소를 띤 채 테이블 윗자리에 앉아 있을 것이고, 아빠는 쌍둥이에게 장난을 치고 있겠지. 수전은 셜리의 우유 잔에 크림을 부어주고 있을 테고. 낸은 몰래 슈림프에게 맛있는 것을 한 입씩 주고 있을 거야. 메리 마리아 대고모마저도 갑자기 가족의 한 사람으로서 부드럽고 상냥한 빛에 감싸인 듯 보였다. 저녁 식사를 알리는 중국 징은 누가 울렸을까? 이번 주는 월터 차례였다. 그런데 젬도 없다.

실컷 울 수 있는 곳이라도 있었으면! 그렇지만 로브리지에는 마음 놓고 울 곳마저 한 군데도 없는 듯했다. 그러나 앨리스가 있다. 눈물을 보여서는 안 될 일이다. 월터는 얼음물 한 컵을 단숨에 쭉 들이켰다. 그 덕분에 조금 나아진 듯했다.

"우리 집 고양이는 발작을 일으켜."

앤디가 별안간 말하며 식탁 밑에서 월터를 걷어찼다.

"우리 고양이도 그래."

슈림프가 두 번 발작을 일으킨 일이 있었다. 월터는 로브리지에 있는 고양이를 잉글사이드의 고양이보다 높이 평가할 생각이 없었다.

앤디는 비웃었다.

"우리 고양이가 너네 고양이보다 훨씬 무서운 발작을 일으켜."

월터가 말을 받았다.

"그럴 리 없어."

파커 부인이 타일렀다.

"자, 자, 고양이 일로 티격태격 다투지들 말고."

그녀는 협회에 보낼 '이해받지 못하는 아이들'에 대한 논문을 쓰고 있어서 그날 저녁은 모두들 조용히 해주었으면 좋겠다고 생각했다.

"밖에 나가 놀고 있거라. 이제 곧 잘 시간이 되니까."

잘 시간이라고! 월터는 갑자기 자기가 여기서 하룻밤을 꼬박…… 아니, 며칠 밤이나…… 아니, 2주일 동안이나 되는 밤을 지내야 한다는 데 생각이 미쳤다. 끔찍한 일이었다. 주먹을 불끈 쥐고 과수원으로 갔다. 빌과 앤디가 풀밭에서 걷어차고 할퀴고 아우성치며 맹렬하게 맞붙어 싸우고 있었다.

앤디가 악을 썼다.

"너 나한테 벌레 먹은 사과를 줬어, 빌 파커! 나한테 벌레 먹은 사과를 주면 어떻게 되는지 내가 똑똑히 가르쳐주지! 네 귀를 마구마구 물어뜯어줄 테다!"

이런 싸움은 파커 집안에서는 거의 날마다 있는 일이었다. 파커 부인은 싸움은 사내아이들에게 해롭지 않다고 여기며, 싸우면서 몸에서 못된 기운을 쫓아낼 수 있고 나중에는 자연스레 친해진다고 말했다. 그러나 지금까지 사람들이 맞붙어 싸우는 것을 본 적이 없는 월터는 경악했다.

프레드는 오히려 둘을 부추기고 있었고, 오팔과 코라는 히죽히죽 웃고 있었다. 그러나 앨리스의 눈에는 눈물이 가득 고여 있었다. 월터로서는 그것을 견딜 수 없었다. 다시 싸움을 계속하기 전에 잠시 숨을 돌리려고 떨어진 두 남자아이들 사이로 월터가 뛰어들었다.

"그만 좀 싸워. 앨리스가 무서워하고 있잖아."

빌과 앤디는 한순간 깜짝 놀라 물끄러미 월터를 바라보더니, 이윽고 이 꼬맹이가 자기들 싸움을 말리는 게 우스워 느닷없이 배를 잡으며 웃음을 터뜨렸다. 빌이 월터의 등을 탁 쳤다.

"얘 보기보다 깡이 있다. 안 그래? 그대로 자라면 얘도 언젠가는 진짜 사내애가 될 수 있겠어. 자, 상으로 사과를 주지. 벌레 먹은 건 아니야."

앨리스가 부드러운 장밋빛 볼에서 눈물을 닦고 월터를 감탄하는 눈빛으로 바라보자 프레드는 못마땅했다. 물론 앨리스는 아직 어린아이에 지나지 않지만, 아무리 어리다 해도 몬트리올의 프레드 존슨이 옆에 있는데 감히 다른 남자아이에게 감탄 어린 눈길을 보내서는 안 된다. 이것만은 손을 써야 한다. 프레드는 아까 집에 들어갔을 때, 통화를 하던 젠 고모가 딕 고모부에게 무언가 말하는 것을 들었던 기억이 났다.

프레드는 월터에게 말했다.

"너네 엄마는 몸이 엄청 아프대."

화들짝 놀란 월터는 소리쳤다.

"그……그럴 리 없어."

"틀림없어. 젠 고모가 딕 고모부한테 그렇게 말하는 걸 내가 똑똑히 들었어."

프레드는 고모가 '앤 블라이드는 몸이 아파요.'라고 한 말을 들었던 것인데, 거기에 '엄청'이라는 말을 집어넣으니 더 재미가 있었다.

"네가 집으로 돌아가기 전에 분명 죽고 말 거야."

월터는 고뇌에 찬 눈으로 주위를 둘러보았다. 앨리스는 다시 월터의 편이었다. 그리고 다른 아이들은 프레드의 깃발 아래로 모였다. 그들은 이 어두운색 머리와 눈을 가진 잘생긴 아이에게서 무언가 낯선 느낌을 받았고, 놀려주고 싶은 기분이 솟아났다.

월터는 말했다.

"아프다 해도 아빠가 고칠 거야."

아빠 손으로 고칠 것이다…… 고쳐야만 해!

"그렇게는 안 될 것 같던데."

프레드는 슬픈 척하는 표정을 지으며 앤디에게 눈을 찡긋해 보였다.

월터는 충실한 아들의 마음으로 주장했다.

"아빠가 못 고치는 병은 하나도 없어."

빌이 말했다.

"아무튼 러스 카터가 작년 여름 딱 하루 샬럿타운에 갔다가 돌아와 보니까 엄마가 죽고 말았대."

사실이든 아니든 앤디는 여기에 극적인 효과를 더하려고 덧붙였다.

"그리고 땅에도 벌써 묻힌 다음이었대. 장례식을 못 봤다면서 러스는 막 성을 냈어. 장례식은 정말 재미있는데 말이야."

오팔이 슬픈 듯이 말했다.

"그런데 나는 아직 한 번도 장례식을 본 적이 없어."

앤디가 위로했다.

"뭐, 이제부터 얼마든지 볼 거야. 하지만 아빠조차도 카터네 아주머니를 살리지 못했단 말이야. 더욱이 우리 아빠는 너네 아빠보다 훨씬 훌륭한 의사인데도 말이지."

"그럴 리 없어."

"정말 그렇다니까. 게다가 얼굴도 훨씬 잘생겼어."

"그렇지 않아."

그러자 오팔이 말했다.

"집을 비우게 되면 '꼭' 무슨 일이 일어나는 법이잖아. 집에 돌아가 보니까 잉글사이드에 불이 나서 다 타버리고 말았다면 너는 어떤 기분이겠니?"

코라가 즐거워하며 말했다.

"만일 네 엄마가 죽어버리면 너희 집 아이들은 틀림없이 모두 뿔뿔이 흩어지게 되겠지. 아마 너는 이리로 와서 살게 될 거야."

앨리스가 상냥하게 말했다.

"그래…… 그렇게 해."

빌이 말했다.

"아, 월터 아빠는 아이들을 집에 데리고 있을 거야. 그리고 나서 곧 결혼할 테지. 하지만 쟤네 아빠도 죽어버릴걸. 블라이드 선생은 죽도록 일을 한다고 우리 아빠가 말했거든.

어, 쟤 좀 봐, 눈을 휘둥그렇게 뜨고 있잖아. 너는 계집애 같은 눈을 하고 있어, 꼬맹아…… 계집애 눈 말이야…… 계집애 눈."

갑자기 놀리는 게 싫어진 오팔이 말렸다.

"에잇, 그만해. 그런다고 쟤가 속지 않아. 네가 그냥 놀리고 있다는 걸 쟤도 다 안다고. 야구 구경이나 하러 공원에 가자. 월터와 앨리스는 여기 있어. 가는 데마다 너희 같은 꼬마들이 졸졸 따라오면 성가시니까."

아이들이 가버리는 것을 보고도 월터는 서운하지 않았다. 앨리스도 그런 것 같았다. 둘은 베어서 가로로 뉘어 놓은 사과나무 줄기에 걸터앉아 수줍어하며 만족스러운 눈길로 마주 바라보았다.

앨리스가 말했다.

"공기놀이 하는 법을 가르쳐줄게. 그리고 내 폭신한 캥거루 인형도 빌려줄게."

잘 시간이 되자 월터는 복도 구석에 있는 작은 침실로 혼자 들어가게 되었다. 파커 부인은 자상하게도 촛불과 포근한 깃털 이불을 하나 놓아두고 갔다. 해안 지방에서는 여름밤도 가끔 추운 일이 있는데, 7월의 그날 밤은 유난히도 쌀쌀했기 때문이다. 이러다 서리가 내리는 게 아닐까 싶을 정도였다.

그러나 월터는 앨리스가 준 캥거루 인형을 꼭 끌어안아 볼에 대고 있어도 여전히 잠이 오지 않았다. 아, 지금 내 방에 누워 있다면 커다란 창문으로는 글렌 마을이 내다보이고, 지붕 달린 조그만 창문으로는 소나무숲이 보였을 텐데. 엄마가 들어와 아름다운 목소리로 시를 읽어주실 테지.

"나는 다 큰 남자아이다…… 울지 않을 거다…… 울면 안 된다……."

하지만 절로 눈물이 나왔다. 캥거루 인형도 아무 소용이 없었다. 집을 떠난 지 몇 해나 지난 기분이었다.

이윽고 다른 아이들도 공원에서 돌아와 하나둘 방으로 몰려 들어와 침대에서 사각대며 사과를 먹기 시작했다.

앤디가 비웃었다.

"너 울고 있었구나, 아가야. 너는 정말 귀여운 여자아이네. 아직도 엄마 품에 안긴 아기야!"

"한 입 먹어봐."

빌이 반쯤 갉아먹은 사과를 내밀었다.

"기운을 내. 네 엄마는 건강해질 거야. 튼튼한 체질만 갖고 있으면. 아빠가 말했는데, 스티븐 플래그 아주머니는 튼튼한 체질이 아니었으면 벌써 몇 해 전에 죽었을 거래. 너희 엄마도 튼튼한 체질을 가지고 있니?"

"물론 가지고 있지."

튼튼한 체질이 어떤 것인지 월터로서는 도무지 알 수 없었지만 스티븐 플래그 아주머니가 가지고 있는 거라면 엄마한테 없을 리 없었다.

이어 앤디가 말했다.

"애브 소여 부인은 지난주에 죽었고, 샘 클라크네 엄마는 그 전주에 죽었어."

코라가 말했다.

"두 사람 다 밤에 죽었어. 엄마가 말했는데, 사람은 대개 밤에 죽는대. 난 그러기 싫어! 잠옷 차림으로 천국에 간다고 생각해봐!"

파커 부인이 소리쳤다.

"자, 너희들! 그만들 떠들고 얼른 자러 가거라."

짓궂은 소년들은 수건으로 월터의 목을 조르는 시늉을 해 보인 다음 나갔다. 마침내 그들은 이 아이가 슬슬 좋아지기 시작했다. 월터는 나가려는 오팔의 손을 잡고 매달리듯 속삭였다.

"오팔, 우리 엄마가 아프다는 건 거짓말이지, 그렇지?"

월터는 이런 두려움을 안고 혼자 남게 되는 것이 견딜 수 없었다.

오팔은 파커 부인의 말대로 '악의가 있는 아이'는 아니었다. 그러나 나쁜 소식을 전할 때의 그 짜릿함을 뿌리칠 수는 없었다.

"정말로 아프대. 젠 고모가 그렇게 말했는걸…… 너한테는 말하면 안 된다고 했지만 난 너도 알고 있어야만 한다고 생각해. 어쩌면 네 엄마는 암일지도 몰라."

"어떤 사람이든지 죽어야만 하는 거야, 오팔?"

이것은 월터에게 낯설고도 무서운 생각이었다. 월터는 이제까지 한 번도 죽음에 대해 고민해본 적이 없었다.

오팔은 명랑하게 말했다.

"물론이지, 이 바보야. 하지만 죽음이 끝은 아니야…… 모두 천국으로 가는 거야."

문밖에서 엿듣던 앤디가 아주 작은 소리로 속삭였다.

"다는 아니야."

월터가 물었다.

"천국은…… 천국은 샬럿타운보다 훨씬 멀어?"

오팔은 깔깔 웃어댔다.

"어머나, 넌 정말로 이상한 아이로구나! 천국은 몇 백만 마일이나 떨어져 있어. 하지만 어떻게 하면 좋을지 가르쳐줄게. 기도를 해. 기도는 분명 효험이 있어. 언젠가 내가 10센트 은화를 잃었을 때 기도를 했더니 25센트 은화를 금방 발견했거든. 그래서 알아."

파커 부인이 자기 방에서 소리쳤다.

"오팔 존슨, 고모 말이 안 들리니? 그리고 나갈 때 월터 방에 있는 촛불을 꺼줘라. 불이 날까 염려되니까. 월터는 벌써 한참 전에 잤어야 하는데 그러는구나."

오팔은 촛불을 훅 불어 끄고 달아났다.

젠 고모는 태평스러운 사람이지만 한번 화가 났다 하면! 앤디가 잘 자라는 축복의 말을 던진답시고 다시 문으로 머리를 들이밀었다.

앤디는 소리 죽여 말했다.

"저 벽지에 있는 새들이 살아나서 네 눈을 마구 쪼아댈 거야."

그런 다음 정말로 모두가 잠자리에 들었다. 더할 나위 없는 하루를 보냈으며, 월터 블라이드는 생각보다 나쁜 아이는 아니다, 그러니 내일은 월터를 놀려주며 또 재미있게 보내야겠다고들 생각했다.

파커 부인은 묘하게 감상적인 기분에 젖었다.

"귀여운 녀석들."

전에 없던 고요함이 파커 저택을 둘러쌌다. 그리고 6마일 떨어진 잉글사이드에서는 갓난아기 버사 마릴라 블라이드가 주위를 에워싼 행복한 사람들의 얼굴과, 87년 만에 이 대서양 연안지방에 닥쳐온 가장 추운 7월 밤에 그 작디작은 소녀를 불러낸 이 세상을 향해 동그란 담갈색 눈을 깜빡이고 있었다.

월터의 슬픔

어둠 속에 혼자 남겨진 뒤에도 월터는 잠이 오지 않았다. 지금까지 짧은 생애 동안 혼자 잠든 일은 한 번도 없었다. 언제나 젬 아니면 켄이 가까이에 있어 따뜻하고 마음이 편안했다. 창백한 달빛이 비쳐 들어 조그만 방 안이 희미하게 보이기 시작하자 어둠보다도 더 으스스했다. 침대 발치 쪽 벽에 걸린 그림이 기분 나쁜 눈으로 월터를 노려보고 있는 것만 같았다. 그림이란 달빛 아래에서 볼 때면 '전혀' 다르게 보이는 법이었다. 낮에는 생각지도 못했던 게 그 속에서 모습을 드러낸다. 긴 레이스 커튼은 창문 양쪽에 한 사람씩 서서 울고 있는 키가 크고 여윈 여자들처럼 보였다. 집에서는 삐걱거리는 소리, 한숨 소리, 소곤거리는 소리 등등 갖가지 소리가 났다.

만일 벽지에 있는 작은 새들이 '진짜로' 살아나 내 눈을 쪼아대려 하면 어떻게 하지? 별안간 월터는 두려움에 휩싸였다. 그러다 커다란 공포가 다른 모든 사소한 두려움을 모두 쫓아버렸다. 엄마가 아프다. 오팔이 사실이라고 말했으니까 믿을 수밖에 없다. 어쩌면 엄마는 죽어가고 있을지도 모른다! 아니, '엄마는 벌써 죽어버렸을지도 모른다'! 집에 돌아가도 엄마는 없는 것이다. 엄마 없는 잉글사이드가 월터의 눈에 떠올랐다.

갑자기 월터는 그런 일은 견딜 수 없다는 것을 깨달았다. 집으로 돌아가야만 한다. 곧 엄마가…… 엄마가…… 죽기 전에 만나야만 한다. 메리 마리아 대고모가 말한 '일'은 이것이었다. 할머니는 엄마가 죽는다는 걸 이미 알고 있었던 것이다. 지금 이 시간에 누군가를 깨워서 집으로 데려다달라고 부탁해봐야 헛일이다. 데려다줄 리 없다. 나를 비웃기만 할 것이다. 집으로 돌아가는 길은 굉장히 멀지만 밤을 새워서라도 걸어갈 테다.

월터는 조용히 침대를 빠져나와 옷을 갈아입었다. 한 손에는 구두를 들었다. 파커 부인이 월터의 모자를 어디에 두었는지 알 수 없었지만, 그런 것은 아무래도 좋았다. 소리를 내서는 안 된다. 조용히 달아나 엄마한테 가야만 한다.

월터는 앨리스에게 작별 인사를 못 하는 것이 안타까웠다. 하지만 앨리스라면 이해해줄 것이다. 캄캄한 복도를 지나 층계를 살금살금 내려갔다. 한 발짝 한 발짝…… 숨을 죽이고…… 이 층계는 대체 끝이 없는 것일까? 가구까지도 귀를 기울이고 있다, 오, 오!

아뿔싸! 월터는 구두 한 짝을 떨어뜨리고 말았다. 구두는 층계를 한 단 한 단 데굴데굴 굴러떨어져 현관홀을 가로질러 날아가더니 월터에게는 마치 귀가 멍해질 만큼 커다랗다 싶은 쾅 소리를 내며 현관문에 부딪쳐 멈췄다.

절망한 월터는 층계 난간에 매달렸다. 잠든 사람들 모두가 그 소리를 들었을 게 틀림없다. 잠에서 깨 뛰어나오면 나는 집에 돌아갈 수 없게 된다. 절망의 흐느낌이 치밀어 올랐다.

몇 시간이나 지난 것 같았다. 아무도 잠이 깨지 않은 것을 월터는 가까스로 알 수 있었다. 조심스럽게 다시 층계를 내려갈 생각이 들었다. 마침내 다 내려와 구두를 집어들고 월터는 살며시 현관문 손잡이를 돌렸다. 파커 저택에서는 언제나 문에 자물쇠를 채우는 일이 없었다. 아이들 말고는 도둑맞을 만한 물건이 아무것도 없고, 아이들을 탐낼 사람은 아무도 없기 때문이라고 파커 부인은 말하곤 했다.

　월터는 밖으로 나가 현관문을 조용히 닫았다. 구두를 신고 발소리를 죽이며 거리로 나갔다. 파커 저택은 마을 끝에 있었고 월터는 얼마 뒤 큰길로 나왔다. 한순간 공포에 휩싸였다. 붙잡혀 도로 끌려갈 불안은 사라졌으나, 어둠 속에서 혼자 남으니 무서움이 한꺼번에 되살아났다. 이제까지 월터는 밤에 혼자서 밖으로 나간 일이 없었다. 세계가 무서웠다. 세계는 어마어마하게 컸고, 그 속에서 자신은 너무나 작았다. 동쪽에서 불어오는 매서운 바람까지도 월터를 밀어서 파커 선생님 집으로 돌려보내려는 듯 얼굴에 불어닥쳤다.

　'엄마가 죽어가고 있다!' 월터는 눈물을 꾹 참고 잉글사이드 쪽으로 얼굴을 돌렸다. 용감하게 공포와 싸우며 월터는 자꾸자꾸 나아갔다. 달 밝은 밤이었다. 달빛은 주위에 있는 것을 환히 보이게 한다. 그런데 무엇 하나 낯익은 것이 없었다. 언젠가 아빠와 함께 밖으로 나갔을 때, 나무 그림자가 드리운 달밤의 길만큼 아름다운 것은 없다고 생각한 일이 있었다. 그러나 지금 그 그림자는 아주 시커멓고 뾰족하게 보여 언제라도 이쪽으로 덤벼들 듯했다. 들판도 서먹서먹했다. 나무들도 지금은 정겹지 않았다. 나무는 월터의 앞뒤에 몰려 서서 그를 감시하는 듯했다.

　도랑에서 불꽃 같은 두 개의 눈동자가 월터 쪽을 노려보는가 싶더니 눈을 의심케 할 만큼 커다란 검정 고양이가 길을 가로질러 달려갔다. 저것이 고양이가 맞을까? 아니면……?

　추운 밤이었다. 얇은 셔츠 차림의 월터는 몸이 와들와들 떨렸다. 그러나 모든 것—그림자며, 수상한 소리며, 자기가 지나가는 곳곳마다 숲속을 서성거릴지도 모르는 무어라 말할 수 없는 온갖 것들—이 이토록 무섭지만 않다면 월터는 추위 같은 건 참을 수 있었다.

아무것도 두려워하지 않는—이를테면 젬 같은 용감한 형이 되는—건 어떤 기분일까 월터는 생각했다.

월터는 소리 내어 말했다.

"무, 무섭지 않은 척하면 돼."

그래도 곧 끝을 알 수 없는 깊은 밤의 어둠 속으로 빨려든 자기 목소리에 부르르 몸을 떨었다.

그러나 월터는 계속 걸었다. 엄마가 죽어가고 있는데 걸음을 멈출 수는 없다. 한번은 넘어져 돌에 부딪쳐 무릎이 몹시 심하게 멍이 들고 까졌다. 그리고 뒤에서 마차가 다가오는 소리가 들려와서 그것이 지나갈 때까지 나무 뒤에 꼭 꼭 숨어 있었다. 월터가 없어진 것을 알고 파커 선생님이 뒤쫓아온 게 아닐까 겁이 났기 때문이다.

또 한번은 길가에 시커먼 털이 북슬북슬 난 것이 앉아 있는 걸 보고 너무 무서워서 우뚝 서버렸다. 그 옆을 지나갈 수가 없었다. 아무래도 걸음을 뗄 수가 없었다. 그러나 월터는 용기를 내서 지나갔다. 그것은 커다란 검정 개였다. 과연 개가 맞을까? 어쨌든 월터는 앞으로 나아갔다. 혹시나 달리면 뒤쫓아 올까 봐 달리지는 않았다. 월터는 공포에 질린 얼굴로 가만히 고개를 돌려 뒤돌아보았다. 개는 일어나 반대 방향으로 성큼성큼 달려가고 있었다. 월터가 햇볕에 그을린 조그만 손을 얼굴에 대보니 땀으로 젖어 있었다.

앞쪽 하늘에서 별 하나가 불꽃을 흩뜨리며 떨어졌다. 별이 떨어졌을 때에는 누군가가 죽은 것이라고 나이 많은 키티 아주머니가 말했던 것이 생각났다. '설마 엄마일까?' 마침 한 발자국도 더 걸을 수 없는 기분이 들었지만 마음을 다잡고 월터는 다시 앞으로 나아갔다. 이제는 너무 추워서 무섭다는 생각마저 거의 없어져버렸다. 집에 영영 돌아갈 수 없는 것일까? 로브리지를 나온 뒤 몇 시간이나 지났을 텐데.

　실은 세 시간이 흘러가고 있었다. 파커 저택을 몰래 나온 게 11시였는데 지금은 새벽 2시였다. 글렌 마을로 접어드는 비탈길에 들어선 것을 알았을 때, 월터는 마음이 놓인 나머지 흐느꼈다. 그러나 넘어질 듯 비틀거리며 마을을 지나가자 잠든 집들은 멀리 떨어진 곳에 있는 듯 아득하게 느껴졌다. 모두들 나를 까맣게 잊어버린 것이다.

　별안간 울타리 너머에서 소가 큰 소리로 음매음매 우는 소리가 들렸을 때 월터는 앨릭 리스 씨가 성질이 거친 소를 기르고 있는 일을 떠올렸다. 겁이 더럭 난 월터가 정신없이 달려 언덕을 뛰어올랐더니 어느덧 잉글사이드의 대문까지 와 있었다. 드디어 집에 돌아온 것이다. 아, 돌아왔다!

　그때 월터는 갑자기 우뚝 서고 말았다. 견딜 수 없는 쓸쓸함에 휩싸여 몸이 부들부들 떨려왔기 때문이었다. 따뜻하고 정다운 등불이 켜져 있으리라 생각했었는데, 잉글사이드에는 불이 하나도 켜져 있지 않았다!

　그런데 잘 살펴보았다면 집 뒤쪽 침실에 하나 켜져 있는 불빛을 보았을 것이다. 그곳에서는 간호사가 갓난아기 요람을 침대 옆에 놓고 잠들어 있었다. 그러나 월터의 눈에는 아무리 보아도 빈집처럼 캄캄하기만 했으므로 월터는 마음이 꺾이고 말았다. 밤의 어둠에 덮인 캄캄한 잉글사이드를 월터는 본 적도, 상상한 일도 없었다.

　'이것은 바로 엄마가 죽어버렸다는 뜻이다!'

　월터는 비척거리며 마찻길을 걸어 잔디밭에 가로누운 불길한 집의 검은 그림자를 밟고 현관으로 갔다. 문에는 자물쇠가 단단히 걸려 있었다. 월터는 힘없이 두드렸다. 손잡이가 있는 데까지는 손이 닿지 않았다. 아무런 대답이 없었다. 월터도 누군가가 나올 거라 기대하지도 않았다. 가만히 귀 기울여 보았다. 집 안에서는 사람 목소리 하나 들리지 않았다. 엄마가 죽었기 때문에 모두 어딘가로 떠나버린 것이다.

이제 몸이 얼어붙고 힘이 다 빠져버려서 울 수도 없었다. 월터는 헛간까지 조용히 가서 사다리를 딛고 마른풀 더미 위로 올라갔다. 두려움은 이미 사라지고 없었다. 다만 어딘가 바람이 닿지 않는 곳으로 가서 아침까지 몸을 누이고 싶었다. 아마 아침이 되면 엄마의 장례를 끝내고 누군가 돌아올 테니까.

블라이드 선생이 누군가에게서 얻어온, 털에 윤기가 반지르르한 작은 새끼 들고양이가 마른 토끼풀의 향긋한 냄새를 풍기며 월터에게 다가와 가르랑거리는 소리를 냈다. 월터는 반가운 마음에 고양이를 꼭 끌어안았다. 따뜻하고 살아 있는 존재였다. 그러나 바닥을 쪼르르 달려가는 작은 쥐 소리를 듣자 고양이는 가만히 있지 않았다.

거미줄투성이 창문으로 달이 월터를 지그시 내려다보고 있었으나, 그 멀고 차갑고 동정심 없는 달은 아무 위로도 되지 못했다. 저 아래 글렌 마을의 외딴집에 켜져 있는 등불 하나가 훨씬 친구처럼 생각되었다. 그 등불이 반짝이고 있는 한 월터는 견딜 수 있었다.

잠도 오지 않았다. 무릎이 몹시 쑤시고 추웠다. 뱃속이 이상한 느낌이었다. 어쩌면 나도 죽을지 모른다. 차라리 그러면 좋겠다는 생각이 슬며시 들었다. 다른 사람들 또한 모두 죽었거나 다른 데로 가버렸으니까.

밤은 끝이 없는 것일까? 다른 날에는 밤이 가고 아침이 왔지만, 오늘은 가지 않을지도 모른다. 항구 어귀에 사는 잭 플래그 선장이 만일 자신이 진심으로 화를 낸다면 해님도 떠오르지 못하게 할 수 있다고 했다던 무서운 이야기를 월터는 떠올렸다. 만일 잭 선장이 진심으로 화가 난 거라면 어쩌지?

그러는 동안 글렌 마을에 켜져 있던 하나 남은 등불이 꺼졌다. 월터는 더 이상 버틸 수 없었다. 그러나 절망에 찬 조그만 외침이 입에서 새어 나온 순간 월터는 날이 밝은 것을 깨달았다.

엄마는 죽지 않았어

월터는 사다리를 타고 내려와 밖으로 나갔다. 잉글사이드는 이제 막 밝아오기 시작한 신비롭고 변치 않는 새벽빛을 받으며 가로놓여 있었다. '계곡'에 있는 자작나무 위 하늘은 은빛 어린 분홍색으로 희미하게 물들고 있었다.

어쩌면 옆문으로 들어갈 수 있을지도 모른다. 수전이 가끔 아빠를 위해 열어 놓은 채로 두니까. 다행히 옆문에는 자물쇠가 걸려 있지 않았다. 기쁨의 눈물을 흘리며 월터는 가만히 안으로 들어갔다. 집 안은 아직 어두웠다. 월터는 조용히 2층으로 올라가기 시작했다.

침대로, 내 침대로 가자. 그리고 아무도 돌아오지 않으면 나는 그대로 죽어 엄마를 찾아 하늘나라로 가면 되는 것이다. 그때 오팔의 말이 월터의 뇌리를 스쳤다. 하늘나라는 몇 백만 마일이나 떨어진 까마득히 먼 곳에 있다고 했다. 새로운 절망의 물결이 덮쳐오자 월터는 발밑을 조심하는 것을 잊고 층계 모퉁이에서 잠들어 있던 슈림프 꼬리를 꽉 밟아버렸다. 아픔을 견디지 못한 슈림프의 날카로운 비명이 온 집 안에 울려 퍼졌다.

까무룩 잠에 빠져들었던 수전은 그 무서운 비명에 소스라쳐 깨어났다. 수전은 오후부터 밤까지 고단하게 일을 하여 지칠 대로 지쳐 있다가, 간신히 12시에야 잠자리에 들었다. 게다가 긴장이 최고조에 이른 때에 메리 마리아 고모의 뒤치다꺼리까지 하느라 더 녹초가 된 상태였다. 안 그래도 신경 쓸 일이 많은데 고모가 '옆구리가 아프다'고 하는 통에 뜨끈하게 데운 탕파를 넣어주고 약을 문질러 발라주어야 했다. 마지막에는 '지병인 두통'이 났다고 해서 눈두덩이에다 젖은찜질까지 해주느라 정신이 없었다.

3시에 수전은 누군가 자기를 애타게 찾고 있는 듯한 묘한 기분이 들어 잠에서 깼다. 일어나서 밭끝으로 복도를 지나 사모님 방으로 가보았다. 방은 아주 조용했고 앤의 부드럽고 규칙적인 숨소리가 들려올 뿐이었다. 집을 한 바퀴 둘러보고 나서 수전은 나쁜 꿈을 꾸어 꿈자리가 뒤숭숭한 탓에 그런 묘한 기분이 든 것임에 틀림없다고 생각하며 도로 잠자리로 돌아갔다. 그러나 그 뒤 수전은 그날 새벽에 평소 자신이 코웃음 쳤던 '강신술(降神術)'에 빠진 애비 플래그가 말하던 '심령현상'을 체험한 것이라고 죽을 때까지 믿게 되었다.

수전은 단언했다.

"월터가 나를 부르고 있는 소리를 들었던 거예요."

수전은 일어나 오늘 밤 잉글사이드는 무엇에 씐 것이 틀림없다고 생각하며 방을 나갔다. 잦은 세탁으로 줄어서 앙상한 발목이 드러나 보일 만큼 댕강 올라간 플란넬 잠옷 하나만 걸치고 있을 뿐이었다. 그러나 층계참에서 흔들리는 잿빛 눈으로 그녀를 올려다보며 새파랗게 질린 얼굴로 바들바들 떨고 있는 아이에게는 그 순간 수전이 이 세상에 다시없을 만큼 아름다워 보였다.

"월터 블라이드!"

두 걸음에 성큼 다가가 수전은 월터를 그녀의 듬직하고 다정한 팔에 끌어안았다.

월터가 물었다.

"수전...... 엄마는 죽었어?"

순식간에 모든 것이 달라졌다. 월터는 침대에 쏙 들어가 몸이 따뜻해지고, 먹을 것을 먹고, 다독임을 받았다. 수전이 급히 불을 피우고, 따끈하게 데운 우유와 알맞게 구워진 토스트와 월터가 제일 좋아하는 '원숭이 얼굴' 쿠키를 커다란 접시에 하나 가득 담아서 가져온 다음, 침대 발치에 탕파를 넣고 월터를 침대에 뉘었다. 수전은 멍들고 까진 작은 무릎에 입 맞추고 연고를 발라주었다. 누군가에게 보살핌을 받고, 자기가 사랑받고 있다고 느끼며, 자기가 소중한 사람임을 깨닫는 것은 무척 기분 좋은 일이었다.

"수전, 엄마는 정말로 죽지 않은 거지?"

"엄마는 푹 주무시고 계셔. 아주 건강하고 행복하게. 그러니 아무 걱정 마, 우리 강아지."

"그럼 엄마는 전혀 아프지 않았던 거야? 오팔이 그렇게 말했는데……."

"응, 어제는 잠시 안 좋았지만 이제 다 나아서 괜찮아. 이번에는 죽을 위험 같은 건 하나도 없었어. 그러니까 한숨 자고 일어나. 그러면 엄마를 만나게 해줄 테니까. 그리고 그 밖에도 보여줄 게 있어.

그 로브리지에 있는 어린 악마들이 내 손에 붙잡혔다가는 내가 가만히 안 둘 텐데! 우리 강아지가 로브리지에서 집까지 그 먼 길을 걸어왔다니 믿어지지 않아. 6마일이나 되는데! 이런 깜깜한 밤에!"

월터는 진지하게 말했다.

"나는 마음이 무척 힘들었어, 수전."

그러나 이미 끝난 일이다. 나는 무사하고 행복하다. 나는…… 집으로…… 돌아왔다. 나는…….

월터는 어느새 스르르 잠이 들었다.

눈을 뜬 것은 정오가 다 되어서였다. 익숙한 방 창문으로 햇빛이 찬란하게 비쳐 들었다. 월터는 절뚝거리며 엄마를 만나러 갔다. 그런데 엄마가 내가 무척 어리석었고, 로브리지에서 도망쳐 왔으니 얼굴도 보고 싶지 않다고 하면 어쩌지. 그러나 엄마는 한 손을 월터에게로 뻗어 아무 말 없이 꽉 끌어안았을 뿐이었다. 수전에게 모든 이야기를 들은 앤은 젠 파커에게 한마디 해주어야겠다고 벼르고 있었다.

"아, 엄마, 엄마는 죽지 않는 거죠? 그리고…… 나를 아직도 사랑하죠?"

"아가, 엄마는 죽을 생각이 조금도 없어. 그리고 너를 너무도 사랑해서 가슴이 아플 정도란다. 그 밤에 로브리지에서 여기까지 그 먼 길을 네가 걸어온 생각을 하면!"

수전은 몸을 부르르 떨면서 말했다.

"더욱이 쫄쫄 굶고서 말예요. 이 아이가 살아서 그런 이야기를 하고 있다는 게 기적이에요. 기적의 시대는 분명 아직 지나가지 않았어요."

셜리를 어깨에 목말을 태우고 들어온 아빠가 웃으며 월터의 머리를 쓰다듬었다.

"이 맹랑한 녀석 같으니."

월터는 아빠의 손을 붙잡아 꼭 끌어안았다. 이 세상에 아빠 같은 사람은 없다. 그러나 실제로는 얼마나 무서웠었는지 아무도 알아선 안 된다.

"이제 다시는 집을 떠나지 않아도 돼요, 엄마?"

어머니는 약속했다.

"그렇고말고. 네가 스스로 떠나고 싶다는 생각이 들 때까지는 아무 데도 안 가도 돼."

"나는 이제 절대로……."

말을 꺼내다가 월터는 그만두었다. 생각해 보니, 앨리스를 또 만나러 가는 것은 싫지 않았다.

"월터, 여기 좀 봐."

요람을 들고 흰 앞치마를 두르고 흰 모자를 쓴 혈색 좋은 젊은 여자분을 데리고 들어오며 수전이 말했다.

월터는 보았다. 갓난아기다! 머리 전체가 촉촉한 명주실 같은 곱슬머리로 뒤덮이고, 조그맣고 귀여운 손을 가진 포동포동한 갓난아기였다.

수전은 자랑스러운 듯 말했다.

"예쁘지? 이 속눈썹…… 갓난아기의 속눈썹이 이토록 긴 건 나도 처음 봐. 게다가 이 귀는 또 얼마나 예쁘고 깜찍하니! 나는 언제나 귀를 가장 먼저 보거든."

월터는 잠시 망설였다.

"예뻐, 수전…… 아, 저 동그랗게 오므린 귀여운 발가락 좀 봐! 하지만…… 너무 작지 않아?"

수전은 웃었다.

"8파운드(약 3.6킬로그램)는 결코 작지 않아, 월터. 그리고 이 아이는 벌써 사람을 알아보기 시작한걸. 태어난 지 한 시간도 안 됐을 때 벌써 머리를 쳐들고 선생님을 보더라니까. 그런 일은 이제까지 본 적이 없어."

블라이드 의사는 만족스러운 얼굴로 말했다.

"이 아이는 빨강머리가 될 거야. 엄마를 닮아 붉은색을 띤 근사한 금발이 될걸."

아내는 기쁨에 넘쳐 말했다.

"그리고 아빠를 꼭 닮은 담갈색 눈이 될 테고."

앨리스를 생각하며 월터가 꿈꾸듯 중얼거렸다.

"어째서 우리 집에는 노랑 머리칼을 가진 사람이 아무도 없을까."

수전이 경멸이 담긴 가시 돋친 소리로 물었다.

"노랑 머리라고? 드루 집안처럼?"

그러자 간호사가 목소리를 낮추어 말했다.

"잠들어 있을 때는 정말 귀여워요. 잘 때 저렇게 눈을 찡긋거리는 아기는 못 봤어요."

"이 애는 기적 같은 아이야. 우리 아기는 모두 귀여웠지, 길버트. 하지만 이 아기가 가장 귀여워."

메리 마리아 고모가 코웃음 쳤다.

"어처구니없구나. 이 세상에는 이 아기가 태어나기 전에도 애들이 꽤 태어났단다, 애니."

월터가 자랑스럽게 말했다.

"하지만 우리 아기는 이번에 처음으로 태어났으니까요, 메리 마리아 할머니. 수전, 아기에게 뽀뽀해도 돼? ……딱 한 번만…… 응?"

"그럼."

수전은 물러가는 메리 마리아 고모의 뒷모습을 흘겨보았다.

"그만 아래층에 가서 저녁 식사에 먹을 체리파이를 만들어야겠어요. 메리 마리아 블라이드가 어제 오후에 하나 만들었는데요, 사모님…… 정말 사모님한테 한번 보여드리고 싶을 정도였어요. 마치 고양이가 질질 끌고 들어온 것 같았지 뭐예요. 버리기 아까워 제가 먹을 수 있을 만큼 먹겠지만, 글쎄, 내가 기운이 남아 있는 한 그런 파이를 선생님 앞에 내놓을 수는 없어요."

앤이 말했다.

"빵이나 과자를 굽는 데 수전만 한 솜씨를 가진 사람은 흔치 않으니까요."

만족한 수전이 나가고 문을 닫자 월터가 말했다.

"엄마, 우리는 꽤 괜찮은 가족인 것 같아요. 엄마도 그렇게 생각하죠?"

꽤 괜찮은 가족이지. 앤은 그런 생각을 하면서 갓난아기 옆자리에 누우며 행복을 느꼈다.

머지않아 곧 다시 전처럼 발걸음도 가볍게 아이들과 함께 돌아다니며, 아이들을 사랑하고, 가르치고, 마음을 어루만질 수 있게 된다. 아이들은 저마다 작은 기쁨과 슬픔, 싹트기 시작한 희망, 처음 느끼는 공포, 그 아이들에게는 어마어마하게 큰 문제로 여겨지는 이런저런 소소한 일, 그 아이들에게는 마음이 부서지는 일처럼 여겨지는 조그만 마음의 아픔 등을 끊임없이 어머니에게로 가져오겠지. 자신은 다시 잉글사이드의 삶의 실을 모두 손에 모아 쥐고 그것을 엮어 아름다운 태피스트리[1]로 만들 것이다. 그리고 이틀 전 메리 마라아 고모가 길버트에게 "얘, 길버트, 몹시 지쳐 보이는구나. 널 돌봐주는 사람은 아무도 없는 거니?"라고 말하는 것을 우연히 들었는데, 이제 그런 말을 듣지 않아도 된다.

아래층에서는 메리 마라아 고모가 큰일이라도 난 듯 고개를 내젓고 있었다.

"갓난아기는 모두 다리가 휘어 있다는 건 알지만, 수전, 저 아이 다리는 너무 '심하게' 휘어 있어. 물론 이런 일은 가엾은 애니에게 말해서는 안 되지만 말이야. 결코 애니에게 말하지 마, 수전."

이번만은 수전도 말문이 막혀 아무 말도 할 수가 없었다.

---

1) 여러 가지 색실로 그림을 짜 넣어 벽걸이나 가리개 따위의 실내 장식품으로 쓰이는 직물.

반가운 손님

8월 끝 무렵이 되자 앤은 다시 평소의 상태를 회복해 즐거운 가을을 기다리고 있었다. 갓난아기 버사 마릴라는 나날이 예뻐져서 언니들과 오빠들의 뜨거운 사랑을 듬뿍 받았다.

젬은 기쁜 듯 조그만 갓난아기의 귀여운 손가락이 자기 손가락을 잡도록 내버려두며 말했다.

"나는 갓난아기란 하루 종일 응애응애 울기만 하는 줄 알았어. 버티 셰익스피어 드루가 그렇게 말했거든."

수전이 말했다.

"버티네 갓난아기라면 온종일 울기만 할 거야, 젬. 드루 집안사람이 되어야 한다고 생각만 해도 울음이 터져나올 테니까. 하지만 버사 마릴라는 '잉글사이드'의 아기거든, 젬."

젬이 슬퍼하며 말했다.

"나도 잉글사이드에서 태어났더라면 좋았을걸, 수전."

젬은 그 일을 언제나 분하게 여겼다. 다이가 그 일로 걸핏하면 젬을 놀려댔기 때문이다.

언젠가 샬럿타운에서 찾아온 퀸즈아카데미 시절 친구가 얕보듯 앤에게 물은 적 있었다.

"이런 곳에서 살면, 사는 게 지루하지 않아?"

지루하다고! 앤은 그만 손님 앞에서 웃음을 터뜨릴 뻔했다. 잉글사이드가 지루하다고? 귀여운 갓난아기가 나날이 새로운 놀라움을 느끼게 해주고, 다이애나와 조그만 엘리자베스와 리베카 듀의 방문이 계획되어 있으며, 길버트가 치료하고 있는 윗글렌의 샘 엘리슨 부인은 온 세계에서 세 사람밖에 걸린 적 없다는 병을 앓고 있고, 월터가 학교에 다니기 시작했으며, 낸은 엄마의 화장대에 있는 향수를 한 병 다 마셔 다들 죽을 거라고 여겼지만 아무렇지도 않은, 이 잉글사이드가? 뒷문에서는 이제까지 본 적도 없는 낯선 검정 고양이가 아기 고양이를 열 마리나 낳고, 셜리는 욕실에 들어가 문을 잠그더니 열지를 못하고, 슈림프는 파리 잡는 끈끈이 종이 위에 냅다 뒹굴어버리고, 한밤중에 촛불을 가지고 어슬렁거리던 메리 마리아 고모가 자기 방 커튼에 불이 옮겨붙어 기겁해서 소리소리 지르며 온 집안사람들을 깨웠는데. 사는 게 지루하냐고?

메리 마리아 고모는 여전히 잉글사이드에 머무르고 있었다.

그러다가 때때로 애처로운 목소리로 말했다.

"내게 싫증이 나거든 그렇다고 솔직히 말해다오. 내 한 몸 건사하는 데는 익숙해 있으니 말이다."

거기에 대한 대답은 하나밖에 정해져 있지 않았고, 물론 길버트는 언제나 그 대답을 했다. 하기야 길버트도 처음처럼 진심에서 우러나와 말하는 것은 아니었다.

길버트의 '집안사람을 감싸고도는' 마음도 서서히 식어가고 있었다. 메리 마리아 고모가 귀찮은 사람이 되어가는 것을 속절없이 알아차린 길버트는—미스 코닐리아라면 '남자가 하는 일이 다 그렇죠, 뭐.'라고 코웃음을 치겠지만—

점점 궁지에 몰리는 심정이었다.

어느 날 단단히 마음먹고, 집이란 사람이 살지 않으면 망가진다는 말을 슬쩍 내비쳤더니, 메리 마리아 고모도 그 말에 동의했다. 그러더니 샬럿타운에 있는 자기 집을 팔려고 생각한다고 천연덕스럽게 이야기했다.

길버트는 부추겼다.

"그건 그리 나쁜 생각은 아닌데요. 마침 글렌세인트메리 읍내에 팔려고 내놓은 아담한 집이 있습니다. 제 친구가 캘리포니아로 가게 되어서 말입니다. 고모님께서 그토록 칭찬하시던 세라 뉴먼 부인이 살고 계신 집과 아주 비슷해요."

메리 마리아 고모는 한숨을 쉬었다.

"하지만 '혼자' 살잖니."

앤은 잘되면 좋겠다고 생각하며 말했다.

"그분은 혼자 사시는 걸 좋아해요."

메리 마리아 고모가 말했다.

"혼자 살기를 좋아하는 사람에게는 뭔가 이상한 데가 있는 거야, 애니."

수전은 신음 소리가 나오려는 것을 가까스로 눌렀다.

9월이 되자 다이애나가 와서 1주일 동안 머물렀다.

그다음에는 조그만 엘리자베스가 찾아왔다. 이제는 더 이상 조그만 엘리자베스는 아니었다. 키도 크고 날씬하며 아름다운 엘리자베스였다. 그러나 지금도 여전히 머리는 금빛이었으며 우수에 젖은 듯한 미소도 그대로였다. 아버지가 파리에 있는 지사로 돌아가게 되어서 엘리자베스도 집안 살림을 돌볼 겸 함께 가기로 되어 있었다.

엘리자베스와 앤은 소설에 등장했던 옛 항구의 바닷가를 오랫동안 거닐다가 가을 별들이 고요히 내려다보는 밤하늘 아래에 함께 돌아오곤 했다. 두 사람은 다시금 지난날 '윈디윌로즈(바람 부는 버드나무집)'에서의 추억을 곱씹고, 엘리자베스가 지금까지도 가지고 있고, 앞으로도 영원히 간직할 요정 나라 지도 속 이곳저곳을 되짚어 보았다.

엘리자베스가 말했다.

"어디를 가든 내 방 벽에 걸려 있어요."

어느 날 바람이 잉글사이드 뜰을 불고 지나갔다. 처음 불어오는 가을바람이었다. 그날 밤 장밋빛 저녁놀이 조금은 엄숙한 빛을 띠었다. 여름이 별안간 나이가 들고, 계절의 변화가 슬슬 시작되었다.

메리 마리아 고모는 마치 가을이 자신을 모욕이라도 한 듯 투덜거렸다.

"가을이 오기엔 아직 너무 이르지 않니."

그러나 가을도 아름다웠다. 짙푸른 만에서 부는 바람이며 가을 한복판의 멋들어진 보름달을 즐길 수 있었다. '계곡'에는 서정미 넘치는 과꽃이 피고, 사과가 주렁주렁 열린 과수원에서는 해맑은 아이들의 웃음소리가 울려 퍼졌다. 윗글렌 높은 언덕에 자리한 목장의 저녁은 맑게 개고, 은빛 비늘구름이 뜬 하늘을 검은 새가 날아갔다. 해가 짧아짐에 따라 조그만 잿빛 안개가 모래 언덕을 조용히 넘어 항구로 올라왔다.

낙엽과 더불어 리베카 듀가 여러 해 전부터 했던 방문 약속을 지키러 잉글사이드를 찾아왔다. 1주일 체류 예정이, 간절한 설득에 넘어가 2주일이 되었는데, 누구보다도 열심히 붙잡은 것은 수전이었다. 수전과 리베카 듀는 첫눈에 닮은꼴 영혼임을 알아보았던 것이다. 아마 두 사람 다 앤을 사랑하고 있었기 때문인지도 모르며, 똑같이 메리 마리아 고모를 싫어한 까닭인지도 모른다.

밖에서는 비가 부슬부슬 낙엽 위로 내리고 바람이 잉글사이드의 처마와 모퉁이를 이리저리 고함치며 돌아다니던 어느 날 저녁, 부엌에서는 수전이 자신의 이야기에 동정하는 마음으로 귀를 기울이는 리베카 듀에게 마음속에 쌓여 있던 울분을 모두 털어놓았다. 의사 선생님 부부는 왕진을 가느라 집을 비웠고, 아이들은 모두 포근히 잠자리에 들어 있었으며, 메리 마리아 고모는 다행히 두통 때문에 '쇠로 만든 띠가 머리를 죄는 것' 같다고 신음하며 방으로 물러갔다.

리베카 듀는 오븐 문을 열고 오븐에다 편안히 다리를 걸쳤다.

"누구든 저녁 식사 때 고등어 튀김을 그처럼 많이 먹으면 두통에 시달려도 싸죠. 나도 내 몫은 먹었지만 말예요. 그럴 수밖에 없었던 게…… 미스 베이커, 댁처럼 고등어 튀김을 잘하는 사람은 본 적이 없어요. 하지만 아무리 그래도 나는 네 토막이나 먹지는 않았으니까요."

뜨갯감을 내려놓고 수전은 리베카의 조그만 검은 눈을 간청하듯 바라보며 진지하게 말했다.

"미스 듀, 여기 있는 동안 메리 마리아 블라이드가 어떤 사람인지 어느 정도 알았겠죠. 하지만 아직은 절반도, 아니, 반의반도 모를 거예요. 미스 듀라면 믿을 수 있다고 생각되는데, 우리끼리만 알기로 하고 내 속내를 털어놓아도 괜찮을까요?"

"괜찮고말고요, 미스 베이커."

"그 여자는 6월에 여기에 왔는데, 내 생각에는 평생 눌러앉을 작정인 것 같아요. 이 집에 있는 사람들 모두가 그 사람을 싫어하고 있죠. 선생님까지도 지금은 그 사람을 반기지 않아요. 아무리 숨기려 해도 뻔히 다 보이죠. 하지만 선생님은 집안사람을 감싸고도는 마음이 강해서, 자기 아버지의 사촌이 이 집에서 불청객이라고 느끼는 일이 있어서는 안 된다고 하세요. 나는 사모님께 얼마나 사정했는지 몰라요."

수전의 말투로 봐서는 꼭 무릎이라도 꿇고 부탁한 듯싶었다.

"단단히 결심하고 메리 마리아 블라이드에게 이만 가라고 말해주십사 하고요. 하지만 알다시피 사모님은 너무 인정이 많아요. 그래서 우리는 어쩔 도리가 없어요, 미스 듀. 도무지 어쩔 도리가 없어요."

리베카 듀도 이미 몇 번 메리 마리아 고모가 뭐라고 한 일로 꽤 감정이 상해 있었다.

"내게 그 여자를 처리하도록 맡겨준다면 좋을 텐데 말이죠. 미스 베이커, 나는 물론 신성한 환대의 의무를 저버려선 안 된다는 것을 그 누구보다 잘 아는 사람이에요. 그래도 미스 베이커, 나라면 그 여자에게 대놓고 말해줄 거예요."

"나도 내 분수를 모르는 사람이었다면 그 여자를 어떻게든 할 수 있어요, 미스 듀. 그렇지만 나는 내가 이 집 안주인이 아니라는 것을 결코 잊지 않아요.

때때로 나는 스스로에게 물어본답니다. '수전 베이커, 너 지금 발깔개 취급 당하고 있는 거 알아, 몰라?'라고요. 하지만 나는 이러지도 저러지도 못할 처지예요. 나로서는 사모님을 못 본 체하고 떠날 수도 없고, 메리 마리아 블라이드하고 싸워서 사모님의 고통을 더하는 일은 있을 수도 없으니까요. 그러니 내 도리를 다하는 노력을 계속할 수밖에요. 왜냐하면요, 미스 듀."

수전은 엄숙히 말했다.

"나는 선생님이나 사모님을 위해서 기꺼이 죽을 수 있거든요. 그 여자가 이리로 오기 전까지 우리는 정말 행복한 집이었어요, 미스 듀. 하지만 지금은 그 여자가 우리 생활을 아주 비참하게 만들고 있다니까요.

앞으로 어떻게 될지는 예언자가 아니니까 알 수 없어요, 미스 듀. 아니, 알 수 있어요. 우리 모두 미쳐버려 정신병원에 들어가고 말 거예요. 그것도 한 가지 때문이 아니랍니다, 미스 듀. 몇십 가지, 아니, 몇백 가지 일이 있으니까요, 미스 듀.

모기도 한 마리라면 참을 수 있죠, 미스 듀. 하지만 몇 백만 마리나 된다고 한번 생각 좀 해 보세요!"

리베카 듀는 몇 백만 마리 모기를 떠올리고 참혹스러운 듯 머리를 저었다.

"그 여자는 사모님에게 사사건건 집안 살림하는 법에 대해 참견을 하고 심지어 사모님이 입는 옷에 대해서까지 잔소리를 하는 거예요. 나를 줄곧 감시하고 있고요. 그리고 이토록 걸핏하면 싸우는 아이들은 본 일이 없다는 말을 하죠. 미스 듀도 직접 봤으니 알겠지만, 우리 집 아이들은 싸움 같은 건 전혀 하지 않잖아요. 아니, '전혀'까지는 아니더라도 좀처럼 하지 않는걸요."

"내가 여태까지 본 아이들 가운데 가장 기특한 아이들이에요, 미스 베이커."

"그게 다가 아니에요. 얼마나 기웃거리고 다른 사람 일을 캐고 다니는데요……."

"나도 그 현장을 보았어요, 미스 베이커."

"늘 무슨 일로 상처를 받았다느니 속이 상했다느니 하면서도, 그 일 때문에 짐 싸들고 나갈 정도는 아닌 거 있죠. 그저 늘 한구석을 차지하고 앉아 쓸쓸하고 냉대받은 척해서 마음 착한 사모님을 괴롭히는 거예요.

하나부터 열까지 마음에 드는 게 아무것도 없어요. 창문이 하나라도 열려 있으면 외풍이 들어온다고 투덜거리고, 창문을 모두 닫으면 때로는 신선한 공기가 필요하다고 말하죠.

그리고 양파를 아주 싫어해요. 그 냄새만 맡아도 속이 메스껍다고 한다니까요. 그래서 사모님이 이제 우리 집에서 음식 할 때는 양파를 써서는 안 된다고 하죠."

수전은 여기서 당당한 태도로 덧붙였다.

"양파를 좋아하는 것이 온 세상에서 허락될지 몰라도, 잉글사이드에서는 양파를 먹으면 유죄를 인정해야 되는 거예요, 미스 듀."

리베카 듀가 맞장구를 쳤다.

"나도 양파를 아주 좋아해요."

"그 여자는 고양이도 몹시 싫어해요. 소름이 끼친다고 말하죠. 고양이가 자기 눈에 보이고 안 보이고의 문제가 아니라 집 안에 고양이가 있다는 사실만으로도 싫다는 거예요.

그래서 불쌍한 슈림프는 집 안에 거의 얼굴을 들이밀지 않게 되었어요. 나도 고양이를 좋아하지는 않지만, 미스 듀, 고양이도 어디서고 제 꼬리를 흔들 권리는 있다고 생각해요.

그리고 '수전, 내가 달걀을 못 먹는다는 것을 결코 잊지 말아줘.'라니 '수전, 내가 식은 토스트를 먹지 못한다는 것을 몇 번이나 말해야 알지?'라니 '수전, 사람에 따라서는 끓이다 못해 푹 곤 차를 마실 수 있을지 모르지만, 나는 그런 운 좋은 부류가 아니야.'라고 한다니까요. 푹 곤 차라니요, 미스 듀. 마치 내가 푹 곤 차를 누구한테 대접하기라도 한 것 같잖아요."

"댁을 그렇게 생각할 사람은 아무도 없어요, 미스 베이커."

"물어보면 안 될 것도 그 여자는 꼭 물어봐요. 선생님이 자기보다 사모님에게 이런저런 일들을 먼저 이야기한다고 해서 그걸 또 질투를 하고요…… 선생님에게 시도 때도 없이 환자에 대한 이야기를 꼬치꼬치 캐물어요. 그것처럼 선생님을 불편하게 하는 일은 없는데도 말예요. 미스 듀도 잘 알겠지만 의사란 원래 입이 무거워야 하는 법이잖아요.

게다가 또 불조심하라는 잔소리는 어찌나 많이 하는지!

'수전 베이커, 등유를 써서 불을 붙이지 않으면 좋겠는데. 또 기름 묻은 헝겊을 아무 데나 널브려 놓아서는 안 돼, 수전. 그랬다가는 한 시간도 채 못 되어 자연 발화가 일어난다는 것은 이미 잘 알려져 있으니까. 자기 실수로 이 집이 홀랑 타버리는 것을 우두커니 서서 바라보면 기분이 어떻겠어, 수전?'

이런 소리를 항상 늘어놓는데, 그 일로 되레 제가 뒤에서 속 시원하게 한바탕 웃었죠. 그 여자 방 커튼에 불이 붙은 게 바로 그날 밤이었으니까요. 지금도 불이 났다고 울부짖던 그 목소리가 쟁쟁 울리며 귀에서 떠나지를 않아요. 게다가 딱하게도 선생님이 이틀 밤을 꼬박 새운 끝에 가까스로 잠들었을 때였단 말이죠!

무엇보다도 나를 화나게 하는 것은 미스 듀, 그 여자는 어디에 가든지 꼭 나가기 전에 부엌으로 와서 달걀 개수를 세어보고 나간다는 거예요. '왜, 숟가락도 세어보지 그러세요?'라고 말하고 싶은 것을 참는 데 내가 한평생 동안 한 수양이 다 필요하답니다.

물론 아이들도 그 여자를 싫어해요. 사모님은 아이들에게 그런 티를 내지 않도록 가르치느라 지칠 지경이에요. 언젠가 선생님도 사모님도 집에 안 계실 때 그 여자가 낸의 뺨을 때렸어요. 뺨을 말예요. 개구쟁이 켄 포드 녀석이 하는 소리를 듣고 따라 해서 낸이 그 여자를 '므푸살레(므두셀라[1]) 부인'이라고 불렀다는 것만으로 말이죠."

흥분한 리베카 듀는 맹렬하게 말했다.

"나라면 '그 여자의' 따귀를 때려주었을 거예요."

"나는 그 여자에게 또다시 이런 짓을 했다가는 당신 얼굴을 때리겠다고 말해주었어요. '이 집에서는 가끔 아이들 엉덩이를 때리는 일은 있어도 뺨은 결코 때리지 않아요. 그러니 그런 짓은 두 번 다시 하지 말아요.'라고 따끔하게 말했

---

[1] 성경 속 인물 중 가장 장수한 인물로, 나이가 아주 많은 사람을 가리킬 때 종종 쓰는 표현.

답니다. 그러고 났더니 삐져서 1주일 동안이나 부루퉁해 있었지만 그 뒤부터는 아이들 누구에게도 감히 손을 올릴 엄두는 못 내죠.

그러면서 아이들이 부모에게 벌받는 것을 보면 그렇게 좋아할 수가 없어요. 언젠가 저녁에 젬을 보고 '내가 네 엄마였다면 말이지……'라고 말하니까 그 애는 '고모할머니는 누구의 엄마도 될 수 없을 텐데요.'라고 해버린 거예요. 저도 모르게 저절로 나온 말이었던 거예요, 미스 듀. 오죽했으면 그렇게 말했겠어요, 그 착한 애가.

선생님은 젬에게 저녁을 굶고 잠자리에 들라고 했는데, 나중에 누가 몰래 먹을거리를 조금 갖다주었을까요?"

"아, 그러게요, 누구였을까요?"

이야기에 빠져들어 리베카 듀는 큰 소리로 웃었다.

"그날 밤에 젬이 기도하는 소리를 들었다면 미스 듀의 가슴이 미어졌을 거예요. 젬은 누가 시키지도 않았는데, '오, 하느님, 메리 마라아 할머니에게 버릇없는 말을 한 것을 용서해주세요. 그리고 메리 마라아 할머니에게 언제나 공손히 대할 수 있도록 부디 도와주세요.'라고 기도를 하더라니까요. 그 기도를 듣는데 나는 아이가 가엾어서 눈물이 쏟아졌어요.

어린아이가 손윗사람에게 버릇없는 말을 하거나 제멋대로 구는 데는 찬성할 수 없지만요, 미스 듀, 언젠가 버티 셰익스피어 드루가 종이를 돌돌 뭉쳐서 만든 공을 그 여자에게 던졌다가 살짝 빗나갔을 때, 나는 집으로 돌아가는 그 애를 불러세워서 도넛을 한 봉지 주었어요. 물론 그 까닭은 말하지 않았지요. 하지만 이유 같은 건 몰라도 그 애는 아주 기뻐했어요. 도넛은 나무에 저절로 열리는 게 아니잖아요. 게다가 '짠순이 아줌마'인 그 애 어머니는 도넛 같은 건 결코 만들어주지 않거든요.

낸과 다이는 말이에요—이건 정말로 미스 듀 말고는 아무에게도 이야기하지 않은 일이에요. 선생님도 사모님도 이런 일은 꿈에도 몰라요. 알게 되면 물론 못 하게 하시겠지요—머리가 깨진 도자기 인형에 메리 마리아라는 이름을 붙이고 고모할머니에게 꾸중을 들을 때마다 밖으로 나가 빗물받이 통에다 머리를 넣어 물을 먹인답니다. 그 인형에게 말예요. 그것을 몇 번이나 하면서 재미있어 했는지 몰라요.

하지만 요전번 저녁 그 여자가 무슨 짓을 했는지 알면, 도저히 믿지 않을 거예요, 미스 듀."

"그 여자라면 무슨 짓을 했다고 해도 믿겠어요, 미스 베이커."

"그 여자는 무언가 화나는 일이 있다면서 저녁 식사를 한술도 입에 대려 하지 않았어요. 그러고는 자기 전에 부엌으로 가서 내가 고생하는 선생님을 위해 남겨둔 밤참을 모조리 먹어치운 거예요. 부스러기 한 조각도 남기지 않고 말예요, 미스 듀.

나를 믿음이 없는 사람이라고 여긴다면 곤란하지만요, 미스 듀, 나는 선하신 주님께서 어째서 그런 사람에게 질리시지 않는지 모르겠어요."

리베카 듀는 단호히 말했다.

"아무리 화가 나도 유머 감각을 잃는 일이 있어서는 안 돼요, 미스 베이커."

"'써레 밑에 깔린 두꺼비'[2]에게도 우스꽝스러운 면이 있다는 것은 나도 잘 알고 있어요, 미스 듀. 그렇지만 문제는, 그 두꺼비도 그것을 알겠느냐는 거예요.

이런 불쾌한 이야기를 길게 해서 미안해요, 미스 듀. 하지만 덕분에 속이 후련해졌어요. 이런 말은 사모님에게도 할 수 없고, 그렇지만 이대로 계속 꾹꾹

---

[2] 큰 괴로움을 당하나 빠져나갈 도리가 없는 사람을 가리킴.

눌러놓았다가는 언젠가 터질지도 모르겠다는 마음이 요즘 들어 부쩍 들던 참이었거든요."

"그 마음 잘 알아요, 미스 베이커."

수전이 가뿐하게 일어나며 물었다.

"그럼 미스 듀, 자기 전에 차를 한잔 들겠어요? 그리고 찬 닭다리 고기를 곁들여 먹는 건 어때요, 미스 듀?"

리베카 듀는 따뜻해진 발을 오븐에서 빼면서 말했다.

"우리 인생에서 보다 고귀한 것을 잊어서는 결코 안 되지만, 맛있는 음식도 적당히만 먹으면 꽤 좋은 것이라는 걸 나는 단 한 번도 부인한 적이 없어요."

힘겨운 나날

길버트가 노바스코샤에서 2주일 동안 도요새 사냥을 하고 돌아왔다. 앤조차도 길버트가 한 달을 쉬다가 오도록 설득할 수는 없었다. 그리고 나니 11월이 잉글사이드로 금세 밀어닥쳤다. 해가 일찍 저무는 저녁이면 어둑어둑해진 언덕에는 그보다 더 짙은 가문비나무가 행군이라도 하듯 무성해져 음산한 기운마저 감돌았다. 그러나 대서양에서 바람이 슬픈 노래를 부르며 불어닥치는데도 잉글사이드는 따스한 난롯불과 해사한 웃음으로 꽃이 핀 것 같았다.

어느 날 밤, 월터가 물었다.

"왜 바람은 행복하지 않아요, 엄마?"

앤이 대답했다.

"그건 바람이 이 세계가 시작된 뒤 겪은 모든 슬픔을 기억하고 있기 때문이란다."

메리 마리아 고모가 코웃음 치며 말했다.

"바람이 저리도 울부짖는 건 공기 중에 습기가 많아서 그런 거야. 나도 허리가 아파 죽겠구나."

그러나 날에 따라서는 바람이 유쾌한 듯 은회색 단풍나무숲에 부는 적도 있고, 또 바람 한 점 없이 갑자기 봄날처럼 햇볕이 따뜻하여 잎 떨군 나무들이 잔디밭 가득 고요한 그림자를 드리우다가 해 질 녘이 되어 서리가 가만히 내리는 날도 있었다.

앤이 말했다.

"얘들아, 저 모퉁이에 있는 양버들 위에 뜬 하얀 저녁샛별을 좀 보렴. 저런 걸 볼 때면 나는 살아 있는 것만으로도 기쁘다는 생각을 해."

메리 마리아 고모가 말했다.

"너는 참 엉뚱한 말을 많이도 하는구나, 애니. 프린스에드워드섬에서 별을 보는 게 무슨 신기한 일이라고."

'별이라니, 정말이지! 마치 이제까지 아무도 별을 본 사람이 없는 것처럼. 애니는 가정부가 날마다 부엌에서 엄청난 낭비를 하고 있는 것을 알기나 할까? 수전이 분별없이 달걀을 마구 쓰는 것하며, 쓰고 남은 기름으로도 충분한데도 굳이 라드(돼지 지방으로 만든 기름)를 갖다 쓰는 것을 알기나 하는 거냐고. 아니면 알면서도 신경을 쓰지 않는 걸까? 길버트만 불쌍한 노릇이야! 살림이 이렇게 줄줄 새니 길버트가 벌어 먹이느라 등골이 빠지지!'

11월은 잿빛과 갈색 옷을 입고 떠났다. 그러나 아침이 되자 눈이 그 오래된 마법의 하얀 옷을 짜서 세상에 걸쳐주었으므로 아이들은 아침 식사를 하러 달려 내려오다가 환호성을 질렀다.

제일 먼저 내려온 젬이 물었다

"아, 엄마, 이제 곧 크리스마스가 되고, 산타클로스 할아버지가 우리 집으로 찾아오는 거죠?"

메리 마리아 고모가 눈을 동그랗게 뜨며 물었다.

"설마 '아직도' 산타클로스가 정말로 있다고 믿는 건 아니지?"

앤이 재빨리 길버트를 흘끗 보자 길버트는 괜히 헛기침을 하며 점잖게 대답했다.

"우리는 선조들이 물려준 동화나 꿈의 세계를 아이들이 되도록 오랫동안 간직하도록 해주고 싶습니다, 고모님."

다행히 젬은 메리 마리아 대고모의 말에 조금도 관심을 기울이지 않았다. 겨울이 선물로 가져온 아름다움으로 가득한 새롭고 멋진 세계로 한시바삐 나가보고 싶어 젬도 월터도 정신이 없었다. 앤은 아직 아무도 밟지 않은 눈의 순결한 아름다움이 발자국으로 엉망이 되는 것을 싫어했지만, 아이들의 즐거움 앞에 그것은 어쩔 수 없는 일이었다. 저물녘 제비꽃 언덕 곳곳의 하얗게 변한 골짜기들 위로 서녘 하늘이 불길처럼 붉게 타오를 때면, 그럼에도 아름다움은 넘쳐났다. 앤은 사탕단풍나무 장작이 타고 있는 거실 난롯가에 앉아 있었다.

난롯불은 언제 보아도 아름답다고 앤은 생각했다. 장난기 많은 그 불은, 미처 생각지도 못한 갖가지 짓궂은 장난을 친다. 방의 일부가 환하게 나타났다가 이내 사라진다. 그림이 떠올랐다가 또 꺼져버린다. 그림자가 숨었다가 껑충 뛰어오른다. 커튼도 블라인드도 치지 않은 커다란 창문을 통해, 등을 꼿꼿이 세우고 앉아 있는 메리 마리아 고모의 모습까지—그녀는 결코 '축 늘어져' 기대앉거나 하지 않았다—담은 그 모든 광경이 작은 요정의 장난처럼 창밖의 구주소나무 아래에 비치고 있었다.

길버트는 소파에 '축 늘어진 채' 기대앉아 그날 폐렴으로 죽은 환자에 대한 생각을 잊으려 애쓰고 있었다. 어린 릴라는 요람 속에서 자기의 분홍빛 주먹을 먹으려 하고 있었다. 흰 앞발을 가슴 밑에 집어넣은 슈림프마저 난롯가 깔개 위에서 목을 가르랑거리고 있어 메리 마리아 고모의 심기를 몹시 불편하게 했다.

"고양이 얘기가 나왔으니 말인데……"

메리 마리아 고모가 비통한 목소리로 말하기 시작했다. 비록 고양이 얘기는 누구의 입에서도 나온 적이 없었지만.

"밤만 되면 온 글렌의 고양이란 고양이가 죄 이 집으로 찾아오는 모양이지? 어젯밤에 그 새된 고양이 울음소리가 밤새도록 들리는데도 다들 용케도 잠을 자더구나. 나는 도무지 잠이 안 오던데 말이야. 물론 내 방이 뒤쪽에 있다 보니 운 좋게도 무료 음악회의 수혜를 전적으로 누린 덕일 테지만."

누가 미처 그 말에 대답할 새도 없이 수전이 들어와 말했다.

"카터 플래그네 가게에서 마셜 엘리엇 부인을 만났는데요, 살 것을 다 산 다음 들르겠다고 했어요."

수전은 엘리엇 부인이 걱정스럽게 다음과 같이 말한 것은 덧붙이지 않았다.

"블라이드 부인에게 무슨 일이 있나요, 수전? 지난주 일요일에 교회에서 보니까 무척 지치고 걱정이 많아 보였어요. 그런 모습은 이제까지 본 적이 없는데."

그때 수전은 안쓰러운 얼굴로 대답했다.

"사모님에게 무슨 일이 있었냐면요, 메리 마리아 고모라는 지독한 병에 걸려 호되게 앓고 있어요. 그런데도 선생님은 그걸 통 몰라요. 사모님이 디디고 지나간 땅까지 숭배할 정도면서도요."

엘리엇 부인이 말했다.

"남자들이 다 그렇지요, 뭐."

앤은 불을 켜려고 벌떡 일어났다.

"어머나, 잘됐어요. 미스 코닐리아를 오래 못 만났는데 이제 여러 가지 소식을 들을 수 있겠어요."

길버트는 건조하게 말했다.

"그렇겠네."

메리 마리아 고모가 딱 잘라 말했다.

"그 여자는 못돼먹은 수다쟁이야."

수전은 발끈해서 아마도 난생처음으로 미스 코닐리아를 옹호하기 위해 일침을 놓았다.

"그렇지 않아요, 미스 블라이드. 코닐리아에 대한 그런 부당한 험담을 이 수전 베이커는 잠자코 들어넘길 수 없어요. 못돼먹었다니요! 혹시 똥 묻은 개가 겨 묻은 개를 나무란다는 말을 들어보신 적 있나요 미스 블라이드?"

"수전……수전."

앤이 애원했다.

"죄송해요, 사모님. 이번에는 제가 제 분수를 잊었군요. 하지만 경우에 따라서는 도저히 그냥 넘어갈 수 없는 일이라는 것도 있으니까요."

그러고 거실을 나가면서 잉글사이드에서는 좀처럼 들을 수 없는 큰 소리로 문을 쾅 닫았다.

메리 마리아 고모는 의미심장하게 말했다.

"저것 좀 봐라, 애니? 하지만 하인이 저렇듯 멋대로 하도록 네가 내버려두는 한 누가 뭘 할 수 있겠니."

길버트는 의자에서 일어나서 피곤한 남자가 골치 아픈 자리를 벗어나 얼마쯤 안식을 기대할 수 있는 서재로 들어갔다. 그리고 미스 코닐리아를 좋아하지 않는 메리 마리아 고모는 잠자리에 들겠다며 물러났다.

마침내 미스 코닐리아가 왔을 때 앤은 혼자 남아 힘없이 아기 요람 위로 몸을 구부리고 있었다. 미스 코닐리아는 이전처럼 소문 보따리부터 풀어놓는 대신 겉옷을 벗어 한쪽에다 내려놓고 앤 옆에 다가와 앉으며 손을 잡았.

"앤, 왜 그래요? 무슨 일이 있다는 거 알아요. 그 유쾌하신 메리 마리아께서 당신을 죽도록 괴롭히고 있는 거예요?"

앤은 애써 웃으려고 했다.

"아, 미스 코닐리아…… 이렇게까지 신경 쓰는 내가 어리석다는 건 잘 알고 있어요…… 하지만 오늘은 도저히 고모님을 참을 수 없을 것 같은 그런 날이었어요. 그분은…… 그분은 우리 생활을 엉망으로 만들고 있어요."

"왜 가라고 하지 못하죠?"

"어머나, 그런 말은 할 수 없어요, 미스 코닐리아. 적어도 나는 할 수가 없고 길버트는 하려고 하지 않아요. 길버트는 자기 혈육을 내쫓는 그런 몹쓸 짓을 했다가는 평생 얼굴을 들지 못할 거라고 말해요."

코닐리아는 분개했다.

"어이가 없군요. 그분은 돈도 많고 번듯한 자기 집도 가지고 있잖아요. 그런 사람한테 자기 집에 가서 편히 살라고 하는 게 어째서 내쫓는 거예요?"

"저도 알죠…… 하지만 길버트는…… 제가 보기에 길버트는 모든 것을 알지는 못해요. 아무래도 집을 비우는 시간이 많으니까요…… 그리고 사실…… 따지고 보면 모두 그 자체로는 너무 사소한 일들이라…… 이러는 내가 부끄러워질 정도예요……"

"알아요, 앤. 그런 조그만 일들이 하나씩 하나씩 쌓여서 엄청나게 큰일이 되는 거예요. 물론 남자들은 이해 못 하죠. 내가 아는 사람 중에 그분을 잘 아는 여자분이 샬럿타운에 살아서 이야기해줬는데, 메리 마리아 블라이드는 평생 친구라고는 단 한 명도 없었대요. 성도 블라이드('명랑, 쾌활'을 뜻하는 blithe와 발음이 같음.)가 아니라 블라이트(blight, 병충해)라야 한다고 하더라니까요. 지금 앤에게 필요한 건, 이제 더는 못 참는다고 단호히 말해버릴 결단력이에요."

앤은 서글프게 말했다.

"왜, 꿈속에서 아무리 달리고 싶어도 발이 안 떨어져서 발을 질질 끌 수밖에 없는, 꼭 그런 기분이에요. 가끔 있는 일이라면 또 몰라요…… 하지만 날마다 그런걸요. 이제는 식사 시간이 아주 싫어질 지경이에요. 길버트는 이제 고기를 자르는 일조차 자기가 할 수 없다고 말했어요."

미스 코닐리아는 차갑게 말했다.

"그런 건 신경이 쓰이나 보죠."

"식사 때 대화다운 대화를 할 수조차 없어요. 누가 입을 열 때마다 고모님이 여지없이 무슨 불쾌한 말을 하니까요. 날마다 아이들이 버릇이 나쁘다고 지적하고 늘 사람들 앞에서 아이들 결점을 나무라죠.

그동안 식사 시간이 얼마나 즐거웠는데…… 지금은! 고모님은 웃는 것을 몹시 싫어해요. 우리가 웃음을 얼마나 좋아하는지 미스 코닐리아도 아시잖아요. 늘 누군가는 농담거리를 찾아내곤 하죠. 아니, 예전에는 그랬죠.

고모님은 무슨 일이든 그냥 지나치지 않아요. 오늘도 '길버트, 그렇게 부루퉁해 있으면 못써. 애니하고 싸웠니?' 하는 거예요. 우리는 그저 조용히 있었을 뿐이거든요. 잘 아시잖아요, 틀림없이 살릴 수 있다고 여겼던 환자가 죽으면 길버트가 늘 좀 우울해하는 거?

그러고는 우리의 부족함을 일일이 지적하며 설교를 하시고 화가 다음 날까지 넘어가면 안 된다고 단단히 일러주셨죠. 아, 나중에 우리끼리 있을 때는 그 말씀에 대해 웃었어요, 평소 고모님이 화났을 때 얼마나 오래 마음에 담아두는 편인지 아니까…… 하지만 그때는 웃는 게 다 뭐예요!

고모님은 수전하고도 사이가 안 좋아요. 물론 혼잣말로 구시렁거리는 말들이 예의에 벗어나는 것들이기는 해도, 그렇다고 수전이 그것까지 못 하게 막을 방법은 없어요. 게다가 메리 마리아 고모님이 월터 같은 거짓말쟁이는 본 적이 없다는 말을 했을 때에는 혼자서 구시렁거리는 정도가 아니었죠. 고모님은 월터가 달에 사는 남자를 만나서 둘이 무슨 이야기를 나눴는지에 대해 자기가 지어낸 이야기를 다이에게 해주는 걸 들으신 거예요. 그랬더니 비누칠을 해서 월터의 입을 물로 빡빡 문질러 씻어주어야 한다고 해서 수전과 아주 한바탕하셨어요.

그뿐인가요. 아이들 머릿속을 온갖 무섭고 기분 나쁜 생각으로 가득 차게 만들어요. 한번은 낸에게 말을 잘 안 듣는 아이가 자다가 그대로 죽었다는 이야기를 하셔서, 그 뒤부터 낸은 잠드는 걸 무서워해요. 다이에게는 '말을 항상 잘 들으면 네가 비록 빨강머리이기는 해도 아빠, 엄마가 너도 낸하고 똑같이 사랑해 줄 거야.'라고 했대요. 그 이야기를 들었을 때는 길버트도 정말로 화가 머리끝까지 나서 고모님에게 심하게 말했어요. 솔직히 그때 내심 고모님이 기분이 상해서 그대로 가줬으면 하는 생각을 안 할 수가 없어요…… 어떤 사람이든 기분이 상해서 우리 집에서 나가는 건 싫은 일이겠지만요.

그런데 고모님은 그 커다란 푸른 눈에 눈물이 그렁그렁 고이더니 나쁜 뜻으로 한 말이 아니다, 쌍둥이란 원래 공평하게 사랑받을 수 없다는 말을 많이 들어왔고, 나는 너희들이 낸을 더 사랑하는 것 같다고 느꼈고, 가엾게도 다이도 그렇게 느끼고 있는 듯해서 그랬을 뿐이라고 하시는 거예요! 그 일로 고모님이 밤새 우는 바람에 길버트는 자기가 피도 눈물도 없는 사람이라고 생각하다가…… 결국 잘못했다고 '사과를' 했다니까요."

"아이고, 그러셨겠지!"

"아, 이런 말을 하는 게 아니었어요, 미스 코닐리아. 사실 내가 복이 얼마나 많은지 생각하면, 비록 삶의 재미를 조금 갉아먹는다 하더라도, 이런 일에 연연하는 나 자신이 아주 형편없게 느껴져요. 그리고 고모님이 늘 불만으로 가득 차 있는 것은 아니에요…… 기분이 좋을 때면 잘해주기도 하세요…….”

미스 코닐리아는 빈정거리듯 말했다.

“호, 그렇군요.”

“그래요…… 그리고 친절할 때도 있고요. 내가 오후의 티타임에 쓰는 찻잔 세트를 가지고 싶다는 말을 듣고 토론토에 주문을 해서 사주셨어요. 통신판매로요! 그런데 말예요, 미스 코닐리아, 그 찻잔이 너무너무 안 예뻐요.”

앤은 웃기 시작했는데, 그것이 마침내 흐느낌이 되어버렸다. 그리고 다시 웃었다.

“자, 이제 따분한 고모님 이야기는 그만하죠…… 꼭 아이처럼, 모조리 말하고 났더니 이제 한결 나아졌어요. 작은 릴라를 봐요, 미스 코닐리아. 잠들었을 때 속눈썹이 정말 귀엽지 않아요? 자, 우리 이제 재미있는 잡담이나 실컷 나눠봐요.”

미스 코닐리아가 돌아갈 즈음 앤은 어느 정도 편안한 기분을 되찾았다. 그렇지만 앤은 잠시 생각에 잠겨 난로 앞에 가만히 앉아 있었다. 미스 코닐리아에게 모든 것을 다 털어놓은 것은 아니었다. 길버트에게는 이런 말은 한마디도 한 적이 없었다. 사소한 일들은 헤아릴 수 없을 만큼 많았지만…….

앤은 골똘히 생각했다.

'너무나 사소한 일이라 불평할 수도 없어. 그렇지만…… 인생을 야금야금 좀 먹고—마치 나방이 옷을 좀먹듯이—그러다 망가뜨려 버리는 것은 결국 그런 사소한 일들이야.'

교묘한 꼼수로 이 집 여주인처럼 행세하는 메리 마리아 고모…… 나나 길버트에게 미리 상의도 하지 않은 채 손님을 초대해놓고는 도착할 때까지 한마디도 하지 않는 메리 마리아 고모.

'마치 이 집이 내 집이 아닌 것 같은 기분이 들게 하지.'

앤이 외출하고 없는 사이에 마음대로 가구를 옮겨놓는 메리 마리아 고모…….

"기분 상한 건 아니지, 애니? 서재보다도 여기에 이 탁자가 훨씬 더 필요하다 싶어서 말이야."

아무리 해도 채워지지 않는 메리 마리아 고모의 어린애 같은 호기심…… 아주 사적인 일에 대해 노골적으로 캐묻는 질문들…….

'언제나 노크도 하지 않고 내 방에 불쑥 들어오거나…… 언제나 뭐가 타는 냄새가 난다고 불안하게 하고…… 내가 납작하게 눌러 놓은 쿠션을 꼭 부풀려 놓아야 직성이 풀리고…… 나더러 수전과 너무 수다를 떤다며 넌지시 잔소리를 하고…… 아이들을 못살게 굴고…… 아이들을 예의 바르게 키우려면 일거수일투족을 지켜보고 간섭해야지, 안 그랬다가는 엇나갈 거라 하시지.'

고모님에게 유난히 심하게 시달렸던 어느 날 셜리가 또렷하게 말했다.

"심술쟁이 마위아 고모할머니."

길버트는 셜리의 엉덩이를 때려서 벌을 주려 했지만, 분개한 수전이 들고 일어나 엄청난 위엄을 발휘하며 그런 일은 있을 수 없다면서 못 하게 했다.

앤은 혼잣말을 하며 길게 탄식했다.

"우리는 주눅이 들어 있어. 이 집은 이제 '어떻게 하면 메리 마리아 고모님의 심기를 건드리지 않을까?' 하는 문제에 맞춰서 돌아가기 시작했어. 인정하고 싶지 않아도 사실인걸. 그분이 서럽게 눈물을 닦아내는 것을 보느니 무엇이든 참아내기로 한 거지. 그렇지만 이대로 계속할 수는 없어."

이때 앤은 미스 코닐리아의 말, 메리 마리아 블라이드에게는 친구가 하나도 없다던 말이 떠올랐다. 얼마나 끔찍할까! 많은 친구들의 소중하고 풍요로운 우정에 둘러싸여 사는 자기에 비하면, 친구도 없이 쓸쓸하고 불안한 노년만이 기다리고 있을 뿐, 몸과 마음을 기댈 곳이 필요하다고 오는 사람도, 치유를 해달라고 오는 사람도, 희망이나 도움을 구하러 오는 사람도, 다정함과 애정을 기대하며 찾아오는 사람도 하나 없는 그녀에게 앤은 별안간 동정심이 울컥 솟아올라 안쓰러움을 느꼈다.

우리는 그런 사람에 대해 당연히 참을성을 발휘할 수 있을 것이다. 짜증을 유발하는 그녀의 행동들은 따지고 보면 다 표면적인 것을 건드릴 뿐이다. 깊고 깊은 삶의 원천을 해칠 수는 없다.

"나는 그저 자기연민에 빠져 호들갑을 한번 떨었을 뿐이야."

앤은 릴라를 요람에서 안아 올려 비단결 같은 아기의 자그만 뺨에 자기 뺨을 비비며 설레는 기쁨을 느꼈다.

"자, 이제는 다 지나갔어. 그러고 났더니 창피함밖에 안 남잖아."

화이트 크리스마스

"엄마, 요즘은 옛날같이 추운 겨울이 오지 않는 것 같지요?"

월터는 침울하게 말했다.

11월의 눈은 이미 녹아버리고 12월 내내 글렌세인트메리는 꺼멓고 칙칙한 땅을 그대로 드러내고, 그 테두리를 띠처럼 감싼 잿빛 만에는 파도가 와서 부딪쳐 얼음처럼 하얀 거품이 말려 올라가는 물마루가 점점이 보였다. 맑게 갠 하늘 아래 항구가 구릉지대의 금빛 품에 안겨 반짝이는 날은 얼마 안 되었고, 나머지는 고집스럽게 잔뜩 찌푸린 나날이 이어졌다.

잉글사이드 사람들은 크리스마스에 눈이 오라는 헛된 바람을 버리지 않고 있었다. 그러면서 크리스마스 준비는 착착 진행되어 일주일이 남았을 무렵 잉글사이드는 수수께끼와 비밀과 속살거림과 맛있는 냄새로 가득했다.

마침내 크리스마스이브가 되자 모든 준비가 갖추어졌다. 월터와 젬이 '계곡'에서 가져온 전나무를 거실 한구석에 세우고 문이며 창문에는 빨간 나비 리본을 크게 매어 놓은 큼지막한 호랑가시나무 화관을 걸었다. 난간에는 늘어진 가문비나무 가지를 감아 놓았으며, 수전이 관리하고 있는 식료품 저장실에는 맛있는 음식이 넘칠 만큼 쌓여갔다.

오후가 되어 다들 체념하고 눈 없는 거무칙칙한 '그린 크리스마스'를 받아들이려 했을 즈음 누군가가 창밖을 내다보았다. 그러자 크고 하얀 깃털 같은 눈송이가 펑펑 내리는 게 보였다.

젬이 소리쳤다.

"눈이다, 눈! 눈이 온다! 올해도 역시 화이트 크리스마스예요, 엄마!"

잉글사이드 아이들은 기분 좋게 잠자리에 들었다. 따뜻하고 아늑한 침대에 쏙 들어가 어두운 밤, 밖에서 눈보라가 쌩쌩 휘몰아치는 소리를 듣는 것은 근사했다. 앤과 수전은 크리스마스트리를 장식하기 시작했다.

메리 마리아 고모가 속으로 한심하게 생각했다.

'둘 다 철없는 아이 같은 짓들을 하고 있군.'

고모는 트리에 촛불을 켜놓는 것이 영 탐탁지 않았다.

"촛불 때문에 집에 불이라도 나면 어쩌려고들 그래."

고모는 갖가지 빛깔의 유리구슬로 트리를 꾸미는 것도 마땅치 않았다.

"쌍둥이들이 저걸 삼키기라도 하면 큰일 아니니?"

그러나 고모의 말에 마음 쓰는 사람은 아무도 없었다. 그렇게 하지 않고는 그녀와 함께 살아갈 수가 없다는 것을 다들 알게 모르게 배웠기 때문이다.

위풍당당하게 서 있는 조그만 전나무 우듬지에 커다란 은빛 별을 단 뒤 앤은 손뼉을 치며 소리쳤다.

"다 됐다! 아, 수전, 예쁘죠? 크리스마스에는 우리 모두 부끄러워할 것 없이 아이들로 되돌아갈 수 있어 기쁘지 않아요? 눈이 와서 정말 잘됐어요. 하지만 날이 밝은 뒤에는 폭풍이 그쳤으면 좋겠는데."

그러자 메리 마리아 고모가 딱 잘라 말했다.

"내일은 하루 종일 폭풍이 불 게다. 내 허리가 쑤시는 걸 보니 알 수 있어."

앤은 복도를 지나 큰 현관문을 열고 밖을 내다보았다. 세상은 미친 듯이 휘날리는 새하얀 눈보라 속에 잠겨 있었다. 창문은 바람에 불려온 눈이 쌓여 잿빛이 되어 있었다. 구주소나무는 마치 머리끝부터 발끝까지 기다란 흰 천을 뒤집어 쓴 거대한 유령 같았다.

앤이 마지못해 인정했다.

"그리 조짐이 좋아 보이지는 않는군요."

수전이 어깨 너머에서 말했다.

"날씨를 관장하시는 건 미스 블라이드가 아니라 하느님이에요, 사모님."

"적어도 오늘 밤만은 급한 환자를 보러 불려갈 일은 없었으면 좋겠는데."

앤은 안으로 들어갔다. 수전은 어둠 속을 한번 더 내다본 다음 문을 닫아걸어 휘몰아치는 폭풍을 내쫓았다.

그러더니 네 번째 아기의 출산이 임박한 조지 드루 부인이 있는 윗글렌 쪽을 향해 위협조의 경고를 보냈다.

"괜히 오늘 밤에 아기 낳고 그러지 말아요."

메리 마리아 고모의 허리 통증에도 불구하고 폭풍은 밤 사이에 가라앉고 아침이 되자 떠오르는 해가 언덕 사이의 숨겨진 눈 덮인 골짜기들을 붉은 포도주로 잔을 채우듯 차츰차츰 물들이기 시작했다.

아이들은 모두 아침 일찍 일어나, 기대에 찬 눈을 별처럼 반짝이고 있었다.

"엄마, 산타 할아버지는 폭풍이 그렇게 씽씽 불었는데도 오셨어요?"

메리 마리아 고모가 대답했다.

"웬걸, 산타 할아버지는 병이 나서 못 왔단다."

고모 딴에는 기분이 썩 좋아서 농담이라고 한마디 던진 것이었다.

아이들 눈빛이 눈물로 흐려지기 전에 재빨리 수전이 말했다.

"산타클로스 할아버지는 무사히 도착하셨어. 아침 먹고 나면 산타 할아버지가 우리 트리를 얼마나 근사하게 해놓고 가셨는지 보여줄게."

식사가 끝나자 아버지가 슬그머니 사라졌으나, 다들 트리에 정신이 팔려 아무도 눈치채지 못했다. 멋진 트리였다. 금빛과 은빛의 유리구슬이 반짝이고, 불 켜진 촛불이 아직 어두운 방을 비추고 있었으며, 더할 나위 없이 아름다운 리본으로 묶인 온갖 빛깔의 선물 꾸러미가 트리 둘레에 수북이 쌓아 올려져 있었다.

이때 산타클로스 할아버지가 나타났다. 호화스러운 산타클로스였다. 흰색 털이 달린 새빨간 옷을 걸치고, 긴 하얀색 수염을 길렀으며 두둑한 배가 곰처럼 컸다. 앤이 길버트를 위해 만든 빨간 벨벳 옷 속에 수전이 쿠션을 세 개나 꾹꾹 눌러 넣었던 것이다. 처음에 셜리는 겁에 질려 비명을 질렀으나 그래도 방 밖으로 데리고 나가는 것은 원치 않았다.

산타클로스는 얼굴에 탈을 썼지만 이상하게 귀에 익은 목소리로 우스갯말을 하며 한 사람 한 사람에게 선물을 나눠주었다. 그러다 마지막에 가서 산타클로스 수염에 촛불이 옮겨 붙는 작은 소동이 있었다. 메리 마라아 고모는 이 일에 은밀한 만족감을 살짝 느꼈지만, 그래도 처량한 한숨을 막을 정도는 아니었다.

"아, 안타깝게도 요즘 크리스마스는 내가 어렸을 적 같지가 않구나."

메리 마라아 고모는 조그만 엘리자베스가 파리에서 앤에게 보낸 선물을 못마땅하게 바라보았다. '은활을 든 아르테미스' 조각상을 청동으로 만든 작고 아름다운 복제품이었다.

메리 마라아 고모는 엄하게 따져 물었다.

"부끄러운 줄도 모르고 제대로 된 옷도 안 걸친 그 여자는 대체 뭐니?"

"사냥의 여신 디아나예요."

앤은 대답하며 길버트와 서로 눈짓을 교환하면서 웃었다.

"아, 이교도구나! 과연 그렇다면 이야기가 다르긴 하겠구나. 하지만 애니, 내가 너라면 그런 것을 아이들 눈에 띄는 곳에 놓아두지 않겠어. 이따금 세상에는 정숙함이라는 게 남아 있기는 한가 하는 생각이 들어서 말이다. 우리 할머니는 페티코트를 꼭 세 개 이상 입으셨어, 겨울이든 여름이든 상관없이."

메리 마리아 고모는 으레 그렇듯 혼자만 재미있어하는 엉뚱한 이야기로 끝을 맺었다.

메리 마리아 고모는 어디서 찾아냈나 싶을 만큼 안 예쁜 자홍색 털실로 짠 장갑을, 모든 아이들에게 선물로 주었고 앤에게는 스웨터를 떠주었으며, 길버트에게는 칙칙한 넥타이를, 수전에게는 빨간 플란넬 페티코트를 선물했다. 수전조차도 빨간 플란넬 페티코트는 시대에 뒤떨어졌다고 생각했지만, 메리 마리아 고모에게 정중하게 고맙다고 말했다.

수전은 생각했다.

'차라리 가난한 국내 선교사에게나 주면 좋아하려나. 페티코트를 셋씩이나 입었다고? 참, 기가 막혀서! 내가 생각하기에 나도 꽤 정숙한 편이라고 여기지만 이 은활을 든 여자는 보기 좋은데, 뭐. 옷을 거의 안 걸쳤을지 모르지만 나도 저런 몸매를 가졌다면 감춰두고 싶지 않을 것 같은데. 하지만 자, 이제 칠면조 배에 채울 속을 만들러 가야지. '누구' 덕에 양파를 못 넣으니 대단한 맛은 안 나겠지만……'

그날 잉글사이드는 기쁨으로 가득 차 있었다. 사람들이 너무 행복한 것을 보면 좋아하지 않는 메리 마리아 고모의 방해에도 아랑곳없이 예전처럼 소박한 즐거움을 느꼈다.

"연한 살코기 부분만 다오. (제임스, 쩝쩝거리지 말고 수프를 조용히 먹으렴) 아,

"너는 네 아버지만큼 고기를 잘 자르지 못하는구나, 길버트. 아버지는 한 사람 한 사람마다 가장 좋아하는 부위를 잘라줄 줄 알았는데 말이야. (쌍둥이들아, 어른들도 때로는 하고 싶은 이야기가 있는 거란다. '나 때는 말이야,' 아이들이란 눈에는 보이되 귀에 들려서는 안 된다는 주의를 받으며 컸어.) 아니다, 길버트, 샐러드는 됐어. 나는 익히지 않은 음식은 먹지 않아. 그래, 애니, 그 푸딩을 '조금만' 주렴. 민스파이[1]는 도무지 소화가 안 되니까."

길버트가 말했다.

"수전의 애플파이가 노랫말이라면, 민스파이는 시라고 할 만해요. 나는 두 개 다 한 조각씩 줘요, 앤 아가씨."

"그 나이 먹고도 애니는 정말 '아가씨'라는 말을 듣고 싶어하니? (월터, 너는 네 몫의 버터 바른 빵도 다 못 먹고 남길 셈이니. 먹고 싶어도 못 먹는 가난한 아이들이 얼마나 많은 줄 아니? 제임스, 부탁이니 코를 좀 시원하게 풀어버리렴. 훌쩍거리는 소리가 귀에 거슬리는구나.)"

그러나 오래도록 기억에 남을 만한 멋진 크리스마스였다. 메리 마리아 고모조차도 식사가 끝난 뒤에는 기분이 좀 누그러져, 아주 좋은 선물을 받았다고 '거의' 상냥하게 말했다. 그리고 슈림프가 방에 들어온 것을 순교자와 같은 안내심으로 참아내서 슈림프를 귀여워하는 다른 식구들은 좀 미안해질 지경이었다.

앤은 그날 저녁 하얀 언덕과 붉은 하늘을 바탕으로 또렷한 무늬를 엮어낸 나무들을 바라보면서 말했다.

"우리 집 꼬마들은 오늘 하루 즐겁게 지낸 것 같아요."

---

1) 말린 과일, 으깬 사과, 견과, 그리고 때로는 약간의 브랜디 등에 향신료로 양념을 한 속을 채워서 작게 만든 파이로, 영국의 대표적인 크리스마스 디저트.

아이들은 눈 덮인 잔디밭으로 나가 새들을 위해 열심히 빵 부스러기를 뿌려 주고 있었다. 바람은 조용히 한숨을 쉬듯 나뭇가지를 지나며 잔디 위에 한바탕 소낙눈을 흩뿌려 이튿날이면 다시 사나워질 날씨를 예고했지만, 잉글사이드에서는 모든 이들이 바랐던 평온한 하루를 보냈다.

메리 마리아 고모도 앤에게 찬성했다.

"즐거웠던 모양이구나. 아무튼 마음껏 꽥꽥 소리를 질러댄 것은 확실해. 먹기는 또 얼마나들 먹었니…… 하기야 어린 시절은 두 번 다시 돌아오지 않으니까. 그리고 의사 집에 약으로 쓸 피마자기름이 부족할 리도 없고 말이다."

봄

수전의 말을 빌리자면 그해 겨울은 한마디로 오락가락한 겨울이었다. 눈이 줄곧 녹았다 얼었다를 반복하여 잉글사이드는 멋진 고드름이 술처럼 장식되어 있었다. 아이들은 먹이를 얻어먹으려 과수원을 주기적으로 찾는 일곱 마리 파랑어치에게 먹이를 주었다. 새들은 다른 아이들에게서는 날아가버렸지만 젬에게만은 붙잡혀주었다.

앤은 1월과 2월 동안 저녁마다 꽃씨 카탈로그를 열심히 읽었다. 어느새 3월의 바람이 소용돌이치며 모래 언덕 위를 불어가 항구를 지나 언덕을 넘어갔다. 닭이 부활절 때 쓸 알을 낳고 있다고 수전이 말했다.

불어오는 모든 바람의 막냇동생과도 같은 아이인 젬이 소리쳤다.

"엄마, 3월이란 가슴이 두근거리는 달이지 않아요?"

가슴 두근거릴 일들 가운데는 젬이 녹슨 못에 손을 긁혀 며칠째 고생한 일도 있었다. 메리 마리아 고모는 그때까지 자기가 들었던 무서운 패혈증 이야기를 모조리 해주었다. 그러나 젬이 일단 위험한 고비를 넘기자, 언제나 무엇인가를 해 보고 싶어하는 호기심 어린 아들을 둔 부모라면 미리 헤아렸어야 하는 일이라고 앤은 반성했다.

그리고 보라, 드디어 4월이 되었다! 4월 봄비의 웃음과…… 4월 봄비의 속삭임과 함께…… 보슬보슬 내리기도, 휘몰아치기도, 쏟아지기도, 퍼붓기도 하다가, 춤추듯 빗방울을 톡톡 튀기며 4월의 봄비가 찾아왔다.

다시금 햇빛이 얼굴을 내밀었던 아침에 다이가 소리쳤다.

"아, 엄마, 세상이 얼굴을 깨끗이 씻었네요, 그렇죠?"

보얀 이내가 덮인 들판 위에 희미하게 별이 반짝이고 늪지대에는 갯버들이 눈트고 있었다. 나무의 잔가지까지도 갑자기 투명하고 차가운 성질을 잃고 부드럽고 말랑말랑해진 듯 보였다. 봄을 알리는 붉은 가슴의 지빠귀가 처음으로 찾아왔을 때에는 크게 떠들썩했다. '계곡'은 다시 기운차고 자유로운 기쁨으로 넘치는 곳이 되었다.

젬은 어머니에게 그해 봄에 처음 핀 메이플라워를 가져다주었다. 그것은 메리 마리아 고모의 기분을 상하게 했다. 메이플라워를 '자기에게' 바쳤어야 한다고 여겼기 때문이다.

수전은 지붕 밑 다락방 선반을 정리하기 시작했고 겨우내 자기 시간을 거의 가져보지 못했던 앤은 봄을 반기는 마음을 벗 삼아 그야말로 뜰에서 살다시피 하였다. 그러는 동안 슈림프는 오솔길을 온통 이리저리 뒹굴고 다니는 것으로 봄의 환희를 나타냈다.

앤을 보며 메리 마리아 고모가 비난조로 말했다.

"애니는 자기 남편보다도 뜰을 더 아끼는구나."

앤은 꿈꾸듯 대답했다.

"뜰은 저에게 언제나 아주 친절하거든요."

그리고 자기 말이 어떻게 받아들여질까 생각하고는 풋 하고 웃음을 터뜨렸다.

"너는 정말 터무니없는 말을 하는구나, 애니. 물론 네가 한 말이 길버트가 친절하지 않다는 뜻이 아니라는 것을 '나는' 알고 있지만, 만일 네가 그런 말 하는 것을 행여 남이 들으면 어쩌려고 그러니?"

앤은 들떠서 말했다.

"메리 마리아 고모님, 해마다 이 계절에 제가 하는 말에 대해 저는 아무런 책임이 없어요. 이 근처에 사는 사람들이라면 모두 알고 있어요. 봄만 되면 저는 원래 좀 돌아버리거든요. 하지만 신성한 광기라 할 수 있어요. 저 모래 언덕 위 아지랑이가 춤추는 마녀 같지 않아요? 저 수선화를 보셨나요? 이 잉글사이드에서는 저토록 멋진 수선화가 핀 적이 없어요."

"나는 수선화를 별로 좋아하지 않아. 너무 여봐란듯이 피는 것 같지 않니."

말을 마치자 메리 마리아 고모는 숄을 여미며 허리 통증을 자극하는 추위에서 벗어나기 위해 집 안으로 들어가버렸다.

수전이 심상치 않은 얼굴로 물었다.

"사모님, 사모님이 저 그늘진 구석에 심겠다던 그 붓꽃이 어떻게 되었는지 아세요? 오늘 오후 사모님이 집을 비우셨을 때 저분이 뒤뜰의 가장 양지바른 곳에 그걸 심었답니다."

"어머나, 수전! 하지만 고모님이 언짢아하실 테니 옮겨 심을 수도 없고!"

"저한테 말씀만 하시면, 사모님······."

"아니에요, 수전. 당분간 그대로 둬요. 왜, 그 일 기억 안 나요? 조팝나무는 꽃이 피기 전에 가지를 치시면 안 되었다고 내가 넌지시 비추기만 했는데도 고모님은 울어버렸잖아요."

"하지만 우리 집 수선화를 비웃다니요, 사모님. 그건 항구 주변에서 소문난 꽃인데."

"그렇죠. 충분히 소문이 날 만하죠. 저것 봐요, 메리 마리아 고모님 말에 마음 쓴다고 수전을 보고 웃고 있잖아요? 수전, 금련화가 이 구석에서 피어나기 시작했어요. 이젠 틀렸나 보다 하고 단념하려는데 갑자기 싹이 틀 때면 재미있지 않아요? 난 남서쪽 구석에 작은 장미원을 만들 생각이에요. 장미원이라는 이름만 들어도 발끝까지 짜릿할 만큼 흥분되는 거 알아요?

이제까지 저토록 파란 파란색 하늘을 본 적 있어요, 수전? 그리고 요즘은 귀를 잘 기울이면 이 언저리에 있는 모든 시냇물이 소곤거리는 소리를 들을 수 있어요. 오늘 밤에는 제비꽃 핀 골짜기에 가서 제비꽃을 베개 삼아 누워서 잤으면 좋겠네요."

잠자코 듣던 수전이 참을성을 발휘해 대답했다.

"엄청 축축할 거예요."

'사모님은 봄만 되면 언제나 이러신단 말이야. 결국 지나가기는 하지만.'

앤이 구슬리듯 말했다.

"저, 수전, 다음 주에 생일 파티를 열고 싶은데요."

"그러고 싶으시면 열면 되죠."

분명히 가족 가운데에는 5월 마지막 주가 생일인 사람은 없지만, 사모님이 생일 파티를 하고 싶다면야 걸고 넘어질 사람이 누가 있겠는가?

앤은 하기 싫은 말을 얼른 해치워버리려는 듯 재빨리 말했다.

"메리 마리아 고모님을 위한 파티예요. 고모님 생일이 다음 주예요. 길버트가 말해줬는데, 올해 쉰다섯이 되신대요. 그래서 내가 생각해봤는데……."

"사모님, 사모님은 정말로 파티를 해줄 셈이세요? 그런……."

"100까지 세어봐요, 수전…… 그다음 말을 하기 전에 100을 세어봐요, 우리 다정한 수전. 진심으로 축하해드리면 고모님도 기뻐할 테니까요. 늙고 의지할 곳 없는 고모님이 이 세상에 무슨 즐거움이 있겠어요?"

"그건 자기가 고약한 탓이잖아요."

"그럴지도 몰라요. 하지만 수전, 나는 고모님을 위해 이 파티를 꼭 해드리고 싶어요."

수전은 여전히 언짢아하며 말했다.

"사모님, 사모님은 친절하게도 제가 필요하다면 아무 때나 1주일 휴가를 내게 해주셨었죠. 아마 다음 주에 그 휴가를 내는 게 좋을 듯싶네요. 제 조카딸 글래디스에게 말해서 사모님을 도와드리러 오라고 할게요. 그렇게 하면 저 없이도 미스 메리 마리아 블라이드의 생일 파티를 열두 번이라도 열 수 있을 거예요."

앤은 천천히 말했다.

"수전이 그렇게 생각한다면 물론 그만둘게요."

"사모님, 그 여자는 사모님을 붙들고 늘어져서 영원히 여기 눌러앉을 생각이라는 거 아시잖아요. 사모님에게 걱정거리를 안기고…… 선생님까지 쥐고 흔들고…… 아이들 생활을 비참하게 만들고 있어요. 내 이야기는 하지도 않겠어요. 내가 뭐 대단한 사람이나 된다고요. 어쨌든 그 사람은 야단치고, 잔소리하고, 낄 데 안 낄 데 가리지도 않고 끼어들고, 우는소리를 해왔는데…… 그런데도 사모님은 그 사람을 위해 생일 파티를 해주고 싶어하는군요! 좋아요, 내가 할 수 있는 일은 사모님이 그렇게 하고 싶다면…… 생일 파티를 하는 수밖에 없다는 거예요!"

"역시 수전은 정말 든든하다니까요!"

이어서 세세한 계획을 짜기 시작했다. 수전은 하기로 한 이상 잉글사이드의 명예를 걸고라도 메리 마리아 블라이드조차 흠잡을 수 없을 파티를 준비하기로 마음먹었다.

"오찬회로 할 생각이에요, 수전. 그러면 손님들은 모두 일찍 돌아가고 나는 선생님과 로브리지에서 열리는 음악회에 갈 수 있을 테니까요. 이 일은 비밀로 해두었다가 고모님을 깜짝 놀라게 해드리는 게 좋겠어요. 마지막까지 고모님은 모르게 하자고요. 글렌에 있는 고모님이 좋아하는 분들을 모두 초대할 거예요."

"그분이 좋아하는 분이라면 '어떤' 사람이 있을까요, 사모님?"

"고모님이 '용인할' 수 있는 사람들이라고 해두죠. 그리고 로브리지에 사는 고모님 사촌인 미스 아델라 캐리와 샬럿타운에서도 몇 분 모시기로 해요. 큼지막한 케이크를 만들어서 초를 쉰다섯 개 꽂기로 하죠."

"그것을 만들 사람은 물론 저겠죠……."

"프린스에드워드섬에서 으뜸가는 과일케이크를 만들 수 있는 사람은 수전뿐이라는 것을 수전도 알잖아요."

"사모님 앞에만 있으면 사모님이 하고 싶은 대로 움직이는 사람이 되고 만다는 건 잘 알죠."

그로부터 1주일은 비밀에 싸여 있었다. 잉글사이드에는 쉬쉬하는 분위기로 가득했다. 한 사람도 빠짐없이 이 비밀을 메리 마리아 고모에게 말하지 않기로 맹세해야 했다.

그러나 앤도 수전도 소문을 계산에 넣지 않고 있었다. 파티가 있기 전날 밤 고모가 글렌에 있는 친지의 집에 다녀왔을 때 앤과 수전이 지친 모습으로 불도 켜지 않고 선룸(일광욕실)에 앉아 있는 모습이 눈에 띄었다.

"불도 안 켜고 뭐 하는 거니, 애니? 그런 어두컴컴한 곳에 앉아 있고 싶어하다니 놀랍구나. 나라면 금세 기분이 우울해지겠는데."

"어둠이 아니에요…… 해거름이에요. 빛과 어둠 사이에 사랑으로 맺어진 결혼이 이루어져 말할 수 없이 아름다운 자손이 태어난걸요."

앤은 딱히 누구에게라기보다 자신에게 말하고 있는 것 같았다.

"너는 무슨 소리를 하는 건지 알고 하는 거겠지, 애니. 그나저나 내일 파티를 한다고?"

앤은 긴장해서 갑자기 허리를 꼿꼿이 세우고 똑바로 앉았다. 이미 돌처럼 굳은 채 앉아 있던 수전은 더 이상 굳을 것도 없었다.

"저……저…… 고모님, 그러니까 그게……."

고모는 노염보다 슬픔이 어린 표정으로 말했다.

"애니, 너는 꼭 이 집안 소식을 내가 밖에서 듣고 오게 만들더구나."

"저……그게…… 우리는 고모님을 깜짝 놀라게 해드리고 싶었거든요……."

"날씨가 변덕스러운 이런 때에 무슨 파티를 열고 싶어하는지 나는 도무지 모르겠구나, 애니."

앤은 겨우 마음을 놓았다. 고모는 파티가 있다는 것만 알며, 그것이 자기와 관계있다는 사실은 아직 몰랐기 때문이다.

"저……저는 봄꽃이 지기 전에 파티를 열고 싶었어요, 고모님."

"나는 석류석 색깔의 태피터를 입어야겠구나. 이 소문을 마을에서 듣고 오지 않았다면 내일 하마터면 무명옷 차림의 초라한 행색으로 너의 훌륭한 친지 여러분들 앞에 나타날 뻔했잖니."

"어머나, 그럴 리 있겠어요, 고모님? 물론 내일 옷을 챙겨 입을 시간은 충분히 가지시도록 그 전에 말씀드릴 생각이었어요."

"어쨌거나 내 조언이 너에게 조금이나마 무슨 의미가 있다면 말이다, 애니―의미가 없는 게 아닐까 때때로 생각하지 않을 수 없지만―앞으로는 무슨 일이든 그렇게까지 꼭꼭 감춰 비밀로 하지는 않는 게 좋겠다고 말해주고 싶구나.

아, 그리고 감리교회 창문으로 돌을 집어 던진 게 젬이라는 소문이 마을에 자자한 걸 알고 있니?"

앤은 나직히 말했다.

"젬이 그런 게 아니에요. 자기가 아니라고 그 애가 저한테 말했어요."

"애니, 젬이 거짓말하지 않았다고 자신할 수 있니?"

앤은 여전히 차분한 목소리로 대답했다.

"틀림없어요, 메리 마리아 고모님. 젬은 이제까지 제게 한 번도 거짓말한 적이 없어요."

"글쎄, 어떤 소문이 돌고 있는지 너도 알아야겠다고 생각해서 말했을 뿐이다."

메리 마리아 고모는 일부러 슈림프를 피해 간다는 티를 내며 지나가면서 언제나처럼 도도한 태도로 나갔다. 슈림프는 누구든 배를 간질여 달라며 바닥에 벌렁 드러누워 있었다.

수전과 앤은 깊이 안도의 숨을 내쉬었다.

"나는 이만 들어가 자야겠어요, 수전. 내일은 날씨가 좋았으면 좋겠네요. 그런데 항구 위 저 먹구름이 심상치가 않군요."

수전이 보증했다.

"걱정 마세요, 사모님, 책력에 날씨가 맑을 거라고 씌어 있는걸요."

수전은 일 년 동안의 일기예보가 일일이 적힌 책력을 가지고 있었는데, 나름 신용을 유지할 수 있을 만큼 곧잘 맞았다.

"선생님을 위해 옆문 자물쇠는 잠그지 말아요, 수전. 샬럿타운에 갔다가 늦게 돌아올 수도 있으니까요. 장미를 사러 갔거든요. 황금빛 장미 쉰다섯 송이를요. 좋아하는 꽃은 노란 장미뿐이라고 고모님이 말씀하시는 걸 내가 우연히 한번 들은 기억이 있어서요."

　30분 뒤 수전은 매일 밤 잠들기 전에 꼭 한 장(章)씩 읽는 성경에서 '친한 이웃집도 너무 자주 드나들지 말아라. 그러면, 그가 너를 지겨워하고 싫어하게 된다.'[1]는 구절을 접했다. 수전은 그 자리에 조그만 개사철쑥 가지를 책갈피처럼 끼워 두었다.

　수전은 생각했다.

　'그 시절에조차 이런 사람은 있었군.'

---

1) 《구약성서》〈잠언〉 25장 17절.

생일 파티

그날 앤과 수전은 매우 일찍 일어났다. 메리 마리아 고모가 일어나서 나오기 전에 마지막 준비를 마쳐놓고 싶었기 때문이었다.

앤은 일찍 일어나 요정과 고대의 신들의 시간인 해 뜨기 전 신비로운 30분을 맞이하는 것을 좋아했다. 교회 첨탑 뒤로 펼쳐진 금빛과 연분홍빛 아침 하늘하며, 모래 언덕 위로 아침의 엷고 반투명한 광채를 퍼뜨리며 솟아오르는 아침 해, 마을 집들의 지붕 위로 소용돌이치며 피어오르기 시작하는 보랏빛 연기를 바라보기를 좋아했다.

수전은 오렌지 아이싱을 입힌 케이크에 코코넛 가루를 장식하면서 만족스러워하며 말했다.

"꼭 오늘을 위해 특별히 주문을 한 것처럼 날씨가 좋군요, 사모님. 아침 식사가 끝나면 최신 유행인 버터볼을 만들어볼까 해요. 카터 플래그에게는 30분마다 전화해서 절대로 아이스크림을 잊지 않도록 할 거고요. 그리고 나서 베란다 층계를 닦을 시간은 충분히 있을 거예요."

"그것까지 꼭 해야 할까요, 수전?"

"사모님, 사모님은 마셜 엘리엇 부인을 불렀죠? 그분이 오는 한 우리 집 베란다 층계에 단 한 점의 얼룩이라도 보이는 것은 제가 용납 못 해요. 하지만 사모님이 장식은 맡아주실 거죠? 나는 꽃꽂이하는 재주는 타고나지 못했거든요."

젬이 좋아하며 말했다.

"우아, 케이크가 네 개나 돼요?"

수전이 의기양양하게 말했다.

"이왕 파티를 열기로 했으면, 우리는 제대로 된 파티를 여니까."

이윽고 하나둘 찾아오기 시작한 손님들을 석류석 빛깔 태피터 드레스를 입은 메리 마리아 고모와 엷은 갈색 보일[1]을 입은 앤이 맞았다. 여름 같은 더위여서 앤은 하얀 모슬린 옷을 입을까 했지만 그만두기로 했다.

메리 마리아 고모는 또 한마디 했다.

"점잖은 색으로 아주 잘 골라 입었구나, 애니. 내가 늘 말하지만, 흰색은 젊은 사람밖에 입을 수 없는 색깔이니까."

모든 것이 예정대로 진행되었다. 앤이 소중히 여기는 가장 예쁜 접시가 놓이고, 흰색과 보라색 붓꽃으로 장식해 이국적인 아름다움을 더한 식탁은 훌륭했다. 수전이 만든 버터볼은 센세이션을 일으켰다. 글렌에서는 이제껏 누구도 맛본 적이 없었기 때문이다. 수전의 크림수프는 더없이 고급스러웠고 닭고기 샐러드는 잉글사이드에서 가장 좋은 닭으로 만들었다. 수전에게 시달림을 당한 카터 플래그는 한 치의 어긋남도 없이 정해진 시간에 정확히 아이스크림을 가져왔다. 마지막으로 수전은 불 켜진 쉰다섯 개의 촛불이 꽂힌 생일케이크를 큰 접시에 담긴 세례 요한의 목처럼 높이 받쳐 들고 방으로 들어와 메리 마리아 고모 앞에 놓았다.

앤은 겉으로는 침착하고 상냥한 여주인답게 여유 있는 미소를 짓고 있었지

---

[1] 면, 양모, 실크 등으로 성기게 짜서 비쳐 보이는 얇고 가벼운 직물.

만 손님들이 도착하기 시작한 뒤부터 왠지 모를 불안함을 느끼고 있었다. 겉보기에는 모든 일이 순조롭게 진행되어 나갔지만, 무언가가 아주 잘못되어가고 있다는 느낌이 점점 강해져왔다.

손님이 왔을 때 앤은 너무 바빠서 마셜 엘리엇 부인이 메리 마리아 고모에게 정중하게 생일을 축하한다는 인사를 건넸을 적에 고모의 얼굴에 나타난 변화를 미처 깨닫지 못했다. 그러나 다들 자리에 앉았을 때 앤은 고모의 상태가 기뻐 보이기는커녕 심상치 않다는 것을 깨달았다. 사실 고모는 낯빛이 창백해져 있었다. 설마 격노해서 그런 것은 아니겠지! 그러나 식사가 진행됨에 따라 고모는 다른 사람이 먼저 말을 걸면 무뚝뚝한 단답식 대답을 할 뿐 자기 쪽에서는 한마디도 먼저 하지 않았다. 수프는 두 숟가락, 샐러드는 세 입밖에 먹지 않았고, 아이스크림에 이르러서는 마치 아이스크림이 아예 거기에 없는 듯이 취급했다.

수전이 깜빡거리며 흔들리는 촛불을 꽂은 생일케이크를 고모 앞에 놓자 고모는 치미는 흐느낌을 애써 삼키려 했으나 잘 되지 않아 목이라도 멘 듯 윽 하는 신음 소리를 냈다.

화들짝 놀란 앤이 소리쳤다.

"고모님, 어디 몸이 안 좋으세요?"

고모는 얼음장 같은 눈빛으로 앤을 노려보았다.

"몸은 아주 좋아, 애니. 정말이지 '나처럼 나이 먹은 사람'으로서는 더할 나위 없이 좋구나."

이 상서로운 순간에 쌍둥이가 짠 하고 등장해 쉰다섯 개의 노란 장미로 가득 채운 꽃바구니를 마주 잡고 들어와, 방 안이 느닷없이 얼어붙기라도 한 듯한 침묵 속에서 혀짤배기소리로 생일 축하 인사를 하고 메리 마리아 고모에게 장미꽃을 바쳤다. 식탁에서는 일제히 감탄하는 목소리가 일었지만 고모는 거기에 휩쓸리지 않았다.

앤은 당황해서 더듬거리며 말했다.

"저…… 쌍둥이들에게 대신 촛불을 불어 끄라고 할게요, 고모님. 그 뒤에 케이크를 자르시겠어요?"

"아직 그렇게까지 나이를 먹지는 않았으니…… 아직은…… 촛불 정도는 내가 끌 수 있다, 애니."

고모는 공들여 천천히 촛불을 끄기 시작했다. 그런 다음 케이크도 그만큼 공들여 천천히 잘랐다.

"자, 이제 실례해도 괜찮겠지, 애니. 나처럼 나이 먹은 노인네는 이처럼 흥분되는 하루 뒤에는 휴식이 필요한 법이니까."

고모가 잡아챈 태피터 드레스의 치맛자락이 획 소리를 냈다. 고모가 지나가면서 스친 장미꽃 바구니가 털썩 하고 바닥에 떨어졌다. 층계에서 고모가 신은 하이힐 소리가 또각또각 크게 울려 퍼졌다. 이윽고 멀리에서 고모의 방문이 쾅 하고 닫히는 소리가 들려왔다.

어안이 벙벙해진 손님들은 이미 달아난 식욕을 애써 그러모아 서먹서먹한 침묵 속에 생일 케이크를 먹었다. 그 침묵을 깨뜨리려 에이머스 마틴 부인이 필사적으로 자신의 환자 대여섯 명에게 디프테리아균을 주사했다는 어떤 노바스코샤의 의사 이야기를 꺼냈다. 그럼에도 이 분위기에 썩 잘 어울리는 이야기라고 생각지 않은 다른 사람들은 '분위기를 띄워' 보려고 애쓰는 마틴 부인의 갸륵한 노력에 호응하지 않고, 실례가 안 되는 선에서 서둘러 돌아가버렸다.

앤은 서둘러 메리 마리아 고모의 방으로 달려갔다.

"고모님, '도대체' 왜 그러셨어요?"

"굳이 내 나이를 광고할 필요가 있었던 거니, 애니? 더욱이 아델라 캐리까지 불러서 말이야…… 그 여자가 내 나이를 알게 하다니…… 벌써 몇 해 전부터 알고 싶어 안달이었는데!"

"고모님, 우리는 그저……."

"네 목적이 무엇이었는지는 모르겠구나, 애니. 그 뒤에 어떤 꿍꿍이가 있다는 것만은 잘 알지만 말이야. 그래, 나는 네 속셈을 다 읽을 수 있어. 하지만 굳이 끄집어내서 내 입에 담거나 하지는 않으마. 스스로 가슴에 손을 얹고 생각해보면 잘 알 수 있겠지."

"메리 마리아 고모님, 저는 고모님께서 즐거운 생일을 보내시기를 바라는 마음뿐이었어요…… 정말 죄송해요."

고모는 손수건을 눈에 대고 씩씩하게 억지 미소를 지어 보였다.

"물론 용서하마, 애니. 하지만 이렇게 일부러 내 기분을 언짢게 한 이상 나는 이제 더 이상 여기에 있을 수가 없겠구나."

"고모님, 제 진심을 부디……."

고모는 길고 여위고 손마디가 굵은 손을 내저었다.

"이 이야기는 그만하자꾸나, 애니. 나는 마음 편히 혼자 있고 싶어. 바라는 건 그것뿐이다, 애니. '마음속의 정신력이 꺾인다면 누군들 버틸 수 있으랴?'"[2]

그날 밤 앤은 길버트와 음악회에 갔지만 즐거웠다고 할 수 없었다. 길버트는 이 일에 대해 미스 코닐리아의 말을 빌리면 '남자들이라면 뻔히 그럴 법한' 반응을 했다.

"지금 생각났는데, 고모님은 전부터 자기 나이에 대해 좀 예민하셨어. 아버지

---

[2] 《구약성서》〈잠언〉 18장 14절.

가 곧잘 놀리곤 했었지. 생각났더라면 당신에게 미리 알려줬을 텐데, 나도 그만 깜박 잊고 있었어. 가신다고 하면 붙잡지는 마."

그러면서 '속이 다 시원하군!' 하고 덧붙이고 싶은 것을 혈육을 감싸고도는 마음으로 겨우 참았다.

수전은 떠나겠다는 미스 메리 마리아 블라이드의 말을 믿지 않았다.

"그분은 결코 가지 않을 거예요. 그런 좋은 일이 생길 리 없어요, 사모님."

그러나 이때만큼은 수전의 예상이 빗나갔다. 메리 마리아 고모는 그다음 날로 바로 짐을 챙겨 떠나면서 식구들을 모두 용서한다는 말을 남겼다.

"애니를 너무 나무라지는 마라, 길버트."

고모는 큰 아량을 베푸는 듯이 말했다.

"애니가 일부러 한 모욕을 모두 없었던 일로 생각하마. 애니가 나한테 자꾸 비밀을 만들어도 나는 한 번도 마음에 두지 않았어, 나처럼 여린 사람이 감당하기에는 힘이 들었지만 말이다…… 그래도 나는 늘 가엾은 애니를 좋게 생각했단다."

이 마지막 말을 마치 자기의 약점을 고백하는 투로 말한 뒤, 계속 이어갔다.

"하지만 수전 베이커 일이라면 전혀 다른 문제야. 마지막으로 말해두고 싶은 것은, 길버트…… 수전에게 자기 분수를 알게 하고, 절대로 버릇없이 기어오르지 못하게 해야 한다는 거야."

처음 얼마 동안 잉글사이드의 가족은 이 느닷없는 행운을 도무지 믿을 수가 없었다. 그러다가 집안식구들은 메리 마리아 고모가 정말로 가버렸다는 것, 누구의 마음도 언짢게 하지 않으면서 다시 소리 내서 웃을 수 있다는 것, 창문을 모조리 열어놓아도 아무도 외풍이 들어온다고 불평하지 않는다는 것, 좋아하는 음식을 마음껏 먹으려 할 때마다 그 음식이 위암을 유발하기 쉽다는 말을 듣지 않아도 된다는 것 등을 사무치게 깨달았다.

돌아가는 손님을 이토록 들뜬 마음으로 기꺼이 배웅한 일이 없었기에 앤은 살짝 양심의 가책을 느꼈다.

"다시 내 영혼을 나의 것이라 말할 수 있다는 것은 좋은 일이야."

슈림프는 편히 누워 몸 구석구석을 깨끗이 핥았다. 뜰에는 처음으로 작약이 활짝 피었다.

월터가 말했다.

"세상이 온통 시로 가득해요. 그렇죠, 엄마?"

수전이 행복에 겨워 예언했다.

"화창한 6월이 될 거예요. 달력에 그렇게 씌어 있으니까요. 신부가 두어 명, 장례식이 적어도 둘쯤은 있을 것 같아요. 다시 편안히 숨을 쉴 수 있다니 이상한 기분이 드네요. 사모님이 그 파티를 열려는 것을 내가 온 힘을 다해 막으려 했었던 걸 생각하면 말이죠, 역시나 이 세상에는 모든 것을 지배하는 신의 섭리라는 것이 있다는 사실을 새삼 깨닫게 돼요. 그리고 사모님, 오늘 스테이크 구우면서 양파를 곁들이면 선생님이 좋아하시지 않을까요?"

베란다에서

"아무래도 아까 통화에 대해 직접 해명하러 와야겠다고 생각했어요, 앤. 내가 잘못 알았더라고요…… 정말 미안해요…… 사촌 동생 세라는 결국 죽은 게 아니었어요."

미스 코닐리아는 말을 잠시 멈추었다.

앤은 미소를 억누르며 베란다에 있는 의자를 미스 코닐리아에게 권했고, 수전은 조카딸 글래디스에게 주려고 아일랜드풍 코바늘 레이스 칼라를 뜨던 도중에 잠시 고개를 들어 아주 정중한 인사를 건넸다.

"안녕하세요, 엘리엇 '부인'!"

"오늘 아침 병원에서 세라가 어젯밤 세상을 떠났다는 연락이 온 거예요. 나는 세라가 블라이드 선생의 환자였으니까 앤에게 말해줘야겠다는 생각을 한 거죠. 그런데 그건 다른 세라 체이스였어요. 사촌 동생 세라는 살아 있고 앞으로도 살 것 같아요, 고맙게도. 여기는 참 서늘하고 기분이 좋군요, 앤. 나는 늘 말하곤 해요, 산들바람을 쐬고 싶다면 잉글사이드가 아주 그만이라고요."

"수전과 이 별빛 가득한 밤하늘의 아름다움을 즐기던 참이었어요."

앤은 낸을 위해 만들고 있던 주름 잡힌 핑크빛 모슬린 옷을 옆에 내려놓고 두 손을 모아 무릎을 감싸안았다. 얼마 동안 게으름 부려도 될 구실이 생긴 게 그리 싫지 않았다. 앤도 수전도 요즘은 한가로운 시간이 별로 없었던 것이다.

달이 막 떠오르려는 순간이었다. 달이 떠오르길 기다리는 그 순간은 달이 다 떠오르고 난 뒤보다 훨씬 더 멋졌다. 뜰의 오솔길을 따라 참나리가 '불타듯' 피어 있고, 인동덩굴 향기가 꿈꾸는 바람의 날개를 타고 떠돌아다녔다.

"뜰의 담장 옆에 물결처럼 일렁이고 있는 저 양귀비를 봐요, 미스 코닐리아. 올해는 수전에게나 저에게나 우리 집 양귀비가 큰 자랑거리예요. 사실 우리가 한 건 아무것도 없지만요. 올봄에 월터가 그만 실수로 씨앗이 들어 있던 봉투를 뜯다가 저기서 엎질러 저런 결과가 생겨났을 뿐이에요. 해마다 뭔가 저렇듯 예상치 못한 기쁜 일들이 일어나네요."

"나도 양귀비를 좋아해요. 오래가지는 않지만요."

"하루밖에 못 살죠. 하지만 어쩌면 저토록 제왕처럼 화려하게 살까요. 저렇게 사는 편이 사실상 영원히 사는 뻣뻣하고 보기 싫은 백일홍보다 차라리 더 낫지 않아요? 잉글사이드에는 백일홍은 하나도 없어요. 우리와 친하지 않은 꽃이 있다면 오직 백일홍뿐이에요. 수전은 백일홍에게는 말도 걸지 않아요."

미스 코닐리아가 물었다.

"저기 '계곡'에서 무슨 살인사건이라도 일어나고 있는 거 아니에요?"

실제로 바람에 실려 '계곡'에서 들려오는 소리는 흡사 누군가가 화형이라도 당하고 있는 듯한 인상을 주기는 했다. 그러나 앤도 수전도 그런 일에는 익숙해져 있는 듯 그리 마음 쓰지 않았다.

"퍼시스와 케네스가 와서 우리 아이들이랑 다 같이 저기서 하루 종일 놀다가 마지막으로 '계곡'에서 연회를 열고 있어요. 체이스 부인 일은 길버트가 오늘 아침에 샬럿타운으로 갔으니 곧 사실을 알게 될 거예요. 그분 상태가 좋아졌다는 건 모두를 위해서 기쁜 일이에요. 다른 의사 선생님들은 모두 길버트의 진단에 찬성하지 않아서 길버트가 걱정을 좀 했거든요."

미스 코닐리아는 위엄 있게 부채질을 하며 생각했다. 앤은 어떻게 늘 더위도 타지 않고 저런 얼굴을 유지할까.

"세라는 병원에 입원하러 가면서, 꼭 자기가 죽은 것을 잘 확인하고 나서 묻어달라고 우리에게 당부했어요. 사실 우리는 세라의 남편이 안 죽었는데 땅에다 묻었던 게 아닐까 늘 걱정을 했었거든요. 죽었다는데 꼭 살아 있는 것처럼 보였으니까요. 하지만 이미 돌이키기엔 늦어버릴 때까지 아무도 그 생각을 하지 못했죠.

그 사람은 예전에 무어사이드네 농장이었던 곳을 사서 올봄 로브리지에서 이사 온 리처드 체이스의 형이었어요. 리처드 체이스라는 사람은 좀 괴짜예요. 시골로 온 이유는 좀 마음 편히 살고 싶었기 때문이라는 거예요. 로브리지에서는 자기를 쫓아다니는 과부들한테서 도망다니느라 바빴다나 뭐라나……."

미스 코닐리아는 '과부들' 뒤에 '그리고 노처녀들'이라고 덧붙일 수도 있었으나, 수전의 감정을 상하게 할까 봐 말하지 않았다.

앤이 말했다.

"그분의 딸인 스텔라를 만났어요. 성가대 연습에 와 있더라고요. 우리는 서로 퍽 호감을 가지게 되었어요."

"물론 스텔라는 좋은 아가씨예요. 얼굴을 붉힐 줄 아는 요즘 보기 드문 아가씨죠. 나는 전부터 스텔라를 귀여워했어요. 그 애의 어머니와 나는 둘도 없는 단짝이었으니까요. 가엾은 리젯!"

"혹시, 젊은 나이에 세상을 떠나셨나요?"

"네, 스텔라가 아직 8살 때였어요. 스텔라는 리처드 혼자 키운 셈이죠. 참, 그렇게 신앙심이 없는 사람도 또 없을 거예요! 그는 여자란 오로지 생물학적으로

만 중요하다고 말해요…… 대체 무슨 뜻인지는 모르겠지만요. 아무튼 늘 그런 개똥철학을 잘도 떠들어대요."

"스텔라는 그리 잘못 키우지 않은 것 같은데요?"

앤은 스텔라 체이스를 자기가 살면서 보아온 가장 매력적인 아가씨 가운데 한 사람으로 여기고 있었다.

"그야 스텔라는 누구 손에 컸어도 비뚤어질 수가 없는 아이죠. 그리고 리처드도 확실히 머리가 좋은 사람이라는 점은 나도 부정하지 않아요. 하지만 그 사람은 젊은 남자들에 대해서는 심통을 너무 부려요. 아버지 때문에 가엾은 스텔라는 여태 남자친구도 한번 갖지를 못했으니까요. 스텔라에게 다가오려던 젊은이들은 모두 그 아버지의 도를 넘는 빈정거림에 겁을 집어먹고 달아나고 말았어요.

정말이지 리처드처럼 비아냥이 몸에 밴 사람은 처음 봐요. 스텔라도 어쩌지 못하고, 스텔라의 어머니도 어쩌지 못했죠. 둘 다 다룰 방법을 몰랐던 거예요. 리처드는 뭘 하라고 하면 꼭 엇나가는 사람인데, 둘 다 그걸 파악을 못 한 거죠."

"스텔라는 아버지를 위하는 마음이 큰 것 같았어요."

"그래요. 아버지를 마음속 깊은 곳부터 사랑하거든요. 리처드도 제 뜻대로 일이 돌아갈 때에는 그렇게 상냥한 사람이 없어요. 하지만 스텔라의 결혼에 대해서는 좀 더 분별이 있어야죠. 자기가 영원히 살 수 있는 게 아닌데. 하기야 리처드 이야기를 들으면 천년만년 살 건가 보다 하고 여겨지기도 해요.

나이가 그리 많은 것이 아니기는 해요, 물론…… 결혼을 아주 젊을 때 했거든요. 하지만 그 집안은 뇌졸중 가족력이 있어요. 그러니 그가 죽은 뒤 스텔라는 어떻게 되겠어요? 그대로 시들어버리고 말겠죠."

수전은 아일랜드풍 코바늘뜨기의 정교한 장미 무늬에서 잠시 얼굴을 들어 단호히 말했다.

"나이 든 사람들이 그런 식으로 젊은 사람의 인생을 망쳐버리는 것에 나는 찬성할 수 없어요."

"만일 스텔라가 누군가를 정말로 좋아하게 되면 아버지의 반대도 그리 문제가 안 될지 모르죠."

"그건 앤이 잘못 생각한 거예요. 스텔라는 아버지 마음에 안 드는 사람하고는 절대로 결혼할 리 없어요. 그리고 또 한 명, 일생을 망치게 될지 모르는 사람이 있어요. 마셜의 조카 올던 처칠이에요. 메리는 막을 수만 있다면 언제까지라도 올던이 결혼하지 못하도록 할 결심이에요.

메리는 리처드보다 성격이 한층 더 비뚤어졌죠. 만일 메리가 풍향계였다면 한마디로 남풍일 때 북쪽을 가리킬 그런 성질이에요. 재산은 올던이 결혼할 때까지는 메리 것이지만 올던이 결혼하면 그에게로 넘어가게 돼요. 올던이 누구든 아가씨와 교제를 시작할 때마다 메리는 어떻게든 결혼으로 이어지지 못하게 훼방을 놓아요."

수전이 무미건조하게 물었다.

"'순전히' 메리 때문에 그런 게 맞아요, 엘리엇 '부인'? 사람들 가운데에는 올던이 변덕이 너무 심하다고 여기는 이도 있어요. 올던이 바람둥이라는 소문도 들리니까요."

"올던은 잘생겼으니까 아가씨들이 쫓아다니는 거예요. 저 좋아서 쫓아다니는 아가씨들을 좀 받아주다가 본보기를 보이고 차버렸다고 해서 그게 꼭 올던을 탓할 일인가요.

하지만 개중에 올던이 진심으로 좋아하게 된 아주 괜찮은 아가씨도 한둘 있있는데 그때마다 메리가 방해했어요. 메리가 나한테 직접 그렇게 말하기까지 했는걸요, 성서에 문의를 했다고. 메리는 늘 '성서에 문의'를 하는데, 펼치는 장마다 올던은 결혼해서는 안 된다는 구절이 나왔대요.

메리도, 메리의 그런 행동도 나는 더 이상 못 참겠어요. 포윈즈에 있는 다른 사람들과 마찬가지로 교회에 나가면서 사람답게 멀쩡히 살면 될 텐데, '성서에 문의'하는 자기만의 종교를 기어이 만들어냈죠.

아니, 글쎄, 지난가을에 그 4백 달러나 하는 굉장한 말이 병들었을 때도, 메리는 로브리지에서 수의사를 모셔오는 대신 '성서에 문의'를 했다니까요. 성서를 펼쳤더니 '주신 이도 여호와시요 거두신 이도 여호와시오니 여호와의 이름이 찬송을 받으실지니이다.'[1]라는 구절이 나오더라는 거예요. 그래서 수의사를 부르러 가지 않아 그 말은 끝내 죽어버렸죠.

성경 구절을 그런 식으로 쓰다니, 앤, 그건 하느님에 대한 불경이에요. 메리에게도 대놓고 그렇게 말했더니, 돌아온 대답은 불쾌한 눈초리뿐이었죠. 게다가 메리는 집에다 전화도 놓지 않으려고 해요. 누군가가 그 말을 꺼내면 '내가 벽에 달아놓은 통에 대고 말을 할 것 같아요?'라는 거예요."

미스 코닐리아는 숨이 조금 차서 말을 잠시 끊었다. 시누이인 메리의 괴팍한 언행은 늘 그녀의 화가 치밀게 했다.

앤이 말했다.

"올던은 전혀 어머니를 닮지 않았군요."

"올던은 아버지를 닮았어요. 그처럼 훌륭한 사람은 없었죠…… 남자치고는. 그런 멀쩡한 남자가 어째서 메리와 결혼했는지 엘리엇 집안사람들조차 매우

---

1) 《구약성서》〈욥기〉 1장 21절.

이상하게 생각했답니다. 물론 메리를 그렇게 좋은 상대에게 시집보낸다는 사실을 엘리엇 집안에서는 굉장히 기뻐했지만 말예요. 메리는 원래부터 나사가 하나 빠진 것 같은 데다, 외모는 키만 크고 비쩍 말랐었으니까요.

물론 돈은 많았어요. 메리의 고모가 전재산을 메리에게 물려주었으니까요. 하지만 그것 때문이 아니었어요. 조지 처칠은 진심으로 메리를 사랑했어요. 올던이 어머니의 변덕스러운 성질을 대체 무슨 수로 참아내는지는 몰라도, 그는 좋은 아들이에요."

앤은 장난스럽게 샐쭉 웃었다.

"지금 막 어떤 생각이 떠올랐는지 알아요, 미스 코닐리아? 올던과 스텔라가 서로 사랑에 빠진다면 멋지지 않겠어요?"

"그런 일은 일어날 것 같지도 않고, 일어난다 해도 아무런 결실도 못 맺을걸요. 메리는 메리대로 한바탕 난리를 칠 테고, 리처드는 자기도 농사꾼이면서 여느 농사꾼은 당장에 쫓아내버릴 테니까요.

더욱이 스텔라는 올던이 좋아할 만한 아가씨가 아니에요. 올던은 혈색 좋은 발랄하고 잘 웃는 아가씨를 좋아해요. 그리고 스텔라도 올던 같은 타입을 좋아하지 않아요. 로브리지에 새로 온 목사가 스텔라에게 눈길을 준다더군요."

앤이 물었다.

"그 빈혈기 있어 보이고 근시인 목사님 말인가요?"

수전이 말했다.

"그리고 눈도 툭 튀어나왔어요. 아마 그런 사람이 감상적인 표정을 지으려고 하면 눈이 굉장히 어색할 거예요."

"적어도 그 사람은 장로교인이잖아요."

미스 코닐리아는 그것으로 많은 것들이 속죄가 된다는 듯한 말투였다.

"자, 이만 가봐야겠어요. 밖에 오래 있으면서 이슬을 맞으면 신경통이 도지더라고요."

"대문까지 바래다드릴게요."

미스 코닐리아는 감탄하며 말했다.

"그 옷을 입으면 언제나 여왕처럼 보여요, 앤."

앤은 오언과 레슬리 포드 부부를 대문 앞에서 만나 두 사람과 함께 베란다로 돌아왔다. 수전은 지금 막 돌아온 의사 선생님을 위해 레모네이드를 준비하러 가느라 자리를 비웠고 아이들은 졸리면서도 즐거운 얼굴로 '계곡'에서 왁자지껄 떠들며 돌아왔다.

길버트가 말했다.

"마차로 돌아올 때 들으니까 너희들 엄청 시끄럽던데. 온 동네에 다 들렸겠더라."

퍼시스 포드는 숱 많은 노르스름한 곱슬머리를 흔들어 뒤로 넘기며 길버트에게 날름 혀를 내밀어 보였다. 퍼시스는 '길버트 아저씨'가 굉장히 귀여워하는 조카딸이었다.

케네스가 설명했다.

"우리는 크게 소리치며 기도하는 데르비시[2] 흉내를 내는 중이었어요. 그러니까 큰 소리를 낼 수밖에 없었어요."

레슬리가 엄하게 말했다.

"너 블라우스 몰골이 그게 뭐니."

"다이가 만든 진흙 만두에 엎어져서 그래요."

---

[2] 이슬람교의 종파 가운데 신비주의적 경향이 잇는 수피즘의 수도사로, 격렬한 무용이나 기도로 법열상태에 들어감.

케네스의 목소리에는 만족스러움이 담겨 있었다. 글렌으로 놀러 올 때면 어머니가 반드시 입히는 빳빳이 풀 먹이고 얼룩 하나 없이 말끔한 블라우스가 케네스는 너무도 싫었다.

젬이 졸랐다.

"있잖아요, 엄마, 다락방에 있는 그 타조 깃털을 내 바지 뒤에 꿰매도 돼요? 우리는 내일 서커스를 하려고요. 나는 타조가 될 거예요. 그리고 코끼리도 살 거예요."

길버트가 정색하고 물었다.

"코끼리 먹잇값으로 1년에 6백 달러가 든다는 걸 아니?"

젬이 당황하지 않고 대답했다.

"상상 속의 코끼리한테는 한 푼도 들지 않아요."

앤은 웃음을 터뜨렸다.

"고맙게도 상상에서는 씀씀이가 알뜰할 필요가 없으니 다행이지."

월터는 아무 말이 없었다. 좀 지친 모습으로 층계에 어머니와 나란히 앉아 어머니 어깨에 가만히 검은 머리를 기대고 있었다. 레슬리 포드는 월터를 보며 천재의 얼굴이라고 생각했다. 월터에게는 다른 별에서 온 영혼의 초연하고 동떨어진 표정이 어려 있었다. 그가 속한 곳은 이 지구가 아니었다.

소중한 하루의 이 황금 같은 시각을 모두가 소중히 여겼다. 항구 건너편으로부터 교회 종소리가 아름답고 은은하게 들려왔다. 달은 수면 위에 무늬를 그리고 모래 언덕은 희미한 은빛으로 빛나고 있었다. 공기 중에는 박하향이 감돌고 어딘지 눈에 띄지 않는 곳에 핀 장미꽃에서 못 견디게 달콤한 향기가 풍기고 있었다. 아이가 여섯이나 되는데도 여전히 눈빛만은 젊은 앤이 꿈꾸듯 잔디밭을 바라보면서, 은은한 달빛을 받은 어린 양버들만큼 늘씬하고 요정 같아

보이는 것은 세상이 달리 없다고 생각했다.

그러다 스텔라 체이스와 올던 처칠에게 생각이 미쳤는데, 그때 길버트가 뭘 그리 멍하니 생각하고 있느냐고 물었다.

앤은 대꾸했다.

"중매에 좀 나서 볼까 하고 진지하게 고민하던 참이야."

길버트는 짐짓 절망에 빠진 척 연기를 해 보였다.

"언제든 또 이 사람의 못 말리는 병이 다시 도지는 게 아닐까 하고 늘 걱정했었죠. 나는 갖은 방법을 다 써봤지만 이 사람의 타고난 중매쟁이 본성을 고칠 수는 없어요. 워낙에 열정이 과하거든요. 이 사람이 성사시킨 혼사가 몇 건인지 몰라요. 내가 만일 내 양심에 그런 책임을 지우고 살아야 했다면 나는 밤에 한잠도 못 잤을 겁니다."

그러자 앤은 항의했다.

"하지만 다들 행복하잖아. 실제로 나는 그 방면의 대가인걸. 내가 직접 성사시킨 혼사나 사람들이 나의 공으로 돌리는 혼사를 모두 생각해봐. 시어도라 딕스와 루도빅 스피드, 스티븐 클라크와 프리시 가드너, 재닛 스위트와 존 더글러스, 카터 교수와 에즈미 테일러, 노라와 짐, 도비와 자비스······."

"아, 그래, 나도 이 점만은 인정해요. 오언, 내 아내는 결코 희망의 끈을 놓는 일이 없답니다. 엉겅퀴에도 언젠가 무화과가 열릴지 모른다고 믿고 있으니까요. 아마 앤은 철드는 그날까지 중매를 서고 있을 겁니다."

오언은 자기 아내를 보고 빙그레 웃었다.

"부인은 또 하나의 중요한 혼사에도 관여했다고 여겨지는데요."

앤이 그 자리에서 고개를 저으며 부정했다.

"내가 아니에요. 그건 길버트 탓이에요. 조지 무어가 수술받지 못하도록 나는 온 힘을 다해 길버트를 설득했는걸요. 아까 길버트가 밤에 한잠도 못 잘 거라는 얘기를 했지만, 나야말로 가끔 나의 그 설득이 끝내 통한 꿈을 꾸고 식은땀을 흘리며 갑자기 잠에서 깨어나는 날도 있어요."

길버트는 자랑스럽게 말했다.

"뭐, 행복한 여인만이 다른 사람의 인연을 맺어준다고들 하니까 결국 내 탓도 있는 셈입니다. 그래서 이번에는 누구를 새 희생자로 생각하고 있는데, 앤?"

앤은 생긋 웃어 보일 뿐이었다. 인연을 맺어주는 데는 교묘함과 신중함이 필요한 법이므로 남편에게조차 섣불리 말할 수 없는 일이 있었다.

올던과 스텔라

앤은 그날 밤도, 그 뒤로 이어진 며칠 밤도 올던과 스텔라 생각에 몇 시간이고 잠을 못 이루며 보냈다. 스텔라가 결혼을, 가정을, 아기를 꿈꾸고 있을 게 틀림없다는 직감은 있었다. 어느 날 저녁엔가 스텔라는 자기가 릴라를 목욕시켜주고 싶다며 간절히 부탁한 일이 있었다.

"통통한 작은 몸을 씻기는 건 정말 즐거워요……."

그리고 그녀는 부끄러워하며 말을 이었다.

"아기가 벨벳같이 보들보들한 작고 귀여운 팔을 내밀어주면 정말 사랑스러워요, 블라이드 부인. 갓난아기란 너무도 굉장하다고 생각지 않으세요?"

까다로운 아버지의 괴팍스러운 성미 때문에 이 은밀한 희망이 꽃도 피워보지 못한 채 시든다면 당치도 않은 일이다.

이것은 이상적인 결혼이 될 것이다. 그러나 관계되는 사람이 모두 외고집에다 좀 까다로운 성격이니 어떻게 진전시켜야 좋을까? 왜냐하면 앤은 고집스러움과 까다로움이 부모한테만 있는 것이 아니라, 올던이나 스텔라에게도 그런 구석이 있는 듯하다고 여겼기 때문이다. 따라서 이제까지의 경우와는 전혀 다른 기술이 필요하다. 마침 그때 앤은 도비의 아버지를 떠올렸다.

앤은 턱을 갸우뚱하고는 생각에 골몰했다. 그 순간부터 앤에게 올던과 스텔라는 결혼한 거나 마찬가지였다.

단 1초도 꾸물거릴 시간이 없었다. 올던은 항구 곶에 살면서 항구 건너편 성공회 성당에 다녔으므로 스텔라 체이스를 아직 만나본 일도 없었다. 아마 스텔라를 지나가다 본 일조차 없을 것이다. 요 몇 달 동안 올던은 어떤 아가씨도 따라다니지 않았지만 언제 다시 쫓아다닐지 알 수 없는 일이었다. 윗글렌에는 재닛 스위프트 부인 집에 아름다운 조카딸이 와서 머무르고 있으며, 올던은 늘 새로운 아가씨에게 눈독을 들이곤 했다.

무엇보다도 먼저 올던과 스텔라를 만나게 해야 한다. 어떻게 하면 좋을까. 겉보기에는 전혀 의도적이지 않은 듯 자연스럽게 해야만 한다. 앤은 밤새도록 머리를 쥐어짰지만 파티를 열어 두 사람을 초대하는 것 말고는 좋은 수가 떠오르지 않았다. 이 생각은 썩 내키지는 않았다. 파티를 열기에는 날씨가 너무 더웠다. 그런데 포윈즈의 젊은 사람들은 아주 떠들썩한 파티를 좋아한다. 게다가 잉글사이드의 꼭대기 다락방에서부터 지하실까지 대청소를 하지 않고는 수전이 파티를 열도록 하지 않을 것도 잘 알고 있었다. 그런 수전이 올여름은 더위로 쩔쩔매고 있다. 그러나 좋은 목적을 위해서는 어느 정도 희생도 필요하다.

대학을 졸업한 젠 프링글이 전부터 꼭 한번 놀러 올 거라고 했던 약속을 지키기 위해 잉글사이드에 오겠다는 편지를 보내왔으므로 그야말로 파티를 열기에는 더없이 좋은 구실이었다. 행운이 앤의 편에 선 듯 여겨졌다. 젠이 오고, 초대장을 보내고, 수전은 잉글사이드 대청소를 한바탕하고, 한창 찌는 듯한 폭염 속에 앤과 수전 단둘이서 파티 음식을 모조리 만들었다.

파티 전날 밤 앤은 몹시 지쳐버렸다. 더위는 심했고, 젬은 병이 나서 침대에서 앓고 있었는데, 앤은 혹시 맹장염이 아닐까 남모르게 걱정스러웠다. 하지만 길버트는 풋사과를 먹고 배탈이 난 것이라며 앤의 걱정을 가볍게 넘겨버렸다. 그런가 하면 젠 프링글이 수전을 도우려다가 스토브에 올려진 끓는 물이 든 냄비를 넘어뜨려 슈림프가 데어 죽을 뻔했다. 앤은 온몸의 뼈마디가 쑤시고 머리가 욱신거리고 발바닥도 아프고 눈도 따끔따끔했다. 젠은 젊은이들과 우르르 등대를 보러 나가면서 자기를 기다리지 말고 잠자리에 들라고 했다.

그러나 앤은 자러 들어가는 대신 베란다로 나와 낮 동안 쏟아진 뇌우가 지나간 뒤 축축해진 공기 속에 앉았다. 그리고 어머니의 기관지염 약을 받으러 온 올던 처칠과 이야기를 나누었다. 앤은 하늘이 준 좋은 기회라고 여겼다. 올던과 이야기를 하고 싶었던 참이었기 때문이다. 올던은 이런 심부름 때문에 찾아오는 일이 이따금 있어서 어느새 앤과 마음이 잘 맞는 친구가 되었다.

올던은 모자를 쓰지 않은 맨머리를 기둥에 기대고 베란다 층계에 앉아 있었다. 앤도 늘 그렇게 생각했지만 올던은 아주 잘생긴 남자였다. 키가 크고 어깨가 떡 벌어졌으며, 대리석처럼 흰 얼굴은 조금도 햇볕에 그을리지 않았고, 눈은 선명한 파란색이었으며, 잉크처럼 새카맣고 곧은 머리칼을 갖고 있었다. 목소리는 웃음기를 머금고 있었고, 모든 나이대의 여자들이 좋아할 인상과 공손한 태도를 지니고 있었다.

퀸즈아카데미를 3년 다니고 레드먼드에 진학할 생각이었지만 어머니가 성경 말씀을 이유로 못 가게 하여 그 계획은 단념했다. 그렇게 해서 올던은 농장에 자리 잡았는데 나름대로 만족했다. 자기는 농사일을 좋아하는데, 자유로이 집 밖에서 할 수 있는 독립된 일이기 때문이라고 앤에게 이야기한 적이 있었다. 올던은 어머니로부터 물려받은 돈 버는 재주와 아버지로부터 물려받은 사람을 끄는 매력을 갖추고 있었다. 확실히 올던은 결혼 상대로 여자들이 탐낼 만했다.

앤이 상냥하게 물었다.

"올던, 부탁이 있는데 들어주겠어요?"

올던은 진심 어린 투로 말했다.

"그럼요, 블라이드 부인. 뭐든 말씀만 하세요. 부인을 위해서라면 어떤 일이라도 해드릴 준비가 돼 있는걸요."

올던은 실제로 블라이드 부인을 퍽 좋아했고 부인을 위해서라면 정말 어지간한 일은 다 할 생각이었다.

앤은 걱정스럽게 말했다.

"올던에게는 좀 지루한 일이 될 수도 있지만, 실은…… 내일 저녁 우리 집 파티에서 스텔라 체이스가 즐겁게 보낼 수 있도록 신경 좀 써주었으면 해요. 왠지 스텔라는 그러지 못할 것 같거든요. 아직 이 주변에 아는 젊은이가 별로 없어요. 스텔라보다는 대부분 나이가 더 어린 사람들뿐이거든요…… 적어도 남자들은요.

스텔라에게 춤도 좀 신청하고 그녀가 혼자 남게 되거나 가만히 있지 않도록 신경을 써줘요. 낯을 많이 가리거든요. 나는 스텔라가 즐거운 시간을 보내고 갔으면 해요."

올던은 그 자리에서 바로 승낙했다.

"네, 최선을 다해보겠습니다."

앤은 조심스레 웃으며 충고했다.

"하지만 그녀와 사랑에 빠지지는 말고요."

"그럴 리야 없겠지만 어째서 안 됩니까, 부인?"

앤은 비밀 이야기라도 하듯 속닥속닥 말했다.

"저, 그게, 로브리지에 있는 팩스턴 씨가 스텔라에게 반했는가 보더라고요."

"그 어쭙잖게 겉멋만 잔뜩 든 녀석 말입니까?"

올던은 뜻밖에 발끈하는 모습을 보였다.

앤은 부드럽게 타이르는 듯한 표정을 지었다.

"어머, 올던, 다들 그 사람을 퍽 괜찮은 젊은이라고 하던데요. 그리고 스텔라의 아버지를 이길 수 있는 사람은 그런 남자밖에 없어요."

"그렇습니까?"

올던은 다시 무관심한 태도를 되찾았다.

"그렇고말고요. 더욱이 그 팩스턴 씨조차도 과연 성에 찰지는 모를 일이에요. 체이스 씨는 스텔라에게 걸맞을 만한 사람은 이 세상에 아무도 없다고 여기시는 모양이에요. 여느 농사꾼으로서는 감히 넘겨다볼 수도 없겠죠. 그러니 어떻게도 차지할 수 없는 아가씨를 좋아하게 만들어 당신을 곤란한 처지에 빠뜨리고 싶지 않아요. 그래서 친구로서 미리 주의를 주는 거예요. 어머님도 틀림없이 나와 같은 생각일 테고요."

"아, 네, 고맙습니다…… 이렇게 마음 써주셔서. 그나저나 대체 어떤 아가씨입니까? 미인인가요?"

"글쎄요, 미인은 아니에요. 나는 스텔라를 정말 좋아하지만…… 얼굴빛이 좀 파리하고 성격도 내성적인 편이에요. 몸도 그리 튼튼하지 못하고…… 그래도 다행히 팩스턴 씨에게 돈이 좀 있는 것 같더라고요. 내가 보기에는 아주 이상적인 한 쌍이라, 아무도 방해하지 말았으면 하는 거예요."

그러자 올던이 따지듯 물었다.

"그럼 팩스턴 씨를 초대해서 부인이 그토록 소중히 여기는 스텔라가 즐겁게 지내도록 신경 써 달라고 부탁하셨으면 되잖아요?"

"목사님은 댄스파티에 오지 않을 거 다 알면서 그래요, 올던. 자, 투덜거리지 말아요…… 그럼 스텔라가 즐거운 시간 보내도록 잘 부탁할게요."

"네, 알겠습니다. 스텔라가 아주 떠들썩하게 즐길 수 있도록 해드리죠. 블라이드 부인, 편히 쉬십시오."

올던은 갑자기 휙 하고 돌아서서 가버렸다. 혼자 남은 앤은 배를 잡고 웃었다.

"내가 조금이라도 사람의 본성을 제대로 안다면 저 청년은 자기가 마음먹으면 누가 뭐라든 간에 스텔라를 차지할 수 있다는 것을 세상에 보여주려고 바로 덤벼들 거야. 내가 던진 목사라는 미끼를 바로 물었잖아. 그나저나 이 지끈지끈한 두통 때문에 오늘은 어지간히 괴로운 하룻밤을 보내게 생겼네."

앤은 수전이 '목에 담이 결렸다'고 말하는 증상까지 겹쳐 과연 괴로운 밤을 보냈다. 아침이 돼도 잿빛 플란넬 같은 기분이었다. 그러나 저녁에는 명랑하고 점잖은 여주인 역을 해내고 있었다.

파티는 성공적이었다. 모두가 즐겁게 보낸 듯했고, 무엇보다 스텔라는 확실히 즐겼다. 앤이 보기에 스텔라를 챙기는 올던의 태도는 적절한 예법의 기준에 비추어볼 때 너무 열심이다 싶을 정도였다. 저녁 식사가 끝난 뒤 스텔라를 베란다에 있는 어두컴컴한 구석으로 데려가 단둘이 한 시간이나 있었던 것은 처음 만난 사이치고는 좀 지나친 데가 있었다. 그러나 이튿날 아침 여러 가지를 돌이켜 보았을 때 전체적으로 앤은 만족했다.

식당에 깔아둔 카펫은 아이스크림을 두 접시 엎지르고 케이크 한 조각이 사람들 발에 짓이겨져 거의 엉망이 되었고, 길버트 할머니의 브리스틀 유리 촛대는 산산조각이 났다. 누군가가 2층 손님용 침실에서 물병에 가득 들어 있던 물을 뒤엎어 서재 천장은 차마 볼 수 없을 정도로 얼룩이 지고 말았다. 고풍스러운 체스터필드 소파의 술은 절반이나 뜯어지고 수전이 자랑하는 큰 줄고사리는 덩치 큰 누군가가 깔고 앉았던 게 분명했다.

그러나 그날의 이익과 손해를 따져볼 때, 모든 징후를 잘못 읽은 것이 아니라면 올던이 스텔라에게 마음을 빼앗겼다는 것만은 분명한 사실이었다. 자잘한 손해에 매달리지 않는 한 오히려 이익이었다고 앤은 생각했다.

그 뒤 2, 3주일 안에 퍼진 마을의 소문은 이 확신을 더욱 깊어지게 했다. 올던이 걸려든 것은 더욱더 분명해졌다. 그러나 스텔라는 어떨까? 앤 생각에 스텔라는 어떤 남자가 손을 내민다고 그 손을 덥석 잡고 끌려갈 아가씨는 아니었다. 스텔라도 아버지의 '외고집' 성격을 얼마쯤 이어받았으며, 그것이 스텔라에게 매력적인 독립심이 되어 작용하고 있었다.

마음을 졸이는 중매쟁이에게 또다시 행운이 끼어들어주었다. 어느 날 저녁 스텔라가 잉글사이드의 참제비고깔을 보러 왔고 그 뒤 두 사람은 베란다에 앉아 이야기를 주고받았다. 스텔라 체이스는 창백한 얼굴에 가냘픈 아가씨로 좀 내성적인 성격이라 쉽사리 곁을 주지 않는 편이었지만 막상 알게 되면 아주 살가웠다. 엷은 금빛 머리칼은 부드러운 구름 같았으며 눈은 갈색이었다. 그렇게까지 아름답지는 않았지만, 스텔라의 매력을 돋보이게 하는 것은 속눈썹 덕이라고 앤은 생각했다. 그 속눈썹은 믿어지지 않을 만큼 길어서 그녀가 눈을 한 번씩 살며시 치떴다 내리떴다 할 때면 남자들 가슴을 설레게 하였다. 태도에는 어느 정도 기품이 있어서 24살이라는 나이에 비해 좀 더 나이가 들어 보였으며, 코는 나이를 먹어감에 따라 틀림없이 매부리코가 될 듯했다.

앤은 스텔라에게 손가락 하나를 흔들며 말했다.

"스텔라에 대한 소문이 들리더군요. 그런데⋯⋯ 내가⋯⋯ 응원해⋯⋯주고 싶은⋯⋯ 마음이 드는 소문이 아니었어요. 이런 말 하기엔 미안하지만, 올던 처칠이 스텔라에게 딱 맞는 사람일까요?"

스텔라의 얼굴에 깜짝 놀란 기색이 드러났다.

"어머나, 나는 부인이 올던을 마음에 들어 하는 줄 알았는데요."

"좋아하기는 하죠. 하지만…… 저기…… 그 사람은 아주아주 변덕스럽다는 평판이 있잖아요? 올던을 오래 붙들어둘 수 있는 아가씨는 아무도 없다고 들었어요. 많은 아가씨들이 시도했다가 실패했다고요. 만일 그 사람 마음이 달라져 스텔라도 그렇게 내버려지는 것을 나는 보고 싶지 않아요."

스텔라가 조심스럽게 말했다.

"올던을 오해하고 계신 것 같아요, 블라이드 부인."

"그렇다면 다행이지만 말이에요, 스텔라. 스텔라 같은 타입이 아니라 아일린 스위프트처럼 말괄량이에 쾌활한 성격이라면……."

스텔라는 멍하게 말했다.

"아, 그렇군요. 이만 가봐야겠어요. 아버지가 쓸쓸해하고 계실 거라서요."

스텔라가 돌아가버리자 앤은 또 웃었다.

"스텔라는 자기가 올던을 잡을 수 있다는 걸 참견쟁이 친구들에게 보여주겠다고 속으로 맹세했을 거야. 아일린 스위프트 따위가 올던에게 손을 뻗치도록 할까 보냐고 생각하며 돌아갔을걸. 머리를 획 하고 돌리던 태도며 갑자기 뺨을 붉힌 걸 보면 틀림없이 알 수 있어. 젊은 사람들은 이쯤이면 됐어. 이제 어른들 마음을 돌릴 차례인데, 문제는 이 일이 훨씬 더 힘이 들 거라는 거지."

데이지 오솔길

앤의 행운은 계속 이어졌다. 앤은 여성 전도후원회로부터 조지 처칠 부인 집을 방문해서 1년에 한 번 내는 기부금을 받아왔으면 좋겠다는 부탁을 받았던 것이다. 처칠 부인은 좀처럼 교회에 오지 않았고 후원회 회원도 아니었지만 전도 활동은 좋은 일로 여긴다며 누군가가 부탁하러 가면 늘 많은 돈을 기부했다. 다만 그 집에 부탁하러 가는 것을 다들 꺼려서 회원들은 순서를 정해 그 일을 맡았는데, 올해는 앤 차례였다.

어느 날 저녁나절, 앤은 데이지가 흐드러지게 핀 오솔길을 걸어갔다. 상쾌하고 산뜻한 그 길은 아름다운 언덕마루를 지나 글렌 마을에서 1마일 떨어진 처칠네 농장으로 뻗은 큰길로 이어져 있었다. 잿빛 가로장이 지그재그로 얽힌 울타리가 서 있고 가파른 작은 비탈 몇 개를 올라야 하는 그 큰길은 좀 단조로운 편이었다. 하지만 집집마다 불빛이 반짝이고 시냇물이 흐르고, 바다로 비탈져 내려가는 풀밭에 풀 내음이 감돌고 뜰이 있었다.

앤은 지나가면서 보이는 뜰 하나하나를 모두 걸음을 멈추고 바라보았다. 뜰에 대한 앤의 흥미는 식는 일이 없었다. 제목에 '뜰'이나 '정원'이라는 단어만 들어가 있어도 앤은 그 책을 사지 않고는 못 배긴다고 길버트가 늘 말하곤 했다.

한가로워 보이는 조각배 한 척이 항구에 떠 있고 아득히 먼 저편에는 잔잔

한 물결 위에 대형 선박이 머물러 있었다. 앤은 바다로 나가는 배를 지켜볼 때마다 늘 가슴이 두근거렸다. 언젠가 프랭클린 드루 선장이 부두에서 자신의 배에 올라타며 '우리가 육지에 두고 떠나야 하는 사람들을 보면, 정말이지 안 됐어.'라고 말했을 때 앤은 그 심정을 이해했다.

커다란 처칠가의 저택은, 망사르드 지붕[1]의 평평한 위쪽 부분 둘레에 레이스처럼 모양을 낸 정교한 철제 울타리가 둘러져 있으며, 항구와 모래 언덕을 내려다보고 있었다. 처칠 부인은 열렬히 반긴다고는 할 수 없었지만 정중히 앤에게 인사하고 조금은 음침하나 호화로운 응접실로 앤을 안내했다. 짙은 갈색 벽지를 바른 벽에는 세상을 떠난 처칠과 엘리엇 집안사람들을 콩테[2]로 그린 초상화가 수없이 걸려 있었다. 처칠 부인은 녹색 벨벳 소파에 앉아 길고 여윈 손을 포개어 놓고 손님을 뚫어지게 바라보았다.

메리 처칠은 키가 크고 여위었으며 엄해 보였다. 주걱턱과 올던이 쏙 빼닮은 움푹한 파란 눈, 꾹 다문 큰 입의 소유자였다. 쓸데없는 말을 하지 않았고 소문을 입에 담아 수다를 떠는 법은 절대 없었다.

그래서 앤은 자기가 원하는 화제로 자연스럽게 이야기를 끌고 가기가 무척 힘겨웠으나, 항구 건너편 성공회 성당에 새로 온 목사 이야기를 통해 가까스로 성공할 수 있었다. 이 목사를 좋아하지 않았던 처칠 부인은 차갑게 말했다.

"그분은 신앙심이 깊은 사람이 아니에요."

"하지만 그분의 설교는 아주 뛰어나다고 들었어요."

"나도 한번 들은 적 있는데, 다시 듣고 싶은 생각이 없어요. 내 영혼은 양식

---

1) 프랑스의 고전주의 건축가 프랑수아 망사르(François Mansart)에 의해 대중화된 지붕의 형태로, 위쪽에서 경사가 완만하다가 급하게 한번 꺾이면서 이중 경사를 가진 지붕.
2) 프랑스의 과학자 콩테가 만든, 연필과 숯의 중간 정도 단단함을 지닌 연필 모양의 크레용으로, 갈색, 흰색, 검은색의 세 가지가 있음.

을 구했는데 엉뚱하게도 훈계를 내놓더군요. 그분은 두뇌로 천국에 도달할 수 있다고 믿고 있지만, 어림없는 일이에요."

"목사님 이야기가 나와서 말인데…… 목사님이라면 지금 로브리지에 퍽 똑똑한 분이 있어요. 그분은 나의 젊은 친구 스텔라 체이스에게 관심을 가지고 있는 듯싶어요. 좋은 짝이 될 거라는 소문이 돌고 있죠."

"결혼한다는 말인가요?"

앤은 그 매서운 눈초리에 호되게 꾸지람이라도 듣는 기분이었지만 자기 일이 아닌 일에 간섭하려면 이만한 모욕은 견뎌야만 한다고 생각하며 마음을 다잡았다.

"아주 잘 어울리는 결혼이 될 것 같아요, 처칠 부인. 스텔라는 목사의 아내로 특히 알맞은 상대니까요. 나는 올던에게 이 바람직한 관계를 깨뜨려서는 안 된다고 말했어요."

처칠 부인은 눈꺼풀조차 씰룩하지 않고 되물었다.

"왜죠?"

"글쎄요…… 아무래도…… 올던에게는 가망이 없지 않을까 생각해서요. 체이스 씨는 어떤 남자도 스텔라에게는 걸맞지 않는다고 생각하거든요. 올던의 친구라면 누구라도 올던이 하루아침에 헌 장갑처럼 버려지는 걸 보고 싶지 않은 거죠. 그런 꼴을 당하기엔 올던은 너무 괜찮은 청년이니까요."

처칠 부인은 얇은 입술을 악물었다가 이내 말문을 열었다.

"내 아들을 버린 아가씨는 한 사람도 없어요. 언제나 그 반대였죠. 곱슬머리로 모양을 잔뜩 내고 웃음을 흘리든 몸을 비비 꼬며 수줍은 척하든, 내 아들은 아가씨들의 정체를 곧 꿰뚫어 보고 말아요. 내 아들이 마음만 먹으면 어떤 여자라도 골라서 결혼할 수 있어요, 블라이드 부인…… '어떤' 여자와도 말예요."

"어머나!"

이 한마디 감탄사를 내뱉을 때 앤은 그 어조에 이런 말을 담았다.

'물론 실례가 되니까 부인 말을 대놓고 반박하지는 않겠지만, 부인은 내 생각을 바꾸지는 못해요.'

처칠 부인은 그것을 알아챘다. 전도 활동을 후원할 기부금을 가지러 방을 나갈 때, 핏기 없는 주름투성이 얼굴이 조금 붉어졌다.

처칠 부인이 그만 가려는 앤을 따라 현관문 앞까지 함께 왔을 때 앤은 칭찬했다.

"여기서 바라보는 경치는 아주 근사하네요."

처칠 부인은 찬성하지 않는 눈길로 만을 바라보았다.

"겨울에 살을 에는 듯한 샛바람을 맞아보면 전망은 별로 눈에도 안 들어오게 될걸요, 블라이드 부인. 오늘 밤은 좀 쌀쌀하군요. 그런 얇은 옷으로는 감기 들지도 모르겠어요. 그 옷이 아름답지 않다는 말은 결코 아니지만요. 부인은 아직 젊으니까 겉모습이나 치장처럼 한때뿐인 것들에 마음이 끌리는 거겠죠. 나는 이제 그런 덧없는 것에는 더 이상 흥미를 느끼지 않게 되었어요."

어슬녘의 어둑한 녹색 어스름에 싸여 집으로 걸어오며 앤은 그날의 만남에 만족을 느꼈다.

앤은 숲속 빈터를 갈아엎은 조그만 밭에서 의회라도 여는 듯 옹기종기 모여 있는 찌르레기 무리에게 말을 걸었다.

"물론 처칠 부인을 믿을 수는 없어. 하지만 내가 오늘 부인을 조금은 조바심 나게 만든 것 같아. 올던이 퇴짜 맞았다고 남들이 생각하는 건 싫은 눈치였잖아. 자, 이제 체이스 씨만 빼고 이 결혼에 얽힌 모든 사람들에게 내가 할 수 있는 일은 다 했는데, 체이스 씨하고는 알지도 못하는 사이니 어떻게 하면 좋을지 모르겠네.

체이스 씨는 올던과 스텔라가 서로 사귄다는 걸 알기나 할까. 알고 있을 것 같지 않은데. 스텔라한테 올던을 집으로 데려갈 용기 같은 건 당연히 없을 테고. 그렇다면 체이스 씨를 어떻게 한담?"

모든 일들이 어쩌면 그렇듯 앤을 도와주는 방향으로 흘러가는지…… 신기하다 못해 무서울 지경이었다. 어느 날 저녁, 미스 코닐리아가 찾아와서 앤에게 체이스 씨네에 함께 가달라고 부탁했다.

"교회에 새로 들여놓을 부엌 스토브를 살 기부금을 리처드 체이스에게 부탁하러 가야 하는데, 옆에서 정신적 지원을 해줄 사람이 필요해요. 함께 가줘요, 앤. 나 혼자 그 사람과 맞붙기는 싫어서 그래요."

체이스 씨는 현관 층계에 서 있었다. 다리도 길고 코도 긴 그는 흡사 명상에 잠긴 한 마리 학 같았다. 벗겨진 머리 꼭대기에 반짝이는 은빛 머리칼 몇 가닥을 깨끗이 빗어 넘겼으며, 두 사람 쪽을 바라보는 작은 잿빛 눈이 우스운 듯 깜박거리고 있었다.

체이스 씨는 미스 코닐리아와 함께 오는 저 사람이 의사 선생 부인이라면 소문대로 아름다운 자태를 지녔다고 생각하고 있었다. 반면 죽은 아내의 친척 언니인 코닐리아는 체격은 너무 다부지고 메뚜기만큼의 지능밖에 지니고 있지 못하였으나 성질만 잘못 건드리지 않으면 나쁜 할멈은 아니라고 생각했다.

체이스 씨는 점잖게 두 사람을 서재로 맞아들였다. 미스 코닐리아는 나직하게 끙 하는 소리와 함께 의자에 앉았다.

"오늘 저녁은 무척 덥구나. 천둥, 번개가 치면서 비가 한바탕 퍼부을지도 모르겠어. 어머나, 리처드, 그 고양이는 전보다 한층 더 뚱뚱해졌잖아?"

체이스 씨에게는 터무니없이 큰 누런 고양이 친구가 있었다. 이 고양이가 지금 그의 무릎 위로 훌쩍 올라가 앉았다.

체이스 씨는 녀석을 다정하게 쓰다듬으며 말했다.

"'토머스 더 라이머'[3]는 이 세상에서 가장 고양이다운 고양이입니다. 그렇지, 토머스? 저기 코닐리아 아주머니를 봐라, 라이머. 친절과 애정만을 담기 위해 만들어진 눈으로 아주머니가 얼마나 심술 사납게 너를 바라보는지 한번 보려무나."

엘리엇 부인이 날카롭게 항의했다.

"나를 그런 짐승의 아주머니라고 하지 마라. 아무리 농담이라도 너무 지나치구나."

리처드 체이스는 청승맞은 목소리로 말했다.

"처형, 네디 처칠의 친척 아주머니보다야 우리 라이머의 아주머니가 되는 편이 더 낫지 않겠어요? 네디는 식탐 많고 와인을 끼고 사는 술꾼이잖아요. 처형이 네디의 죄악을 조목조목 읊는 걸 제가 들은 적이 있는데요. 오히려 위스키와 암고양이에 대한 나무랄 데 없는 이력을 가지고 있는 토머스같이 훌륭한 고양이의 아주머니 쪽이 낫지 않겠어요?"

"아무리 변변치 못해도 네드는 그래도 사람이야. 나는 고양이를 좋아하지 않아. 내가 생각하는 올던 처칠의 단 한 가지 결점이 그거야. 올던도 이상하리만큼 고양이를 좋아하니까. 누구를 닮아서 그런지 모르겠어…… 그 아이의 아버지, 어머니도 고양이를 아주 싫어하는데 말이야."

"그 친구 참 분별 있는 젊은이겠네요!"

---

[3] 중세 발라드에 따르면 요정 여왕에게 끌려가 예언 능력을 얻은 것으로 그려지는 스코틀랜드 예언자·시인 토머스 오브 에르셀둔(1220년경~1297?)의 별칭에서 따옴.

"분별 있다고? 뭐, 그래, 고양이와 진화론에 빠져 있는 점만 빼면 그렇다고 할 수 있지. 그것도 제 어머니를 닮지 않았어."

체이스 씨는 진지하게 말했다.

"실은 엘리엇 부인, 나도 남모르게 진화론에 기울고 있습니다."

"전에도 그렇게 말했었잖니. 믿고 싶으면 너 좋을 대로 믿으려무나, 딕 체이스. 남자야 어차피 그렇게 생겨먹은 걸 어쩌겠어. 내가 원숭이의 자손이라고 믿도록 할 수 있는 사람은 아무도 없으니 천만다행이지."

"어여쁜 여인이신 처형은 확실히 그렇게 보이지 않아요. 대단히 자애롭고 여유로운 처형의 장밋빛 얼굴에는 원숭이를 닮은 데가 조금도 없어요. 하지만 몇 백만 년 전에 살았던 처형의 조상은 꼬리로 이 나뭇가지에서 저 나뭇가지로 옮겨 다녔어요. 과학이 그걸 증명하고 있다고요, 코닐리아. 믿든 안 믿든 그건 어디까지나 처형의 자유지만요."

"그럼 난 안 믿으련다. 그 일로든 다른 일로든 제부하고 말다툼할 생각은 없어. 내게는 내가 따르는 신앙이 있고, 거기에는 원숭이 조상 따위는 들어 있지 않아. 그러고 보니 리처드, 스텔라가 올여름은 그리 건강해 보이지 않아 걱정이더구나."

"스텔라는 늘 더위를 심하게 탑니다. 그러다 서늘해지면 저절로 기운을 되찾곤 해요."

"그렇다면 괜찮겠지만. 리젯도 해마다 여름이 끝나면 건강해졌지만 마지막 여름은 그렇지 못했으니까, 리처드…… 그걸 잊으면 안 돼. 스텔라는 제 어머니 체질을 닮았잖니. 결혼을 할 것 같지는 않아서 오히려 다행이야."

"어째서 그 아이가 결혼할 것 같지 않다는 거죠? 그냥 호기심에서 묻는 거예요, 코닐리아…… 순전히 호기심에서. 여자의 사고 과정이 내게는 대단히 흥미

롭습니다. 도대체 어떤 전제나 논거에 의해 스텔라가 결혼할 것 같지 않다는 결론을 그렇게나 순식간에 도출한 거죠?"

"글쎄다, 리처드, 단도직입적으로 말하자면 스텔라는 남자에게 인기 있는 타입의 아가씨가 아니니까. 마음씨 곱고 상냥한 아이지만 남자들에게 인기는 없지."

"숭배자가 없었을까 봐요? 녀석들을 쫓느라 엽총과 불도그를 사들이고 건사하는 데 제가 돈을 얼마나 썼는지 아세요."

"그 사람들은 제부의 지갑을 보고 모여든 거지. 다들 쉽게 단념해버리지 않던? 제부의 비아냥 공격 한 번에 모두 달아났잖아. 만일 그 남자들이 진심으로 스텔라를 원했다면 그 진짜 있지도 않은 불도그는 물론이거니와 그런 말 몇 마디에 꺾여서 꽁무니를 빼진 않았겠지.

그러니까 리처드, 스텔라가 바람직한 배우자를 얻을 만한 아가씨가 아니라는 걸 인정해. 그게 제부 마음도 편하지. 봐, 리젯도 그랬었잖아? 제부가 나타나기 전까지 리젯에게 청혼한 사람은 한 사람도 없었으니까."

"하지만 결국 나는 기다릴 만한 가치가 있는 남자였잖아요? 리젯이 현명한 아가씨였던 거죠. 나는 내 딸을 이 주변에 널린 별 볼일 없는 아무 남자에게 줘버릴 생각은 조금도 없어요. 처형이 아무리 깎아내리는 말씀을 하셔도 귀하디귀한 '나의 별'[4]은 왕의 궁전에서 반짝여야 어울릴 그런 존재니까요."

"안타깝게도 캐나다에는 왕이 없어. 나는 스텔라가 사랑스러운 아가씨가 아니라고 말하는 건 아니야. 다만 남자들에게 그것을 알아보는 눈이 없는 것 같다고 말하는 거지. 어쨌거나 그 아이의 체질을 생각하면 그편이 차라리 낫지

---

4) 스텔라는 '별'이라는 뜻의 라틴어 단어 'stella'에서 유래한 이름.

않나 싶고 제부로서도 다행스러운 일이지. 그 아이가 없으면 제부가 무슨 수로 살아가겠어. 아마 갓난아기만큼이나 아무것도 할 줄 모를 텐데.

자, 교회에 부엌 스토브 구입비를 기부하겠다고 약속만 해줘. 그러면 이만 일어날 테니까. 지금 저 책을 집어 들고 싶어 죽을 지경인 거 다 알아."

"과연 상냥하고 총명한 부인이시군요! 처형 같은 사람을 친척으로 둬서 얼마나 감사한지 모르겠어요! 그래요, 나는 지금 죽을 지경이에요. 그렇지만 처형 말고는 그걸 알아볼 만한 통찰력을 가진 사람도 없고 그 말을 입 밖에 내서 내 목숨을 구해줄 만큼 친절한 사람도 없어요. 그래, 내게서 얼마를 빼앗으려는 거죠?"

"5달러쯤은 낼 수 있겠지?"

"나는 여성분들과는 결코 말다툼하지 않죠. 5달러로 하죠. 저런, 벌써 돌아가시려고요? 이 부인은 단 1초도 함부로 허비하는 법이 없다니까요. 이 보기 드문 부인께서는 일단 목적을 이루었다 하면 남을 조금도 더 방해하지 않으려는 사람이죠. 이런 종류의 고양이는 요즘 태어나지를 않아요. 그럼 안녕히 가세요, 최고의 처형."

이 방문 동안 앤은 내내 한마디도 하지 않았다. 그럴 필요가 어디 있겠는가? 엘리엇 부인이 이토록 훌륭하게 무의식중에 자기가 할 일을 대신 다 해주고 있는데? 그러나 리처드 체이스는 가볍게 머리 숙여 두 사람을 배웅하다가 갑자기 친밀하게 앞으로 몸을 구부렸다.

"제가 평생 살면서 본 가장 아름다운 발목을 가지고 계시군요, 블라이드 부인. 이래 봬도 젊은 시절에 꽤 많이 봐왔기 때문에 그쪽에 얼마쯤 일가견이 있습니다."

오솔길을 걸으며 미스 코닐리아가 벌컥 화를 냈다.

"너무하지 않아요? 저 사람은 늘 여자에게 저렇듯 무례한 말을 한다니까요. 저런 사람 말에 마음 쓸 것 없어요, 앤."

앤은 신경 쓰지 않았다. 오히려 리처드 체이스에게 호감을 느꼈다.

'아무래도 저분은 스텔라가 남자들에게 인기 없다는 생각이 못마땅한가 봐. 자기 조상이 원숭이라는 건 아무렇지 않게 여기면서도. 어쨌든 저분은 스텔라가 남자에게 인기가 없지 않다는 걸 모든 사람들에게 '제대로 보여주고' 싶은 것 같은데.

자, 나는 할 만큼 했어. 올던과 스텔라가 서로에게 관심을 갖도록 만들었고, 미스 코닐리아의 뜻하지 않은 도움까지 받아서 처칠 부인과 체이스 씨를 이 혼담에 반대하기보다는 오히려 찬성하고 싶게 만들었어. 이제부터는 가만히 앉아서 일이 돌아가는 상황을 지켜보기만 하면 돼.'

한 달 뒤 스텔라 체이스가 잉글사이드를 찾아와 또다시 앤과 나란히 베란다 층계에 앉았다. 그렇게 앉아 있으면서 자기도 언젠가는 블라이드 부인과 같은 표정을 갖고 싶다…… 저 '원숙한' 표정…… 충실하고 축복받은 삶을 살아온 여인의 표정을 갖고 싶다고 생각했다.

9월 첫 무렵의 누런 잿빛을 띤 서늘한 낮에 이어 선선하고 뿌연 저녁이 찾아왔다. 그 속에 바다의 나직한 신음 소리가 섞여 들었다.

이 소리를 들으면 월터는 이렇게 말할 것이다.

"오늘 밤 바다가 많이 슬픈가 봐."

스텔라는 멍하니 말이 없었다.

이윽고 별이 총총히 박힌 보랏빛 밤하늘을 올려다보며 스텔라가 불쑥 말했다.

"블라이드 부인, 털어놓고 싶은 말이 있어요."

"어머나, 뭐죠, 스텔라?"

스텔라의 목소리는 간절했다.

"나는 올던 처칠과 약혼했어요. 우리는 지난해 크리스마스 때부터 약혼했어요. 아버지와 처칠 부인에게는 곧바로 말씀드렸지만, 다른 사람들에게는 비밀로 해두었어요. 그런 비밀을 지니고 있다는 게 왠지 달콤했거든요. 우리는 그 즐거움을 사람들과 나누고 싶지 않았어요. 하지만 다음 달에 결혼하기로 했어요."

앤은 마치 돌처럼 굳어버렸다. 스텔라는 여전히 별을 올려다보고 있었으므로 블라이드 부인의 얼굴에 나타난 표정을 알아차리지 못했다.

스텔라는 조금 더 편안해져서 말을 이어갔다.

"올던과 나는 지난해 11월 로브리지의 파티에서 만났어요. 우리는…… 우리는 첫눈에 서로를 사랑하게 되었어요. 올던은 늘 나를 꿈꾸고 있었고 언제나 나를 찾고 있었대요. 내가 문으로 들어오는 것을 보았을 때 '이 여자야말로 내 아내다.' 하고 마음속으로 말했대요. 나도…… 나도 그렇게 느꼈어요. 오! 우리는 정말 행복해요, 블라이드 부인."

앤은 몇 번이나 애를 써봤지만 여전히 아무 말도 할 수가 없었다.

"내 행복에 드리워진 단 하나의 먹구름은 이 일에 대한 부인의 태도예요. 찬성해줄 수 없겠어요? 제가 글렌세인트메리에 온 뒤로 부인은 정말 좋은 친구가 되어주었어요. 마치 친언니처럼 여겨졌어요. 그래서 부인이 내 결혼에 찬성하지 않는다고 생각하면 못 견디게 슬퍼요."

스텔라는 금방이라도 울음을 터뜨릴 것 같은 목소리였다.

앤은 그제야 겨우 입을 열 힘을 되찾았다.

"나의 소중한 스텔라, 스텔라의 행복을 나는 누구보다도 바라고 있어요. 나도 올던을 좋아해요…… 멋진 청년인걸요…… 다만 내가 걱정스러웠던 건 그에게 바람기가 좀 있다는 평판 때문이었어요."

"하지만 그렇지 않아요. 그는 그저 자기 짝을 찾고 있었을 뿐이에요. 모르시겠어요, 블라이드 부인? 그런 사람을 찾지 못해 헤맸던 거예요."

"아버지는 이 일을 어떻게 생각하세요?"

"아, 아버지는 몹시 기뻐하세요. 아버지는 처음부터 올던을 마음에 들어 하셨어요. 만나면 늘 몇 시간이고 진화론에 대해 토론을 하곤 한답니다. 아버지는 원래부터 제게 꼭 맞는 사람이 나타나면 나를 결혼시킬 생각이었대요. 아버지를 두고 떠나야 하는 것은 슬픈 일이지만 친척인 딜리아 체이스가 와서 아버지를 위해 집안일을 보살피기로 했어요, 아버지는 딜리아를 퍽 좋아해요."

"그럼 올던 어머니는?"

"올던 어머니도 좋아하세요. 지난 크리스마스에 올던에게 우리가 약혼한 이야기를 듣고 어머니가 성경을 펼치자마자 나온 맨 첫 구절이 '이러므로 남자가 부모를 떠나 그의 아내와 합하여 둘이 한 몸을 이룰지로다.'[5]였대요. 어머니는 그것으로 자신이 해야 할 일은 뚜렷해졌다며 그 자리에서 승낙해주셨어요. 어머니는 로브리지에 있는 작은 집으로 돌아가서 살기로 하셨어요."

"스텔라가 그 녹색 벨벳 소파와 함께 살지 않아도 되어 다행이군요."

"소파요? 아, 그래요. 가구가 엄청 구식이죠? 하지만 가구는 어머니가 모두 가져가신대요. 올던이 새 가구를 들인다고 했어요. 그래서 모든 사람이 만족하고 있어요, 블라이드 부인. 부인도 우리를 축복해주실 수 없을까요?"

앤은 몸을 얼른 앞으로 내밀어 비단결같이 부드럽고 차가운 스텔라의 뺨에

---

5) 《구약성서》〈창세기〉 2장 24절.

키스했다.

"스텔라가 행복하다니 나는 정말로 기뻐요. 두 사람 앞날을 하느님께서 축복해주시기를."

스텔라가 돌아가자 앤은 잠시 아무와도 마주치지 않기 위해 자기 방으로 뛰어 올라갔다. 동녘 하늘에 떠 있는 덥수룩한 구름 뒤에서는 냉소적이고 삐딱한 늙은 달이 나오고, 저 너머의 들판은 앤을 향해 얄밉고 장난스럽게 윙크를 하고 있는 것처럼 보였다.

앤은 지나간 몇 주일 동안을 찬찬히 돌이켜보았다. 식당의 카펫을 못쓰게 만들고, 소중한 가보를 두 개나 깼으며, 서재의 천장을 망가뜨렸다. 처칠 부인을 자신의 끄나풀로 쓰려 했지만, 정작 그동안 뒤에서 자기를 비웃었을 사람은 처칠 부인이었다.

앤은 달에게 물었다.

"이번 일에서 제일 바보는 누구였을까? 길버트 대답이 무엇일지는 물어보나마나 잘 알아. 그만큼 큰 수고를 들여서 이미 약혼한 두 사람의 혼사를 성사시키려고 했다니! 이제 중매에 나서는 병은 나았어! 싹 나았다고. 앞으로 이 세상의 그 누구도 결혼하지 않게 된다 해도 나는 손가락 하나 까딱하지 않을 거야. 그래도 한 가지 위안거리가 있다면…… 오늘 받은 젠 프링글의 편지에, 파티에서 만난 루이스 스테드먼과 결혼하게 되었다는 소식이 있었다는 거지. 브리스틀 유리 촛대의 희생도 전혀 헛된 일은 아니었어.

얘들아…… 너희들! 그 밑에서 그처럼 불쾌한 소리를 꼭 내야만 하니?"

어두운 관목숲에서 기분이 상한 젬이 당당히 해명하는 목소리가 들렸다.

"우리는 부엉이인걸요. 부엉부엉 해야만 해요."

젬은 스스로 생각하기에도 썩 훌륭하게 부엉이 울음소리를 냈다. 젬은 숲

안에 있는 어떤 작은 동물 소리라도 흉내 낼 수 있었다. 월터는 그만큼 잘할 줄 몰라 곧 부엉이 놀이를 그만두고, 환상에서 깬 어린 사내아이로 돌아가, 위로를 받으러 어머니에게로 살그머니 찾아왔다.

"엄마, 나는 귀뚜라미가 '노래를' 한다고 생각했었는데요, 오늘 카터 플래그 씨가 그렇지 않다면서 그 소리는 뒷다리를 마구 비벼서 내는 거래요. '정말로' 그런가요, 엄마?"

"그런 모양이더구나…… 엄마도 자세히는 모르지만 말이야. 하지만 그게 귀뚜라미가 노래하는 방법이란다."

"나는 싫어요. 이제 두 번 다시 귀뚜라미 노래는 듣고 싶지 않을 거예요."

"어머나, 그렇지 않아. 다시 듣고 싶어질 거야. 금세 뒷다리에 관한 일은 고스란히 잊고 가을 수확이 끝난 밭이며 언덕에서 들려오는 그 요정의 합창 같은 노랫소리만을 생각하게 될 거야. 이제 잘 시간 아니니, 월터?"

"엄마, 잠들기 전에 등골이 오싹해질 이야기를 해주실 수 있어요? 그러고 나서 내가 잠들 때까지 곁에 있어 줄래요?"

"아무렴. 엄마들이 원래 그러라고 있는 건데, 아가."

강아지 지프

어느 가을날 길버트가 말했다.

"바다코끼리가 말했어, '드디어 때가 되었구나.'"[1] 개를 키워도 좋을 때가."

잉글사이드에서는 길버트가 키우던 늙은 개 렉스가 독을 잘못 먹고 죽은 뒤로 개를 키우지 않았다. 그러나 길버트는 남자아이는 개를 키워야만 한다고 여겼다. 그래서 개 한 마리를 데려오기로 마음을 먹었다.

그런데 가을 내내 너무 바빠서 그 일을 계속 미뤘다. 마침내 11월 어느 날, 오후에 학교 친구네에서 놀다가 온 젬이 개 한 마리를 안고 돌아왔다. 검은 귀가 멋지게 쭉 올라간 조그만 노란 개였다.

"조 리스가 줬어요, 엄마. 이름은 지프예요. 꼬리가 진짜 귀엽지 않아요? 우리 집에서 키워도 돼요, 엄마?"

앤은 미심쩍은 듯 물었다.

"이 개는 어떤 종이지, 젬?"

"음…… 제 생각엔 여러 가지가 섞인 종 같아요. 종이 딱 한 가지뿐인 개보다 더 좋은 것 같아요. 더 재미있잖아요. 안 그래요, 엄마? 엄마, 제발요."

---

[1] 필명인 루이스 캐럴로 널리 알려진 영국 작가 찰스 럿위지 도지슨(1832~1898)의 소설 《거울 나라의 앨리스》에 나오는 산문시 〈바다코끼리와 목수〉의 한 구절.

"그래, 아빠가 키워도 좋다고 하시면……."

길버트가 흔쾌히 허락하여 젬은 지프를 키우게 되었다. 잉글사이드 사람들은 모두 기꺼이 지프를 가족으로 맞아들였는데, 슈림프만 생각이 달랐고 자신의 의견을 에두르지 않고 드러냈다.

수전까지도 지프를 마음에 들어 했다. 주인이 학교에 가고 없을 때, 비 오는 날 수전이 지붕 밑 다락방에서 물레를 돌리고 있으면, 지프는 수전 곁을 지키며, 있지도 않은 쥐를 쫓아 어두운 구석까지 돌아다녔다. 그러다 지나치게 열중한 나머지 저도 모르는 새 구석에 놓인 작은 물레 바로 옆까지 다가가게 되면 겁에 질려 깽깽거리며 짖었다.

이 물레는 모건 집안사람들이 잉글사이드에서 이사 나갈 때 두고 간 것으로 한 번도 사용된 적 없이, 어두운 한구석에 곱사등의 작은 노파처럼 놓여 있을 뿐이었다. 이것을 지프가 왜 무서워하는지 아무도 이해할 수 없었다. 커다란 물레는 조금도 무서워하지 않고 수전이 물레로 실을 잣는 동안 물레에 딱 붙어 앉아 있다가 수전이 기다란 털실을 둘둘 감으며 다락방 끝에서 끝으로 걸으면 자기도 수전 곁을 왔다 갔다 하면서 뛰어다녔다.

수전은 개가 사람의 진정한 벗이 될 수 있다는 것을 인정하게 되었고, 지프가 고기를 먹고 싶을 때 벌렁 누워 앞발을 버둥거리며 흔들어 보이면 어쩌면 이토록 영리할까 하고 감탄했다.

어느 날 버티 셰익스피어가 경멸하듯 "이것도 개야?"라고 말했을 때 수전은 젬 못지않게 분개하여 나직하지만 엄한 목소리로 말했다.

"그래, 우리는 개라고 해. 아마도 멋모르는 너는 하마라고 할지도 모르겠지만."

그리고 그날 버티는 수전이 잉글사이드의 두 도련님과 집에 놀러 온 그 친구들을 위해 늘 만드는 '아삭아삭 애플파이'라는 엄청 맛있는 과자를 얻어먹지 못하고 돌아가야만 했다.

"얘는 뭐야? 밀물에 떠내려온 거니?"

맥 리스가 이런 질문을 했을 때 수전은 없었지만 젬이 나서서 자신의 개를 변호했다. 또 냇 플래그가 지프의 다리는 몸에 비해 너무 길다고 말했을 때 젬은 개의 다리는 땅에 닿을 만큼 충분히 길어야 되는 거라고 당당히 대꾸해주었다. 냇은 그리 영리하지 못하므로 그 말에 바로 찍소리도 못 하고 말았다.

그해 11월은 햇빛에 너무 인색했다. 된바람이 앙상한 은빛 가지만 남은 단풍나무숲을 불어갔고 '계곡'에는 거의 언제나 는개가 자욱했다. 우아하고 신비한 분위기를 자아내는 짙은 안개가 아니라, 길버트가 말하듯 '축축하고 컴컴하고 울울하고, 물방울 뚝뚝 떨어지듯 부슬부슬 내리는 비 같은 는개'였다.

잉글사이드 아이들은 놀이 시간 대부분을 다락방에서 보내야만 했으나, 저녁때가 되면 사과나무에 어김없이 찾아오는 자고새 두 마리와 뒤뜰로 날아드는 멋들어진 파랑어치 다섯 마리와 정다운 친구가 되었다. 새들은 장난꾸러기들처럼 킥킥거리며 아이들이 마련해놓는 먹이를 먹었다. 다만 이 새들은 욕심쟁이에다 이기적이라 다른 새들을 가까이 오지 못하게 했다.

12월이 되자 본격적인 겨울에 접어들어 3주일 내내 눈이 내렸다. 잉글사이드 건너편 들판은 온 천지가 은빛으로 뒤덮였고, 울타리며 대문 기둥은 높다란 흰 모자를 썼다. 창문은 요정이 남기고 간 듯한 성에의 흰 무늬로 가득했고 잉글사이드 불빛은 눈 내리는 으스레한 해거름에도 밝게 빛나며 모든 나그네들을 반갑게 맞아주었다.

수전은 그해만큼 아기가 많이 태어난 겨울이 없다고 생각했다. 밤마다 '선생님 밤참'을 따로 담아 식료품 저장실에 넣어두며 선생님 몸이 봄까지 남아나면 기적일 거라는 근심스러운 의견을 내놓았다.

"드루 집안의 아홉 번째 아기예요! 이미 세상에 나와 있는 드루 집안사람으로 행여 모자라기라도 할까 봐서요!"

"드루 부인에게 그 아기는 우리가 릴라를 경이롭게 생각하는 마음과 마찬가지 아니겠어요, 수전."

"농담도 잘하시네요, 사모님."

그러나 밖에서는 눈보라가 미친 듯이 휘몰아치고 솜털 같은 흰 구름이 얼어붙은 별 위로 날려 지나갈 때도, 서재며 넓은 부엌에서는 아이들이 다가올 여름에 '계곡'에다 놀이집 지을 계획을 세우고 있었다. 바람이 요란하게 불든 나직이 불든 잉글사이드에는 늘 난롯불이 타오르고, 맛있는 음식 냄새가 풍기고, 웃음소리가 끊이지 않고, 놀다 지친 작은 아이들이 포근히 잠들 잠자리가 마련되어 있었다.

올해 크리스마스는 메리 마리아 고모가 어두운 그림자를 드리우지도 않아 더 즐겁게 지나갔다. 낮이면 아이들은 하얀 눈밭 위에 나 있는 토끼 발자국을 뒤쫓아가기도 하고, 얼어붙은 넓은 들판에서 그림자랑 신나게 경주를 하기도 하고, 썰매를 타고 반짝이는 언덕을 미끄러져 내려가기도 하였다. 그러다가 장밋빛으로 물든 겨울 해름에 꽝꽝 언 연못에서 새로 산 스케이트를 시험해보기도 했다.

그리고 밖에서 마냥 신이 나서 함께 뛰어다니거나, 아니면 집으로 돌아왔을 때 정신없이 컹컹 짖어대며 반갑게 맞아주는, 까만 귀에 노란 몸통을 가진 강아지가 늘 곁에 있었다. 지프는 젬의 침대 발치에서 자고, 젬이 맞춤법 공부를 할 때는 발 언저리에 누워 있었으며, 식사 때에는 곁에 착 붙어 앉아 가끔씩 조그만 앞발로 쿡쿡 쳐서 먹을 것을 달라 재촉했다.

"엄마, 그동안 지프 없이 어떻게 살 수 있었는지 모르겠어요. 지프는 말을 할 수 있어요, 엄마…… 정말이에요…… 눈으로 말해요."

그러는 가운데 생각지도 못한 비극이 일어났다! 어느 날 지프가 좀 기운이 없고 굼떠 보였다. 수전이 지프가 아주 좋아하는 갈비뼈까지 특별히 놓아주며 관심을 끌어보았지만 먹으려 하지 않았다. 이튿날 로브리지에서 수의사를 불러왔는데, 수의사는 머리를 가로저었다. 정확한 원인은 모르겠다고…… 개가 숲에서 무언가 독이 든 것을 먹었는지도 모른다고…… 나을 수도 있지만 낫지 못할 수도 있다고 말했다.

조그만 개는 아주 힘없이 누운 채 젬 말고는 아무에게도 관심을 보내지 않았다. 거의 마지막까지도 지프는 젬이 어루만지면 있는 힘을 다해 꼬리를 흔들려고 했다.

"엄마, 지프를 위해 기도하면 잘못된 일일까요?"

"전혀 그렇지 않아, 아가. 우리가 사랑하는 것이라면 무엇을 위해서든 기도해도 된단다. 하지만…… 지프는 아주 많이 아픈 것 같구나."

"엄마, 설마 지프가 죽는 건 아니겠죠?"

지프는 다음 날 아침 죽었다. 젬의 세계에 죽음이 들어온 것은 이번이 처음이었다. 자기가 소중히 여기는 존재의 죽음을 지켜본 경험은 누구나 잊을 수 없는 법이다. 비록 그것이 '한낱 조그만 개'에 지나지 않더라도 말이다. 눈물에 젖은 잉글사이드에서는 누구 한 사람도—심지어 수전조차도—그런 표현을 쓰지 않았다. 수전은 새빨개진 코를 닦으며 중얼거렸다.

"나는 이제까지 개와 사이좋게 지낸 일이 없었는데…… 앞으로도 두 번 다시 없을 거예요. 가슴이 너무 아파요."

수전은 개에게 애정을 쏟아 가슴이 찢어지는 슬픔을 겪는 인간의 어리석음을 노래한 키플링의 시²⁾를 읽은 일은 없지만, 만일 읽었다면 시를 경멸함에도 불구하고 한번쯤은 시인도 뭘 제법 안다는 생각을 했을 것이다.

마음이 아픈 젬은 밤이 되자 더더욱 괴로웠다. 엄마와 아빠는 외출해야 했고 월터는 울다 잠들어 버려 젬은 홀로 남겨졌다. 말을 들어줄 개조차 없었다. 늘 굳은 믿음을 담아 젬을 쳐다보던 그리운 갈색 눈은 죽어서 빛을 잃고 흐려져버렸다.

젬은 기도했다.

"하느님, 부디 오늘 죽은 나의 조그만 개를 돌봐주세요. 까만 귀를 하고 있으니까 금방 알아보실 거예요. 나를 그리워하지 않도록 해주세요……."

젬은 이불에 얼굴을 묻고 흐느낌 소리를 꾹 눌렀다. 전등을 끄면 어두운 밤이 창문 저편에서 젬을 들여다보겠지만 지프는 없다. 차디찬 겨울 아침이 밝아와도 지프는 없는 것이다. 다음 날도 그다음 날도, 달이 가고 해가 가도 지프는 없는 것이다. 도저히 견딜 수가 없었다.

이때 부드러운 팔이 다가와 젬을 가만히 품어서 따뜻하게 껴안았다. 아, 비록 지프가 없어도 세상에는 아직 나를 사랑해주는 이가 있다.

"엄마, 언제까지나 이럴까요?"

"언제까지나 그렇지는 않을 거란다."

앤은 젬이 곧 그 일에 대해 잊어버리리라는…… 머지않아 지프는 그리운 추억에 지나지 않게 되고 만다는 말은 하지 않았다.

"시간이 흐르다 보면 그렇게 아프지는 않게 된단다, 젬. 언젠가는 나아져. 너의 데었던 손이 다 나은 것처럼 말이야. 물론 처음에는 몹시 아프지만."

---

2) 《정글북》을 쓴 영국 작가 조지프 러디어드 키플링(1865~1936)의 시 〈개의 능력〉을 가리킴.

"아빠는 또 다른 개를 키우게 해준대요. 꼭 키워야 하는 거 아니죠? 나는 지프 말고 다른 개는 가지고 싶지 않아요, 엄마…… 언제까지나."

"알고 있어, 젬."

엄마는 뭐든지 다 안다. 나같이 좋은 엄마를 가지고 있는 사람은 아무도 없다. 젬은 엄마를 위해 무엇인가 하고 싶은 생각이 들었다. 그리고 무엇을 하면 좋을지도 곧 알았다. 플래그 씨네 가게에 있는 그 진주 목걸이를 사드리자. 엄마가 언젠가 진주 목걸이를 무척 갖고 싶다고 한 말을 들은 적이 있었다.

그때 아빠가 말했었다.

"우리 배가 들어오면, 그때 사줄게, 앤 아가씨."

수단과 방법을 생각해야만 한다. 젬은 용돈을 받고 있었지만, 그것은 모두 필요한 물건들을 위해 쓸 돈이고, 진주 목걸이는 그 예산 항목에 들어 있지 않았다.

게다가 젬은 자기 힘으로 그 돈을 마련하고 싶었다. 그렇게 하면 그것은 오롯이 젬이 드리는 선물이 될 테니까. 어머니 생일은 3월이었다. 앞으로 겨우 6주일밖에 남지 않았다. 그런데 목걸이는 50센트나 한다!

놋쇠 돼지

글렌에서 돈을 번다는 건 쉬운 일이 아니었지만 젬은 결연히 착수했다. 헌 실패로 팽이를 만들어 한 개에 2센트씩 받고 학교의 남자아이들에게 팔았다. 소중히 간직해 두었던 젖니 세 개를 3센트에 팔았다. 그리고 매주 토요일 오후에 수전이 만들어주는 자기 몫의 '아삭아삭 애플파이'를 버티 셰익스피어 드루에게 팔았다.

밤마다 젬은 그날그날 번 돈을 낸에게서 크리스마스 선물로 받은 조그만 놋쇠 돼지 저금통에 넣었다. 반짝반짝거리는 아주 멋진 돼지로, 등에 동전을 집어넣는 구멍이 나 있었다. 1센트 동전 쉰 개를 넣고 꼬리를 비틀면 저금통이 저절로 척 열리면서 돈이 나오도록 만들어져 있었다.

마침내 마지막 8센트를 벌기 위해 젬은 자기가 수집한 새알을 맥 리스에게 팔았다. 그것은 글렌 마을에서 가장 훌륭한 새알이었으므로 좀 아까운 마음도 들었다. 그러나 엄마 생일은 점점 다가오고 있었고 돈이 더 필요했다. 맥이 돈을 치르자 젬은 얼른 그 8센트를 돼지에 넣고 흡족하게 바라보았다.

돼지 저금통이 저절로 열린다는 말을 믿을 수 없었던 맥이 말했다.

"꼬리를 비틀어 정말 돼지가 열리는지 어떤지 한번 보여줘."

그러나 젬은 단호히 거절했다. 목걸이를 사러 갈 때까지는 열 생각이 없었다.

다음 날 오후 잉글사이드에서 여성 전도후원회 모임이 열렸는데, 사람들은 언제까지나 그날 일을 잊을 수 없었다. 노먼 테일러 부인이 기도를 한창 하고 있는데—테일러 부인은 자기의 기도를 무척 자랑스러워한다는 평판이 나 있었다—조그만 남자아이가 미친 듯이 거실로 뛰어 들어왔던 것이다.

"내 놋쇠 돼지가 없어졌어요, 엄마…… 내 놋쇠 돼지가 없어져버렸다고요!"

앤은 얼른 젬을 거실에서 데리고 나갔지만 테일러 부인은 자기의 기도를 젬 때문에 망쳤다고 두고두고 속상해했다. 특히 그 자리에 있던 순회 목사의 아내에게 깊은 인상을 남기고 싶은 마음이 간절했었으므로, 그 일이 있고 몇 해가 지난 뒤에야 젬을 용서할 마음이 들고 그 아버지를 다시 주치의로 받아들였다.

부인들이 돌아간 뒤 잉글사이드를 꼭대기층부터 맨 아래층까지 샅샅이 뒤졌지만 놋쇠 돼지 저금통은 끝내 찾을 수 없었다. 젬은 낮에 했던 무례한 행동에 대해 야단을 맞은 데다 돼지 저금통이 없어진 충격으로 정신이 멍해져 저금통을 언제 어디서 마지막으로 보았는지 떠올릴 수도 없었다. 맥 리스에게 전화해 물어보았더니 맥은 돼지 저금통이 젬 책상 위에 놓여 있었다고 대답했다.

"수전, 설마 맥 리스가……."

"아니에요, 사모님. 그럴 리는 없다고 생각해요. 리스 집안사람들에게 물론 결점은 있죠. 돈 버는 데 아주 목을 매지만 그래도 정직하게 손에 넣은 것이 아니면 안 갖는 사람들이에요. 그 돼지 저금통은 대체 어디로 갔을까요?"

다이가 말했다.

"어쩌면 쥐가 먹은 게 아닐까?"

젬은 그 생각을 우습게 여겼지만 내심 걱정스러웠다. 물론 쥐가 1센트 동전이 쉰 개나 든 놋쇠 돼지를 먹다니 그런 일이 있을 리야 없다. 하지만 정말로 그랬다면?

"아니야, 아니야, 젬. 네 돼지는 반드시 나타날 거야."

엄마는 젬을 안심시켰다.

이튿날 젬이 학교에 갈 때까지도 돼지는 여전히 나타나지 않았다. 젬의 돼지가 없어졌다는 소식은 젬보다 먼저 학교에 다다라 있었다. 친구들로부터 여러 말을 들었지만 조금도 위로가 되지 못했다.

그런데 쉬는 시간에 시시 플래그가 환심을 사려는 듯 젬에게로 슬금슬금 다가왔다. 시시는 젬을 좋아했지만 젬은 그녀의 짙은 노란 곱슬머리와 커다란 갈색 눈에도 불구하고―또는 어쩌면 그 때문에―시시를 좋아하지 않았다.

8살 나이에도 이성으로 인한 괴로움을 겪을 수 있다.

"누가 네 돼지를 가져갔는지 가르쳐줄까?"

"누군데?"

"손뼉치기 놀이 때 네가 나를 짝꿍으로 지명하면 알려줄게."

정말로 싫은 일이었지만 젬은 꾹 참기로 했다. 돼지를 찾기 위해서라면 어떤 일이든 해야 한다. 젬은 승리감에 취한 시시 곁에 패배감으로 얼굴이 새빨개진 채로 앉아 있다가 종이 울리자 그 보상을 청구했다.

"너의 돼지가 어디 있는지 안다고 프레드 엘리엇이 말했다고 밥 러셀이 이야기하는 것을 윌리 드루가 들었다고 앨리스 파머가 말했어. 프레드한테 가서 물어봐."

젬은 시시를 노려보며 소리쳤다.

"이 거짓말쟁이! 거짓말쟁이!!"

시시는 거만하게 웃었다. 시시는 개의치 않았다. 아무튼 한 번만이라도 젬 블라이드를 자기 옆에 앉게 했으니까.

젬이 프레드 엘리엇에게 가자, 프레드는 처음에 그런 별 볼일 없는 돼지에 대해서는 아무것도 모르며 알고 싶지도 않다고 딱 잘라 말하여 젬은 당황했다. 프레드는 젬보다 세 살 위인데 약한 애들을 못살게 굴기로 유명했다. 별안간 젬에게 좋은 생각이 떠올랐다. 젬은 때 묻은 집게손가락으로 프레드의 크고 불그레한 얼굴을 똑바로 가리키며 똑똑히 말했다.

"너는 트랜서브스텐시에이셔널리스트(transubstantiationalist. 화체설(化體說) 신봉자)야."

"요 쪼끄만 게, 너 건방지게 나한테 욕하면 가만두지 않겠어, 블라이드."

"이건 욕보다 더한 거야. 아주 재수 옴 붙게 하는 저주야. 내가 다시 이 말을 하면서…… 이렇게…… 너를 손가락으로 가리키면 너에게 1주일 동안 재수 없는 일이 일어날 거야. 어쩌면 발가락이 떨어져 나갈지도 몰라. 이제부터 내가 열을 셀 테니, 열이 되기 전에 털어놓지 않으면 너에게 재수 옴 붙는 저주를 걸 줄 알아."

프레드는 그런 것을 믿지 않았다. 하지만 그날 밤에는 스케이트 경기가 있었고 아무리 터무니없는 저주라 해도 걸릴 건더기가 있어서는 안 되었다. 게다가 발가락이 떨어져 나가다니. 여섯에서 프레드는 손들었다.

"알았어…… 알았다니까. 내 앞에서 그 말 한다고 두 번 다시 입도 뻥긋하지 마. 네 돼지 저금통 어디 있는지 맥이 알고 있어. 알고 있다고 말했어."

맥은 학교에 오지 않았다. 앤은 젬의 이야기를 듣고 맥 어머니에게 전화를 걸었다.

곧 리스 부인이 찾아와 얼굴을 붉히며 사과했다.

"맥은 그 돼지를 훔친 게 아니에요, 블라이드 부인. 그 애는 그냥 돼지가 열리는지 어떤지 보고 싶어서 젬이 방에서 나가자 꼬리를 비틀어보았대요. 그랬더니 돼지가 둘로 쪼개졌는데 그 애는 원래대로 돌려놓을 방법을 몰라서, 쪼개진 돼지 저금통이랑 돈을 벽장 안에 있던 젬이 교회 갈 때 신는 부츠 속에 넣어버렸다는군요. 애초에 자기 것이 아닌 물건에 손대서는 안 되었는데…… 그런 짓을 했다고 제 아버지에게 흠씬 두드려 맞았어요…… 하지만 도둑질한 것은 아니에요, 블라이드 부인."

마침내 조각난 돼지가 발견되자, 돈을 세어보며 수전이 물었다.

"프레드 엘리엇에게 말한 단어가 대체 뭐였니, 젬?"

젬은 자랑스럽게 말했다.

"트랜서브스텐시에이셔널리스트. 월터가 지난주에 사전에서 찾아냈어. 월터는 어렵고 긴 말을 좋아하잖아, 수전. 그래서 나랑 월터랑 그 말을 외웠어. 자기 전에 침대 속에서 서로 스물한 번씩 말해서 싹 다 외었지."

목걸이를 사서 처음부터 이 계획을 알고 있던 수전의 화장대 가운데 서랍의 위에서 세 번째 상자에 그것을 넣어두고 났더니 젬은 엄마의 생일이 영영 오지 않을 것만 같아 애가 탔다.

젬은 아무것도 모르는 엄마를 기쁜 듯이 몰래 지켜보았다. 수전의 화장대 서랍에 무엇이 숨겨져 있는지 엄마는 전혀 알지 못했다. 생일에 어떤 선물을 받을지 엄마는 모르는 것이다.

쌍둥이를 재울 때,

배가 떠가네, 바다 위를 두둥실두둥실 떠가네,
아! 내게 가져다줄 아름다운 것들을 가득 싣고.

이 노래를 불러주면서도 엄마는 꿈에도 생각지 못할 것이다. 그 배가 엄마에게 무엇을 가져다줄지는.

　3월 초에 길버트는 독감에 걸려 폐렴 직전까지 갔다. 며칠 동안 잉글사이드에는 불안한 날들이 이어졌다.

　앤은 여느 때와 다름없이 자질구레한 일들을 해결하고, 아이들을 다독이고, 귀엽고 조그만 몸이 춥지는 않은지 살피기 위해 달빛이 비추는 아이들 침대 위로 허리를 숙여 아이들을 들여다보기도 했다. 그러나 아이들은 어머니의 웃음소리만은 들을 수가 없었다.

　핏기 없는 입술로 월터가 속삭였다.

　"아빠가 죽으면 세상은 어떻게 되죠?"

　"아빠는 죽지 않아, 월터. 이제 위험한 고비를 넘겼단다."

　앤은 만일…… 정말로 만에 하나 길버트에게 무슨 일이 있을 때 자기들의 조그만 세계인 포윈즈와 글렌 마을과 항구 곶은 어떻게 될 것인가 생각했다. 모두들 길버트에게 의지하고 있었다. 특히 윗글렌 사람들은 길버트가 죽은 사람도 되살릴 수 있지만, 오직 전능하신 신의 뜻을 거스르는 일이기에 삼가는 거라 믿고 있었다. 실제로 한 번 한 적도 있다고, 그들은 입을 모아 말했다. 새뮤얼 휴잇이 죽어서 꼼짝 않고 누워 있는 것을 블라이드 선생이 되살아나게 했다고 아치볼드 맥그레거 노인이 수전에게 엄숙하게 단언하기까지 했다.

　어쨌든 살아 있는 사람들은 자기들 침대맡에서 길버트의 여위고 햇볕에 그을린 얼굴과 다정한 담갈색 눈을 보고, '뭐, 별일 아닌데요.'라고 하는 기운찬 목소리를 들으면 그 말을 믿었고, 그러노라면 그 말대로 되어 있었다. 그의 이름을 딴 아이들이 수없이 생겨나 포윈즈 곳곳에 어린 길버트들이 흩뿌려져 있었고 심지어 길버틴이라는 꼬마 여자아이까지도 있었다.

　길버트는 다시 기운을 되찾아 앤은 또 웃게 되고…… 마침내 생일 전날 밤이 되었다.

수전이 말했다.

"젬, 빨리 잠들면 그만큼 내일도 더 빨리 올 거야."

젬은 그렇게 하려고 했지만 잘 되지 않았다. 월터는 금세 잠들었지만 젬은 이리 뒤척 저리 뒤척 했다. 잠들기가 겁났다. 만일 제때에 깨지 못해서 다른 사람들이 엄마에게 먼저 선물을 주면 어쩌지? 젬은 자기가 엄마에게 맨 먼저 선물을 드리고 싶었다. 왜 나는 수전에게 가장 먼저 깨워달라고 부탁하지 않았을까? 아까 수전은 다른 집에 가서 지금은 없는데 돌아오면 부탁하자. 수전이 돌아오는 소리가 들리기만 하면 좋을 텐데! 그래, 아래로 내려가서 거실 소파에 누워 있자. 그렇게 하면 수전을 놓치는 일이 없을 테니까.

젬은 살그머니 아래층으로 내려가 체스터필드 소파 위에 몸을 옹크리고 누웠다. 창밖으로 글렌이 환히 내다보였다. 달은 흰 눈이 덮인 모래 언덕 사이의 골짜기를 마법으로 채웠다. 밤이 되면 아주 신비로워 보이는 큰 나무들이 팔을 뻗어 잉글사이드 둘레를 감싸고 있었다. 집 안에서 여러 가지 소리가 들렸다. 마룻바닥이 삐걱거리는 소리, 누군가가 침대에서 돌아눕는 소리, 벽난로에 다 탄 석탄이 허물어지는 소리, 그릇장에 작은 생쥐가 종종거리며 지나가는 소리. 방금 저건 산사태였나? 아니다, 지붕에 쌓여 있던 눈이 미끄러져 떨어지는 소리였다.

조금 쓸쓸했다. 어째서 수전은 돌아오지 않는담? 만일 지금 내 곁에 지프만 있었다면…… 귀여운 지프. 나는 지프를 잊어버렸던가? 아니, 잊은 것은 아니다. 하지만 이제는 지프를 떠올려봐도 마냥 괴롭지만은 않았다. 확실히 다른 여러 가지 일을 생각하는 시간도 많아졌다.

잘 자렴, 귀여운 지프. 어쩌면 언젠가는 개를 또다시 키울 수 있을지 모르겠다. 지금 당장 한 마리 있으면 좋을 텐데…… 아니면 슈림프라도. 그러나 슈림프는 없었다. 자기밖에 모르는 늙은 고양이 녀석! 자기 생각밖에 안 한다니까!

낮에는 낮익고 다정한 글렌이지만, 달빛을 받아 하얗게 펼쳐진 들판은 낯설었다. 그리고 들판 사이로 끝없이 구불구불 이어진 큰길에 수전의 모습은 보이지 않았다. 좋아, 심심풀이로 여러 가지 공상을 해 보자. 언젠가 나는 배핀섬에 가서 에스키모와 함께 살아야지. 그리고 먼 바다로 나가 짐 선장님처럼 크리스마스에 상어 요리를 만들어야지. 그다음엔 고릴라를 찾으러 콩고로 탐험을 떠나는 거야. 아니면 잠수부가 되어 바다 밑 눈부신 수정 궁전 사이를 떠다니는 거지.

다음번에 애번리에 가면 고양이에게 우유 먹이는 방법을 데비 아저씨에게 가르쳐달래야겠다. 데비 아저씨는 정말 잘하니까. 아마 나는 해적이 될지도 몰라. 수전은 목사가 됐으면 하지만. 목사는 좋은 일은 제일 많이 하겠지만, 해적이 재미있는 일은 제일 많이 하지 않을까?

벽난로 선반에 있는 저 작은 나무 병정이 깡총 뛰어내려 엽총을 빵 쏜다면 어쩌지? 만일 의자가 방안을 서성거린다면! 저 호랑이 깔개가 되살아난다면? 월터와 둘이 아주 어렸을 때 집 안 여기저기에 '꽥꽥이 곰'이 여러 마리 있다는 놀이를 하고 돌아다녔는데 그 꽥꽥이 곰이 정말로 있다면!

젬은 갑자기 머리카락이 쭈뼛 설 만큼 무서워졌다. 젬은 낮 동안은 공상과 현실이 다르다는 사실을 잊는 일이 없었지만, 끝없는 밤이라면 이야기가 달랐다. 째깍째깍 시곗바늘이 부지런히 움직여가고 있었다. 째깍째깍…… 그리고 한번 째깍거릴 때마다 층계에 꽥꽥이 곰이 한 마리씩 와서 앉았다. 층계는 꽥꽥이 곰으로 새카맣게 메워졌다. 저 곰들은 날이 밝을 때까지 저기에 앉아 있을 것이다. 꽤액꽤액 떠들면서.

'만일 하느님이 해님이 떠오르게 하는 것을 잊어버린다면 어쩌지!'

이 생각이 너무나 무서워서 젬은 담요에 얼굴을 묻고 그 생각을 멀리멀리 쫓으려 했다. 수전이 그런 모습으로 깊이 잠들어 있는 젬을 발견한 것은 불타는 오렌지 같은 겨울의 아침 해가 막 떠오를 무렵에 집으로 돌아왔을 때였다.

"얘, 젬!"

젬은 웅크렸던 몸을 쫙 펴고 일어나 앉아 하품을 했다. 은세공사인 '서리'가 그날 밤 몹시 바삐 일했던지 숲은 온통 새하얀 동화 속 나라가 되어 있었다. 까마득히 먼 언덕에는 기다란 붉은 창이 날아가 꽂혀 있었다. 글렌 건너편 하얀 들판은 아름다운 장밋빛으로 물들어 있었다. 드디어 엄마의 생일날 아침이다.

"나는 수전을 기다리고 있었어. 깨워달라고 부탁하려고…… 그런데 아무리 기다려도 수전이 안 오는 거야……."

수전은 명랑하게 대답했다.

"나는 존 워런 씨네에 가 있었어…… 그 집 고모님이 돌아가셔서 함께 밤샘하러 와 달라는 부탁을 받았거든. 내가 나가기 바쁘게 젬도 이렇게 폐렴에 걸리려 작정한 줄은 몰랐는걸. 얼른 침대로 들어가. 엄마가 일어나면 깨워줄 테니까."

젬은 2층으로 가기 전에 알고 싶었다.

"수전, 상어를 어떻게 찔러?"

수전이 대답했다.

"나는 상어를 찌르거나 하지 않아."

젬이 엄마 방으로 들어갔을 때 엄마는 일어나 거울 앞에서 윤기 흐르는 긴 머리를 빗고 있었다. 목걸이를 보았을 때 엄마의 휘둥그레진 두 눈!

"젬! 이거 엄마 주는 거야?"

젬은 짐짓 아무렇지 않은 척하며 말했다.

"'이제' 엄마는 아빠의 배가 항구에 들어올 때까지 기다리지 않아도 돼요."

엄마 손에 녹색으로 반짝이고 있는 것은 무엇일까? 반지다…… 아빠의 선물이다. 무슨 상관이람, 반지 같은 건 흔해빠진 물건인걸…… 시시 플래그조차 가지고 있지 않은가. 하지만 진주 목걸이는!

엄마는 분명 말했다.

"목걸이는 정말로 생일에 꼭 어울리는 근사한 선물이구나."

진주 목걸이

3월 끝 무렵 어느 날 밤, 길버트와 앤이 샬럿타운에 있는 친지들과 저녁 식사를 하러 나갈 때, 앤은 목과 팔 둘레에 은 장식이 둘러진 엷은 녹색의 새 드레스를 입었다. 그리고 길버트가 준 에메랄드 반지를 손가락에 끼고 젬이 선물한 진주 목걸이를 목에 걸었다.

아빠는 자랑스럽게 말했다.

"아빠의 부인이 참 아름답지 않니, 젬?"

젬은 엄마가 매우 아름답고 엄마가 입은 옷도 아주 멋지다고 생각했다. 엄마의 하얀 목에 걸린 진주 목걸이는 또 얼마나 예쁜가! 젬은 잘 차려입은 엄마를 보는 것이 전부터 좋았지만, 실은 멋진 옷을 벗어버렸을 때가 더 좋았다. 멋진 옷은 엄마를 낯선 사람으로 바꿔버린다. 그런 옷을 입은 엄마는 진짜 엄마가 아니었다.

저녁 식사가 끝난 뒤 젬은 수전의 심부름으로 마을에 갔다. 플래그 씨네 가게에서―이따금 있는 일이지만 시시가 들어와 너무 친한 척하면 난처한데, 라는 생각을 하며―순서를 기다리는 동안 뜻밖의 일을 당하고 말았다. 환상을 산산이 부서뜨리는 일격은 전혀 예상하지 못한 순간에 일어나 미처 피할 수조차 없는 일이었기에 아무런 준비도 되지 않은 어린아이에게는 참으로 끔찍한 경험이 아닐 수 없었다.

두 소녀가 유리 진열장 앞에 서 있었다. 진열장에는 가게 주인 플래그 씨가 목걸이며 사슬 고리 팔찌며 머리핀 등을 놓아두었다.

애비 러셀이 말했다.

"저 진주 목걸이 예쁘지 않니?"

리오나 리스가 맞장구쳤다.

"그러게. 거의 진짜같이 보일 정도야."

그리고 나서 둘은 둥그런 못통에 올라앉아 있는 조그만 남자아이에게 자기들이 어떤 짓을 했는지 조금도 알지 못한 채 지나가버렸다. 젬은 그대로 가만히 앉아 있었다. 움직일 수 없었던 것이다.

플래그 씨가 물었다.

"왜 그러니, 애야? 기운이 없어 보이는구나."

젬은 비통한 눈으로 플래그 씨를 물끄러미 보았다. 입이 이상하리만치 바싹 말랐다.

"저, 플래그 아저씨…… 저…… 그 목걸이는…… 그건 진짜 진주지요?"

플래그 씨는 껄껄 웃었다.

"아니다, 젬. 진짜 진주라면 50센트로 못 사지 않을까. 진짜 진주 목걸이라면 몇 백 달러는 할 게다. 그건 그냥 모조진주야. 하지만 값에 비해 아주 상등품이란다. 파산한 집에서 나온 물건을 손에 넣은 것이라 싸게 팔고 있지. 보통은 1달러는 줘야 해. 이제 하나밖에 남지 않았어. 아주 날개 돋친 듯이 팔려나갔거든."

젬은 못통에서 내려와 수전의 심부름도 까맣게 잊은 채 힘없이 가게를 나왔다. 젬은 얼어붙은 길을 하염없이 걸었다. 머리 위에는 험악하고 어두운 겨울

하늘이 펼쳐져 있었다. 공기 중에는 수전이 눈이 내릴 '기미'라고 말하는 것이 느껴졌고 물웅덩이에는 엷은 살얼음이 얼어 있었다. 항구는 맨땅을 드러낸 기슭 사이에 검고 침울한 모습으로 가로놓여 있었다.

젬이 미처 집에 다다르기도 전에 갑자기 눈보라가 휘날리더니 해안을 하얗게 덮기 시작했다. 젬은 눈이 자꾸자꾸 내려 자기도 다른 사람도 모두 몇 길이나 되는 눈더미 속에 푹 파묻혀버리면 좋겠다고 생각했다. 세상에 정의란 그 어디에도 없었으니까.

젬의 가슴은 미어졌다. 부디 사람들이 그의 가슴이 미어지는 까닭을 알고 경멸하고 비웃는 일은 없기를 바랐다. 젬은 철저히 굴욕감을 느꼈다. 나는 엄마도 나도 진짜 진주 목걸이라고 생각한 것을 엄마에게 드렸다. 그런데 가짜였던 것이다. 엄마가 알면 뭐라고 할까? 어떤 마음이 들까?

물론 엄마에게 말해야만 된다. 엄마에게 반드시 솔직하게 말할 필요가 없다는 생각을 젬은 한순간도 하지 않았다. 엄마를 잠시라도 더 '속여서'는 안 된다. 엄마는 자신의 진주 목걸이가 진짜가 아니라는 것을 알아야만 한다. 가엾은 엄마! 그 목걸이를 얼마나 자랑스러워하고 있었는데…… 젬에게 뽀뽀하고 목걸이를 주어서 고맙다고 말했을 때 엄마 눈이 뿌듯함으로 정말 빛나지 않았던가?

젬이 옆문으로 몰래 들어가 곧장 잠자리에 들었을 때 월터는 이미 깊이 잠들어 있었다. 그러나 젬은 잘 수가 없었다. 엄마가 외출에서 돌아와 월터와 젬이 자다가 춥지는 않은지 살펴보러 살그머니 방으로 들어왔을 때에도 젬은 아직 눈을 뜨고 있었다.

"젬, 아직 안 자고 깨어 있었구나. 어디 아픈 건 아니지?"

"네, 하지만 '여기'가 아주 이상한 기분이에요, 엄마."

젬은 배 한복판에다 손을 얹었다. 거기가 심장이라고 믿고 있었던 것이다.

"왜 그러는데, 젬?"

"나는…… 나는…… 엄마에게 꼭 고백해야 할 말이 있어요…… 엄마는 몹시 낙심할 거예요…… 하지만 나는 엄마를 속일 생각은 아니었어요. 엄마, 정말로 그럴 생각은 아니었어요."

"그럼, 엄마도 알지, 젬. 뭔데? 걱정하지 말고 얘기해보렴."

"아, 엄마, 그 진주는 진짜 진주가 아니래요…… 나는 진짜인 줄로만 알았어요…… 정말로 그렇게 생각했어요…… 정말로……."

젬의 눈에 눈물이 그렁그렁 고였다. 그는 더 이상 다음 말을 이어갈 수가 없었다.

비록 마음속으로는 미소 짓고 싶었다 할지라도 앤의 얼굴에는 그런 기색이 조금도 없었다. 그날 셜리는 머리를 부딪쳤고, 낸은 발목을 삐었고, 다이는 감기로 목소리가 나오지 않았다. 그 아이들에게는 뽀뽀를 해주고 붕대를 감아주고 달래주었다. 그러나 이것은 달랐다. 이것은 세상 모든 어머니의 온갖 은밀한 지혜를 필요로 하는 문제였다.

"젬, 네가 그것을 진짜 진주로 여기고 있는 줄은 몰랐구나. 엄마는 그게 진짜가 아닌 걸 이미 알고 있었어…… 적어도 어떤 뜻으로 본다면 말이야…… 하지만 다른 의미로 말하면 그것만큼 진짜인 물건을 엄마는 받아본 일이 없단다. 왜냐하면 그 속에는 사랑과 수고와 자기희생이 담겨 있으니까…… 그래서 엄마한테는 그 진주 목걸이가 잠수부들이 여왕님께 바치기 위해 바다에서 건져 온 모든 보석을 다 합친 것보다 더 귀중한 거란다.

젬, 엄마는 젬이 준 예쁜 목걸이를 어젯밤 신문 기사에서 읽은, 어느 백만장자가 자기 신부에게 선물했다는 50만 달러짜리 목걸이하고도 바꿀 생각이 없어. 이젠 네 선물이 엄마에게 얼마나 가치가 있는지 알았겠지? 온 세상의 귀여운 아들들 중에서도 가장 귀여운 우리 젬. 자, 기분이 나아졌니?"

젬은 너무나 행복해서 도리어 부끄러워졌다. 이토록 기뻐하는 것은 아기 같은 짓이 아닐까 걱정스러웠다.

젬은 조심스레 말했다.

"아, 이제 세상이 다시 견딜 만해졌어요."

그의 빛나는 눈에서 그늘이 사라졌다. 모든 일이 잘 풀렸다. 엄마가 나를 안아주고 있었다…… 엄마는 그 목걸이를 진짜로 좋아한다…… 그러니 다른 일은 아무래도 좋았다. 언젠가 나는 엄마에게 겨우 50만 달러가 아닌, 백만 달러짜리 진주 목걸이를 사드릴 테다.

한편 젬은 지쳐 있었다…… 침대는 아주 따뜻하고 아늑했다…… 엄마의 손에서는 장미 냄새가 난다…… 리오나 리스도 이제 밉지 않았다.

젬은 졸리는 목소리로 말했다.

"엄마, 그 옷을 입으니까 아주 예뻐요. 달콤하고 순수해요…… 꼭 엡스사의 코코아처럼."

앤은 젬을 끌어안고 방그레 웃으며 그날 의학잡지에서 읽은 V. Z. 토머코프스키 박사가 저술한 터무니없는 논문을 떠올렸다.

'이오카스테 콤플렉스[1]를 심어줄 작정이 아니라면 어린 아들에게 키스해서는 안 된다.'

이것을 읽었을 때 앤은 웃기도 했고 화도 조금 났다. 이제 앤은 그 필자에게

---

[1] 스위스의 심리분석학자 레몽 드 소쉬르(1894~1971)가 창시한 용어로, 그리스 비극 속 오이디푸스의 어머니인 이오카스테에서 그 이름을 따옴. 어머니가 아들을 향해 느끼는 성적 애착을 가리키는 것으로, 아들이 어머니에게 느끼는 성적 애착을 지칭하는 '오이디푸스 콤플렉스'에 대해 일종의 쌍을 이루는 개념.

가련한 마음밖에 들지 않았다. 정말 불쌍한 남자 같으니! V. Z. 토머코프스키는 보나 마나 남자였다. 여자라면 아무도 그런 한심하고 사악한 말을 쓰지 않을 테니까.

4월의 눈

그해 4월은 발끝으로 살금살금 다가와 햇빛이 내리쬐고 산들바람이 부는 아름다운 며칠이 이어졌다. 그러더니 북동쪽 눈보라가 몰아쳐 또다시 세상에 하얀 담요 한 장을 떨어뜨렸다.

앤이 한숨을 쉬며 말했다.

"4월의 눈은 정말 끔찍스러워. 마치 입맞춤을 기다리고 있다가 뺨을 얻어맞는 기분이라니까."

잉글사이드에는 고드름이 가장자리를 두르고 2주일 동안이나 낮은 으스스 춥고 밤은 추위가 더 매섭게 기승을 부렸다. 그러더니 끈질기게 버티던 눈이 가까스로 사라지고 '계곡'에 처음으로 지빠귀의 모습이 보였다는 소식이 퍼졌다. 비로소 잉글사이드는 활기를 띠고 봄의 기적이 정말로 다시금 일어나려 한다는 것을 믿을 마음이 들었다.

낸은 상쾌하고 촉촉한 공기를 기분 좋은 듯 킁킁 맡으며 소리쳤다.

"아, 엄마, 오늘은 봄 내음이 나요. 엄마, 봄은 참 마음이 두근거리는 계절 아니에요?"

봄은 그날 조금씩 조금씩 걸음마를 떼려 하고 있었다. 이제 막 아장아장 걸음마를 익힌 귀여운 아기처럼 말이다. 겨울의 흔적이 남아 있던 나무들이며 들판에는 어느새 연둣빛이 덮이기 시작하였으며, 젬은 또다시 맨 처음 핀 메이플 라워를 따 왔다.

그러나 잉글사이드의 안락의자에 숨을 헐떡이면서 풀썩 주저앉은 엄청나게 뚱뚱한 부인은 한숨을 내쉬며 요즘은 봄도 자기 젊었을 때만큼 멋지지 못하다고 슬프게 말했다.

앤이 미소 지었다.

"미첼 부인, 달라진 것은 봄이 아니라…… 우리들일지 모른다고 생각지 않으세요?"

"그럴지도 모르죠. 내가 달라진 것은 잘 알아요. 지금의 나를 좀 봐요. 내가 전에 이 근처에서 가장 아름다운 아가씨였다는 생각은 들지 않겠죠?"

앤은 확실히 그렇게 상상할 수 없다고 여겼다. 크레이프[1] 천으로 된 모자와 길고 헐렁한 '미망인 베일' 밑으로 내다보이는 가늘고 부스스한 엷은 쥐색 머리칼에는 흰머리가 군데군데 섞여 있었다. 무표정한 파란 눈은 빛바래고 공허했다. 그녀를 이중턱이라고 부르는 것도 실제를 감안하면 일종의 자선행위라 할 수 있으리라.

그러나 지금 앤서니 미첼 부인은 자신에 대해 아주 만족하고 있었다. 포윈즈에서 이보다 더 훌륭한 상복을 가지고 있는 사람은 아무도 없었기 때문이다. 그녀의 풍성한 검은 상복 드레스는 무릎까지 크레이프 직물로 되어 있었다. 그 시절 사람들은 정말이지 과하다 싶을 만큼 상복을 철저하게 갖춰 입었다.

앤은 무언가 애써 말할 필요를 덜었다. 미첼 부인이 그럴 기회를 주지 않았기 때문이다.

---

[1] 강연사를 평직으로 하여서 겉면에 오글오글한 잔주름을 잡은 직물.

"이번 주에 우리 집 급수장치에 물이 말라버렸어요. 어디서 새는 모양이더라고요. 그래서 오늘 아침 레이먼드 러셀에게 와서 좀 고쳐 달래려고 읍내에 왔어요. 그리고 이왕 여기까지 온 김에 잠깐 잉글사이드에 들러 블라이드 선생님 사모님께 앤서니의 부고를 부탁드려야겠다고 생각했어요."

앤은 멍해져서 물었다.

"부고라고요?"

"네. 그 왜, 신문에서 죽은 사람에 대해 쓰는 것 말예요. 앤서니에게는 정말로 좋은 부고를 써 주고 싶어요. 아주 특별한 것을요. 부인은 글을 쓰잖아요?"

"이따금 소소한 이야기를 쓰기는 해요. 하지만 아이들 때문에 이제는 그마저도 별로 쓸 겨를이 없어요. 전에는 멋진 꿈을 꾼 적도 있지만 지금은 내 이름이 인명록에 실리는 일은 없으리라 여겨져요, 미첼 부인. 그리고 부고는 한 번도 쓴 일이 없는걸요."

"뭐, 그거 쓰는 게 그리 어려울 리 있겠어요. 우리 앞집 찰리 베이츠 노인이 아랫(下)글렌의 부고를 대부분 쓰고 있어요. 하지만 그 양반 글은 좀 시적이지 못해요. 앤서니의 부고는 한 편의 시로 썼으면 해서요. 아, 네, 그이는 전부터 시를 아주 좋아했어요.

지난주에 글렌협회에서 부인이 붕대 감는 법에 대해 연설하는 걸 들으러 갔을 때 생각했어요. 누구든 저렇듯 막힘없이 줄줄 이야기할 수 있는 사람은 틀림없이 시적인 부고를 쓸 수 있겠다고요.

물론 써 주겠죠, 블라이드 부인? 앤서니가 몹시 기뻐할 거예요. 그이는 늘 부인을 존경했어요. 부인이 방에 들어오면 다른 여자는 모두 '흔해빠지고 평범하게' 보인다고 언젠가 말했답니다. 그이는 이따금 아주 시적인 말을 했는데, 좋은 뜻으로 한 말이었어요.

나는 요즈음 무척 많은 부고를 읽었어요. 큼직한 스크랩북에 가득 모았지만, 그 어느 것도 앤서니 마음에 들지 않을 듯해요. 그는 예전에 부고를 읽을 때면 그 글들을 그렇게 비웃곤 했어요.

그런데 이제는 부고를 쓸 때가 됐어요. 죽은 지 두 달이나 되었으니까요. 오래 앓았지만 괴로워하지도 않고 평안한 얼굴로 죽었어요. 누구든 봄이 오려는 즈음에 죽으면 정말 귀찮은 일이 많아요, 블라이드 부인. 하지만 나는 잘 해냈답니다.

다른 사람에게 앤서니의 부고를 쓰게 한다면 찰리 노인이 펄펄 뛰겠지만 나는 상관없어요. 찰리 노인은 청산유수로 말을 잘 만들어내지만 그이하고는 사이가 썩 좋지 않았거든요. 그러니 앤서니의 부고를 그 양반에게 써 달라고 할 생각은 없어요. 나는 앤서니의 아내로서 35년을 살아왔어요. 그이를 사랑하는 충실한 아내로서 살아온 시간이 무려 35년이에요, 블라이드 부인."

힘주어 말하는 그녀의 말투에서는 마치 앤이 34년이라고 잘못 알면 어쩌나 걱정스러워하는 듯한 기색마저 느껴졌다.

"비록 다리 한 짝을 내어줘야 하는 한이 있어도 앤서니가 기뻐할 만한 부고를 썼으면 해요. 우리 딸 세라핀이 나한테 그렇게 말하더군요. 딸은 결혼해서 로브리지에 살아요. 세라핀이란 이름, 좋지 않나요? 내가 묘비에서 따왔어요.

앤서니는 마음에 안 든다고 자기 어머니 이름을 따서 주디스로 하고 싶어했어요. 하지만 내가 그건 너무 근엄한 이름이라고 했더니 앤서니는 아주 순순히 내 말에 따라주었어요. 그는 자기 의견을 주장하는 건 잘 못했어요. 하긴 딸아이를 늘 세라프라고 부르긴 했지만요. 그나저나 제가 어디까지 이야기했지요?"

"따님이 무슨 이야기를 했다고……."

"아 참, 그랬죠, 세라핀이 '어머니, 다른 건 몰라도 아버지에게 정말로 멋진 부고를 써 드려요' 하고 내게 말하지 뭐겠어요. 딸아이와 그 애 아버지는 마음이 퍽 잘 맞았어요. 앤서니가 이따금 딸아이를 놀려대기는 했지만 말예요. 나를 자주 놀린 것처럼요. 써 주실 거죠, 블라이드 부인?"

"나는 정말이지 부인의 남편에 대해 그리 잘 알지 못해요, 미첼 부인."

"남편 일이라면 내가 모조리 말해줄 수 있어요. 그의 눈 색깔을 알고 싶다는 말만 하지 않는다면 말예요. 글쎄, 블라이드 부인, 장례식이 끝난 뒤 세라핀과 이런저런 이야기하고 있을 때 나는 남편의 눈 색깔이 무엇이었는지 도무지 떠오르지 않더군요. 35년이나 함께 살았는데도요. 아무튼 다정하고 꿈꾸는 듯한 눈이었지요. 내게 구혼하던 시절에는 늘 그 눈으로 나를 호소하듯 바라보았어요. 그는 나를 얻으려고 정말 애를 많이 태웠어요, 블라이드 부인. 몇 해나 나한테 공을 들였죠. 그 무렵 나는 무척 도도해서 남자를 까다롭게 고르고 또 골랐어요.

내 인생 이야기도 참으로 흥미진진해서, 언제든 부인이 글을 쓸 소재가 부족하다면 저는 들려드릴 수 있어요, 블라이드 부인. 아, 하지만 그런 시절도 다 지나갔어요. 내게는 일일이 헤아릴 수 없을 만큼 구혼자들이 많았어요. 하지만 그 사람들 대부분은 왔다 갔다 했어요. 앤서니는 변치 않고 따라다녔지요. 앤서니는 잘생긴 편이었어요. 인상 좋고 날씬한 사람이었죠. 나는 통통한 사람은 참을 수 없었거든요. 게다가 집안도 우리 집안보다 한 등급, 아니, 두 등급은 위였어요. 그것만은 나도 부정하지 않아요.

어머니는 그랬어요.

'미첼 집안사람과 결혼하면 플러머 집안으로서는 격이 높아지는 셈이지.'

나는 플러머 집안사람이었어요, 블라이드 부인. 존 A. 플러머의 딸이에요.

앤서니는 내게 멋지고 낭만적인 칭찬을 하곤 했어요. 한번은 내게 영묘한 달빛과도 같은 매력이 있다고 말한 적이 있었죠. 그 말에 특별한 뜻이 담겨 있다는 것은 알았지만 '영묘한'이 무슨 말인지 지금까지도 모르겠어요. 언제나 사전을 찾아봐야지 했지만 좀처럼 그렇게 안 되더군요.

아무튼 나는 마침내 그의 신부가 되겠다고 명예를 걸고 약속했어요. 그러니까…… 내 말은…… 그를 남편으로 삼겠다고 했지요.

아, 내가 웨딩드레스를 입었던 모습을 보여주고 싶네요, 블라이드 부인. 그림 같다고 모두들 말했죠. 몸매는 송어처럼 호리호리하고 황금처럼 아름다운 빛깔의 노란 머리에다 또 얼굴빛도 얼마나 고왔던지.

아, 세월이란 우리를 참 달라지게 하고 말아요. 부인은 아직 거기까지 가지 않았어요, 블라이드 부인. 아직도 매우 아름다워요. 게다가 교육도 많이 받은 분이고요. 뭐, 모든 사람이 다 똑똑할 수는 없지요. 음식을 하는 사람도 있어야만 하니까요.

지금 입은 그 옷은 정말 멋지네요, 블라이드 부인. 그러고 보니 부인은 검정 옷은 통 입지 않는 것 같군요. 하기야…… 곧 입어야만 할 날이 올 테니까요. 꼭 입어야 할 때까지 미뤄두는 게 낫죠. 그런데 어디까지 이야기했죠?"

"저…… 미첼 씨에 관해 무언가 말씀하려던 참이었어요."

"아, 그렇죠. 그래서 우리는 결혼식을 올렸어요. 그날 밤 큰 혜성이 나타났죠. 둘이 마차를 타고 집으로 올 때 혜성을 본 게 아직도 기억나요. 부인이 그 혜성을 볼 수 없었다니 참 안타까워요, 블라이드 부인. 한마디로 예뻤다고 할 수밖에 없었어요. 이걸 부고에 넣을 수는 없겠죠?"

"그건…… 좀 어렵겠는데요……."

미첼 부인은 한숨을 쉬고 혜성에 대해서는 단념했다.

"그럼 능력껏 잘 써 주세요. 그이는 그리 흥미진진한 인생을 살았던 건 아니에요. 언젠가 술이 몹시 취했던 적이 있었는데, 술이 취하면 어떤 기분인지 꼭 한번은 알고 싶었기 때문이라고 했어요. 예전부터 궁금한 건 뭐든지 직접 알아내고 싶어하는 성격이었죠. 하지만 물론 그걸 부고에 쓸 수는 없겠지요.

그 밖에는 달리 이렇다 할 일이 없었어요. 이제 와서 불평하는 건 아니지만 솔직히 말하면 그이는 좀 주변머리가 없고 태평스러운 편이었어요. 무슨 접시꽃을 한 시간씩이나 물끄러미 바라보며 앉아 있곤 했으니까요. 꽃을 참으로 좋아했어요. 풀을 베다가 미나리아재비를 베어버려야 할 때면 그렇게나 싫어했죠. 프레리 클로버와 미역취가 피어 있는 한, 밀이 흉작이든 말든 상관하지 않았고요. 게다가 나무며 그의 과수원 사랑은 또 어떻고요…… 나는 늘 우스갯소리로 '당신은 나보다도 나무가 훨씬 더 소중하죠.'라고 말했을 정도예요.

그리고 그의 밭…… 아, 그이는 많지도 않은 땅을 소중히 여겼어요. 사람처럼 생각했던 것 같았어요. '밖에 가서 내 밭과 이야기 좀 하고 오리다.'라는 말을 몇 번이나 들었는지 몰라요. 우리 둘 다 나이도 들고 아들도 없어서 그만 농장을 팔고 로브리지로 가서 살고 싶다고 했지만 그이는 이러더라고요.

'내 농장을 팔 수는 없어요, 여보…… 내 넋을 어찌 팔 수 있겠소.'

남자란 참 이상하지 않아요?

죽기 얼마 전에 그이가 저녁으로 삶은 암탉을 먹고 싶다며 말했어요.

'당신이 언제나 만드는 식으로 요리해줘요.'

그이는 언제나 내가 손수 한 요리를 아주 좋아했지요. 다만 한 가지 그이가 참을 수 없어한 것은 견과류를 넣은 양상추 샐러드였어요. 호두 같은 게 괘씸하리만큼 느닷없이 튀어나온다나요.

하지만 어디 남는 암탉이 있어야지요…… 모두 알을 잘 낳는 것들뿐이었으니 말예요. 수탉은 한 마리밖에 남지 않아서 물론 잡을 수 없었어요. 나는 수

닭이 거드름 부리며 돌아다니는 것을 보면 기분이 좋아요. 훌륭한 수탉만큼 보기 좋은 건 없잖겠어요, 블라이드 부인? 아, 그런데 어디까지 이야기했지요?"

"남편분이 암탉을 요리해달라고 말한 대목이었어요."

"아, 그랬어요. 그래서 그 요리를 해주지 않았던 것을 내내 후회했어요. 밤에도 자다가 눈이 번쩍 뜨여서 그 생각을 할 때가 있어요. 하지만 그이가 그렇게 빨리 죽을 거라고는 생각 못 했어요, 블라이드 부인. 그이는 아프다고 불평하는 법도 없었고 늘 훨씬 나아졌다고만 말했으니까요. 그리고 마지막까지 모든 일에 흥미와 관심을 가지고 있었어요. 죽는 줄 알았더라면 암탉이 알을 더 낳든 못 낳든 남편에게 암탉 요리를 해주었을 텐데요, 블라이드 부인."

미첼 부인은 흐느끼며 빛바랜 검은 레이스 장갑을 벗고 가장자리에 넉넉히 2인치(약 5센티미터)나 검은색 천을 두른 손수건으로 흐르는 눈물을 닦았다.

"아주 맛있게 먹었을 텐데 말이에요. 그이는 마지막까지 자기 이가 남아 있었으니까요. 아무튼……."

그녀는 손수건을 차곡차곡 접은 뒤 장갑을 도로 끼며 말을 이었다.

"65살이었으니 나이로 말하면 천수를 누린 셈이죠. 나는 관뚜껑 명패를 또 하나 손에 넣은 셈이고요. 메리 마사 플러머와 나는 동시에 관뚜껑 명패를 모으기 시작했는데, 곧 메리가 앞질러버렸어요. 메리는 친척은 숱하게 세상을 떠났고 자기 아이도 셋을 앞세웠으니까요. 이 근방에서는 메리가 누구보다도 관뚜껑 명패를 많이 가지고 있어요. 나는 그리 운이 따르지 않았지만 마침내 벽난로 선반을 가득히 채울 만큼 모았어요.

내 사촌 토머스 베이츠가 지난주에 묻혀서 토머스의 아내에게 관뚜껑 명패를 달라고 했더니, 토머스와 함께 묻어버렸고 관뚜껑 명패를 모으는 건 야만스러운 풍습의 잔재라고 말하더군요. 그녀는 햄프슨 집안사람이니까요. 햄프슨 집안은 원래 좀 괴짜예요. 그런데 내가 어디까지 이야기했었지요?"

이번에는 앤도 미첼 부인이 어디까지 이야기했는지 알려주지 못했다. 관뚜껑 명패를 모은다는 당황스러운 이야기 때문에 어안이 벙벙해졌기 때문이다.

"글쎄, 아무튼 가엾게도 앤서니는 죽었어요. '나는 기꺼이 조용히 가겠소.'라는 말만 남기고, 마지막 순간에 웃음을 띠었어요. 나와 세라핀을 보면서가 아니라 천장을 올려다보면서요.

나는 그이가 세상을 떠나기 전에 그렇게 행복해해서 다행이었다고 생각해요. 이따금 그이가 별로 행복하지 않은 것은 아닐까 생각하는 일도 있었으니까요. 블라이드 부인, 그는 무척 신경질적이고 감수성이 예민했거든요. 하지만 관속에 누운 모습은 정말로 고귀하고 숭고해 보였죠.

성대한 장례식을 치렀어요. 날씨도 좋았고요. 산더미처럼 쌓인 꽃에 파묻혀 땅에 묻혔죠. 나는 마지막에 기절해버렸는데, 그 일만 빼면 모든 것이 다 잘되었어요.

우리는 그를 아랫글렌의 묘지에 묻었어요. 그의 집안사람은 모두 로브리지에 묻혀 있지만요. 그가 오래전에 자기 묘지를 미리 골라두었기 때문이에요. 자기 농장 가까이 바닷소리와 나무를 스쳐가는 바람 소리가 들리는 곳에 묻히고 싶다고 했었죠. 그 묘지는 삼면이 나무로 둘러싸여 있어요. 나도 기뻤어요. 전부터 참 쾌적하고 아담한 묘지라고 생각했었거든요. 그의 무덤에 제라늄도 심을 수 있어요.

그이는 좋은 사람이었어요…… 지금은 틀림없이 천국에 가 있을 테니 그 점은 걱정하지 않아도 돼요. 죽은 이가 있는 곳을 모를 때에는 부고를 쓰기도 좀 성가시라고 나는 늘 생각했어요. 그럼 부인께 맡겨도 되겠지요, 블라이드 부인?"

앤은 승낙했다. 승낙할 때까지 미첼 부인이 거기에 버티고 앉아 이야기를 계속하겠다 싶었기 때문이었다. 미첼 부인은 안도의 숨을 내쉬며 천천히 의자에서 몸을 일으켰다.

"이제 가봐야겠어요. 오늘 칠면조 몇 마리가 부화할 예정이거든요. 오늘 부인과 이야기 나누어서 즐거웠어요. 조금 더 있다가 갔으면 좋겠지만 이만 가야겠어요. 혼자 남은 미망인이란 쓸쓸하네요. 남자는 옆에 있을 때는 대단치 않은 존재일지도 모르지만, 없으니 쓸쓸한 것 같아요."

앤은 정중하게 오솔길까지 나가 미첼 부인을 배웅했다. 아이들은 잔디밭에서 몰래 지빠귀에게 다가가려 하고 있었고, 곳곳에 수선화가 머리를 내밀고 있었다.

"이 집은 훌륭해요…… 정말 멋있고 훌륭해요, 블라이드 부인. 나는 항상 큰 집에 살고 싶다는 생각을 했어요. 하지만 식구라곤 우리 부부 둘과 세라핀뿐이었고…… 그리고 그만한 돈이 어디서 들어오겠어요? 아무튼 앤서니가 말을 듣지 않았어요. 그는 그 낡은 집에 끈질기게 애착을 가졌으니까요.

좋은 값으로 사겠다는 사람이 있으면 그 집을 팔고 로브리지나 모브레이내 로즈에서 살 생각이에요. 둘 중 어디든 미망인이 살기에는 알맞은 장소니까요. 앤서니가 보험을 들어둔 게 살림에 꽤 보탬이 될 거예요. 아무리 똑같이 슬퍼한다 하더라도 빈털터리보다는 주머니가 두둑한 편이 견디기 쉽지요. 부인도 미망인이 되어보면 알 수 있을 거예요. 물론 아직 먼 훗날 일이기를 바라지만요.

선생님은 어떠세요? 정말이지 올겨울은 앓는 사람이 많아서 돈벌이가 나쁘지 않았겠어요.

아, 참 훌륭한 아이들이로군요! 따님이 셋이라니! 지금은 좋지만, 글쎄, 머지 않아 남자에게 열중할 나이가 되어 보세요. 그렇다고 세라핀 때문에 애를 먹었던 것은 아니에요. 그 아이는 얌전했죠…… 아버지처럼요. 그리고 아버지와 똑같이 고집도 셌죠. 존 휘터커와 사랑에 빠졌을 때 내가 아무리 뭐라고 해도 그 남자와 결혼하겠다고 버텼으니까요.

저건 마가목인가요? 어째서 현관 옆에 심지 않았죠? 요정을 쫓아줄 텐데 말예요."

"하지만 요정을 쫓아내야겠다고 생각하는 사람이 있을까요, 미첼 부인?"

"저런, 앤서니와 똑같은 말을 하는군요. 그냥 농담한 것뿐이에요. 물론 나는 요정 같은 건 믿지 않지만…… 혹시라도 있다고 한다면 요정들이란 귀찮은 장난꾸러기들이라고 들었어요. 그럼 이만 실례할게요, 블라이드 부인. 다음 주에 부고를 가지러 들를게요."

노인의 무덤

"사모님, 꽤나 골치 아픈 일을 떠안으셨군요."

수전은 부엌에서 은식기를 닦으며 두 사람 이야기를 대충 듣고 있었던 것이다.

"그런 것 같죠? 하지만 수전, 나는 정말로 그 '부고'를 쓰고 싶어요. 나는 앤서니 미첼을 좋아했는걸요. 만난 적은 그리 많지 않았지만요. 그리고 만일 공장에서 찍어낸 듯한 글이 자기의 '부고'라고 《데일리엔터프라이즈》에 실린 것을 본다면 앤서니는 깜짝 놀라 무덤에서 벌떡 일어날지도 몰라요. 앤서니는 유머감각이 별로 없었거든요."

"젊은 시절 앤서니 미첼은 정말 괜찮은 남자였어요, 사모님. 몽상가라고들 했지만요. 베시 플러머의 씀씀이에 걸맞을 만큼 여기저기 나가서 돈벌이를 하지는 못했지만 그럭저럭 생활을 할 정도는 벌었고 빚도 갚았어요.

물론 자기하고 전혀 안 맞는 아가씨와 결혼한 셈이지만요. 하지만 베시 플러머는 지금은 우스꽝스럽게 그린 밸런타인데이 카드 속의 과장된 인물같이 생겼지만 그 무렵에는 그림처럼 아름다웠지요. 우리들 가운데는…… 사모님…… 그런 한때의 추억조차 없는 사람도 있으니까요."

수전은 말을 마치고 한숨을 쉬었다.

월터가 말했다.

"엄마, 뒤쪽 포치 둘레에 금붕어꽃(金魚草)이 빙 둘러 가득 피어나고 있어요. 그리고 지빠귀 한 쌍이 부엌 창문턱에 둥지를 짓기 시작했어요. 괜찮죠, 엄마? 창문을 열어 깜짝 놀라 날아가게 하지 않을 거죠?"

앤은 한두 번 앤서니 미첼을 만난 적이 있었다. 사실 큰 버드나무가 커다란 우산처럼 가지를 뻗고 있는 앤서니네 작은 잿빛 집은 가문비나무숲과 바다 사이에 위치하면서 아랫글렌 마을에 속해 있었고 그곳 사람들은 대부분 모브레이내로즈의 의사에게 진찰을 받았다. 그러나 길버트가 이따금 앤서니에게 마른풀을 산 일이 있어서 언젠가 한번은 앤서니가 직접 마른풀을 한 짐 싣고 잉글사이드에 왔었다. 그때 앤은 뜰을 구석구석까지 안내했는데, 그러면서 둘은 같은 언어를 말한다는 것을 알았다.

앤은 앤서니가 마음에 들었다. 여위고 주름진 상냥한 얼굴, 용기 있고 기민한 노란빛이 도는 담갈색 눈은 결코 흔들리거나 속는 일이 없었다…… 아마도 딱 한 번, 한때에 지나지 않는 베시 플러머의 천박하고 덧없는 아름다움에 현혹되어 어리석은 결혼에까지 이르렀을 때만 빼면.

그러나 앤서니는 결코 불행해 보이거나 불만스러워 보이지 않았다. 밭을 갈고 뜰을 가꾸고 추수를 할 수만 있다면, 그는 양지바른 오래된 초원만큼이나 삶에 만족했다. 검은 머리칼에는 은빛 서리가 살짝 내렸고, 좀처럼 보여주지 않지만 이따금 떠오르는 다정한 미소는 원숙하고 차분한 정신을 드러내고 있었다.

그의 오래된 밭은 그에게 육신과 영혼을 채워줄 빵과 즐거움을 주었으며, 정복하는 기쁨을 알게 하고 슬플 때면 위안을 주었다. 앤서니가 그 밭 가까이에 묻혔다는 사실이 앤에게 만족감을 주었다. 앤서니는 떠날 때도 '기꺼이 떠났는지' 모르겠지만 살아 있는 동안에도 충분히 '기꺼운 마음으로 살았다'.

모브레이내로즈의 의사 말에 따르면, 앤서니에게 회복될 가망이 없다고 했을 때 앤서니는 빙긋 웃으며 대답했다고 한다.

"그렇습니까. 나이를 먹으니 사는 게 살짝 지루해지는 참이었습니다. 죽음이란 얼마쯤 변화를 가져다주겠군요. 나는 죽음이 어떤 것인지 정말로 궁금합니다, 선생님."

앤서니 부인이 횡설수설 떠든 도무지 두서없는 이야기 가운데에서도 참다운 앤서니 모습을 엿볼 수 있는 몇 마디 말은 있었다.

며칠 뒤 저녁나절 앤은 자기 방 창가에서 〈노인의 무덤〉을 쓰고 나서 만족스러움을 느끼며 다시 읽어보았다.

    부디 그곳, 바람이 소나무 가지 사이를
    부드럽고 깊숙하게 쓸고 지나가고
    동쪽 초원을 가로질러 온
    바다의 속삭임과
    떨어지는 빗방울이 다정히
    자장가를 불러주는 곳이기를.

    부디 그곳, 널따랗게 펼쳐진 초원이
    사방을 초록빛으로 에워싸고,
    그가 거둬들이며 디디던 추수밭과
    서쪽으로 비탈진 토끼풀 풀밭,
    아득한 옛날에 그가 심은 나무가

꽃 피우고 열매 맺는 곳이기를.

부디 그곳, 희미하게 빛나는 별빛은
언제나 가까이 있고
동틀 녘 아침 햇살이
잠자리에 눈부시게 쏟아져 내리며
이슬방울 맺힌 풀잎이
그의 잠을 살며시 내리덮는 곳이기를.

충실히 살아온 긴 세월 동안
이것들은 그가 사랑하던 것일진대,
그의 안식처에 그 은총 어리고
바다의 속삭임이
영원히 만가(挽歌)를 연주하는 것은
하늘의 뜻에 맞는 일일 터.

"앤서니 미첼도 마음에 들어 할 거야."

글을 내려놓고 앤은 몸을 내밀어 봄 속으로 들어가기 위해 창문을 활짝 열었다. 아이들이 놀고 있는 뜰에는 벌써 양상추의 새싹이 꼬불꼬불 작은 줄을 짓고 있었다. 저녁 해는 단풍나무숲 뒤에 부드럽게 담홍색으로 저물고 '계곡'에서 희미하게 아이들의 고운 웃음소리가 울려왔다.

"봄이 너무 아름다워 잠들기가 아까워. 한순간도 놓치기 싫어."

다음 주 어느 날 오후, 앤서니 미첼 부인이 '부고'를 가지러 왔다. 앤은 속으로 남몰래 자랑스러움을 느끼며 읽어주었다. 그러나 미첼 부인의 얼굴에는 뚜렷한 만족의 빛이 떠오르지 않았다.

"아, 정말 명랑하군요. 글을 참 잘 쓰시네요. 그런데……그런데…… 앤서니가 천국에 있다는 말은 한마디도 하지 않았네요. 천국에 있다는 확신이 안 들었나요?"

"너무나도 확신해서 굳이 말할 필요가 없었던 거예요, 미첼 부인."

"그렇지만 사람에 따라서는 의심할지도 모르거든요. 그는……그는 교회에 별로 자주 가지 않았으니까요…… 정식으로 교회 성도이기는 했지만 말예요. 그리고 그의 나이도 씌어 있지 않고…… 꽃에 대해서도 아무 말이 없군요. 그게 그러니까, 관 위에 얹힌 꽃다발이 헤아릴 수 없을 정도였거든요. 내 생각에 꽃은 분명 시적이라고 여겨지는데요!"

"미안해요……."

"아니에요, 부인을 나무라는 건 아니에요…… 조금도 나무라려던 게 아니었어요. 최선을 다해주었고 훌륭하게 되었잖아요? 제가 얼마를 드리면 되지요?"

"저……저…… 1센트도 안 주셔도 돼요, 미첼 부인. 돈을 받는다는 것은 생각지도 않았어요."

"그래요? 부인이 틀림없이 그렇게 말하지 않을까 싶어서 제가 만든 민들레 술을 한 병 가져왔어요. 뱃속에 가스가 차서 속이 더부룩할 때 속을 편안하게 해주죠. 약초 차도 한 병 가져올까 했지만 선생님이 그런 거 만들어 먹는 걸 좋게 생각하지 않으실 것 같아서요. 하지만 부인이 말씀만 하시면 선생님 모르게 살짝 갖다드릴 수 있어요."

앤은 다소 딱딱하게 말했다.

"아니요, 아니요, 괜찮아요."

앤은 그녀가 쓴 부고가 '명랑하다'는 말에서 아직 회복하지 못하고 있었다.

"언제라도 말씀만 하세요. 저는 올봄에는 약이 더 필요치 않으니까요. 겨울에 내 육촌 동생 맬러카이 플러머가 세상을 떠났을 때, 그의 아내에게 남은 약 가운데 세 병을 달라고 했답니다. 그 집에서는 한 다스씩 사니까요. 그녀는 약을 싹 내다버리려 했지만 나는 예전부터 물건을 소홀히 하지 않는 성격이라서요.

내 몫으로 한 병만 갖고 나머지 두 병은 우리 집 일꾼에게 주었어요. 효과가 없더라도 해롭지는 않을 거라고 일러주면서요.

부고 대금을 받지 않겠다니 실은 마음이 놓였어요. 지금은 현금이 모자라거든요. 장례식이란 돈이 많이 드니까요. 하기야 D.B. 마틴은 이 근처에서 가장 싸게 해주는 장의사지만요.

내 상복값도 아직 다 못 치렀어요. 다 치를 때까지는 정말로 상복을 입었구나 하는 마음이 들지 않을 거예요. 다행히 모자는 새로 만들지 않아도 되었어요. 이건 10년 전 어머니 장례식 때 만든 거예요.

검은색이 나한테 잘 어울려서 운이 좋았지 뭐예요. 부인이 맬러카이 플러머 미망인의 그 파리하고 누르스름한 얼굴을 봤다면 더욱 그렇게 생각했을 거예요!

그럼 이만 가봐야겠어요. 참으로 고마워요, 블라이스 부인. 비록…… 뭐, 어쨌거나 열심히 써준 건 틀림없고, 좋은 시예요."

앤이 권했다.

"우리랑 같이 저녁 들고 가세요. 수전과 나뿐이에요. 남편은 외출했고 아이들은 '계곡'에서 올봄 첫 피크닉을 하며 저녁까지 먹고 올 참이니까요."

앤서니 부인은 얼른 의자에 도로 주저앉았다.

"좋아요. 그럼 조금만 더 앉았다 가죠. 아무튼 나이가 들면 몸이 쉬고 회복하는 데도 시간이 걸리죠. 그런데 이건 혹시 파스닙[1] 튀김 냄새가 아닌가요?"

앤서니 부인은 혈색 좋은 얼굴에 황홀하도록 행복한 미소를 띠었다.

그다음 주 《데일리엔터프라이즈》가 나왔을 때 앤은 지난주 앤서니 부인에게 대접했던 파스닙 튀김이 아까운 마음마저 들었다. 부고 기사란에 〈노인의 무덤〉이 실려 있었다—다만 앤이 써준 4연이 아닌 5연으로 둔갑해 있었다! 그리고 그 시의 마지막 연은 다음과 같았다.

훌륭한 남편이자 반려자, 원조자이기도 했던,
이토록 좋은 사람을 신은 일찍이 만드시지 못하셨다.
다정하고 진실하고 훌륭한 남편,
백만 명 가운데 하나뿐인 그대, 소중한 앤서니.

"!!!"이 잉글사이드의 반응이었다.

다음번 글렌협회 모임 때 미첼 부인은 앤에게 둘러댔다.

"연을 하나 덧붙였지만 마음 쓰지 않으셨으면 좋겠어요. 나는 그저 앤서니를 좀 더 칭찬하고 싶었을 뿐이었으니까요. 그 글은 조카 조니 플러머가 써줬어요. 그냥 앉더니 눈 깜짝할 사이에 뚝딱하고 써내지 뭐겠어요. 그 아이도 부인과 마찬가지여서요. 언뜻 봐서는 영리해 보이지 않지만 시를 지을 줄 알아요. 그 아이의 외가 쪽에서 이어받았지요. 그 아이 어머니는 워퍼드 집안 출신이거든요. 플러머 집안은 시에 조금도 재주가 없답니다. 단 한 톨만큼도요."

---

1) 미나리과의 뿌리채소로 당근과 흡사한데, 당근보다 색이 희고 달콤한 향과 맛이 남.

앤은 싸늘하게 말했다.

"미첼 씨의 '부고'를 처음부터 그분에게 써 달래야겠다고 생각하지 못한 게 참으로 안타깝군요."

"그러게 말이에요. 하지만 나는 그 아이가 시를 쓰는 줄 전혀 몰랐고, 부인이 쓴 시로 앤서니를 송별하려고 했어요. 그랬는데 그 애 어머니가 그 아이가 쓴 시를 보여주는 거예요. 메이플 시럽 통에 빠져 죽은 다람쥐에 대해 쓴 시였는데…… 읽고서 울컥했다니까요. 하지만 블라이드 부인의 시도 정말 좋았어요. 두 사람 시가 합쳐져 좀처럼 보기 드문 시가 나왔다고 생각해요. 그렇게 생각지 않나요?"

앤이 말했다.

"그렇게 생각해요."

브루노

안타깝게도 잉글사이드 아이들에게는 반려동물에 관한 한 불운이 이어졌다. 아버지가 샬럿타운에서 데려온 까만 털이 북슬북슬 난 작은 강아지는 집에 온 지 일주일 만에 밖으로 나가더니 그길로 홀연히 사라져버리고 말았다. 두 번 다시 녀석의 모습을 본 사람도 소식을 들은 사람도 없었다. 항구 곶에 머물던 선원 하나가 출항하는 날 밤 작고 까만 강아지 한 마리를 데리고 배를 탔더라는 소문은 있었지만, 그 강아지에게 처해진 운명은 끝끝내 풀리지 않는 깊고 어두운 수수께끼로 잉글사이드의 연대기에 남았다.

이 일은 젬보다 월터에게 더 괴로운 기억이 되었다. 지프가 죽은 상처가 다 아물지 않았던 젬은 두 번 다시 개를 지나치게 사랑하는 바보짓을 하지 않으리라 마음먹고 있었기 때문이다.

그다음은 타이거 톰—도둑질하는 버릇이 있어 집으로 발을 들이는 것은 허락되지 않고 헛간에서 지내고 있었지만, 그런 결점에도 불구하고 엄청난 사랑을 받던 호랑이 빛깔 털을 가진 고양이 녀석—이 어느 날 헛간 바닥에 딱딱하게 굳은 채 죽어 있는 것이 발견되어, '계곡'에서 성대한 장례식이 치러졌다.

마지막으로 젬이 조 러셀에게 25센트를 주고 산 토끼 번이 병들어 죽었다.

어쩌면 젬이 번에게 먹인 특허 약품이 번의 죽음을 재촉했을지도 모르고 또는 그렇지 않았을지도 모른다. 그것을 권한 것은 조였으므로 조는 알고 있을 터였다. 그러나 젬은 마치 자기가 번을 죽인 것만 같았다.

번이 타이거 톰 옆에 묻혔을 때 젬은 어두운 얼굴로 말했다.

"잉글사이드에 저주가 내린 걸까."

월터가 번을 위해 비문을 쓰고 월터와 젬과 쌍둥이들이 1주일 동안 팔에 검은 리본을 달고 다니는 것을 본 수전은 하느님을 모독하는 일이라고 질색했다. 번의 죽음이 수전에게는 가눌 길 없는 슬픔으로 다가오지는 않았다. 언젠가 한번 번이 우리에서 뛰쳐나가 수전의 뜰을 엉망으로 만들어 놓은 일이 있었기 때문이다.

그것보다 더 탐탁지 않게 여긴 것은 월터가 지하실에 가져온 두 마리의 두꺼비였다. 저녁 무렵 수전은 그 가운데 한 마리를 밖으로 쫓아냈지만, 나머지 한 마리는 찾지 못했다.

월터는 걱정스러워 견딜 수 없었다.

"어쩌면 둘은 남편과 아내였을지도 몰라. 서로 떨어져 지금 몹시 외롭고 슬플 거야. 수전이 쫓아낸 것이 작은 쪽이었으니까 아내 두꺼비였겠지. 아마 저 넓디넓은 뒤뜰에서 무서워 죽을 지경일 거야. 아무도 지켜줄 이도 없이…… 혼자된 미망인처럼."

월터는 미망인 두꺼비의 슬픔을 생각만 해도 견딜 수가 없어서 남편 두꺼비를 찾으러 살그머니 지하실로 내려갔는데, 수전이 차곡차곡 모아둔 다 쓴 양철 제품을 뒤엎는 바람에 죽은 사람도 눈을 뜨게 할 만큼 요란스러운 소리를 냈다. 그러나 수전만이 잠에서 깨어 촛불을 가지고 지하실로 들이닥쳤다. 너울너울 흔들리는 불꽃은 수전의 야윈 얼굴에 더없이 기묘한 그림자를 던졌다.

"월터 블라이드, 이 밤에 대체 여기서 무얼 하는 거지?"

월터는 필사적으로 말했다.

"수전, 나는 남편 두꺼비를 꼭 찾아야 해. 만일 수전에게 남편이 있는데 그 남편이 없어졌다면 어떤 마음이 들지 생각해봐."

월터의 생뚱맞은 소리에 수전은 당황했다.

"대체 무슨 말을 하는 거니?"

이때 수전이 등장한 이상 더 숨어 있을 수 없겠다고 단념한 듯한 남편 두꺼비가 수전의 딜 피클 항아리 뒤에서 튀어나왔다. 월터는 달려들어 두꺼비를 잡아서 창문 밖으로 내보내주었다. 남편 두꺼비는 사랑하는 아내 두꺼비와 다시 만나 둘이서 오래오래 행복하게 살리라.

수전은 엄하게 야단쳤다.

"이런 동물을 지하실에 들여오면 안 된다는 거 잘 알잖아, 월터. 여기서 도대체 뭘 먹고 살겠니?"

월터는 쑥덜쑥덜 불평했다.

"물론 내가 벌레를 잡아다줄 생각이었어. 나는 '연구'해 보고 싶었단 말이야."
"정말 어떻게 해야 할지를 알 수가 없다니까."

분해서 쌕쌕대는 어린 블라이드 군의 뒤를 따라 층계를 올라가며 수전이 한 이 말은 두꺼비를 두고 한 말이 아니었다.

그래도 지빠귀는 그보다 운이 좋았다. 거센 비바람이 몰아친 6월의 밤이 밝았을 때, 갓 태어난 아기 티를 겨우 벗은 새끼 지빠귀 한 마리가 출입구 층계에서 발견되었다. 등은 잿빛이고 가슴엔 얼룩얼룩한 반점이 있었으며 눈은 반짝거렸다. 처음부터 잉글사이드에 있는 모든 사람들을 전적으로 신뢰해서인지 슈림프조차 무서워하지 않았다. 장난꾸러기 슈림프는 지빠귀가 뻔뻔스럽게 자기 먹이 접시에 날아올라 제멋대로 음식을 집어먹어도 해코지하지 않았다.

처음에 식구들은 지렁이를 먹였는데, '지빠귀 군'의 식욕이 왕성해서 셜리는 흙 속에서 벌레를 파내는 일로 거의 모든 시간을 보냈다. 셜리가 지렁이가 든 깡통을 온 집 안 아무 데나 두는 통에 수전은 징그러워 소름이 끼쳤지만, 지빠귀 군을 위해서라면 그 이상의 일도 참았을 것이다. 지빠귀 군은 일을 많이 해서 마디가 굵어진 수전의 손가락에 겁도 없이 날아와 살포시 앉아서는 수전을 말끄러미 쳐다보며 지저귀었다. 수전은 그런 지빠귀 군이 아주 마음에 들었다. 그 가슴이 아름다운 붉은색으로 변하기 시작한 것을 리베카 듀에게 보내는 편지에 적을 만한 가치가 있다고 여겼다.

행여나 나의 사리 분별이 흐려졌다고 섣불리 판단하지 않도록 부탁할게요, 미스 듀. 작은 새를 이렇듯 사랑하는 건 아주 바보스러운 일일 수 있겠지만, 사람은 다 마음이 약한 구석이 한 군데씩은 있는 것 아니겠어요.

이 새는 카나리아처럼 새장에 갇혀 있지 않아요. 새장에 가두어 새를 키우는 일을 나는 늘 참을 수 없는 일이라 여겨왔어요, 미스 듀. 자유로운 이 새는 집이든 뜰이든 마음껏 날아다니고, 밤이 되면 릴라의 방 창문이 내려다보이는, 커다란 사과나무 위에 지어진 월터의 관찰대 옆 나뭇가지에 앉아서 곤히 잡니다.

언젠가 한번 아이들이 그 새를 '계곡'으로 데려갔는데 호로록 날아가버렸어요. 그러나 저녁나절에 다시 돌아와서 아이들이 너무나 좋아했고, 솔직히 말해서 나도 기뻤답니다.

'계곡'은 이미 단순한 '계곡'이 아니었다. 이렇듯 즐거운 곳에는 마땅히 그 낭만적인 가능성에 더 어울리는 이름을 붙여야 한다고 월터는 생각하기 시작했다. 그러던 어느 비 내리는 오후, 아이들은 다락방에서 놀아야만 했다. 그러나 저녁 일찍 해가 다시 고개를 내밀어 글렌 마을을 그 눈부신 빛으로 가득 채웠다.

릴라가 예의 그 귀여운 혀짤배기소리로 외쳤다.
"우아, 떠기 에쁜 무디개 똠 봐!"

이토록 멋진 무지개를 아이들은 처음 보았다. 한쪽 끝은 장로교회의 뾰족탑에 걸리고 다른 한쪽은 '계곡' 위쪽으로 이어지는 연못의 갈대가 우거진 한구석에 걸쳐 있었다. 월터는 곧바로 '무지개 골짜기'라는 이름을 붙였다.

무지개 골짜기는 아이들에게 오롯이 하나의 세계가 되었다. 산들바람이 끊임없이 남실남실 노닐고 새소리는 새벽부터 어둑발 내릴 때까지 울려 퍼졌다. 그 주변을 에워싸고 희미하게 빛나는 자작나무 가운데 한 그루—'흰옷 입은 숙녀'—에서 밤마다 조그만 나무 요정 드리아스가 빼꼼히 나와 자작나무들에게 말을 건다고 월터는 상상했다.

너무 가까이 서 있어 가지가 서로 얽힌 채 자라는 단풍나무와 가문비나무에 월터는 '연인 나무'라는 이름을 붙이고 거기에 낡은 썰매 방울을 달았다. 그랬더니 바람이 불 때마다 요정이 스쳐갈 때 나는 듯한 여리고 은은한 소리가 났다.

아이들이 시냇물에 만들어놓은 돌다리는 불을 뿜는 용이 굳게 지키고 있었다. 그 위에 서로 나뭇가지가 얼크러진 나무들은 필요할 때는 거무스름한 얼굴의 이슬람교도가 되고 시냇가에 가득히 깔린 초록색 이끼는 사마르칸트에서 온 더없이 호화로운 카펫이 되었다.

그 골짜기에는 로빈 후드와 명랑하고 쾌활한 부하들이 여기저기 가는 데마다 몸을 숨기고 있었고, 샘에는 물의 요정이 셋 살고 있었다. 빈집이 된 글렌 마을 끄트머리의 오래된 버클리 저택에는 풀이 무성한 돌담과 캐러웨이[1]가 수북이 자란 뜰이 있어, 아이들의 상상 속에서는 언제고 적에게 포위된 성으로 무리 없이 변했다. 십자군의 검은 이미 아득한 옛날에 녹슬었지만 잉글사이드의 식칼은 요정 나라에서 만들어낸 칼이었으며, 수전은 커다란 냄비뚜껑이 보이지 않을 때마다 그것이 깃털 장식 달린 투구를 쓰고 반짝반짝 빛나는 갑옷을 입고서 무지개 골짜기로 용감한 모험을 떠나는 기사의 방패로 쓰이고 있다는 것을 알고 있었다.

때때로 아이들은 젬을 기쁘게 해주기 위해 해적놀이를 했다. 10살이 되자 젬은 놀이 속에 피가 튀기는 잔인한 장면이 들어가는 것을 좋아하게 되었기 때문이다. 특히 젬이 이 놀이에서 가장 멋진 장면이라고 생각하는, 눈을 가리고 뱃전에서 바다 쪽으로 뻗은 널빤지를 걸을 때면 월터는 늘 멈칫거리며 앞으로 저벅저벅 나아가지 못했다. 비록 월터에게 진짜로 해적이 될 만한 강인한 자질이 있을까 젬은 이따금 의심할 때도 있었지만 월터에 대한 돈독한 우애로 그런 생각을 꾹 눌러버리곤 했다. 젬은 월터를 '샌님 블라이드'라고 부르는 학교의 남자아이들과 격전을 벌여 아주 간단히 승리를 거두었다. 남자아이들은 그 별명을 부르는 것이 젬과의 주먹다짐을 뜻하는 일임을 알게 되자 더 이상 그렇게 부르지 않았다. 주먹에 있어서 젬은 상대방을 쩔쩔매게 하는 재간이 있었던 것이다.

이제 젬은 이따금 저녁에 생선을 사러 혼자 항구까지 갔다 오는 일이 허용되었다. 젬은 이 심부름을 무척 즐겼다. 항구 바로 옆에 있는 잡초로 뒤덮인 들

---

[1] 우산살처럼 짧은 꽃자루들이 한 곳에서 많은 수로 퍼져 나가는 형태(산형화서)로 흰 꽃이 피는 한해살이풀 또는 두해살이풀.

판 기슭의 맬러카이 러셀 선장의 오두막에 가서 맬러카이 선장을 비롯하여 한때는 두려움을 모르는 젊은 선장이었던 동료들의 이야기를 들을 수 있기 때문이었다.

이야기보따리가 한번 풀렸다 하면 다들 이야깃거리를 가지고 있었다. 올리버 리스 노인은—젊은 시절에 틀림없이 해적이었을 거라고들 여겼다—식인종의 왕에게 붙잡힌 일이 있었고, 샘 엘리엇은 샌프란시스코에서 일어난 지진을 겪었으며, '용감한 윌리엄' 맥두걸은 상어와 무서운 결투를 해서 살아남았고, 앤디 베이커는 소용돌이치는 물기둥에 갇힌 적이 있었다. 게다가 앤디는 자기만큼 똑바로 침을 뱉을 수 있는 사람은 포윈즈에 없다고 단언했다.

젬은 그 가운데에서도 매부리코에 턱이 뾰족하고 꺼칠꺼칠한 잿빛 콧수염이 난 맬러카이 선장을 제일 좋아했다. 맬러카이 선장은 겨우 17살에 쌍돛대 범선의 선장이 되어 재목을 싣고 부에노스아이레스로 항해를 떠났다. 양쪽 뺨에 닻 모양 문신을 했고, 태엽을 감는 오래된 회중시계를 가지고 있었다. 기분이 좋을 때 맬러카이 선장은 젬에게 선뜻 태엽을 감게 해주었다. 그리고 기분이 아주 좋을 때는 젬을 대구 낚시나 썰물 때 조개 캐기를 할 수 있는 갯벌에 데려갔다. 기분이 더없이 좋을 때면 자기 손으로 깎아 만든 아끼는 배 모형을 여럿 보여주기도 했다.

젬에게는 배 하나하나가 모험담 그 자체처럼 여겨졌다. 그 가운데에는 네모난 줄무늬 돛을 달고 뱃머리에 무시무시한 용을 단 바이킹의 배도 있었고, 컬럼버스가 탔던 16세기 스페인과 포르투갈의 작은 범선과 '메이플라워호', 전설의 유령선 '플라잉더치맨호', 그 밖에도 아름다운 쌍돛대 범선이며 스쿠너,[2] 세

---

2) 둘 내지 네 개의 돛대에 세로돛을 단 서양식 범선.

대박이, 쾌주선, 재목을 싣는 화물선 등 수도 없이 많은 배가 있었다.

젬은 간절한 눈길로 부탁했다.

"배를 깎는 법을 가르쳐주실 수 있나요, 선장님?"

맬러카이 선장은 고개를 가로저으며 깊은 생각에 잠긴 듯 만에다 침을 뱉었다.

"이것은 가르쳐서 되는 일이 아니란다, 얘야. 3, 40년을 바다에서 살다보면 배를 저절로 이해하게 될 날이 올지도 모르지. 바로 배를 이해하고 사랑하게 되는 것 말이다. 배란 여자와 마찬가지란다…… 속속들이 알고 소중히 대해주지 않으면 배는 절대로 비밀을 털어놓지 않아. 아니, 때로는 내가 뱃머리에서 배꼬리에 이르기까지 배 안팎을 샅샅이 아는 것 같아도 좀처럼 그 영혼을 보여주지 않을 배도 있어. 그러다 손을 조금만 늦추면 새처럼 훨훨 날아가버리지.

내가 탔던 배 가운데 옛날부터 아무리 해 보아도 도저히 모형으로 만들 수 없는 것이 하나 있어. 고집스럽고 성미가 까다로운 배였지! 그 배와 꼭 닮은 여자도 있었는데 말이지…… 자, 이제 슬슬 이 입에 끈을 죌 때가 됐구나.

병에 넣기만 하면 되는 배 모형이 하나 있어. 그 배의 비밀은 내 언제든지 이야기해주마."

그리하여 젬은 그 '여자'에 대해서는 더 이상 듣지 못했으며 또 듣고 싶은 마음도 없었다. 엄마와 수전을 빼고는 어차피 여자에 관심이 없었기 때문이다. 그리고 엄마와 수전은 '여자'가 아니었다. 오직 엄마고 수전일 뿐이었다.

지프가 죽었을 때 젬은 다른 개는 결코 가지고 싶지 않다고 생각했다. 그러나 시간이 상처를 씻어주는 힘은 놀라운 것인지라 젬은 다시 개를 갖고 싶어졌다. 그 사이에 잠깐 스쳐간 강아지는 개라고 할 수 없었다. 하나의 사고에 지나지 않았다.

젬은 짐 선장의 신기한 골동품 수집물을 넣어둔 지붕 밑 다락방의 자기만의 동굴에다 사방의 벽을 빙 둘러 개들의 행렬을 만들어놓았다. 잡지에서 잘라낸 개들이었다. 위엄 있는 마스티프, 멋지게 볼이 축 처진 불도그, 누군가 개의 머리와 뒤꿈치를 잡아 고무줄처럼 잡아당긴 것 같은 닥스훈트, 털을 깎아 꼬리 끝에 한 줌의 동그란 술을 만들어 놓은 푸들, 폭스테리어, 늑대를 잡는다는 러시아산 사냥개인 보르조이(젬은 보르조이가 과연 뭐를 먹기도 할까 궁금했다), 맵시 있는 포메라니안, 점박이 달마티안, 호소하는 듯한 눈의 스패니얼. 모두 훌륭한 종의 개였지만 젬의 눈에는 뭔가가 빠진 것처럼 보였다. 다만 그때는 그것이 무엇인지는 몰랐다.

그러던 가운데 《데일리엔터프라이즈》 신문에 실린 광고를 하나 보게 되었다. '개를 팝니다. 문의는 항구 곶 로디 크로퍼드에게'라고밖에 씌어 있지 않았다. 그 광고가 왜 마음에 파고들었는지, 또 그 짤막한 글귀 속에서 왜 슬픔을 느꼈는지 젬으로서는 설명할 수 없었다. 로디 크로퍼드가 누구인지는 크레이그 러셀에게 들었다.

"로디네 아버지가 한 달 전에 죽어서 로디는 샬럿타운에 있는 고모네에 가서 살아야만 한대. 어머니는 벌써 몇 해 전에 죽었거든. 제이크 밀리슨 씨가 그 농장을 샀어. 하지만 집은 부숴버린대. 아마 걔네 고모가 개를 못 기르게 하나 봐. 대단한 개는 아니지만 로디가 되게 귀여워했어."

젬은 말했다.

"로디가 얼마를 달라고 할까. 나는 1달러밖에 없는데."

"로디가 가장 바라는 건 그 개가 살 좋은 집일 거야. 그리고 어차피 너희 아빠한테 얘기하면 돈은 주실 거잖아?"

"그야 그렇지. 하지만 나는 내 돈으로 개를 사고 싶어. 그렇게 하면 더 '내' 개라는 생각이 들 테니까."

크레이그는 어깨를 으쓱했다. 잉글사이드 아이들은 아무튼 좀 희한했다. 그 깟 개 한 마리 데려오는 데 누가 돈을 내든 무슨 상관이란 말인가?

그날 저녁 길버트가 마차를 몰아 빈약하고 황폐하고 허물어져가는 크로퍼드 농장으로 젬을 데리고 가보니 로디 크로퍼드와 개가 있었다. 로디는 젬 또래의 소년이었다. 뻣뻣한 적갈색 머리에다 주근깨가 많고 얼굴빛이 파리한 남자아이였다.

그 작은 개는 보드라운 갈색 털로 된 귀와 꼬리를 가졌고, 콧등도 갈색이었으며, 이제까지 본 적 없을 만큼 아름답고 상냥한 밤색 눈을 하고 있었다. 이마에 있는 흰 줄이 눈과 눈 사이에서 둘로 갈라져 조그마한 코를 에워싸고 있는 이 귀여운 개를 보는 순간 젬은 무슨 일이 있어도 자기 것으로 만들어야겠다고 느꼈다.

젬은 다급하게 물었다.

"개를 팔고 싶은 거지?"

로디는 우울하게 대답했다.

"팔고 싶지 않아. 하지만 제이크 형이 팔아야만 한대. 그러지 않으면 물속에 처넣겠다고 했어. 비니 고모는 개가 자기 집에 돌아다니는 꼴은 보지 않을 거라는 거야."

"값은 얼마니?"

젬은 자기가 감당할 수 없을 만큼 비싼 값일까 봐 겁이 더럭 났다.

로디는 눈물을 삼키며 개를 쑥 내밀었다.

그리고 목멘 소리로 말했다.

"자, 어서 데려가. 팔 수 없어. 그럴 수는 없어. 돈을 받고 브루노를 파는 일은 결코 할 수 없어. 좋은 곳에 살게 해주고…… 다정하게 대해주기만 한다면……."
젬은 열심히 말했다.
"그래, 다정하게 대해주고말고. 하지만 이 1달러는 받아줘야 해. 그렇지 않으면 내 개가 되었다는 마음이 들지 않을 테니까. 받아주지 않으면 이 개를 데려가지 못하겠어."

젬은 내키지 않아 하는 로디의 손에 억지로 1달러를 쥐어 주고 브루노를 안아 올려 가슴에 꼭 품었다. 조그만 개는 자기 주인 쪽을 자꾸 돌아보았다. 젬에게 그 눈은 보이지 않았지만 로디의 눈빛은 보였다.
"네가 그렇게 이 개를 보내기 싫으면……."
로디는 내뱉듯이 말했다.
"보내기 싫지만 이제 기를 수는 없는걸. 브루노를 데려가겠다는 사람이 다섯이나 왔지만, 그 가운데 아무에게도 주지 않았어. 제이크 형이 몹시 화냈지만 상관없어. 그 사람들은 내가 보기에 알맞은 사람들이 아니었어. 하지만 너라면…… 내가 키우지 못할 바에는 네가 키워줬으면 좋겠어. 빨리 내가 볼 수 없는 곳으로 얼른 데려가줘."

젬은 그 말대로 했다. 조그만 개는 젬의 팔 속에서 바들바들 떨고 있었지만 반항하지는 않았다. 잉글사이드로 돌아오는 동안 내내 젬은 개를 꼭 안고 있었다.
"아빠, 아담은 어떻게 개가 개라는 것을 알았을까요?"
아버지는 빙긋 웃었다.
"어떻게라니, 개는 아무리 봐도 개니까. 그렇지 않니?"

그날 밤 젬은 너무 흥분해서 오랫동안 잠들 수가 없었다. 브루노처럼 마음에 쏙 드는 개는 이제까지 본 적이 없었다. 로디가 헤어지기 싫어한 것도 무리가 아니다. 하지만 브루노는 곧 로디를 잊고, '나를' 사랑하게 될 것이다. 우린 단짝이 되겠지. 푸줏간에서 뼈다귀를 갖다주도록 엄마에게 부탁해두는 것도 잊지 말아야지.

젬은 간절히 기도했다

"온 세상의 모든 사람과 모든 것이 좋아요. 하느님, 온 세상의 개와 고양이를 한 마리도 남김없이 지켜주시고, 특히 브루노를 잘 지켜주세요."

마침내 젬은 잠들었다. 침대 발치에서 앞발을 쭉 뻗고 그 위에 턱을 괸 조그만 개는 그날 밤 잠이 들었을지도, 혹은 잠들지 못했을지도 모른다.

지빠귀와 개

'지빠귀 군'은 지렁이에만 의지하는 것을 그만두고 쌀, 옥수수, 상추, 한련 씨앗같이 다양한 것을 골고루 먹었다. 아주 몸집이 커져서 잉글사이드 '큰 지빠귀'는 그 주변에서도 유명해졌다. 어느새 가슴은 아름다운 붉은빛으로 바뀌었다.

지빠귀 군은 수전의 어깨에 앉아 수전이 뜨개질하는 것을 지켜보곤 했다. 앤이 집을 비웠다가 돌아오면 지빠귀 군은 호로록 날아가 앤을 마중하고 앞장서서 집 안으로 총총 뛰어 들어왔다. 아침마다 빵 부스러기를 달라고 월터의 창문턱에 와서 기다렸다.

지빠귀 군은 날마다 뒤뜰에 있는 들장미 산울타리 귀퉁이에 놓인 그릇에서 몸을 씻었는데, 그릇에 물이 담겨 있지 않으면 엄청 큰 소리로 울어댔다. 길버트는 펜이며 성냥이 늘 온 서재 안에 함부로 흩어져 있다고 불평했지만 아무도 동정해주지 않았고, 그러한 그조차 어느 날 지빠귀 군이 꽃씨를 쪼아 먹기 위해 겁도 없이 그의 손에 날아와 앉았을 때는 끝내 마음을 뺏기고 말았다.

모두들 지빠귀 군에게 매료되었지만 젬만은 그렇지 않았다. 젬은 브루노를 무척 사랑했는데, 그럴수록 차츰 고통스럽지만 너무도 또렷한 가르침을 배워가고 있었다—바로 개의 몸은 살 수 있지만 그 사랑은 살 수 없다는 것이었다.

처음에 젬은 그런 일이 있으리라고는 조금도 의심하지 않았다. 물론 얼마 동안은 브루노도 옛집을 그리워하며 쓸쓸해하겠지만 곧 그런 마음을 털어내고 좋아지리라 여겼다. 그러나 젬은 브루노가 그렇게 되지 않는다는 것을 깨달았다.

브루노는 더할 나위 없이 얌전한 개였다. 뭐든 시키는 대로 해서 수전조차 이렇듯 얌전한 개는 없을 거라고 할 정도였다. 그러나 브루노에게는 활기가 없었다. 젬이 밖으로 데리고 나가면 처음에는 기민하게 눈을 반짝이며 꼬리를 흔들면서 힘차게 출발했다. 그러나 이내 눈에서 반짝거림이 사라지고 고개를 맥없이 축 늘어뜨린 채 젬 곁을 얌전히 터덜터덜 걸어갈 뿐이었다.

다들 무척 다정하게 대해주었고, 육즙도 풍부하고 살코기가 잔뜩 붙은 뼈다귀를 언제나 아낌없이 주었으며 밤마다 젬의 침대 발치에서 자도 아무도 나무라지 않았다.

그러나 브루노는 며칠이 지나도 처음 왔을 때처럼 서먹서먹하고, 곁을 주지 않는, 남의 집 개였다. 때로 밤중에 잠이 깬 젬이 조그만 개를 쓰다듬어주려고 손을 뻗쳐보았지만 부르노는 한 번도 혀로 핥거나 꼬리로 탁 치는 대답은 하지 않았다. 젬이 자신을 쓰다듬는 것은 허락했지만 손길에 답하려고는 하지 않았다.

젬은 이를 악물었다. 제임스 매슈 블라이드는 보통 투지가 강하지 않다. 개에게 꺾여서야 되겠는가…… 그것도 용돈을 한푼 한푼 모은 돈으로 정당하게 산 '내' 개에게. 브루노는 로디를 그만 그리워해야 한다. 집 잃은 짐승 같은 비통한 눈망울로 나를 쳐다보는 것도 그만해야 한다. 주인인 나를 좋아해야만 한다.

젬은 브루노 편을 들어줘야 할 일이 종종 있었다. 학교의 다른 남자아이들이 젬이 이 개를 얼마나 사랑하는지 알고는 늘 흠잡으려고 했기 때문이었다.

페리 리스가 덤볐다.

"너네 개한테는 벼룩이 많더라. 대왕 벼룩 말이야."

화가 난 젬에게 호되게 맞고서야 페리는 그 말을 취소하고, 브루노에게는 벼룩이 단 한 마리도 없다고 울먹이며 말했다.

밥 러셀이 당당히 말했다.

"'내' 개는 1주일에 한 번은 꼭 발작을 일으켜. 네 겁쟁이 개는 한 번도 발작을 일으키지 못했지? 나한테 그런 개가 있었다면 난 고기 가는 기계에 넣어 갈아버렸을 거야."

마이크 드루가 말했다.

"언젠가 우리 집에도 저런 개가 있었는데 물에 빠뜨려 죽게 했어."

샘 워런이 뽐내며 말했다.

"내 개는 '말썽쟁이'야. 닭을 물어 죽이고 빨래한 날에는 널어놓은 옷을 모조리 물어뜯어버려. 네 개한테는 그런 깡이 없지?"

젬은 차마 샘에게는 말하지 않았지만 그렇다는 것을 마음속으로 마지못해 인정했다. 차라리 브루노가 말썽쟁이였으면 좋겠다고까지 생각했다.

그리고 워티 플래그가 큰 소리로 이렇게 외쳤을 때에는 뭐에 찔리기라도 하듯 속이 쓰라렸다.

"네 개는 참 '착한' 개로구나. 일요일에 짖지 않으니 말이야."

사실 브루노는 일요일뿐 아니라 어떤 요일에도 짖지 않았다.

그러나 그런 모든 점에도 불구하고 브루노는 귀엽고 사랑스러운 개였다.

"브루노, '왜' 나를 좋아해주지 않는 거야?"

젬은 울음이 터질 것만 같았다.

"너를 위해서라면 난 어떤 일이라도 할 텐데…… 우리 둘이 얼마든지 재미있게 놀 수 있을 텐데 말이야."

그러나 젬은 누구에게도 자기의 패배를 인정하지 않았다.

어느 날 저녁, 항구에 조개구이를 먹으러 가 있던 젬은 폭풍이 다가올 것을 알고 서둘러 집으로 돌아왔다. 부서지는 파도가 울부짖는 소리를 듣고 알 수 있었다. 불길하고 쓸쓸한 분위기가 감돌고 있었다. 젬이 잉글사이드로 막 달려 들어 왔을 때 시퍼런 번갯불이 길게 번쩍 일었다.

불길해진 젬은 소리쳤다.

"브루노는 어디 있어?"

브루노를 데려가지 않은 것은 그때가 처음이었다. 항구까지 가는 먼 길은 조그만 개에게 힘들 거라고 여겼기 때문이다. 그리고 비록 인정은 하지 않겠지만 내켜하지 않는 개와 그렇듯 먼 길을 걷는 것은 젬 자신에게도 괴로운 길이 되리라는 속마음도 있었다.

결국 브루노가 어디 있는지 아무도 모른다는 것을 알게 되었다. 젬이 저녁을 먹고 밖으로 나간 뒤 브루노를 본 사람은 아무도 없었다. 젬은 집 안을 샅샅이 뒤져보았지만 끝내 찾지 못했다.

비는 줄기차게 퍼붓고 세상은 번쩍이는 번개로 모습을 잠깐 드러냈다가 이내 감추었다. 이런 캄캄한 밤에 브루노는 밖으로 나간 것일까? 설마 길을 잃기라도 한 것일까? 브루노는 우르릉 천둥이 치면서 비바람이 몰아치는 것을 무서워했었다. 브루노가 진심으로 젬 옆으로 다가온 듯이 보였던 적은 하늘이 천둥 번개로 갈가리 찢기는 동안 곁으로 기어 왔을 때뿐이었다.

젬이 너무 걱정을 하자 폭우가 그친 뒤 길버트는 말했다.

"아빠가 로이 웨스트콧을 진찰하러 곶까지 가야 하니까 젬, 너도 함께 가자꾸나. 돌아오는 길에 크로퍼드네 집에 들러보기로 하자. 브루노는 틀림없이 거기 가 있을 게다."

젬이 말했다.

"6마일(약 9.6킬로미터)이나 되는데요? 그럴 리 없어요!"

그러나 그 말이 맞았다. 두 사람이 인기척도 없고 불도 켜져 있지 않은 크로퍼드네 집으로 가보았을 때 젖은 층계에는 흙투성이 작은 개가 홀로 바들바들 떨며 앉아서 지치고 공허한 눈으로 두 사람을 올려다보고 있었다. 젬이 브루노를 안아 올려 무릎까지 파묻히는 뒤엉킨 풀을 헤치며 마차까지 오는 동안 브루노는 조금도 싫은 눈치를 보이지 않았다.

젬은 행복했다. 구름이 걷힌 뒤 하늘에 나타난 달은 어쩌면 저토록 환하게 빛난단 말인가! 마차를 몰아 달려갈 때 비에 젖은 숲에서 풍겨오는 풀 내음은 어쩌면 이다지도 향기로운가! 세상은 어찌 이렇듯 아름다운가!

"이제부터는 브루노도 잉글사이드에 마음을 붙이겠죠, 아빠."

"아마도."

아빠는 그렇게밖에 말하지 않았다. 그러나 비록 젬에게 찬물을 끼얹기는 싫었지만, 마지막 희망을 잃은 조그만 개의 가슴이 마침내 무너진 게 아닌가 하는 생각이 들었다.

이제까지도 브루노는 그리 많이 먹지 않았지만, 그날 밤 이후로 차츰 먹는 것이 줄어갔다. 끝내는 아무것도 입에 대지 않는 날이 왔다. 수의사가 왔지만 특별히 아픈 곳은 발견되지 않았다.

수의사는 길버트를 옆으로 살짝 데려가 따로 말했다.

"나는 슬픔 때문에 죽은 개를 한 마리 알고 있는데, 이 개가 두 마리째가 되지 않을까 싶군요."

수의사가 주고 간 '강장제'를 브루노는 얌전히 먹고, 앞발에 머리를 얹은 채 멍하니 엎드려 허공에 눈길을 보내고 있었다. 젬은 주머니에 손을 집어넣은 채 오랫동안 브루노를 바라보다가 이윽고 아빠와 이야기하러 서재로 갔다.

다음 날 길버트는 샬럿타운으로 가서 여기저기 수소문한 끝에 로디 크로퍼드를 찾아서 잉글사이드로 데려왔다. 로디가 베란다 층계를 올라오자 거실에서 그 발소리를 알아들은 브루노가 머리를 들고 귀를 쫑긋 세웠다. 다음 순간 말라빠진 조그만 몸이 깔개 위를 가로질러 얼굴빛이 파리한 갈색 눈의 소년에게로 쏜살같이 달려갔다.

그날 밤, 수전은 경탄한 듯한 어조로 말했다.

"사모님, 그 개는 울고 있었어요. 정말로요. 실제로 눈물이 코를 따라 흘러내리던걸요. 믿을 수 없다고 해도 무리가 아니에요. 나 역시 내 눈으로 보지 않았다면 믿지 않았을 테니까요."

로디는 브루노를 가슴에 끌어안고 반은 도전하듯 반은 애원하듯 젬을 보았다.

"네가 브루노를 산 건 맞아…… 하지만 브루노는 내 개야. 제이크 형이 나한테 거짓말을 했어. 비니 고모는 개가 조금도 싫지 않대…… 하지만 나는 개를 되돌려달라고 해서는 안 된다고 생각했어. 자, 이건 너한테 받았던 1달러야…… 1센트도 쓰지 않았어…… 쓸 수가 없었거든."

한순간 젬은 망설였다. 그리고 브루노의 눈을 보았다.

'나는 왜 이렇게 못된 욕심쟁이일까!'

젬은 자신에게 정나미가 떨어지는 것 같았다. 그리고 1달러를 도로 받았다.

로디는 갑자기 싱긋 웃었다. 미소는 그 뚱한 얼굴을 완전히 바꿔놓았다. 그러나 입에서는 그냥 퉁명스러운 고맙다는 말밖에 나오지 않았다.

로디는 그날 밤 젬과 함께 자고 갔다. 먹고 싶은 만큼 실컷 먹은 브루노는 두 사람 사이에 길게 누웠다. 자기 전에 로디는 무릎을 꿇고 기도를 했는데, 브루노는 그 옆에 뒷발로 앉아 침대에 앞발을 걸쳤다. 만일 개가 기도를 하는 일이 있다면 이때의 브루노는 기도를 했을 것이다. 다시금 이 세상의 기쁨을 되찾은 데 대한 감사 기도를 말이다.

로디가 먹을 것을 가져오자 브루노는 정신없이 먹었으나 그동안에도 로디로부터 눈을 떼지 않았다. 브루노는 젬과 로디가 글렌으로 갈 때 두 사람 뒤를 장난치며 폴짝폴짝 뛰어서 쫓아갔다.

수전이 단언했다.

"그렇게 잔뜩 신이 난 개는 본 적이 없어요."

그러나 그다음 날 저녁, 로디와 브루노가 돌아간 뒤 젬은 옆문 입구 층계에 땅거미가 내릴 때까지 한참 동안 앉아 있었다. 젬은 무지개 골짜기에 해적이 감춰둔 보물을 찾으러 가자는 월터의 제안을 거절했다. 젬은 이제 대담한 마음도, 해적 같은 기분도 들지 않았다. 슈림프에게는 눈길도 주지 않았다. 슈림프는 박하 덤불 속에서 등을 동그랗게 구부리고 금방이라도 달려들려는 사나운 퓨마처럼 꼬리를 꼿꼿이 치켜세우고 있었다. 개 때문에 누구는 가슴이 무너지는데 대체 어째서 고양이는 제멋대로 잉글사이드에서 행복하게 지낼 수 있단 말인가?

릴라가 파란 벨벳 코끼리 인형을 갖다주었을 때에도 젬은 무뚝뚝하게 굴었다. 벨벳 코끼리가 다 뭐야, 나의 소중한 브루노가 없는데! 낸이 와서 하느님에 대해 어떻게 생각하는지 말해보자고 소곤거리며 제안했을 때에도 젬은 인정사정없었다.

젬은 심각하게 말했다.

"이 일로 설마 내가 하느님을 탓하고 있다고는 여기는 건 아니지? 너는 균형감각이라곤 없어, 낸 블라이드."

낸은 젬의 말뜻을 알 수 없었지만 어깨를 축 늘어뜨리고 물러났다. 젬은 타들어가는 저녁놀의 마지막 붉은빛을 노려보고 있었다. 글렌 마을 여기저기에서 개가 컹컹 짖어대고 있었다. 큰길 끝에 있는 젠킨스네 집에서 자기네 개를 불러들이고 있었다. 모두 번갈아가며 부르고 있다. 누구나—심지어 젠킨스 집안사람조차—개를 가지고 있는데 나만 없었다. 개가 없는 사막처럼 메마른 인생이 젬 앞에 펼쳐져 있었다.

앤이 다가와서 젬 쪽을 보지 않으려 조심하며 젬보다 낮은 층계에 말없이 앉았다. 젬은 엄마의 동정 어린 마음을 느꼈다.

젬은 목멘 소리로 말했다.

"엄마, 내가 그토록 귀여워했는데, 왜 브루노는 나를 좋아해주지 않았을까요? 나는……나는 개가 좋아해주지 않는 그런 아이인 걸까요?"

"아니야, 젬. 지프가 너를 얼마나 좋아했는지 생각해보렴. 브루노는 다만 줄 수 있는 애정이 그만큼밖에 없었던 거란다. 그것을 브루노는 로디에게 모조리 줘버린 거야. 그런 개가 있어……오직 한 사람밖에 좋아할 수 없는 그런 개 말이야."

"아무튼 브루노와 로디는 이제 행복하니까요."

젬은 쓸쓸한 만족을 느끼며 몸을 굽혀 엄마의 부드럽고 물결치는 머리 꼭대기에 뽀뽀를 했다.

"이제 개는 두 번 다시 기르지 않을래요."

이런 마음은 곧 없어질 거라고 앤은 생각했다. 지프가 죽었을 때도 젬은 같은 생각이었으니까. 그러나 그렇지 않았다. 이번 일만큼은 젬의 마음에 정말로 깊은 상처를 남겼다. 여러 마리의 개가 잉글사이드에 오기도 하고 잉글사이드를 떠나가기도 했다. 온 가족에게 속한, 정말 좋은 개들이었다. 젬은 이 개들을 다른 가족들과 마찬가지로 귀여워하며 쓰다듬어주고 함께 놀기도 했다.

그러나 '젬의 개'라는 것은 없었다. '먼데이'라는 이름의 강아지가 나타나 젬의 마음을 독차지하고 브루노의 애정을 뛰어넘는 사랑을 젬에게 쏟을 때까지는 말이다. 그 헌신적인 사랑은 글렌세인트메리의 역사에 오래오래 남을 정도였다. 그러나 그것은 아직 몇 년이나 뒤의 일이고, 그날 밤 젬의 침대에 자러 간 아이는 매우 외로운 소년이었다.

젬은 진심으로 생각했다.

'내가 여자아이라면 얼마나 좋을까. 그럼 지금 실컷 울 수 있을 텐데.'

거래

드디어 낸과 다이가 학교에 다니기 시작했다. 8월 마지막 주부터였다.

다이가 첫날 아침 정색한 얼굴로 물었다.

"우리는 오늘 밤이면 뭐든지 다 알 수 있게 되나요, 엄마?"

9월 첫 무렵인 지금, 앤과 수전은 이제 그 아이들이 학교에 다니는 일상에 익숙해졌고, 심지어 두 아이가 아침마다 나가는 것을 보는 일이 즐겁기조차 했다. 두 아이는 실로 조그맣고 태평하며 천진난만해서 학교에 가는 일을 모험으로 여기고 있었다.

가방에는 늘 선생님에게 드릴 사과가 한 개 들어 있었고, 러플 달린 핑크와 파랑 깅엄 원피스를 각각 입고 다녔다. 쌍둥이지만 조금도 닮지 않아서 절대로 같은 색깔의 옷을 입힐 수가 없었다. 다이는 빨강머리라서 핑크 옷을 입힐 수 없었지만 다행히 낸에게는 핑크색이 잘 어울렸다.

잉글사이드 쌍둥이 가운데 낸 쪽이 훨씬 예뻤다. 눈과 머리는 다갈색이고 살결도 고와 7살인데 스스로도 잘 알고 있었다. 그래서 어딘지 모르게 인기 있는 스타처럼 행동하는 구석이 있었다. 낸은 고개를 자랑스럽게 들고 날렵한 턱을 도도하게 살짝 내밀었다. 그 때문에 낸은 이미 사람들로부터 '젠체한다'는 말을 들었다.

앨릭 데이비스 부인은 말했다.
"애가 엄마의 버릇이나 자세를 그대로 흉내 내는 거 아니겠어요. 내가 보기엔, 제 엄마의 잘난 척하는 분위기며 꾸미는 폼을 벌써 다 지니고 있는걸요."
쌍둥이는 겉모습 이상으로 모든 면에서 딴판이었다. 다이는 생김새는 엄마와 비슷했지만 성격이나 기질은 아빠를 빼닮은 아이였다. 아빠의 현실적인 성향, 꾸밈없는 상식적인 태도, 경쾌한 유머 감각 등의 단초가 이미 보이기 시작했다. 낸은 엄마의 상상력을 남김없이 이어받아, 이미 자기만의 방식으로 인생을 흥미로운 것으로 만들고 있었다. 이를테면 올여름 내내 하느님과 거래를 하며 더할 나위 없는 재미를 맛보고 있었다. 간단히 말하면 '하느님이 이러이러한 일을 해주신다면 나도 이러이러한 일을 할게요.'라는 식의 거래였다.
잉글사이드 아이들은 모두 기도하는 법을 고전적인 잠자리 기도문인 '이제는 나의 몸을 자리에 눕히어……'로 배우기 시작하였다. 그러다 '하늘에 계신 은총 가득하신 하느님……'으로 올라갔다가, 그다음부터는 어떤 말이라도 좋으니 저마다 좋아하는 말을 선택하여 작은 바람을 신께 기도드리도록 하고 있었다.
어째서 낸이 착한 행동을 하거나 꿋꿋하게 행동하겠다고 약속하면 하느님이 소원을 이뤄주시는 것으로 생각하게 되었는지는 정확히 알 수 없었다. 어쩌면 어느 젊고 아름다운 주일학교 선생님에게 어느 정도 간접적인 책임이 있었는지도 몰랐다. 선생님이 착한 아이가 아니면 하느님은 이것도 해주지 않고 저것도 해주지 않는다고 몇 번이나 말했기 때문이다. 이 생각을 뒤집어 내가 이러저러한 사람이 되고 이러저러한 일을 하면 당연히 하느님이 이러저러한 소원을 들어주신다는 결론에 이르는 것은 어렵지 않았다.
낸이 봄에 하느님과 한 첫 '거래'의 성공은 몇 가지 실패를 보상하고도 남을 만큼 컸기에, 낸은 여름 내내 거래를 계속했다. 이 일은 아무도—심지어 다이조차—알지 못했다. 낸은 자기의 비밀을 꼭꼭 숨긴 채 밤에만이 아니라 시도 때도 없이 기회가 날 때마다 온갖 장소에서 기도하기 시작했다.

다이는 그것을 탐탁지 않게 여겨 낸을 나무랐다.

"하느님을 모든 곳에다 뒤범벅하지 마. 너는 하느님을 너무 마구 쓰고 있어."

이 말을 지나다가 언뜻 들은 앤이 말했다.

"하느님은 모든 곳에 계셔. 하느님은 늘 우리 곁에 계시면서 힘과 용기를 주시는 좋은 친구야. 그러니까 낸이 언제, 어디서라도 하느님께 의지하며 기도하는 것은 아주 옳은 일이야."

하지만 만일 어린 딸의 신앙의 참모습을 알았다면 앤은 오싹해졌을 것이다.

5월 어느 날 밤 낸은 기도했다.

"하느님, 다음 주 에이미 테일러네 파티 전에 내 이가 나게 해주신다면 수전이 피마자기름을 줄 때마다 조금도 군소리하지 않고 다 먹을게요."

그다음 날 낸의 귀여운 입안에 보기 싫은 구멍을 만들었던 틈새에 이가 나기 시작하더니 파티 날까지 다 자랐다. 이처럼 틀림없는 하느님의 신호가 또 있겠는가? 낸이 이 거래에서 제시한 자기 몫의 약속을 충실히 지켰으므로, 그 뒤 수전은 낸에게 피마자기름을 먹여야 할 일이 있을 때마다 놀라고 기뻐했다. 낸은 얼굴도 찌푸리지 않고 불평도 하지 않고 먹었는데, 때로는 그 약속에 기한을—아마도 석 달쯤으로—정해두었더라면 좋았을 거라는 생각은 했다.

하느님이 언제나 기도에 응답하신 것은 아니었다. 그러나 단추 끈에 끼울 특별한 단추를 주십사 기도드리고—그즈음 글렌의 어린 여자아이들 사이에서는 단추 수집이 홍역처럼 유행하고 있었다—그렇게 해주시면 수전이 자기에게 이가 나간 접시를 줘도 절대로 투덜대지 않겠다고 약속했더니, 그다음 날 단추가 갑자기 나타났다. 수전이 다락방에 있던 헌 옷에 달려 있는 걸 발견했던 것이다. 아름다운 빨간 단추로, 조그만 다이아몬드들—어쨌든 낸은 다이아몬드라 굳게 믿었던 것—이 알알이 박혀 있었다. 그 우아한 단추 덕분에 낸은 모든 여자아이들의 부러움의 대상이 되었다.

그날 밤 다이가 이 빠진 접시는 싫다고 말했을 때 낸은 고결하게 말했다.
"수전, 나한테 줘. 오늘부터는 내가 늘 그걸로 먹을게."

수전은 천사처럼 이타적인 마음이라며 높이 평가해주었다. 수전의 칭찬을 듣고 낸은 속으로 우쭐해졌고, 겉으로도 우쭐한 듯이 보였다.

그 전날 밤 모두가 비가 온다고 예언했을 때도, 낸은 주일학교 소풍날을 개게 만들 수 있었다. 아침마다 누가 시키기 전에 이를 닦겠다고 약속했기 때문이다. 손톱을 늘 깨끗이 하겠다는 조건으로, 없어졌던 반지도 돌아왔다. 오랫동안 낸이 탐내던 날아가는 천사의 그림을 월터가 주었을 때에는, 그다음부터 식사 때 아무 불평 없이 살코기와 더불어 비계도 먹었다.

그러나 옷장 서랍을 잘 정돈할 테니 낡고 군데군데 기우기까지 한 곰 인형을 다시 어릴 때 모습으로 만들어달라고 하느님께 부탁했을 때에는 잘 되지 않았다. 낸은 아침마다 기적을 애타게 기다리며 하느님이 빨리 해주셨으면 좋겠다고 생각했지만, 곰 인형은 다시 어려지지 않았다. 마침내 낸은 곰 인형의 나이는 그대로라도 좋다고 단념했다. 잘 나이 든 귀여운 곰 인형이었고, 어차피 옷장 서랍을 깨끗이 정돈한다는 건 굉장히 귀찮은 일일 테니까.

그러다 아빠가 낸에게 새 곰 인형을 사다 주었을 때, 낸은 그 인형이 마음에 들지 않기도 했거니와, 비록 조그만 양심이 갖가지 불안에 싸였음에도, 그 인형 때문에 옷장 서랍 정리를 하느라 특별히 애쓸 필요는 없다고 결론지었다.

낸의 신앙이 회복된 것은 도자기 고양이의 없어졌던 눈이 제자리로 돌아오게 해달라고 기도했을 때인데, 그다음 날 아침 거짓말처럼 눈이 제자리에 돌아와 있었다. 좀 삐뚜름해서 고양이가 사팔뜨기처럼 보이기는 했지만. 실은 수전이 바닥을 쓸다가 찾아내서 아교로 붙여놓은 것인데, 그 사실을 모르는 낸은 네 발로 기어서 헛간 둘레를 열네 바퀴 도는 약속을 기꺼이 이행했다.

헛간 둘레를 네 발로 기어서 열네 바퀴 도는 것이 하느님께나 또는 다른 누구에게 무슨 소용이 있는지에 대해서는 낸은 생각해보려고도 하지 않았다. 다만 낸에게 그것은 너무 하기 싫은 일이었다. 무지개 골짜기에서 같이 놀 때면 남자아이들은 언제나 낸과 다이에게 뭐든 동물이 되라고 시켰던 것이다. 아마도 속죄를 위해서는 하기 싫은 행동도 참고 하는 것이, 즐거움을 주기도 하고 뺏기도 하는 신비로운 존재인 하느님을 기쁘게 할지도 모른다는 막연한 생각이 한창 자라는 낸의 머릿속에 자리 잡고 있었는지도 모른다.

아무튼 그 여름 낸이 여러 가지 기묘한 고행을 생각해내는 바람에 수전은 '대체 아이들 머릿속에는 뭐가 든 것일까?' 하고 몇 번이나 고개를 갸웃거렸다.

"글쎄, 사모님, 낸은 어째서 하루 두 번씩 바닥을 딛지 않고 거실을 도는 것일까요?"

"바닥을 디디지 않는다고요? 어떻게 그렇게 할 수 있죠, 수전?"

"가구에서 가구로 건너뛰어서요. 그중에는 난로망도 들어 있어요. 어제는 거기서 발을 헛디뎌 석탄통 속에 머리부터 꽈당 하면서 넘어졌어요. 사모님, 낸에게 구충제를 주어야 하는 건 아닐까요?"

그해는 길버트가 폐렴에 걸릴 뻔했다가 도리어 앤이 걸린 해라고 잉글사이드 연대기에 기록되었다. 어느 날 밤, 이미 고약한 감기에 걸려 있던 앤은 길버트와 함께 샬럿타운에서 열리는 파티에 갔다. 새로 맞춘 퍽 잘 어울리는 옷을 입고 젬의 진주 목걸이를 걸고 있었다. 엄마가 샬럿타운으로 떠나기 전에 인사를 하려고 쪼르르 방으로 들어온 아이들 눈에는 그 옷을 입은 엄마의 모습이 너무나 아름다워 보였다. 아이들은 이렇듯 자랑할 만한 엄마를 갖는다는 건 정말 멋진 일이라고 생각했다.

그때 낸이 얕은 한숨을 뱉으며 말했다.

"움직일 때마다 사락사락 소리가 나는 정말 예쁜 페티코트를 입었네요. 나도 크면 그런 태프티(태피터) 페티코트를 입을 수 있어요, 엄마?"

아빠가 말했다.

"그 무렵이면 아가씨들은 페티코트 같은 걸 입지 않게 되지 않을까? 아, 이 말은 취소할게, 앤. 난 스팽글 장식은 별로 좋아하지 않는데도 그 옷은 깜짝 놀랄 만큼 멋져. 여보, 이제 나를 그만 좀 홀려. 나는 오늘 밤에 말할 찬사를 모조리 다 써버렸으니까.

오늘 《의학잡지》에서 읽은 논문 기억 안 나? '생명이란 절묘하게 균형을 이룬 유기화학에 지나지 않는다'고 씌어 있었잖아? 이것으로 당신도 겸손해지겠지.

스팽글 장식에다 태피터 페티코트가 다 뭐야! 우리는 어차피 '원자의 우연한 결합'에 지나지 않는데. 저 위대한 폰 벰부르크 박사의 말에 따르면 말이야."

"그 불쾌한 폰 벰부르크 따위를 들먹이며 나한테 들이밀지 말아줄래. 그 사람은 만성 소화불량에라도 걸렸을 거야. '그 사람'이야 원자의 결합일지 몰라도 '나'는 아니야."

그로부터 2, 3일 뒤 앤은 아주 심하게 아픈 '원자의 결합'이 되었고, 길버트는 걱정으로 안절부절못하는 '원자의 결합'이 되어 있었다. 수전은 불안하고 지친 모습으로 돌아다녔고, 간호사는 염려스러운 얼굴로 오갔으며, 잉글사이드는 형용하기 어려운 어두운 그림자에 내리덮였다.

엄마가 중태라는 것을 아이들에게는 알리지 않았고, 젬조차도 상황을 완전히 파악하지는 못했다. 그럼에도 아이들은 모두 어떤 서늘함과 두려움을 느꼈고 조용하고 침울하게 다녔다. 처음으로 단풍나무숲에서 웃음소리가 나지 않았고, 무지개 골짜기에는 놀이가 없었다.

무엇보다도 힘든 것은 엄마를 만날 수 없는 일이었다. 집에 돌아와도 생글생글 웃으며 맞아주는 엄마가 없고…… 밤에 잘 자라고 뽀뽀를 해주러 살그머니 들어오는 엄마도 없고…… 달래주거나 다독여주거나 마음을 알아주는 엄마도 없고…… 함께 우스갯소리를 하며 웃어줄 엄마도 없었다. 엄마처럼 웃는 사람은 어디에도 없었다.

엄마가 집을 비웠을 때보다 더 나빴다. 집을 비웠을 때는 그래도 언젠가 돌아오리라는 것을 막연하게 알고 있었으니까. 그런데 지금은…… 아무것도 알 수가 없었다. 어른들은 우리에게 아무것도 말해주지 않고 다만 우리를 피하기만 할 뿐이었다.

에이미 테일러에게 무슨 말을 들은 낸이 새파랗게 질린 얼굴로 학교에서 돌아왔다.

"있잖아, 수전, 우리 엄마는…… 엄마는…… 죽는 거 아니지? 그렇지, 수전?"

"그렇고말고."

수전은 무척 날카롭게 재빨리 대답했다. 낸의 컵에 우유를 따르는 손이 바르르 떨리고 있었다.

"누가 그런 말을 했어?"

"에이미가 그랬어. 아아, 수전, 에이미가…… 에이미가 우리 엄마는 무척 상냥한 얼굴을 한 시체가 될 거라고 했어!"

"그 애가 무슨 말을 하든 마음 쓸 것 없어, 우리 강아지. 테일러 집안사람들은 모두 쓸데없이 혀를 놀려대는 수다쟁이들이니까. 엄마의 병이 심한 것은 사실이지만 엄마는 반드시 이겨내실 거야, 낸. 게다가 아빠가 늘 곁에 계시잖니?"

"하느님은 엄마를 결코 죽게 하시지 않을 거야. 그렇지, 수전?"

입술에 핏기가 사라진 월터가 수전의 눈을 바라보며 진지하게 물었으므로, 수전은 위로를 위한 거짓말을 하는 데 몹시 어려움을 느꼈다. 수전도 아이들처럼 잔뜩 겁을 먹고 있었다. 그날 오후 간호사는 고개를 가로저었고, 길버트는 저녁 식사를 하러 내려오지 않겠다고 말했다.

"전능하신 하느님께서 다 아시고 행하시는 일인걸."

수전은 저녁 설거지를 하며 이렇게 중얼거렸으나—그러면서 접시를 세 개나 깨뜨렸다—그 정직하고 소박한 생애 처음으로 의심을 품었다.

낸은 불안하게 서성거렸다. 아빠는 서재 책상 앞에 앉아 두 손으로 머리를 감싸안고 있었다. 간호사가 서재에 들어가서 오늘 밤이 고비라고 가만가만 말하는 것을 낸이 들었다.

낸이 다이에게 물었다.

"고비란 게 뭐지?"

다이가 신중하게 대답했다.

"내 생각에 그건 나비가 허물을 벗고 나오는 것 같아.[1] 젬 오빠한테 물어보자."

젬은 알고 있었다. 두 아이에게 가르쳐주고 난 뒤 2층으로 올라가 자기 방에 틀어박혀 버렸다. 월터의 모습도 보이지 않았다. 월터는 무지개 골짜기에 있는 '흰옷 입은 숙녀' 아래에 얼굴을 묻고 엎드려 있었다. 수전은 셜리와 릴라를 재

---

[1] '고비'를 가리키는 영어 단어 'crisis'(크라이시스)와 '번데기'를 일컫는 단어 'chrysalis'(크리설리스)의 발음이 비슷한 데서 생겨난 혼동.

우러 가고 없었다.

 낸은 혼자 밖으로 나와 층계에 앉아 있었다. 등 뒤의 집 안에는 전에 없던 무거운 침묵이 깃들어 있었다. 앞쪽 글렌 마을에는 저녁 햇빛이 가득했으나, 기다란 붉은 큰길에는 먼지가 뽀얗고 항구 들판의 겨이삭은 오랜 가뭄으로 하얗게 말라 있었다. 몇 주일이나 비가 오지 않아 뜰에 핀 꽃들은…… 엄마가 좋아하던 꽃들은 시들어 고개를 떨군 채 축 늘어져 있었다.

 낸은 깊이 생각에 잠겨 있었다. 거래를 한다면 이제야말로 하느님과 거래를 해야 할 때다. 하느님이 만일 엄마를 건강하게 해주신다면 무엇을 하겠다고 약속하는 게 좋을까? 뭔가 대단한 것이 아니면 안 된다. 하느님의 응답에 어울릴 만한 것이어야 한다.

 그러다 낸은 언젠가 학교에서 디키 드루가 스탠리 리스에게 했던 말을 생각해냈다.

 "할 수 있거든 어디 한번 한밤중에 공동묘지를 지나가봐."

 그 말을 들었을 때 낸은 듣는 것만으로도 몸이 벌벌 떨렸다. 밤중에 누가 공동묘지를 지나갈 수 있단 말인가. 누가 그런 일을 생각조차 할 수 있겠는가? 잉글사이드에 있는 어느 누구도 몰랐지만 낸은 묘지를 엄청나게 무서워했다. 언젠가 에이미 테일러가 묘지에는 죽은 사람이 가득하다고 말했기 때문이다.

 그런 뒤 에이미는 음침하고 수수께끼 같은 말투로 덧붙였다.

 "하지만 그 사람들이 늘 죽은 채로 있는 건 또 아니야."

 낸은 훤한 대낮에도 혼자서는 묘지 옆을 지나다닐 수 없을 정도였다.

 저 멀리 뿌연 황금빛 언덕에 커다란 나무들이 하늘에 닿아 있었다. 낸은 '저 언덕까지 갈 수 있다면 나도 하늘에 닿을 수 있을 텐데.' 하고 자주 생각했다. 하느님은 언덕 바로 건너편에 살고 계실 것이다. 그곳에서라면 내가 드리는 기도가 하느님에게 좀 더 잘 들릴지도 모른다. 하지만 저 언덕에 갈 방법은 없다. 이 잉글사이드에서 할 수 있는 데까지 하는 수밖에 없다.

낸은 햇볕에 그을린 조그만 손을 마주 잡고 눈물로 얼룩진 얼굴을 하늘을 향해 치켜들고 속삭였다.

"하느님, 만일 엄마를 건강하게 해주신다면 나는 밤에 묘지를 지나갈게요. 아, 하느님, 제발, 제발 부탁이에요. 그리고 만일 이 소원을 들어주면 나는 앞으로 하느님을 영영 다시는 귀찮게 하지 않겠습니다."

한밤의 공동묘지

그날 밤 유령이 가장 잘 출몰할 시각에 잉글사이드를 찾아온 것은 죽음이 아니라 삶이었다.

마침내 잠이 들었던 아이들은 깊은 잠 속에서도 잉글사이드를 내리덮었던 '그림자'가, 나타났을 때와 마찬가지로 소리 없이 재빨리 물러간 것을 뚜렷이 느꼈다. 눈을 떴을 때에는 반가운 비가 내리는 어두컴컴한 날이었음에도 아이들 눈에는 밝은 햇빛이 깃들어 있었다. 밤새 십 년은 젊어진 수전으로부터 좋은 소식을 들을 것까지도 없었다. 엄마는 고비를 넘기고 계속 살게 된 것이다.

토요일이라 학교에는 가지 않았다. 밖으로 나갈 수도 없었다. 빗속에 나가는 것을 좋아하는 아이들이었지만, 이 억수같이 쏟아지는 비는 나가서 놀기에는 너무 지나쳤다. 집 안에서도 아주 조용히 있어야만 했다. 그럼에도 아이들은 더할 나위 없이 행복했다.

거의 1주일이나 잠을 못 잔 아빠는 손님용 침실의 침대에 몸을 던져 오랫동안 깊은 잠에 빠져들었다. 그러나 그 전에 애번리에 있는 어느 초록 지붕 집으로 장거리전화를 걸었다. 그 집에서는 두 노부인이 전화벨이 울릴 때마다 벌벌 떨며 초조하게 기다리고 있었던 것이다.

요즘 디저트에 신경 쓸 정신이 없었던 수전이 점심에는 오랜만에 훌륭한 '오렌지 셔플(수플레)'을 만들고 저녁때는 페이스트리에 잼을 발라 돌돌 만 '잼 롤리폴리'를 만들어주겠다고 약속했으며 버터스카치 쿠키를 두 차례나 구워냈다.

지빠귀 군은 온 집 안을 재잘대며 날아다녔다. 의자까지도 춤을 추고 싶은 듯 보였다. 메마른 대지가 비를 반기니 뜰에 핀 꽃도 다시 고개를 들었다. 그리고 낸은 한껏 행복한 속에서도 하느님과의 거래 결과에 맞닥뜨리려 하고 있었다.

낸은 약속을 어기려는 생각은 꿈에도 하지 않았지만, 좀 더 용기가 생기기를 바라며 뒤로 미루고 있었다. 에이미 테일러가 좋아하는 말을 빌리자면, 낸은 그 일을 생각만 해도 '간담이 서늘해지는' 것 같았다. 수전은 낸이 몸이 어디가 안 좋은가 싶어 피마자기름을 주었지만 눈에 띄는 효과는 없었다.

낸은 앞서 하느님과 했던 거래 이후 수전이 전보다 더 자주 피마자기름을 준다고 생각하지 않을 수 없었지만 얌전히 받아먹었다. 밤에 묘지를 지나가야 하는 일에 비하면 피마자기름 따위가 무슨 대수겠는가. 어떻게 그 일을 해낼 수 있을지 낸은 막막했다. 그러나 해야만 한다.

엄마는 아직 많이 쇠약해서 아주 잠깐 들여다보는 것 외에 엄마와 말을 나누는 것은 허락되지 않았다. 잠깐 들여다봤을 때, 엄마는 몹시 창백하고 여위어 있었다. 이것은 내가 아직 약속을 지키지 않았기 때문일까?

수전이 차분히 말했다.

"엄마에게 시간을 조금 더 드려야만 해."

어떻게 하면 사람에게 시간을 드릴 수 있는 것일까 낸은 의아했다. 그러나 엄마가 왜 좀 더 빨리 건강해지지 않는지를 스스로는 알고 있었다. 낸은 조그만 진주알같이 하얀 이를 악물었다. 내일은 다시 토요일이다. 내일 밤 약속을 꼭 지키자.

다음 날 또다시 오전 내내 비가 왔으므로 낸은 우선 마음이 놓이지 않을 수 없었다. 밤에도 비가 오면 누구도—아무리 하느님이라도—자기가 묘지에 가서 돌아다니기를 기대하지는 못할 것이다.

정오 무렵 비는 그쳤지만 항구로부터 스멀스멀 밀려온 부연 안개가 글렌 마을을 뒤덮고, 그 으스스한 마법으로 잉글사이드를 에워쌌다. 그래서 낸은 내심 희망을 가졌다. 안개가 끼어서 갈 수 없을 것이다. 그런데 저녁 식사 시간이 되자 갑자기 바람이 거세게 불기 시작하더니 안개 낀 꿈결 같은 풍경은 사라지고 말았다.

수전이 말했다.

"오늘 밤은 달이 뜨지 않겠어."

낸은 필사적으로 소리쳤다.

"아아, 수전, 수전이 달을 만들 수는 없어?"

묘지를 지나가려면 밝은 달이 있어야 했다.

"어머나, 아가, 아무도 달을 만들 수는 없어. 내 말뜻은 구름이 많아서 달이 보이지 않겠다는 거야. 그리고 달이 있든 없든 낸하고 무슨 상관이지?"

그것은 낸으로서는 대답할 수 없는 질문이었고, 수전은 전보다도 더 걱정스러워졌다. 틀림없이 뭔가가 이 아이를 괴롭히고 있다. 지난 1주일 동안 이상하게 행동하고 있었고 식사도 여느 때의 절반도 먹지 않는 데다 맥이 빠져 있었다.

"엄마가 걱정돼서 그러니? 그럴 필요는 없는데…… 사모님은 하루하루 좋아지고 있으니까."

"알겠어."

하지만 낸은 자기가 약속을 지키지 않으면 엄마가 하루하루 좋아지는 것이 멈추리라는 사실을 알고 있었다. 해 질 녘에는 구름이 사라지고 둥근 보름달이 떴다. 그런데 어쩌면 그토록 이상한 달일까. 그토록 크고 피처럼 붉은 달이라니. 이런 달을 낸은 지금까지 본 적이 없었다. 더럭 겁이 났다. 차라리 어둠이 낫겠다 싶을 정도였다.

8시에 쌍둥이는 잠자리에 들었지만, 낸은 다이가 잠들 때까지 기다려야만 했다. 다이는 잠드는 데 시간이 걸렸다. 너무 크나큰 슬픔과 환멸을 느끼고 있었으므로 금세 잠들 수 없었던 것이다. 단짝인 엘시 파머가 하굣길에 다이가 아닌 다른 여자아이와 돌아갔기 때문에 다이는 이로써 사실상 자기 인생도 끝났다고 믿었다.

겨우 9시가 되어서야 낸은 침대에서 살그머니 빠져나와도 괜찮다고 생각하고 조용히 옷을 입었으나, 손가락이 몹시 떨려 단추를 제대로 채울 수도 없을 정도였다. 그리고 나서 살금살금 아래층으로 내려와 옆문을 통해 밖에 나왔는데, 그때 수전은 한창 부엌에서 빵을 만들며 가엾은 의사 선생님 말고는 자기가 책임지고 있는 사람들 모두가 편히 잠자리에 들었다고 여기며 안심하고 있었다. 길버트는 항구 어귀에 사는 어린아이가 압정을 삼켰다고 하여 급히 불려 갔던 것이다.

낸은 밖으로 나오자 무지개 골짜기로 종종걸음으로 내려갔다. 이 지름길을 거쳐서 언덕의 목장으로 올라가야만 한다. 잉글사이드의 쌍둥이가 한밤에 큰길을 서성거리며 마을을 지나가는 것을 보면 이상하게 생각하고 억지로 집까지 데려갈 어른이 틀림없이 있을 것이기 때문이었다. 10월 초의 밤이 이토록 추울 줄이야! 그 생각은 미처 하지 못하고 낸은 겉옷을 입고 오지 않았다.

밤의 무지개 골짜기는 낮에 자주 시간을 보내던 낯익은 장소가 아니었다. 달은 웬만한 크기로 줄어들고 이제 빨갛지는 않았지만 음산한 검은 그림자를 던지고 있었다. 낸은 언제나 그림자를 무서워하는 편이었다. 시냇가의 저 컴컴한 구석에서 시든 고사리 밑에 보이는 것은 발일까?

낸은 머리를 쳐들고 턱을 쑥 내밀며 용감하게 소리를 내시 말했다.

"나는 조금도 무섭지 않아. 그냥 뱃속에 좀 이상한 기분이 드는 것뿐이야. 나는 용감한 영웅인걸."

용감한 영웅이라는 기분 좋은 생각으로 언덕 중간쯤까지 올라갈 수 있었다. 그때 괴상한 그림자가 세상을 뒤덮었다. (구름이 흘러가다 달을 잠시 가렸을 따름이었다.) 문득 낸은 그 '새'가 생각났다. 언젠가 에이미 테일러가 밤에 느닷없이 덤벼들어 사람을 납치해 가는 '커다란 검은 새' 이야기를 해준 일이 있었다. 방금 내 위로 지나간 것은 그 '새'의 그림자일까? 그러나 엄마는 '커다란 검은 새'는 없다고 했다.

"엄마가 나한테 거짓말했을 리 없어…… 엄마는 거짓말 같은 건 안 하니까."

이렇게 되뇌며 줄곧 걸어가는 동안 나무 울타리에 다다랐다. 그 맞은편이 큰길이고, 큰길을 건너면 바로 묘지였다. 낸은 걸음을 멈춰 서서 숨을 한번 크게 내쉬었다.

또 다른 구름이 달을 가렸다. 낸을 둘러싼 세계는 낯설고 어스레한 미지의 땅이었다.

"아, 세상은 너무 커다래!"

낸은 덜덜 떨면서 울타리를 겨우 잡았다. 지금 잉글사이드에 돌아가 있으면 좋을 텐데! 하지만……

"하느님이 나를 보고 계셔."

그렇게 마음을 다잡고 7살짜리 꼬마는…… 나무 울타리로 기어올라 갔다.

낸은 반대편으로 굴러떨어져 무릎이 까지고 옷이 찢어졌다. 일어났을 때, 부러진 뾰족한 잡초 줄기가 낸의 신을 뚫고 발을 찔러버렸다. 그러나 낸은 주저앉지 않고 절룩거리며 큰길을 가로질러 묘지 입구에 이르렀다.

　오래된 묘지의 동쪽 끄트머리는 전나무들의 그늘에 가로놓여 있다. 한쪽 옆에는 감리교회가 있고 다른 한편에는 장로교회 목사관이 있었으나, 목사가 자리를 비운 지금은 불빛도 없이 묵묵하게 서 있을 뿐이다. 갑자기 구름 사이로 달이 나타나더니 묘지에 불길한 그림자가 드리워졌다. 난데없이 움직이기도 하고 너울너울 춤추기도 하고, 내가 그 속으로 들어갔다가는 곧 내게 짐승처럼 덤벼들 듯한 그림자였다. 누군가가 버린 신문지가 빗자루를 탄 늙은 마녀처럼 큰길 위를 붕 떠서 날아왔다. 낸은 그게 무엇인지 알고 있었음에도 그것이야말로 그날 밤의 으스스함에 방점을 찍는 것이었다. 버석버석 소리를 내며 밤바람이 전나무를 사납게 흔들며 지나갔다. 대문 옆에 서 있던 버드나무의 긴 잎새 하나가 꼬마 도깨비의 손처럼 느닷없이 낸의 뺨을 스쳤다. 한순간 낸은 심장이 멎어버리는 줄 알았다. 그래도 꿋꿋이 문고리에 손을 올렸다.

　'혹시 무덤에서 기다란 팔이 뻗어 나와 나를 땅속으로 잡아끌고 들어가버리면 어떡하지!'

　낸은 홱 돌아섰다. 거래고 뭐고 낸은 도저히 밤에 그 묘지를 지나갈 수는 없다는 것을 이제야말로 깨달았다. 갑자기 바로 옆에서 세상에서 가장 소름 끼치는 신음 소리가 들렸다. 그것은 큰길에 풀어놓은 벤 베이커 부인의 늙은 암소가 가문비나무숲 뒤에서 나타난 것에 지나지 않았다.

　그러나 낸은 그것이 무엇인지 확인하기 위해 가만히 기다릴 수 없었다. 걷잡을 수 없는 공포에 쫓겨 언덕을 한달음에 달음질쳐 내려가서 마을을 지나 잉글사이드 가는 길로 올라갔다. 정신없이 뛰어가다가 대문 밖에서—릴라가 '진창 엉덩이'라고 말하는—진창 웅덩이에 첨벙 빠져버렸다. 그러나 창문으로 부드러운 불빛이 새어 나오는 집 앞에 와 있었다. 잠시 뒤 낸은 진흙투성이 모습으로 젖은 발에서 피를 흘리며 수전의 부엌으로 비틀비틀 들어왔다.

상상도 못 한 꼴로 나타난 낸을 본 수전은 얼떨떨해져서 소리쳤다.

"맙소사!"

낸은 헐떡이며 말했다.

"묘지를 지나갈 수 없었어, 수전…… 나는 도저히 할 수 없었어."

처음에 수전은 아무것도 묻지 않았다. 무서움으로 제정신이 아닌 듯한 낸의 싸늘해진 몸을 번쩍 안아 올려 젖은 분홍빛 발에서 양말부터 벗겼다. 그 뒤 옷을 벗겨 잠옷으로 갈아입히고는 침대로 데려갔다. 그러고 나서 요깃거리를 가지러 아래로 내려갔다. 아이가 무슨 짓을 했든 빈속으로 재울 수는 없다.

낸은 밤참을 먹고 따뜻한 우유를 마셨다. 불빛이 밝혀주는 따뜻한 방으로 돌아와 자기의 포근한 잠자리에 드는 것은 얼마나 행복한 일인가! 그러나 낸은 수전에게 한마디도 하려 하지 않았다.

"나랑 하느님만의 비밀이야, 수전."

수전은 막막한 심정으로 한숨을 쉬며, 사모님이 얼른 다시 자리를 털고 일어나면 얼마나 좋을까, 라고 생각하며 잠자리에 들었다.

"애들이 내가 감당할 수 있는 범위를 벗어나고 있어."

이제 엄마는 틀림없이 죽을 것이다. 이 무서운 생각을 하며 낸은 눈을 떴다. 내가 약속을 지키지 않으니까 하느님도 내 기도를 들어줄 리 없었다. 낸에게는 다음 1주일간 하루하루가 실로 고역이었다. 아무것도 즐길 수 없었다. 낸은 다락방에서 수전이 물레를 돌리는 것을 구경해도 전혀 신이 나지 않았다. 그것은 낸이 늘 재미있게 생각했던 일이었음에도 그랬다.

다시는 웃을 수 없을 것이다. 무슨 일을 해도 소용이 없을 터였다. 낸은 켄 포드가 귀를 쥐어뜯어버렸음에도 자기의 오래된 곰 인형보다도 더 아끼던 톱밥 채운 강아지 인형을—낸은 전부터 오래된 것들을 사랑했다—늘 가지고 싶어하던 셜리에게 주었다. 그리고 맬러카이 선장님이 멀리 서인도제도에서 낸에게 갖다준 조가비로 만든 소중한 집은 릴라에게 주었다. 이로써 하느님이 만족해주시면 좋겠다고 생각했으나 하느님은 만족하지 않을 것이다. 그리고 에이미 테일러가 갖고 싶어해서 에이미에게 준 잿빛 아기 고양이가 집으로 돌아와 그대로 머물러 있으려 하는 것을 보고도 낸은 하느님이 만족하지 않은 것을 알았다. 묘지를 밤중에 지나가는 것 말고는 무슨 일을 해도 하느님 마음에 들리 없었다.

그럼에도 가엾은 낸은 그 일을 자기가 도저히 할 수 없음을 알고 있었다. 나는 겁쟁이고 비겁한 사람이다. 젬이 언젠가 말했는데, 비겁한 사람만이 거래에서 은근슬쩍 빠져나가려 하는 것이다.

하느님을 속였어요

앤은 침대에서 일어나 앉아도 된다는 허락을 받았다. 중병을 앓고 난 끝에 겨우 기운을 되찾았다. 이제 곧 다시 집안일을 보살피고, 책을 읽고, 편히 드러눕고, 먹고 싶었던 음식을 마음껏 먹고, 난롯가에 앉고, 뜰을 가꾸고, 친구들을 만나고, 흥미진진한 소문을 전해 듣고, 목걸이에 알알이 걸린 보석처럼 반짝이는 나날을 반갑게 맞으며, 다시금 인생이라는 다채로운 야외극에서 한 역할을 맡게 되는 것이다.

앤은 모처럼 맛있게 점심을 먹었다. 수전이 만든 양 다리 고기는 딱 알맞게 구워져 있었다. 다시 배고픔을 느낄 수 있다는 것은 기쁜 일이었다. 앤은 방을 둘러보며 사랑스러운 물건들을 하나하나 바라보았다. 이 방에 새 커튼을 해야겠구나. 연둣빛과 연노란빛의 중간색이 좋겠어. 저 수건을 넣어두는 새 장은 아무래도 욕실에 두어야겠다.

그러고 나서 앤은 창밖을 내다보았다. 공기 중에 마법이 떠돌고 있었다. 단풍나무들 사이로 언뜻 항구의 푸른빛이 보였다. 버드나무는 잔디 위에 부드러운 황금색 빗줄기를 내리고 있었다. 너른 하늘 정원이 그리는 아치의 곡선 밑에는 믿어지지 않을 색채와 무르익은 빛과 길어진 그림자를 품은 풍요로운 땅이 가을을 독차지하고 있었다.

지빠귀 군은 전나무 우듬지에서 미친 듯이 지저귀고 있었다. 아이들은 과수원에서 사과를 따며 까르르 웃고 있었다. 잉글사이드에 웃음이 돌아온 것이다. '생명이란 절묘하게 균형을 이룬 유기화학' 이상의 것이라고 앤은 즐거운 마음으로 생각했다.

그때 낸이 살그머니 방으로 들어왔다. 너무 울어서 눈이며 코가 새빨개져 있었다.

"엄마, 아무래도 이야기해야겠어요. 이제 더 이상은 못 기다리겠어요. 엄마, 나는 하느님을 속였어요."

앤은 다시 아이가 부드러운 손으로 매달리는 기분 좋은 감각을 맛보았다. 어린아이다운 고민으로 말미암아 괴로워하며 도움과 위안을 구하는 아이가 내미는 부드러운 손길…….

낸이 흐느끼며 털어놓는 이야기를 처음부터 끝까지 귀 기울이며 앤은 진지한 얼굴을 유지했다. 다 듣고 나서 나중에 길버트에게 들려주고 함께 한바탕 웃는다 할지라도 앤은 필요할 때에는 늘 진지한 표정을 지어 보였다.

앤은 그 걱정이 낸에게는 현실적이며 무서운 일임을 알았다. 또 이 조그만 딸아이의 신앙에 주의가 필요하다는 것도 깨달았다.

"낸, 이 일에 대해서는 낸이 하나에서 열까지 크게 잘못 생각하고 있구나. 하느님은 거래 같은 걸 하시지 않아. 그분은…… 베풀어주실 뿐이란다. 우리에게 그 어떤 보답도…… 사랑 말고는 그 어떤 것도 요구하시지 않고 그저 주시기만 한단다.

네가 아빠나 엄마에게 무언가 부탁할 때 아빠도 엄마도 너와 거래를 하지 않잖니? ……하느님은 아빠나 엄마보다 훨씬, 훨씬 더 친절하신 분이야. 그리고 우리에게 어떤 것을 베풀면 좋을지 우리보다도 훨씬 잘 알고 계시고."

"그렇다면 하느님은…… 하느님은 내가 약속을 지키지 않더라도 엄마를 죽게 하지 않는 거예요, 엄마?"

"그렇고말고, 낸."

"엄마, 그런데 하느님에 대해 잘못 생각하고 있었다 하더라도…… 약속한 이상 그것을 지켜야만 하는 거 아니에요? 나는 그러겠다고 했는걸요. 자기가 한 약속은 반드시 지켜야 한다고 아빠가 말씀하셨어요. 만일 약속을 깨버리면 영원히 부끄러운 일이 되잖아요."

"엄마가 다 나으면 언제 밤에 낸과 함께 가줄게…… 그리고 묘지 입구에서 기다리고 있을게…… 그러면 낸도 묘지를 지나오는 게 조금도 무섭지 않을 거야. 그러고 나면 가엾은 낸의 양심도 가책이 덜어질 테지. 그리고 이제는 더 이상 하느님과 어리석은 거래는 하지 않겠지?"

"네."

낸은 약속했지만, 종종 곤란한 경우가 있긴 했어도 유쾌하고 즐거운 일이었던 하느님과의 거래를 단념한다는 데 아쉬운 기분이 들었다. 그러나 눈에는 빛이 되돌아오고 목소리에도 예전의 활발함이 얼마쯤 되살아났다.

"얼굴을 깨끗이 씻고 와서 엄마에게 뽀뽀해줄게요. 그리고 금붕어꽃을 찾아내는 대로 모두 꺾어다줄게요. 엄마가 없어서 정말정말 슬펐어요, 엄마."

저녁 식사를 가져온 수전에게 앤은 말했다.

"오, 수전, 세상은 어쩌면 이토록 좋을까요! 어쩌면 이토록 아름답고 재미있고 멋진 걸까요! 그렇지 않아요, 수전?"

"음, 저는 웬만큼 참아줄 만한 세상이라고 생각한다고 말씀드리겠어요."

그러면서 수전은 방금 부엌 선반에 올려놓은 아름다운 파이의 행렬을 마음속에 떠올리고 있었다.

난롯가집의 시간

그해 10월은 잉글사이드에서 아주 즐거운 달이었다. 뛰어다니고 노래 부르고 휘파람을 불지 않고는 못 배기는 나날이 이어졌다.

앤은 이제 앓고 난 사람 취급을 받고 싶지 않다며 자리를 털고 일어나, 뜰에서 즐길 이런저런 일들을 계획하고 다시 쾌활하게 웃으며―엄마는 어쩌면 저토록 예쁘고 즐겁게 웃을 수 있을까 하고 젬은 늘 생각했다―수많은 질문에 성심성의껏 대답했다.

"엄마, 여기서부터 저녁노을까지는 얼마나 멀어요?"

"엄마, 어째서 쏟아진 달빛을 그러모을 수 없어요?"

"엄마, 핼러윈에는 죽은 사람의 영혼이 '진짜로' 되살아나서 돌아오나요?"

"엄마, 까닭은 무슨 까닭으로 생겨요?"

"엄마, 호랑이보다 방울뱀에게 물려서 죽는 게 낫다고 생각하지 않아요? 왜냐하면 호랑이는 사람을 마구 물어뜯은 다음에 먹어버리잖아요."

"엄마, '반침(半寢)'이라는 게 뭐예요?"

"엄마, 미망인이란 진짜로 꿈을 이룬 여자를 말하는 거예요? ……월리 테일러가 그러던데요."

"엄마, 비가 막 심하게 올 때 작은 새들은 어떻게 해요?"

"엄마, 우리는 정말 지나치게 낭만적인 가족인가요?"

이 마지막 질문은 젬이 한 것이었다. 앨릭 데이비스 부인이 그렇게 말했다고 한 것을 학교에서 아이들에게 들었던 것이다. 젬은 앨릭 데이비스 부인을 좋아하지 않았다. 젬이 아빠나 엄마와 함께 있을 때 만나면 언제나 긴 검지손가락으로 젬을 쿡쿡 찌르며 물었다.

"제미는 학교에서 말 잘 듣는 아이니?"

'제미'라니! 우리 가족은 어쩌면 조금은 낭만적일지도 모른다. 헛간으로 이어진 널빤지길을 빨강 페인트로 더덕더덕 칠한 것을 보았을 때 수전은 확실히 그렇게 생각하는 듯했다.

젬이 설명했다.

"전쟁놀이를 해야 하니까 칠할 수밖에 없었어, 수전. 피가 뚝뚝 떨어진 거야."

밤에 어쩌다 하늘에 나지막이 걸린 붉은 달을 가로지르며 기러기 떼가 줄지어 날아가는 것을 볼 때면, 젬은 가슴에 야릇한 통증을 느꼈다. 그러면서 자기도 그들을 따라 훨훨 날아가 알지 못하는 머나먼 곳에 가서 원숭이며 표범이며 앵무새 같은 걸 가지고 돌아오거나…… 에스파냐 대해안[1]을 탐험하고 싶다는 생각을 했다. '에스파냐 대해안'이라는 글귀는 왠지 젬의 마음을 늘 견딜 수 없이 들뜨게 했다. '바다의 비밀'이라는 말도 마찬가지였다. 거대한 비단뱀이 몸을 휘감거나 상처 입은 코뿔소와 격투를 벌이는 것은 젬에게는 예사로운 일이었다.

또 '용(龍)'이라는 말도 엄청난 짜릿함을 느끼게 했다. 젬의 침대 발치 벽에는 그가 무척 좋아하는 그림을 압정으로 꽂아놓았는데, 그것은 갑옷으로 무장한

---

1) 식민지 시대에 카리브해와 멕시코만을 둘러싼 에스파냐령 아메리카 영토를 일컫는 말로, 오늘날 미국의 플로리다주와 텍사스주, 중앙아메리카 및 남아메리카 북부 해안 등을 포함함.

기사가 멋진 백마에 올라탄 그림으로, 말은 앞다리를 번쩍 들고 일어섰고 말을 탄 사람은 불 뿜는 용을 창으로 찌르고 있었다. 용은 몸을 비틀고 둥글게 원을 만들면서, 끝이 갈라진 아름다운 꼬리를 뒤로 치켜올리고 있었다. 그 배경에 핑크색 드레스를 입은 숙녀가 차분하고 침착한 태도로 두 손을 마주 잡은 채 무릎을 꿇고 있었다.

이 숙녀가 메이벨 리스와 꼭 닮은 것은 의심할 여지가 없었다. 이 아홉 살배기 소녀의 사랑을 얻으려고 경쟁하는 글렌 초등학교의 기사들 사이에서는 벌써 격렬한 창 싸움이 벌어지고 있었다. 수전까지도 그 그림 속 숙녀와 메이벨이 닮았음을 눈치채고서 얼굴이 새빨개져 펄펄 뛰는 젬을 놀렸다.

그러나 불 뿜는 용은 조금 실망스러웠다. 거대한 말 아래에서 몹시 작고 하찮아 보였기 때문이다. 이것을 창으로 찔러 죽인다 해도 특별히 용감한 일처럼 여겨지지 않았다. 그 누구도 모르는 젬의 꿈속에서 젬이 위험에 처한 메이벨을 구할 때 새빨간 불을 뿜는 용이 훨씬 용다웠다.

지난 월요일, 젬은 세라 파머 아주머니네 수거위로부터 메이벨을 실제로 구했었다. 혹여—'혹여'라는 말은 아주 고풍스러운 묘미가 있다!—메이벨은 자기가 그 꽥꽥거리는 거위 녀석의 뱀 같은 모가지를 쥐고 나무 울타리 너머로 내던졌을 때의 기품 있는 태도를 알아차렸을지도 모른다. 그러나 어쨌든 거위는 불 뿜는 용만큼 낭만적이지는 못했다.

그해 10월은 바람의 계절이었다. 작은 바람은 골짜기에서 기분 좋은 고양이처럼 가르랑거렸고 큰 바람은 단풍나무 우듬지를 거칠게 훑고 갔다. 바닷가 모래톱에서 울부짖는가 하면 바위가 있는 곳에서는 웅크리고 앉았고…… 웅크리고 앉았다가는 와락 달려들었다.

나른한 분위기의 붉은 '사냥꾼의 달'[2]이 떠오른 밤은 서늘하여, 포근한 잠자리를 생각만 해도 기분이 좋았다. 블루베리 덤불은 주홍색으로 물들고 시든 풀고사리는 짙은 적갈색을 띠었다. 헛간 뒤꼍 옻나무잎이 빨갛게 타오르고, 추수가 끝난 윗글렌의 시든 밭 사이로 푸른 목초지가 덧댄 천조각처럼 군데군데 흩어져 있는 것이 보였다. 잉글사이드 잔디밭의 가문비나무가 있는 구석은 금빛과 적갈색 국화가 피어 있었다. 다람쥐는 가는 데마다 기쁜 듯이 수다를 떨었고, 수많은 언덕에서 귀뚜라미가 요정들의 춤을 위해 바삐 바이올린을 켜고 있었다. 사과도 따고 당근도 뽑아야 했다.

이따금 남자아이들은 신비로운 '썰물 때'에 맬러카이 선장을 따라 대합 조개를 캐러 갔다. 그러다 밀물이 다시 육지를 부드럽게 어루만지며 밀려 들어오면 갯벌은 곧 자기만의 깊은 바다로 미끄러지듯 되돌아가고 말았기 때문이다. 온 글렌 마을에 낙엽 태우는 냄새가 감돌고, 헛간에는 크고 누런 호박이 산더미처럼 쌓였으며, 수전은 처음으로 덩굴월귤로 파이를 만들었다.

잉글사이드에는 새벽부터 해름까지 웃음소리가 울려 퍼졌다. 손위의 아이들이 학교에 가 있을 때에도 이제는 셜리와 릴라가 웃음의 전통을 이어받을 만큼 부쩍 자라 있었다. 이 가을에는 길버트조차도 여느 해보다 많이 웃었다.

젬은 생각했다.

'나는 웃을 줄 아는 아빠가 좋더라.'

모브레이내로즈의 브론슨 의사 선생님은 결코 웃지 않았다. 그 올빼미를 연상케 하는 지혜로워 보이는 표정으로 병원을 번창시켰다는 소문이 있었다. 그러나 아빠의 병원은 그보다 더 번창하고 있었으며, 아빠의 농담을 듣고 웃을 수 없는 사람은 병이 꽤 깊은 상태였다.

---

2) 아메리카 원주민이 추분 무렵(한가위)의 보름달 다음의 보름달을 가리키는 말.

따뜻한 날이면 앤은 늘 뜰을 가꾸느라 바빴다. 해 질 무렵의 햇빛이 진홍빛 단풍나무에 비치는 빛깔에 취해, 덧없이 사라져가는 아름다움에 깃들어 있는 사무치는 슬픔을 즐겼다.

금빛과 잿빛의 안개가 낀 어느 오후, 앤과 젬은 튤립 알뿌리를 모두 심었다. 그것은 6월이 되면 장밋빛, 주홍빛, 보랏빛, 황금빛으로 부활할 것이다.

"겨울이 곧 닥칠 줄 알고 있는 때에 봄을 준비한다는 건 참 즐겁지 않니, 젬?"

"그리고 뜰을 예쁘게 가꾸는 건 즐거운 일이에요. 수전 말로는, 모든 걸 아름답게 만들 수 있는 건 하느님뿐이라지만, 우리도 그것을 조금은 도울 수 있죠? 그렇죠, 엄마?"

"그럼, 언제든지 할 수 있지, 언제든지, 젬. 하느님은 그 즐거운 특전을 우리에게 나눠 주신단다."

그러나 완벽함이란 있을 수 없었다. 잉글사이드 사람들은 지빠귀 군 때문에 마음이 쓰였다. 지빠귀 떼가 이동할 때 지빠귀 군도 같이 날아가고 싶어할 거라는 말을 들었기 때문이다.

맬러카이 선장이 충고해주었다.

"다른 지빠귀들이 가버리고 눈이 올 때까지 가둬두는 수밖에 없어. 그러면 조금 지나서 잊어버리고 봄까지 얌전히 있을 게다."

그래서 지빠귀 군은 죄수의 몸이 되어버렸다. 몹시 안절부절못하면서 공연히 집 안을 들쑤시며 날아다니기도 하고 창문턱에 앉아, 불가사의한 부름에 응하여 자기 친구들이 떠나려고 준비하는 것을 부러운 듯 보고 있었다. 식욕도 없어져 지렁이든, 수전이 고르고 골라 갖다준 아주 뛰어난 맛의 호두든 그는 거들떠보지도 않았다.

아이들은 지빠귀 군이 먼 길을 떠났다가 만나게 될지도 모를 온갖 위험들을 열거했다—추위, 굶주림, 의지할 데 없는 것, 폭풍우, 캄캄한 밤, 고양이. 그러나 지빠귀 군은 부름을 들었는지 느꼈는지, 그것에 따르고 싶다는 간절함뿐이었다.

가장 마지막에 뜻을 꺾은 것은 수전이었다.

며칠 동안 수전은 침울한 얼굴을 하고 있더니 마침내 말했다.

"보내주자. 붙잡아두는 건 자연의 섭리를 거스르는 일이야."

10월 마지막 날 지빠귀 군은 풀려났다. 한 달을 갇혀 있던 끝이었다. 아이들은 울면서 지빠귀 군에게 이별의 입맞춤을 했다. 지빠귀 군은 기뻐하며 자유로이 날아가더니 다음 날 아침 빵 부스러기를 얻으러 수전의 방 창턱에 돌아왔다가 앞으로의 긴 비행을 하기 위해 날개를 좍악 펼쳤다.

"봄이 되면 우리에게로 되돌아올지도 몰라."

앤은 이런 말로 흐느끼는 릴라를 달랬지만 소용없었다.

릴라는 엉엉 울며 말했다.

"봄은 한땀(한참) 멀었잖아!"

앤은 미소 지으며 한숨을 쉬었다. 아기 릴라에게는 길게만 느껴지는 계절의 흐름이 앤에게는 너무 빨리 지나가고 있었다. 또 한 번의 여름이 지났다. 세월에 녹슬지 않는 양버들의 황금빛이 그 빛을 잃으면서. 이제 곧—너무나도 순식간에—잉글사이드 아이들은 더 이상 아이가 아니게 되리라. 그래도 아직은 앤의 품 안의 자식이었다. 저녁에 집으로 돌아왔을 때 기뻐하며 맞아들일 수 있는 아이들…… 삶을 놀라움과 기쁨으로 채워주는 아이들…… 사랑을 주고 기운을 북돋아주고 야단을—가끔은—쳐야 할 때도 있는 아이들…… 왜냐하면 때로는 심한 장난을 치는 일이 있기 때문이었다. 그러나 무지개 골짜기에서 다 같이 놀 때, 버티 셰익스피어 드루가 화형에 처해지는 아메리카 원주민 역할을 하다가 조금 그을렸다는 말을 듣고 앨릭 데이비스 부인이 '잉글사이드의

'악마 무리'라고 한 것은 아무리 그래도 지나친 말이었다. 젬과 월터가 그를 풀어주는 데 생각했던 것보다 오래 걸렸기 때문에 생긴 사고일 뿐이었다. 그 과정에서 두 아이도 가벼운 화상을 입었지만 두 아이에 대해서는 아무도 가엾게 여기지 않았다.

그해 11월은 샛바람과 안개로 음침한 달이었다. 가끔 모래톱 너머 잿빛 바다를 지나가거나 넘어서 오는 차디찬 안개 말고는 아무것도 없는 날도 있었다. 오들오들 떨던 양버들은 마지막 잎새를 떨구었다. 뜰과 텃밭은 시들어버리고 빛깔이며 개성이 모조리 사라졌지만, 아스파라거스 묘상(苗床)만은 여전히 아름다운 금빛 밀림 같았다. 월터는 단풍나무에 지어놓은 연구용 관찰대를 버려두고 집 안에서 공부해야만 했다. 비가 오고……오고……또 왔다.

다이는 실망하여 탄식했다.

"비가 다시는 안 그치면 어떡해?"

그러다가 봄 날씨 같은 햇살이 1주일간 마법처럼 내리쬐는 '인디언 서머'가 찾아오고, 추위가 몸에 스미는 저녁이면 어머니가 난로에 불을 활활 지피고 수전은 저녁 식사에 구운 감자를 냈다.

그런 때는 커다란 난로가 집 안의 중심이 되었다. 저녁 식사 뒤 그 둘레에 모여앉을 때가 하루 가운데 가장 즐거운 시간이었다. 앤은 따뜻한 겨울옷을 바느질해서 만들기도 하고 그다음에 입힐 옷을 고안하기도 했다.

"낸이 꼭 입고 싶어하니까 빨간 원피스를 한 벌 만들어줘야지."

그리고 이따금 어린 사무엘을 위해 해마다 작은 겉옷을 지어주었던 어머니 한나를 생각했다.[3] 몇 세기가 지나든 어느 시대에나 어머니란 마찬가지다. 사

---

3) 《구약성서》〈사무엘상〉 2장 19절 참조.

랑과 봉사의 정신으로 묶인 위대한 자매들이다. 많은 사람의 기억에 남은 이나 남지 않은 이나 모두 같다.

수전은 아이들이 소리 내서 철자 공부하는 것을 잠자코 듣고 있었다. 그러다 드디어 아이들은 저희들 좋을 대로 즐겁게 놀기 시작했다. 공상과 아름다운 꿈속 세계에 살고 있는 월터는 무지개 골짜기에 사는 얼룩다람쥐가 헛간 뒤에 사는 얼룩다람쥐에게 보내는 여러 통의 편지를 썼다. 월터가 그것을 읽어주었을 때, 수전은 비웃는 척했지만 몰래 그것을 베껴 써서 리베카 듀에게 보냈다.

미스 듀, 이것은 꽤 읽을 만한 재미가 있는 것 같아요. 혹시나 미스 듀는 시시해서 읽을 가치가 없다고 생각할지도 모르겠지만요. 그래도 아이들을 애지중지하는 이 노파의 마음을 헤아려 눈감아주리라 여겨요. 월터는 학교에서 아주 머리가 좋다는 말을 듣고 있어요. 그리고 적어도 이 글짓기는 시가 아니니까요.

한마디 덧붙인다면, 젬은 지난주 산수 시험에서 99점을 받았는데 어째서 나머지 1점이 깎였는지 아무도 모른답니다.

미스 듀, 이런 말을 섣불리 해서는 안 되겠지만, 나는 그 애가 '큰 인물이 되기 위해' 태어난 것 같아요. 우리가 살아 있는 동안에는 못 볼지 모르지만, 그 애는 캐나다의 국무총리가 될지도 몰라요.

슈림프는 따뜻하게 불을 쬐고, 검정과 은빛 의상을 입은 아름다운 귀부인을 떠올리게 하는, 낸의 아기 고양이 푸시윌로는 누구의 다리에나 겁 없이 함부로 기어올랐다.

수전은 입버릇처럼 투덜댔다.

"집 안에 고양이가 두 마리나 있는데도 부엌은 온통 쥐가 돌아다닌 흔적 천지니, 원."

아이들은 자기들의 작은 모험을 서로 이야기했다. 추운 가을 밤공기를 가르고 슬픈 바다의 탄식이 멀리서 들려왔다.

이따금 미스 코닐리아가 남편이 카터 플래그네 가게에서 다른 남자들과 의견을 주고받는 동안 잠시 들르는 일이 있었다. 그러면 호기심 많은 꼬맹이들은 귀를 쫑긋 세웠다. 왜냐하면 미스 코닐리아는 언제나 가장 새로운 소문을 알고 있어서 마을 사람들에 대해 더없이 재미있는 이야기를 들려주기 때문이었다. 그다음 일요일 교회에 가서 점잔 빼고 자리에 앉아 있는 사람들을 바라보며 그 사람들에 대해 훤히 알고 있는 사실들을 곱씹는 일은 무척 재미있었다.

"아, 여기는 참으로 아늑하군요, 앤. 정말 쌀쌀한 밤이에요. 게다가 눈이 내리기 시작했어요. 의사 선생님은 왕진 가셨나요?"

앤이 대답했다.

"네. 이 날씨에 나가는 게 딱했지만…… 항구 곶에 사는 브루커 쇼 부인이 전화로 꼭 좀 와달라고 해서요."

한편 수전은 슈림프가 물어온 커다란 생선가시를 미스 코닐리아가 아직 알아차리지 못했기를 바라면서 난로 앞 깔개에서 몰래 재빨리 치웠다.

수전이 신랄한 투로 말했다.

"그 부인은 나만큼이나 어디 아픈 데도 없어요. 하지만 듣자 하니 새 레이스 잠옷을 장만해서 틀림없이 그 옷을 입은 모습을 의사 선생님에게 보이고 싶은 거예요. 응큼하게 말예요!"

미스 코닐리아가 말했다.

"그 잠옷은 딸 리오나가 보스턴에서 오면서 사다 줬대요. 리오나는 금요일 밤에 트렁크를 네 개나 가지고 돌아왔다지 뭐예요. 9년 전 미국으로 떠날 때 일을 지금도 기억하는데, 속에 든 물건이 삐죽이 튀어나오는, 다 망가진 여행 가방을 질질 끌고 갔었죠. 필 터너에게 버림받고 퍽 우울했던 때였어요. 리오나는 감추려 했지만 모두 알고 있었지요.

이번에 '어머니 병구완'하러 돌아왔다고 하더군요. 경고해 두겠는데요, 리오나는 분명 선생님에게 꼬리를 칠 거예요, 앤. 하지만 블라이드 선생님은 남자라 하더라도 걱정할 것 없다고 생각해요. 게다가 앤은 모브레이내로즈의 브론슨 선생 부인 같지 않으니까요. 그 부인은 남편의 여환자들을 굉장히 질투한다더군요."

수전이 거들었다.

"그리고 간호사도요."

"아, 솔직히 간호사들 가운데에는 그런 일을 하기엔 너무 예쁜 여자도 있으니까요. 제이니 아서만 해도 그렇잖아요. 요즘 간호 일을 쉬면서 자기한테 구애하는 젊은 두 남자들이 눈치채지 못하도록 하면서 저울질하고 있다고 하니까요."

수전이 딱 잘라 말했다.

"아직도 예쁘기는 하지만 제이니도 이미 한창때는 아니에요. 그러니 어느 쪽으로든 결정해서 결혼하고 가정을 갖는 게 훨씬 나을 텐데 말이죠. 제이니의 고모인 유도라를 봐요. 자기는 남자들에게 농을 던지는 놀이에 싫증날 때까지 결혼할 생각이 없다더니, 그 결과를 보세요. 지금도 남자만 보면 농을 걸지 뭐겠어요, 틀림없이 45살은 되었을 텐데 말이죠. 제 버릇 누구 주겠어요.

유도라의 사촌인 패니가 결혼했을 때, 유도라가 뭐라고 했는지 들은 적 있으세요, 사모님? 아니, '너는 내가 버린 찌꺼기를 주웠구나.'라고 했다더군요. 둘 사이에 불꽃이 한바탕 튀고는 그 뒤로 서로 아예 말도 하지 않는대요."

앤은 멍하니 중얼거리듯 말했다.

"죽고 사는 것이 혀의 힘에 달렸나니······.'[4]"

"그렇죠, 앤. 그러고 보니 스탠리 목사는 좀 더 설교에 신중했으면 좋겠어요. 윌리스 영이 화가 나서 교회를 떠나려 하고 있어요. 지난 일요일 설교는 윌리스를 겨냥한 것이라고 다들 말하고 있으니까요."

"목사가 어떤 사람에게 특별히 강하게 와닿는 설교를 하면 그 사람을 겨냥해서 한 것이라고 오해하기 마련이죠. 물려받은 모자가 어떤 사람의 머리에 꼭 맞을 수 있지만, 그렇다고 그 모자가 그 사람을 위해 만들어졌다고 할 수는 없는데도 말이에요."

수전이 찬성했다.

"지당한 말씀이에요. 그리고 나는 윌리스 영을 좋아하지 않아요. 3년 전 자기 소의 몸뚱이에다 어떤 회사의 광고를 페인트로 칠하게 했으니까요. 아무리 실속을 챙긴다고 해도 그것은 지나쳤다 싶어요."

"윌리스의 형 데이비드가 가까스로 결혼하게 되었어요. 아내를 맞는 것과 가정부를 두는 것 중 어느 쪽이 싸게 먹힐지 오랫동안 마음을 정하지 못했거든요.

자기 어머니가 세상을 떠난 뒤 언젠가 그 사람이 내게 말했었죠.

'여자가 없어도 집안일을 해 나갈 수는 있지만, 그래도 너무 힘들어서요, 코닐리아.'

---

[4] 《구약성서》〈잠언〉 18장 21절.

나를 슬쩍 떠보는 것이로구나, 하고 바로 알아챘지만 나는 그 사람이 기대하는 반응을 전혀 해주지 않았어요. 그러더니 드디어 제시 킹과 결혼하기로 했답니다."

"제시 킹이라고요? 하지만 데이비드는 메리 노스에게 구혼 중인 줄 알았는데요."

"데이비드는 양배추 먹는 여자와는 '절대로' 결혼하지 않는다고 떠벌리고 다녀요. 하지만 실은 메리 노스에게 청혼했다가 따귀를 맞았다는 소문이 파다하죠. 또 제시 킹은 좀 더 풍채 좋은 남자라면 좋았겠지만 데이비드로 만족해야겠다고 했다나 봐요. 하긴 찬밥 더운밥 가릴 처지가 아닌 사람도 있는 거니까요."

그러자 수전이 비난했다.

"마셜 엘리엇 부인, 이 동네 사람들이 했다는 말 가운데 절반은 사실이 아니에요. 내 생각에 제시 킹은 데이비드 영에게는 과분한 부인이 될 거예요……물론 겉보기에 확실히 데이비드는 어디 난파라도 됐다가 겨우 살아 돌아온 사람처럼 생기기도 했지만요."

앤이 물었다.

"올던과 스텔라에게 딸이 태어났다는 소식 들었어요?"

"그렇다더군요. 스텔라가 자식 사랑에서 어머니 리젯보다는 좀 더 분별 있었으면 좋겠군요. 아니, 글쎄, 리젯은 사촌인 드루의 아기가 스텔라보다 먼저 걸음마를 했다고 분해하며 울기까지 했다니까요, 앤!"

앤은 미소 지었다.

"어머니란 어리석은 종족이에요. 지금도 기억하는데, 젬은 이가 아직 하나도 안 났을 때 젬과 같은 날에 태어난 밥 테일러는 이가 벌써 세 개나 난 걸 보니까 저도 정말 흉포한 심정이 되었거든요."

미스 코닐리아가 말했다.

"밥 테일러는 편도선을 수술해야 한대요."

월터와 다이가 언짢은 얼굴로 물었다.

"어째서 우리는 아무도 수술하지 않아요, 엄마?"

이 두 아이는 곧잘 동시에 같은 말을 하곤 했다. 그런 일이 생기면 두 아이는 서로의 손가락을 걸고 소원을 빌었다.

다이는 언제나 진지하게 설명하곤 했다.

"우리는 무슨 일이든 똑같이 생각하고 똑같이 느껴서 그래요."

미스 코닐리아가 지난 일을 돌이키며 말했다.

"엘시 테일러의 결혼식을 잊을 수 있을까요? 엘시와 가장 친한 메이지 밀리슨이 〈결혼행진곡〉을 치기로 되어 있었죠. 그런데 메이지는 〈결혼행진곡〉 대신 《사울》[5]의 〈장송행진곡〉을 쳤어요. 물론 메이지는 너무 긴장해서 실수했다고 나중에 말했지만, 사람들은 나름대로 다른 의견을 가지고 있었죠. 메이지가 엘시와 결혼한 맥 무어사이드하고 잘되고 싶어했거든요.

맥은 번듯한 얼굴에 말만 번지르르한 순 사기꾼 같은 남자였죠⋯⋯ 여자들이 듣고 싶어하는 말을 알아서, 늘 그런 말만 골라서 하는. 그런 남자 만나서 엘시도 참 평생을 비참하게 살았어요.

아아, 그 부부는 둘 다 벌써 '고요한 나라'로 가버린 지 오래고 메이지는 할리 러셀과 결혼해서 산 지도 여러 해가 되었어요. 이제는 다들 메이지가 거절할 줄 알고 할리가 청혼했는데 뜻밖에도 메이지가 승낙을 해버렸던 일 같은

---

5) 바로크 음악의 거장인 헨델(1685~1759)이 작곡한 오라토리오. 〈장송행진곡〉은 이 작품의 3막에 포함된 대표곡.

것은 잊었죠. 할리 본인도 잊어버렸을걸요. 남자가 다 그렇죠, 뭐. 이 세상에서 으뜸가는 좋은 아내를 맞았다고 여기면서 자기가 똑똑해서 그런 여자를 골랐다며 으스대요."

"그런데 거절하기를 바라면서 어째서 청혼을 했을까요? 내가 보기에는 아주 이상한 일 같은데요."

그렇게 말한 뒤 수전은 곧 겸손하게 덧붙였다.

"물론 나 같은 사람이 그런 남녀 간의 일에 대해 뭘 알겠어요."

"아버지가 시켰기 때문이에요. 할리는 싫었지만 어차피 승낙할 리 없다고 철석같이 믿은 거죠. 아, 저기 의사 선생님이 돌아왔네요."

길버트가 들어오자 눈발이 함께 날려 들어왔다. 길버트는 외투를 던져놓고 기쁜 듯 난롯가 자기 자리에 앉았다.

"내가 생각보다 좀 늦었지."

앤은 장난스럽게 미스 코닐리아에게 웃어 보이며 말했다.

"아마 새 레이스 잠옷이 너무 매력적이었기 때문이겠지."

"무슨 말이지? 여성분들의 농담은 나 같은 남자의 형편없는 이해력만 가지고서는 도무지 못 따라가겠다니까. 나는 월터 쿠퍼를 진찰하러 윗글렌까지 갔다 왔어."

미스 코닐리아가 말했다.

"그 사람 어떻게 그렇게 오래 버티고 있는지 신기해요."

길버트는 빙그레 웃었다.

"그 사람에게는 두 손 들었습니다. 벌써 옛날에 죽었을 사람이거든요. 1년 전에 앞으로 두 달 남았다고 말했는데 아직까지도 살아 있어 내 평판을 엉망으로 만들고 있죠."

"선생님도 나만큼 쿠퍼 집안사람들을 잘 알았다면 그런 예측을 먼저 내놓지 않았을 텐데 말이에요. 그 사람의 할아버지는 무덤도 다 파놓고 관까지 준비했는데 다시 살아났다는 거 아세요? 장의사는 그 관을 물러 주지 않았죠.

하지만 월터 쿠퍼는 자기 장례식 예행연습을 하며 퍽 즐기고 있을걸요. 남자가 다 그렇잖아요? 저 소리는 마셜의 썰매 방울 소리인 것 같네요. 자, 이 배 피클은 앤에게 주는 거예요."

다들 현관까지 미스 코닐리아를 배웅했다.

월터는 짙은 잿빛 눈으로 눈보라가 몰아치는 밖을 내다보며 슬프게 말했다.
"오늘 밤 지빠귀 군은 어디 있을까. 우리를 그리워하고 있을까?"

지빠귀 군은 엘리엇 부인이 늘 '고요한 나라'라고 말하는 알 수 없는 곳으로 가버렸는지도 모른다.

앤이 말했다.
"지빠귀 군은 햇살 따뜻한 나라에 있단다. 봄이 되면 반드시 돌아올 거야. 이제 다섯 달만 지나면 돼. 그나저나 우리 삐약이들, 너희들은 모두 아까 자러 들어갔어야 할 시간인데."

식료품 저장실에서 다이가 말했다.
"수전, 아기를 가지고 싶지 않아? 어디 가면 새 아기를 데려올 수 있는지 내가 알고 있어."

"그래? 어딘데?"

"에이미네 집에 새 아기가 생겼어. 에이미가 말했는데, 천사들이 데려왔대. 그렇지만 에이미는 천사들이 좀 더 사정을 알아주었으면 좋을 거라고 했어. 에이미네는 그 아기가 없어도 지금 아이들이 여덟이나 된대. 어제 수전이 '릴라가 이렇게나 빨리 큰 걸 보면 섭섭해…… 이제 아기가 없으니까.' 하고 말하는 걸 내가 분명 들었어. 테일러 아주머니가 틀림없이 수전에게 그 아기를 줄 거야."

"아이들의 생각이란 참 못 말리겠구나! 대가족은 테일러 집안의 전통이야. 앤드루 테일러 씨 아버지는 자기 아이가 몇 명인지 항상 곧바로 말을 못 하고 꼭 잠깐 멈춰서 세어봐야만 했을 정도였어. 하지만, 다이, 지금으로서 나는 남의 집 아기를 데려올 마음은 없어."

"수전, 수전은 노처녀야? 에이미 테일러가 그러던데. 정말 그래, 수전?"

수전은 서슴없이 말했다.

"전능하신 하느님이 나에게 그런 운명을 정해주셨지."

"노처녀로 있는 것이 좋아, 수전?"

"좋다고는 말할 수 없지만, 그래도……."

그리고 수전은 자기가 알고 있는 여러 부인들의 서글픈 팔자를 떠올리며 덧붙였다.

"그에 대한 보상도 있다는 것을 알게 됐어. 자, 아버지에게 애플파이를 갖다드리렴. 내가 차를 내갈 테니까. 가엾게도 선생님은 배가 너무 고파서 쓰러질 지경일 거야."

월터는 졸린 듯 하품을 늘어지게 하더니 2층으로 올라가면서 물었다.

"엄마, 우리 집은 세상에서 제일 좋은 집이잖아요? 그런데…… 만일 유령도 두셋쯤 있으면 더 좋아지리라 생각하지 않아요?"

"유령?"

"네, 제리 파머네 집에는 유령이 가득 있다고 했어요. 제리도 하나 봤대요. 흰 옷 입은 여자인데 손이 뼈다귀더래요. 수전에게 말했더니 제리의 말이 거짓부렁이거나, 그렇지 않으면 제리가 속이 안 좋은 거라고 했어요."

"수전 말이 맞아. 잉글사이드에는 행복한 사람들만 살았어. 그러니 유령이

나올 리 없잖겠니? 자, 기도를 드리고 어서 자라."
"엄마, 나 엊저녁에 나쁜 일을 한 것 같아요. '오늘 우리에게 일용할 양식을 주옵시고' 대신 '내일 우리에게 일용할 양식을 주옵시고'라고 했거든요. 그게 더 이치에 맞는다고 생각해서 그랬어요. 하느님께서 기분이 나쁘셨을까요, 엄마?"

다이의 열병

잉글사이드와 무지개 골짜기가 피어났다 사라지는 봄날의 연둣빛 불꽃으로 타오를 무렵 '지빠귀 군'이 신부를 데리고 돌아왔다. 이 한 쌍의 지빠귀는 월터의 사과나무에 둥지를 틀고 지빠귀 군은 전과 다름없이 행동했지만, 신부는 지빠귀 군보다 수줍음이 많아서인지 아니면 대담하지 못해서인지 아무도 다가오지 못하게 했다. 수전은 지빠귀 군이 돌아온 것이 진짜 기적이나 다름없다고 생각하고 그날 밤 리베카 듀에게 보낼 편지에도 적었다.

잉글사이드 생활 속 소소한 드라마의 스포트라이트는 이따금 이 사람을 비추었다가 그다음에는 다른 인물을 비추었다 하면서 옮겨다녔다. 겨우내 다들 별일 없이 지냈지만, 6월에 들어서자 다이의 모험이 시작될 차례가 되었다.

새로운 여자아이가 글렌 초등학교로 전학 왔다. 선생님이 이름을 묻자 마치 '나는 엘리자베스 여왕이에요.'라든가 '트로이의 헬레네예요.'라고 말하는 듯한 도도한 투로 대답했다.

"제니 페니예요."

그 대답을 듣는 순간 제니를 모른다는 건 이쪽이 아주 하찮은 사람임을 증명하는 것과 다름없으며, 제니 페니가 거들떠보지도 않는다는 건 이쪽이 존재하지 않는다는 뜻과 마찬가지라는 듯한 기분이 들었다. 그와 같은 말로 또렷하게 표현할 수는 없었지만 적어도 다이 블라이드는 그렇게 느꼈다.

다이는 8살이고 제니 페니는 9살이었다. 그러나 제니는 처음부터 10살이나 11살의 '큰 언니들'과 어깨를 나란히 했다. '큰 언니들'조차 제니에게 타박을 줄 수도 무시할 수도 없었다.

제니는 예쁘지는 않았지만 누구나 한 번 본 뒤 다시 볼 만큼 눈에 띄는 용모였다. 동그란 우윳빛 얼굴을 부드럽고 윤기 없는 흑단같이 새카만 머리가 구름처럼 감싸고, 탁한 파란색 눈은 터무니없이 컸으며 헝클어진 까만 속눈썹은 길게 뻗어 있었다. 제니가 그 속눈썹을 천천히 들어 올리며 경멸하는 눈길로 이쪽을 쳐다보면 그 아이는 밟히지 않은 것을 황송하게 여겨야 할 지렁이가 된 것처럼 여겨졌다.

제니에게 타박을 받는 것이 다른 아이들에게 환심을 얻는 것보다 더 기쁠 정도였다. 그리고 제니 페니가 잠깐이나마 마음을 여는 친구로 자신을 택하는 것은 그 소녀에게 더할 나위 없는 영광이었다. 제니 페니가 마음을 열어 털어놓는 비밀은 엄청난 것이었기 때문이다.

페니 집안사람들은 결코 평범한 가문은 아니었다. 제니의 리나 숙모는 백만장자인 삼촌으로부터 금과 석류석이 들어간 근사한 목걸이를 받았다. 제니의 사촌 가운데에는 천 달러나 하는 다이아몬드 반지를 가진 사람도 있었으며, 또 웅변술로 1700명이나 되는 경쟁자를 물리치고 상을 받은 이도 있었다. 인도에 선교사로 가서 레퍼드(표범)에게 전도하는 고모도 있었다.

한마디로 말해 글렌 초등학교 여자아이들은—적어도 얼마 동안은—제니 페니가 하는 말을 곧이곧대로 받아들여, 감탄과 선망이 섞인 눈으로 그 소녀를 우러러보았다. 그리고 저녁 식탁에서까지 제니 페니의 이야기를 끝도 없이 늘어놓았으므로 마침내 어른들도 관심을 기울이지 않을 수 없게 되었다.

어느 날 밤 제니가 살고 있는 '저택'에 대해 다이에게서 듣고 난 다음 앤이 물었다.

"다이가 요즘 들어 부쩍 친하게 지내는 그 여자아이가 대체 누구인지 알아요, 수전?"

그 '저택'의 지붕 둘레에는 레이스처럼 무늬를 넣고 흰 페인트로 칠한 나무 장식이 달려 있고 내닫이창이 다섯 개나 있는 데다 저택 뒤편에는 훌륭한 자작나무숲이 있고 응접실에는 붉은 대리석 맨틀피스가 있다는 것이었다.

"페니라는 성은 포윈즈에서 들어본 적이 없는데, 그 사람들에 대해 뭔가 아는 거 있어요?"

"그들은 베이스라인 가도에 있는 예전 콘웨이 농장에 새로 이사 온 가족이에요, 사모님. 페니 씨라는 사람은 목수라는데, 목수 일만으로는 먹고살 수가 없었대요. 그게…… 하느님이 없다는 것을 증명하기에 바빠서 그랬더군요. 어쨌든 그래서 농사를 지어보기로 마음을 먹고 이사를 한 거래요.

들어보니 좀 색다른 집안인 건 확실한 것 같아요. 아이들은 자기가 하고 싶은 대로 하도록 내버려 둔대요. 자기가 어린 시절에 부모가 너무 이래라저래라 하는 것에 질린 페니 씨가 자기 아이들은 절대 그렇게 키우지 않겠다고 마음을 먹었다더군. 그래서 이 제니라는 아이도 글렌 초등학교에 다니는 거예요. 그 집은 모브레이내로즈 초등학교가 더 가까워서 다른 아이들은 거기 다니는데 제니는 글렌 초등학교에 다니겠다고 했대요. 콘웨이 농장은 절반이 이쪽 구역에 포함되어 있어서 페니 씨가 양쪽 초등학교의 지방세를 다 내고 있으니까 원하기만 한다면 아이들을 두 쪽 가운데 어느 학교에 보내도 되거든요.

이 제니라는 아이는 페니 씨의 친딸이 아니고 조카딸이라나 봐요. 그 아이 부모는 모두 세상을 떠났대요. 소문으로는 모브레이내로즈의 침례교회 지하실에 양을 갖다 넣은 조지 앤드루 페니가 아버지였대요. 나쁜 사람들은 아닌데 단정치가 못해요, 사모님…… 집 안은 온통 뒤죽박죽이고…… 제가 조언을 해도 된다면, 다이애나를 그런 원숭이 떼 같은 사람들과 어울리게 하지 않는 게 좋겠어요."

"나는 다이가 학교에서 제니와 노는 것을 막을 수는 없어요, 수전. 실제로 그 아이를 반대할 이유를 아직 아무것도 모르기도 하고요. 자기 친척이나 모험에 대해 허풍을 치는 이야기를 한다 싶기는 하지만요. 다이도 말하자면 '콩깍지'가 벗겨지고 나면 차츰 제니 페니 이야기를 덜 하게 되겠죠."

그러나 생각과 달리 그들은 제니에 대한 이야기를 계속 들어야만 했다. 제니가 다이를 글렌 초등학교 여자아이들 가운데 제일 좋아한다고 말하자 다이는 여왕님이 자기 같은 사람을 위해 몸을 낮추었다고 여겨 더욱 받들어 모시는 태도가 되고 말았다.

둘은 쉬는 시간에 꼭 붙어 다녔으며 주말이면 서로에게 편지를 썼다. 씹던 껌을 나눠 씹거나 단추를 주고받기도 하고 아무리 사소한 일도 함께했다. 그러다 마침내 제니가 다이에게 학교가 끝난 뒤 함께 자기 집에 가서 하룻밤 자고 가자고 초대했다.

엄마가 딱 잘라 '안 된다'고 했으므로 다이는 하늘이 무너진 것처럼 울었다.

다이는 흐느끼며 말했다.

"퍼시스 포드네 집에는 가서 자고 오게 해주었잖아요."

앤은 좀 애매하게 대답했다.

"그건 달라."

앤은 다이를 속물로 키우고 싶지는 않았지만, 페니 집안에 대해 들은 바로 판단했을 때, 그 집안의 아이가 잉글사이드 아이들의 친구로서 바람직하지는 않다고 여겼던 것이다. 앤은 다이를 사로잡은 제1의 매력을 요즘 퍽 긱징하고 있었다.

다이는 울부짖었다.

"뭐가 달라요. 제니도 퍼시스랑 똑같은 숙녀인걸요. 가게에서 산 껌 같은 건 결코 씹지 않아요. 예의범절에 대해 모두 깨우친 사촌 언니가 있어서 제니는 그 언니에게 예절을 모조리 배웠대요. 제니 말로 '우리는' 예의범절을 모른대요. 그리고 제니는 엄청난 모험을 하고 왔어요."

수전이 물었다.

"누가 그랬는데?"

"제니가 그랬어요. 제니네 식구는 부자는 아니지만 아주 돈 많고 훌륭한 친척이 있대요. 판사인 삼촌도 있고, 엄마 쪽으로 세계에서 가장 큰 배의 선장님인 사촌 오빠도 있대요. 그 배를 진수(進水)할 때 제니가 그 사촌 오빠 대신 배 이름을 지었대요. 우리에게는 레퍼드에게 전도를 하는 그런 고모도 없잖아요."

"레퍼드(표범)가 아니야. 레퍼(한센병 환자)란다, 다이."

"제니가 레퍼드라고 말했는걸요. 제니는 잘 알고 있을 거예요. 왜냐하면 자기 고모니까요. 그리고 제니네 집에는 내가 보고 싶은 게 잔뜩 있어요. 제니 방에는 앵무새 벽지를 발랐대요…… 그리고 응접실에는 박제한 올빼미가 가득하대요…… 현관에는 집 그림이 무늬로 들어가 있는 깔개가 놓여 있고…… 창문의 블라인드는 온통 장미로 뒤덮여 있대요. 인형 집 말고 우리가 안에 들어가서 놀 수 있는 진짜 집도 있댔어요…… 삼촌이 지어주었대요. 할머니도 함께 사시는데 이 세상에서 제일 나이가 많은 분이래요. 노아의 홍수 전부터 살았다고 제니가 말했어요. 노아의 홍수가 일어나기 전부터 살아온 사람을 볼 수 있는 기회는 두 번 다시 없을 거예요."

수전이 말했다.

"할머니라는 사람은 백 살 가까이 된다고는 들었지만 노아의 홍수보다 더 전부터 살았다느니 하는 말을 했다면 제니가 거짓부렁을 한 거야. 그런 곳에 갔다가는 무슨 알 수 없는 병에 걸려서 올지 몰라."

"그 집 사람들은 훨씬 전에 모든 병에 다 걸렸대요. 볼거리도 홍역도 백일해도 성홍열도 모두 1년 동안에 걸리고 끝났댔어요."

수전이 중얼거리듯 말했다.

"그렇게 허무맹랑한 소리를 잘도 하는 아이인 걸 보니, 지금 천연두에 걸려 열에 들떠 헛소리를 한다고 해도 전혀 이상하지 않겠구나. 어쩌다가 그런 아이한테 홀려버렸을까."

다이는 흐느꼈다.

"제니는 편도선을 잘라야만 해요. 하지만 그건 옳지 않잖아요, 그렇죠? 제니에게는 편도선을 잘라냈다가 죽은 사촌 언니가 있어요. 피가 안 멎어서 의식이 안 돌아오고 그만 죽어버렸대요. 그게 혹시 집안 내력이라면 제니도 그렇게 될지 몰라요. 그 애는 몸이 약하거든요. 지난주에도 세 번이나 기절했어요. 그래도 제니는 각오를 했대요. 나한테 자기 집에 꼭 와서 자고 가라는 것도 그 때문인 거예요. 제니가 죽고 나면 추억거리가 있도록 말예요. 제발 부탁이에요, 엄마. 이번에 보내주면 엄마가 사준다고 약속한 긴 리본 달린 새 모자를 안 사줘도 돼요."

그러나 어머니는 꿈쩍도 하지 않았고, 다이는 울면서 잠자리에 들었다. 낸도 날 동정해주지 않았다. 낸은 제니 페니를 '눈곱만큼도' 좋아하지 않았기 때문이다.

앤은 걱정스러웠다.

"저 애가 왜 저토록 안달하는 것인지 도무지 모르겠어요. 이제까지 이런 행동을 한 적이 없는 아이인데. 수전의 말대로 그 페니 집안 여자아이에게 단단히 홀렸나 봐요."

"다이를 그처럼 격이 떨어지는 집에 보내지 않는 것은 잘한 일이에요, 사모님."

"어머나, 수전. 다이에게 누구건 자기보다 '격이 떨어진다'는 생각을 갖도록 하고 싶지는 않아요. 하지만 선을 그을 그을 필요는 있어요. 딱히 제니 때문은 아니에요. 좀 과장하는 버릇만 빼면 그 애는 그렇게까지 해롭지 않다 생각하지만...... 그 집 남자아이들은 정말로 감당이 안 될 정도인가 보더라고요. 모브레이내로즈의 담임 선생님이 도저히 어떻게 해야 좋을지 몰라 한다더군요."

어머니가 허락해주지 않는다고 다이가 말하자 제니는 건방진 투로 말했다.

"가족들이 너한테 그렇게 독죄자(독재자)처럼 구니? 나라면 아무도 나한테 그렇게 못 하도록 했을 거야. 나는 기백이 너무 넘치거든. 나는 내키면 언제든 밤새도록 밖에서 자기도 하는걸. 넌 그런 일을 하려고 생각해본 적도 없지?"

다이는 '내키면 밤새도록 밖에서 잔다'는 이 별세계의 여자아이를 동경의 눈빛으로 바라보았다. 어쩌면 이토록 멋질까?

"내가 못 간다고 나를 나쁘게 생각하는 건 아니지, 제니? 내가 가고 싶어하는 마음은 잘 알지?"

"물론 나쁘게 생각지는 않아. 그런 독죄(독재)를 참아 넘기지 않는 아이도 있겠지만 너는 어쩔 수 없는 거잖아. 재미있었을 텐데. 달밤에 뒤꼍 시냇물로 낚시하러 갈 계획을 세웠었어. 우리는 곧잘 그렇게 하거든. 나는 '이만큼이나' 큰 송어를 낚은 일도 있어. 그리고 우리 집에는 귀염둥이 아기 돼지랑 갓 태어난 망아지도 있고, 얼마 전에 우리 집 개가 낳은 강아지도 여러 마리 있는데……

어쩔 수 없이 세이디 테일러에게 물어봐야지, 뭐. 세이디 아빠, 엄마라면 세이디 마음대로 하게 해줄 테니까."

다이는 효심을 발휘해 항의했다.

"우리 아빠, 엄마도 나한테 아주 잘해줘. 그리고 우리 아빠는 프린스에드워드 섬에서 가장 뛰어난 의사 선생님이야. 다들 그렇게 말하는걸."

제니가 오만하게 말했다.

"너에겐 아빠, 엄마가 있고 내게는 없다고 뽐내는구나. 그렇게 치면 우리 아빠에게는 날개가 있고 늘 금관을 쓰고 계셔. 그렇다고 해서 내가 뽐낸 일은 없잖아, 안 그래?

다이, 너와 싸우고 싶지는 않지만 나는 자기 가족 자랑을 하는 사람은 아주 싫어해. 예이범절(예의범절)에 어긋나는 일이야. 나는 숙녀가 되려고 마음먹었어. 네가 늘 이야기하는 그 퍼시스 포드가 올여름에 포윈즈에 오면 나는 그 아이와는 결단코 어울리지 않을 거야. 그 애 어머니가 좀 이상한 사람이라고 리나 숙모가 말했어. 죽은 사람과 결혼했는데 그 사람이 되살아났다고."

"어머나, 그렇지 않아, 제니. 내가 알고 있는데…… 엄마가 말해줬거든…… 레슬리 아주머니는……."

"그런 사람 이야기는 듣고 싶지 않아. 무슨 일인지는 몰라도 그런 이야기는 안 하는 게 좋겠어, 다이. 아, 이제 수업 종이 친다."

다이는 속상해서 눈이 커다래지고 울먹이는 목소리로 물었다.

"정말 세이디에게 물어볼 거니?"

"아마도? 하지만 바로는 말고 좀 더 기다렸다가. 네게 다시 기회를 줄 수도 있고. 하지만 그때가 마지막 기회일 거야."

며칠 뒤 쉬는 시간에 제니 페니가 다이에게 왔다.

"젬이 이야기하는 걸 들었는데, 너네 아빠, 엄마가 어제 나가서 내일 밤까지 안 오신다며?"

"응, 애번리의 마릴라 할머니 댁에 가셨어."

"그렇다면 이거야말로 너에게 '좋은 기회'야."

"기회?"

"우리 집에 와서 자는 기회."

"어머나, 제니…… 하지만 그렇게 할 수는 없어."

"아니, 할 수 있어. 바보같이 굴지 마. 너네 엄마, 아빠가 아실 리 없잖아?"

"하지만 수전이 보내주지 않을 텐데……."

"수전에게 허락 맡을 필요 없잖아. 학교 끝나고 바로 나랑 같이 우리 집으로 가면 되는걸. 네가 어디 갔는지는 낸이 대신 말해주면 되지. 그러면 수전도 걱정하지 않겠지. 그리고 너네 아빠, 엄마가 돌아와도 수전은 이르지 않을 거야. 자기가 야단맞을 게 무서울 테니까."

다이는 선뜻 결정을 내리지 못하고 고민에 빠져 잠시 멍하니 서 있었다. 제니와 함께 가면 안 된다는 것을 분명히 알았지만 뿌리치기에는 너무나 달콤한 유혹이었다. 제니는 그 커다란 눈으로 퍼부을 수 있는 집중공세를 최대치로 퍼부으며 극적으로 말했다.

"이번이 너의 '마지막' 기회야. 너무 대단해서 누추한 우리 집 같은 데는 올 수 없다는 아이와 내가 줄곧 친하게 지낼 수 없으니까. 네가 오지 않는다면 우리 '영원히 작별을 고하기로' 해."

그로써 일은 결정되었다. 아직도 제니의 매력에서 헤어나지 못해 노예가 되어 있었던 다이에게는 제니와 영원히 작별을 고한다는 것은 생각만 해도 견딜 수 없는 일이었다. 그날 오후 낸은 혼자 집으로 돌아와 다이가 제니의 집에 자러 갔다는 말을 수전에게 전했다.

수전이 여느 때처럼 몸을 움직일 수 있었다면 바로 페니네 집으로 가서 다이를 데려왔을 것이다. 그러나 수전은 그날 아침 발목을 삐어 절룩거렸고, 아이들 식사 준비쯤은 어찌저찌 할 수 있었지만 도저히 베이스라인 가도를 1마일(약 1.6킬로미터)이나 걸어서 갈 수는 없는 상태였다. 페니네 집에는 전화도 없었고 젬도 월터도 다이를 데리러 가기 싫다고 딱 잘라 거절했다. 등대에서 조개구이를 하는데 오라고 해서 가기로 되어 있으며, 페니네 집 사람들이 다이를 잡아먹을 리 없다는 것이었다. 수전은 어쩔 수 없이 단념할 수밖에 없었다.

다이와 제니는 들판을 가로질러 4분의 1마일(약 400미터)이 조금 넘는 거리를 걸어서 집에 가기로 했다. 다이는 양심이 쿡쿡 찔리면서도 시간 가는 줄 모를 만큼 즐거웠다. 둘이 걷고 있는 주변은 너무나 아름다웠다. 짙은 초록색 숲 끄트머리에 있는 작은 요정이 나오는 풀고사리 우거진 조그만 물굽이를 지나고, 무릎까지 묻히는 미나리아재비를 헤치며 바람이 살랑살랑 부는 골짜기를 걸어갔다. 어린 단풍나무 아래 구불구불한 오솔길과 흐드러지게 핀 꽃들이 무지갯빛 띠를 이룬 시냇가, 그리고 딸기가 가득 열린 양지바른 목초지도 있었다.

세상에 깃든 아름다움에 서서히 눈뜨기 시작한 다이는 황홀해져서 제니가 저렇듯 쉴 새 없이 떠들어대지 않으면 좋겠다고 생각할 정도였다. 학교에서는 그것도 좋았지만, 여기에서는 제니가 독을 마셨을 때의 끔찍한 이야기 같은 건 듣고 싶지 않았다. 물론 일부러 독을 마신 것은 아니고, 약인 줄 알고 잘못 마신 것이었다. 제니는 죽음을 눈앞에 둔 사람의 괴로움을 훌륭하게 그려 보였지만 어째서 죽지 않았는가 하는 이유에 대해서는 얼마쯤 애매하게 설명했다. '정신을 잃고' 말았지만 무덤에 들어가기 직전에 의사가 살려냈다고 했다.

"하지만 그 뒤로 나는 몸이 전 같지 않아. 다이 블라이드, 너는 뭘 그렇게 멍하니 보고 있니? 내 말은 하나도 안 듣고 있구나?"

다이는 미안해하며 말했다.

"어머나, 듣고 있었어. 너처럼 멋진 일을 겪은 사람은 없을 거야, 제니. 하지만 경치를 좀 봐."

"경치? 경치가 뭐야?"

"저……저…… 그러니까, 네가 보고 있는 것. 저런 거…….'

다이는 목장이며 숲이며 그 사이에 조각구름이 걸린 작은 산이며, 또 산과 산 사이에 움푹 들어간 사파이어 빛깔의 푸른 바다 등이 좍 펼쳐진 전경을 손으로 훑어서 가리켜 보였다.

그러나 제니는 비웃었다.

"뭐야, 그냥 오래된 나무랑 소가 잔뜩 있을 뿐이잖아. 나는 백 번도 더 봤어. 너는 이따금 아주 이상하더라. 기분 나쁘게 생각할지도 모르겠지만 가끔 네가 정신이 온전치 못한 게 아닌가 하는 생각이 들 때가 있어. 정말이야. 하지만 하는 수 없지, 뭐. 너네 엄마도 늘 그런 말을 한다는 소문이 있으니까. 자, 여기가 우리 집이야."

다이는 페니네 집을 찬찬히 바라보았다. 그리고 난생처음으로 환멸의 비애를 맛보았다. 제니가 말하던 '저택'이 이것이란 말인가? 확실히 커다랬고 내닫이창도 다섯 개가 있었지만 처참하리만큼 페인트칠이 필요한 몰골이었고 '나무로 만든 레이스' 장식은 대부분 떨어져 있었다. 베란다는 심하게 내려앉았고 전에는 아름다웠을 현관문의 부채꼴 창문도 깨져 있었다. 블라인드는 삐뚜름하게 매달려 있었고 창문에는 유리 대신에 갈색 포장지를 대놓은 곳이 여러 군데 있었다. 집 뒤꼍의 '아름다운 자작나무숲'은 말라비틀어진 고목 두세 그루를 말한 것이었다. 헛간은 다 허물어져가는 상태였고, 뒤뜰에는 낡고 녹슨 기계가 가득 놓여 있었다. 뜰은 잡초로 무성한 밀림 그 자체였다.

이렇듯 허름한 집을 다이는 이제까지 본 일이 없었으며, 비로소 제니의 이야기가 모두 다 사실은 아닐지도 모른다는 생각이 들었다. 아무리 9년이나 살아왔대도 한 사람이 제니가 말한 것처럼 그토록 죽을 뻔한 일을 많이 겪을 수 있었을까?

집 안도 그리 다를 바 없었다. 제니가 안내한 응접실은 퀴퀴한 곰팡내가 나고 먼지투성이였다. 천장은 빛바래고 여기저기 온통 금이 가 있었다. 그 유명한 붉은 대리석 맨틀피스는 페인트칠을 한 것일 뿐이었고—다이가 보아도 한눈에 알 수 있을 정도였다—그 앞에 늘어뜨린 흉물스러운 일본풍의 스카프는 '콧수염 잔'[1]을 군데군데 올려 고정해 놓았다. 낡아빠진 레이스 커튼은 보기 싫은 빛깔인 데다 구멍투성이였다. 블라인드는 파란색 종이 재질이었는데 여기저기 찢어지고 터졌으며, 큰 바구니에 장미가 한가득 담긴 그림이 그려져 있었다. 응접실을 가득 채우고 있다던 박제 올빼미는 한구석에 놓인 조그만 유리 상자 속에 들어 있는 부스스한 새 세 마리를 가리키는 것이었으며, 그나마 한 마리는 눈이 아예 없어져버린 상태였다.

아름답고 위엄 있는 잉글사이드에 익숙해진 다이로서는 이곳이 흡사 악몽을 꾸었을 때 나온 방처럼 보였다. 그런데 이상하게도 제니는 자기 이야기와 실제와의 간극을 조금도 느끼지 못하는 듯했다. 다이는 제니로부터 이것저것 들은 이야기가 혹시 자신이 꾼 꿈은 아니었을까 하고 생각했다.

바깥은 그리 심하지 않았다. 가문비나무숲 한구석에 페니 씨가 지어준 장난감 집은 실제 집을 본따서 작게 만든 모형으로 아주 재미있는 곳이었으며, 아

---

1) 차를 마실 때 수염이 젖지 않도록 컵 안쪽에 콧수염을 떠받치는 것이 달려 있는 찻잔.

기 돼지도 갓 태어난 망아지도 정말 귀여웠다. 이런저런 품종이 섞인 강아지들은 털이 북슬북슬하고 애교가 넘쳐 '베르 드 베르'[2] 종의 명견이기라도 되는 것 같았다. 그중에 갈색 귀가 길게 축 늘어지고 이마에 흰 점이 하나 있으면서, 조그맣고 부드러운 분홍색 혀와 하얀 발을 가진 유난히 귀여운 강아지가 한 마리 있었다. 그 강아지를 포함한 모든 강아지가 이미 다른 사람에게 주기로 약속되어 있다는 말에 다이는 몹시 실망했다.

"다른 사람들에게 주기로 다 약속이 되어 있지 않았다 해도 네게 줄 수 있었을지는 모르겠어. 벤 아저씨는 우리 집 강아지를 입양 보낼 곳을 굉장히 까다롭게 따지거든. 잉글사이드에서는 개가 '통' 살아남지 못한다는 말을 들었어. 너네 집안사람들에게는 뭔가 이상한 점이 있나 봐. 아저씨가 말했는데, 개는 사람이 모르는 일을 알 수 있대."

다이는 소리쳤다.

"우리의 나쁜 점을 개들이 알 리 없어."

"그래, 그렇다면 좋겠지만. 그런데 너네 아빠가 엄마한테 심하게 하니?"

"아니, 물론 그렇지 않아."

"하지만 너네 아빠가 엄마를 때린다는 말을 들었어. 엄마가 비명을 지를 때까지 때린다던데? 나는 당연히 그런 소문은 믿지 않았어. 사람들이란 곧잘 끔찍한 거짓말을 하잖아? 아무튼 나는 전부터 네가 좋았어, 다이. 그러니 언제든 네 편을 들어줄게."

이 말에 대해서는 아주 고맙게 여겨야 한다고 생각했지만 다이는 왠지 그

---

[2] 영국의 유서 깊은 귀족 가문의 성씨 가운데 하나로, 계관시인 앨프리드 테니슨 경(1809~1892)이 〈레이디 클래라 베르 드 베르〉라는 시에서 쓰면서, 고대로부터 내려온 귀족 혈통의 대명사처럼 쓰이게 됨.

런 마음이 들지 않았다. 다이는 불현듯 자신이 어울리지 않는 곳에 와 있는 듯한 어색한 느낌이 들기 시작하더니, 제니가 다이의 눈에 쏟아내던 매력이 갑자기 흔적도 없이 사라져버렸다. 제니가 물레방앗간의 연못에 빠져 하마터면 죽을 뻔했을 때의 이야기를 했는데도 전처럼 짜릿함이 느껴지지 않았다. 다이는 더 이상 믿지 않았다. 그런 것은 제니의 상상에 지나지 않는다. 백만장자 삼촌도, 천 달러나 하는 다이아몬드 반지도, 레퍼드에게 전도를 한다는 선교사 고모도 상상에 지나지 않을 게 틀림없다. 다이는 바늘에 찔려 바람 빠진 풍선처럼 맥이 빠져버렸다.

그러나 할머니가 아직 있다. 분명히 할머니는 진짜다. 다이와 제니가 집으로 돌아오자 그리 깨끗하지 못한 무명 옷을 입은, 가슴이 크고 뺨이 붉은 리나 아주머니가 할머니가 손님을 만나고 싶어한다고 전했다.

제니가 설명했다.

"할머니는 항상 침대에 누워서 일어나지 못해. 집에 손님이 오면 모두 할머니한테로 데려가. 그렇게 하지 않으면 화를 아주 많이 내시거든."

리나 아주머니가 주의를 주었다.

"할머니에게 등이 아프신 것은 좀 어떠냐고 반드시 물어봐야 한다. 사람들이 할머니의 등에 대해 기억해주지 않으면 할머니는 기분 나빠하시거든."

제니가 말했다.

"그리고 존 아저씨 안부도. '존 아저씨는 안녕하신가요?' 하고 묻는 것도 잊으면 안 돼."

다이가 물었다.

"존 아저씨가 누구인데?"

리나 아주머니가 이야기해주었다.

"할머니의 아들인데 50년쯤 전에 세상을 떠났지. 몇 해나 앓다가 죽어서 할머니는 사람들이 아드님은 어떠냐고 묻는 일이 버릇처럼 되었어. 그래서 그렇게 묻지 않으면 몹시 섭섭해하셔."

할머니의 방 앞에서 다이는 갑자기 뒷걸음질 쳤다. 이 믿기지 않을 만큼 나이 많은 노파가 문득 견딜 수 없이 무서워진 것이다.

제니가 말했다.

"왜 그러니? 아무도 너를 잡아먹지 않아."

"할머니는…… 할머니는 정말로 노아의 홍수 전부터 살아 있었니, 제니?"

"당연히 아니지. 대체 누가 그런 소리를 해? 그렇지만 이번 생일까지 살아 계시면 백 살이 돼. 자, 어서 들어와."

겁먹은 다이는 마지못해 따라 들어갔다. 심하게 어질러진 침실의 커다란 침대에 할머니가 누워 있었다. 믿을 수 없을 만큼 주글주글 주름진 얼굴은 나이 먹은 원숭이 얼굴하고 똑같았다. 할머니는 눈두덩이가 빨개진 움푹한 눈으로 다이를 찬찬히 뜯어보고는 짜증스럽게 말했다.

"사람을 그렇게 뚫어져라 보지 마라. 너는 누구지?"

평소보다 좀 얌전해진 제니가 대답했다.

"다이애나 블라이드예요, 할머니."

"흠…… 퍽 거들먹거리는 듯한 이름이로구나. 네게는 거만한 자매가 있다지?"

발끈한 다이가 대뜸 소리쳤다.

"낸은 거만하지 않아요."

설마 제니가 낸의 흉을 보았던 것일까?

"너야말로 좀 건방지구나. 나는 손윗사람에게 그런 말버릇을 쓰도록 배우지 않았다. 내가 거만하다면 거만한 거야. 제니가 말한 것처럼 머리를 꼿꼿이 하고 걷는 사람이라면 거만한 게 틀림없어. 시건방지기는…… 내게 말대꾸하면 못써!"

할머니가 성이 난 듯싶어 다이는 당황하며 등은 어떠냐고 물었다.

"누가 내가 등이 아프다고 하더냐? 죄 주제넘은 것들 같으니라고…… 내 등은 네가 상관할 일이 아니야. 이리 와, 침대 곁으로 바짝."

다이는 천 마일은 떨어진 곳에 있었으면 하며 다가갔다. 이 무서운 할머니는 내게 뭘 하려는 것일까?

할머니는 몸을 침대 끝으로 재빨리 옮기더니 마치 동물의 날카로운 발톱 같은 손을 다이의 머리로 가져갔다.

"좀 홍당무 같은 빛깔이지만 매끄럽구나. 예쁜 원피스구나. 치맛단을 걷어 올리고 페티코트를 보여다오."

다이는 수전이 코바늘뜨기로 가장자리에 레이스 장식을 떠서 둘러준 흰 페티코트를 입고 오기 잘했다고 여기며 시키는 대로 했다. 그렇지만 치마를 걷어 올려 페티코트까지 보여주어야 하다니, 대체 어떻게 된 집안일까?

할머니가 말했다.

"나는 언제나 페티코트로 여자아이들을 판단하지. 너는 통과다. 이번에는 드로어즈를 보자꾸나."

다이는 감히 거역할 용기가 없어 페티코트를 들어 올렸다.

"흥! 거기에도 레이스가 달려 있구나! 사치스러워. 그나저나 너는 존의 안부를 물어보지 않는 게냐."

다이는 가까스로 말했다.

"안녕하신가요?"

"'안녕하신가요'라니 뻔뻔스럽구나. 죽었든 말았든 너하고 무슨 상관이 있겠니. 그건 그렇고, 묻고 싶은 게 있다. 네 엄마가 순금 골무를 가지고 있다는 게 정말이냐?"

"네, 지난번 엄마 생일에 아빠가 선물로 주셨어요."

"그렇구나. 나는 믿지 않을 뻔했지. 제니가 그렇게 말했지만, 제니 말은 하나도 믿을 수 없으니까. 순금 골무라니. 그런 것은 들어본 적도 없어. 자, 이제 나가서 저녁밥을 먹어라. 밥은 늘 제때 먹어야 해. 제니, 팬티를 올려라. 한쪽 다리가 치마 밑으로 빠져나와서 삐죽 보이지 않니. 매무새라도 좀 단정하게 해."

제니는 분개했다.

"내 팬…… 드로어즈는 삐져나오지 않았어요."

"페니 집안사람이 입은 건 팬티고 블라이드 집안사람이 입은 건 드로어즈야. 그것이 지금도 앞으로도 너희들의 다른 점이지. 나한테 말대꾸하지 마라."

페니네 식구가 모두 큰 부엌에 있는 저녁 식탁 앞에 모였다. 다이는 리나 아주머니 말고는 모두 처음 보았지만, 식탁 둘레로 흘깃 눈길을 보냈을 때 엄마와 수전이 어째서 자기를 이리로 보내고 싶어하지 않았는지 알았다.

식탁보는 너덜너덜하고 오래전에 흘린 그레이비소스 자국이 얼룩덜룩 묻어 있었다. 식기는 짝도 맞지 않게 여기저기서 모은 것들이었다. 파리가 어디에나 우글거렸다. 페니 집안사람들로 말하자면…… 다이는 이제까지 이런 사람들과 한 상에 앉아본 일이 없었고 그저 '무사히 잉글사이드에 가 있었으면' 하는 마음만 굴뚝같았다. 그러나 지금은 이 고난을 헤쳐나가야만 했다.

제니가 벤 아저씨라고 부르는 어른이 식탁 윗자리에 앉았다. 불타는 듯한 붉은 턱수염을 길렀고 거의 벗어진 머리 둘레로 희끗희끗한 머리칼이 좀 남아 있었다. 벤 아저씨의 동생 파커는 독신으로, 여위고 수염도 깎지 않은 모습으로 장작통에 침 뱉기 알맞은 곳에 자리 잡고 앉아 쉴 새 없이 침을 뱉었다.

남자아이인 12살 된 커트와 13살 된 조지 앤드루는 물고기 같은 물색 눈으로 뻔뻔스러울 만큼 다이를 흘끔거렸다. 너덜너덜한 셔츠에 난 구멍 사이로 맨살이 보였다. 깨진 병에 베인 커트의 손을 싸맨 것은 피가 밴 누더기였다.

11살인 애너벨과 10살인 거트는 동그란 갈색 눈의 귀여운 소녀들이었다. 2살 된 터피는 곱슬머리가 애교 있었고 뺨은 장밋빛이었으며, 리나 아주머니의 무릎에 앉은 장난기가 가득한 까만 눈의 아기는 깨끗하기만 하면 틀림없이 귀여울 것 같았다.

제니가 따졌다.

"커트, 내가 손님이 온다고 분명히 얘기했는데, 왜 손톱을 깨끗이 하지 않았니? 애너벨, 입안에 음식을 가득 물고 말하면 못써."

그런 뒤 제니는 다이에게 덧붙여 설명했다.

"이 집안에서 예절을 가르치려고 애쓰는 사람은 나뿐이야."

벤 아저씨가 쩌렁쩌렁 울리는 목소리로 야단쳤다.

"입 다물어!"

제니가 큰 소리로 말했다.

"입 안 다물 거예요. 나를 입 다물게 할 수는 없어요."

그러자 리나 아주머니가 덤덤한 투로 나무랐다.

"아저씨에게 말대꾸하는 거 아니야. 자, 너희들, 숙녀처럼 얌전히 굴어야지. 커트, 미스 블라이드에게 감자를 주렴."

커트가 킥킥 웃었다.

"오, 호, '미스 블라이드'라고?"

이날 다이는 적어도 한 번은 온몸이 짜릿해지는 설렘을 맛보았다. 태어나서 처음으로 미스 블라이드라고 불렸기 때문이다.

놀랍게도 식사는 맛있고 푸짐했다. 다이는 배가 고팠으므로 아주 맛있게 먹으며 식사를 즐겼을지도 모른다. 비록 이 빠진 찻잔을 쓰는 것은 싫었지만…… 음식이 정갈하다고 믿을 수만 있었다면…… 그리고 다들 그렇듯 다투지만 않았다면 말이다.

이 집 사람들은 쉴 새 없이 싸웠다. 처음엔 조지 앤드루와 커트가 다투더니, 어느샌가 거트와 애너벨이 옥신각신하고, 그다음엔 거트와 제니가 티격태격하고, 심지어는 벤 아저씨와 리나 아주머니조차 싸웠다. 둘은 무섭게 싸우면서 신랄한 비난을 마구 퍼부으며 서로를 탓했다. 리나 아주머니는 자기가 결혼할 수도 있었던 훌륭한 남자 이름을 모조리 벤 아저씨에게 들이밀었고, 벤 아저씨는 벤 아저씨대로 누구라도 좋으니 자기 말고 다른 사람과 결혼해주었으면 자기도 좋을 뻔했다고 말했다.

다이는 생각했다.

'우리 엄마, 아빠가 저렇게 싸웠다면 얼마나 무서웠을까? 아, 집에 돌아가고 싶다.'

"손가락을 빨면 안 돼, 터피."

다이는 그만 이 말을 입 밖에 내고 말았다. 릴라가 손가락 빠는 버릇을 고쳐주려고 온 식구가 무척 애를 먹었었기 때문이다.

커트가 금방 무섭게 화를 냈다.

"가만 내버려둬. 빨고 싶으면 손가락쯤 맘껏 빨아도 돼. 우리는 너희 잉글사이드 꼬마들처럼 잔소리에 들볶이지 않아. 네가 뭔데 건방지게 우리한테 해라 마라 명령하는 거야?"

리나 아주머니가 나무랐다.

"커트, 커트! 그런 말 하면 미스 블라이드가 너를 예의도 모르는 아이라고 여기지 않겠니."

다시 차분해진 리나 아주머니는 아주 생글생글 웃으며 벤 아저씨의 찻잔에 설탕 두 숟갈을 넣어주었다.

"마음 쓰지 마라, 얘야. 자, 파이를 한 조각 더 먹으렴."

다이는 파이를 더 먹고 싶지 않았다. 오직 집에 돌아가고 싶을 뿐이었다. 그러나 어떻게 하면 집으로 갈 수 있는지 짐작도 되지 않았다.

벤 아저씨는 요란스러운 소리를 내며 차를 마지막 한 방울까지 다 마신 뒤 큰 소리로 말했다.

"자, 끝이다. 아침 일찍 일어나 하루 종일 일하고 세끼 밥을 먹고 자다니. 거참, 멋진 인생이야!"

리나 아주머니가 미소 지으며 말했다.

"아빠가 즐겨하는 농담이란다."

"농담이라고 하니까 생각났는데…… 오늘 플래그네 가게에서 감리교파 목사를 만났지. 내가 하느님 따위는 없다고 했더니 반박하려 들더군. '당신은 할 얘기 있으면 일요일에 해. 이번에는 내 차례요. 자, 하느님이 있다는 걸 어디 한번 증명해보시오.'라고 내가 말했더니, 그 목사가 '이야기는 당신이 하고 있잖소.' 하는 거야. 모두 머저리처럼 웃어대더군. 목사가 별로 똑똑한 소리도 안 했는데도 말이야."

하느님이 없다니! 다이가 살아온 세계의 밑바닥이 무너져내리는 듯했다. 다이는 그만 울고 싶었다.

페니네 아이들

저녁 식사가 끝난 뒤에는 상황이 더욱 나빠졌다. 식사 전에는 적어도 제니와 둘이서만 있었다. 지금은 폭도들에게 둘러싸였다.

조지 앤드루가 다이의 손을 잡아채고는 미처 달아날 사이도 없이 다이를 진창 웅덩이 이리저리로 끌고 다녔다. 다이는 이런 취급을 받기는 난생처음이었다. 젬도 월터도 켄 포드도 다이를 놀릴 때는 있었지만, 이런 남자아이들은 만난 적은 없었다.

커트는 씹던 껌을 입에서 꺼내 다이에게 주겠다고 했지만 다이가 거절하자 몹시 화를 냈다.

커트는 크게 소리쳤다.

"살아 있는 쥐를 너한테 던져줄 테다. 잘난 척쟁이! 거들먹쟁이! 오빠는 샌님인 주제에!"

다이가 말했다.

"월터는 샌님이 아니야."

너무 겁이 난 나머지 속이 메슥거렸지만, 월터가 욕먹는 것을 잠자코 듣고 있을 수만은 없었다.

"샌님이고말고. 시 따위를 쓰잖아. 우리 집에 시 따윌 쓰는 형제가 있다면 내가 어떻게 했을지 알아? 물에 빠뜨려 죽일 거야. 새끼 고양이처럼 말이야."

제니가 말했다.

"새끼 고양이라고 하니까 생각났는데, 헛간에 들고양이 새끼가 잔뜩 있어. 가서 쫓아내자."

그러나 다이는 이런 남자아이들과 고양이를 쫓으러 갈 생각이 없어서 말했다.

"아기 고양이라면 우리 집에도 많이 있어. 열한 마리나 있는걸."

다이는 자랑스럽게 말했다.

제니가 소리쳤다.

"그런 말은 안 믿어! 그럴 리 없어! 고양이 새끼를 열한 마리나 가지고 있는 집이 세상에 어디 있어. 고양이 새끼가 열한 마리나 태어날 리 없는데."

"한 고양이가 다섯 마리를 낳고 또 다른 고양이가 여섯 마리를 낳았어. 아무튼 나는 헛간에 안 갈래. 지난겨울에 테일러네 헛간 2층에서 떨어졌어. 만일 여물 더미 위에 떨어지지 않았더라면 죽을 뻔했었는걸."

제니는 부루퉁하게 말했다.

"어머나, 나도 언젠가 커트가 붙잡아주지 않았으면 헛간 2층에서 '굴를' 뻔한 적 있어."

'헛간 2층에서 떨어질 권리는 나 말고 아무에게도 없는데. 다이 블라이드가 그런 모험을 하다니! 정말 건방진 아이야!'

다이가 주의를 주었다.

"'굴를'이 아니라 '구를' 뻔했었다고 말해야 해."

그리고 그 말을 입 밖에 낸 순간 다이와 제니의 사이는 끝나버렸다.

그럼에도 그날 밤은 여기서 지내야만 했다. 모두 밤늦게까지 잠자리에 들지 않았다. 페니네에서는 아무도 일찍 자는 사람이 없었기 때문이다. 10시 30분에 제니가 안내해서 자러 들어간 넓은 방에는 침대 두 개가 나란히 놓여 있었다. 애너벨과 거트가 자기들 침대에 들어가 있었다.

다이는 하나 남은 다른 침대를 보았다. 베개가 아주 꾀죄죄했다. 이불도 빨래가 몹시 시급해 보였다. 벽지—그 유명한 '앵무새' 벽지—에 물이 스민 자국이 있었고 앵무새들도 그리 앵무새다워 보이지 않았다. 침대 옆 탁자 위에는 화강암 주전자 하나와 더러운 물이 반쯤 담긴 찌그러진 양철 세숫대야가 놓여 있었다. 다이는 그 물로 얼굴을 씻을 마음은 조금도 없었다. 처음으로 다이는 세수를 하지 않은 채로 자야만 했다. 리나 아주머니가 준비해준 잠옷만은 그래도 깨끗했다.

다이가 기도를 드리고 일어서자 제니가 비웃었다.

"너는 참 구식이구나. 기도하는 모습이 아주 신앙심 깊은 바보 같아서 우스꽝스럽더라. 요즘도 기도 같은 걸 하는 사람이 있는 줄 몰랐어. 도대체 기도 같은 게 무슨 소용이 있니? 무엇 때문에 하는 거야?"

다이는 수전의 말을 빌려왔다.

"내 영혼이 구원받아야만 하니까."

제니가 비웃었다.

"나한테는 영혼 같은 건 없어."

"아마 그럴지도 모르지. 하지만 나한테는 있어."

다이는 자세를 바로잡았다.

제니는 다이를 똑바로 쳐다보았다. 그러나 제니의 눈이 부리던 주술은 깨졌다. 두 번 다시 다이는 그 마력에 휘둘리지 않을 것이다.

다이가 마치 자신을 속이기라도 했다는 듯 제니는 아주 실망스러운 투로 말했다.

"네가 이런 아이인 줄 몰랐어, 다이애나 블라이드."

다이가 대답할 사이도 없이 조지 앤드루와 커트가 방으로 뛰어 들어왔다. 조지 앤드루는 탈을 쓰고 있었다. 큼직한 코가 달린 섬뜩한 탈이었다. 놀란 다이는 비명을 꽥 질렀다.

조지 앤드루가 명령했다.

"대문 밑에 낀 돼지처럼 자꾸 꿀꿀거리지 마. 너는 우리에게 잘 자라고 뽀뽀해야 해."

커트가 위협했다.

"그러지 않으면 저 벽장 속에 가둬버릴 테야. 저 안에는 쥐가 가득 있어."

조지 앤드루가 다이에게로 다가왔으므로 다이는 다시 새된 소리를 지르며 뒤로 물러났다. 다이는 탈이 무서워 몸이 움츠러든 채 꼼짝도 할 수 없었다. 탈 뒤에 있는 건 조지 앤드루임을 잘 알고 있었으며 조지 앤드루는 무섭지 않았다. 그러나 그 무서운 탈이 자기 가까이에 오면 죽고 말 거라고 생각했다…… 죽고 말 것임을 분명히 알고 있었다.

마침내 그 무서운 탈의 코가 얼굴에 닿을 듯이 가까이 다가왔을 때 다이는 의자에 걸려 뒤로 나자빠지면서 애너벨의 날카로운 침대 모서리에 머리를 부딪쳤다. 순간 현기증이 난 다이는 스르르 눈을 감은 채 그대로 누워 있었다.

"죽어버렸어…… 죽어버렸다고."

거트가 코를 훌쩍이며 울기 시작했다.

애너벨이 말했다.

"다이를 죽여버렸다면 오빠는 엄청 얻어맞을 거야, 조지 앤드루!"

커트가 말했다.

"죽은 척하고 있는 건지도 몰라. 지렁이를 한번 올려놔봐. 이 깡통 속에 몇 마리 있어. 죽은 척하고 있는 거라면 살아날 거야."

다이는 이 말을 들었지만 무서워서 눈을 뜰 수 없었다.

'내가 죽었다고 여기면 이 애들은 나를 놔두고 가버릴 수도 있어. 하지만 지렁이를 올려놓는다면······.'

거트가 말했다.

"핀으로 찔러봐. 피가 나오면 죽은 게 아니니까."

'나는 핀은 참을 수 있지만, 지렁이는 싫어.'

제니가 훌쩍거리며 말했다.

"죽지 않았어······ 죽었을 리 없어. 너희들이 겁을 줘서 발작을 일으켰을 뿐이야. 하지만 만일 정신을 차리면 온 집 안에 들리도록 새된 소리를 지를 거야. 그러면 벤 아저씨가 들어와 우리를 마구 때리겠지. 이런 겁쟁이 따위 집에 오라고 하지 말걸!"

조지 앤드루가 제안했다.

"정신을 차리기 전에 우리가 쟤네 집까지 메고 가면 어떨까?"

'아, 그렇게만 해준다면!'

제니가 반대했다.

"우린 못 해······ 멀잖아."

"지름길로 가면 4분의 1마일밖에 안 되는걸. 우리가 각자 팔다리를 하나씩 잡으면 돼. 너하고 커트하고 나하고 애너벨, 이렇게 넷이서 말이야."

페니네 아이들이 아니라면 이런 일을 생각해내지 못했을 것이다. 생각해냈다 하더라도 실행에 옮기지 못했을 것이다. 그러나 페니네 아이들은 머리에 떠오른 일은 뭐든지 일단 저지르는 데 익숙해져 있었고, 이 집안의 가장에게 '얼어맞는' 일은 될 수만 있으면 피해야 했다. 아빠는 어느 선까지는 우리가 무슨 짓을 하든 신경 쓰지 않았지만 그것을 넘었다가는…… 끝장이다!

조지 앤드루가 말했다.

"옮겨가는 동안 눈을 뜨면 우리는 그대로 내려놓고 달아나자."

다이가 정신을 차릴 염려는 조금도 없었다. 자기 몸이 네 아이에 의해 들어 올려졌을 때 다이는 너무도 고마워서 몸이 떨렸다. 아이들은 발소리를 죽여 아래로 살금살금 내려가 집 밖으로 나갔다. 뒤뜰을 지나 기다란 클로버 들판을 넘어…… 숲을 지나…… 언덕을 내려갔다. 두 번쯤 다이를 내려놓고 쉬어야만 했다. 이제는 다이가 죽은 줄로만 알고 네 아이는 아무에게도 들키지 않고 다이네 집까지 가야겠다는 것만을 한마음으로 바라고 있었다.

태어나서 이제까지 한 번도 기도한 적 없지만 제니는 지금 속으로 기도하고 있었다―마을 사람들이 아무도 나오지 않게 해달라고. 만일 다이 블라이드를 집으로 데려다 놓기만 한다면 다이가 잠잘 때가 되어 집에 가고 싶어 몹시 떼를 썼다고 그들 모두 맹세할 수 있을 터였다. 그 뒤에야 어떤 일이 일어나든 자기들이 알 바 아닌 것이다.

네 아이가 이런 계획을 짜고 있을 때 다이는 한 번 용감하게 눈을 떠보았다. 그들을 둘러싼 잠들어 있는 세계는 다이에게 아주 낯설어 보였다. 울창한 전나무는 서먹서먹했다. 별은 다이를 보며 비웃고 있었다.

'나는 저렇게 큰 하늘은 싫어. 하지만 이대로 조금만 더 참으면 집에 돌아갈 수 있어. 만일 이 아이들이 내가 죽지 않았다는 것을 알면 나를 여기에 버려둔 채 가버릴 테고, 난 이 어둠 속에 절대로 혼자서는 집으로 돌아가지 못해.'

페니네 아이들은 다이를 잉글사이드의 베란다 바닥에 털썩 내려놓자 미친 듯이 달아났다. 다이는 혹시 몰라서 금방 되살아나려고 하지 않았지만, 마침내 용감하게 눈을 떠보았다. 그렇다, 집에 돌아온 것이다. 너무나 기뻐 현실로 여겨지지 않을 정도였다.

다이는 자신이 아주 나쁜 아이였지만, 다시는 나쁜 짓을 하지 않겠다고 생각했다. 그리고 나서 몸을 일으켜 자리에 앉았다. 그러자 슈림프가 발소리를 죽여 층계를 올라와 가르랑거리며 다이에게 몸을 비비댔다. 다이는 부드러운 슈림프를 꼭 끌어안았다. 어쩌면 슈림프는 이토록 기분 좋고 따뜻하며 상냥할까!

다이는 집 안으로 들어갈 수는 없으리라고 여겼다. 아버지가 집을 비웠을 때면 수전이 온 집 안의 문을 모두 잠근다는 것을 알고 있었으며, 이런 시각에 수전을 깨울 생각은 없었다. 그러나 괜찮다. 6월 밤이 춥기는 하지만 해먹에 들어가 슈림프와 함께 웅크리고 자면 된다. 저 잠긴 문 안에, 아주 가까운 곳에 수전과 오빠들, 그리고 낸이 있고…… 무엇보다 무사히 집에 돌아왔으니까.

어두워진 세상은 정말 이상하다. 나 말고는 모두 잠들어 있을까? 층계 옆 풀숲에 있는, 꽃송이가 큰 흰 장미는 밤에 보니까 자그마한 사람 얼굴처럼 보였다. 알싸한 박하 향기는 다정한 친구 같았다. 과수원에서 반딧불이 반짝 빛났다. 게다가 '밤새도록 밖에서 잤다'고 나중에 자랑할 수도 있겠는걸.

그러나 그렇게 되지는 않았다. 검은 그림자 둘이 대문으로 들어오더니 마찻길을 걸어왔다. 길버트는 부엌 창문을 억지로 열어보려고 뒤꼍으로 돌아갔고, 앤은 층계를 올라오다가 고양이를 끌어안고 앉아 있는 어린것의 가련한 모습을 보고는 소스라치게 놀라 우뚝 서버렸다.

"엄마…… 아, 엄마!"

다이는 포근한 어머니의 품에 안겼다.

"아니, 다이, 아가야! 이게 어찌 된 일이니?"

"아, 엄마, 나는 나쁜 짓을 하고 말았어요…… 하지만 잘못했다고 여기고 있어요…… 엄마 말이 맞았어요…… 그런데 엄마랑 아빠는 내일이라야 돌아오는 줄 알았는데요?"

"로브리지에서 아빠한테 전화가 걸려 왔거든. 내일 파커 부인이 수술받는데 아빠한테 함께 있어달라고 파커 선생님이 부탁했어. 그래서 엄마, 아빠는 저녁 기차를 타고 와서 역에서부터 걸어온 거야. 자, 무슨 일이 있었는지 이야기해 보렴."

다이가 울먹거리며 모든 일을 이야기하는 동안 길버트가 안으로 들어가 현관문을 열었다. 길버트는 소리 없이 살그머니 들어갔다고 여겼지만, 수전은 잉글사이드의 안전에 관계되는 일이라면 박쥐 울음소리까지도 들을 수 있는 귀를 가지고 있었으므로, 잠옷 위에 가운을 걸치고 절룩거리며 아래로 내려왔.

수전이 놀라서 부르짖으며 해명하려 했지만, 앤이 가로막았다.

"아무도 수전을 나무라지 않아요. 다이는 아주 나쁜 짓을 했지만 자기도 그것을 알았고 벌도 충분히 받았다고 생각해요. 자는데 시끄럽게 하는 바람에 깨워서 미안해요…… 어서 잠자리로 돌아가요. 선생님이 수전의 발목을 살펴봐줄 거예요."

"저는 자고 있지 않았어요, 사모님. 그 소중한 아이가 어떤 곳에 있는지 아는데, 잠이 왔을 거라고 생각하세요? 그리고 발목이야 어떻게 됐든 두 분에게 차를 한 잔씩 드리겠어요."

다이는 자기의 하얀 베개에 머리를 누이고서 물었다.

"엄마, 아빠가 엄마한테 심하게 하는 일이 있어요?"

"심하게 한다고? 나한테? 어머나, 다이, 그게 대체 무슨……!"

"페니네 사람들이 그렇게 말했어요, 아빠가 엄마를 때린다고."

"다이, 페니네 사람들이 어떤 사람들인지 이제 너도 알았을 테니 그 사람들이 한 말로 네 작은 머리를 아프게 하지 않았으면 좋겠구나. 세상 어디에나 조금은 악의 있는 소문이 반드시 도는 법이란다. 바로 그런 사람들이 '지어내는' 거야. 그런 소문에 결코 신경 쓸 필요 없어."

"내일 아침에 날 혼낼 거예요, 엄마?"

"아니, 너는 이미 단단히 혼이 나서 스스로 깨달았다고 생각해. 자, 어서 자렴, 다이."

'엄마는 어쩌면 이토록 무엇이든 잘 알까.'

이런 생각을 마지막으로 다이는 금세 잠들어버렸다.

그러나 블라이드 선생님이 발목에 능숙하게 붕대를 감아주어 침대에 몸을 편히 눕힌 수전은 괘씸한 마음에 혼잣말을 중얼거리고 있었다.

"아침이 되면 모든 수를 써서라도 그 훌륭한 미스 제니 페니를 혼쭐낼 방법을 찾아내서, 다음에 볼 때는 그 애가 절대로 잊지 못할 만큼 혼내줘야겠어."

제니 페니는 수전이 단단히 벼르던 벌을 받지 않았다. 그날 이후 글렌 초등학교에 다니지 않았기 때문이다. 그 대신 다른 페니 집안 형제자매들과 함께 모브레이내로즈 초등학교에 다니게 되었다. 그곳에서 다시 거짓말들이 들려왔는데, 그 가운데에는 다이 블라이드에 대한 것도 있었다.

그 이야기란 이러했다. 글렌세인트메리의 '커다란 집'에 살고 있는 다이 블라이드가 늘 제니하고 놀고 싶어서 툭하면 제니네 집에 자러 왔다가 어느 날 밤 기절해 버려 제니 페니 혼자 누구의 도움도 받지 않고 등에 업어 한밤중에 집까지 데려다주었다. 잉글사이드 사람들은 너무너무 고마워서 무릎을 꿇고 제니의 손에 입을 맞추었으며 의사 선생님이 직접 그 유명한 한 쌍의 점박이 회색 말을 매어서 지붕에 술 장식 달린 마차를 몰아 제니를 집까지 데려다주었다. 그리고 다음과 같이 맹세했다는 것이었다.
"미스 페니, 내 귀여운 딸아이에게 보여준 아가씨의 친절에 대해 뭐든지 원하는 일이 있으면 말해보세요. 내 심장 속 가장 좋은 붉은 피로도 보답할 길이 없군요. 미스 페니에게 보답하기 위해서라면 나는 적도 아프리카에라도 갈 겁니다."

비밀

"나는 나는 네가 모르는 비밀을 알고 있지롱…… 알고 있지롱…… 알고 있지롱."

도비 존슨은 부두 끄트머리에 서서 몸을 앞으로 흔들 뒤로 흔들 하며 놀림 조로 노래를 불러댔다.

이번에는 낸이 스포트라이트를 받을 차례였다. 잉글사이드를 떠난 뒤에도 두고두고 이야기할 추억담이 하나 더 늘어날 차례였다. 낸은 죽는 날까지도 그날 일을 생각하면 얼굴이 매번 붉어지긴 했지만…… 생각할 때마다 자신의 어리석음이 부끄러웠기 때문이다.

도비가 몸을 앞으로 흔들 뒤로 흔들 하며 서 있는 것을 보며 낸은 몸서리쳤다. 그러면서도 왠지 모르게 눈을 뗄 수 없었다. 아마 저러다가 도비는 틀림없이 떨어질 것이다. 떨어지면 어떻게 될까? 그러나 도비는 결코 떨어지지 않았다. 도비는 언제나 운이 좋았다.

도비가 했던 일이며, 했다고 말하는 것들—그 두 가지는 아마도 반드시 서로 일치하는 것은 아니었을 테지만, 우스갯소리 하나도 사실이 아니면 말하지 않는 잉글사이드에서 자라온 낸은 너무나 순진하고 남을 쉽사리 믿는 성격이라 그 차이를 금세 알아채지 못했다—은 낸을 매혹했다. 이제까지 샬럿타운에서 살았던 11살의 도비는 아직 8살밖에 안 된 낸보다 훨씬 많은 것을 알고 있었다. 도비의 말을 빌리자면 샬럿타운 사람들만이 무엇이든 알고 있었다. 글렌세인트메리 같은 보잘것없는 곳에 틀어박혀 살면서 무엇을 안단 말인가?

도비는 방학의 일부를 글렌 마을에 있는 엘라 아주머니네 집에서 지내고 있었는데, 나이가 서로 다른데도 도비와 낸은 아주 친한 친구가 되었다. 아마 낸이 도비를 잘 따랐기 때문일 것이다. 낸에게는 도비가 거의 어른처럼 여겨져, 사람이 최고의 것을 볼 때—또는 최고의 것을 보고 있다고 생각할 때—절로 우러나는 숭배의 마음을 품고 있었다. 도비는 자기를 마냥 숭배하며 주변을 맴도는 이 꼬마가 마음에 들었다.

도비는 엘라 아주머니에게 말했다.

"낸 블라이드는 나쁘지 않은 애예요. 애가 좀 무른 데가 있기는 하지만요."

조심성 많은 잉글사이드 사람들도 도비에게서 특별히 이상한 점은 조금도 발견하지 못해—앤이 나중에 돌이켜 생각해보니 도비 어머니가 애버리의 파이네 사촌이긴 했지만—낸이 도비와 사이좋게 지내는 데 반대하지 않았다. 물론 수전은 엷은 황금빛 속눈썹과 구스베리 빛깔의 초록색 눈을 처음부터 미심쩍게 생각하고 있었다. 그러나 어쩌면 좋단 말인가? 도비는 '예의 발랐고' 옷차림은 반듯했으며 숙녀다웠고 수다스럽지도 않았다. 수전은 자기의 의심을 증명할 방법이 없어 잠자코 있었다. 어차피 도비는 개학하면 집으로 돌아갈 것이므로, 갖은 수를 다 써서 그 애를 막을 필요까지는 없을 듯했다.

낸과 도비는 대개 배가 한두 척 닻을 내리고 머물러 있는 부두에서 틈날 때마다 함께 시간을 보냈다. 그해 8월 낸은 무지개 골짜기에 모습을 거의 나타내지 않았다. 잉글사이드의 다른 아이들은 도비를 그리 좋아하지 않을 뿐 아니라, 오히려 싫어했다. 도비가 월터에게 심한 장난을 쳐서 다이가 몹시 화가 나

'항의'를 한 일도 있었다. 도비는 심한 장난을 좋아하는 듯했다. 글렌 마을의 여자아이들이 아무도 낸으로부터 도비를 떼어내 자기들에게로 끌어들이려 하지 않는 건 아마 그 때문이었는지도 모른다.

낸은 애원했다.

"아, 부탁이니 가르쳐줘."

그러나 도비는 짓궂게 눈을 찡끗하기만 할 뿐, 그런 일을 이야기해주기에는 너는 아직 너무 어리다고 말했다. 이처럼 화나는 일은 없었다.

"부탁이니 말해줘, 도비."

"안 돼. 꼭 비밀을 지키라면서 케이트 아주머니가 나한테만 말해주었고, 아주머니는 이미 죽어버렸어. 그러니 그 비밀을 아는 사람은 온 세상에 오직 나 혼자뿐이야. 그 일을 들었을 때 결코 아무에게도 말하지 않겠다고 약속했어. 너는 누구에게인가 말할 거야…… 이야기하지 않고는 못 배길 테니까."

낸이 고개를 가로저으며 소리쳤다.

"그렇지 않아…… 아무에게도 이야기하지 않을 수 있어."

"잉글사이드 사람들은 서로 무엇이든 다 말한다고 모두들 그러던걸. 수전이 너한테서 곧 그 말을 끄집어내고 말 거야."

"그렇지 않아. 수전에게 말하지 않은 것도 많은걸. 나만의 비밀이 있어. 네 비밀을 들려주면 내 것도 이야기해줄게."

"어머나, 나는 너 같은 어린아이의 비밀 따위에는 흥미 없어."

이런 모욕이 또 있을까! 낸은 자기의 조그만 비밀들이 아름답다고 여겼다. 테일러 씨의 마른풀 넣어두는 헛간 뒤 멀리 가문비나무숲에서 발견한, 꽃이 활짝 피어 있는 단 한 그루의 산벚나무, 늪의 연잎에 누워 있는 조그만 흰 요정에 관한 꿈, 은사슬로 맨 백조가 항구까지 끌어오는 배에 관한 공상, 낡은 매컬리스터 저택에 살고 있는 아름다운 숙녀에 대해서 낸이 지어내기 시작한 로맨스 등. 이것은 모두 낸에게는 아주 멋지고 마법 같은 것들로 여겨져, 다시 생각해보니 결국 도비에게 말하지 않기를 잘했다고 느꼈다.

그러나 도비가 나에 대해 내가 모르는 걸 알고 있다고 한 것은 무엇일까? 이 의문은 모기처럼 낸을 따라다녔다.

다음 날 도비는 또다시 자기의 비밀 이야기를 끄집어냈다.

"내가 다시 생각을 해 봤는데 낸, 네 일이니까 아무래도 너는 알고 있어야만 할지도 모르겠어. 케이트 아주머니는, 직접 관계된 사람 말고는 아무에게도 이야기해서는 안 된다는 뜻이었던 거야. 자, 만일 너의 그 도자기 수사슴을 준다면 너에 대해 내가 아는 비밀을 모조리 말해줄게."

"어머나, 그건 줄 수 없어, 도비. 지난번 생일에 수전이 준 거야. 다른 사람한테 주면 수전이 몹시 속상해할 거야."

"그래, 그럼. 자기에 관한 어떤 중요한 일을 아는 것보다 고작 사슴이 더 좋다면 하는 수 없지, 뭐. 나는 괜찮아. 사실 나도 말하기 싫었어. 다른 여자아이들이 모르는 일을 혼자 알고 있다는 건 언제나 기분 좋은 일이니까. 내가 '중요한' 사람이 된 기분이거든. 다음 일요일에 교회에서 나는 너를 보며 '내가 너에 대해 알고 있는 것을 만일 네가 알게 된다면, 낸 블라이드……' 하고 생각할 거야. 참 재미있겠지."

낸이 물었다.

"나에 대해 알고 있는 일이란 멋진 일이니?"

"오, 무척 '낭만적'이란다. 이야기책에서 읽은 것 같은 그런 일이지. 하지만 신경 쓰지 마. 너는 흥미가 없고, 나는 나 혼자만 알고 있으면 되니까."

이쯤 되자 낸은 궁금해서 미칠 것만 같았다. 도비만이 알고 있는 수수께끼를 알아내지 못하면 살아 있을 보람도 없는 듯이 여겨졌다. 갑자기 낸에게 좋은 생각이 떠올랐다.

"도비, 그 사슴은 줄 수가 없어. 하지만 만일 네가 나에 대해 알고 있는 일을 가르쳐준다면 내 빨간 양산을 줄게."

도비의 구스베리 같은 눈이 순간 번득였다. 안 그래도 그 양산이 부러워 견딜 수 없었던 것이다.

도비는 거래를 위해 확인했다.

"지난주에 너네 엄마가 샬럿타운에서 사다 준 그 빨간색 새 양산 말이니?"

낸은 고개를 끄덕였다. 숨결이 빨라졌다. 정말로…… 정말로 도비는 가르쳐 주려는 것일까?

도비는 의심스러운 듯 다그쳤다.

"너네 엄마가 허락할까?"

낸은 다시 고개를 끄덕였으나 좀 자신이 없었다. 그것은 똑똑히 알 수는 없는 일이었다. 그 나약한 태도를 도비는 놓치지 않았다.

"내가 비밀을 말해주기 전에 너는 그 양산을 여기로 가져와야 해. 양산을 안 주면 비밀은 알려줄 수 없어."

낸은 얼른 약속했다.

"내일 가져올게."

도비가 자기에 대해 알고 있다는 일을 무슨 수를 써서라도 알아야만 한다.

도비는 의심스럽게 말했다.

"그럼 생각해볼게. 너무 큰 희망은 갖지 마. 어쩌면 네게 말하지 않을지도 모르니까. 내가 벌써 여러 번 말했지만…… 너는 너무 어려."

낸은 간절하게 부탁했다.

"나는 어제보다 나이를 더 먹었잖아. 응, 도비, 제발 심술부리지 마."

도비는 거만하게 말했다.

"내가 아는 일을 말하든 안 하든 그건 내 마음이야. 너는 앤에게 말할 거야…… 네 엄마 말이야."

"물론 나도 우리 엄마 이름쯤은 알고 있어."

낸은 한껏 위엄을 세우는 말투로 말했다. 비밀을 말해주든 말든 모든 일에는 지켜야 할 선이라는 게 있었다.

"나는 잉글사이드에 있는 어느 누구에게도 말하지 않겠다고 했잖아."

"맹세하겠니?"

"맹세하겠어!"

"앵무새처럼 내 말을 똑같이 따라하지만 마. 물론 나는 그냥 굳은 약속이라는 뜻으로 말했을 뿐이야."

"나는 굳게 약속할게."

"그보다 더 굳게."

낸은 그보다 더 굳게 하려면 어떻게 해야 하는지 몰랐다. 그랬다가는 낸의 얼굴이 딱딱하게 굳어져버릴 것이다.

도비가 말에다 가락을 붙여 읊었다.

"손을 마주 잡고 하늘을 우러러보고,
성호를 긋고는 목숨을 걸고 맹세해."

낸이 도비를 따라서 의식을 끝내자 도비가 말했다.

"내일 꼭 양산을 가져와야 돼. 그러면 다시 생각해볼게. 너네 엄마는 결혼하기 전에 뭘 했니, 낸?"

낸이 얼른 대답했다.

"학교 선생님이었어…… 게다가 아주 잘 가르치셨대."

"그래? 그냥 궁금했어. 너네 아빠가 너네 엄마랑 결혼한 것은 실수라고 우리 엄마가 그랬어. 너네 엄마 가족에 대해서는 아무도 아는 게 없다면서? 게다가 너네 엄마만 아니었다면 너네 아빠하고 결혼했을지도 모를 대단한 아가씨들이 있었다고 우리 엄마가 그랬어. 자, 이제 가야겠다. 오 레보어(오 흐부아)!"

낸은 그 인사말이 '다음에 만날 때까지 안녕'이라는 뜻임을 알고 있었다. 프랑스말을 할 줄 아는 친구가 있다는 것을 낸은 아주 자랑스럽게 여겼다.

도비가 집으로 돌아간 뒤 오랫동안 낸은 부두에 줄곧 앉아 있었다. 낸은 부두에 앉아 고깃배가 드나드는 것을 지켜보기를 좋아했다. 이따금 배가 항구에서 아득히 먼 아름다운 나라로 떠나는 일이 있었다…… '아득히 머나먼'. 낸은 이 말을 음미하며 되풀이했다. 거기에는 마법의 향기가 담겨 있었다.

젬과 마찬가지로 낸도 이따금 배를 타고 떠날 수 있었으면 좋겠다는 생각을 했다. 푸른 항구를 벗어나 그늘에 싸인 모래톱을 지나, 밤에 빙빙 돌며 비추는 포윈즈 등댓불이 신비로운 나라로 향하는 거점이 되는 등대의 곶을 거쳐, 푸르스름한 안개 같은 여름의 만으로 나아가, 황금빛 아침 바다에 떠 있는 마법의 섬까지 계속 뻗어 가는 것이다. 오랜 세월 거친 파도에 시달려온 낡은 부두에 앉은 채 낸은 상상의 나래를 펼쳐 온 세계를 날아다니곤 했다.

그러나 이날 오후 낸의 마음은 온통 도비가 품고 있는 비밀에 쏠려 있었다. 정말로 도비는 가르쳐줄까? 어떤 일일까? '대체' 무엇일까? 그리고 아빠하고 결혼했을지도 모를 아가씨들은 또 누구란 말인가? 낸은 그 아가씨들에 대해서도 곰곰이 생각해보고 싶었다. 그 가운데 한 사람이 혹시 자기 엄마가 되었을지도 모른다. 그러나 그것은 무서운 일이었다. '엄마' 아닌 다른 어느 누구도 나의 엄마가 될 수는 없었다. 그런 일은 결코 생각할 수도 없었다.

그날 밤 엄마가 잘 자라며 뽀뽀를 해주었을 때 낸은 엄마에게 살짝 털어놓았다.

"엄마, 도비 존슨이 내게 비밀을 가르쳐주겠대요. 하지만 그 비밀을 알게 되어도 엄마에게도 가르쳐줄 수 없어요. 왜냐하면 말하지 않겠다고 도비에게 약속했거든요. 괜찮죠, 엄마?"

앤은 아주 재미있어하며 대답했다.

"괜찮고말고."

다음 날 부두에 갈 때 낸은 양산을 챙겼다. '이것은 내 양산이다.' 하고 낸은 스스로에게 되뇌었다.

'내가 받았으니 어떻게 하든 내 마음이지.'

궤변일 뿐인 이런 어리석은 변명으로 양심을 달래며 낸은 아무도 보지 않을 때 몰래 집을 빠져나왔다. 소중하고 화려한 조그만 양산을 남에게 줘야 한다고 생각하니 가슴이 아팠지만, 도비가 알고 있다는 비밀을 듣고 싶은 간절한 바람을 이미 그 무엇도 이길 수 없는 상태였다.

낸은 가쁜 숨을 몰아쉬며 말했다.

"자, 양산을 가져왔어, 도비. 그러니 비밀을 가르쳐줘."

도비는 당황했다. 사태를 여기까지 끌고 올 생각은 없었다. 설마 낸의 엄마가 빨간 양산을 남에게 줘도 좋다고 허락할 줄은 몰랐기 때문이었다. 도비는 입술을 오므렸다.

"아무래도 그런 빨강은 내 얼굴색에 어울리지 않을 것 같아. 너무 요란스러워. 역시 비밀은 말하지 않을래."

낸에게는 근성이 있었다. 도비의 매력으로도 그 근성을 꺾어 낸이 맹목적으로 굴종하도록 만들지는 못했다. 부당한 취급을 당했다고 생각하자 즉시 그 근성이 고개를 들었다.

"약속은 약속이야, 도비 존슨. 양산을 주면 나한테 비밀을 가르쳐주겠다고 했잖아. 자, 양산은 여기 있어. 그러니까 너는 약속을 지켜야 해."

도비는 심드렁하게 말했다.

"그래, 알았어."

세상이 온통 고요해졌다. 돌풍은 멎고 파도도 더 이상 부둣가 말뚝 언저리에서 철썩거리지 않았다. 낸은 황홀한 쾌감에 몸이 떨렸다. 드디어 도비가 알고 있는 비밀을 듣게 되는 것이다.

"너 항구 어귀의 지미 토머스네 집 알지? 여섯 발가락 지미 토머스 말이야."

낸은 고개를 끄덕였다. 물론 토머스 집안을 알고 있었다. 적어도 그 집안에 대해서는 알고 있었다. 여섯 발가락 지미는 이따금 잉글사이드에 생선을 팔러 왔다. 여섯 발가락 지미가 반드시 신선한 생선을 가져온다고 장담할 수 없다고 수전은 말했었다. 낸은 지미의 모습이 마음에 들지 않았다. 머리가 벗겨지고 부스스한 흰 곱슬머리가 양옆에 남아 있었으며 빨간 매부리코였다. 그러나 토머스 집안이 이 일과 무슨 관계가 있다는 것일까?

도비가 말을 이었다.

"그리고 캐시 토머스도 알지?"

낸은 언젠가 여섯 발가락 지미가 캐시를 생선 운반용 마차에 태워 함께 데리고 왔을 때 본 일이 있었다. 캐시는 낸 또래로, 덥수룩한 붉은 곱슬머리에 잿빛 도는 초록색의 대범한 눈을 하고 있었다. 그때 캐시는 낸에게 혀를 날름 내밀어 보였었다.

도비는 깊이 숨을 들이마셨다.

"그런데 말이야…… 내가 아는 너에 대한 비밀이란 바로 이거야. 네가 캐시 토머스고 캐시가 낸 블라이드라는 것."

낸은 뚫어지게 도비를 바라보았다. 낸으로서는 도비의 말뜻을 도무지 알 수 없었다. 도비의 말은 전혀 앞뒤가 맞지 않았다.

"그게……그게…… 무슨 말이야?"

"뻔하잖아."

도비는 낸을 딱하게 여기는 듯한 미소를 지었다. 이 이야기를 꼭 해야 할 입장에 처한 이상 그만한 가치가 있는 것으로 만들 작정이었다.

"너랑 캐시는 같은 날 밤에 태어났어. 토머스 집안이 글렌 마을에 살고 있을 때지. 그런데 간호사가 캐시를 토머스 씨네로 데려가 네 요람에 눕히고 너를 캐시네 엄마한테로 데려온 거야. 감히 다이까지 데려갈 용기는 없어서 못 데려갔는데, 그렇지 않았으면 데려갔을 거야.

간호사는 너네 엄마를 미워하고 있어서 그렇게 복수한 거야. 그래서 사실은 네가 캐시 토머스니까 항구 어귀에서 살고 있어야 하고, 가엾은 캐시는 저렇듯 의붓어머니에게 얻어맞으며 자라는 대신 잉글사이드에서 살아야 할 아이야. 나는 캐시를 보면 정말 안됐다고 자주 생각해."

낸은 이 터무니없는 이야기를 하나도 남김없이 사실로 믿었다. 이제까지 한 번도 거짓말을 들어본 일이 없는 낸은 도비가 한 이야기의 진실성을 조금도 의심하지 않았다. 누군가―더구나 자신이 숭배하는 도비가―이런 이야기를 일부러 지어낸다거나, 지어낼 수 있으리라고는 생각지 못했다. 낸은 고통과 환멸의 비애가 담긴 눈으로 도비를 보았다.

낸은 입술이 바싹 마른 채 헐떡이며 물었다.

"그 일을 어떻게…… 어떻게 너희 케이트 아주머니가 알게 됐는데?"

도비는 엄숙하게 말했다.

"간호사가 임종 때 이야기했어. 양심의 가책을 받았던 거라고 생각해. 케이트 아주머니는 나 말고는 아무에게도 이야기하지 않았어. 나는 글렌에 와서 캐시 토머스를…… 그러니까 낸 블라이드를…… 보게 되었을 때 잘 살펴보았어. 캐시는 너네 엄마랑 똑같이 빨강머리고 눈 색깔도 같아. 하지만 네 눈하고 머리는 갈색이야. 그래서 너는 다이랑 닮지 않은 거야…… 쌍둥이란 반드시 똑같이 생겼는데 말이야. 그리고 캐시의 귀는 너네 아빠 귀를 꼭 닮아서 보기 좋게 머리에 딱 붙어 있어.

이제 와서 어찌할 방법은 없다고 생각해. 하지만 나는 늘 불공평하다고 여겨 왔어. 너는 좋은 집에서 인형처럼 고이고이 대우받으며 편안하게 살고 있는데 가엾은 캐시…… 아니 낸은…… 누더기를 걸치고 먹을 것조차 제대로 못 먹는 일이 흔하니까. 게다가 여섯 발가락 지미 아저씨가 취해서 돌아온 날이면 캐시를 마구 때리기까지 한대!

어머나, 나를 왜 그런 눈으로 보는 거야?"

낸의 고통은 참을 수 없을 만큼 컸다. 모든 일이 끔찍할 만큼 너무도 분명해졌다. 낸과 다이가 조금도 닮지 않은 것을 사람들은 전부터 이상하게 여기고 있었다. 그 까닭이 바로 이것 때문이었다.

"내게 이 일을 이야기하다니, 너를 미워할 거야, 도비 존슨!"

도비는 살찐 어깨를 으쓱해 보였다.

"네 마음에 드는 일일 거라고는 하지 않았잖아. 네가 억지로 이야기하게 했으면서. 어디 가는 거야?"

낸이 얼굴이 새하얗게 질리고 현기증을 느끼며 비틀비틀 일어섰기 때문이다.

낸은 비참한 모습으로 대답했다.
"집에…… 엄마에게 이야기하러."
화들짝 놀란 도비가 소리쳤다.
"안 돼, 절대 그러면 안 돼. 이야기하지 않겠다고 맹세한 거 잊었니?"
낸은 도비를 노려보았다. 이야기하지 않겠다고 약속한 것은 사실이다. 그리고 엄마는 약속을 어기면 안 된다고 늘 말해왔다.
"나도 집에 갈 거야."
낸의 표정에 못마땅해진 도비는 양산을 낚아채서는 뛰기 시작했다. 통통한 맨살의 종아리를 드러내며 오래된 부두를 따라서 뛰어갔다. 그 뒤에는 가슴이 미어질 것만 같은 아이가 덩그러니 남아 자기의 조그만 우주가 무너진 폐허 속에 처량하게 앉아 있었다.
도비는 신경 쓰지 않았다. 낸은 좀 무른 구석이 있는 정도가 아니었다. 그러니 낸 같은 아이는 놀려줘도 사실 그리 재미가 없었다. 물론 낸은 집에 돌아가면 곧바로 자기 엄마에게 말할 테고, 그러면 속은 줄 알겠지.
도비는 생각했다.
'어차피 일요일에는 나도 집으로 돌아가니까 괜찮아.'
낸은 눈앞이 캄캄해지고 마음이 산산히 부서지고 절망에 빠진 채 마치 몇 시간이나 지난 것처럼 느끼며 부두에 쪼그리고 앉아 있었다. 자신은 엄마의 아이가 아니다! 여섯 발가락 지미의 아이인 것이다. 낸은 발가락이 여섯 개라는 사실만으로도 오싹하여 전부터 남모르게 여섯 발가락 지미를 무서워하고 있었다. 그러나 그녀에게는 엄마, 아빠에게 사랑받으며 잉글사이드에 살 권리가 없었다.
"아!"

낸은 자기도 모르게 비참한 신음 소리를 냈다. 이 일을 안다면 엄마도 아빠도 이제 자기를 사랑해주지 않을 것이다. 엄마와 아빠의 사랑이 모조리 캐시 토머스에게로 가버릴 것이다.

낸은 머리를 감싸쥐고 말했다.

"아, 어지러워!"

폭풍우 속에서

저녁 식사 때 수전이 물었다.
"우리 강아지, 왜 아무것도 안 먹는 거야?"
어머니는 걱정스러워했다.
"볕에 너무 오래 있었던 게 아닐까? 머리가 아프니?"
낸은 주저하며 말했다.
"네……에."
그러나 아픈 것은 머리가 아니었다
'엄마에게 거짓말한 것이 될까? 그렇다면 앞으로 얼마만큼이나 많은 거짓말을 해야만 하는 것일까?'
왜냐하면 이 무서운 사실을 가슴속에 감추고 있는 한, 두 번 다시 음식을 먹을 수 없으리라는 것을 낸은 알고 있었기 때문이었다. 그렇다 해도 엄마에게 말할 수는 없는 일이었다. 도비에게 약속했기 때문만이 아니다. 언젠가 수전이, 나쁜 약속이라면 지키기보다 어기는 것이 낫다고 말한 적이 있지 않은가. 그러나 이것은 엄마를 아프게 할 것이기 때문이다. 낸은 이 일이 엄마를 지독하게 괴롭힐 것이 틀림없음을 알았다. 결코 엄마를 괴롭히거나 아프게 해서는 안 된다. 아빠 역시 그렇다.

그렇긴 하지만 캐시 토머스 문제가 있다. 낸은 캐시를 낸 블라이드라고 부를 수 없었다. 캐시 토머스를 낸 블라이드라고 생각하기만 해도 낸은 말로 표현할 수 없을 만큼 두려움을 느꼈다. 그렇게 생각하는 것만으로도 자신의 존재가 완전히 지워지는 듯했다. 낸 블라이드가 아니라면 나는 그 누구도 아니었다. 결코 캐시 토머스가 될 수는 없었다.

그러나 캐시 토머스는 유령처럼 낸에게 달라붙었다. 낸은 1주일 동안 캐시에 대한 생각에 시달렸다. 이 비참한 1주일 동안 먹지도 놀지도 않고, 수전의 말을 빌리면 '넋이 나가 멍하니 있는' 이 아이 때문에 앤과 수전은 걱정이 이만저만이 아니었다.

"설마 도비 존슨이 집에 돌아갔기 때문이니?"

낸은 말했다.

"아니요. 아무것도 아니에요. 그냥 피곤할 뿐이에요."

길버트는 낸을 이리저리 살펴보고 나서 약을 처방했다.

그것을 낸은 얌전히 먹었다. 그 약은 피마자기름처럼 맛이 고약하지도 않았지만, 지금은 피마자기름을 먹어야 한다 해도 아무 상관 없었다. 캐시 토머스 문제와…… 혼란스런 낸의 머리에 떠올라 낸을 사로잡아버린 무서운 질문 말고는 아무래도 상관없었다.

'캐시 토머스에게 자기 권리를 찾아주어야 하는 게 아닐까?'

내가, 낸 블라이드가—낸은 낸이라는 자신의 정체성을 필사적으로 붙들고 있었다—캐시 토머스가 누리지 못한, 그러나 당연히 캐시의 것이어야 할 모든 것을 누리고 있다는 게 과연 공정한 일일까? 아니, 공정하지 않다. 공정하지 않다고 믿으며 낸은 절망했다. 낸의 가슴속 어딘가에는 매우 강한 정의감과 공정함을 존중하는 정신이 깃들어 있었다. 그 때문에 캐시에게 말하는 것이 옳은 일이라는 생각이 낸의 마음을 무겁게 짓눌렀다.

결국은 아무도 그리 대수롭게 여기지 않을지도 모를 일이었다. 엄마와 아빠는 물론 처음에는 좀 놀라겠지만 캐시가 자기들의 아이임을 알면 곧 애정을 모두 쏟고, 반대로 낸은 엄마나 아빠에게 하찮은 사람이 될 것이다. 엄마는 캐시에게 뽀뽀를 해주고, 여름날 해 질 녘에는 노래를…… 낸이 가장 좋아하는 노래를 불러줄 것이다…….

배가 떠가네, 바다 위를 두둥실두둥실 떠가네
아! 내게 가져다줄 아름다운 것들을 가득 싣고.

낸과 다이는 그들의 배가 들어오는 날에 대해 자주 이야기하곤 했었다. 그러나 이제 아름다운 것들은, 아무튼 낸에게 돌아올 몫은 캐시 토머스의 것이 되어야 한다. 다가오는 주일학교 학예회에서 낸이 하기로 되어 있는 요정 여왕 역도 캐시 토머스가 맡아 반짝이는 '낸의' 황금빛 왕관도 쓸 것이다. 낸이 그것을 얼마나 고대하고 있었는데!

수전은 캐시를 위해 새콤달콤한 과일을 넣은 폭신하고 맛있는 과자를 만들어줄 테고 고양이 푸시윌로는 캐시에게 좋다며 가르랑거릴 것이다. 캐시는 단풍나무숲에 있는 푹신푹신한 이끼가 깔린 낸의 장난감 집에서 낸의 인형을 가지고 놀 것이며, 낸의 침대에서 잘 것이다. 다이는 좋아할까? 다이는 자매로서 캐시를 마음에 들어 할까?

낸에게 더 이상 견딜 수 없는 날이 마침내 찾아왔다. 옳은 일을 해야만 한다. 항구 어귀로 가서 토머스 집안사람들에게 사실을 말하자. 엄마와 아빠에게는 토머스 집안사람들이 말하면 된다. 자기 입으로는 도저히 말할 수 없다고 생각했다.

결심을 하자 낸은 좀 기분이 나아졌다. 그러나 몹시 슬펐다. 낸은 저녁을 조금이라도 먹으려 했다. 이것이 잉글사이드에서 먹는 마지막 식사가 될 테니까. 낸은 필사적으로 생각했다.

'나는 언제까지나 엄마를 '엄마'라고 부르겠어. 여섯 발가락 지미를 '아빠'라고 부르기는 싫어. 아주 공손하게 '토머스 씨'라고 하자. 그러면 아마 여섯 발가락 지미도 싫어하지 않을 테지.'

그런데 무언가 낸의 목이 메게 했다. 고개를 들어보니 수전의 눈에 '피마자 기름'이라고 씌어 있었다. 수전은 오늘 밤 낸이 잘 시간이 되었을 때 피마자기름을 먹지 않으리라는 것을 꿈에도 모른다. 이제는 캐시가 먹어야만 할 것이다. 낸은 적어도 이것만은 캐시가 부럽지 않았다.

저녁 식사가 끝나자 낸은 곧 집을 떠났다. 어두워지기 전에 가야만 했다. 그렇지 않으면 용기가 꺾여버리고 말 것 같았기 때문이다. 수전이나 엄마가 무슨 일이 있는지 물어보면 안 된다는 생각에 옷을 갈아입을 용기마저 나지 않아 낸은 바둑판무늬의 깅엄 천으로 만든 평상복 차림으로 나갔다. 그리고 자기의 예쁜 옷은 어차피 모두 캐시의 것이다. 그러나 낸은 수전이 만들어준 새 앞치마만큼은 입고 나갔다. 부채꼴 무늬의 가장자리를 빨간색 실로 꾸민 멋진 앞치마였다. 낸은 이 앞치마를 아주 좋아했다. 캐시도 이것까지는 아까워하지 않을 것이다.

낸은 마을을 지나 부두로 가는 길을 따라 항구길로 나왔다. 작지만 용감하고 꿋꿋한 모습이었다. 낸은 자기가 용감한 영웅이라는 생각은 꿈에도 하지 않았다. 그러기는커녕 옳은 일이나 공정한 일을 하는 것이 무척이나 어렵고, 캐시를 미워하지 않는 일 또한 힘이 들고, 여섯 발가락 지미를 무서워하지 않는 일은 더더욱 힘겨우며, 돌아서서 잉글사이드로 돌아가버리고 싶은 마음을 억누르는 것도 어렵다는 생각에 낸은 도리어 자신이 마냥 부끄럽기만 했다.

날씨가 사나워질 듯한 저녁이었다. 바다에는 무거운 먹구름이 한 마리 커다란 검은 박쥐처럼 드리워져 있었다. 변덕스러운 번개가 항구며 그 건너편 숲이 우거진 언덕 위에서 번쩍이고 있었다.

항구 어귀에 늘어선 한 무더기 어부들의 집은 구름 밑으로 새어 나오는 붉은 저녁 햇빛을 받고 있었다. 여기저기 물웅덩이는 거대한 루비처럼 빛났다. 흰 돛단배 하나가 이내가 내려앉은 흐릿한 모래 언덕들 사이를 지나 신비로운 부름에 이끌려 바다로 둥실 떠간다. 갈매기 떼는 날카롭게 울어대고 있었다.

낸은 어부의 집 냄새를 좋아하지 않았다. 모래톱에서 놀면서 싸우기도 하고 고함치기도 하는 더러운 아이들 모습도 내키지 않았다. 낸이 걸음을 멈추고 여섯 발가락 지미네 집이 어딘지 묻자 아이들이 수상히 여기며 낸을 흘끗흘끗 살펴보았다.

한 남자아이가 손가락으로 가리키며 말했다.
"저기 저 집이야. 거긴 무슨 일로 가는데?"
"고마워."
낸은 가려고 했다.
그러자 여자아이가 소리쳤다.
"그런 예절밖에 모르니? 너무 잘나서 남이 정중하게 물어도 대답도 안 하는 거냐고!"
남자아이가 낸 앞을 막아섰다.
"토머스네 집 뒤에 있는 저 집 보이지? 그 속에 내가 바다뱀을 넣어두었어. 네가 여섯 발가락 지미에게 어떤 볼일이 있는지 말하지 않으면 저 속에 처넣어버릴 테야."

몸집이 큰 한 여자아이가 비웃으며 말했다.

"이봐, 이봐, '잘난 척' 아가씨. 너 글렌에서 왔지? 아무튼 글렌 사람들은 자기들이 엄청 대단한 줄 안다니까. 빌의 말에 어서 대답해."

또 다른 남자아이가 말했다.

"대답하지 않으면, 어떻게 되는지 알아? 내가 고양이 새끼를 물에 처넣으려던 참인데, 너도 같이 풍덩 집어 넣을 거야."

무섭게 생긴 한 여자아이가 히죽히죽 웃으며 말했다.

"너한테 10센트 있으면 내 이빨을 팔게. 어제 한 개 뺐거든."

낸이 용기를 짜내서 말했다.

"나는 10센트도 없지만 네 이는 내게 아무 쓸모도 없는걸. 나를 좀 가만히 내버려둬."

무서운 얼굴의 여자아이가 소리쳤다.

"건방진 소리 지껄이지 마."

겁이 난 낸은 달리기 시작했다. 바다뱀을 가지고 있다던 남자아이가 발을 걸어 낸은 바닷물이 철썩거리며 밀려오는 모래땅에 철퍼덕 넘어졌다.

다른 아이들이 배를 움켜쥐고 요란스럽게 웃었다.

무섭게 생긴 여자아이가 말했다.

"자, 이제는 머리를 꼿꼿이 들고 거만 떨 수 없겠지. 감히 어디서 빨간 부채꼴 장식 같은 걸 달고 와서 잘난 척이야!"

그때 누군가가 소리쳤다.

"블루 잭의 배가 들어온다!"

갑자기 다들 달려갔다.

먹구름이 더 낮게 내려앉았고 루비 같은 물웅덩이는 모두 잿빛이 되었다.

낸은 주뼛주뼛 일어났다. 옷은 모래 범벅이었고 양말도 더러워졌다. 그러나 심술궂은 아이들로부터는 풀려났다. 저 애들이 이제부터 내가 같이 놀게 될 친구들인 것일까?

울면 안 된다…… 결코 울면 안 된다!

낸은 여섯 발가락 지미네 집 문 앞의 금세 부서질 것 같은 나무층계를 올라갔다. 항구 어귀의 집들이 모두 그렇듯, 여섯 발가락 지미네 집도 뜻하지 않은 높은 파도에 잠기는 일이 없도록 나무받침대 위에 지어지고, 그 아래 공간에는 깨진 접시며 빈 깡통이며 낡은 바닷가재 잡이용 통발이며 온갖 잡동사니가 어지러이 처박혀 있었다.

문은 열려 있었다. 낸은 태어나서 이제까지 본 적 없는 구저분한 부엌을 들여다보았다. 칠도 하지 않은 바닥은 더럽고 천장은 얼룩진 데다 꺼멓게 그을렸고 개수대에는 설거지할 접시가 산더미처럼 쌓여 있었다. 먹다 남은 음식이 삐걱거리는 낡은 나무 식탁에 놓여 있고 거기에 섬뜩할 만큼 큰 파리가 새까맣게 떼 지어 있었다.

잿빛 머리를 단정치 못하게 헝클어뜨린 여자가 흔들의자에 앉아 포동포동한 아기를 어르고 있었다. 아기는 땟국물이 끼어 꼬질꼬질했다.

낸은 생각했다.

'내 여동생이구나.'

캐시와 여섯 발가락 지미는 없는 것 같았다. 낸은 내심 다행이라 여겼다.

여자가 무뚝뚝하게 물었다.

"넌 누구니? 무슨 일이지?"

여자는 낸에게 들어오라고 하지 않았지만, 낸은 들어갔다. 밖은 비가 오기 시작했고 요란한 천둥소리로 집이 흔들리는 듯했다.

낸은 용기가 없어져버리기 전에 무엇 때문에 왔는지 말해야만 한다고 생각했다. 그렇지 않으면 이 무서운 집과 이 못생긴 아기와 지독한 파리에게 등을 홱 돌려 달아나버릴 게 틀림없었다.

"캐시를 만나러 왔어요. 중요한 이야기가 있어요."

"아이고, 그러시겠지! 네 맹랑한 모습을 보니 어지간히 중요한 이야기인 게지. 그런데 캐시는 집에 없어. 아빠 마차를 타고 윗글렌에 갔으니까. 그리고 이렇게 비바람이 몰아치니 언제 돌아올지 누가 알겠니. 좀 앉아라."

낸은 망가진 의자에 앉았다. 항구 어귀 사람들이 가난하다는 말을 들었지만 이 정도일 줄은 몰랐다. 글렌 마을에 있는 톰 피치 부인은 가난하지만, 그녀의 집은 잉글사이드 못지않게 깨끗이 잘 정돈되어 있었다. 물론 여섯 발가락 지미가 돈을 버는 족족 모조리 술로 마셔버리는 것을 모르는 사람은 없었다. 이런 곳이 이제부터 내 집이 되는 것이다!

'아무튼 내가 깨끗하게 청소를 해봐야지.'

낸은 비참한 마음으로 생각했다. 심장이 납덩이 같았다. 낸을 여기까지 끌고 온 숭고한 자기희생의 불꽃은 훅 꺼져버렸다.

"그런데 무슨 일로 캐시를 만나러 왔지?"

토머스 부인은 호기심이 일어난 듯 물으며 아기의 꾀죄죄한 얼굴을 그보다 더 더러운 앞치마로 문질러 닦았다.

"그 주일학교 학예회 일이라면 분명히 말해두지만 그 애는 못 간다. 걸치고 갈 만한 변변한 옷이 없으니까. 내가 무슨 돈으로 사줄 수 있겠니."

낸은 쓸쓸하게 대답했다.

"아뇨, 학예회 일이 아니에요."

어차피 알게 될 일인데 토머스 부인에게 모조리 말해버리는 게 좋을지도 모른다.

"내가 캐시를 만나서…… 이야기하고 싶은 것은…… 그 애가 나고 내가 그 애라는 거예요!"

토머스 부인이 이 말을 듣고 낸을 제정신이 아니라고 여긴 것도 무리는 아니었다.

"너는 틀림없이 머리가 돈 게로구나. 대체 무슨 말이지?"

낸은 얼굴을 들었다. 최악의 사태는 지나갔다.

"무슨 말이냐면요, 캐시와 나는 같은 날 밤에 태어났는데…… 간호사가 엄마에게 앙심을 품고 우리를 바꿔치기해버렸어요. 그러니까…… 그러니까…… 사실은 캐시가 잉글사이드에 와서 살면서…… 내가 누렸던 혜택을 받아야 마땅해요."

마지막 구절은 주일학교 선생님이 쓰는 것을 들은 적이 있는데 그 덕에 변변찮은 자기 이야기를 나름대로 위엄 있게 끝맺이했다고 낸은 생각했다.

토머스 부인은 낸을 지그시 바라보았다.

"내가 정신이 돈 거니, 아니면 네가 돌았니? 네 말은 도무지 앞뒤가 안 맞는구나. 대체 누가 그런 쓸데없는 말을 했지?"

"도비 존슨이요."

토머스 부인은 헝클어진 머리를 뒤로 젖히고 유쾌하게 웃었다. 토머스 부인은 지저분하고 야무진 데가 없는지는 모르지만 웃음소리는 매력이 있었다.

"그런 거였구나. 내가 올여름 내내 그 애 아주머니의 빨래를 해주었는데, 그 애는 아주 몹쓸 골칫덩이였지. 정말이지 새빨간 거짓말로 남을 속이는 것을 똑똑한 일로 여기고 있으니 말이다! 얘, 네 이름이 뭔지는 모르겠다만, 도비의 어이없는 이야기를 모두 믿지 않는 게 좋아. 그랬다가는 쓸데없이 골치 썩일 일만 생길 테니까."

낸은 숨이 턱 막혔다.

"사실이 아니란 말인가요?"

"아니고말고. 그런 말을 곧이듣다니, 정말이지 너도 어지간히 잘 속아 넘어가는 모양이구나. 캐시는 아마 못 해도 너보다 한 살은 많을 게다. 어쨌든 너는 대체 누구지?"

"낸 블라이드예요."

'아, 다행이다! 나는 여전히 낸 블라이드인 것이다!'

"낸, 블라이드라고? 잉글사이드 쌍둥이 반쪽이구나! 그렇지, 나는 너희들이 태어난 날 밤 일을 기억해. 마침 볼일이 있어서 잉글사이드에 갔었지. 그때는 아직 여섯 발가락과 결혼하기 전이었어…… 그렇게 된 게 더욱 유감이다만…… 아무튼 캐시 어머니가 건강하게 살아 있었고, 캐시는 걸음마를 시작할 무렵이었어.

너는 네 아버지의 어머니를 쏙 빼닮았구나. 그 할머니도 그날 밤 그곳에 계셨는데, 쌍둥이 손녀가 태어났다고 아주 좋아했었지. 그런데 너도 참, 그런 정신 나간 소리를 곧이곧대로 믿을 만큼 어수룩하다니."

"나는 사람을 쉽게 믿는 버릇이 있어요."

낸은 구겨진 체면을 조금은 세우기 위해 위엄 있게 일어서보려고 했지만, 너무나 큰 행복에 젖어 있어서 토머스 부인을 심하게 공격할 마음은 없었다.

토머스 부인은 핀잔을 주었다.

"이런 험난한 세상에서 살아가려면 그런 버릇은 고치는 게 좋을 게다. 그리고 남을 속이고 놀려먹는 그런 아이와는 어울리지 않도록 하고. 앉으렴. 소나기가 멎을 때까지는 집에 돌아갈 수 없겠구나. 억수같이 쏟아지는 데다 검은 고양이가 무리 지어 있는 것보다 더 컴컴하니까. 아니, 가버렸잖아…… 아주 쏜살같이도 가버렸네."

낸은 이미 억수같이 퍼붓는 빗줄기 속으로 사라지고 없었다. 토머스 부인의 확실한 장담 덕에 솟아난 걷잡을 수 없는 기쁨이 아니었다면 낸은 이 폭풍우 속에 도저히 집까지 이르지 못했을 것이다. 바람이 낸을 후려치고 비가 성난 폭포처럼 쏟아졌으며 무서운 우렛소리는 세상이 찢겨 나간 것만 같은 생각이 들게 했다. 오직 얼음처럼 푸른 빛을 내며 쉴 새 없이 쳐대는 번개만이 낸에게 갈 길을 가리켜주었다. 낸은 몇 번이나 발이 미끄러져 뒹굴었다. 그러나 마침내 낸은 진흙투성이가 되어 비틀거리고 빗물을 뚝뚝 떨어뜨리며 잉글사이드 현관에 이르렀다.

엄마가 달려와 낸을 끌어안았다

"낸! 모두 얼마나 놀랐는 줄 알기나 하니! 아니, 어딜 갔던 거야?"

수전은 긴장하고 있었던 탓에 날카롭게 말했다.

"젬과 월터가 저 빗속으로 너를 찾으러 나갔는데, 감기나 걸리지 않아야 할 텐데 걱정이구나."

헐레벌떡 뛰어온 낸은 숨이 끊어질 것만 같아서 자신을 꼭 끌어안은 엄마의 팔을 느끼고는 거친 숨을 몰아쉬며 간신히 몇 마디 뱉을 뿐이었다.

"아, 엄마, 나는 나예요…… 진짜 나예요. 나는 캐시 토머스가 아니고, 앞으로도 결코 내가 아닌 다른 사람은 되지 않을 거예요."

수전이 안쓰러운 얼굴로 말했다.

"가엾게도 헛소리를 하고 있네요. 뭘 잘못 먹은 게 틀림없어요."

앤은 낸을 따뜻한 물로 목욕시키고 잠자리에 누인 뒤 사건의 전말을 들었다.

"아, 엄마, 나는 정말로 엄마 아이예요?"

"물론이지, 낸. 그렇지 않을 리 없잖니?"

"도비가 내게 거짓말을 할 줄은 정말 몰랐어요…… 설마 도비가요. 엄마, 사람을 믿어도 돼요? 제니 페니도 다이에게 지독한 거짓말을 했었잖아요……."

"그 애들은 너희가 알고 있는 많은 여자아이들 가운데 단 두 명일 뿐이야. 다른 친구들은 아무도 사실이 아닌 거짓말을 한 일이 없잖니. 세상에는 아이도 어른도 그런 사람이 있단다. 네가 좀 더 자라면 진실한 사람과 거짓말쟁이를 구별할 수 있게 될 거야."

"엄마, 월터와 젬과 다이에게는 내가 얼마나 바보였던지 알리고 싶지 않아요."

"그런 걱정은 안 해도 돼. 다이는 아빠하고 로브리지에 갔고, 오빠들에게는 네가 항구로 가는 큰길을 따라 너무 멀리까지 갔다가 폭풍우를 만났다고 하면 되니까. 도비의 말을 믿은 것은 어리석었지만, 가엾은 캐시 토머스에게 가족과 그 아이의 정당한 권리를 되돌려주어야겠다고 생각하고 찾아간 것은 아주 훌륭하고 용감한 일이야. 엄마는 너를 자랑스럽게 여긴단다."

폭풍은 멎었다. 달이 시원하고 행복한 세계를 내려다보고 있었다.

'아, 내가 나서서 정말 기뻐.'

이 생각을 마지막으로 낸은 스르르 잠에 빠져들었다.

나중에 길버트와 앤은 실로 사랑스럽게 딱 붙어서 잠들어 있는 조그만 얼굴들을 보러 방으로 들어왔다. 다이는 앵두 같은 조그만 입을 앙다물고서 자고 있었지만, 낸은 미소를 띤 채 잠들어 있었다.

낸이 겪은 일을 듣고 길버트는 크게 화를 냈다. 30마일이나 떨어진 먼 곳에 가 있었던 것을 도비 존슨으로서는 참으로 다행스럽게 여겨야 할 일이었다. 그러나 앤은 자신을 꾸짖는 마음이 컸다.

"낸이 무슨 일로 괴로워하고 있는지 내가 알아냈어야만 했는데도, 이번 주에 다른 일에 너무 정신이 팔려 신경을 못 썼어. 아이가 겪었을 슬픔에 비하면 정말 아무것도 아닌 하잘것없는 일들이었는데. 이 아이가 얼마나 괴로워했겠어."

후회에 사로잡힌 앤은 몸을 구부려 두 아이를 사랑스럽게 보았다. 둘 다 아직 그녀의 아이들이었다. 온전히 그녀의 것이었다. 여전히 돌봐주고 사랑하며 지켜줘야 하는 아이들이었다. 아직은 둘 다 조그만 가슴속에 품은 모든 사랑과 슬픔을 가지고 내게로 온다. 앞으로 몇 해는 내 품에 안겨 있을 것이다. 그런데…… 그 뒤에는?'

앤은 몸을 떨었다. 어머니가 되는 것은 아주 감미로운 일이다. 그러면서도 몹시 무서운 일이다.

앤이 속삭였다.

"이 아이들에게 어떤 인생이 기다리고 있을까?"

그러자 길버트가 놀리듯 말했다.

"적어도 둘 모두에게 자기 엄마만큼이나 훌륭한 남편이 생기기를 바라고 그렇게 될 거라 믿기로 해."

여성 후원회

블라이드 선생이 말했다.

"그러니까, 여성 후원회의 이번 퀼트 모임을 잉글사이드에서 갖기로 했단 거죠? 귀족 집안에서도 당당히 내놓을 만한 수전의 요리를 모조리 내놓아야겠군요. 그런 다음, 땅에 떨어진 온갖 사람들의 평판도 쓸어 담으려면 빗자루도 여러 개 준비해야겠는데요."

수전은 중대한 일을 두고 실없는 농담이나 하는 남성의 이해력 부족을 너그러운 마음으로 최대한 받아들이고 희미하게 미소 지었지만, 사실은 웃을 기분이 아니었다. 적어도 여성 후원회 만찬에 대한 모든 일이 결정되기까지는 그랬다.

수전은 집안일을 하고 돌아다니며 중얼거렸다.

"치킨 팟파이와 으깬 감자, 그리고 크림을 끼얹은 완두콩을 메인코스로 하죠. 그리고 사모님, 그 새 레이스 식탁보를 쓰는 데 이보다 좋은 기회는 없을 거예요. 글렌에서는 아직껏 그런 물건은 구경한 적도 없을 테니까요. 틀림없이 엄청 떠들썩하게 만들 거예요. 그걸 본 애너벨 클로의 얼굴이 벌써부터 기대가 되네요. 그리고 꽃을 담는 데는 파랑과 은색으로 된 꽃바구니를 쓰면 어떨까요?"

"좋아요. 팬지하고…… 단풍나무숲에서 연둣빛 풀고사리를 꺾어 와서 가득 꽂기로 해요. 그리고 수전의 그 훌륭한 핑크 제라늄 세 송이도 어딘가에 장식하고 싶은데. 거실에서 바느질할 거라면 거실에 두든가, 아니면 아직 따뜻하니까 베란다에 나가서 바느질 하게 되면 베란다 난간에 놓든가 하죠. 꽃이 아직 많이 남아 있어 다행이에요. 올여름만큼 뜰이 아름다웠던 적은 없었어요, 수전. 하지만 난 해마다 가을이 되면 늘 이렇게 말하죠?"

그것 말고도 정해야 할 일이 한두 가지가 아니었다. 누구를 누구 옆에 앉히면 좋겠는가? 사이먼 밀리슨 부인에게 윌리엄 맥크리어리 부인 옆에 앉으라고 권해서는 절대로 안 된다. 학창 시절로 거슬러올라가는 뭔가 석연치 않은 해묵은 불화로 인해 둘은 서로 말을 한 마디도 하지 않기 때문이었다. 그리고 누구를 초대할 것인가 하는 문제가 있었다. 후원회 회원 말고도 두세 명의 손님을 더 부르는 것은 여주인의 특권이었다.

"베스트 부인과 캠벨 부인을 부를까 해요."

앤이 말하자 수전은 염려스러운 표정을 지었다.

"그 사람들은 새로 이사 온 사람들이에요, 사모님."

그 말투는 마치 '그 사람들은 악어예요.'라고 말하는 것이나 마찬가지처럼 들렸다.

"의사 선생님과 나도 한때는 그랬어요, 수전."

"하지만 선생님이야 작은할아버님이 그전부터 여기서 오랫동안 사셨잖아요. 이 베스트 집안과 캠벨 집안에 대해서는 아무도 알지 못하고요. 하지만 여기는 사모님 댁이니까 사모님이 누구를 부르고 싶어하든 내가 반대할 처지는 아니죠.

지금도 기억나는데, 몇 해 전 카터 플래그 부인네에서 퀼트 모임을 했을 때 플래그 부인은 낯선 여자를 불렀었답니다. 그날 그 여자는 '원시'[1] 천으로 된 옷을 입고 왔었어요, 사모님…… 그러더니, 여성 후원회 모임에 굳이 차려입고 올 필요 없다고 여겼다고 말하는 거예요!"

"캠벨 부인은 적어도 그럴 염려는 없겠죠. 그분은 옷차림에 신경을 쓰니까요. 다만 나라면 파란 수국 빛깔처럼 밝은색 옷을 입고 교회에 갈 생각은 못 하겠지만요."

앤도 동감이었지만 감히 수전의 말에 웃는 기색을 보이지는 않았다.

"난 그 옷이 캠벨 부인의 은발에 퍽 잘 어울린다고 생각했어요, 수전. 그러고 보니 캠벨 부인이 수전의 향신료 넣은 구스베리 렐리시[2] 조리법을 물어보던데요. 교회의 추수감사절 만찬 때 먹었는데 정말 맛있었다면서요."

"아, 그랬군요, 사모님. 향신료 넣은 구스베리 렐리시는 아무나 만들 수 있는 게 아니니까요."

파란 수국색 옷에 대한 비난은 더 이상 이어지지 않았다. 앞으로 캠벨 부인이 혹여 피지섬 주민의 의상을 입고 나타날지라도 수전은 그것을 옹호할 어떤 이유를 찾아낼 터였다.

풋풋했던 달은 차츰 무르익어가고 있었지만 가을이 아직 여름의 열정을 다 떠나보내지는 않아서, 퀼트 모임 날은 10월이라기보다 6월 같았다. 여성 후원회 회원은 부득이한 사정으로 못 온 사람들을 빼고는, 여러 가지 소문과 잉글사이드의 만찬을 기대하고, 의사 선생님 부인이 얼마 전 샬럿타운에 갔다왔으니 뭔

---

1) 대체로 면, 모 등 두 가지 이상의 실을 섞어서 짠 값싼 천으로, 일상에서 실용적인 용도로 입는 일옷, 속옷, 잠옷 등을 만드는 데 주로 쓰여 공식적인 사교 모임 등에 입기에는 부적절한 것으로 간주되었음. 앤이 맨 처음 고아원에서 그린게이블즈에 왔을 때 입었던 옷도 이 직물로 만든 것임.
2) 덩어리가 어느 정도 씹히도록 굵게 썬 과일이나 채소에 양념을 해서 걸쭉하게 끓인 뒤 차게 식혀 고기, 치즈 등에 얹어 먹는 소스.

가 새롭게 유행하는 물건을 볼 수 있지 않을까 하는 바람을 가지고 모여들었다.

수전은 산더미 같은 부엌일에도 조금도 쩔쩔매는 기색 없이 의연한 걸음걸이로, 옷가지를 벗어놓을 수 있도록 부인들을 우선 손님방으로 안내했다. 그중 어느 누구도 100호 실로 뜬 5인치(약 13센티미터) 폭의 코바늘뜨기 레이스로 가장자리를 장식한 앞치마를 가진 사람은 없으리라는 사실을 알고 있었기에 무척 당당했다. 1주일 전 샬럿타운에서 열린 공진회에서 수전은 이 레이스로 1등상을 받았다. 거기서 리베카 듀까지 만나 즐거운 하루를 보내고, 그날 밤 수전은 프린스에드워드섬에서 가장 행복한 여자가 되어 돌아왔었던 것이다.

수전은 시종 태연스러운 얼굴을 했지만 그 누구에게든 생각의 자유는 있었기에, 때로는 가벼운 악의를 띠는 생각까지 포함해 머릿속에는 끊임없이 이런저런 생각이 가지를 치고 있었다.

'드디어 실리아 리스가 왔군. 늘 그렇듯 뭔가 비웃어줄 일이 없을까 찾는 중이군. 좋아, 우리 집 저녁 식탁에서는 아무것도 찾아내지 못할 거라 내가 장담하지. 마이라 머리가 빨간 벨벳을 입고 왔네. 퀼트 모임에 오는 차림치고는 좀 너무 화려하지만 잘 어울리는 것만은 인정해. 적어도 원시 옷은 아니니까.

애거사 드루가 왔어. 어김없이 안경을 끈에 매달고 왔고. 세라 테일러⋯⋯이번이 저 여자에게는 마지막 퀼트 모임이 될지도 모르지. 심장이 매우 안 좋다고 선생님이 말씀하셨으니까. 하지만 어쩌면 저토록 기운이 넘친담! 도널드 리스 부인이로군. 고맙게도 메리 애나를 데려오지는 않았지만 틀림없이 넌더리날 만큼 그 애 이야기를 하겠지.

윗글렌의 제인 버도 왔네. 저 사람은 후원회 회원이 아닌데. 그래, 저녁 식사가 끝나고 나서 반드시 스푼을 세어봐야겠네. 저 집안사람들은 모두 손버릇이 나쁘니까. 캔디스 크로퍼드⋯⋯ 저 사람은 후원회 회의에는 잘 나오지 않지만 퀼트 모임은 고운 손과 다이아몬드 반지를 자랑하기에 딱 좋은 곳이니 빠지지 않았군.

에마 폴록이잖아. 오늘도 여느 때처럼 치맛자락 밑으로 페티코트가 보이네. 얼굴은 예쁘지만 저 집안사람답게 경박스러워. 틸리 매컬리스터는 파머 씨네 퀼트 모임 때처럼 식탁보에 젤리를 엎지르지나 않았으면 좋겠는데. 마사 크로더스가 왔군. 부인은 오랜만에 버젓한 식사를 하시겠네요. 부인의 남편이 함께 오지 못해 유감이네요…… 호두인지 뭔지만 먹고 사신다는데.

백스터 장로 부인이네. 백스터 장로는 드디어 해럴드 리스를 겁줘서 딸 미나에게서 떼어냈다지. 해럴드는 옛날부터 등뼈가 있을 자리에 새가슴이 들어앉은 것 같다는 소리를 들었으니까. 마음 약한 자는 미인을 차지할 수 없다고 책에도 씌어 있잖아.

자, 퀼트 이불 두 장을 만들고도 남을 인원이 모였고, 몇 바늘에 실을 꿰줄 수 있겠어.'

퀼트 이불은 널찍한 베란다에 펼쳐놓고 사람들은 모두 손가락과 혀를 바쁘게 놀렸다. 앤과 수전은 부엌에서 저녁 준비에 여념이 없었고, 그날 아침 목구멍이 좀 따끔거린다 싶어서 학교에 가지 않은 월터는 베란다 층계에 웅크리고 앉아 있었는데, 장막처럼 무성히 자란 담쟁이덩굴에 가려진 덕분에 바느질하는 어른들에게는 보이지 않았다. 월터는 언제나 어른들이 하는 이야기를 듣는 것을 좋아했다. 어른들 이야기에는 깜짝 놀랄 만큼 이상한 것들이 많았다. 나중에 곱씹어 보면 연극의 재료가 되고도 남을 만한 것들이었으며, 포윈즈 사람들 저마다의 빛깔과 그림자, 희극과 비극, 익살과 슬픔을 담고 있었다.

그 자리에 있는 모든 부인 가운데 월터는 마이라 머리 부인이 가장 좋았다. 머리 부인은 상대마저 따라 웃게 만드는 매력적인 웃음소리와 눈 가장자리에 명랑한 작은 주름을 가지고 있었다. 머리 부인은 아주 단순한 이야기도 극적이고 중요하게 들리도록 하는 재주가 있었다. 가는 곳마다 인생을 즐겁게 했다. 오늘 입은 버찌처럼 빨간 벨벳 옷하며 부드럽게 물결치는 검은 머리, 붉은 물방울 같은 귀걸이가 무척 잘 어울려서 매우 아름다웠다.

월터가 가장 싫어하는 사람은 뾰족한 바늘처럼 바짝 마른 톰 처브 부인이었다. 언젠가 처브 부인이 월터를 보고 '병약한 아이'라고 말하는 것을 들었기 때문인지도 몰랐다.

월터는 앨런 밀그레이브 부인은 털이 반들반들한 잿빛 암탉이랑 똑같고, 그랜트 클로 부인은 술 담아놓는 둥그런 나무통에 다리가 붙어 있는 것처럼 보인다고 생각했다. 캐러멜색 머리의 젊은 데이비드 랜섬 부인은 아주 아름다웠다. 데이비드가 부인과 결혼했을 때 '농사꾼 아내치고는 너무 아름답다'고 수전이 말했었다.

젊은 새 신부 모튼 맥두걸 부인은 나른한 흰 양귀비꽃처럼 보였다. 글렌 마을의 양재사 이디스 베일리는 안개 같은 은빛 곱슬머리에 까맣고 익살스러운 눈을 하고 있었는데 전혀 '노처녀'처럼 보이지 않았다.

월터는 거기서 가장 나이가 많은 미드 부인도 좋았다. 부인은 다정하고 너그러운 눈매로 자기 말을 하기보다 남의 이야기에 더 많이 귀 기울였다. 그러나 실리아 리스는 좋아하지 않았다. 모인 사람들을 비웃는 듯 음흉하게 재미있어 하는 표정을 짓고 있기 때문이었다.

바느질하는 사람들은 아직 본격적으로 수다를 떨기 시작하지는 않았다. 서로 날씨에 대한 가벼운 이야기를 나누며 부채꼴로 누빌지 마름모꼴로 할지 정하려 하고 있었다. 그래서 월터는 무르익은 그날의 아름다움을 생각하고 있었다. 넓은 잔디밭에는 거대한 나무들이 서 있었고, 세상은 마치 위대하고 상냥한 신의 황금 팔에 안긴 듯이 보였다. 물들기 시작한 나뭇잎이 천천히 날아서 떨어졌으나 접시꽃은 여전히 기사와도 같은 꼿꼿한 자태로 벽돌담을 등지고 생기 있게 피어 있었고, 양버들은 헛간으로 이어진 오솔길을 따라 마법을 부리고 있었다.

월터가 주변의 아름다운 경치에 마음을 빼앗기고 있다가 문득 정신차렸을 때 이미 바느질하는 사람들은 한창 열띠게 이야기에 빠져 있었고, 사이먼 밀리슨 부인이 이렇게 선언하고 있었다.

"그 집안사람들은 세상을 떠들썩하게 하는 장례식을 하기로 유명했죠. 피터 커크 장례식에 갔던 사람치고 그때 무슨 일이 있었는지 잊은 사람이 과연 있을까요?"

월터는 귀를 쫑긋 세웠다. 뭔가 재미있는 이야기가 나올 것 같았다. 그러나 실망스럽게도 사이먼 부인은 어떤 일이 일어났는지 그다음을 이야기하지 않았다. 모두 장례식에 갔거나 그 이야기를 이미 들은 듯했다.

('하지만 어째서 다들 저렇듯 난처한 얼굴을 하고 있을까?')

"클래라 윌슨이 피터에 대해 한 말은 물론 틀림없는 사실이었지만, 그 가엾은 양반은 이제 무덤에 있으니 그만 잠자코 내버려두기로 해요."

톰 처브 부인은 자기만 올바른 사람인 양 정색하며 화제를 돌렸다―마치 누가 피터 커크의 시체를 파내자고 말하기라도 한 것처럼.

도널드 리스 부인이 말했다.

"메리 애나는 언제나 참 똑똑한 말을 한답니다. 요전에 우리가 마거릿 홀리스터의 장례식에 가려고 나섰더니 뭐라고 했는지 아세요? '엄마, 장례식에는 아이스크림이 나오나요?'라는 거예요."

부인들 두어 명은 우스운 듯 몰래 눈웃음을 주고받았다. 대부분 사람들은 못 들은 척하고 있었다. 리스 부인은 시도 때도 없이 이야기 속에 메리 애나를 억지로 끌어들였으므로 무시하는 것이 상책이었다. 조금이라도 맞장구쳐주었다가는 걷잡을 수 없었다. '메리 애나가 뭐라고 했는지 아세요?'라는 말은 글렌 마을의 사라질 줄 모르는 유행어였다.

실리아 리스가 말했다.

"장례식이라고 하니까 생각났는데, 내가 어렸을 때 모브레이내로즈에서 아주 기묘한 장례식이 한번 있었죠. 서부에 갔던 스탠턴 레인이 죽었다는 통지가 와서 스탠턴의 친척들이 시신을 고향으로 보내라고 전보를 쳤거든요. 그랬더니 시신이 관에 담겨서 왔어요. 하지만 장의사 월리스 매컬리스터가 관을 열지 않는 편이 좋겠다고 충고를 해서 안 열어 봤어요. 그런데 바야흐로 장례식이 시작되었는데 딴 사람도 아니고 스탠턴 레인이 아주 멀쩡한 모습으로 걸어 들어오는 거예요. 그 시신이 사실은 누구였는지는 끝내 알아내지 못했어요."

그러자 애거사 드루가 물었다.

"그 시신을 어떻게 했나요?"

"뭐, 매장했죠. 월리스가 그대로 둘 수는 없다고 했거든요. 하지만 그건 장례식이라고 할 수 없었어요. 모두가 스탠턴이 무사히 돌아와서 기뻐했으니까요. 도슨 목사님이 마지막 찬송가를 〈위안을 얻으라, 그리스도를 믿는 자여〉에서 〈때로 거룩한 빛은 갑자기 나타나니〉로 바꿨지만, 사람들은 그대로 두어도 좋을 뻔했다고들 대부분 생각했죠."

"요전에 메리 애나가 뭐라고 했는지 아세요? '엄마, 목사님은 뭐든지 다 아시나요?'라는 거예요."

제인 버가 말했다.

"도슨 목사님은 언제나 예기치 못한 일이 닥치면 당황하고 허둥댄다니까요.

그 무렵은 윗글렌도 도슨 목사님 교구에 포함돼 있었어요. 지금도 기억나는데, 어느 주일에 예배를 마치고 나서 헌금을 걷지 않았다는 사실을 목사님이 뒤늦게 깨달은 거예요. 그래서 도슨 목사님은 헌금 접시를 들고 온 교회 마당을 뛰어다녔어요. 그때까지 헌금을 하지 않았고 그 이후로 한 번도 하지 않은 사람들도 그날은 헌금을 했을 거예요. 목사님 앞에서 대놓고 거절하고 싶지는 않았으니까요. 하지만 그날 목사님의 행동은 그리 위엄 있다고는 할 수는 없었죠."

미스 코닐리아가 말했다.

"도슨 목사님이 하시는 일 중에 내가 가장 난감하게 생각하는 것은 장례식에서 무자비하리만큼 길게 기도하는 일이에요. 오죽하면 참석자들이 차라리 죽은 사람이 부럽다고까지 했겠어요. 레티 그랜트 장례식에서는 너무 도가 지나쳤어요. 레티의 어머니가 금방이라도 쓰러질 것처럼 몸을 가누지 못하는 걸 보고 내가 목사님 등을 쿡쿡 찔러서 이제 그만하면 기도는 충분하다고 말을 다 했다니까요."

"그분은 내 가엾은 자비스를 묻어주었어요."

조지 카 부인이 말하며 갑자기 눈물을 흘렸다. 남편이 죽은 지 20년이나 지났는데도 남편 이야기를 할 때면 카 부인은 언제나 울었다.

크리스틴 마시가 말했다.

"그분 형님도 목사였어요. 내가 아직 어렸을 때 그 형님이 글렌 마을에 계셨어요. 어느 날 저녁 공회당에서 음악회가 있었을 때였는데, 그분도 연설자 가운데 한 분이어서 단 위에 앉아 있었어요. 동생 못지않게 소심해서 의자를 가만히 두지 못하고 계속 까딱까딱하니까 조금씩 뒤로 물러나다가 느닷없이 의자에 앉은 채로 벌렁 나자빠져서 우리가 단 아래에 일렬로 장식해 둔 꽃이며 식물 화분 사이로 떨어져 단 위로 불쑥 올라온 두 발밖에 안 보이지 않겠어요.

그 뒤로 나는 도저히 그분의 설교에 집중할 수가 없었어요. 커다랗던 발만 자꾸 떠올랐거든요."

에마 폴록이 말했다.

"레인 집안 장례식이 다소 실망스러웠을지는 모르지만, 그래도 장례식을 아예 못하는 것보다는 나았어요. 크롬웰 집안 소동 다들 기억하시죠?"

모두 그때 일이 생각나 웃었다.

캠벨 부인이 부탁했다.

"그 이야기를 좀 해주실 수 있나요. 폴록 부인, 아시다시피 나는 이곳에 온 지 얼마 안 되어서 어느 가문의 대하서사라도 나에게는 다 새로워요."

에마는 '대하서사'가 무슨 뜻인지 몰랐지만, 어쨌든 이야기하는 것은 좋아했다.

"애브너 크롬웰은 로브리지 근처에 그 지역에서 제일 큰 농장 가운데 한 곳에 살았어요. 그 무렵 의원이었죠. 보수당 거물로, 섬에서 난다 긴다 하는 사람과는 모두 친분이 있었어요. 애브너는 줄리 플래그와 결혼했는데, 줄리의 어머니는 리스 집안사람이었고 할머니는 클로 집안 출신이어서 그 두 사람도 포윈즈의 거의 모든 집안과 연이 있었다 해도 과언이 아니었죠.

어느 날 《데일리엔터프라이즈》에 기사가 났어요. 애브너 크롬웰 씨가 로브리지에서 갑작스럽게 죽어 장례식이 다음 날 오후 2시에 거행된다고 말이에요. 그런데 어찌 된 일인지 애브너 크롬웰 집안사람들은 아무도 이 기사를 못 봤어요. 그리고 물론 그 무렵은 시골에 전화도 없었고요.

이튿날 아침 애브너는 자유당 대회에 참석하러 핼리팩스[3]에 갔어요. 2시가

---

3) 캐나다 노바스코샤주의 주도.

되자 다들 빨리 가서 좋은 자리를 잡으려고 장례식에 모여들기 시작했어요. 애브너가 워낙 저명인사라서 엄청 많은 사람이 오겠다 생각들 한 거죠. 그리고 예상대로 사람들이 발 디딜 틈 없이 많이 모였어요. 큰길에는 마차가 몇 마일이나 늘어서고 사람들은 3시 무렵까지 계속 쏟아져 들어왔지요. 애브너 부인은 남편이 죽지 않았다는 걸 사람들에게 설명하다가 거의 미칠 지경이 되었어요. 그 가운데에는 애브너 부인의 말을 믿지 않는 사람도 있었거든요.

'다들 내가 시신을 치워버렸다고 생각해요.'라고 그녀는 울면서 내게 말했어요. 그러다 그녀의 말을 겨우 납득하고 나자 사람들은 마치 애브너가 죽었어야 했다는 듯이 굴기 시작했죠. 그리고 줄리가 몹시 자랑하던 잔디밭의 화단까지 온통 짓밟아버렸어요.

멀리 사는 친척들도 많이 왔어요, 저녁도 먹고 하룻밤 묵고 갈 작정으로요. 그런데 줄리는 장만해놓은 음식도 별로 없었어요. 원래도 준비성이 있는 편은 아니었거든요.

이틀 뒤 애브너가 집으로 돌아와보니 부인이 신경쇠약으로 몸져누워 있었어요. 다 낫는 데 몇 달이나 걸렸어요. 부인은 6주 동안이나 음식이라고는 입에도 대지 않았어요. 그러니까 내 말은…… '거의' 아무것도 먹지 못했다는 거죠. 비록 진짜 장례식이 있었다 하더라도 이토록 언짢지는 않을 거라고 말했다는데, 나는 설마 정말로 그런 말을 했다고는 생각 안 해요."

윌리엄 맥크리어리 부인이 말했다.

"그건 모르는 일이에요. 사람은 때론 그처럼 무서운 말을 하기도 하니까요. 정신이 없을 때 저도 모르게 진심이 툭 튀어나와버리잖아요. 실제로 줄리의 언니 클래리스는 남편을 묻은 뒤 첫 일요일에 여느 때와 다름없이 성가대에서 노래를 불렀잖아요?"

애거사 드루가 말했다.

"남편 장례식도 클래리스를 오랫동안 슬픔에 잠겨있게 하지는 못했죠. 사람이 착실한 구석이 하나도 없었어요. 늘 춤추고 노래하고."

마이라 머리가 눈을 빛내며 말했다.

"나도 젊어서 곧잘 춤추고 노래했는걸요…… 바닷가에서. 듣는 사람이 아무도 없다 싶으면요."

애거사가 말했다.

"그래요. 하지만 부인은 그 뒤로 더 현명해지고 분별력이 생겼잖아요."

마이라 머리가 천천히 말했다.

"천-만에요, 더 바보가 되었어요. 지금은 너무너무 바보가 돼서 바닷가에서 춤도 못 추겠어요."

에마는 이야기가 더 이상 샛길로 빠지기 전에 마무리 지으려고 곧바로 말을 이었다.

"처음에는 다들 누가 애브너를 놀리느라 그 신문 기사를 실었다고 여겼어요. 그 기사 나기 2, 3일 전에 애브너가 선거에서 낙선했으니까요. 그런데 알고 보니 그 기사는 '애머사' 크롬웰의 장례식 기사였다는 걸 알게 된 거예요. 애머사 크롬웰은 로브리지 다른 쪽에 있는 오지에 사는 사람인데, 애브너하고는 친척이 아니었어요. 이 사람은 정말 죽었어요. 하지만 사람들은 이때 실망한 일로 꽤 한참이 지나서야 애브너를 용서할 마음이 되었죠. 뭐, 그것도 용서를 한 사람들에 한해서만요."

톰 처브 부인이 변호하듯 말했다.

"그렇죠, 한창 씨 뿌리는 시기인 데다 먼 길을 마차로 달려왔는데 모처럼 한 수고가 헛일이었음을 알게 되면 확실히 화가 좀 나죠."

도널드 리스 부인이 흥분해서 말하기 시작했다.

"그리고 일반적으로 사람들은 장례식을 좋아하니까요. 우리는 모두 어린아이 같은 구석이 있어서겠죠. 메리 애나를 그 애 삼촌 고든의 장례식에 데려갔더니 그 아이는 몹시 재미있어하더군요. '엄마, 재미있으니까 삼촌을 파내서 다시 한번 묻으면 어때요?' 하지 뭐겠어요."

이 말에는 사람들도 웃었다—백스터 장로 부인만 빼고. 장로 부인은 길고 여윈 얼굴로 못 들은 척하며 퀼트 이불에 무자비하게 바늘을 연신 찔러 넣고 있었다.

'요즘 세상에는 신성한 것이 하나도 없지. 누구를 막론하고 어떤 일이든 가리지 않고 웃어댄다니까. 그렇지만 장로 부인인 나는 천박하게 장례식에 대한 일을 놓고 웃는 분위기에 휩쓸리지 않아.'

앨런 밀그레이브 부인이 말했다.

"애브너라니 말인데, 애브너 동생 존이 자기 아내를 위해 쓴 부고 기억나요? 첫 문장이 '신께서는 신만이 아시는 까닭으로 사촌 형 윌리엄의 못생긴 아내를 살려두시고 나의 아름다운 신부를 앗아 가시도다.'였죠. 그 글 때문에 일어났던 굉장한 소동을 아직도 잊을 수가 없어요!"

베스트 부인이 의아해하며 물었다.

"어머나, 그런 게 대체 어떻게 신문에 실릴 수 있었을까요?"

"그 무렵에 존 본인이 《데일리엔터프라이즈》의 편집주간이었거든요. 아내를 퍽 숭배했었어요. 이름이…… 버사 모리스였죠…… 그리고 자기가 버사와 결혼하려는 걸 영 탐탁지 않아했던 윌리엄 크롬웰 부인을 두고두고 미워했었죠. 윌리엄 부인은 버사를 너무 경박하다고 여겼거든요."

엘리자베스 커크가 말했다.

"하지만 예쁘긴 했어요."

밀그레이브 부인도 찬성했다.

"내가 살면서 본 가장 예쁜 사람이었죠. 인물 좋은 것은 모리스 집안의 내력이에요. 하지만 성격은 참…… 변덕스럽지요. 아주 산들바람인 양 이쪽으로 불었다 저쪽으로 불었다 했다니까요. 어떻게 버사가 끝까지 마음이 안 변하고 존과 결혼할 수 있었는지는 아무도 몰라요. 그 어머니가 버사를 바짝 조였다는 이야기가 있었죠. 버사는 프레드 리스를 좋아했는데, 이 프레드가 또 여러 여자에게 농을 거는 것으로 악명이 높았거든요. '손에 쥔 새 한 마리는 풀숲에 있는 새 두 마리의 가치가 있다.'고 모리스 부인이 버사에게 말해줬대요."

마이라 머리가 말했다.

"나도 그 속담을 늘 들어왔지만, 그 말이 꼭 맞는지 어떤지는 모르겠어요. 어쩌면 풀숲의 새는 노래할 수 있고 손안의 새는 노래를 못할지도 모르잖아요."

아무도 이 말에 뭐라고 대꾸해야 할지 몰랐는데 톰 처브 부인이 가까스로 입을 뗐다.

"댁은 항상 참 기발하다니까요, 마이라."

기회를 놓치지 않고 도널드 부인이 또 끼어들었다.

"요전에 메리 애나가 뭐라고 했는지 아세요? '엄마, 만일 아무도 내게 결혼해달라고 물어보지 않으면 어쩌지요?'라지 뭐예요."

실리아 리스가 이디스 베일리를 팔꿈치로 쿡쿡 찌르며 말했다.

"그 질문에 대한 대답은 '우리' 노처녀 가운데 하나가 할 수 있잖겠어요."

이디스는 아직도 꽤 아름다워 결혼 경쟁의 대열에서 완전히 낙오되지 않았으므로 실리아는 그녀를 싫어했다.

그랜트 클로 부인이 말했다.

"거트루드 크롬웰은 아주 못생기긴 했었어요. 몸매가 마치 나무 통널 같았잖아요. 하지만 주부로서는 훌륭했죠. 커튼을 한 달에 한 번씩 모조리 다 빨았으니까요. 버사는 1년에 한 번 빠는 게 고작이었을걸요. 그리고 버사네 블라인드는 '늘' 비뚜름하게 걸려 있었죠. 거트루드는 존 크롬웰네 집 곁을 마차로 지나치며 그걸 볼 때마다 진저리가 난다고 했어요.

그런데도 존 크롬웰은 버사를 숭배했고 윌리엄은 거트루드를 가까스로 참고 살 뿐이었어요. 남자란 참 희한해요. 사람들 말로 윌리엄이 자기 결혼식날 아침에 그만 늦잠을 자서 허둥지둥 준비하는 바람에 헌 구두에 양말을 짝짝이로 신고 교회에 갔다더군요."

조지 카 부인이 킥킥대고 웃으며 말했다.

"그래도 올리버 랜덤보다는 나아요. 올리버는 아예 결혼 예복 만드는 걸 잊었으니까요. 심지어 교회 갈 때 입는 외출복도 심하게 낡아서 입을 수 없었어요. 여기저기 천을 대고 기운 자국이 있었거든요. 그래서 형님의 제일 좋은 양복을 빌렸더니 몸에 맞는 곳이 한두 군데밖에 없더래요."

사이먼 부인이 말했다.

"어쨌든 윌리엄과 거트루드는 적어도 결혼했으니 됐어요. 거트루드의 여동생 캐럴라인은 결혼을 못 했으니까요. 캐럴라인과 로니 드루는 자기들 결혼식 주례를 어느 목사에게 맡길지 말다툼하다가 결국 결혼을 못 했죠. 로니는 미처 화가 식기도 전에 에드나 스톤과 식을 올려버렸고요. 캐럴라인이 그 결혼식에 왔었잖아요. 꼿꼿이 머리를 쳐들고 있었지만 낯빛은 꼭 죽은 사람 같았죠."

세라 테일러가 말했다.

"하지만 캐럴라인은 식장에서 끝까지 말을 삼갔죠. 필리파 애비는 그러지 않았잖아요. 짐 모브레이에게 퇴짜 맞고 모브레이 결혼식에 가서 식이 올려지는 동안 내내 큰 소리로 더없이 심한 독설을 퍼부었어요. 물론 그 사람들은 모두 성공회 신도였죠."

마치 성공회 신도라는 것이 그들의 괴팍한 행동에 대한 해명이 된다는 듯이 세라 테일러는 말을 맺었다.

실리아 리스가 물었다.

"그 뒤 있었던 피로연에 필리파가 약혼 때 짐에게서 받은 보석을 모두 하고 나타났다는 말이 사실이에요?"

"아니에요, 그런 일은 하지 않았어요! 어째서 그런 터무니없는 이야기가 퍼지는지 모르겠어요. 세상에는 남의 말을 옮기는 것 말고는 할 일이 없는 사람도 있는 거겠죠. 짐 모브레이는 필리파를 버리지 말걸 하면서 한평생 후회했을 거예요. 아내에게 평생을 꽉 잡혀 살았잖아요. 하기야 아내가 집을 비웠을 때는 늘 흥에 겨워 도가 지나친 짓을 했지만요."

크리스틴 크로퍼드가 말했다.

"내가 짐 모브레이를 본 것은 로브리지의 기념 예배에 모인 사람들에게 풍뎅이가 한꺼번에 몰려왔던 그날 밤 딱 한 번이었어요. 풍뎅이가 하다 만 일을 짐 모브레이가 마무리했더랬죠. 무더운 밤이어서 교회의 창문을 모조리 열어두었는데 몇백 마리는 되었을 것 같은 풍뎅이가 한꺼번에 몰려 들어와 마구 날아다녔어요. 그다음 날 아침 성가대 단 위에 죽어 있는 풍뎅이를 모두 모아서 세어보니 87마리나 되었어요. 풍뎅이가 너무 얼굴 가까이까지 날아와 히스테리를 일으킨 여자들도 더러 있었어요.

내 자리 옆 통로 건너편에 새로 온 목사 부인이 앉아 있었어요. 피터 로링 부인이었죠. 그날 부인은 길고 북슬북슬한 솜털 장식이 달린 큰 레이스 모자를 쓰고 있었어요."

별안간 백스터 장로 부인이 끼어들었다.

"그분은 늘 목사 부인치고 너무 화려한 의상을 좋아했고 지나치게 사치스러웠죠."

"그때 짐 모브레이가 '목사 부인의 모자에 붙은 저 풍뎅이를 튕겨서 날려 보낼 테니 두고 봐.'라고 나직이 말하는 목소리가 들렸어요. 짐은 목사 부인 바로 뒤에 앉아 있었거든요.

짐이 몸을 앞으로 내밀어 풍뎅이를 힘껏 후려치려다 빗맞아서 모자 옆을 때리는 바람에 모자가 통로를 휙 날아서 제단의 난간까지 날아갔지 뭐예요. 짐은 자기가 한 짓에 너무 놀라 하마터면 히스테리 발작을 일으킬 뻔했어요.

목사는 자기 아내 모자가 허공을 날아오는 것을 보고 어디까지 설교했는지도 잊어버려 결국 설교를 단념했어요. 성가대가 마지막 찬송가를 부르면서 끝냈죠. 다들 노래하는 내내 손으로는 날아오는 풍뎅이를 쫓으면서요.

짐은 내려가 모자를 집어 로링 부인에게 돌려주었어요. 당연히 비난을 각오하고 있었죠. 로링 부인은 화를 잘 낸다는 소문이 있었으니까요.

그런데 부인은 그 아름다운 금발에 다시 모자를 쓰고 짐을 보며 웃더니, '모브레이 씨가 그렇게 하지 않았더라면 피터는 앞으로 20분은 더 설교를 했을 테고, 우리는 모두 정신이 완전히 나가버렸을 거예요.' 하고 말했죠.

물론 화내지 않은 건 좋은 일이지만 목사 부인이 자기 남편에 대해 그렇게 말해서는 못쓴다고 속으로들 생각했었어요."

마사 크로더스가 말했다.

"하지만 그 부인이 어떻게 태어났는지를 감안해야만 해요."

"왜요? 어떻게 태어났는데요?"

"그 부인은 원래 서쪽 끝 동네의 베시 탤벗이었어요. 그 아버지 집에 어느 날 밤 불이 나서 큰 소동이 일어난 사이에 베시가 태어났대요. '뜰에서' 말이에요, 별 아래에서."

마이라 머리가 말했다.

"어쩌면, 정말 낭만적이군요!"

"낭만적이라고요? 어머나, 나는 망측한 일이라고 생각해요."

마이라 머리가 꿈꾸듯 말했다.

"하지만 별 아래에서 태어나다니, 생각해봐요! 오, 아마도 그녀는 틀림없이 별의 아이였을 거예요. 눈부시게 아름답고 용감하고 진실되고 눈에는 별빛이 담겨 반짝반짝 빛나고."

마사가 말했다.

"그래요, 실제로 그랬어요. 별 때문인지 어떤지는 모르겠지만요. 로브리지에서 그녀는 퍽 힘들게 지냈어요. 로브리지 사람들은 목사 부인이란 점잔 빼고 고상하게 있어야 한다고 생각했으니까요.

글쎄, 한번은 그녀가 자기의 아기 요람 둘레를 춤추며 빙빙 도는 것을 어느 장로가 보고는 그녀에게 부인의 아들이 '하느님께서 택하신 아이인지' 어떤지 알게 되기 전까지 아들을 보며 기뻐하지 말라고 했다잖아요."

"아기라니 말인데, 요전에 메리 애나가 뭐라고 했는지 아세요? '엄마, 여왕님도 아기를 낳아요?'라지 뭐예요."

앨런 부인이 말했다.

"그런 말을 한 사람은 틀림없이 알렉산더 윌슨이었을 거예요. 사람이 날 때부터 심보가 비뚤어질 수 있다면 분명 그 사람이 그런 사람일 테니까요. 식사할 때 가족들이 한마디도 못 하게 한대요. 그러니 웃는 게 다 뭐예요…… 그 사람 집에서는 웃음소리는 아예 들린 적이 없어요."

마이라가 말했다.

"웃음 없는 집이라니! 세상에, 신성모독이에요."

그때 앨런 부인이 끼어들었다.

"알렉산더는 꼭 심사가 한 번씩 틀어져서는 사흘이고 아내에게 말을 하지 않는 일이 있었는데, 그럴 때면 아내는 이제 좀 살겠다 싶었대요."

그랜트 클로 부인이 엄한 목소리로 말했다.

"알렉산더 윌슨은 적어도 누구보다 반듯하고 정직한 실업가였어요. 죽을 때 알렉산더는 아내에게 4만 달러나 남겨주었다고요."

이 알렉산더라는 사람은 그랜트 클로 부인의 먼 친척으로, 윌슨 집안은 자기네 집안사람을 싸고도는 기질이 아주 강했다.

실리아 리스가 말했다.

"그걸 남겨주고 가야 하다니 참으로 안타까웠겠군요."

클로 부인이 말했다.

"알렉산더의 동생 제프리는 한 푼도 남기지 않았어요. 제프리는 확실히 그 집안에서는 불량자였어요. 정말이지 남 아랑곳하지 않고 실컷 웃기야 했겠죠. 돈은 버는 족족 다 써버리고…… 아주 속없을 정도로 붙임성은 좋았고…… 그러더니 죽을 때 빈털터리였죠. 그토록 아무 생각 없이 실컷 즐기고 웃으며 살다 가서 과연 이 세상에서 무엇을 얻었을까요?"

마이라가 말했다.

"아마 얻은 것은 그리 없을지 모르지만, 그래도 제프리가 이 세상에 쏟아넣고 간 것을 생각해 봐요. 제프리는 늘 사람들에게 아낌없이 주었어요. 격려, 동정, 우정, 심지어 돈까지도요. 적어도 친구로 말하자면 제프리는 부자였어요. 알렉산더는 평생 친구가 한 사람도 없었잖아요."

앨런 부인이 대답했다.

"그런데 그 제프리 친구들이 제프리를 묻어주었던가요. 결국 그 일은 알렉산더의 몫이었죠. 백 달러나 들여서 훌륭한 묘석까지 세워주었고요."

실리아 드루가 물었다.

"하지만 제프리가 수술비로 백 달러만 빌려달라고 부탁했을 때 알렉산더는 거절했었잖아요? 그 수술을 받았으면 제프리가 살았을지도 모르는데."

카 부인이 달랬다.

"자, 자, 우리 너무 가차 없어지고 있네요. 우리는 물망초나 데이지가 활짝 핀 동화 속 세상에 살고 있는 게 아니에요. 누구에게나 결점은 있는 법 아니겠어요."

밀리슨 부인이 이야기를 좀 더 유쾌한 방향으로 돌릴 때가 되었다고 여겨 웃으며 말했다.

"렘 앤더슨이 오늘 도러시 클라크와 결혼식을 올려요. 제인 엘리엇이 자기랑 결혼해주지 않으면 자기 머리에 총으로 구멍을 내겠다고 맹세한 지 채 1년도 안 되었는데 말이에요."

처브 부인이 말했다.

"젊은 남자란 그처럼 희한한 소리를 잘도 하죠. 그 두 사람은 이 일을 아예 비밀로 해왔어요. 두 사람이 약혼했다는 사실은 3주 전까지만 해도 누구의 귀에도 들어가지 않았으니까요. 지난주 렘의 어머니와 이야기했을 때에도 이렇게나 빨리 결혼식을 올린다는 걸 내비치지도 않았어요. 꼭 스핑크스처럼 그렇게 비밀을 잘 감추는 여자는 그리 탐탁지 않아요."

애거사 드루가 말했다.

"나는 도러시 클라크가 용케도 렘의 청혼을 승낙했다 싶어 놀랐어요. 지난

봄만 해도 도러시와 프랭크 클로가 맺어지는 줄 알았으니까요."

"프랭크가 나무랄 데 없는 남편감이지만, 아침에 눈을 뜰 때마다 이불 위로 프랭크의 코가 불쑥 올라와 있는 것을 보는 상상만으로도 견딜 수 없다고 도러시가 말하는 것을 '내가' 들었어요."

백스터 장로 부인은 마치 진저리 치는 노처녀처럼 몸을 떨며, 웃고 있는 다른 사람들의 무리에 끼려 하지 않았다.

실리아는 퀼트 이불 둘레에 앉은 사람들에게 찡긋 윙크를 해 보이며 말했다.

"이디스 같은 어린 아가씨 앞에서 그런 말 하는 거 아니에요."

에마 폴록이 물었다.

"에이다 클라크는 아직 약혼 안 했나요?"

밀리슨 부인이 대답했다.

"네, 아직은 희망 사항일 뿐이에요. 하지만 에이다는 그 사람을 차지할 거예요. 그 집 아가씨들은 모두 좋은 남편감 고르는 재주가 있으니까요. 그 애 언니 폴린은 항구 윗마을에서 가장 큰 농장으로 시집갔잖아요."

밀그레이브 부인이 말했다.

"폴린은 예쁘기는 하지만 머릿속은 온통 실없는 생각뿐이에요. 이따금 영영 철이 안 드는 게 아닐까 여겨질 때가 있어요."

마이라 머리가 말했다.

"뭘요, 철들 거예요. 아기를 낳고 키우다보면 아이로부터 지혜를 배우겠죠. 부인도 나도 모두 그랬잖아요?"

미드 부인이 물었다.

"렘과 도러시는 어디서 살 거래요?"

"아, 렘이 윗글렌에 농장을 사두었어요. 왜, 그 불쌍한 캐리 부인이 남편 로저를 살해한 예전 캐리 저택 있는 그곳 있잖아요."

"남편을 살해했다고요?"

"글쎄, 뭐, 남편이 그런 일을 당할 만한 짓을 하긴 했지만, 그래도 캐리 부인이 좀 지나쳤다고 다들 생각했죠. 로저의 차……가 아니라 수프였던가…… 아무튼 거기에 제초제를 탔대요. 다들 알고는 있지만 쉬쉬하고 그냥 넘어갔죠. 그 실패 좀 이리 줘요, 실리아."

캠벨 부인이 눈을 동그랗게 뜨고 물었다.

"하지만 밀리슨 부인, 그렇다면 캐리 부인은 재판을 받거나…… 벌을 받지 않았다는 말씀인가요?"

"그게, 누구도 제 손으로 이웃 사람을 그런 곤란한 처지로 몰아넣고 싶지는 않으니까요. 로저 캐리의 집안은 윗글렌에서 연줄이 든든한 데다 부인도 자포자기 심정으로 저지른 일이거든요. 물론 아무도 습관적으로 사람을 죽여도 된다고 생각하지는 않아요. 하지만 세상에 살해당해도 싼 남자가 있었다면 로저 캐리야말로 바로 그런 남자였지요.

캐리 부인은 미국으로 가서 재혼했어요. 벌써 세상을 떠난 지도 몇 해나 지났죠. 두 번째 남편은 그녀보다 오래 살았어요. 모든 일이 다 내 어린 시절에 일어난 일이에요. 한때는 로저 캐리의 유령이 돌아다닌다는 소문이 퍼졌었죠."

백스터 부인이 말했다.

"설마 이런 문명 시대에 유령 같은 걸 믿는 사람이야 없겠죠."

틸리 매컬리스터가 되물었다.

"어째서 유령을 믿으면 안 되죠? 유령이란 재밌잖아요. 나는 유령에게 시달리던 어떤 남자를 알아요. 그 유령은 늘 그 사람을 보고 웃었대요. 꼭 비웃듯이 말예요. 그것 때문에 그 사람은 화가 나서 펄펄 뛰곤 했죠. 가위 좀 주시겠어요, 맥두걸 부인?"

자그마한 새 신부는 두 번이나 재촉을 받고서야 얼굴이 새빨개져 가위를 건네주었다. 맥두걸 부인이라고 불리는 데 아직 익숙지 않았기 때문이었다.

크리스틴 마시가 말했다.

"항구 윗마을의 예전 트루오 집안 저택에 몇 해 동안이나 유령이 나왔대요. 온 집안에서 똑똑 두드리거나 쿵쾅거리는 소리가 난다는 거예요…… 정말 이상한 일이죠."

백스터 부인이 말했다.

"트루오 집안 식구들은 모두 위장병이 있었으니까요."

매컬리스터 부인이 샐쭉한 표정을 지으며 말했다.

"물론 유령이란 안 믿는 사람에게는 나타나지 않겠지만, 내 여동생이 노바스코샤의 어떤 집에서 일했었는데, 그 집에서 시시때때로 쿡쿡거리는 웃음소리가 들렸대요."

마이라가 말했다.

"어머나, 정말 명랑한 유령이잖아요! 나는 그런 유령이라면 괜찮겠어요."

의심 많은 백스터 부인이 반대했다.

"그건 틀림없이 부엉이였을 거예요."

애거사 드루가 슬프면서도 뽐내는 듯한 태도로 말했다.

"제 어머니는 임종 때 침대 둘레에 천사들이 있는 것을 보셨대요."

백스터 부인이 말했다.

"천사는 유령이 아니에요."

처브 부인이 물었다.

"어머니라는 말이 나와서 생각났는데, 파커 아저씨는 좀 어때요, 틸리?"

"이따금 몹시 나빠질 때가 있어요. 어떻게 되실지 전혀 예측이 안 돼요. 그래서 우리 집안사람들의 계획에 좀 차질을 주긴 해요…… 겨울옷 장만과 관련해서. 그래서 얼마 전에 여동생과 의논할 때 내가 '아무튼 검은 옷을 맞춰 놓자. 그러면 어떤 일이 일어나든 당황할 일 없으니까.'라고 말했어요."

"요전에 메리 애나가 뭐라고 했는지 아세요? '엄마, 나는 하느님께 내 머리를 곱슬거리게 해달라고 부탁하는 걸 그만두려고 해요. 내가 1주일 동안 밤마다 부탁했는데도 아무 일도 일어나지 않는걸요.'라는 거예요."

브루스 덩컨 부인이 씁쓰레한 목소리로 말했다.

"나도 어떤 일을 하느님께 20년 동안이나 부탁하고 있어요."

덩컨 부인은 이제까지 아무 말도 하지 않고 퀼트에서 그 검은 눈을 떼지도 않았었다. 덩컨 부인은 누빔을 잘하기로 유명했다. 아마도 다른 사람들이 소문 이야기로 정신이 흐트러질 때도 한땀 한땀 정확하고 정성스레 바느질에만 몰두하기 때문일 것이다.

한순간 그 자리가 물을 끼얹은 듯 조용해졌다. 다들 덩컨 부인의 소망이 무엇인지 짐작하긴 했지만, 그것은 퀼트 모임에서 가볍게 입에 올릴 만한 내용이 못 되었다. 덩컨 부인은 다시 입을 닫았다.

예의에 어긋나지 않을 정도의 침묵이 흐른 끝에 마사 크로더스가 물었다.

"빌리 카터가 메이 플래그와 파혼하고 항구 윗마을 맥두걸 집안 아가씨와 교제하고 있다는 게 정말인가요?"

"네. 어쩌다 그렇게 되었는지는 아무도 모르지만요."

캔디스 크로퍼드가 말했다.

"안타까운 일이에요. 대수롭지 않은 일로 혼담이 깨질 때가 이따금 있으니까요. 딕 프랫과 릴리언 매컬리스터도 봐요. 함께 소풍을 가서 딕이 릴리언에게

막 청혼을 하려던 때에 갑자기 코피가 나는 바람에 딕이 재빨리 시냇물로 달려갔다가, 거기서 처음 본 어떤 아가씨가 손수건을 빌려주었대요. 그런데 딕이 그 아가씨에게 한눈에 반해 2주일 뒤 두 사람은 결혼해버렸잖아요."

유령이라느니 누가 누구를 찾느니 하는 이야기보다 좀 더 유쾌한 화제를 내놓을 시점이라고 생각한 사이먼 부인이 말했다.

"지난 토요일 저녁에 항구 곶에 있는 밀트 쿠퍼네 가게에서 빅 짐 매컬리스터에게 어떤 일이 일어났는지 들었나요? 빅 짐은 여름 동안 스토브에 앉는 버릇이 생겼어요. 그런데 토요일 저녁에 날이 좀 쌀쌀해서 밀트가 난롯불을 피운 거예요. 그런데 그걸 모르고 가엾은 빅 짐이 거기에 앉았다가…… 데었답니다, 그, 자기의……"

사이먼 부인은 어디를 데었는지 말하지 않고 자기 몸의 한 부위를 말없이 쓰다듬었다.

그때 월터가 담쟁이덩굴 장막 사이로 머리를 쑥 내밀고 진지하게 말했다.

"엉덩이를요."

월터는 진심으로 사이먼 부인이 알맞은 단어를 떠올리지 못한 거라 생각했던 것이다.

바느질하던 여자들은 깜짝 놀라 입을 다물었다. 이제까지 줄곧 월터 블라이드가 그곳에 있었던 것일까? 이제까지 한 이야기 가운데 아이가 들어시는 안 되는 이야기가 있었는지 다들 기억을 헤집어가며 떠올려보려고 애썼다. 블라이드 선생 부인은 아이들에게 들려주는 이야기에 대해 꽤나 까다롭다는 소문이 있었다. 모두 마비된 혀가 아직 풀리지 않았을 때 앤이 부엌에서 나와 저녁 식사가 준비되었다고 했다.

엘리자베스 커크가 말했다.

"10분만 기다려 주세요, 블라이드 부인. 그러면 퀼트 이불이 두 장 다 끝나니까요."

퀼트 이불이 다 만들어져 그것을 들어내다가 한번 턴 다음 펼쳐놓고 다 함께 감상했다.

마이라 머리가 말했다.

"어떤 사람이 이걸 덮고 잘까요."

앤이 말했다.

"처음으로 엄마가 된 어떤 여인이 이 이불 속에서 첫아기를 안게 될지도 모르죠."

미스 코닐리아가 뜻밖의 말을 했다.

"아니면 대초원에서 쌀쌀한 밤에 어린아이들이 이 속에서 바싹 붙어 잘지도 모르고요."

미드 부인이 말했다.

"혹은 류머티즘이 있는 노인이 이걸 덮으면 훨씬 포근하다고 기뻐할지도 모르지요."

백스터 부인이 슬픈 목소리로 말했다.

"이 속에서 아무도 죽는 일은 없었으면 좋겠네요."

모인 사람들이 식당으로 몰려 들어갈 때 도널드 부인이 말했다.

"여기 오기 전에 메리 애나가 뭐라고 말했는지 아세요? '엄마, 잊지 말아요. 자기 접시에 있는 음식은 몽땅 다 먹어야 돼요.'라지 뭐겠어요."

그래서 다들 자리에 앉아 하느님의 영광을 찬양한 뒤 즐겁게 먹고 마셨다. 모두가 오후 내내 열심히 일했고, 그들 가운데 특별히 악의 있는 사람은 없었다.

저녁 식사가 끝나자 저마다 집으로 돌아갔다. 제인 버는 사이먼 밀리슨 부인과 마을까지 함께 걸어갔다.

수전이 숟가락 개수를 세고 있는 줄은 꿈에도 모르는 채 제인은 아쉬워하며 말했다.

"식탁이 어떻게 꾸며져 있었는지 빠짐없이 기억해두었다가 어머니에게 말해줘야 해요. 어머니는 몸져누운 뒤에 바깥출입을 통 못 하지만, 시시콜콜한 일들을 궁금해하세요. 그 식탁을 봤다면 정말 좋아하셨을 거예요."

사이먼 부인은 한숨을 내쉬며 동의했다.

"잡지에 나온 그림 같더군요. 내 입으로 말하긴 좀 뭐하지만, 요리라면 나도 누구 못지않게 할 수 있는데 식탁을 품격 있는 스타일로 꾸미는 일은 전혀 못해요. 그나저나 그 월터 녀석은, 나라면 엉덩이를 실컷 때려줬을 거예요. 불쑥 나타나서 어찌나 깜짝 놀랐는지!"

길버트가 말했다.

"잉글사이드가 입방아에 오르내린 사람들의 흩어진 잔해로 온통 뒤덮여 있겠지."

앤이 대답했다.

"나는 같이 바느질을 하지 않아서 소문을 하나도 못 들었어."

그러자 뒤에 남아 수전이 완성된 이불 묶는 일을 돕고 있던 미스 코닐리아가 말했다.

"당신은 원래도 하나도 못 들어요, 앤. 앤이 퀼트 모임에 올 때면 모두 분별없는 말을 하지 않으니까요. 앤이 소문 이야기 같은 건 탐탁지 않게 여긴다고 생각해서 다들 말조심을 하거든요."

"그야 종류에 따라 다르죠."

"뭐, 어쨌든 오늘은 아무도 그리 심한 이야기를 하지는 않았어요. 이야기에 나온 이들은 대부분 죽었거나 또는 곧 죽을 사람들이었으니까요."

미스 코닐리아는 무산된 애브너 크롬웰의 장례식 이야기를 떠올리고 싱긋이 웃으며 말을 이었다.

"밀리슨 부인이 매지 캐리와 그 남편에 얽힌 그 케케묵고 소름 끼치는 살인 이야기를 굳이 또 꺼낸 것만 빼면요. 그 일이라면 내가 다 기억하고 있어요. 매지가 남편을 죽였다는 증거는 하나도 없었어요. 고양이가 그 남은 수프를 조금 먹은 뒤 죽었다는 것 말고는 말예요. 그렇지만 그 고양이는 죽기 1주일 전부터 병이 나 있었어요. 누가 나더러 내 생각을 말하라면, 로저 캐리는 맹장염으로 죽었어요. 물론 그 시절엔 사람 뱃속에 맹장이 있는 줄을 아무도 몰랐지만요."

수전이 말했다.

"그리고 모두가 그런 게 있다는 사실을 알게 된 것도 안타까운 일이에요. 숟가락은 없어진 것 없이 다 있어요, 사모님. 식탁보도 말끔하고요."

미스 코닐리아가 말했다.

"자, 나도 이제 그만 가봐야겠어요. 다음 주에 마셜이 돼지를 잡으면 남는 갈비를 좀 보내줄게요."

월터는 초롱초롱한 눈망울에 꿈을 가득 담고 또다시 층계에 앉아 있었다. 저녁 어스름이 내려앉아 있었다. 월터는 '저녁 어스름은 어디서 내려앉는 것일까?' 생각했다. 박쥐 같은 날개를 가진 거대한 정령이 보랏빛 물병에 담긴 것을 온 세상에 주르륵 흘리는 것일까? 서서히 달이 떠오르고 바람에 뒤틀어진 오래된 가문비나무 세 그루가 달을 등지고 선 모습이 마치 다리를 절룩거리며 언덕을 올라오는 세 명의 늙고 여윈 곱사등의 마녀처럼 보였다. 그림자 속에 웅크려 앉아 있는, 귀에 털이 북슬북슬한 저것은 작은 목신(牧神) 파우누스일까?

만일 지금 벽돌담의 문을 열고 나가면 낯익은 뜰 대신 이상한 요정 나라로 들어서게 되지는 않을까? 거기서는 공주들이 마법이 풀려 잠에서 깨어나고, 월터가 전부터 바라던 대로, 메아리가 된 숲의 요정 에코를 마주쳐 그 뒤를 따라갈 수 있을지도 모른다. 말을 해서는 안 된다. 그렇게 하면 무언가가 사라져 버릴 테니까.

엄마가 나와서 말했다.

"월터, 그만 들어오렴. 거기 계속 앉아 있으면 추워. 네 목 생각을 해야지."

이 말로 주문이 깨졌다. 마법의 등불은 꺼졌다. 잔디밭은 여전히 아름다웠지만 이미 요정 나라가 아니었다.

월터는 일어났다.

"엄마, 피터 커크 장례식에서 무슨 일이 있었는지 말씀해주시면 안 돼요?"

앤은 잠시 생각했다. 그리고 몸을 파르르 떨었다.

"지금은 안 돼, 월터. 아마도…… 나중에……."

달밤

앤은 방에 홀로—길버트는 환자가 있어 나갔다—앉아 창가에서 밤의 다정함과 달빛이 비치는 방 안에 깃든 묘하게 으스스한 아름다움을 잠시 즐기고 있었다.

그러면서 생각했다.

'다른 사람들은 동감 안 할지 몰라도, 달빛을 받은 방에는 언제나 뭔가 이상한 데가 있어. 성격이 아예 딴판이 되어 버려. 붙임성도 별로 없고…… 인간미도 없어져. 쌀쌀맞고 서먹하게 굴면서 자기 생각에만 빠져 있어. 마치 나를 침입자로 여기기라도 하는 양.'

정신없이 바빴던 하루를 보내고 앤은 조금 지쳐 있었지만 지금은 모든 것이 정말 아름답게 고요했다. 아이들은 쌔근쌔근 잠들었고 잉글사이드는 정돈된 상태로 돌아왔다. 집 안에서는 수전이 부엌에서 빵 반죽을 이따금 통 내리치는 리드미컬한 소리만 희미하게 들려올 뿐, 아무 소리도 나지 않았다.

그러나 열어놓은 창문으로 밤의 소리가 들려왔다. 앤은 그 하나하나를 알고 있었으며 사랑하고 있었다. 항구에서 낮은 웃음소리가 잠잠한 공기를 타고 실려왔다. 누군가가 글렌 마을에서 부르는 노래가 먼 옛날에 들은 노래의 여운처럼 감돌았다. 바다 위에는 은색 달빛 길이 뻗어 있었으나 잉글사이드는 그림자에 싸여 있었다. 나무들은 '예로부터 내려오는 비밀'[1]을 속삭였으며 무지개 골짜기에서는 부엉이가 울고 있었다.

앤은 생각했다…….

'올여름은 참으로 즐거웠어.'

그리고 나서 언젠가 윗글렌의 하일랜드 키티 아주머니가 한 말이 문득 떠올라 가슴이 저미는 듯한 아픔을 느꼈다.

"똑같은 여름은 두 번 다시 오지 않아요."

똑같은 것이란 있을 수 없다. 또 다른 여름은 돌아올 터이다…… 그러나 아이들은 좀 더 자랄 테고 릴라도 학교에 다니게 된다.

'그리고 내게 더 이상 아기는 없는 것이다.'

이렇게 생각하자 앤은 서글퍼졌다.

젬은 벌써 12살이었으며 '입학시험' 이야기가 슬슬 나오기 시작하고 있었다. 젬이 '꿈의 집'에서 갓 태어난 아기였던 때가 바로 어제 일 같은데…… 월터는 키가 훌쩍 자랐다. 또 앤은 그날 아침 학교의 어떤 '남자아이' 일로 낸이 다이를 놀려대는 말을 들었고, 다이는 뺨을 붉히고는 샐쭉하게 빨강머리를 홱 돌렸다.

그래, 삶이란 그런 것이다. 기쁨과 아픔…… 희망과 두려움…… 그리고 변화. 끊임없는 변화! 변화를 막을 수는 없다. 낡은 것을 놓아버리고 새로운 것을 받아들이며, 그것을 사랑하게 되었다가 또 그것을 결국 놓아주는 일의 연속이다.

봄은 아무리 아름다워도 여름에게 자리를 내주어야 하고 여름은 가을이 오면 그 모습을 잃어버리게 된다.

---

1) 《구약성서》 〈시편〉 28장 2절.

탄생…… 결혼…… 죽음…….

앤은 갑자기 월터가 피터 커크 장례식에서 어떤 일이 있었는지 말해달라고 조르던 것이 생각났다. 그 일은 꽤 여러 해 동안 떠올린 적이 없었지만 잊은 것은 아니었다. 거기에 갔던 어느 누구도 그 일을 잊을 수 없을 것이며 앞으로도 영원히 기억하리라고 앤은 생각했다. 어스름한 달빛 속에 앉아 앤은 그때 일을 머릿속에 떠올려보았다.

11월의 일이었다. 잉글사이드에서 지낸 첫 11월로, 봄날 같았던 1주일이 이어진 다음이었다. 커크 집안은 모브레이내로즈에서 살았지만, 글렌 교회에 나가고 길버트가 주치의였으므로 장례식에 길버트와 앤 둘 다 참석했다.

바람 한 점 없이 온화하면서 하늘은 흑진주 같은 잿빛 구름이 잔뜩 낀 날이었음을 앤은 기억하고 있었다. 둘레는 온통 쓸쓸한 갈색과 보랏빛 도는 11월의 풍경이었고, 구름 사이로 햇살이 내비치는 언덕마루나 비탈땅에만, 누덕누덕 기워놓은 듯 햇빛이 비추고 있었다. '커크 집안 오솔길'이라는 뜻의 '커크와인드 저택'은 바닷가 바로 옆이어서, 뒤쪽의 음침한 전나무 사이로 소금기 머금은 바닷바람이 그곳으로 불어오곤 했다. 크고 형편이 넉넉해 보이는 번듯한 집이었는데도, 앤은 늘 그 지붕 끝머리의 L자 모양 박공이 길고 가늘고 심술궂은 얼굴을 꼭 닮았다고 여겼었다.

앤은 걸음을 멈추고 꽃 한 송이 없는 살풍경한 잔디밭에 선 한 무리의 여자들에게 말을 걸었다. 일에 파묻혀 사는 이 성실한 보통 사람들에게 장례식은 반드시 불쾌한 사건은 아니었다.

브라이언 블레이크 부인이 구슬픈 목소리로 말했다.

"손수건을 가져오는 걸 깜박했어요. 눈물이 나면 어쩌죠?"

잘 우는 여자를 싫어하는 시누이 커밀라 블레이크가 무뚝뚝하게 말했다.

"뭣 때문에 울죠? 언니는 피터 커크하고 친척도 아니고 그 사람을 좋아하지도 않았잖아요?"

브라이언 블레이크 부인이 딱딱하게 말했다.

"장례식에서 우는 것은 '예의'라고 생각해요. 이웃이었던 사람이 영원한 안식처로 불려갔을 때 우는 것은 인지상정 아니겠어요."

커티스 로드 부인이 은근한 농담조로 말했다.

"피터를 좋아했던 사람만 피터의 장례식에서 운다면, 오늘 우는 사람은 그리 많지 않을걸. 그게 사실인데 구태여 돌려 말할 거 뭐 있어요. 다른 사람들이야 어떻게 생각하든 나는 그 사람이 얼굴로만 믿음 깊은 척한 협잡꾼이었다는 걸 알아요. 저기 작은 문으로 들어오는 사람이 누구죠? 설마…… 설마 클래라 윌슨은 아니죠?"

브라이언 부인이 믿기지 않는다는 표정으로 소곤거렸다.

"그 사람이 맞아요."

커밀라 블레이크가 앤에게 가르쳐주었다.

"피터의 첫 번째 부인이 죽었을 때 클래라는 피터에게 당신 장례식에 참석하러 오기 전까지는 두 번 다시 이 집에 발을 들이지 않겠다고 했거든요. 약속을 지킨 셈이네요. 클래라는 피터 첫 번째 부인의 언니예요."

앤은 호기심이 일어 클래라 윌슨을 바라보았다. 클래라는 다른 사람들은 아예 눈에 들어오지도 않는 듯 들끓는 감정이 담긴 황옥색 눈으로 앞만 똑바로 보며 그들의 옆을 스쳐 갔다. 그녀는 비극적인 얼굴을 한 무척 여윈 여자로, 나이가 좀 있는 여성들만이 지금도 쓰고 다니는, 깃털과 길쭉한 비즈 장식이 달리고 코를 겨우 덮는 보잘것없는 베일이 달려 있는 우스꽝스러운 보닛을 썼다. 그 모자 아래로 검은 머리칼과 짙은 눈썹이 보였다.

클래라는 아무도 보지 않고 누구에게도 말을 걸지 않은 채, 다만 길고 검은 태피터 치맛자락이 휙 소리를 내면서 잔디밭을 스치며 사람들 곁을 지나치더니 베란다 층계를 성큼성큼 올라갔다.

커밀라가 비꼬면서 말했다.

"저기 제드 클린턴이 장례식용 얼굴을 하고 현관 앞에 서 있더군요. 우리가 안에 들어가야 할 시간이라고 얼굴로 말하고 있는 거죠. 자기가 주관하는 장례식에서는 모든 일이 예정대로 진행된다는 게 저 사람의 자랑이거든요. 위니 클로가 설교하기 '전에' 쓰러졌던 일을 지금껏 용서하지 않는다니까요. 설교가 끝난 다음이었다면 그렇게 두고두고 마음에 새기지는 않았을 거예요. 어쨌든 이 장례식에서는 아무도 쓰러지진 않을 듯싶군요. 올리비아는 잘 쓰러지거나 하는 사람이 아니니까요."

리스 부인이 물었다.

"제드 클린턴이라면…… 로브리지의 장의사잖아요? 어째서 글렌 사람한테 맡기지 않았을까요?"

"누구한테요? 카터 플래그 말인가요? 아니, 부인, 왜 이리 눈치 없는 말씀을 하실까. 그야 당연히 피터와 카터 플래그가 평생 서로 으르렁거리던 앙숙이었으니까 그렇죠. 카터가 에이미 윌슨을 좋아했잖아요."

커밀라가 또 한마디 거들었다.

"에이미를 좋아한 남자들이야 많았죠. 아주 예쁜 아가씨였으니까요. 구릿빛 도는 빨강머리에 잉크 같은 검은 눈을 가졌더랬죠. 하기야 두 자매 중에 클래라가 더 예쁘다고 여기는 사람들이 대부분이었지만요. 그리고 보면 클래라가 평생 결혼하지 않은 건 이상한 일이에요.

이제야 목사가 오네요. 로브리지의 오언 목사도 함께 왔군요. 하긴 저 사람은 올리비아의 사촌 오빠니까요. 기도할 때 '오!'를 지나칠 만큼 자주 하는 것만 빼면 괜찮은 목사죠. 이만 안으로 들어가는 게 좋겠어요. 안 그랬다간 제드가 발작이라도 일으키겠어요."

앤은 자리에 가서 앉기 전에 잠시 멈춰 서서 피터 커크를 바라보았다. 앤은 피터를 좋아하지 않았다. 처음 보았을 때 '잔인한 얼굴을 가졌다'고 생각했었다. 잘생긴 얼굴이기는 했다. 그러나 눈 밑이 처지기 시작한 그때도 눈빛은 여전히 강철처럼 차가웠고 얇은 입술에 꽉 다문 입은 수전노처럼 인정사정없는 느낌을 주었다. 독실한 삶을 살면서 짐짓 깊은 신앙심에서 비롯된 듯한 열정적인 기도를 드리는데도 불구하고 매우 이기적이고 사람을 무척 오만한 태도로 대한다는 평판이 있었다.

"늘 자기가 엄청 잘났다고 생각하지."

앤은 누군가가 그를 이렇게 평하는 것도 들은 적이 있었다. 그러나 대체적으로 보아 피터는 사람들이 존경하고 우러러보는 사람이었다.

살아 있을 때와 마찬가지로 죽은 뒤에도 피터는 오만했다. 더 이상 뛰지 않는 가슴 위에 깍지를 끼어 포개 놓은 지나치게 긴 손가락을 보았을 때 앤은 왠지 몸을 떨지 않을 수 없었다. 그 속에 여인의 마음이 붙잡혀 있는 것만 같다는 생각에 앤은 자기 맞은편에 앉은 상복 차림의 올리비아 커크 쪽으로 흘끗 눈길을 던졌다.

올리비아는 키가 크고 눈처럼 흰 살결에 커다랗고 파란 눈을 한 아름다운 여자였다. '못생긴 여자는 딱 질색이야.'라고 피터 커크는 말했었다. 그녀의 얼굴은 차분하고 무표정했다. 눈물 자국은 보이지 않았다. 그러나 올리비아는 랜덤 집안 출신이며 랜덤 집안사람들은 감정을 겉으로 드러내는 법이 없었다. 그래도 상복을 입고 품위 있게 앉아 있는 올리비아는 이 세상에서 가장 비탄에 잠긴 미망인에게 지지 않을 만큼 엄숙한 분위기를 띠고 있었다.

둑처럼 관을 에워싼 꽃들에서 뿜어져 나오는 꽃 내음이 공기 중에 가득 차 있었다. 평생 꽃이라는 것은 거들떠보지도 않았던 피터를 위해 여기저기서 보낸 꽃이었다. 피터가 회원이었던 프리메이슨 결사의 지부, 교회, 보수파 연합, 학교 이사회, 치즈 위원회에서 화환이며 꽃바구니를 하나씩 보내왔다.

서로 연을 끊고 산 지 오래된, 피터의 하나밖에 없는 아들로부터는 아무것도 오지 않았지만, 커크 집안사람들이 흰 장미를 한데 모아 만든 큰 닻을 보내왔다. 거기에는 빨간 장미 꽃송이를 써서 '마침내 항구에'라는 글씨가 적혀 있었다.

그리고 올리비아의 것도 있었다. 하얀색 칼라꽃으로 만든 베개였다. 그것을 본 커밀라 블레이크의 얼굴이 웃음을 참느라 씰룩거렸다. 앤은 피터가 두 번째 결혼을 한 지 얼마 안 되었을 때 커밀라가 커크와인드 저택에 갔다가, 신부가 가져온 칼라 화분을 피터가 창밖으로 내던지는 것을 보았다고 말한 일이 생각났다. 그러면서 피터는 잡초 따위를 집 안에 들여서 내 집을 너저분하게 만드는 일은 용납하지 않겠다고 말했다고 한다.

겉보기에 올리비아는 그 일을 아무런 감정의 동요 없이 받아들였고 그 뒤로 커크와인드 저택에서 칼라는 다시는 볼 수 없었다. '설마 올리비아가······.'라는 생각을 하며 눈길을 돌렸던 앤은 그러나 커크 부인의 차분한 얼굴을 보고 의심을 거두었다. 게다가 이런 날 어떤 꽃을 쓰라고 제안하는 것은 대개 꽃집 주인의 몫이었다.

성가대는 '좁은 바다와 같은 죽음이 저 천상의 땅과 우리의 땅을 갈라놓네.'라고 노래했다. 커밀라와 눈이 마주친 앤은 둘 다 피터 커크가 그 천상의 땅에서 과연 어떤 식으로 적응할지를 생각하고 있다는 것을 알았다.

앤에게는 커밀라가 이렇게 말하는 목소리가 들리는 기분이었다.
"글쎄, 하프를 든 피터 커크 뒤에서 후광이 비치고 있는 것을 한번 생각해 봐요."

오언 목사는 성경 한 장을 뽑아서 읽고 난 뒤에 슬픔에 잠긴 이들의 마음이 위로되도록 "오!"를 연발하면서 여러 가지 간청을 드리며 기도했다. 글렌의 목사도 추도 연설을 했는데, 아무리 죽은 사람에 대해서는 좋게 말해야 한다 해도 찬양이 지나치다고 대부분 사람은 속으로 생각했다. 피터 커크가 애정이 넘치는 아버지이고 다정한 남편이고 친절한 이웃이며 열성적인 크리스천이었다는 말을 들은 사람들은 아무래도 언어가 잘못 쓰이고 있다고 여겼다.

커밀라는 손수건에 얼굴을 묻고 있었으나 눈물을 닦기 위해서는 아니었다. 스티븐 맥도널드는 한두 번 헛기침을 했다. 브라이언 부인은 누군가로부터 손수건을 빌린 듯 얼굴에 댄 채 눈물을 쏟고 있었다. 그러나 올리비아의 내리깐 파란 눈에는 여전히 눈물 한 방울 맺히지 않았다.

제드 클린턴은 안도의 한숨을 내쉬었다. 모든 일이 순조롭게 진행되어 갔다. 찬송가를 한 곡 더 부르고, '유해'를 마지막으로 대면하는 관례적인 행렬이 끝나고 나면 자신이 주관한 성공적인 장례식을 기록해놓은 그의 기다란 목록에 또 하나의 장례식이 더해질 것이었다.

넓은 방 한 구석에 가벼운 웅성거림이 일더니 클래라 윌슨이 미로처럼 얽힌 의자 사이를 지나 관 옆의 탁자까지 걸어 나왔다. 거기에 이르자 클래라는 뒤로 돌아서서 사람들 쪽을 향했다. 우스꽝스러운 보닛이 한쪽으로 살짝 쏠렸고 둥글게 감아올려 묶은 머리에서는 그녀의 숱 많은 검은 머리칼 일부가 빠져나와 어깨에 드리워져 있었다. 그러나 그녀의 모습을 우스꽝스럽다 여기는 사람은 아무도 없었다. 안색이 좋지 않은 기다란 얼굴이 발갛게 달아올라 있었고,

고뇌에 시달린 듯한 비극적인 눈은 불타고 있었다. 클래라 윌슨은 무엇엔가 홀린 여자 같았다. 영혼을 갉아먹는 불치병과도 같은 깊은 원한이 온몸에 퍼져 있었다.

"지금까지 새빨간 거짓말을 잘 들으셨어요. 당신네들이 여기에 '조의를 표하러' 왔는지…… 아니면 호기심을 채우러 왔는지는 잘 모르겠지만요.

그럼 이제부터 내가 진짜 피터 커크에 대해 말씀드리죠. 나는 위선자가 아니니까요…… 나는 피터가 살아 있을 때도 그를 겁낸 적 없었고 이제 이렇게 죽은 마당에도 전혀 두려워하지 않아요. 지금껏 피터에게 대놓고 그 사람의 본모습을 말할 용기를 보인 이는 없었지만, 내가 이제라도 말하겠어요…… 이 남자의 장례식에서, 이 남자가 좋은 남편이며 친절한 이웃이라는 말을 들은 바로 이 자리에서요.

좋은 남편이라고요? 이 남자는 내 여동생 에이미와 결혼했어요…… 내 아름다운 여동생 에이미와 말예요. 에이미가 얼마나 다정하고 아름다웠는지 당신들은 알 거예요. 그런데 이 남자는 그런 에이미의 인생을 비참하고 불행하게 만들었어요. 에이미를 학대하고 욕보이면서…… 이 남자는 그런 짓 하기를 좋아했죠.

네, 그래요, 그는 교회도 꼬박꼬박 나가고…… 길게 기도도 하고…… 빚도 성실히 갚았어요. 하지만 이 남자는 약자를 괴롭히는 폭군이었어요…… 자기 집에서 기르는 개까지도 이 남자의 발소리를 들으면 달아날 정도였으니까요.

나는 에이미에게 이 남자와 결혼하면 후회할 거라고 말했어요. 에이미가 웨딩드레스 만들 때 내가 도와주었었는데…… 차라리 에이미의 수의를 만드는 편이 나았을 거예요. 딱하게도 에이미는 그때 이 남자에게 푹 빠져 있었죠. 하지만 이 남자의 아내가 된 지 1주일도 안 되어 본모습을 알게 됐어요.

자기 어머니를 평생 종처럼 부려먹었으니 자기 아내도 당연히 그래야 한다 여겼어요. "'내' 집에서 말대답은 있을 수 없어."라고 했죠. 에이미에게는 말대답 할 만한 기백도 없었어요…… 실망과 비탄으로 이미 마음이 무너졌으니까요.

아아, 나는 가엾고 소중한 내 동생 에이미가 어떤 괴로움을 겪었는지 알아요. 이 남자는 사사건건 에이미에게 반대했어요. 에이미가 꽃밭조차 가꾸지 못하게 했어요…… 아기 고양이조차 마음대로 키울 수 없었죠…… 내가 한 마리 주었더니 이 남자가 물에 처넣어 죽여버렸어요.

에이미는 자기가 쓴 돈은 단 1센트라도 다 설명해야만 했어요. 에이미가 번듯한 옷을 걸친 걸 한 번이라도 본 적 있나요? 비라도 올 듯한 날 에이미가 가장 좋은 모자를 쓰면 이 남자는 잔소리를 했죠. 에이미가 가진 모자 중 그 어느 것도 비를 맞았다고 더 망가질 것은 없었는데 말이에요. 그토록 예쁜 옷을 좋아하던 그 아이가!

이 남자는 늘 에이미의 집안사람을 비웃었어요. 이 남자는 일생 동안 단 한 번도 소리 내어 웃은 일이 없었어요…… 이 남자가 진심으로 웃는 소리를 들은 분 있나요? 미소는 지었어요…… 네, 그래요. 견딜 수 없이 잔인한 짓을 하면서도 차분히 상냥한 미소를 띠곤 했죠. 첫아기가 죽은 채 태어났을 때에도 이 남자는 에이미에게 "죽은 애새끼밖에 못 낳을 바엔 차라리 당신도 죽는 편이 나아."라고 미소 지으며 말했으니까요.

그런 꼴을 10년을 당하다가 에이미는 죽었어요…… 나는 그때 에이미가 드디어 이 남자 손아귀에서 벗어날 수 있어 다행이라고 여겼죠. 그날 나는 이 남자에게 당신의 장례식이 있기 전까지 다시는 이 집 문턱을 넘지 않겠다고 말했어요. 당신들 가운데에는 내가 그렇게 말하는 것을 들은 사람도 있죠. 나는 그 약속을 지켰고, 오늘은 이 남자의 정체를 말하러 온 거예요. 이것이 본모습이라는 것은…… 당신도 알고 있고…….”

클래라 윌슨은 손가락으로 스티븐 맥도널드를 맹렬히 가리켰다.

"당신도 알고 있고…….”

그다음으로 화살이 날아가듯 긴 손가락이 커밀라 블레이크를 가리켰다.

"당신도 알죠.”

올리비아 카터는 얼굴 근육 하나 움찔하지 않았다.

"당신도 물론 알아요.”

가엾은 목사는 그 손가락이 그를 푹 찌르고 뚫고 들어오는 것처럼 느껴졌다.

"나는 피터 커크의 결혼식에서는 울었지만 장례식에서는 웃어주겠다고 이 남자에게 말했었어요. 그러니까 이제부터 실컷 웃어주겠어요.”

클래라 윌슨은 요란하게 옷자락 스치는 소리를 내며 관 위로 몸을 구부렸다. 오랜 세월 곪을 대로 곪아 가슴에 사무쳤던 분노가 마침내 폭발했다. 클래라는 드디어 원한을 푼 것이다. 죽은 사람의 차갑고 조용한 얼굴을 내려다보는 클래라의 온몸은 승리감과 만족감으로 전율했다.

사람들은 모두 앙심에 찬 웃음이 터져나올 것이라고 기다리고 있었다. 그러나 웃음은 들려오지 않았다. 클래라 윌슨의 성난 얼굴이 갑자기 변하더니…… 일그러져서…… 어린아이처럼 찌푸려졌다. 클래라 윌슨은…… 울고 있었다.

클래라는 거친 뺨에 눈물을 줄줄 흘리며 돌아서서 방을 나가려 했다. 그러나 올리비아 커크가 클래라 앞에 일어나더니 팔을 잡았다. 한순간 두 여자는 서로 얼굴을 마주 보고 있었다. 방 안은 마치 만져질 것만 같은 무거운 침묵에 휩싸였다.

올리비아 커크가 말했다.

"고마워요, 클래라 윌슨.”

그 얼굴은 여느 때와 마찬가지로 속내를 헤아릴 수 없었다. 그런데 나직하고 흔들림 없는 그 목소리에는 앤을 부르르 떨게 하는 어떤 것이 있었다.

앤은 갑자기 바닥이 보이지 않는 어둡고 깊은 구덩이가 눈앞에 나타난 듯했다. 클래라 윌슨은 피터 커크가 살아 있을 때에도 죽은 뒤에도 그를 증오했을지 모르지만, 그 증오도 올리비아 커크의 그것에 비하면 하찮은 것임을 앤은 느꼈다.

클래라는 울면서 자기가 맡은 장례식을 망쳐버린 그녀에게 몹시 화가 나 있는 제드 곁을 지나 밖으로 나갔다. 목사는 마지막 찬송가 〈주 예수 너에게 있으니 편히 쉬라〉를 부른다고 할 예정이었지만, 생각을 바꾸어 바들바들 떨리는 목소리로 축복 기도를 드리는 것으로 끝냈다.

제드는 늘 하던 대로 정해진 순서에 따라 친지며 친척들에게 '유해'와 마지막 대면을 하라는 공지를 하지 않았다. 이 상황에 알맞은 단 한 가지 조치는 곧바로 관 뚜껑을 닫고 되도록 빨리 피터 커크를 묻어 사람들 눈앞에서 치워버리는 것뿐이라고 생각했다.

베란다 층계를 내려오며 앤은 긴 한숨을 쉬었다. 두 여자의 고통만큼 깊었던 증오에 목이 메고 숨이 막힐 듯하던 방에 있다가 차갑고 신선한 공기를 마시니 매우 상쾌했다.

오후에는 더욱더 추워지고 하늘이 잔뜩 찌푸려 있었다. 잔디밭 여기저기에 조그맣게 무리 지어 모여선 사람들은 들릴 듯 말 듯한 목소리로 그날의 사건에 대해 수군거리고 있었다. 풀이 다 시든 목장을 가로질러 집으로 돌아가는 클래라 윌슨의 모습이 아직도 보였다.

넬슨 크레이그가 멍하니 말했다.

"정말 엄청나지 않았소?"

백스터 장로가 말했다.
"충격적이었어…… 충격적!"
헨리 리스가 끼어들었다.
"어째서 우리 가운데 누구도 말리지 않았을까요?"
커밀라가 대꾸했다.
"어째서긴요, 모두들 클래라가 뭐라고 하는지 듣고 싶었기 때문이죠."
샌디 맥두걸 아저씨가 말했다.
"그건…… 장중하지 못한 일이었소."
그는 마음에 드는 단어가 떠오른 김에 거듭 그 말을 혀끝으로 굴렸다.
"'장중하지' 못했죠. 어찌 됐든 장례식이란 어떤 상황에서도…… '장중해야' 해요."
어거스터스 파머가 말했다.
"정말이지 세상일이란 참 우습지 않소?"
제임스 포터 노인이 지난날을 돌이켜보며 말했다.
"나는 피터와 에이미가 가까워졌던 무렵의 일을 기억하고 있소. 그해 겨울 나는 내 아내에게 구혼 중이었지. 그 무렵 클래라는 퍽 아름다운 젊은 아가씨였소. 게다가 버찌파이 하나는 기막히게 만들었고!"
보이스 워런이 말했다.
"클래라는 옛날부터 입이 험한 아가씨였소. 클래라가 들어왔을 때 아무래도 다이너마이트를 하나쯤 터뜨릴지도 모른다고 여기기는 했지만 설마 저렇게 하리라고는 꿈에도 생각지 못했소. 그리고 올리비아는 또 어떻소! 도무지 생각이 나 할 수 있는 일이오? 여자란 참 알 수 없다니까요."
커밀라가 말했다.

"우리가 사는 동안 두고두고 이야깃거리가 되겠죠. 결국 이런 일이라도 없다면 역사란 따분하기 짝이 없는 것일 테니까요."

풀 죽은 제드는 운구해주기로 한 사람들을 모아 관을 들어냈다. 천천히 뒤따르는 마차 행렬을 거느리고 관을 실은 장례 마차가 오솔길을 빠져나갈 때 헛간에서 비탄에 잠긴 듯 울부짖는 개의 소리가 들렸다. 결국 세상에 살아 있는 존재 중에 피터 커크를 위해 슬퍼해주는 존재가 딱 하나 있었던 셈인지도 몰랐다.

앤이 길버트를 기다리는 곳으로 스티븐 맥도널드가 다가왔다. 스티븐은 윗글렌 사람으로, 키가 크고 고대 로마 황제 같은 머리를 가지고 있었다. 앤은 전부터 스티븐을 좋아했다.

"눈이 올 것 같은 냄새가 나는군요. 11월은 저에게는 언제나 향수병을 앓는 계절로 여겨집니다. 그렇게 느낀 적 없습니까, 블라이드 부인?"

"물론 있어요. 한 해가 지나가버린 봄날을 슬픈 마음으로 뒤돌아보고 있다는 생각이 들어요."

"봄…… 봄이라! 블라이드 부인, 어느덧 나도 나이를 먹다 보니 계절의 변화가 전과 다르게 느껴집니다. 겨울은 예전의 겨울 같지가 않고…… 여름은 도무지 알아볼 수 없고요…… 그리고 봄도…… 이제 우리에게 이미 봄 같은 건 없어져버렸습니다. 적어도 우리가 알던 사람이 우리와 더불어 봄을 즐기러 돌아오지 않을 때면 그런 느낌이 듭니다. 클래라 윌슨도 참 딱하더군요…… 어떻게 생각했습니까?"

"글쎄요, 가슴이 미어지는 것 같았어요. 그런 증오란 정말……."

"그……렇죠…… 실은 클래라 자신이 옛날에 피터를 좋아했었어요…… 엄청 좋아했었습니다. 그 무렵 클래라는 모브레이내로즈에서 가장 아름다웠어요…… 조그맣게 곱슬거리는 짙은 머리칼이 우윳빛 얼굴을 감싸고 있었죠…… 반면 에이미는 잘 웃고 명랑한 성격이었어요. 피터는 클래라를 버리더니 에이미와 가까워졌습니다. 인간이란 참 이상한 족속이에요, 블라이드 부인."

커크와인드 저택 뒤에 있는 바람에 시달린 전나무 사이로 불길한 떨림이 일고, 한 줄로 늘어선 양버들이 잿빛 하늘을 찌를 듯이 솟아 있는 먼 언덕 위로 갑작스레 눈보라가 나타나 하얗게 보였다. 거센 눈바람이 모브레이내로즈에 불어닥치기 전에 돌아가려고 모두가 발길을 서둘렀다.

길버트와 함께 마차를 몰아 집으로 돌아오며 앤은 클래라 윌슨에게 고맙다고 하던 올리비아 커크의 눈이 떠올라 생각했다.

'다른 여자들은 그토록 비참한데 내가 이렇듯 행복할 권리가 있을까?'

앤은 창가에서 일어났다. 그로부터 벌써 12년 가까이 흘렀다. 클래라 윌슨은 죽었고 올리비아 커크는 프린스에드워드섬을 떠나 연안 지방으로 가서 재혼했다. 그녀는 피터보다 훨씬 나이가 적었던 것이다.

앤은 생각했다.

'시간은 우리가 생각하는 것보다 친절해. 긴 세월 원한을 품고 있다는 것은 끔찍스러운 일이야…… 그게 무슨 보물이나 되는 양 가슴에 꼭 끌어안고서. 하지만 피터 커크의 장례식에서 있었던 일은 결코 월터가 알아서는 안 돼. 절대로 아이들에게 들려줄 얘기는 못 돼.'

금은 케이크

릴라는 잉글사이드 베란다 층계에 다리를 포개고 잠자코 앉아 있었다. 햇볕에 그을린 무릎이 참으로 포동포동하고 귀여웠다. 그러나 릴라는 아주 우울했다. 사랑받고 있는 조그만 여자아이가 우울할 일이 뭐가 있냐고 묻는 이가 있다면 그 사람은 자기의 어린 시절을 잊었음에 틀림없다. 어른에게는 실로 하찮은 일일지라도 아이들에게는 어둡고도 끔찍한 비극인 것이다. 릴라는 절망의 바다에 잠겨 있었다. 수전이 그날 밤 고아원 기부금 모금회를 위해 '금은 케이크'를 구울 테니 오후에 교회로 가져다주라고 릴라에게 말했기 때문이었다.

릴라가 어째서 케이크를 들고 마을을 지나 글렌세인트메리 장로교회에 갈 바에는 차라리 죽는 편이 낫다고 생각하는지 그 까닭을 내게 물어도 소용없다. 아이들이란 때로 그 작은 머릿속에 묘한 생각을 키우기 마련이며, 까닭을 알 수 없지만 릴라는 케이크를 어디로 들고 가는 모습을 남에게 보이는 것을 부끄럽고 굴욕적인 일로 여기고 있었다.

아마도 그것은 릴라가 아직 5살밖에 안 되었을 때 틸리 페이크 할머니가 케이크를 들고 큰길을 걸어가는데 마을의 조그만 남자아이들이 할머니 뒤를 따라가며 놀리고 소리치는 것을 보았기 때문인지도 모른다. 틸리 할머니는 항구 어귀에 살고 있는 아주 지저분하고 누더기를 걸친 노파였다.

남자아이들은 손가락질을 하며 놀려댔었다.

"틸리 페이크 할머니
　스리슬쩍 케이크를 먹더니
　에이그, 배탈이 났지 뭐라니!"

릴라로서는 틸리 페이크 할머니와 똑같이 취급당한다는 것은 참을 수 없는 일이었다. 케이크를 들고 다니면 '숙녀가 될 수 없다'는 두려운 생각이 이 아이의 머리에서 떠나지 않았다. 이런 까닭으로 릴라는 사는 낙을 모두 잃은 듯이 층계에 오도카니 앉아 있었으며, 앞니가 하나 빠진 귀여운 작은 입가에 언제나 떠도는 미소도 떠올라 있지 않았다.

릴라는 평소처럼 수선화가 무엇을 생각하는지 아는 것 같은 얼굴을 하거나 금빛 장미와 둘만 아는 비밀을 나누는 대신, 희망이 영원히 꺾인 풀 죽은 사람 같은 모습을 하고 있었다. 웃으면 거의 감기다시피 하는 담갈색 눈조차도 여느 때의 매력 대신 슬픔과 고통이 넘치고 있었다.

언젠가 키티 매컬리스터 아주머니가 말한 일이 있었다.

"네 눈에는 요정이 마법을 걸었단다."

아빠는 릴라가 타고난 매력쟁이라서 태어난 지 30분 만에 파커 의사 선생님에게 생긋 웃어 보였다고 단언했다. 릴라는 여전히 혀짜래기소리를 했으므로 지금도 혀보다는 눈으로 더 많은 것을 이야기했다. 그러나 그것은 틀림없이 나아질 것이었다. 릴라는 쑥쑥 자라고 있었기 때문이다. 지난해 아빠는 릴라의 키가 장미덤불만 하다고 했다. 올해는 풀협죽도만큼 자라 있었다. 그러다 접시꽃만큼 크게 되면 학교에 갈 것이다.

릴라는 수전에게 이 무서운 심부름을 통고받기 전까지는 아주 즐거웠고 자기에게 나름 만족하고 있었다. '정말 수전은 부끄러움을 모른다니까!'라고 릴라는 하늘에 대고 몹시 화를 내며 이야기했다. 사실 릴라는 '부끄더움'을 모른다고 말했지만, 사랑스러운 옅푸른색 하늘은 알아들은 듯했다.

그날 아침 엄마, 아빠는 샬럿타운에 가고 다른 언니, 오빠들은 학교에 가서 잉글사이드에는 릴라와 수전밖에 없었다. 여느 때 같았으면 릴라는 이런 분위기를 마음껏 즐겼을 것이다. 릴라는 한 번도 쓸쓸한 적이 없었다. 이 층계라든가 무지개 골짜기에 있는 릴라만의 이끼 낀 초록색 바위에 앉아 예쁜 요정 아기 고양이 한두 마리를 다정한 친구 삼아 눈에 들어오는 모든 것에 대해 상상의 나래를 펴고 있었을 테니까. 즐겁게 춤추는 조그만 나비들의 나라처럼 보이는 잔디밭 한구석이라거나…… 뜰에 사뿐히 떠 있는 듯 피어난 양귀비꽃…… 하늘에 홀로 떠 있는 단 하나뿐인 커다란 뭉게구름…… 금련화 위를 붕붕거리며 날아다니는 커다란 호박벌…… 흘러내린 릴라의 적갈색 곱슬머리를 노란 손가락으로 만지는 인동덩굴…… 후후 불어오는 바람…… 그 바람은 어디로 가는 것일까? 올해도 다시 돌아온 '지빠귀 군'은 의기양양하게 베란다 난간을 콩콩거리고 돌아다니며 릴라가 왜 자기와 놀아주지 않는지 의아하게 여기고 있었다.

릴라는 마을을 지나 고아들을 위해 여는 모금회 때문에 수많은 사람들이 모인 교회로 케이크를—무려 케이크를!—들고 가야만 한다는 무서운 사실 말고는 아무것도 생각할 수 없었다. 릴라는 고아원이 로브리지에 있으며, 그곳에는 아빠나 엄마가 없는 가엾은 아이들이 살고 있다는 것을 어렴풋이 알고 있었다. 그 아이들이 아주 불쌍하다는 생각은 했지만, 아무리 가엾디가여운 고아를 위하는 일일지라도 조그만 릴라는 사람들이 보는 가운데 '케이크를 들고 가는' 것만큼은 하기 싫었다.

아마 비가 오면 안 가도 될 것이다. 비는 올 것 같지 않았지만 릴라는 손을 마주 잡고—통통한 손의 깍지 낀 손가락 마디 하나하나마다 보조개처럼 쏙 들어가 있었다—진심으로 빌었다.

"하느님, 데발 비가 많이 오게 해두떼요. 데발 두룩두룩 내리게 해두떼요. 아니면……."

릴라는 또 한 가지 구원받을 가능성이 생각났다.

"뚜던(수전)의 케이크를 못 뜨게(쓰게) 태워두떼요. 새까맣게 타게 해두떼요."

아아, 그러나 슬프게도 점심때가 되자 속을 넣고 아이싱을 입힌 아주 잘 만들어진 케이크가 자랑스럽게 부엌 식탁 위에 놓였다. 그것은 릴라가 제일 좋아하는 케이크였다. '금은 케이크'라니 듣기만 해도 호화로운 느낌이 드는 이름이었다. 그러나 릴라는 두 번 다시 이 케이크를 입에 댈 마음이 들지 않을 것 같았다.

하지만…… 항구 건너편 낮은 언덕에서 희미하게 우르릉거리고 있는 것은 천둥이 아닌가? 어쩌면 하느님이 릴라의 기도를 들어주셨는지도 모르고, 떠날 시간이 되기 전에 지진이 일어날지도 모른다. 최악의 경우에는 배가 아파오지 않을까? 안 된다, 릴라는 몸을 부르르 떨었다. 그것은 피마자기름을 뜻한다. 차라리 지진 쪽이 낫다!

등받이 뒤쪽에 털실로 멋쟁이 오리를 수놓은 자기의 소중한 의자에 앉아 있는 릴라의 근심 어린 침묵을 언니, 오빠들은 알아차리지 못했다. 모두들 너무해! 엄마가 집에 있었다면, 엄마는 금방 알아차렸을 텐데. 아빠 사진이 《데일리 엔터프라이즈》에 실려서 무서웠던 그날도 엄마는 릴라가 얼마나 걱정스러워하는지를 헤아려주었다. 침대 속에서 릴라가 몹시 울 때 엄마가 들어왔다. 그러고는 릴라가 신문에 사진이 실리는 건 살인자뿐이라는 생각 때문에 울고 있는 것을 알아내 그 자리에서 릴라의 생각을 바로잡아주었다. 엄마는 딸이 틸리 페이크 할머니처럼 케이크를 들고 글렌 마을을 지나가는 모습을 보고 싶어 할까?

수전이 장미꽃봉오리가 접시 둘레에 띠처럼 둘러진 릴라의 아름다운 파란 접시를 내주었지만 릴라는 점심을 제대로 먹을 수가 없었다. 그 접시는 지난번 릴라 생일에 레이철 린드 할머니가 보내준 것으로 여느 때는 일요일에만 쓰도록 허락된 것이었다.

'장미꽃봉오리가 그려진 파란 접시를 하필 이런 부끄러운 일을 해야 하는 날 내놓다니 말이야!'

그렇기는 하지만 수전이 디저트로 만들어 준 과일을 얹은 페이스트리는 맛있었다.

릴라는 부탁했다.

"낸과 다이 언니가 학교 끝난 다음에 케이크를 가져다주면 안 돼?"

수전은 농담으로 여기고 말했다.

"다이는 학교에서 제시 리스와 함께 그 애 집에 놀러 가기로 했고, 낸은 다리에 가시가 걸렸대.[1] 그리고 그렇게 하면 너무 늦어버려. 일을 맡아보는 분들은 3시까지 케이크를 모두 잘라 탁자에 차려놓은 다음 저녁은 모두 집으로 돌아가서 먹고 싶으니까. 대체 왜 가기가 싫지, 우리 토실이? 우편물 가지러 가는 건 늘 좋아하잖아."

확실히 릴라는 토실토실했지만 그렇게 불리는 것을 싫어했다.

릴라는 화가 나서 뾰로통한 얼굴로 말했다.

---

[1] 목에 가시가 걸리다라는 말의 변형으로, 갈 수 없다는 핑곗거리를 댈 때 쓰는 말.

"나는 내 기분이 나빠지는 건 싫단 말이야."

수전은 웃었다. 릴라는 이제 가족들을 웃게 하는 말을 곧잘 했다. 그러나 왜 다들 웃는지 릴라는 영문을 알 수 없었다. 자신은 늘 진지했기 때문이다. 릴라의 말에 웃지 않는 사람은 엄마뿐이었다. 아빠가 살인자일까 봐 릴라가 걱정하는 것을 알았을 때도 웃지 않았다.

수전이 차분히 설명했다.

"모금회는 친절하게 돌봐줄 아빠나 엄마가 없는 가엾은 아이들을 위해 돈을 모으는 거야."

수전은 자기를 꼭 아무것도 모르는 아기 취급하고 있었다.

"나도 고아나 다름없떠. 엄마, 아빠가 꼭 하나씩밖에 없는걸."

수전은 또 웃었다. 아무도 내 마음은 알아주지 않는다.

"그 케이크는 엄마가 거기서 일하는 분들과 약속한 거야. 내가 가져갈 시간은 없고, 꼭 가져다줘야만 해. 그러니 파란 깅엄 옷을 입고 릴라가 얼른 갔다 와."

릴라는 필사적이었다.

"내 인형이 아파. 침대에 눕혀놓고 내가 같티 있떠야 돼. 아마 암모니아(폐렴을 뜻하는 '뉴모니아(pneumonia)'를 잘못 말함)에 걸렸뜰디도 몰라."

"그 인형은 네가 올 때까지 괜찮을 거야. 30분이면 갔다 올 테니까."

이것이 수전의 비정한 대답이었다.

가망이 없었다. 하느님조차 릴라를 나 몰라라 했다. 비가 올 기미조차 없었다. 릴라는 더 항변을 하려다가는 금세 울음이 터져버릴 것 같아서, 2층으로 올라가 잔주름이 잡힌 새 오건디 옷으로 갈아입고, 교회 갈 때 쓰는 데이지꽃이 달린 모자를 썼다. 아마 옷을 단정하게 입으면 사람들은 자기를 틸리 페이크 할머니처럼 생각지 않을지도 모른다.

릴라는 아주 우아하게 수전에게 말했다.

"내 얼굴은 깨끗한 거 같은데, 미안하지만 귀 뒤똑(뒤쪽)을 돔 봐도."

릴라는 가장 좋은 나들이옷을 입고 모자를 써서 야단맞지 않을까 걱정했지만, 수전은 다만 릴라의 귀를 살짝 살펴보고 케이크 담은 바구니를 건네며 주의를 줄 뿐이었다.

"가서 어른들 만나면 예의 바르게 행동하렴. 그리고 부탁이니 만나는 고양이마다 말을 걸지는 말고 얼른 가야 해."

릴라는 고그와 매고그에게 얼굴을 찌푸려 보이며 부지런히 떠났다. 그 모습을 수전은 사랑스러운 듯 지켜보았다.

"우리 아가가 어느새 혼자 교회에 케이크를 가져갈 만큼 큰 걸까."

수전은 자랑스러움과 아쉬움이 뒤섞인 마음으로, 되돌아가서 하던 일을 계속했다. 그녀는 자신의 목숨마저 기꺼이 내줄 만큼 사랑하는 조그만 아이에게 자기가 어떤 괴로움을 안겨주었는지 꿈에도 알아차리지 못했다.

릴라는 언젠가 교회에서 잠들어버려 자리에서 굴러떨어진 뒤로 이번처럼 창피함을 느낀 일은 없었다. 여느 때 릴라는 마을에 가는 것을 아주 좋아했다. 여러 가지 재미있는 것들을 볼 수 있기 때문이다. 그러나 오늘은 아름다운 퀼트가 빨랫줄에 널린 카터 플래그 부인의 매혹적인 정원조차 거들떠보지 않았고, 어거스터스 파머 씨가 안뜰에 새로 갖다놓은 무쇠로 만든 사슴에도 흥미가 느껴지지 않았다. 이제까지 그 옆을 지날 때마다 릴라는 잉글사이드 잔디밭에도 저런 것이 있으면 좋을 텐데 생각하곤 했었다. 그러나 지금 무쇠 사슴 따위가 뭐 그리 대수란 말인가?

뜨거운 햇빛이 강물처럼 길에 넘실댔고 '다들' 밖에 나와 있었다. 여자아이들이 귓가에 뭐라고 소곤거리며 길을 지나갔다. 내 이야기를 하는 것일까? 릴라는 두 아이가 무슨 말을 했을지 상상해보았다. 마차를 몰고 가던 남자가 뚫어지게 릴라를 바라보았다. 남자는 '저 애가 잉글사이드 막내인가? 세상에, 어쩌면 저렇듯 예쁘게 생겼을까!' 하고 감탄했다. 그러나 릴라는 남자의 눈이 바구니를 꿰뚫어 케이크를 보았다고 생각했다. 또 애니 드루가 아버지와 함께 마차를 타고 옆을 지나갔을 때, 틀림없이 자기를 보고 비웃은 것이라고 믿었다. 애니 드루는 10살로, 릴라가 보기에는 아주 큰 언니였다.

그러는 가운데 러셀네 집 모퉁이에 많은 남자아이들과 여자아이들이 모여 있었다. 릴라는 걸어서 '그 옆을 지나가야만 했다'. 그들의 눈이 모조리 릴라에게로 쏠리고, 서로 얼굴을 마주 보며 눈짓하고 있다고 생각하니 견딜 수 없었다.

릴라가 너무도 필사적인 마음으로 얼굴을 꼿꼿이 들고 지나갔으므로 아이들은 모두 릴라가 잘난 척한다고 여겨 이 건방진 아이의 코를 납작하게 해주어야겠다고 생각했다. 저 아기 고양이 같은 얼굴의 아이에게 뭔가 제대로 보여주자! 잉글사이드 여자아이들은 모두 거들먹쟁이들이야! 자기들은 그런 큰 저택에 살고 있다 이거지!

밀리 플래그는 릴라 뒤에서 그 걸음걸이를 흉내 내며 발을 질질 끌어 흙먼지를 마구 일으켰다.

'꾀쟁이' 드루가 소리쳤다.

"이 바구니는 얘를 따라 어디로 가는 걸까?"

빌 파머가 비웃었다.

"코에 뭘 묻힌 거냐, 이 잼 범벅 꼬마야."

세라 워런이 말했다.

"고양이에게 혀를 물어뜯겼니?"

비니 벤틀리도 비웃었다.

"땅꼬마!"

덩치 큰 샘 플래그가 당근을 베어 먹다 말고 말했다.

"길 이쪽으로 넘어왔다가는 풍뎅이를 먹일 줄 알아."

메이미 테일러가 소리 내어 깔깔 웃었다.

"쟤 얼굴 좀 봐, 새빨개졌어."

찰리 워런이 놀렸다.

"장로교회에 케이크를 가져가는 거지? 수전 베이커의 케이크는 덜 구워졌을 게 뻔해."

자존심 때문에 릴라는 울지 않았지만, 참는 데에도 한계가 있다. 그 누구도 잉글사이드 케이크를 함부로…….

릴라는 도전하듯 말했다.

"다음에 너희들 가운데 누구든 병에 걸리더라도 약을 주면 안 된다고 아빠한테 말할 테야."

이때 릴라는 몹시 당황하여 눈을 크게 떴다. 항구길 모퉁이를 돌아오는 게 설마 케네스 포드는 아니겠지! 그럴 리 없다! 하지만 케네스 오빠였다!

이것만큼은 견딜 수 없었다. 켄과 월터는 단짝이고, 아무에게도 말하지 않았지만 릴라 눈에 켄은 이 세상에서 가장 잘생기고 훌륭한 남자아이였다. 하지만 켄은 좀처럼 릴라에게 관심을 보이지 않았다. 그래도 릴라에게 초콜릿 오리를 준 적은 한 번 있었다. 그리고 어느 잊을 수 없는 날, 켄은 무지개 골짜기 언저리 이끼 낀 바위에 릴라와 나란히 앉아 '숲속의 작은 집과 곰 세 마리' 이야기를 들려준 일이 있었다.

그러나 릴라는 멀리서 숭배하는 것만으로 만족했다. 그런데 지금 케이크를 들고 있는 모습을 이 멋진 사람에게 들킨 것이다!

"아, 토실아! 오늘 너무 덥지? 오늘 저녁에 그 케이크 한 조각 먹을 수 있으면 좋겠다."

그렇다면 켄은 이것이 케이크임을 알고 있다! 다들 알고 있는 것이다!

마을을 벗어난 뒤 겨우 마음을 놓았을 때 최악의 일이 일어났다. 옆길 쪽에서 주일학교 선생님인 미스 에미 파커가 걸어오고 있었다. 아직은 꽤 거리가 있었지만 릴라는 옷을 보고 알 수 있었다. 옷 가득히 조그만 흰 꽃송이가 흩어져 있는 프릴 장식이 달린 연두빛 오건디 드레스였다. '벚꽃 드레스'라고 릴라는 남모르게 부르고 있었다. 지난 일요일 에미 선생님이 주일학교에 그 옷을 입고 왔을 때 릴라는 그만큼 예쁜 옷은 본 적이 없다고 생각했다. 에미 선생님은 늘 어여쁜 옷만 입었다. 레이스며 프릴 장식이 달린 것도 있었고, 때로는 사각사각 소리가 나는 비단옷도 있었다.

릴라는 에미 선생님을 숭배하고 있었다. 아주 예쁘고 우아하며 피부가 희디희고 눈동자는 정말정말 갈색인 데다 슬프고 다정한 미소를 머금고 있었다. 선생님이 슬픈 표정을 짓는 것은 결혼하려던 남자가 죽었기 때문이라고 언젠가 주일학교 같은 반의 어떤 조그만 여자아이가 소곤소곤 알려주었다. 릴라는 에미 선생님의 반이 되어 정말 다행이라 생각했었다. 미스 플로리 플래그의 반은 싫었다. 플로리 플래그 선생님은 못생겼고 릴라는 못생긴 선생님은 참을 수가 없었다.

주일학교 아닌 데에서 에미 선생님을 만나 선생님이 생긋 웃으며 말을 걸어줄 때가 릴라의 생애에서 가장 행복한 순간 가운데 하나였다. 길에서 에미 선생님이 고갯짓으로 살짝 인사를 건네주기만 해도 릴라는 가슴이 마구 뛰었고,

에미 선생님이 반 전체를 비눗방울 파티에 초대해 딸기즙을 넣어 빨갛게 물들인 비눗방울을 만들었을 때 릴라는 너무너무 행복한 나머지 죽을 것만 같았다.

그러나 케이크를 들고 있는 모습을 에미 선생님에게 보이는 것은 견딜 수 없는 일이었고 릴라는 그런 굴욕을 참을 마음은 조금도 없었다. 더욱이 선생님은 분명 다음 주일학교 학예회에서 할 연극에 관해 이야기를 꺼낼 텐데, 릴라는 선생님이 자기에게 요정 역을 맡겨주면 좋겠다고 은근히 바라고 있었다. 요정은 주홍색 옷을 입고 녹색 뾰족모자를 쓴다. 그러나 에미 선생님에게 케이크를 들고 있는 모습을 들킨다면 그런 바람도 사라져버린다.

절대 에미 선생님이 보면 안 된다! 릴라는 시냇물에 걸린 조그만 다리 위에 서 있었다. 그곳은 물이 제법 깊으면서 만처럼 물길이 굽어 있었다. 그 순간 릴라는 바구니에서 케이크를 꺼내 어두운 수면 위로 오리나무가 서로 가지를 뻗고 있는 시냇물 속으로 집어 던졌다. 케이크는 그대로 나뭇가지 사이로 날아가 물속에 풍덩 떨어지더니 물방울을 튀기며 가라앉았다. 릴라는 이루 말할 수 없는 마음의 편안함과 자유와 해방감을 느끼며 에미 선생님 쪽을 향했을 때 선생님이 커다랗고 불룩한 갈색 종이꾸러미를 안고 있는 게 보였다.

에미 선생님은 조그만 오렌지빛 깃털이 달린 작은 녹색 모자 아래로 생긋 웃으며 릴라를 내려다보았다.

릴라는 감탄했다.

"어머나, 떤땡님, 예뻐요…… 덩말덩말 예뻐요."

에미 선생님은 다시 방긋 웃었다. 비록 슬픔으로 그녀의 가슴이 미어질지라도—미스 에미는 정말로 가슴이 미어졌다고 여기고 있었다—진심에서 우러나오는 이런 칭찬의 말을 듣는 건 불쾌하지 않았다.

"새 모자 말이니, 릴라? 예쁜 깃털이지?"

그리고 그녀는 릴라의 바구니를 흘끗 보았다.

"너도 모금회에 케이크를 가져갔구나. 가는 길이 아니라 돌아오는 길이라 선생님이랑 길이 어긋났네. 아쉽다. 선생님도 지금 가져가는 길이야. 크고 끈적하고 달콤한 초콜릿 케이크란다."

놀란 릴라는 아무 말도 나오지 않아 비참하게 눈을 크게 뜰 뿐이었다. 에미 선생님이 케이크를 들고 간다. 그렇다면 케이크를 들고 가는 것이 창피하고 굴욕적인 일일 리 없다. 그런데 나는…… 아, 나는 무슨 짓을 했단 말인가? 수전이 정성스레 만든 훌륭한 금은 케이크를 시냇물에 던져버렸다. 게다가 선생님과 단둘이서 케이크를 들고 교회까지 함께 걸어갈 기회를 놓치고 만 것이다!

에미 선생님이 가버린 뒤 릴라는 무서운 비밀을 저 혼자 간직하고 집으로 되돌아갔다. 저녁 식사 때까지 무지개 골짜기에 숨어 있었다. 저녁 식사 때에도 릴라가 평소보다 아주 얌전한 것을 누구 한 사람 알아차리지 못했다. 수전이 케이크를 누구에게 주었느냐고 물어볼까 봐 릴라는 걱정스러웠지만, 그런 난처한 일은 생기지 않았다.

식사가 다 끝나자 다른 아이들은 모두 무지개 골짜기로 놀러 갔지만, 릴라는 혼자 남아 잉글사이드의 현관문 앞 층계에 오도카니 앉아 있었다. 해가 지고 잉글사이드 뒤편 하늘에서 바람이 불어오며 둘레가 온통 황금빛으로 물들고 아래로 보이는 마을에 불빛이 하나둘 솟아났다. 여느 때 릴라는 온 글렌 마을 여기저기에 불빛이 꽃송이처럼 하나씩 피어나는 것을 보면 기분이 좋았지만 오늘 저녁은 아무 재미도 없었다. 이처럼 비참한 기분이 든 것은 처음이었다. 앞으로 살아갈 수 있을 것 같지 않을 정도였다.

어둑해지면서 둘레가 점점 짙은 보랏빛으로 물들어감에 따라 릴라는 점점 더 비참해졌다. 단풍당을 넣은 롤빵을 굽는 아주 맛있는 냄새가 풍겨 왔다. 수전이 선선한 저녁이 되기를 기다렸다가 가족들이 먹을 빵을 굽고 있는 것이다. 그러나 그 단풍당 넣은 롤빵마저도 다른 모든 것과 마찬가지로 시시했다.

비참한 마음을 안은 채 릴라는 층계를 올라가 이제까지 아주 자랑스럽게 여겨온 새 핑크 꽃무늬 이불 속으로 들어갔다. 그러나 쉽사리 잠이 오지 않았다. 물속에 가라앉힌 케이크의 유령에게 시달렸다. 엄마는 모금회에 케이크를 보내겠다고 약속했다…… 보내지 않았으니 그 사람들은 엄마를 어떻게 생각할까? 더욱이 그것은 사람들이 가져온 케이크 가운데 가장 예뻤을 텐데!

오늘따라 바람 소리가 한없이 쓸쓸하게 들렸다. 마치 릴라를 나무라고 있는 듯했다.

"바보……바보……바보."

이렇게 자꾸만 말하고 있었다.

수전이 단풍당 롤빵을 하나 들고 들어오며 물었다.

"우리 강아지, 왜 아직 안 자고 깨 있니?"

"오, 뚜던, 나는……나는 말이야, 나인 거에 디텨버려떠(지쳐버렸어)."

수전은 당황했다. 그러고 보니 이 아이는 저녁 식사 때에도 지친 모습이었다. 수전은 생각했다.

'하필 선생님이 집에 안 계시는데 어쩌지. 의사 가족은 일찍 죽고 구두장이 아내는 맨발로 다닌다는 옛말도 있는데.'

그리고 겨우 말했다.

"열이 있는지 재보자, 아가."

"그게 아냐, 그게 아니라니까, 뚜던. 사실은……나, 나쁜 짓을 해버려떠, 뚜던…… 악마가 시킨 거야…… 아니, 아니, 악마가 그런 게 아니야, 뚜던. 내가 그래떠. 내가……내가 케이크를 물에 던져버려떠."
 수전은 입이 딱 벌어졌다.
 "원, 저런! 왜 그런 짓을 했지?"
 "무슨 짓을 했다고?"
 때마침 샬럿타운에서 돌아온 엄마가 릴라의 말을 듣고 물었다. 사모님에게 이 일을 넘길 수 있어서 잘됐다고 여기며 수전은 기꺼이 물러갔다.
 릴라는 엉엉 울면서 모든 이야기를 처음부터 끝까지 했다.
 "릴라, 엄마는 통 모르겠구나. 어째서 케이크를 교회에 가져가는 게 부끄러운 일이라고 여겼지?"
 "틸리 페이크 할머니처럼 보일 거 같다고 생각해떠요, 엄마…… 그래서 나는 엄마를 부끄럽게 만들어떠요…… 아, 엄마, 용서해주면 나는 앞으로 다시는 이런 나쁜 딧 안 할게요. 그리고 모금회에 가서 엄마가 케이크를 보냈었다고 말할게요."
 "모금회에 대해서는 마음 쓰지 않아도 돼, 릴라. 케이크는 남아돌 만큼 많았을 테니까. 늘 그렇단다. 우리가 보내지 않은 것을 아무도 몰랐을 거야. 이 일은 아무에게도 이야기하지 말기로 하자. 하지만 앞으로 잊어서는 안 돼, 버사 마릴라 블라이드. 수전도 엄마도 절대로 부끄러운 일을 네게 부탁하지 않는다는 걸 말이야."
 인생은 다시금 즐거워졌다. 아버지가 문 앞에 와서 "아가 야옹아, 잘 자라." 하고 말했고 수전이 살그머니 들어와 내일 점심으로 치킨파이를 먹을 거라고 했다.
 "그레이비또뜨(소스)도 듬뿍 둘 거야, 뚜던?"
 "듬뿍 주고말고."

"그리고 아침에 갈땍 달걀을 먹어도 돼, 뚜던? 나는 그리 착한 아이는 아니지만……."

"갈색 달걀을 두 개 줄게. 자, 이 롤빵을 먹고 어서 자렴, 우리 강아지."

릴라는 단풍당 롤빵을 먹었다. 그리고 잠들기 전에 침대에서 살그머니 나와 무릎을 꿇고 진심으로 기도했다.

"하느님, 어떤 띰부름이라도 늘 띠키는 대로 하는 착한 아이가 되게 해두떼요. 그리고 에미 떤땡님과 가엾은 고아들을 모두 디켜두떼요."

로맨스의 나라

잉글사이드 아이들은 다 함께 뛰놀며 산책하고 온갖 모험을 하면서도, 저마다 자기 마음속의 꿈과 공상도 품고 있었다. 특히 낸은 처음부터 자기가 듣고 보고 읽은 온갖 것으로부터 남몰래 자기가 주인공인 연극을 만들어서 가족들도 눈치채지 못하는 신비한 로맨스[1]의 나라에 살고 있었다.

처음에는 도깨비 골짜기에 사는 아기 도깨비의 춤이며 꼬마 요정의 흔적, 자작나무에 사는 드리아스 요정이 남긴 무늬 같은 것을 짜넣고 있었다. 낸은 대문 옆의 버드나무와 둘만의 비밀을 간직하고 있었으며 무지개 골짜기 위쪽 끄트머리에 빈집인 채로 오래 남아 있는 베일리 저택은 유령이 나오는 탑의 폐허였다. 몇 주일 동안이나 낸은 바닷가 인적 없는 성 안에 갇힌 왕녀가 되었다…… 그러다 또 몇 달 동안은 인도나 다른 어딘가 '머나먼' 나라의 나병 환자 마을에서 일하는 간호사가 되었다. '머나먼'이란 낸에게는 언제나 마법 같은 말이었다—바람 부는 언덕을 넘어 희미하게 들려오는 음악과도 같이.

커가면서 낸은 자기의 조그만 생활 속에서 실제로 존재하는 사람들에 대한 연극도 만들어내게 되었다. 특히 교회에서 만난 사람들을 다루었다. 낸은 교

---

[1] 12~13세기 중세 유럽에서 발생한 문학 장르로, 애정담, 무용담을 중심으로 하면서 신비하고 기이하거나 공상적인 요소가 많은 것이 특징.

회에 나온 사람들 보는 것을 좋아했다. 모두가 좋은 옷을 입고 있기 때문이다. 마치 기적 같았다. 다들 여느 날하고는 아주 딴사람이 되었다.

각자의 교회 가족석에 조용하고도 점잖게 앉은 사람들은 잉글사이드 가족석에 있는 갈색 눈을 한 이 얌전하고 조그만 아가씨가 자기들에 대해 어떤 로맨스를 지어내고 있는지 알았다면 놀라기도 하고 또 얼마쯤 섬뜩해하기도 했을 것이다.

표정이 음울하지만 상냥한 애니타 밀리슨은 낸 블라이드가 자신을 보며 아이를 납치해서 산 채로 끓는 물에 넣어 영원히 늙지 않을 약을 만드는 인물로 상상하는 것을 알았다면 놀라 까무러쳤을 것이다. 낸의 이런 상상은 너무나도 생생해서 한번은 저녁 무렵 황금빛 미나리아재비의 속삭임으로 웅성거리는 오솔길에서 애니타 밀리슨을 만났을 때 낸은 무서워서 죽을 뻔했다. 낸은 애니타의 친절한 인사에도 아무 대답조차 할 수 없었다. 그런 낸을 보며 애니타는 낸 블라이드가 너무 오만하고 건방진 아이가 되어가고 있으니 예절을 제대로 좀 가르칠 필요가 있다고 생각했다.

혈색이 나쁜 로드 파머 부인은 자기가 누군가를 독살하고 그 후회로 서서히 죽어가고 있다는 건 꿈에도 생각지 못했다. 엄숙한 얼굴의 고든 매컬리스터 장로는 자기가 태어났을 때 마녀의 저주를 받아 미소 지을 수 없게 되었다고는 생각조차 할 수 없었다.

나무랄 데 없는 생활을 하는 검은 콧수염을 기른 프레이저 파머는 낸 블라이드가 자기 쪽을 보고 있을 때 머릿속으로 이런 생각을 하고 있으리라고는 조금도 알아차리지 못했다.

'저 남자는 음흉하고 포악한 짓을 저질렀을 게 틀림없어. 뭔지 양심의 가책을 느낄 만큼 무서운 비밀을 품고 있는 듯한 얼굴이야.'

아치볼드 파이프는 낸 블라이드가 자기를 볼 때마다, 혹시라도 그가 말을 걸어올 경우 그에게 대답을 할 시를 짓느라 머리가 바삐 돌아가고 있는 줄은 생각지도 못했다. 낸의 공상 속에서 아치볼드 파이프에게는 라임이 들어맞는 단어가 들어간 시로만 말을 걸어야 했기 때문이다. 정작 아치볼드는 아이를 몹시 두려워해서 한 번도 낸에게 먼저 말을 건 일이 없었지만, 낸은 필사적으로 재빨리 시를 지어내는 일을 끝없이 즐기고 있었다.

파이프 씨, 저는 잘 지내요.
와이프 분은 잘 지내요?

또는

네, 오늘은 날이 참 좋네요.
마른풀 말리기에 딱 좋네요.

모튼 커크 부인이 만약 낸 블라이드가—비록 초대받는다 하더라도—부인 집 입구 층계에 '빨간 발자국'이 있다는 이유로 그 집에 결코 가지 않을 생각이라는 것을 알면 뭐라고 할지 알 수 없었다. 또 그 시누이인 차분하고 친절하지만 아무도 찾는 사람 없는 엘리자베스 커크는 자기가 노처녀인 것은 결혼식 도중에 자신의 연인이 식을 올리던 교회의 제단 앞에서 쓰러져 죽어버렸기 때문인 줄은 꿈에도 알지 못했다.

이러한 공상은 아주 재미있고 흥미로웠다. 그래도 낸은 현실과 상상을 혼동하는 일은 결코 없었으나, '신비로운 눈을 한 여인'에게 사로잡힌 뒤로는 그 경계가 흐려지고 말았다.

공상이라는 것이 어떻게 하여 자라는지는 물어봐야 헛일이다. 낸 자신도 어떻게 해서 그렇게 됐는지 말할 수 없었을 것이다. 그 시작은 '**음울한 저택**'에서부터였다—낸의 머릿속에서 그 집은 늘 '**음울한 저택**'이라고 굵은 글씨로 쓰여 있었다. 낸은 사람들에 대해서뿐만 아니라 장소에 대해서도 로맨스를 만들어내는 게 좋았고 베일리 저택 말고 가까이에서 로맨스에 들어가도 좋을 곳은 '**음울한 저택**'뿐이었다.

낸은 그 '**저택**'을 본 적은 없었다. 다만 로브리지 샛길에 있는 울창하고 어두운 가문비나무숲 뒤편에 있으며 태곳적부터 빈집이라는 것밖에 몰랐다. 수전이 그렇게 말해줬다. 낸은 '태곳적'이라는 말이 무슨 뜻인지 몰랐지만 퍽 매력적인 낱말이었고, '**음울한 저택**'에 딱 어울린다고 생각했다.

낸은 샛길을 따라 단짝인 도라 클로를 찾아갈 때 '**음울한 저택**'으로 이어지는 오솔길을 늘 미친 듯이 뛰어서 지나갔다. 그 오솔길은 길고 어두컴컴했으며, 나무가 아치처럼 하늘을 뒤덮은 길로, 마차 바퀴자국들 사이에 풀이 빽빽이 났고, 가문비나무 아래에는 양치식물이 허리 높이까지 훌쩍 자라 있었다.

다 허물어져가는 대문 가까이에는 긴 잿빛 단풍나무 가지가 낸에게 다가와서 붙잡으려는 마귀할멈의 비틀린 팔처럼 뻗어 있었다. 낸은 그것이 금방이라도 좀 더 앞으로 뻗어 나와 자기를 잡을지 모른다는 기분이 들었다. 그래서 그 손아귀를 피해 도망칠 때면 언제나 짜릿함을 느꼈다.

어느 날, 놀랍게도 토머신 페어가 '**음울한 저택**'—또는 수전의 낭만적이지 않은 표현을 빌리자면 '예전 매컬리스터네 집'—에 와서 살게 되었다고 했다.

엄마가 말했다.

"외딴곳이라 쓸쓸하겠어요."

"그 사람은 괜찮을 거예요. 아무 데도 가지 않고 교회에도 나가지 않으니까요. 아무 데도 안 다닌 지 오래되었거든요. 하기야 밤에는 뜰을 거닌다는 말이 있어요. 정말이지 지금 저렇게나 변한 모습을 생각하면…… 한때는 그토록 인물도 좋고 이 남자 저 남자에게 농을 던지던 아가씨였는데 말예요. 한창때 얼마나 많은 남자를 울렸는지 몰라요! 그런데 지금은 어떻게 됐는지 보세요! 정말로 좋은 본보기예요. 정말 그렇대도요."

누구에 대해 본보기가 되는지 수전은 말하지 않았다. 잉글사이드에서는 아무도 토머신 페어에 대해 흥미를 가진 사람이 없었으므로 그 이상은 아무 말도 나오지 않았다.

그러나 낸은 익숙한 공상에 조금 싫증이 나서 무언가 새로운 것을 갈망하던 터라 '음울한 저택'의 토머신 페어에게 달려들었다. 조금씩 조금씩, 다음 날도 그다음 날도, 다음 날 밤도 또 그다음 날 밤에도—밤에는 어떤 일이라도 믿게 되는 법이다—토머신 페어에 대한 전설을 자아내는 동안, 낸도 알지 못하는 사이에 활짝 꽃피운 그 꿈은 낸이 지금까지 그려낸 어느 꿈보다도 소중한 꿈이 되었다.

낸이 상상했던 환상들 가운데, '신비로운 눈을 한 여인'의 환상만큼 매혹적이면서 실제처럼 여겨지는 건 처음이었다. 크고 검은 벨벳 같은 눈—'공허한' 눈 또는 '고뇌 어린' 눈—은 자기에게 버림받아 눈물을 흘렸던 이들에 대한 후회로 가득 차 있었다. 그 눈은 '악의가 서린' 눈이기도 했다. 사람들을 울리고도 교회에 가지 않는 사람의 눈에는 틀림없이 악의가 서려 있을 것이기 때문이다. 사악한 사람들은 한없이 흥미로웠다. 이 여인은 자기가 저지른 죄에 대한 속죄로 세상에서 몸을 감추고 있는 것이다.

왕녀일까? 아니, 프린스에드워드섬에는 왕녀가 거의 없다. 그러나 이 여인은 왕녀처럼 키가 크고 호리호리하며 결코 쉽사리 곁을 주지 않는 얼음장 같은 아름다움을 지니고 있다. 흑옥 같은 긴 머리는 두 가닥으로 굵게 땋아 어깨에 드리워져 발까지 닿아 있었다. 단아한 상아 같은 얼굴, 엄마의 '은활을 든 아르테미스 조각상'처럼 그리스 여신같이 오뚝한 코, 희고 고운 손. 괴로움에 잠겨 그 아름다운 두 손을 초조한 듯 비틀면서 밤에 뜰을 거닌다. 단 한 사람의 진정한 연인—예전에는 얕보았으나 뒤늦게 사랑하고 있는 줄 깨달은 연인—이 되돌아오기를 기다리고 있었다. (이쯤 되면 어떤 식으로 이야기에 살이 붙어나가는지 독자들은 눈치챘으리라.) 길고 검은 벨벳 치맛자락을 끌며 잔디 위를 서성대면서 그를 마냥 기다리는 것이다. 황금 허리띠를 매고, 귀에는 굵은 진주 귀걸이를 달고, 연인이 다시 돌아와 저주에 걸린 것과도 같은 삶으로부터 풀어줄 때까지 어두운 그림자에 몸을 숨기고 신비에 싸인 생활을 해야만 하는 것이다.

그때가 되면 여인은 마침내 옛날의 무정했던 행동을 뉘우치고 연인에게 아름다운 손을 내밀고 자존심 강한 머리를 숙인다. 두 사람은 분수가에 앉아—이 무렵에는 분수가 있을 것이다—맹세를 새로이 하고 여인은 연인의 뒤를 다소곳이 따라간다. 아빠가 아주아주 오래전 엄마에게 선물한 오래된 테니슨의 책에서 엄마가 골라 어느 날 밤 읽어준 시 속의 '잠자는 공주'처럼 그들은 '언덕을 넘어, 아득히 멀리 보랏빛 안개 어린 가장자리 그 너머로'[2] 가는 것이다. 신비로운 눈을 한 여인의 연인은 비할 바 없이 아름다운 보석을 부인에게 준다.

'**음울한 저택**'은 물론 훌륭한 가구가 갖추어져 있고 비밀의 방이며 비밀 층계가 있다. 신비로운 눈을 한 여인은 자줏빛 벨벳 캐노피가 드리워진 자개 침

---

[2] 영국 빅토리아 시대 계관시인 알프레드 테니슨 경(1809~1892)의 시 〈몽상〉에서 따옴.

대에서 잔다. 여인은 그레이하운드—한 쌍의 그레이하운드……아니, 여러 마리의 그레이하운드—가 수행원처럼 곁을 지키는 가운데, 늘 아득히 멀리서 하프 소리가 들려오지나 않을까 귀를 기울이고……기울이고……또 기울이며……듣고 있었다. 그러나 사악함을 지니고 있는 한—여인이 자기 행동을 뉘우치고 연인이 돌아와 용서하지 않는 한—여인은 하프 소리를 들을 수 없었던 것이다. 이것이 낸이 상상 속에서 그려낸 여인이었다.

물론 어리석게 들린다. 공상이란 차갑기 그지없는 말로 옮겨놓으면 아주 어리석게 들리는 법이다. 10살 된 낸은 자기의 공상을 말로 표현하지 않고 아무도 모르게 그 속에서 살았다. 이 신비로운 눈을 한 사악한 여인에 대한 공상은 낸의 주변에서 돌아가는 생활 못지않게 현실감을 띠어갔다.

그것은 낸을 사로잡아버렸다. 이미 2년 동안이나 그것은 낸의 일부를 이루어왔다. 어찌 된 일인지 낸은 이 공상을 실제처럼 믿게 되었다. 무슨 일이 있어도 낸은 이 공상을 아무에게도—심지어 엄마에게조차—말할 생각이 없었다. 그것은 낸만의 보물이며 밝힐 수 없는 비밀이었고, 그것 없이 삶이 이어지는 것은 상상조차 할 수 없었다. 낸은 무지개 골짜기에서 노는 것보다도 혼자 빠져나와 신비로운 눈을 한 여인에 대해 공상하는 편이 훨씬 좋았다.

앤은 낸의 이런 모습을 알아차리고 좀 걱정스러워졌다. 낸에게 이런 경향이 너무 두드러지기 시작했다. 길버트는 낸을 애번리에 다녀오도록 보내려 했지만 낸은 처음으로 보내지 말아달라고 간절히 부탁했다. 집을 떠나기 싫다고 애처로운 목소리로 말했다. 그러면서 마음속으로는 그 신비로운 눈을 한, 기묘하고 슬프고 아름다운 여인에게서 그토록 멀리 떨어질 바엔 죽는 편이 낫다고 생각했다.

물론 신비로운 눈을 한 여인은 결코 아무 데도 나가지 않았다. 그러나 '언젠가는' 여인이 밖으로 나가는 일이 생길지도 모르는데, 만일 낸이 집을 비웠다가는 신비로운 눈을 한 여인을 보게 될 기회를 자칫 놓칠 수도 있다. 멀리서나마 얼핏이라도 볼 수 있다면 얼마나 멋질까. 신비로운 눈을 한 여인이 걸어서 지나간 길은 언제까지나 로맨틱할 것이다. 그런 일이 일어난 날은 여느 날과 다를 게 틀림없다. 그날이 오면 달력의 숫자 둘레에 동그라미를 쳐놓으리라.

낸은 한 번이라도 좋으니 그 여인을 만나고 싶어 견딜 수 없는 지경이 되었다. 그 여인에 대한 이런저런 상상이 결국 자신의 공상에 지나지 않는다는 것을 낸은 잘 알고 있었다. 그럼에도 토머신 페어가 젊고 아름답고 사악하며 매력적이라는 데는 조금도 의심을 품지 않았다. 이즈음 낸은 수전이 그렇게 말하는 것을 자기 귀로 들은 적이 있다고 굳게 믿고 있었으며, 토머신 페어가 그런 모습을 하고 있는 한 낸은 그녀에 대해 영원히 상상을 계속할 수 있는 것이다.

어느 날 아침, 낸은 자기 귀를 의심했다. 수전이 이렇게 말했던 것이다.

"예전 매컬리스터네 집에 사는 토머신 페어에게 갖다줘야 할 소포가 있어. 어젯밤 선생님이 샬럿타운에서 가져오신 건데, 낸이 오늘 오후에 잠깐 심부름 좀 다녀와주지 않겠니?"

이렇듯 기쁜 일이 갑작스레! 낸은 숨을 죽였다. 다녀와주지 않겠느냐고? 꿈이란 원래 이런 식으로 이루어지는 것일까? 드디어 '음울한 저택'을 볼 수 있는 것이다…… 신비로운 눈을 한 아름답고 사악한 여인을 만날 수 있는 것이다. 정말로 만나는 것이다…… 어쩌면 말하는 목소리를 들을 수 있을지도 모른다…… 어쩌면…… 아, 혹시나…… 그 여인의 가느다란 흰 손을 만지게 될지도 모른다. 그레이하운드며 분수 같은 것이 상상에 지나지 않는다는 것을 낸은 알고 있었다. 그러나 현실도 상상 못지않게 멋지리라.

오전 내내 낸은 시계를 연신 쳐다보며 더디게, 아주아주 더디게 그 시간이

다가오는 것을 지켜보고 있었다. 먹구름이 불길하게 몰려와 비가 퍼붓기 시작했을 때 낸은 눈물을 억누를 수 없었다.

낸은 대들듯이 나직한 목소리로 말했다.

"하느님은 어떻게 오늘 같은 날 비를 오게 하시는 거지."

그러나 소나기는 곧 지나가고 다시금 해가 나왔다. 낸은 몹시 흥분해서 점심도 먹을 수 없을 정도였다.

"엄마, 저 오늘 노란 원피스 입어도 돼요?"

"이웃집에 심부름 가는데 그렇게까지 멋을 낼 필요가 있을까, 낸?"

이웃집이라니! 하지만 물론 엄마는 알 리가 없다…… 알 수가 없는 것이다.

"제발요, 엄마."

"그래, 입으렴."

앤은 허락했다. 노란 원피스는 곧 작아질 테니까 낸이 입고 싶어할 때 입히는 게 좋겠다.

작고 소중한 소포를 가지고 떠날 때 낸의 다리는 덜덜 떨리는 듯했다. 낸은 지름길로 무지개 골짜기를 지나 언덕을 올라가 샛길로 접어들었다. 금련화 잎사귀에는 빗방울이 아직도 굵은 진주알처럼 살포시 맺혀 있었다. 공기는 달콤하게 느껴질 만큼 상쾌했다. 꿀벌이 시냇가에 핀 흰 클로버 위를 붕붕거리며 날고 있었다. 호리호리한 실잠자리들이—'악마의 짜깁기 바늘'이라고 수전은 불렀다—반짝이며 물 위를 날고 있었다. 언덕 위 목장에서는 데이지꽃이 낸을 향해 고개를 끄덕이고…… 몸을 살랑거리고…… 손을 흔들고…… 시원한 금빛과 은빛 웃음을 지어 보였다.

모든 것이 아름다웠고, 무엇보다 지금 낸은 '신비로운 눈을 한 사악한 여인'을 만나러 가는 길이다. 그 여인은 낸에게 뭐라고 할까? 그 여인을 만나러 가는 것은 위험하지 않을까? 지난주에 월터와 함께 읽은 이야기책에서처럼 겨우 몇 분을 함께 있었는데 백 년이 훌쩍 지나버리는 건 아닐까?

음울한 저택

오솔길로 들어선 낸은 등골이 묘하게 간질간질한 느낌이 들었다. 말라버린 단풍나무 가지가 움직인 것일까? 아니다, 낸은 벗어났다…… 잘 빠져나왔다. 이 봐요, 마귀할멈, 나를 붙잡을 수는 없어요!

오솔길의 진창이며 움푹 파인 마차 바큇자국도 낸의 기대를 어그러뜨릴 힘은 없었다. 이제 몇 걸음만 가면…… '음울한 저택'은 눈앞에 보이는 저 물방울 뚝뚝 떨어지는 어두컴컴한 나무들 너머, 그 속에 있는 것이다.

낸은 몸을 조금 떨었다. 낸은 아직 알지 못했다, 그 떨림이 꿈을 잃어버릴지도 모른다는 무의식적이고 받아들이기 힘든 두려움에서 비롯되었음을. 그것은 어린아이에게나 한창때의 젊은이에게나 세상 살 만큼 산 노인에게나 늘 파국이었다.

낸은 오솔길 끄트머리에 이르러, 마구 자란 입구까지 뒤덮은 어린 가문비나무들 사이로 보이는 틈새를 하나 찾아내 그 속을 헤치며 나아갔다. 눈은 감고 있었다. 용기를 내서 떠볼까? 낸은 한순간 공포에 사로잡혀 하마터면 휙 돌아서서 달아날 뻔했다. 그 여인은 사악하지 않던가. 내게 무슨 짓을 할지 그 누가 알겠는가? 게다가 마녀일지도 모른다. 그 사악한 여인이 마녀일지도 모른다는 것을 어째서 이제까지 생각 못 했을까?

이윽고 결연히 눈을 뜬 낸은 비참한 광경에 눈이 휘둥그레졌다. 설마 이것이 **'음울한 저택'**…… 꿈에 그리던 어둡고 웅장하고, 망루며 작은 탑이 솟은 그 저택이란 말인가? 이것이!

그것은 전에는 흰색이었으나 지금은 진흙이 잔뜩 묻은 것 같은 잿빛의 커다란 집이었다. 창문 여기저기에 한때는 초록색이었던 망가진 덧문이 금방이라도 떨어져나갈 듯이 헐거워져 삐거덕거리고 있었다. 현관 층계는 부서져 있었고, 황량한 포치의 현관문에 끼워진 유리는 거의 다 깨져 있었다. 베란다를 빙 두른 소용돌이무늬 장식도 망가져 있었다. **'우울한 저택'**은 오래되어 낡아빠진 헌 집에 지나지 않았다.

낸은 절망하여 주위를 둘러보았다. 분수는 없었다…… 뜰도 없었다…… 뜰이라고 부를 만한 것은 아예 없었다. 여기저기 이가 빠진 울짱으로 둘러진 집 앞 빈터에는 잡초와 개밀이 빼곡하게 우거져 있었다. 울짱 뒤쪽에는 앙상한 돼지 한 마리가 땅을 파고 있었다. 한가운데 오솔길을 따라서는 우엉이 나 있었고, 한구석에는 삼잎국화가 마구 자라고 있었다. 그나마 훌륭한 참나리가 한 무더기 있고 닳아 빠진 층계 바로 옆에 금잔화가 싱싱하게 핀 화단이 있었다.

낸은 무거운 발걸음을 겨우 옮겨 오솔길을 따라 금잔화 화단 쪽으로 갔다. **'음울한 저택'**은 영원히 사라져버렸다. 그러나 신비로운 눈을 한 여인은 아직 남아 있다. 그녀만은 진짜다…… 진짜가 틀림없지 않은가? 한참 전에 수전이 '뭐라고' 했었더라?

"에구머니나, 깜짝 놀랐잖니!"

얼마쯤 우물거리기는 해도 친밀감이 담긴 목소리가 불현듯 들렸다.

낸은 금잔화 화단 옆에서 불쑥 일어선 사람을 보았다. 누구지? 설마…… 낸은 그 사람이 토머신 페어라고는 생각지 않으려 했다. 그렇다면 너무하다.

'어머나, 이 사람은…… 이 사람은 '할머니'잖아!'

낸은 너무도 실망스러워 비탄에 잠겼다.

토머신 페어는, 만일 이 사람이 토머신 페어라면—이제는 그 사람이 토머신 페어라는 것을 낸은 알고 있었다—확실히 노부인이었다. 그리고 뚱뚱했다! 그 모습은 여원 수전이 늘 뚱뚱한 여성을 표현할 때면 늘 말하는 것처럼, 한가운데를 질끈 동여맨 깃털 이불 같았다.

맨발에 누렇게 빛바랜 초록색 옷을 입고 숱 없는 모랫빛 회색 머리에 낡은 남자용 펠트 모자를 쓰고 있었다. 주름이 자글자글한 얼굴은 둥그래서 꼭 O자 같은 데다 불그스름했으며 들창코였다. 바랜 듯한 푸른색 눈의 언저리에는 잘 웃어서 생긴 듯한 잔주름이 또렷이 새겨져 있었다.

아, 나의 여인이여…… 사악하지만 매력적이고 신비로운 눈을 한 나의 아름다운 여인이시여, 당신은 어디 있나요? 당신은 어떻게 되었나요? 당신은 분명 내 안에 있었건만!

토머신 페어가 물었다.

"이거 참, 어서 와라. 이 착한 꼬마 아가씨는 누구지?"

낸은 깍듯이 예의를 지키려고 애썼다.

"저는…… 저는 낸 블라이드예요. 이걸 가져다드리려고 왔어요."

토머신은 기뻐하며 소포에 달려들었다.

"아이고, 내 안경이 돌아왔구나. 일요일에 연감을 읽는데 이게 없어서 얼마나 아쉬웠는지 몰라. 도통 뭐가 보여야지. 그럼 너는 블라이드 선생님네 따님들 중 하나로구나. 어쩌면, 머릿결이 예쁘기도 해라! 나는 전부터 너희들을 한번 만나고 싶었단다. 네 '어무니'가 과학적으로 아이를 키운다는 말을 들었거든. 마음에 드니?"

"마음에 드느냐고요? ······뭐가요?"

아, 사악하고 아름다운 여인이여, 당신이었다면 일요일에 연감 같은 걸 읽지는 않을 텐데. 또 '어무니' 같은 말은 쓰지 않을 텐데.

"아, 과학적으로 키우는 것 말이다."

"나를 키우시는 방법은 마음에 들어요."

낸은 입꼬리를 올려 웃어 보이려 했지만 잘 되지 않았다.

"정말이지 네 어무니는 훌륭한 사람이야. 줏대가 서 있는 사람이니까. 내가 처음으로 네 어무니를 본 것은 리비 테일러의 장례식 때였는데, 나는 네 어무니가 새 신부인 줄 알았어. 무척 행복해 보였거든. 네 어무니가 방에 들어오면 다들 마치 무슨 일이 일어나기를 기대라도 하듯 방 안에 활기가 생기지. 네 어무니는 새로 유행하는 옷도 잘 어울리더구나. 우리 대부분은 어차피 그런 것을 입어도 영 안 어울리거든. 어쨌든 안으로 들어와 잠깐 앉거라. 누구든 만나면 반갑단다······ 여기 있다 보면 이따금 쓸쓸해지곤 하거든. 전화를 놓을 형편은 안 되고, 그저 꽃들이 친구란다. 이렇게 훌륭한 금잔화를 본 적 있니? 그리고 고양이도 있단다."

낸은 지구 끝까지라도 달아나고 싶었지만 집으로 들어가기 싫다고 말해서 이 할머니의 마음을 언짢게 해서는 안 된다고 생각했다.

토머신은 치맛자락 밑으로 빠져나온 페티코트를 보이며 앞장서서 군데군데 꺼진 층계를 올라 방으로 안내했다. 들어서 보니 그곳은 부엌과 거실을 겸한 공간으로 세심히 청소한 티가 나게 깨끗했고 무성하게 자란 화분의 꽃들로 화사했다. 방에는 갓 구운 고소한 빵 냄새가 감돌고 있었다.

"여기에 앉으려무나."

토머신은 천조각을 이어 붙여 화려하게 만든 쿠션이 놓여 있는 흔들의자를 밀어다 주면서 친절하게 권했다.

"저 칼라꽃을 방해되지 않는 곳으로 치우마. 아래 틀니를 넣을 때까지 잠깐 기다려주렴. 틀니를 빼고 있으니 보기 우습겠지? 그런데 끼고 있으면 좀 아파서 말이다. 자, 됐다, 이제는 말을 조금은 더 똑똑히 할 수 있어."

얼룩무늬 고양이가 온갖 묘한 야옹 소리를 내면서 두 사람을 반기며 왔다. 오, 사라져버린 그레이하운드의 꿈이여!

"이 녀석은 쥐를 아주 잘 잡아. 여기는 쥐가 아주 득시글거리거든. 그래도 비바람을 막아주고…… 나는 친척들 가까이 사는 것에 아주 질려버려서 말이다. 뭐 하나 내 뜻대로 할 수 있는 게 없었어. 나를 아주 개떡같이 취급하면서 이래라저래라 간섭을 하는데, 짐의 아내가 가장 심했단다. 어느 날 밤엔가는 내가 달을 보고 얼굴을 찌푸렸다고 잔소리하지 않겠니. 그래, 얼굴을 찌푸려서 어떻다는 거지? 내가 그랬기로서니 달님이 기분 나빠지기라도 했다는 건가? 그래서 '나는 이제 동네북 노릇은 이만 사양합니다.'라고 말해줬지.

해서 나는 내 발로 걸어다닐 수 있는 한 여기서 죽 살 작정이란다. 그래, 뭘 좀 먹으련? 양파 샌드위치를 만들어줄까?"

"아니요, 괜찮아요. 말씀 고맙습니다."

"감기가 들었을 때 먹으면 아주 좋단다. 나도 조금 전에 하나 먹었지. 내 목소리 한번 들어봐라, 많이 쉬어 있지? 그래서 잘 때 테레빈기름하고 거위 비계를 바른 빨간 플란넬 천을 목에 감는단다. 그것처럼 잘 듣는 게 없어."

빨간 플란넬에 거위 비계! 테레빈기름이야 더 말해 무엇하랴!

"샌드위치를 먹고 싶지 않다면…… 정말로 먹고 싶지 않니? 그럼 쿠키통에 뭐가 있는지 좀 보자."

수탉이며 오리 모양의 쿠키는 깜짝 놀랄 만큼 부드럽고 맛있어서 입안에 들어가자마자 녹아버릴 정도였다. 페어 부인은 빛바랜 동그란 눈으로 낸을 보며 미소 지었다.

"그래, 이제는 내가 마음에 좀 드니? 나는 조그만 여자아이들이 나를 좋아해줬으면 해."

순간 말문이 막힌 낸이 간신히 한 마디 말했다.

"좋아하도록 해 볼게요."

이때의 낸은 자기의 환상을 깨뜨린 사람에 대해 느끼는 미움을 토머신 페어에게 느끼고 있었던 것이다.

"서부에 가면 내 손주가 몇 명 있지."

'손주라니!'

"사진 보여줄까? 귀엽지? 저기 걸려 있는 그림은 우리 애들 아빠란다. 저세상 간 지 벌써 20년 되었지."

그것은 벗겨진 머리 언저리에 곱슬거리는 흰 머리칼이 조금 남아 있고 턱수염이 덥수룩한 남자를 크레용으로 그린 초상화였다.

'오, 무참히 짓밟힌 연인의 꿈이여!'

페어 부인은 사랑스러운 듯 말했다.

"30살에 대머리가 됐지만 좋은 남편이었지. 그렇지만 처녀 때 나는 꽤 많은 남자친구들이 있었단다. 지금은 이렇게 나이를 먹었지만 젊어서 좋은 시절이 있었어. 일요일 저녁마다 집으로 찾아오던 남자들이 줄을 섰었지! 서로 끝까지 버티면서 조금이라도 더 오래 내 옆에 남으려고 열심이었지. 나는 여왕님처럼 머리를 꼿꼿이 들고 있었어! 남편은 처음부터 그 틈에 끼어 있었지만 난 거들떠보지도 않았어. 나는 좀 더 늠름하고 멋지게 생긴 남자가 좋았거든.

그 가운데 앤드루 멧캐프라는 사람이 있었어…… 나는 그 남자하고라면 달아나도 좋다는 생각을 하게 되었단다. 하지만 그런 짓을 하면 불운해진다는 것을 알고 있었어. 남자랑 몰래 달아나는 짓을 해서는 절대로 안 돼. 불운해지니까 누가 뭐라 해도 넘어가면 안 된다."

"나는······나는······ 그런 짓 하지 않아요."

"마지막에 나는 애들 아빠를 선택했지. 남편은 인내심이 바닥이 나버려서 24시간을 줄 테니 자기를 택하든지 그만두든지 결정하라고 하더구나. 우리 아부지는 나를 빨리 결혼시키고 싶어했지. 짐 휴잇이 나랑 결혼 못 한다고 비관해서 물에 빠져 죽은 다음부터 아부지는 걱정이 많아지셨거든.

애들 아빠랑 나는 서로 익숙해진 뒤부터는 아주 행복했지. 내가 그리 생각을 많이 하는 성격이 아니라서 자기에게 잘 맞는다고 애들 아빠는 말했었어. 애들 아빠는 여자란 생각을 하도록 태어나지 않았다고 믿었거든. 생각을 하면 사람이 아주 메말라버리거나 부자연스러워진다고 했지.

애들 아빠는 구운 콩에 아주 잘 체했고, 이따금 요통을 앓았지만 늘 내가 만든 길레아드 발삼나무 향유를 바르면 낫곤 했어. 샬럿타운에 있는 전문의가 애들 아빠를 깨끗이 고쳐주겠다고 했지만 남편은 그런 전문의의 손에 한번 걸리면 다시는 벗어날 수 없다, 그치들은 한번 잡은 환자를 절대로 놓아주지 않는다고 늘 말했었지.

돼지한테 먹이를 줘야 할 때면 애들 아빠 생각이 많이 나. 애들 아빠는 정말이지 돼지고기를 좋아했단다. 그러다 보니 나는 베이컨을 먹을 때마다 애들 아빠 생각을 하지 않을 수가 없어.

애들 아빠 맞은편 그림은 빅토리아 여왕이야. 나는 때때로 저 그림에다 대고 말하지. 당신한테서 그 레이스며 보석을 모조리 떼어버리면 당신도 나 정도의 얼굴밖에 더 되겠느냐고 말이야."

토머신은 낸을 돌려보내기 전에 억지로 박하사탕 한 봉지와 꽃병으로 쓰라며 핑크색 유리구두와 구스베리 젤리가 담긴 유리병을 주었다.

"그건 네 엄마에게 드리렴. 나는 전부터 구스베리 젤리는 만들었다 하면 잘 됐단다. 언제고 잉글사이드에 들르마. 수전 베이커에게 지난봄에 보내준 새싹 순무를 잘 먹었다고 전해다오."

'새싹 순무!'

"제이컵 워런의 장례식 때 수전에게 고맙다는 말을 하려고 했는데 수전이 너무 빨리 돌아가버려서 말이지. 나는 장례식에 오래 있는 걸 좋아한단다. 지난 한 달은 장례식이 하나도 없었어. 장례식이 없으면 심심해. 로브리지에서는 언제나 장례식이 많지. 공평하지 못해.

또 찾아와주렴. 너는 참 마음이 가는 구석이 있구나…… '은이나 금보다 은총을 더욱 택할 것이니라.'[1]라고 성경에도 씌어 있지. 그 말이 맞는 것 같아."

토머신은 낸에게 매우 유쾌한 웃음을 지었다…… '확실히' 아름다운 미소였다. 그 속에 한때 아름다웠던 옛날 토머신의 모습이 엿보였다. 낸은 가까스로 다시 한번 샐쭉이 웃어 보였다. 갑자기 눈이 따가워져 왔다. 울음이 터져버리기 전에 얼른 나가야만 한다.

토머신 페어는 창문으로 낸의 모습을 계속 내다보며 생각했다.

'예의 바르고 얌전한 아이야. 제 어무니처럼 말 잘하는 재주는 없지만 그런 것은 차라리 없는 게 나을 수도 있지. 요즘 아이들이 저 똑똑한 줄 알고 하는 소리는 대부분 건방진 소리일 때가 많으니까. 저 애가 와준 덕분에 마음이 젊어진 것 같네.'

---

[1] 《구약성서》〈잠언〉 22장 1절.

토머신은 한숨을 쉬며 금잔화를 자르고 우엉 파내는 일을 끝내려고 밖으로 나갔다.

토머신은 생각했다.

'아직 몸이 잘 움직여주니 고마운 일이지.'

꿈이 산산조각 난 낸은 한층 더 가련한 모습으로 잉글사이드로 돌아갔다. 데이지가 얼크러져 핀 작은 골짜기도 낸의 눈길을 끌지 못했다. 시냇물도 노래하며 낸을 불렀지만 헛일이었다. 낸은 그저 집으로 돌아가 모두의 눈을 피해 방에 틀어박히고 싶을 따름이었다.

여자아이 둘이 키득거리면서 낸 옆을 지나갔다. 나를 보고 웃은 것일까? 무슨 일이 있었는지 알면 다들 얼마나 웃을 것인가! 공상 속에서 파리한 얼굴의 신비스러운 여왕에 대한 쓸데없는 로맨스만 잔뜩 자아내다가 그 대신 나이 든 과부와 박하사탕을 맞닥뜨린 바보 같은 낸 블라이드.

박하사탕!

낸은 울지 않으려 했다. 10살이나 된 다 큰 여자아이가 울거나 해서는 안 된다. 그러나 낸은 이루 말할 수 없는 서글픔을 느꼈다. 소중하고 아름다운 어떤 것이 사라져버렸다…… 그것은 영영 되찾을 수 없었다…… 기쁨이 샘솟던 비밀스러운 창고가 다시는 자기 것이 되지 않으리라 낸은 믿었다. 잉글사이드로 돌아왔을 때 향료를 넣은 맛있는 쿠키 냄새가 집 안에 가득했지만 낸은 수전에게 쿠키를 하나 달라고 조르러 부엌에 들어가지 않았다. 저녁 식사 때 수전의 눈에서 피마자기름을 읽어내고도 식욕이 거의 나지 않았다.

앤은 낸이 '예전 매컬리스터네 집'에 심부름을 다녀온 뒤로 눈에 띄게 조용한 것을 알아차렸다. 해 뜰 때부터 해 질 녘, 그리고 해가 완전히 저문 뒤까지도 노래가 입에서 떠나지 않는 낸인데…… 더운 날씨에 먼 곳까지 걸어갔다 온 것이 어린아이에게 무리였던 것일까?

어둑어둑해진 뒤 깨끗한 수건을 가지고 쌍둥이 방으로 들어간 앤은, 낸이 다른 아이들과 함께 무지개 골짜기에 내려가 적도의 밀림에 사는 호랑이를 뒤쫓는 놀이를 하는 대신, 창가 자리에 옹크려 앉아 있는 것을 보고 대수롭지 않은 척 물었다.

"우리 딸, 왜 그렇게 비통한 얼굴을 하고 있지?"

낸은 자기의 어리석음을 '아무에게도' 털어놓을 마음이 없었다. 그러나 어찌된 까닭인지 엄마에게는 모든 이야기가 저절로 나오곤 했다.

"아, 엄마, 인생이란 '온통' 실망스러운 일뿐인가요?"

"꼭 그렇다고 할 수는 없지, 낸. 오늘 어떤 일로 실망했는지 엄마에게 말해주고 싶지 않니?"

"아, 엄마, 토머신 페어는 '좋은' 사람이에요! 게다가 코가 들려 있어요!"

앤은 진심으로 놀라고 궁금해서 물었다.

"아니, 그분의 코가 들려 있든 눌려 있든 왜 신경이 쓰이는 거지?"

그러자 모든 이야기가 쏟아져 나왔다. 앤은 언제나처럼 진지한 얼굴로 귀 기울이며 부디 피식하고 웃음이 터져버리지 않게 해달라고 기도했다. 앤은 자기가 옛날 그린게이블즈에서 어떤 아이였던가를 떠올렸다. 도깨비숲과 자기들이 만들어낸 상상에 몹시 겁먹어버린 조그만 여자아이 둘이 떠올랐다. 앤은 꿈을 잃어버리는 지독한 씁쓸함을 잘 알고 있었다.

"공상이 하나 깨졌다고 해서 그렇게 실망할 필요는 없어, 아가."

낸은 무척 절망적으로 말했다.

"나도 어찌할 수 없어요. 만일 지금까지의 인생을 다시 한번 살 수 있다면 나는 결코 아무것도 상상하지 않아요. 다시는 상상 같은 거 안 할래요."

"이 귀여운 바보. 내 귀여운 바보야, 그런 말 하는 거 아니야. 상상력을 갖고 있다는 건 근사한 일이란다. 다만 어떤 재능도 마찬가지지만 우리가 그것의 주인이 되어야지 그것의 포로가 되어서는 안 돼. 너는 너의 공상을 조금 지나치게 진지하게 받아들이고 있어.

그래, 상상한다는 것은 즐거운 일이란다. 엄마는 그 황홀한 즐거움을 잘 알아. 하지만 현실과 그렇지 않은 것 사이의 경계를 알고 이쪽 편에 서 있으면서 그 선을 넘어가지 않는 법을 배워야만 해. 그렇게 해서 자기만의 아름다운 상상 속 세계로 언제든 달려갈 수 있는 힘을 갖게 되면, 인생의 힘든 고비를 지나갈 때 놀라우리만큼 도움이 되거든. 엄마는 엄마만의 '마법의 섬'으로 한두 번 항해했다가 돌아오면 어려운 일들을 늘 좀 더 쉽게 해결할 수 있었어."

이 현명한 위로의 말을 듣고 있는 동안 낸은 무너졌던 자존감을 되찾을 수 있었다. 어머니는 나를 그리 바보스럽게 여기지 않는다. 그리고 신비로운 눈을 한 사악하고 아름다운 여인은 세상 어딘가에 살고 있을 게 틀림없다. 비록 그곳이 **'음울한 저택'**은 아닐지 모르지만.

그 집도 다시 생각해 보면 그리 싫지 않았다. 주황색 금잔화가 피어 있고, 사람을 좋아하는 얼룩 고양이가 있고, 제라늄이 있고, '애들 아빠'의 그림도 있다. 실제로 꽤 유쾌한 곳이었으니, 어쩌면 언젠가 다시 토머신 페어를 만나러 가서 그 맛있는 쿠키를 좀 더 달랠 수도 있겠다. 낸은 이제 토머신이 싫지 않았.

"엄마는 어쩜 이렇게 좋은 엄마예요!"

낸은 피난처이자 성스러운 장소이기도 한 사랑하는 엄마의 팔에 안겨서 후유 한숨을 내쉬었다.

해거름의 보랏빛과 잿빛이 섞인 이내가 언덕 위에 앉아 있었다. 그 둘레로 여름밤의 장막이 내려졌다. 벨벳 같은 밤하늘이 깔리고 어디선가 속삭임이 들려오는 밤이었다. 큰 사과나무 위에 별이 하나 나타났다. 마셜 엘리엇 부인이 와서 엄마가 아래층으로 내려가야 했을 때, 낸은 다시 행복해져 있었다.

엄마는 이 방의 벽지를 아름다운 미나리아재비꽃 무늬의 노란 벽지로 바꾸고 낸과 다이가 소중한 물건을 넣어둘 수 있도록 삼나무로 만든 새로운 궤도 사주겠다고 했다. 다만 그것은 흔한 궤짝이 아닐 것이다. 마법에 걸린 보물 상자로 어떤 신비한 문구를 외지 않으면 결코 열리지 않으리라.

그중 한 단어는 싸늘하고 아름다운 새하얀 눈의 마녀가 속삭여줄지도 모른다. 비탄에 잠긴 잿빛 바람이 지나가다가 또 다른 단어를 가르쳐줄지도 모른다. 그렇게 단어를 하나하나 알아가다가 마침내 그 문구를 다 알아내 궤를 열어보면, 그 속에 진주며 루비며 다이아몬드가 산더미처럼 들어 있으리라. '산더미처럼'이란 참 멋진 말이지 않은가?

아, 옛 마법은 아직 사라지지 않았다. 세상은 여전히 마법으로 가득 차 있었다.

딜라일라 그린

"올해는 내가 너의 가장 소중한 친구가 되어도 될까?"

오후의 쉬는 시간에 딜라일라 그린이 다가와서 물었다.

딜라일라는 아주 동그랗고 짙은 파란 눈과 매끄러운 흑설탕빛 곱슬머리와 앙증맞은 장밋빛 입술을 하고 있었다. 사람을 황홀하게 만드는 목소리는 조금 떨렸다. 다이애나 블라이드는 그 목소리의 매력에 금세 사로잡혀버렸다.

다이애나 블라이드에게 단짝 친구가 없다는 것은 온 글렌 초등학교 안에 알려진 사실이었다. 2년 동안 다이는 폴린 리스와 붙어 다녔는데, 폴린네 가족이 이사를 가면서 몹시 쓸쓸해하던 참이었다.

폴린은 좋은 친구였다. 확실히 폴린에게는 지금은 거의 잊힌 제니 페니가 한때 지니고 있었던 신비로운 매력은 전혀 없었다. 폴린은 실질적이고 아주 재미있고 '분별력이 있었다.' 이 마지막 말은 수전의 표현으로, 수전이 할 수 있는 최고의 찬사였다. 수전은 다이애나의 친구로서 폴린에게 아주 만족하고 있었다.

다이애나는 어찌해야 하나 고민하는 듯, 딜라일라를 한번 보고 다시 운동장에 있는 로라 카 쪽을 흘끗 보았다. 로라 카도 새로 온 여자아이였다. 다이애나는 로라와 오전 쉬는 시간을 함께 보내고 서로 마음이 꽤 잘 맞는다고 생각하고 있었다.

그러나 로라는 좀 안 예쁜 편이었다. 얼굴에는 주근깨가 잔뜩 있었고 모랫빛 머리는 영 손질하기 어려운 결이었다. 딜라일라 같은 아름다움이나 불꽃 같은 매력은 전혀 가지고 있지 못했다.

다이애나의 표정을 알아차린 딜라일라의 얼굴에 실망한 기색이 나타났다. 푸른 눈에 금방이라도 흘러넘칠 듯한 눈물이 괴었다.

딜라일라는 극적인 몸짓으로 두 팔을 벌리며 말했다.

"네가 '저 애'를 좋아한다면 '나'를 좋아할 수는 없어. 둘 중 누구인지 결정해."

그 목소리는 여느 때보다 더 황홀했다. 다이애나는 등골이 짜릿짜릿했다. 다이애나는 딜라일라의 손에 자기 손을 얹고 엄숙하게 얼굴을 마주 보며, 서로에게 생애를 다 바칠 만큼 굳게 맺어진 기분이 되었다. 적어도 다이애나는 그랬다.

딜라일라는 열띤 목소리로 물었다.

"너는 나를 '언제까지나' 좋아하겠다고 맹세하지?"

다이애나가 그 못지않게 들뜬 목소리로 맹세했다.

"응, 언제까지나."

딜라일라는 다이애나의 허리에 팔을 둘렀고 둘은 나란히 시냇물 쪽으로 걸어갔다. 다른 4학년 아이들은 이로써 그들 사이에 동맹이 맺어진 것을 알았다. 로라 카는 나직이 한숨을 쉬었다. 로라는 다이애나 블라이드를 아주 좋아했지만 딜라일라와 겨룰 수는 없다는 것을 느꼈다.

딜라일라는 말했다.

"너를 좋아하도록 허락해줘서 기뻐. 나는 애정이 아주 두터운 성격이야. 누군가를 사랑하지 않고는 못 견뎌. 부디 내게 상냥히 대해줘, 다이애나. 나는 슬픔이 많은 아이야. 내게는 태어났을 때 저주에 걸렸어. 아무도…… '아무도' 나를 사랑해주지 않아."

딜라일라는 용케 그 '아무도'라는 말 한마디 속에 한없는 쓸쓸함과 사랑스러움을 담았다. 안쓰러운 마음에 다이애나는 잡고 있던 손을 더 꼭 쥐었다.

"앞으로는 결코 그런 말을 하지 않아도 될 거야, 딜라일라. '내가' 언제까지나 너를 사랑해줄게."

"이 세상이 끝날 때까지?"

"이 세상이 끝날 때까지."

다이애나가 대답한 뒤 둘은 엄숙한 의식에 임하듯 서로 뺨에 입을 맞추었다. 울타리에 있던 두 남자아이가 놀려대며 소리를 질렀지만 그런 하찮은 일에 누가 신경이나 쓴단 말인가!

딜라일라가 말했다.

"너는 나를 로라 카보다 훨씬 좋아하게 될 거야. 네가 로라를 버리고 나와 친구가 된 이상 이제까지 꿈에도 말하려 하지 않았던 일을 이야기해줄게. 그 애는 남을 잘 속여. 무서운 거짓말쟁이야. 얼굴을 마주할 때는 네 친구인 척하지만, 뒤에서는 너를 비웃거나 아주 심술궂은 말을 해. 모브레이내로즈에서 그 아이랑 같이 학교를 다닌, 내가 아는 애가 말해줬어. 너는 하마터면 큰일 날 뻔했어. 나는 그런 애가 아니야. 내 말은 무엇이든 믿을 수 있어, 다이애나."

"그렇고말고. 그런데 네가 슬픔이 많은 아이라고 한 것은 무슨 뜻이야, 딜라일라?"

딜라일라는 눈이 터무니없이 커질 때까지 아주아주 동그랗게 떴다.

딜라일라가 속삭였다.

"나에게는 '계모'가 있어."

"계모?"

딜라일라는 더욱 떨리는 목소리로 말했다.

"엄마가 죽고 아빠가 새로 결혼을 하면 '그 사람'이 계모야. 자, 이제 너도 다 알게 된 거야, 다이애나. 내가 얼마나 호된 꼴을 당하는지 알면 넌 어떻게 생각할까? 하지만 나는 불평하지 않아. 말없이 괴로움을 참고 있어."

만일 딜라일라가 정말로 말없이 괴로움을 참고 있는 것이라면, 그 뒤 몇 주일 동안 다이애나가 잉글사이드의 가족들에게 소나기처럼 쏟아놓은 소식은 과연 누구의 입에서 나온 것인지 모를 일이었다. 다이애나는 학대받고 슬픔에 짓눌린 딜라일라에 대한 열렬한 사랑과 동정심으로 가슴이 몹시 아파서, 귀 기울이는 사람만 있으면 누구에게든 딜라일라의 이야기를 하지 않고는 견딜 수 없었다.

앤이 말했다.

"이번 열병도 시간이 지나면 식겠죠. 그래도 이 딜라일라라는 아이는 대체 누구일까요, 수전? 나는 우리 아이들을 젠체하는 애들로 만들 생각은 없지만…… 제니 페니 일을 한번 겪고 났더니 아무래도……."

"그린 집안은 아주 괜찮은 사람들이에요, 사모님. 로브리지에서도 유명한 집안이었죠. 지난여름에 예전 헌터네 집으로 이사 왔답니다. 그린 부인은 두 번째 부인인데, 자기가 낳은 아이가 둘 있어요. 저도 잘은 모르지만 느긋하고 친절하고 좀 낙천적인 사람이라나 봐요. 그 사람이 딜라일라에게 다이가 말하는 그런 짓을 할 리는 없다고 생각해요."

앤은 다이애나에게 주의를 주었다.

"딜라일라가 네게 하는 말을 모조리 믿어서는 안 돼. 좀 과장해서 말하는 버릇이 있는지도 모르니까. 제니 페니 때의 일을 잊은 건 아니지?"

다이애나는 발끈했다.

"어머나, 엄마, 딜라일라는 제니 페니하고는 완전히 달라요. 정말 완전히. 그 아이는 '하나에서 열까지' 다 정직한 아이예요. 엄마도 그 아이를 보면 거짓말은 조금도 할 줄 모르는 착한 아이란 걸 알 수 있을 거예요. 딜라일라가 너무 '달라서' 집에서 다들 못살게 구는 거예요. 게다가 그 애가 얼마나 애정이 넘치는 성격인데요.

딜라일라는 태어났을 때부터 쭉 구박을 받아왔어요. 계모가 그 아이를 '미워하니까.' 얼마나 호된 일을 당하는지 듣기만 해도 가슴이 찢어질 것 같아요. 왜냐하면 엄마, 그 아이는 한 번도 음식을 배불리 먹은 일이 없대요, 정말이에요.

배가 고프지 않다는 게 어떤 것인지 그 아이는 몰라요, 엄마. 저녁밥을 굶고 자야만 하는 일이 숱하게 많았고, 그래서 울다가 지쳐 잠든대요. 엄마는 배가 고파 울어본 적 있어요?"

엄마는 고개를 끄덕이며 대답했다.

"많이 있었지."

다이애나는 눈이 동그래져서 엄마를 보았다. 이런 답을 기대하지 않고 수사적인 질문을 던졌는데 그만 맥이 빠지고 말았다.

"그린게이블즈에 오기 전까지는 그런 일이 많이 있었단다. 고아원에서도 그랬고, 또 그전에도. 그렇지만 나는 그때 일은 별로 말하고 싶은 마음이 들지 않아서 잘 이야기하지 않았을 뿐이란다."

다이는 당황했던 마음을 다시 추슬렀다.

"그렇다면 딜라일라 마음을 잘 아시겠네요. 딜라일라는 배가 고파 견딜 수 없을 때면 앉아서 여러 가지 음식에 대해 상상한대요. 음식에 대해 상상하다니, 글쎄, 생각해 보세요!"

"그런 상상이라면 너나 낸도 곧잘 하잖니."

앤의 말에 다이는 귀 기울이려 하지 않았다.

"그 아이의 괴로움은 육체적인 것뿐만이 아니라 '정신적'인 것도 있어요. 그 아이는 선교사가 되어서 하느님께 일생을 바치고 싶어해요, 엄마. 그런데 다들 비웃기만 한대요."

"아주 무정하구나."

앤은 맞장구쳤지만 그 목소리 어딘가에 다이로 하여금 수상쩍은 느낌이 들게 하는 무언가가 있었다.

그것을 눈치채고 다이가 비난했다.

"엄마, 엄마는 '어째서' 그렇게 의심이 많아요?"

엄마는 미소 지으며 말했다.

"다시 한번 말하지만 제니 페니의 일을 기억해보렴. 너는 제니를 너무 믿어버렸었잖니."

다이는 할 수 있는 한 가장 위엄 있는 태도로 항의했다.

"그때 나는 아직 어렸었으니까요. 그래서 쉽게 속았던 거예요."

다이는 딜라일라 그린에 대해 엄마가 여느 때처럼 다정하게 이해해주지 않는다고 느꼈다. 그런 뒤로 다이는 수전에게만 딜라일라 이야기를 했다. 낸은 딜라일라 이름만 들어도 코웃음을 쳤기 때문이었다.

다이는 슬프게 생각했다.

'샘내는 거야.'

수전도 특별히 동정심을 보이는 것은 아니었다. 그러나 누구에게든 딜라일라 이야기를 하지 않고는 못 배길 일이었고, 수전의 비웃음은 엄마의 비웃음

만큼 기분이 상하지 않았다. 수전이 완전히 이해해주기를 바라는 건 어차피 무리였기 때문이다. 그러나 엄마는 아이였던 시절이 있다. 그리고 엄마는 상냥한 마음을 지닌 사람이다. 그런 엄마가 어째서 가엾은 딜라일라가 학대받는 이야기를 진심으로 들어주지 않는 것일까?

다이는 다 안다는 듯이 생각했다.

'틀림없이 내가 딜라일라를 너무 좋아해서 엄마도 샘이 조금 난 거야. 엄마들이란 그럴 때가 있다고 하니까. 자식을 '독차지'하고 싶어하는, 그런 때.'

다이는 수전에게 말했다.

"계모가 딜라일라를 어떻게 학대하는지 이야기를 듣기만 해도 피가 끓어. 그 아이는 '순교자'야, 수전. 아침 식사도 저녁 식사도 오트밀밖에 안 준대. 그것도 조금밖에. 그리고 오트밀에 설탕도 못 넣게 한대. 수전, 실은 딜라일라에게 '미안한' 생각이 들어서 나도 오트밀에 설탕을 넣지 않고 먹기로 했어."

"아, 그래서 설탕을 안 넣었던 거로구나. 마침 설탕값이 1센트 올랐으니 그러는 것도 나쁘지 않겠어."

다이는 이제 수전에게 딜라일라 이야기를 결코 하지 않겠다고 맹세했지만, 다음 날 저녁에 몹시 분개하여 다시 말할 수밖에 없었다.

"수전, 어젯밤에 딜라일라 엄마가 새빨갛게 단 주전자를 들고 딜라일라를 쫓아다녔대. 생각 좀 해 봐, 수전. 물론 그런 일은 자주 있는 건 아니고 엄마가 '몹시 격노했을' 때만 그렇다고 딜라일라는 말했지만…….

여느 때는 그냥 딜라일라를 컴컴한 다락방에 가두어버린대…… '유령이 나오는' 다락방이란 말이야. 그 가엾은 아이가 본 온갖 유령이란 정말, 수전! 그 아이 몸에 좋을 리가 없어. 요전번 다락방에 갇혔을 때는 너무 '기분 나쁜' 조그맣고 까만 존재가 물레에 앉아 '콧노래를 부르고' 있었다잖아."

수전은 정색한 척하며 물었다.

"어떤 존재였다고?"

수전은 어느새 딜라일라의 쓰라린 고생담과 다이의 열렬한 말투를 은근히 즐기기 시작하여, 사모님께 전하며 함께 몰래 웃곤 했다.

"몰라. 그냥 어떤 존재라고만 했어. 그것 때문에 딜라일라는 하마터면 자살할 뻔했대. 이러다 정말로 그런 일이 일어나면 어쩌나 싶어 나는 정말 걱정이야. 글쎄, 수전, 딜라일라네 집안에는 '두 번이나' 자살한 아저씨가 있다지 뭐야."

수전은 무정하게 말했다.

"한 번이면 충분하지 않았을까?"

다이는 발끈해서 씩씩대며 가버렸지만 다음 날 또 다른 비통한 이야기를 가지고 돌아왔다.

"딜라일라는 인형을 한 번도 가져본 일이 없대, 수전. 지난 크리스마스에 부디 자기 양말 속에 인형이 하나 들어 있었으면 하고 간절히 기도했대. 그랬더니 그 대신 뭐가 들어 있었는지 알아, 수전? '회초리'였대! 그 집 사람들은 거의 날마다 딜라일라를 때린대. 그 예쁜 아이가 회초리로 맞는다니, 생각 좀 해봐, 수전."

"나도 어렸을 때 회초리로 몇 번 맞았는데, 그것 때문에 지금 내가 딱히 잘못되었다고 생각하지 않아."

이렇게 말하지만 만일 누군가가 잉글사이드 아이들에게 회초리라도 들었다가는 수전이 어떤 짓을 할지 모를 일이었다.

"우리 집 크리스마스트리 이야기를 했더니 딜라일라는 울었어, 수전. 크리스마스트리를 꾸며본 적이 한 번도 없다잖아. 하지만 올해에는 어떤 일이 있어도 꾸며보겠대. 뼈대만 남은 낡은 우산을 찾아냈으니까 그것을 양동이에다 꽂고 크리스마스트리처럼 꾸민다지 뭐야. '너무' 가엾지 않아, 수전?"
"가까이에 어린 가문비나무가 얼마든지 있잖아? 예전 헌터네 집 뒤쪽에는 요즘 가문비나무가 한가득 자라 있을 텐데. 그나저나 그 아이 이름이 딜라일라[1]가 아니라 제발 다른 이름이었으면 좋겠어. 기독교도 아이에게 그런 이름을 붙이다니 말이야!"
"하지만 성경에 나오는 이름이잖아, 수전. 딜라일라는 자기 이름이 성경에서 따온 이름이란 사실을 얼마나 자랑스럽게 여기는데. 오늘 학교에서 말이지, 수전, 내가 내일 우리 집에서 점심에 치킨파이를 먹는다고 했더니, 글쎄, 딜라일라가…… 딜라일라가 뭐라고 했는지 알아, 수전?"
수전은 단호한 투로 말했다.
"나는 절대로 못 맞힐 것 같은데. 그리고 학생들이 열심히 공부해야 할 시간에 학교에서 그런 이야기를 하면 어쩌지?"
"어머나, 공부 시간에 떠들거나 하지는 않아. 딜라일라는 규칙은 절대로 어기면 안 된다고 하는걸. 딜라일라는 기준이 아주 엄격해. 우리는 서로 연습장에 편지를 써서 바꿔 읽는 거야.
그런데 말이지, 딜라일라가 '내게 뼈다귀를 하나 갖다주지 않겠니, 다이?' 하는 거야. 그 말을 듣고 나는 눈물이 났어. 나는 뼈다귀를 하나 갖다줄 참이야. 살코기가 많이 붙어 있는 것으로. 딜라일라에게는 좋은 음식이 '필요해'. 노예처럼 일해야만 하니까. 비참한 노예처럼 말이야, 수전. 딜라일라가 집안일을 다…… 음, '거의 다' 해야만 한댔어. 만일 제대로 못 하면, 벌로 딜라일라를 '잔

---

1) 《구약성서》〈사사기〉 16에 등장하는 블레셋 여인 '들릴라'를 영어식으로 발음한 이름. 들릴라는 블레셋인들의 사주를 받아 고대 이스라엘의 영웅인 삼손을 꾀어 그의 힘을 못 쓰게 할 비밀을 알아낸 뒤 그를 속여 머리털을 잘라 힘을 뺏은 다음 그들에게 넘긴 탓에, 사람을 교묘히 속이는 배신자, 악녀의 이미지가 있음.

혹하게 잡고 흔든대'. 그렇지 않으면 부엌에서 '하인들하고' 함께 식사하도록 한다지 뭐야."

"그린 씨네 일꾼은 조그만 프랑스 남자아이 하나밖에 없을 텐데."

"뭐, 아무튼 딜라일라는 그 아이와 함께 밥을 먹어야 한대. 그 남자아이는 밥 먹을 때 신발도 안 신고 양말 차림에다 겉옷도 안 걸치고 셔츠만 입고 앉는대. 그래도 지금은 내가 사랑해주니까 딜라일라는 그런 것은 아무렇지도 않다는 거야. 딜라일라에게는 나 말고는 사랑해주는 사람이 아무도 없다잖아, 수전."

"가엾기도 하지!"

수전은 이렇게 한 마디 뱉고서 엄숙한 표정을 지어보였다.

"딜라일라는 만일 백만 달러를 가지고 있다면 그걸 다 내게 주겠대. 물론 나는 받지 않을 거야. 하지만 얼마나 마음 착한 아이인지 그 말만 들어도 알 수 있잖아."

"자기가 가지고 있지 않으면야 백만 달러건 백 달러건 말로 주는 건 세상 쉽지."

수전은 이 정도로 말하는 데서 멈췄다.

배반자

다이애나는 뛸 듯이 기뻐했다. 역시 엄마는 샘내고 있던 것이 아니었다. 자식을 독차지하려던 것도 아니었다. 엄마는 알아주었던 것이다.

엄마와 아빠가 주말을 애번리에서 보내게 되면서, 엄마는 다이에게 토요일에 딜라일라를 잉글사이드에 초대해 낮에 같이 놀고 하룻밤 자고 가라고 해도 좋다고 말했다.

앤은 수전에게 말했다.

"주일학교 소풍 때 딜라일라를 봤는데 예쁘장하고 얌전한 아이였어요. 좀 과장해서 말하는 버릇이 있는 건 틀림없지만 말예요. 그 아이 계모가 어쩌면 그 아이에게 좀 엄하게 하는지도 모르죠. 그리고 그 아이 아빠라는 분이 완고하고 엄격한 사람이라나 봐요. 아마 뭔가 마음에 응어리진 일이 좀 있어서 동정을 구하려고 아이가 실제보다 좀 극적으로 이야기하기를 좋아하는 거 아니겠어요."

수전은 좀 의심스러운 느낌이 들었다. 그녀는 곰곰이 생각했다.

'하지만 적어도 로라 그린네 집에 사는 사람은 다들 깨끗할 테니까.'

이 문제에 대해서만큼은 수전이 지나치게 걱정할 필요가 없을 것 같았다.

다이애나는 딜라일라를 대접할 계획으로 들떠 있었다.

"통닭구이를 해주면 안 돼, 수전? 속을 잔뜩 채워서. 그리고 파이도. 가엾게도 그 아이는 얼마나 파이를 먹어보고 싶은지 모른대. 그 집에서는 파이를 먹지 않는다지 뭐야. 계모가 너무 인색해서야."

수전은 아주 아낌없이 요리를 준비해주었다. 젬과 낸은 애번리에 갔고 월터는 케네스 포드와 놀기 위해 '꿈의 집'에 갔으므로 딜라일라가 방문하는 데 방해될 일은 아무것도 없었다. 모든 일이 잘 되어가는 듯했다.

딜라일라는 토요일 아침 멋진 핑크빛 모슬린 원피스를 입고 왔다. 계모가 적어도 옷에 대해서는 딜라일라에게 인색하게 굴지 않는 모양이었다. 그리고 수전이 한눈에 봐도 귀와 손톱이 나무랄 데 없었다.

딜라일라는 다이애나에게 엄숙히 말했다.

"오늘은 내 생애에서 가장 특별한 날이야. 어머나, 집이 어쩌면 이렇듯 크지? 저것이 그 유명한 도자기 개구나! 너무 멋져!"

모든 게 다 '멋졌다.' 이 똑같은 말을 딜라일라는 보는 것마다 연발했다. 딜라일라는 다이가 점심 식탁 차리는 것도 돕고 식탁 한가운데에 놓인 조그만 유리 바구니에 꽂아서 꾸밀 분홍빛 스위트피도 한가득 땄다.

딜라일라가 다이에게 말했다.

"아, 내가 스스로 하고 싶어서 어떤 일을 하는 게 얼마나 기분 좋은지 넌 모를 거야. 내가 더 할 수 있는 일이 없을까? 부탁이야."

수전이 말했다.

"오후에 케이크를 구울 생각인데, 그럼 거기 들어갈 호두를 딜라일라가 까주렴."

수전도 딜라일라의 아름다움과 황홀한 목소리의 마력에 빠져들고 있었다. 로라 그린이 성질 사납고 못된 사람인지도 모른다. 사람이란 밖에 나와서 하는 행동만 봐서는 다 알 수 없으니까. 딜라일라의 접시에 통닭구이며 그것을 채운 속이며 그레이비소스를 수북이 쌓아주고, 달라는 기색도 비추지 않았는데 파이도 두 조각을 선뜻 주었다.

식탁에서 일어나며 딜라일라는 다이애나에게 말했다.
"딱 한 번이라도 좋으니 내가 먹고 싶은 것을 다 먹을 수 있다면 어떤 기분이 들까 나는 늘 궁금했었어. 정말 근사한 기분이네."

둘은 오후를 즐겁게 보냈다. 수전이 캔디를 한 상자 주었으므로 다이는 그것을 딜라일라와 나누었다. 딜라일라가 다이의 반지 하나를 칭찬했으므로 다이는 그것을 딜라일라에게 선물로 주었다. 둘은 팬지 꽃밭을 손질하고 잔디밭으로 침입해 들어온 두서너 송이의 민들레를 파냈다. 그리고 나서 수전이 은식기 닦는 것을 돕기도 하고 저녁 식사 준비도 거들었다. 딜라일라가 손이 워낙 야물고 깔끔해서 수전은 그만 딜라일라에게 완전히 넘어가 버렸다.

다만 사소한 일 두 가지가 옥에 티가 되었다. 하나는 딜라일라가 옷에 잉크를 튀긴 일이었고, 또 하나는 자기가 하고 온 진주알 모양 구슬 목걸이를 잃어버린 일이었다. 그러나 잉크는 수전이 구연산으로—옷의 원래 색깔도 같이 조금 빠지긴 했지만—깨끗이 지웠으며, 목걸이는 괜찮다고 딜라일라가 말했다. 가장 소중한 다이와 잉글사이드에 있을 수만 있다면 다른 것은 '아무래도' 좋았다.

잘 시간이 되자 다이가 수전에게 물었다.
"우리 손님용 침실에서 자면 안 돼? 우리 집에 손님이 오면 언제나 손님용 침실에 묵게 하잖아, 수전."
"내일 밤 다이애나 아주머니가 엄마, 아빠와 함께 오셔. 손님용 침실은 다이애나 아주머니를 위해 준비해둔 거야. 다이의 침대라면 슈림프를 데리고 자도 괜찮지만 손님용 침실은 안 돼."

둘이 침대에 들어가자 딜라일라가 감탄했다.

"어머나, 너의 집 시트에서는 좋은 냄새가 나는구나."

"수전이 늘 독일붓꽃 뿌리랑 같이 삶거든."

딜라일라는 땅이 꺼져라 한숨을 내쉬었다.

"네가 얼마나 행복한지 너는 알고 있을까. 만일 '나한테' 너 같은 집이 있다면…… 하지만 이것이 내 운명인걸. 그냥 견디는 수밖에."

자기 전에 밤마다 온 집 안을 한 바퀴 살피는 수전이 두 소녀가 자는 방으로 들어와 이제 이야기는 그만하고 얼른 자라고 이르고는 단풍당 롤빵을 두 개씩 주었다.

딜라일라는 감격하여 떨리는 목소리로 말했다.

"잘해주신 거 결코 잊지 못할 거예요, 미스 베이커."

수전은 이렇듯 예의 바르고 사랑스러운 여자아이는 결코 본 적이 없다고 생각하며 자기 잠자리로 돌아갔다. 확실히 딜라일라 그린을 오해하고 있었다. 하지만 그때 수전은 먹을 것을 충분히 얻어먹지 못하는 아이치고는 그 딜라일라의 뼈에 살이 제법 붙어 있음을 알아챘다!

다음 날 오후에 딜라일라는 집으로 돌아가고, 밤에 아빠와 엄마 그리고 다이애나 아주머니가 도착했다.

월요일에 마른하늘에 날벼락이라고 할 만한 일이 일어났다. 점심시간에 교실로 들어가던 다이가 학교 현관으로 들어섰을 때 자기 이름이 거론되고 있는 것을 들었다. 교실에는 한 무리의 여자아이들 한가운데에 딜라일라가 서 있었다.

"잉글사이드에 나는 정말 실망했어. 다이가 자기 집 자랑을 너무 많이 하길래 으리으리한 저택이나 되는 줄 알았지. 물론 크기는 했어. 하지만 가구 가운데에는 초라한 것도 있던걸. 의자는 다시 천을 씌워야 될 '형편없는' 것들이었어."

베시 파머가 물었다.

"도자기 개도 봤니?"

"별로 놀랄 만한 게 아니던데. 털도 없던걸, 뭐. 나는 실망했다고 그 자리에서 다이에게 말했어."

다이는 땅에—적어도 학교 현관에—'뿌리박혀버린' 것처럼 그 자리에 우뚝 서버리고 말았다. 남의 말을 엿들을 생각은 없었다. 너무도 어처구니없어 움직일 수 없었을 뿐이었다.

"잉글사이드에 갔다 오고 나서 다이애나가 가엾어졌어. 그 집 부모들은 어이가 없을 만큼 가족을 돌보지 않아. 엄마는 놀러 다니기만 하고 말야. 그 어린 아이들을 나이도 많은 수전 한 사람에게 맡기고 나다니니 기막히지 뭐니.

그 수전은 머리도 좀 이상한 거 같던데. 수전 때문에 그 집 식구들 모두 구빈원에 들어갈지도 몰라. 부엌살림을 얼마나 헤프게 하던지 내 눈으로 보고도 믿을 수 없을 정도였어.

의사 선생님 부인은 화려한 것만 좋아하는 게으름뱅이여서 집에 있을 때도 요리 같은 것은 하지 않아. 그러니까 뭐든지 수전이 멋대로 하지 뭐니. 글쎄, 수전이 우리를 부엌에서 식사하게 하려고 했어. 그래서 내가 똑바로 말해줬지. '나는 손님인가요, 손님이 아닌가요?'라고 말야. 그랬더니 건방진 소리 하면 구석진 데 있는 벽장에 처넣겠다지 뭐니? 그래서 내가 용감하게 '처넣을 수 있으면 넣어보시죠.' 했더니 찍소리도 못 하더라. '수전 베이커, 잉글사이드 아이들은 당신이 쥐락펴락하는지 모르겠지만 '나한테는' 안 통해요.' 하고 당당히 말해주었어. 그래, 나는 수전에게 용감하게 맞섰어. 수전이 릴라에게 진정제를 먹이려 하길래 내가 못 하게 했지. '어린아이에게는 그게 독이라는 걸 모르나요?' 하고 말해줬어.

그랬더니 식사할 때 그 분풀이를 하잖겠니. 먹을 것을 어찌나 조금밖에 주지 않던지! 닭고기가 있었지만 내게는 꽁무니만 조금 떼어서 줬고, 아무도 내게 파이를 한 조각 더 먹으라고 권하지 않았어.

그래도 수전은 나를 손님용 침실에서 자게 해준다는데 다이가 말도 안 된다고 했어. 순 심통 때문이지, 뭐. 걔는 정말 샘이 많거든. 그래도 나는 그 애가 안됐어. 낸이 그 애를 꼬집는다지 뭐야. 팔에 퍼렇게 멍이 잔뜩 들었어.

우리는 다이 방에서 잤는데 피부병에 걸린 것 같은 더럽고 늙어 빠진 수고양이[1]가 밤새 침대 발치께에 누워 있더라니까. '비이생적(비위생적)'이라고 다이한테 말했어.

그리고 내 진주 목걸이가 '없어지지' 않았겠니. 물론 수전이 훔쳤다는 건 아니야. 수전은 '정직'하다고 나는 믿어…… 하지만 이상하잖아. 그리고 셜리가 나한테 잉크병을 던져서 내 옷이 엉망이 되었지만 그래도 나는 괜찮아. 엄마에게 새 옷을 사달라면 되니까.

아무튼 내가 그 집 잔디밭에 날아온 민들레도 모두 캐고 은식기도 다 닦았어. 너희가 한번 봤어야 돼. 얼마 만에 닦는 것인지 알 수 없을 정도로 지저분했거든. 의사 선생님 부인이 없을 때면 수전은 손 놓고 놀고 있으니까.

나는 수전에게 내 눈은 속일 수 없다는 걸 알려주었어. '왜 감자 솥을 씻지 않아요, 수전?' 하고 말해줬을 때 수전의 표정을 다들 봤으면 좋았을걸.

---

1) tomcat. 여자 꽁무니를 좇아다니는 호색꾼이라는 뜻의 속어로 쓰이기도 함.

너희들 내 새 반지를 좀 봐. 내가 알고 있던 로브리지 남자아이가 준 거야."

페기 매컬리스터가 경멸하듯 말했다.

"어머나, 그 반지는 다이가 끼고 있는 걸 자주 봤는데."

로라 카도 말했다.

"그리고 잉글사이드에 대해서 네가 한 말 나는 한마디도 믿지 않아, 딜라일라 그린."

마침내 몸과 입을 움직일 힘을 되찾은 다이가 딜라일라가 대답하기도 전에 교실로 뛰어 들어왔다.

다이는 소리쳤다.

"이 배반자 유다 같으니!"

나중에 숙녀가 그런 말을 입에 담아서는 안 되었다고 후회했지만, 사람에게 찔린 상처가 가슴까지 깊이 파고든 데다 흥분했을 때에는 말을 고르고 있을 여유가 없었다.

"나는 유다가 아니야."

딜라일라는 중얼거리며—아마도 태어나서 처음으로—얼굴이 빨개졌다.

"유다고말고! 너에게는 정직함이라곤 하나도 없잖아! 살아 있는 한 다시는 나한테 말도 걸지 마!"

다이는 학교를 뛰쳐나와 집으로 달려갔다. 그날 오후에는 도저히 학교에 머물러 있을 수 없었다…… 도저히 그럴 수 없었다.

잉글사이드의 현관문이 다시없을 만큼 큰 소리로 쾅 닫혔다.

깜짝 놀란 앤이 물었다.

"우리 딸, 왜 그러니?"

부엌에서 수전과 상의를 하고 있던 앤에게 다이가 울면서 뛰어 들어와 폭풍

같은 기세로 어깨에 매달렸던 것이다. 다이는 눈물 속에 갈피를 잡을 수 없는 말로 자초지종을 이야기했다.

"나의 여린 마음은 모두 짓밟혔어요, 엄마. 이제 다시는 아무도 믿지 않을 거예요."

"다이, 네 친구 모두가 그렇지는 않아. 폴린은 그렇지 않았잖아."

다이는 아직 배신감과 상실감에 시달리는 채로 쓸쓸하게 말했다.

"벌써 '두 번째'예요. 그렇지만 세 번째는 없을 거예요."

다이가 2층으로 올라가고 난 뒤 앤은 애처로운 표정을 지었다.

"다이가 사람에 대한 믿음을 잃게 되어 참 안타까워요. 이건 다이에게는 정말 비극이니까요. 확실히 친구 운이 좀 없었어요. 지난번엔 제니 페니가 그러더니…… 이번에는 딜라일라 그린이 또. 딱하게도 다이는 늘 재미있는 이야기를 하는 여자아이에게 끌리잖아요. 게다가 이번에는 딜라일라의 순교자 같은 태도에 홀려버렸고요."

수전은 자기도 딜라일라의 눈과 예의범절에 거의 속아 넘어갔으므로 더욱 용서할 수 없는 마음이었다.

"나더러 굳이 말하라면, 사모님, 그 그린네 딸아이는 정말 되바라진 깍쟁이네요. 감히 우리 집 고양이를 피부병에 걸린 것같이 더럽다고 하다니! 세상에 더러운 수고양이가 없다는 얘기는 아니에요, 사모님. 하지만 어린 여자아이가 입에 담을 말은 아니죠. 나도 고양이를 좋아하지는 않지만, 슈림프도 이제는 7살이나 됐는데 그런 무시를 당할 처지는 아니고요. 그리고 내 감자 솥에 대해서는……."

그러나 그녀의 자존심을 건드린 것이나 마찬가지인 감자 솥에 대해서는 수전은 차마 감정을 드러낼 수조차 없었다!

다이는 자기 방에서 로라 카와 '단짝'이 되기에 아직 너무 늦지는 않았을지도 모른다고 생각했다. 로라는 아주 재미있다고는 할 수 없지만 적어도 '정직'하다.

다이는 한숨을 깊이 내쉬었다. 딜라일라의 가련한 운명에 대한 믿음과 더불어 인생에서 얼마쯤의 빛깔이 사라져버렸다.

요나의 날

샛바람이 잉글사이드를 맴돌며 입버릇 나쁜 노파처럼 매섭게 소리를 지르고 있었다. 8월 말에 한번쯤 찾아오는 안개비 내리는 쌀쌀한 날로, 이런 날은 마음이 영 꺼림칙하고 모든 일이 뜻대로 잘 되지 않았다. 애번리에 살던 시절에는 이런 날을 '요나의 날'이라고 부르곤 했다.

길버트가 남자아이들을 위해 집에 데려온 새 강아지가 식당의 식탁 다리를 갉아서 에나멜을 벗겨버렸다. 수전은 담요를 넣어둔 벽장에서 나방이 '로마의 휴일'[1]을 즐기고 있는 것을 발견했다. 낸의 새 아기 고양이가 가장 보기 좋은 풀고사리를 엉망으로 만들어버렸다. 젬과 버티 셰익스피어가 오후 내내 다락방에서 양철 양동이를 북 삼아 두드려대며 머리가 깨질 듯이 시끌벅적한 소리를 내고 있었다. 앤 자신은 채색된 유리 전등갓을 깨뜨리고 말았다. 그러나 와장창 깨지는 그 소리를 듣고 왠지 모르게 속이 후련했다!

앤은 릴라가 귀앓이를 하고 셜리의 목에 이상한 모양의 발진이 생겨 걱정했는데, 길버트는 흘끗 보고는 별일 아닐 거라며 건성으로 말할 뿐이었다. 물론 '길버트에게는' 아무 일도 아니겠지! 셜리는 기껏해야 자기 친아들에 지나지 않

---

[1] 영국 시인 바이런(1788~1824)이 시 《차일드 해럴드의 순례》에서 썼던 표현으로, 검투사 경기를 보며 휴일을 즐겼던 로마인의 문화에서 비롯되어, '남을 희생시키고 얻는 이익'을 뜻함.

으니까.

그리고 지난주에 트렌트 씨 부부를 저녁 식사에 초대해 놓고도 그들 부부가 도착할 때까지 앤에게 말하는 걸 잊었던 일도 아무것도 아닌 일로 여기고 있으리라. 앤과 수전은 유난히 바쁜 하루를 보낸 터라 저녁 식사는 그냥 있는 음식으로 대충 때우자고 이야기했었다. 그런 날 하필 샬럿타운에서 손님 접대를 가장 잘하기로 유명한 트렌트 부인이 오신 것이다!

양말목은 검고 발가락 부분이 파란 월터의 양말은 '대체' 어디 갔을까?

"월터, 제발 부탁이니 '한 번만이라도' 물건을 제자리에 놓아둘 수 없니? 낸, 갑자기 '7대양'이 어디 있느냐니, 나는 도저히 모르겠다. 부탁이니 질문 좀 그만해! 소크라테스가 독살된 것도 당연해. 독살당해 마땅했어."

월터와 낸은 눈이 휘둥그레졌다. 엄마가 이런 말투로 이야기하는 것을 지금껏 둘 다 들어보지 못했다. 월터의 표정은 앤을 더욱 조바심 나게 했다.

"다이애나, 피아노 의자에다 다리를 감지 말라고 대체 몇 번을 얘기해야 하니? 셜리, 그 새 잡지를 잼 묻은 손으로 만져서 끈적거리게 해버리면 어떡하니. 그리고 천장에 거는 램프의 프리즘이 죄다 어디 가버렸는지 가르쳐줄 수 있는 사람은 아무도 없니?"

아무도 가르쳐줄 수 없었다. 씻으려고 수전이 걸고리에서 떼어 들고 나갔던 것이다. 앤은 아이들의 상심한 눈을 애써 피하기 위해 2층으로 뛰어 올라갔다.

자기 방에 들어간 앤은 초조하게 방 안을 서성거렸다. 내가 대체 왜 이러는 것일까? 참을성도 없고 아무에게나 화부터 내는 성마른 사람이 되어가고 있는 것일까? 요즘 모든 일에 걷잡을 수 없이 짜증이 났다.

이제까지 아무렇지도 않게 여겨지던 길버트의 별스럽지 않은 버릇이 신경을 건드리기 시작했다. 해도 해도 끝나지 않는 단조로운 의무가 지겨워졌다. 가족들의 변덕스러운 요구를 들어주는 일이 넌더리날 만큼 지긋지긋해졌다. 한때는 집을 가꾸거나 가족을 위해 하는 모든 일이 그녀에게 기쁨을 주었다. 지금은 무엇도 마음이 내키지 않았다. 마치 악몽 속에서 족쇄를 찬 채 누군가를 따라잡으려고 늘 조바심을 내는 어떤 짐승 같았다.

무엇보다도 나쁜 것은 앤에게 찾아온 변화를 길버트가 조금도 알아차리지 못하는 점이었다. 길버트는 밤낮없이 바빠서 자기 일 말고는 아무것도 신경 쓰지 않는 것 같았다. 오늘도 점심때 식탁에서 그가 앤에게 한 말이라곤 "거기 겨자 좀 줄래?"라는 것뿐이었다.

앤은 씁쓰레하게 생각했다.

'그래, 나는 의자나 식탁에 대고 이야기하면 되지, 물론. 우리는 서로가 그저 '습관'이 되어버렸어…… 이제는 그 이상도 이하도 아니야. 어젯밤 내가 새 옷을 입었는데도 길버트는 전혀 알아차리지 못했어. 더구나 나를 '앤 아가씨'라고 부른 게 어찌나 오래됐던지 이제 기억도 안 나. 어떤 결혼이든 결국은 이렇게 되는 건가. 아마도 대부분의 여자가 이런 일을 겪게 되는 거겠지. 길버트는 나를 당연한 존재로 취급하고 있어. 이제 길버트에게 의미가 있는 것은 일뿐이야. 그나저나 내 손수건은 어디로 갔을까?'

앤은 손수건을 찾아가지고 와서 스스로를 고문하며 마음껏 울기 위해 의자에 앉았다.

길버트는 더 이상 그녀를 사랑하고 있지 않았다. 키스할 때도 그냥 건성이었다…… 다만 '습관적으로' 할 뿐, 그녀에게 느끼던 매혹은 모조리 사라져버렸다. 둘이 이야기하며 함께 웃었던 옛날 농담들이 이제는 비극에 찬 기억이 되어 머릿속에 떠올랐다. 어째서 그것을 우습다고 여겼을까?

1주일에 한 번 규칙적으로 아내에게 키스하는 몬티 터너는 그 일정을 잊

지 않기 위해 메모를 해두었다고 했다. ('그런 키스를 바라는 아내가 세상에 있을까?')

커티스 에임스는 아내가 새 모자를 썼더니 자기 아내인 줄 몰라보았다.

클랜시 데어 부인은 말했다.

"나는 남편에 대해 그리 마음 쓰지 않지만, 그래도 곁에 없으면 쓸쓸하겠죠." ('길버트도 내가 곁에 없으면 쓸쓸하다 여기겠지! 우리도 이런 지경에 와버린 것일까?')

결혼한 지 10년이 되었을 때 냇 엘리엇은 아내에게 말했다.

"굳이 알고 싶다면 말하겠는데, 나는 결혼이 지겨워졌소." ('우리는 결혼한 지 15년이 된다!')

아마도 남자란 모두 그런 것인지도 모른다. 미스 코닐리아라면 그렇다고 할 것이다. 얼마쯤 시간이 지나면 남자란 붙잡아두기 어렵다. ('만일 내 남편을 '붙잡아두어야만' 한다면, 나는 붙잡고 싶은 마음 같은 건 없어.')

하지만 시어도어 클로 부인 같은 사람도 있다.

클로 부인은 여성 후원회 모임에서 자랑스럽게 말했다.

"우리는 결혼한 지 20년이 되지만 내 남편은 신혼 시절과 다름없이 나를 사랑하고 있답니다."

그러나 그녀는 착각하고 있거나, 또는 '체면을 지키려고' 허울뿐인 말을 한 것인지도 모른다. 게다가 그녀는 나이보다 더 늙어 보인다. ('나도 나이 들어 보이게 된 것일까?')

살아오면서 처음으로 나이가 짐처럼 무겁게 느껴졌다. 앤은 거울 앞으로 가서 찬찬히 자신을 살펴보았다. 확실히 눈가에 잔주름이 있었지만 아직은 강한 빛을 받지 않으면 보이지 않을 정도였다. 갸름한 턱선은 아직 턱살로 인해 뭉

개지지 않았다. 얼굴빛은 전부터도 파리했다. 숱 많은 머릿결은 힘 있게 물결쳤으며 흰머리도 없었다. 그러나 진심으로 빨강머리를 좋아하는 사람이 있을까? 오뚝한 콧날은 여전했다. 앤은 친구처럼 자신의 코를 쓰다듬으며 이 코만이 자존심을 지켜준 생애의 어느 순간을 생각했다. 그러나 지금 길버트는 이 코를 당연하게 여기고 있다. 비뚤어졌든 들창코이든 상관도 없을 것이다. 아니, 앤에게 코가 '있다'는 것조차도 잊어버렸을 것이다. 데어 부인의 말처럼 코가 없어지고 나면 그때서야 난 자리를 알아차릴는지.

앤은 쓸쓸하게 생각했다.

'자, 이만 릴라와 셜리를 돌보러 가야지. 적어도 '그 아이들에게는' 아직 내가 필요한 사람이야. 어째서 가엾은 그 아이들에게 그토록 버럭 했을까? 아, 아이들이 내가 없는 데서 '엄마가 나이가 들어서 저렇게 이랬다저랬다 하는가 봐.' 하고들 있겠지!'

비는 계속 내리고 성난 바람도 여전히 고함치고 있었다. 다락방에서 양철북을 두들겨대던 시끄러운 환상곡은 그쳤으나 이제는 거실에서 귀뚜라미 한 마리가 끝없이 울어대는 소리에 그녀는 거의 미칠 것만 같았다.

정오에 우편으로 앤에게 두 통의 편지가 왔다. 한 통은 마릴라로부터였다. 그러나 편지를 접어서 넣으며 앤은 한숨을 쉬었다. 마릴라의 글씨가 점점 힘이 없고 떨리는 것이 느껴졌기 때문이다. 다른 한 통은 샬럿타운에 사는 배럿 파울러 부인에게서 온 것인데, 앤은 사실 파울러 부인과는 그리 잘 아는 사이가 아니었다. 파울러 부인은 편지에다 블라이드 선생 부부를 이번 화요일 저녁 7시에 식사에 초대하고 싶다면서, '그날 두 분의 옛 친구인 위니펙의 앤드루 도슨 부인, 결혼 전 이름으로는 크리스틴 스튜어트를 만나러 와주면 좋겠습니다.'라고 적었다.

앤은 편지를 떨어뜨렸다. 한꺼번에 옛 기억이 되살아났다. 그 가운데는 아무리 생각해도 불쾌한 것도 있었다. 레드먼드의 크리스틴 스튜어트는 한때 길버트와 약혼했다고 소문이 났던 아가씨. 전에 앤이 끔찍이도 질투했던 아가씨였다. 그렇다, 20년이 지난 지금 앤은 그 사실을 인정한다. 앤은 크리스틴을 질투했었다…… 그녀를 몹시 미워했었다. 앤은 오랫동안 크리스틴 일을 떠올린 일이 없었지만 그녀를 또렷이 기억하고 있었다.

키가 크고 상아처럼 뽀얀 살결의 아가씨로 눈은 크고 짙은 파란색이었고 푸르스름한 검은 머리가 탐스러웠다. 그리고 기품도 있었다. 그러나 코가 길었다…… 그래, 코는 확실히 길었다. 그렇지만 미인이었다…… 크리스틴 스튜어트가 무척 미인이라는 것은 부정할 수 없었다. 여러 해 전에 크리스틴이 결혼을 무척 잘해서 서부로 갔다는 말을 들은 일이 생각났다.

길버트가 급하게 저녁을 한술 뜨러 들어왔으므로—윗글렌에 홍역이 유행하고 있었다—앤은 잠자코 파울러 부인의 편지를 내보였다.

길버트는 지난 몇 주일 동안 듣지 못했던 생기 있는 목소리로 말했다.

"크리스틴 스튜어트라고? 물론 가야지. 옛날 얘기라도 할 겸 한번 보고 싶네. 크리스틴도 고생이 많았어. 4년 전에 남편이 세상을 떠났거든."

앤은 모르고 있었다. 그런데 길버트는 어떻게 알았을까? 왜 내게 이야기 안 했을까? 게다가 이번 화요일이 우리 결혼기념일이란 사실을 길버트는 잊어버린 것일까? 해마다 그날은 누구의 초대에도 응하지 않고 단둘이 놀러 가서 호젓하고 단출하게 시간을 보내곤 했었다. 좋아, 말해주지 않을 테야. 그렇게나 만나고 싶으시다면 그리운 크리스틴을 만나러 가셔야지.

언젠가 레드먼드에서 어떤 여학생이 앤에게 음산한 얼굴로 이런 말을 한 적이 있었다.

"길버트와 크리스틴 사이에는 네가 아는 것 이상의 많은 일이 있단다, 앤."

그때 앤은 웃어넘겼다. 클레어 핼릿은 사람 속을 뒤집고 싶어서 악의적인 말을 흘리곤 하는 성격이었으니까. 그러나 어쩌면 그 말에 일말의 진실이 있었는지 모른다.

갑자기 앤은 결혼하고 얼마 안 되었을 때 길버트의 옛날 지갑에서 크리스틴의 조그만 사진을 발견했던 일이 생각나면서 섬뜩해졌다. 그때 길버트는 무심하게 "그 옛날 사진이 어디 갔나 했더니 거기 들어가 있었네." 하고 말했다.

그러나 그 일이 알고 보면, 사소해 보이지만 무섭도록 중요한 뜻을 지니고 있는 그런 일들 가운데 하나가 아니었을까? 설마 길버트는…… 크리스틴을 사랑하고 있었을까? 자기는—앤은—최선을 얻을 수 없어서 어쩔 수 없이 택한 차선에 지나지 않았던 것일까? 아깝게 우승을 놓친 사람에게 돌아가는 '아차상' 같은 것이었을까?

'설마 내가…… 유치하게 질투 같은 걸 하는 건 아니야.'

앤은 애써 웃으려 했다. 생각해보면 어처구니없어 웃음이 날 일이었다. 길버트가 옛날 레드먼드 대학 친구를 만나고 싶어하는 것은 아주 자연스러운 일이 아닌가? 결혼한 지 15년이나 된, 눈코 뜰 새 없이 바쁜 남자가 시간이나 계절, 날짜나 달쯤은 좀 잊는 것도 당연하지 않은가?

앤은 파울러 부인에게 초대에 응하겠다는 답장을 썼다. 그러고 나서 화요일이 오기 전까지 사흘 동안, 윗글렌의 누군가에게 화요일 오후 5시 30분쯤부터 산기가 있기를 필사적으로 바라며 보냈다.

결혼기념일

바라고 있던 아기는 너무 빨리 태어났다. 길버트는 월요일 밤 9시에 불려 갔다. 앤은 울면서 잠들었다가 3시에 깨었다. 여느 때라면 밤에 잠을 깨는 것은 즐거운 일이었다. 누운 채 창문으로 모든 것을 휘감은 밤의 아름다움을 바라보거나…… 곁에서 잠든 길버트의 규칙적인 숨소리에 귀 기울이고…… 복도 저쪽에 있는 아이들이며 이제부터 맞을 아름답고 새로운 날에 대해 생각하거나 하는 것이 달콤했다. 그러나 지금은! 새벽이 동녘 하늘을 맑은 초록색 형석(螢石) 빛깔로 물들일 무렵까지도 앤은 끝내 다시 잠을 이루지 못했다. 그러는 동안 길버트가 돌아왔다.

"쌍둥이였어."

건성으로 이 말 한마디를 뱉고 나서 길버트는 침대에 몸을 휙 던지고 그대로 잠이 들어버렸다. 그래, 쌍둥이였구나! 열다섯 번째 결혼기념일 새벽인데, 남편 입에서 고작 나온 말이라고는 '쌍둥이였어.'였다. 오늘이 결혼기념일이라는 사실을 기억조차 못 하는 것이다.

길버트는 11시에 아래층에 내려왔을 때도 역시 기억하지 못하는 듯했다. 아무 말도 하지 않은 것은 이번이 처음이다. 앤에게 선물을 주지 않은 것도 이번이 처음이었다. 좋아, 그렇다면 나도 길버트에게 선물을 주지 않을 테니까. 앤은 벌써 몇 주일 전부터 선물을 준비해두었었다. 은손잡이가 달린 접는 칼로 한쪽에 날짜가, 다른 한쪽에는 길버트의 이름 머리글자가 새겨져 있었다. 물론 칼을 선물하면 두 사람 사이의 애정을 끊는다는 속설이 있으므로 앤은 옛날 관습대로 길버트에게 1센트를 받고 그것을 줄 생각이었다. 그러나 길버트 쪽에서 날짜를 잊은 이상 자기도 앙갚음으로 철저하게 잊어주리라.

길버트는 하루 종일 멍한 모습이었다. 아무하고도 그리 말을 하지 않고 맥없이 서재를 서성이고 있었다. '이 긴 세월 끝에 마침내 크리스틴을 다시 만난다는 황홀한 기대감에 부풀어 있는 것일까?' 앤은 이런 생각이 전혀 이성적이지 않다는 것을 잘 알고 있었지만, 질투라는 것이 언제 이성적이었던 적이 있는가? 차분히 냉철하게 생각하려 해도 헛일이었다. 냉철한 사고가 앤의 기분에 끼어들 틈은 하나도 없었다.

두 사람은 5시 기차를 타고 샬럿타운에 가기로 되어 있었다.

릴라가 물었다.

"엄마, 우리가 엄마 방에 들어가서 엄마 옷 갈아입는 거 봐도 돼요?"

앤은 말했다.

"그러고 싶으면 그래라."

그렇게 말하고 앤은 소스라치게 놀랐다. 아, 내 목소리에 어쩌면 이렇듯 가시가 돋쳐 있담!

앤은 속죄하듯 다시 말했다.

"들어오렴."

릴라에게는 엄마가 예쁘게 차려입는 걸 보는 것처럼 재미있는 일이 없었다. 그러나 릴라조차도 오늘 밤 엄마가 옷을 갈아입으며 썩 즐거워하지 않는 것을 느꼈다.

앤은 어느 옷을 입고 갈까 생각했다. 무슨 옷을 입든 어차피 상관도 없겠지만, 이라고 생각하면서 앤은 쓸쓸해졌다. 길버트는 더 이상 그녀의 옷차림에 관심을 기울이지도 않았다. 거울도 이제 앤의 친구가 아니었다. 거울에 비친 모습이 핼쑥하고 지쳐 보였고…… 사랑스러운 눈길로 바라봐줄 사람도 없는 사람으로 보였다. 그러나 크리스틴 앞에서 너무 촌스럽고 유행에 뒤떨어진 모습을 해서는 안 된다.

'그 사람한테 불쌍하게 보일 수는 없어!'

장미꽃봉오리 무늬의 슬립 위에다 새로 맞춘 풋사과색 망사 옷을 걸칠까? 아니면 크림색 비단 드레스에 클루니 레이스가 달린 이튼 재킷[1]으로 할까? 앤은 두 가지를 모두 입어 보고 나서 망사 옷으로 하기로 했다. 머리 모양도 몇 가지를 해 본 뒤 뒷머리를 느슨하게 올려 묶는 퐁파두르 헤어스타일을 변형한 새로운 스타일이 썩 잘 어울린다고 결론지었다.

릴라가 눈을 동그랗게 뜨고 감탄했다.

"우아, 엄마 예뻐요!"

어린아이와 순박한 사람은 진실을 말한다고 했던가. 언젠가 리베카 듀가 앤을 보고 '비교적 아름답다'고 말한 일이 있잖은가? 길버트는 옛날에는 언제나 칭찬을 했는데, 요 몇 달 동안은 언제 한마디라도 해주었던가? 앤은 도무지 생각나지 않았다.

길버트는 자기 옷이 걸린 옷장으로 가면서 앤 옆을 지나갔으나 앤의 새 옷에 대해 아무런 말도 하지 않았다. 한순간 앤은 너무 약이 올라 가슴에 불이 붙는 것 같았다. 그래서 거칠게 옷을 벗어 침대 위에 내던졌다. 낡은 검은 옷을

---

1) 긴 소매, 넓은 옷깃에 앞섶을 완전히 여미서 닫지 않는 형태의 짧은 재킷.

입자. 포윈즈 사람들 사이에서는 아주 '맵시 난다'는 말을 듣지만 길버트는 그리 좋아하지 않는 옷이었다.

목에는 무엇을 걸까? 젬의 진주 목걸이는 몇 해를 소중히 아껴가며 걸었지만 벌써 오래전에 망가지고 말았다. 정말로 제대로 된 목걸이는 하나도 없었다. '좋아.' 앤은 레드먼드에서 길버트에게 받은 핑크 에나멜 하트 목걸이가 들어 있는 조그만 상자를 꺼냈다. 요즘 들어서는 이것을 하는 일이 좀처럼 없었다. 핑크색은 빨강머리와 좀처럼 어울리지 않았으니까. 그러나 앤은 오늘 밤 이것을 걸고 갈 생각이었다. 길버트가 과연 이것을 알아볼까? 자, 이로써 채비가 끝났다. 왜 길버트는 아직 끝나지 않았을까? 뭘 하느라 저리 더딜까? 아, 틀림없이 공들여 수염을 깎고 있기 때문이겠지! 앤은 발끝에 힘을 주어 신경질적으로 문을 탁탁 두들겼다.

"길버트, 당신 빨리 하지 않으면 우리 기차 놓치겠어."

길버트가 나오며 말했다.

"학교 선생님같이 구는군. 당신 발허리뼈가 어떻게 되기라도 한 거야?"

어머나, 농담도 할 줄 아셔? 앤은 연미복을 입은 길버트가 어쩌면 이토록 멋있을까 하는 생각을 하지 않으려 했다. 요즘 유행하는 남자들의 옷은 우스꽝스럽다. 화려한 매력 같은 게 전혀 없다. '엘리자베스 여왕 치하의 태평성대'에 흰 새틴 더블릿[2]에다 붉은 벨벳 망토를 걸치고 레이스 주름이 잡힌 칼라를 달았을 때, 남자들은 얼마나 호화로워 보였을까. 그러면서도 유약한 느낌은 없었다. 그 시대 남자는 역사상 가장 훌륭하고 대담한 남자들이었던 것이다.

길버트는 건성으로 말했다.

---

[2] 15~17세기 유럽에서 남자들이 많이 입던, 허리가 잘록하며 몸에 꽉 끼는 윗옷.

"그렇게 바쁘면 어서 와."

이제 길버트는 앤에게 말할 때는 늘 건성이다. 나는 집 안에 놓인 가구의 일부에 지나지 않아…… 그래, 가구에 지나지 않는 거야! 젬이 마차로 역까지 데려다주었다. 수전과 미스 코닐리아—그녀는 교회 만찬에 수전이 여느 때와 다름없이 감자 그라탱을 해줄 수 있는지 수전에게 물어보려고 잠깐 들렀다—는 감탄하며 두 사람을 배웅했다.

미스 코닐리아가 말했다.

"앤은 조금도 늙지를 않는군요."

"정말이에요. 요 2, 3주일은 간이 좀 안 좋은가 싶기도 했지만요. 여전히 예뻐요. 그리고 선생님도 옛날과 마찬가지로 배도 하나도 안 나왔어요."

미스 코닐리아가 말했다.

"이상적인 부부예요."

이 이상적인 부부는 샬럿타운까지 가는 동안 특별히 이렇다 할 대화도 하지 않았다. 물론 길버트는 옛 연인을 만난다는 기대로 한껏 설레어 자기 아내 따위에게 이야기할 마음 같은 건 들지 않는 것이다!

앤은 재채기를 했다. 코감기에 걸린 게 아닐까 걱정스러웠다. 결혼 전에 크리스틴 스튜어트였던 앤드루 도슨 부인이 보는 앞에서 식사 시간 내내 코를 훌쩍거린다면 얼마나 꼴사나울까! 입술에 포진이라도 난 것인지 몹시 욱신거렸다. 아마 지독한 감기가 오려는 모양이다.

줄리엣이 재채기를 한 일이 있을까? 동상에 걸린 포샤[3]를 좀 생각해 보라지! 또는 트로이의 헬레네가 딸꾹질하는 모습을! 아니면 티눈이 생긴 클레오

---

[3] 영국 극작가 셰익스피어의 희곡 《베니스의 상인》에 등장한 아름답고 지혜로운 여성.

파트라를!

배럿 파울러 씨 댁에 도착해 겉옷을 벗어놓고 아래층으로 내려온 앤은 현관홀에 놓인 깔개의 곰 머리에 발이 걸려 응접실 입구서부터 비틀거리며 파울러 부인이 자랑하는 응접실 가구와 장식품 사이를 지나, 천만다행히도 머리부터 고꾸라지는 불상사는 간신히 피해서 체스터필드 소파에 털썩 주저앉았다. 당황해서 크리스틴이 방에 있는지 얼른 둘러보았는데 고맙게도 크리스틴은 아직 나타나지 않았다. 길버트 블라이드의 아내가 이렇듯 술주정뱅이 같은 걸음걸이로 들어오는 모습을 크리스틴이 자리에 앉아 재미있는 얼굴로 보고 있었다면 정말 견딜 수 없었을지도 모른다!

길버트는 어디 다치지는 않았냐고 물어보지도 않았다. 어느새 동료 의사인 파울러 선생이며 처음으로 만난 머리 선생과 이야기를 하느라 여념이 없었다. 머리 의사는 뉴브런즈윅에서 온 사람으로, 열대병에 대한 주목받는 연구서를 써서 의학계에 선풍을 일으키고 있는 이였다.

그러나 앤은 헬리오트로프꽃 향기를 풍기며 크리스틴이 아래로 내려왔을 때 그 연구서가 순식간에 잊혀버린 것을 알아차렸다. 길버트는 한눈에 알 수 있을 만큼 열심히 눈을 빛내며 자리에서 일어섰다.

크리스틴은 한순간 사람들 눈에 자기 모습을 각인시키려는 듯 문 앞에 멈춰 서 있었다. 곰 머리에 걸려 넘어지거나 하지 않았다. 앤은 크리스틴이 예전부터 자기 모습을 뽐내기 위해 문 앞에서 걸음을 멈추는 버릇이 있다는 사실이 기억났다. 게다가 길버트에게 그가 무엇을 놓쳤는지를 보여줄 더없이 좋은 기회로 여길 게 틀림없었다.

크리스틴은 길게 흘러내리는 소매의 자줏빛 벨벳 드레스를 입고 있었다. 황금색 안감이 언뜻언뜻 비치고 생선 꼬리 모양의 치마 뒷자락에는 황금색 레이스가 안에 대어져 있었다. 가느다란 황금색 머리띠가 여전히 새카만 머리칼을 둘러싸고 있었다. 다이아몬드가 알알이 박힌 길고 가느다란 금사슬 목걸이가 목에 드리워져 있었다.

앤은 곧바로 자기가 멋없고 촌스럽고 헙수룩하고 세련되지 못하며, 유행에 반 년이나 뒤떨어진 사람처럼 생각되었다. 이 바보스러운 에나멜 하트를 걸지 않았더라면 좋았을걸 하고 앤은 그제야 후회했다.

크리스틴이 옛날과 다름없이 아름다운 것은 틀림없었다. 좀 지나치게 미끈하고 화장이 짙은지는 모르겠다. 그리고…… 분명히 전보다 살이 좀 붙었다. 코는 조금도 짧아지지 않았고, 턱은 중년임을 똑똑히 나타내고 있다. 그렇게 문 앞에 서 있노라니 발이 꽤나 튼실한 것을 알 수 있었다. 그리고 그 중요한 사람인 양 어디서든 눈에 띠려는 태도도 이제는 좀 신선한 맛이 없지 않은가? 그러나 뺨은 여전히 상아처럼 매끄럽고, 크고 짙은 파란색 눈은 레드먼드 시절부터 매력적이라고 여겨지던 미간의 주름 아래에서 아름답게 빛나고 있었다. 그렇다, 앤드루 도슨 부인은 아주 미인이었고…… 먼저 세상을 떠난 남편 앤드루 도슨의 무덤에 그녀의 심장마저 같이 묻어버린 것은 아니라는 인상을 주었다.

들어선 순간 크리스틴은 온 방 안을 점령해버렸다. 앤은 그 그림 안에 자기는 아예 낄 자리도 없는 듯이 느꼈다. 그러나 앤은 자세를 똑바로 고쳐 앉았다. 크리스틴에게 조금이라도 축 처진 중년의 쇠퇴함을 보여서는 안 된다. 당당히 기치를 올려 전투에 돌입하리라. 앤의 잿빛 눈은 또렷한 초록색으로 변하고 갸름한 뺨에는 희미한 핏기가 돌았다. ('코를 잊으면 안 돼!')

이제까지 앤에게 특별히 관심을 두지 않았던 머리 선생은 새삼 블라이드는 어쩌면 이렇듯 멋진 아내를 두었을까 하고 놀랐다. 그 곁에 선 허세덩어리 도슨 부인은 아주 흔해빠진 여자로밖에 안 보였다.

"어머나, 길버트 블라이드, 지금도 여전히 잘생겼네요. 변하지 않은 모습 보니 정말 기뻐요."

크리스틴이 농을 걸듯 '장난스럽게' 말했다—크리스틴이 장난스럽게!

('크리스틴의 저 고상한 척하는 느릿한 말투는 여전하구나. 저 벨벳 같은 목소리가 얼마나 싫었는지 몰라!')

길버트가 말했다.

"크리스틴을 보니 세월이라는 말이 뜻을 잃어버리는군요. 영원한 젊음의 비밀을 대체 어디서 알아낸 거예요?"

크리스틴은 웃었다.

('저 웃음소리는 꼭 쇳소리 같잖아?')

"길버트는 예전부터 듣기 좋은 말을 잘했었죠."

그녀는 짓궂은 눈으로 주위를 흘끗 보았다.

"여기 계신 블라이드 선생은, 이미 지난날이라 취급하며 이제는 모르는 척하는 젊은 날에, 나랑 한때 얽혔던 사람이었어요. 그리고 앤 셜리! 소문으로 듣던 것처럼 많이 늙지는 않았군요. 하기야 길에서 우연히 만났으면 한눈에 알아보지는 못했을 것 같지만 말예요. 머리는 전보다 '살짝' 더 진한 빛깔이 되지 않았어요? 이렇게 다시 만나다니 멋진 일 아니에요! 나는 당신이 요통 때문에 못 오는 게 아닐까 걱정하고 있었어요."

"요통이요? 제가요?"

"네, 그래요. 요통 때문에 고생하고 있지 않아요? 나는 그런 줄로만 알았는데……"

파울러 부인이 사과했다.

"내가 잘못 알았었나 봐요. 부인이 아주 심한 요통 때문에 앓아누웠다고 누군가에게 들어서요……."

앤은 쌀쌀맞게 말했다.

"로브리지의 파커 선생님 부인 말씀하시는가 보네요. 저는 요통을 앓은 일이 한 번도 없어요."

크리스틴이 어딘지 무례한 투로 말했다.

"그렇다면 정말 다행이에요. 꽤나 골치 아픈 병이니까요. 그 병 때문에 심하게 고생하는 고모가 있어서 잘 알아요."

앤을 그 고모의 나이 또래로 밀어 넣으려는 듯한 태도였다. 앤은 가까스로 입꼬리를 올려 입으로는 웃어 보였지만 눈은 웃지 않았다. 이럴 때 재치 있게 받아칠 적당한 말이 생각나면 좋으련만! 그날 자러 누우면 새벽 3시쯤 기막힌 대답이 생각날지 모르겠으나 지금은 아무 도움이 되지 않았다.

"아이가 일곱이라죠?"

크리스틴은 질문은 앤에게 하고 있었지만 눈은 길버트를 보고 있었.

"살아 있는 아이는 여섯뿐이에요."

앤은 주춤했다. 지금도 아픔을 느끼지 않고는 조그맣고 하얀 조이를 떠올릴 수 없었다.

크리스틴이 말했다.

"'엄청난' 대가족이군요!"

순식간에 대가족을 거느린다는 것이 수치스럽고 우스꽝스러운 일처럼 느껴졌다.

앤이 말했다.

"크리스틴은 아이가 하나도 없다고 알고 있는데요."

"나는 원래 아이들을 좋아하지 않았어요."

크리스틴은 놀랍도록 선이 고운 어깨를 으쓱해 보였으나 그 목소리는 딱딱했다.

"나는 모성적인 타입이 못 되나 봐요. 그렇지 않아도 사람이 너무 많은 이 세상에서 아이를 더 낳는 것만이 여성의 유일한 사명이라고 생각한 일은 정말 한 번도 없었거든요."

이윽고 다들 식당으로 갔다. 길버트는 크리스틴과, 머리 선생은 파울러 부인과, 파울러 선생은 앤과 나란히 갔다. 파울러 선생은 의사하고가 아니면 이야기를 주고받지 못하는, 퉁퉁하고 몸집이 작은 남자였다.

앤에게는 방 안의 공기가 좀 답답하게 느껴졌다. 이상하게도 속이 메슥거리는 냄새로 가득 차 있었다. 아마도 파울러 부인이 향을 피웠던 모양이다. 요리는 좋았지만, 앤은 조금도 식욕이 나지 않아 먹는 시늉만 되풀이하며 계속 미소를 짓고 있는 동안 점점 체셔 고양이[4]가 되어가는 듯한 기분이 들었다.

앤은 크리스틴에게서 눈을 뗄 수가 없었다. 크리스틴은 끊임없이 길버트에게 미소를 보내고 있었다. 그녀의 가지런한 이는 아름다웠다. 어찌 보면 지나치리만큼 하얬다. 마치 치약 광고 같았다. 이야기하면서 크리스틴은 손을 매우 효과적으로 썼다. 고운 손이었다. 하기야 여자치고 조금 큰 편이기는 했지만.

크리스틴은 길버트에게 삶의 리드미컬한 속도에 대해 이야기하고 있었다. 대체 무슨 말일까? 자기는 무슨 뜻인지 알고나 하는 말일까?

그러다 이야기는 예수 수난극으로 옮겨갔다.

크리스틴이 앤에게 물었다.

---

[4] 루이스 캐럴이라는 필명으로 활동한 영국 작가 찰스 럿위지 도지슨(1832~1898)의 소설 《이상한 나라의 앨리스》에 나오는 히죽히죽 웃는 상의 고양이.

"오버아머가우[5]에 가본 일 있어요?"

앤이 가본 일 없을 줄 뻔히 잘 알면서 굳이! 아무것도 아닌 질문도 크리스틴이 물어보면 어째서 무례하게 들릴까?

"그야 물론 가족한테 늘 매여 있는 몸이니 어렵겠죠. 아, 지난달에 핼리팩스에 갔다가 내가 누구를 만났다는지 알아? 앤하고 친했던 친구인데……그 못생긴 목사랑 결혼한……그 목사 이름이 뭐였더라?"

앤이 대답했다.

"조너스 블레이크예요. 필리파 고든이 그 사람과 결혼했죠. 하지만 나는 그 사람이 못생겼다고 생각해본 적 없는데요."

"그래요? 하기야 보는 눈은 다 제각각이니까요. 아무튼 그 사람들을 만났어요. 필리파도 참 안됐더군요!"

크리스틴은 '안됐다'는 말을 효과적으로 썼다.

앤이 되물었다.

"왜 안됐죠? 필리파와 조너스는 아주 행복하게 살고 있는데요."

"행복하다고요? 어머나, 그 사람들이 살고 있는 곳을 보면 그런 말이 안 나올걸요! 초라하고 작은 어촌인데, 돼지가 뜰에 들어오는 일 정도도 큰 사건이 되는 그런 곳이에요! 그 조너스인가 하는 남자는 킹스포트에서 훌륭한 교회를 맡았었다던데, 자기를 '필요로 하는' 어부들이 있는 곳으로 가는 게 자기 '의무'라고 생각해서 그곳을 버리고 떠났다는 거예요. 나는 그런 광신자는 별로예요. '이렇게 교통도 불편하고 외진 시골에서 대체 어떻게 살 수 있어요?' 하고 내가 물어봤거든요, 그랬더니 필리파가 뭐라고 했는지 알아요?"

---

[5] 1634년 성령강림제에 처음 예수 수난극을 공연한 독일 남부의 마을로, 주민들이 페스트 종식을 기원하며 시작한 이 극이 그 뒤로도 10년마다 열리며 전통을 이어 오고 있음.

크리스틴은 반지를 낀 두 손을 과장스러운 손짓으로 던지듯 펼쳐 보였다.

앤이 말했다.

"아마 내가 글렌세인트메리에 대해 말하는 것과 같지 않을까요. 온 세상에서 내가 살 곳은 여기밖에 없다고."

크리스틴은 미소 지었다.

"앤이 그런 곳에 만족하고 있을 줄은 몰랐네요."

('저 입속에 꽉 찬 이 좀 봐!')

"더 넓은 세상에서 살아보고 싶다는 생각 정말 안 해요? 내 기억이 맞다면 앤은 원래 꽤 야망이 있는 사람이었잖아요? 레드먼드에 다닐 때 소소하지만 꽤 글솜씨 좋은 이야기도 몇 개 쓰지 않았던가요? 물론 소재가 좀 환상적이고 엉뚱했던 것 같기는 하지만요. 뭐, 그래도……."

"그 글은 동화 나라를 여전히 믿고 있는 사람들을 위해 썼던 거예요. 그런 사람들은 깜짝 놀랄 만큼 많으니까요. 그 사람들은 동화 나라 소식을 종종 전해 듣고 싶어해요."

"그런데 이제는 완전히 손을 놓았나요?"

앤은 젬과 그 동생들을 생각하며 말했다.

"아예 손을 놓은 건 아니에요. 다만 지금은 살아 있는 〈사도행전〉을 쓰고 있죠."

크리스틴은 그 말뜻을 알 수 없어 멍하니 눈을 껌벅거리며 앤을 빤히 쳐다보았다. 앤 셜리는 무슨 말을 하고 있는 것일까? 하기야 앤은 레드먼드에 있을 때부터 알 수 없는 말을 하기로 유명했으니까. 외모는 놀랄 만큼 잘 유지했지만 결혼과 동시에 생각하는 일을 멈춘 그런 여자들 가운데 하나 아니겠어. 길버트도 안됐지! 레드먼드에 오기도 전에 앤에게 낚여버려서, 길버트는 앤에게서 벗어날 기회가 애초에 조금도 없었다.

아몬드 껍집을 까다가 한 깍지 속에 알맹이가 두 개 든 쌍둥이 아몬드를 발견한 머리 선생이 물었다.

"지금도 아몬드를 먹으면서 필로피나[6] 놀이를 하는 사람이 있나요?"

크리스틴이 길버트 쪽을 향했다.

"우리가 언젠가 하나씩 나눠 먹고 그 놀이 했던 거 기억해요?"

('방금 둘 사이에 의미심장한 눈초리가 오간 건가?')

길버트가 대답했다.

"내가 그걸 설마 잊었을까 봐요?"

그러더니 두 사람은 '그때 그 일 기억나요?'의 물결 속에 뛰어들었고, 앤은 낮은 장식장 위에 걸린 물고기와 오렌지 그림을 멍하니 바라보았다. 앤은 길버트와 크리스틴이 이토록 많은 추억을 공유하고 있을 줄은 생각지 못했다.

"우리가 암섬으로 소풍 갔던 일 기억나요?"

"흑인 교회에 같이 갔던 날 저녁 기억해요?"

"가장무도회에 갔던 날 밤은 기억나요?"

"그럼요, 크리스틴은 검은 벨벳 옷을 입고 머리부터 쓰는 베일 같은 레이스 망토를 걸치고 부채를 든 스페인 귀부인으로 가장해서 갔었잖아요."

저런 자질구레한 일까지 고스란히 기억하면서, 우리의 결혼기념일은 까맣게 잊은 것이다!

다 같이 응접실로 돌아갔을 때 크리스틴은 어둑한 포플러 뒤로 엷은 은빛으로 보이는 동녘 하늘을 창문으로 내다보았다.

---

[6] 한 깍지 속에 알맹이가 두 개 든 아몬드 등의 견과류를 두 사람이 한 알씩 나눠 먹고, 그다음에 만났을 때 먼저 '필로피나'라고 말한 사람이 상대로부터 선물을 받는, 독일에서 비롯된 놀이.

"길버트, 우리 뜰을 거닐고 와요. 나는 9월에 달돋이의 뜻을 다시 한번 배우고 싶어요."

('9월에는 달돋이가 1년 중 다른 달에는 없는 무슨 뜻이 있기라도 한가? '다시 한번'이란 건 또 무슨 말일까? 전에도 배운 일이 있다는 건가…… 길버트랑 같이?')

둘은 밖으로 나갔다. 앤은 보기 좋게 따돌림당한 기분이 들었다. 그녀는 뜰이 내다보이는 자리에 앉았다. 그러나 그 때문에 그곳을 골랐다고는 스스로도 인정하지 않았다.

크리스틴과 길버트가 오솔길을 걸어가는 모습이 보였다. 서로 무슨 이야기를 하고 있을까? 주로 크리스틴이 이야기를 많이 하는 것 같았다. 아마도 길버트는 가슴이 벅찬 나머지 말을 못 하는 거겠지. 지금 저 달돋이를 바라보며 내가 전혀 모르는 추억에 잠겨 미소 짓고 있는 것일까? 앤은 길버트와 둘이 애번리에서 달빛 흐르는 뜰을 거닐었던 숱한 밤들을 생각했다. 길버트는 까맣게 잊어버린 것일까?

크리스틴은 하늘을 올려다보고 있었다. 물론 그렇게 고개를 들 때 주름 없이 매끈한 하얀 목선을 자랑할 수 있는 줄 잘 알아서 저러는 것일 테지. 달은 뭣 때문에 이렇듯 뜸을 들여가며 떠오르는 것일까?

다른 손님들이 거의 한자리에 모였을 때 겨우 두 사람이 돌아왔다. 잡담과 웃음과 음악이 함께했다. 크리스틴이 노래를 불렀다. 그것도 아주 잘 불렀다. 크리스틴은 전부터 음악적 재능이 풍부했다. 크리스틴은 '길버트에게' 노래했다. "돌이킬 수 없는 그리운 지난날이여."[7]

길버트는 안락의자에 등을 기대고 앉아 전에 없이 말이 없었다. 다시 못 올

---

[7] 제임스 몰로이가 작곡하고 그레이엄 빙엄 작사해 1884년에 발표한 노래 〈사랑의 달콤한 옛 노래〉의 일부.

그 그리운 지난날을 아쉬움을 가득 안은 채 회상하고 있는 것일까? 만일 크리스틴과 결혼했었다면 어떤 삶을 살았을까 상상하고 있는 것일까?

('전에는 길버트가 무슨 생각을 하고 있는지 언제나 알 수 있었는데. 빨리 이곳에서 나가지 않으면 나는 머리를 뒤로 젖히고 무섭게 울부짖을지도 몰라. 우리의 기차가 곧 떠나니 그나마 다행이야.')

앤이 돌아갈 채비를 마치고 아래로 내려와 보니 크리스틴은 길버트와 포치에 나와 서 있었다. 크리스틴은 손을 내밀어 길버트 어깨에 붙어 있던 나뭇잎 하나를 떼어냈다. 그 몸짓은 마치 애무하는 손길 같았다.

"몸은 정말 괜찮아요, 길버트? 많이 피곤해 보여요. 무리하고 있는 게 내 눈에 훤히 보여요."

앤은 갑자기 공포에 사로잡혔다. 확실히 길버트는 피곤한 모습을 하고 있었다. 몹시 지쳐 있다. 그런데 크리스틴이 그 말을 할 때까지 자신은 미처 알아차리지 못했다니! 이때의 부끄러움을 앤은 언제까지나 잊을 수 없을 거라고 생각했다.

('나도 길버트의 존재를 너무 당연하게 여기고 있으면서, 길버트가 날 그렇게 여긴다며 그이만 탓하고 있었어.')

크리스틴은 앤을 돌아다보았다.

"다시 만날 수 있어서 정말 반가웠어요, 앤. 마치 옛날로 돌아간 것 같아요."

앤은 말했다.

"그랬네요."

"하지만 지금 길버트에게도 말했지만, 길버트는 좀 지쳐 있는 것 같아요. 좀 더 신경을 써줘야겠어요, 앤. 내가 한때 당신의 남편을 무척 좋아했던 적이 있었죠. 지금까지도 길버트는 내 남자친구들 가운데 가장 훌륭했다고 진심으로 생각하고 있어요. 하지만 이런 얘기하는 건 앤이 나를 봐줘야만 해요. 내가 그래도 앤에게서 길버트를 빼앗지는 않았으니까요."

앤은 다시 냉랭해졌다.

"크리스틴이 빼앗지 않아서 길버트가 유감스럽게 여기고 있는지도 모르죠."

앤은 레드먼드 시절부터 크리스틴도 많이 보아온 '여왕 같은 위엄'을 보이며 대답하고 나서 역으로 가기 위해 파울러 선생의 마차에 훌쩍 올라탔다.

"앤은 말도 참 재미있게 하네요!"

크리스틴은 아름다운 어깨를 한번 으쓱하고는 무언가 퍽 재미있는 일이 있다는 듯한 표정을 떠올리며 두 사람을 실은 마차가 떠나가는 뒷모습을 지켜보았다.

엄청난 가족

"오늘 밤 즐거웠어?"

길버트는 앤에게 손을 내밀어 기차에 오르는 것을 도와주며 이제까지보다도 더 건성으로 물었다.

"응, 즐거웠어."

그러나 앤은 제인 웰시 칼라일이 남편 토머스 칼라일에게 보낸 편지 속에 있는 탁월한 구절처럼 '괴로움에 시달리며 저녁을 보낸' 심정이었다.

길버트는 여전히 넋이 나간 채로 물었다.

"머리는 왜 그렇게 묶었어?"

"새로 유행하는 스타일이야."

"그래? 하지만 당신에게는 안 어울리는데. 어울리는 사람도 있을지 모르지만 당신 머리에는 어울리지 않아."

앤은 쌀쌀맞게 대답했다.

"어머나, 내가 빨강머리라서 미안해."

길버트는 위험한 화제는 빨리 접는 게 현명하다고 생각했다. 앤은 전부터 머리에 대해서만큼은 좀 예민했으니까. 너무 피곤해서 말할 기운도 없기도 했다. 길버트는 좌석 등받이에 머리를 기대고 눈을 감았다. 이때 처음으로 앤은 길버트에게서 희끗희끗한 귀밑머리가 보이는 것을 알아챘다. 그러나 앤은 흔들리지 않겠다고 마음먹었다.

두 사람은 글렌역에서 잉글사이드까지 지름길로 말없이 걸었다. 공기 중에는 가문비나무와 알싸한 풀고사리 내음이 가득 퍼져 있었다. 이슬에 젖은 들판 위로 달이 빛나고 있다. 한때는 불빛이 춤추었을 창문이 이제는 처량하게 깨져버린 낡은 빈집 옆을 지나갔다.

앤은 생각했다.

'마치 내 인생 같네.'

이제는 모든 것에 다 쓸쓸한 의미만이 깃들어 있는 듯 느껴졌다. 잔디밭을 걷는 두 사람 옆에서 날갯짓하는 흐릿한 흰 나방이 빛바랜 사랑의 유령 같다고 앤은 서글프게 생각했다. 이때 앤은 아이들이 크로케 게임을 하기 위해 잔디밭에 박아놓은 작은 아치 모양의 기둥문 하나에 발이 걸려 하마터면 풀협죽도 속으로 곤두박질칠 뻔했다. 대체 아이들은 무슨 생각으로 이것을 안 치우고 그대로 둔 것일까? 내일 단단히 좀 일러야겠어!

길버트는 "어이쿠, 저런!" 하면서 한 손으로 앤을 붙들었을 뿐이었다. 과연 크리스틴과 둘이 달돋이의 뜻을 다시 한번 배울 때 크리스틴이 발을 헛디뎠어도 이렇듯 시큰둥하게 한 손만 내밀었을까?

집에 들어서자마자 길버트는 곧장 서재로 들어가버렸으므로 앤은 말없이 침실로 올라갔다. 방바닥에는 정지된 듯한 차디찬 은색 달빛이 어려 있었다. 앤은 열린 창문으로 다가가 밖을 내다보았다. 오늘 밤은 카터 플래그네 개가 짖기로 한 밤인 모양인지, 개는 온 힘을 다해 컹컹 짖어대고 있었다. 양버들 잎사귀는 달빛을 받아 은처럼 빛났다. 둘레에 있는 집들이 수군거리고 있는 것 같았다. 이제 앤의 친구가 아닌 듯, 심술궂게 쑥덕대고 있었다.

앤은 메스껍고 춥고 공허한 마음이 들었다. 삶의 황금은 시든 이파리로 바뀌어버렸다. 이제는 그 무엇도 의미가 없다. 모든 것이 아득하고 비현실적인 느낌이었다.

저 멀리 아래쪽에서는 바닷물이 세상의 시간만큼이나 오래된, 해안과의 밀회를 즐기고 있다. 노먼 더글러스가 자기 집 가문비나무숲을 베어버린 이후로 앤은 그 창가에 서서 조그만 '꿈의 집'을 볼 수 있었다. 그곳에서 둘은 얼마나 행복했던가. 그때는 둘만의 집에서 함께 꿈꾸고 부드러운 손길로 어루만지고 서로 아무 말 하지 않아도 함께 있다는 것만으로 충분히 행복했다! 두 사람의 생애가 아침의 모든 빛깔로 가득했고, 길버트는 세상 그 누구도 아닌 앤을 위해서만 아껴둔 환한 미소를 눈에 떠올리며 앤을 바라보았고, 날마다 새로운 방식으로 '사랑한다'고 말했으며, 웃음도 슬픔도 함께 나누었다.

그런데 지금 길버트는…… 나에게 싫증이 났다. 남자란 이제까지도 그랬고…… 앞으로도 그럴 것이다. 길버트만은 예외라고 생각했었는데 이제 그것이 착각이었음을 깨달았다. 그렇다면 나는 어떻게 이 사실에 내 삶을 맞춰갈 것인가?

앤은 멍하니 생각했다.

'물론 아이들이 있으니, 아이들을 위해 나는 견디며 살아가야만 해. 그리고 아무도 알아서는 안 돼…… '아무도'. 그 누구에게도 동정 따위는 받지 않을 거야.'

이게 무슨 소리지? 누군가 층계를 올라온다. 먼 옛날 길버트가 '꿈의 집'에서 했던 것처럼 한꺼번에 세 계단씩 뛰어올라서. 그러나 길버트는 그런 식으로 계단을 뛰어오르지 않은 지 오래되었다. 길버트일 리 없다. 그런데…… 길버트다!

길버트는 방문을 벌컥 열고 안으로 들어왔다. 조그만 꾸러미를 탁자 위에 휙 던져놓고는 앤의 허리를 잡고 온 방 안을 빙글빙글 돌며 흥분한 초등학생 아이처럼 춤을 추다가 마침내 숨이 차서 은빛 달그림자의 가운데에서 동작을 멈추었다.

"내가 맞았어, 앤…… 고맙게도 내가 틀리지 않았어. 개로 부인이 나을 거래…… 전문의가 그렇게 말했어"

"개로 부인? 길버트, 머리가 돌기라도 한 거야?"

"당신에게 말했잖아? 분명 이야기한 줄 알았는데…… 아마도 너무 괴로운 화제여서 이야기할 엄두가 안 났나 봐. 지난 2주 동안 그 일 때문에 나는 죽을 만큼 걱정했었어. 자나 깨나 다른 일은 아무것도 생각할 수 없었어. 개로 부인은 로브리지에 사는데, 파커의 환자야. 파커가 내 소견을 듣고 싶다면서 나를 불러 의논했지. 나는 파커와 다르게 진단을 내렸어. 둘이 하마터면 싸울 뻔하기까지 했어.

그래도 나는 틀림없이 내 진단이 맞다고 생각했고, 아직 살릴 가망이 있다고 고집해서, 개로 부인을 몬트리올로 보냈어. 파커는 개로 부인은 살아서 이곳으로 돌아오지 못한다고 했고, 개로 부인의 남편은 나를 보기만 하면 당장에라도 쏘아 죽일 것 같았지. 막상 개로 부인이 몬트리올로 떠난 뒤 나는 너무너무 괴로웠어. 어쩌면 내가 틀렸는지도 모른다…… 내 괜한 고집으로 그 부인에게 쓸데없는 고생을 시키는지도 모른다고 생각하면서.

오늘 집으로 돌아왔을 때 내 진찰실에 편지가 놓여 있었어. 내가 맞았던 거야. 부인은 수술을 받았고, 살아날 가망이 아주 높다는 거야. 앤 아가씨, 나는 달까지라도 뛰어오를 수 있을 것 같아! 20년 묵은 체증이 내려간 기분이야."

앤은 웃든가 울든가 할 수 있었다. 그래서 웃기로 했다. 또다시 웃을 수 있다는 것, 웃고 싶은 기분이 드는 것만으로도 아주 좋았다. 모든 일이 갑자기 다 괜찮아졌다.

앤은 길버트를 놀렸다.

"그래서 오늘이 우리의 결혼기념일이라는 것도 잊어버렸구나!"

길버트는 앤을 안고 있던 손을 잠시 풀고 탁자 위에 던져둔 조그만 꾸러미를 얼른 집어 들었다.

"안 잊어버렸어. 2주 전에 이걸 토론토에다 주문했었어. 그런데 오늘 저녁에야 도착했더라고. 당신에게 아무것도 줄 게 없어서 오늘 아침에 민망스러운 생각이 들어 결혼기념일이라는 말을 입에도 올리지 않았던 거야. 당신도 혹시 잊었나 생각하면서. 제발 잊었기를 바라면서 말이야. 진찰실에 가보니 파커의 편지와 함께 내가 주문한 선물이 놓여 있었어. 마음에 드는지 어떤지 한번 열어봐."

그것은 조그만 다이아몬드 펜던트였다. 희미한 달빛 아래에서도 살아 있는 것처럼 빛났다.

"길버트…… 그런데 나는……."

"한번 걸어봐. 오늘 아침에 왔으면 좋았을걸…… 그랬으면 그 낡아빠진 에나멜 하트 목걸이 대신 만찬회에 걸고 갈 수 있었을 텐데. 하긴 그것도 당신 하얀 목 아래 쇄골 사이에 걸려 있으니 예쁘더라, 앤. 그런데 오늘 왜 그 녹색 드레스를 입고 가지 않았어? 나는 그 옷이 좋았는데…… 레드먼드 다닐 때 당신이 종종 입었던 장미꽃봉오리 드레스가 생각났거든."

'내가 새 옷을 입었다는 걸 알아차리고 있었구나! 레드먼드 시절에 나한테 잘 어울린다며 감탄했던 그 옷도 아직 기억하고 있었고!'

앤은 잡혀 있다가 풀려난 새 같은 기분이었다. 앤은 다시금 날갯짓을 하며 날고 있었다. 길버트는 앤을 감싸안았다. 달빛 아래서 그의 눈은 앤의 눈을 가만히 들여다보고 있었다.

"당신은 나를 사랑하지, 길버트? 당신한테 나는 습관에 불과한 존재가 아니지? 당신이 너무나 오랫동안 나한테 사랑한다는 말을 하지 않아서 걱정했어."

"소중하고 소중한 내 사랑, 앤! 말을 해야만 내 마음을 알 거라고 생각지 못했어. 나는 당신 없이 살 수 없어. 당신은 내게 언제나 힘을 주니까. 성경 어딘가에 당신에게 꼭 들어맞는 구절이 있었는데…… '그런 자는 살아 있는 동안에 그 남편에게 선을 행하고 악을 행치 아니하느니라.'[1]"

조금 전까지 잿빛이고 하찮게 보이던 인생이 다시금 황금빛으로, 장밋빛으로, 황홀한 무지갯빛으로 빛났다. 다이아몬드 펜던트가 바닥에 떨어졌지만 그마저도 안중에 없었다. 그것은 아름다웠다. 그러나 더 아름다운 것들이 많았다. 신뢰와 평온함과 즐겁게 해내는 일이라든가, 웃음과 상냥함, 그리고 전처럼 흔들림 없는 애정을 확인하며 느끼는 안도감.

"아, 이 순간을 영원히 붙잡아두고 싶어, 길버트."

"우리에겐 간직하고 싶은 좋은 순간들이 많이 생길 거야. 이제 우리의 두 번째 신혼여행을 다녀올 때가 된 것 같아. 앤, 내년 2월에 런던에서 대규모 의학회의가 열려. 거기에 같이 가자…… 그리고 나서 유럽을 좀 보고 오도록 하자. 드디어 우리에게도 휴가가 생기는 셈이야. 다시 오롯이 연인으로 되돌아가는 거야. 마치 새로 결혼을 하는 것처럼. 당신은 오랫동안 당신 자신을 잊고 살았으니까. 너무 지쳐 있고 너무 무리했어…… 변화가 필요해."

('길버트는 눈치채고 있었구나. 당신도 그래, 길버트. 나야말로 정말 눈이 멀어서 당신을 제대로 봐주지 못했어.')

---

1) 《구약성서》〈잠언〉 31장 12절.

"의사가 자기 아내에게는 약을 주지 않는다는 그런 짓은 난 하지 않아. 둘 다 좀 쉬고 기운도 얻고 유머 감각도 완전히 되찾아서 돌아오기로 해. 자, 펜던트를 한번 걸어보고, 우리 그만 자자. 나 실은 잠이 와서 죽을 것 같아. 쌍둥이 받은 것하며 개로 부인 걱정 때문에 거의 2주일 동안 잠을 제대로 못 잤거든."

앤은 다이아몬드 펜던트를 걸고 흡족하게 거울을 들여다보며 물었다.

"오늘 밤 대체 당신은 크리스틴이랑 뜰에서 무슨 이야기를 그렇게나 오랫동안 한 거야?"

"글쎄, 모르겠는데. 크리스틴이 말이 정말 많더라고. 그래도 오늘 크리스틴이 떠든 이야기에서 한 가지 배운 것이 있어. 벼룩은 자기 키의 2백 배나 뛰어오를 수가 있대. 알고 있었어, 앤?"

('내가 질투심에 몸부림치고 있을 때 둘이서 벼룩 이야기를 하고 있었던 거야? 나는 어쩌면 그토록 어리석었을까!')

"벼룩 이야기는 대체 어쩌다가 나왔는데?"

"생각도 안 나. 아마도 도베르만핀셔 이야기를 하다가 그랬을 거야."

"도베르만핀셔? 그건 또 뭐야?"

"새로운 품종의 개야. 크리스틴은 개에 관한 한 전문가인 모양이야. 나는 개로 부인 일이 머리에서 떠나지 않아 무슨 말을 하는지 제대로 귀담아듣지도 않았어. 이런저런 단어들은 띄엄띄엄 들렸는데…… 콤플렉스니, 억압이니 하는 말이라든가…… 요즘 유행하는 새로운 심리학에서 쓰는 말들이라지…… 그 외에 예술…… 예술적 소양, 정치…… 아, 그리고 개구리."

"개구리라고!"

"위니펙의 어느 연구자가 하는 무슨 실험하고 관련된 얘기였어. 크리스틴은 원래도 그리 재미있는 사람은 아니었는데 전보다 더 사람을 지루하게 만들더군. 그리고 사람이 어딘지 심술스러워졌어! 전에는 심술스럽지는 않았는데."

앤은 짐짓 모르는 체하며 물었다.

"심술스럽다니, 어떤 말을 했는데?"

"못 느꼈어? 하긴 당신은 모를 거야. 당신에게는 그런 악의적인 면이 전혀 없으니까. 뭐, 아무래도 상관없어. 그런데 웃음소리도 좀 신경에 거슬리더군. 게다가 살도 좀 찌고. 당신은 여전히 날씬해서 고마워, 앤 아가씨."

앤은 너그러워진 마음으로 말했다.

"어머나, 살은 별로 찐 것 같지 않던걸. 게다가 엄청 미인이잖아."

"그냥저냥…… 하지만 인상이 험악해졌더군. 당신하고 동갑인데도 당신보다 10년은 늙어 보였어."

"그러면서 크리스틴 앞에서는 영원한 젊음의 비밀이니 뭐니 말한 거야?"

길버트는 뜨끔한 듯 겸연스레 웃었다.

"그야 문명인으로서 예의에 어긋나지 않는 말은 해야잖아. 문명이란 얼마쯤의 위선 없이는 존재하지 못하는 법 아니겠어. 뭐, 아무튼 크리스틴은 나쁜 사람은 아니야, 요셉을 아는 사람은 못 돼도. 재미가 없는 건 크리스틴 탓이 아니니까. 어, 이건 뭐야?"

"내가 당신에게 주는 결혼기념일 선물. 나한테 1센트를 꼭 줘. 속설이건 뭐건, 우리 관계에 위험한 짓은 하고 싶지 않으니까…… 오늘 밤 얼마나 괴로웠는데! 나 아까 크리스틴에 대한 질투심으로 불타오르고 있었어."

길버트는 진심으로 놀란 모습이었다. 앤이 누구에게 질투를 느끼리라고는 생각조차 못 해 보았다.

"아니, 앤 아가씨, 당신이 질투심 같은 걸 가지고 있으리라고는 생각해본 적도 없었어."

"그렇지 않아! 우리가 결혼하기 전에 당신이 루비 길리스와 편지를 주고받은 것을 알고 질투가 나서 미칠 뻔한 일도 있었는걸."

"내가 루비와 편지를 주고받았다고? 난 잊어버렸어. 그나저나, 가엾은 루비! 그렇다면 로이 가드너와의 일은 어쩌고? 자기 눈에 든 들보는 못 보고 남의 눈에 있는 티끌만 보고 뭐라고 하는 거 아닌가."

"로이 가드너? 얼마 전에 필리파가 편지에 썼는데, 최근에 봤더니 그 사람 살이 엄청 쪘더래. 길버트, 머리 선생님이 자기 분야의 일에서는 아주 저명한 분일지 모르지만 그분은 너무 꼬챙이처럼 말랐어. 파울러 선생님은 꼭 도넛 같고. 당신은 정말 멋있더라…… 세련되고…… 그분들 옆에 있는 모습 보니까 더더욱."

"아, 고마워…… 황송한데. 당신은 내 아내라 그렇게 말해주는 거 아냐? 어쨌든 칭찬을 들었으니 나도 답례를 하자면, 오늘 밤 당신은 특별히 더 아름다워 보였어. 내가 별로 안 좋아하는 그 옷을 입었는데도. 조금 상기된 볼과 눈이 정말 예뻤어.

아아, 좋다! 역시 사람이 녹초가 됐을 때 침대만큼 좋은 곳은 없다니까. 아, 또 생각났다! 성경에 이런 구절도 있지—옛날 주일학교에서 배웠던 구절이 평생을 두고 불쑥불쑥 생각나는 게 참 희한하지!—'내가 평안히 눕고 자기도 하리니.'[2] 평안히…… 자리니…… 잘 자."

길버트는 말을 채 마치기도 전에 잠들어버렸다. 지쳐버린 나의 사랑하는 길버트! 아기는 언제고 태어나지만 오늘 밤만큼은 무슨 일이 있어도 길버트의 잠을 방해하지 못하리라. 못 들은 체하면 전화벨도 울어대다 지쳐 제풀에 멎겠지.

---

2) 《구약성서》〈시편〉 4편 8절.

앤은 졸리지 않았다. 너무너무 행복해서 쉬이 잠이 오지 않았다. 조용히 방 안을 돌아다니며 흩어진 물건들을 정돈하고 머리도 땋으면서 사랑받는 여자의 행복에 도취되어 있었다. 마지막으로 네글리제[3]로 갈아입고 복도를 가로질러 남자아이들 방으로 갔다. 월터와 젬은 각자의 침대에, 셜리는 아기 침대에 깊이 잠들어 있었다. 잉글사이드를 거쳐간 여러 앙증맞은 아기 고양이들보다 더 오래 살아남은 슈림프는 이 가족에게 없으면 허전한 습관처럼 되어 셜리의 발치에 웅크리고 있었다.

젬은 《짐 선장의 인생록》을 읽다가 잠들어버린 듯했다. 책이 펼쳐진 채 침대 위에 놓여 있다. 세상에, 이불을 덮고 누워 있는 젬이 부쩍 길어 보인다. 곧 어른이 되겠지. 어쩌면 이렇듯 늠름하고 믿음직스러울까!

월터는 아름다운 비밀을 알고 있는 사람처럼 자면서 빙긋이 미소를 띠고 있었다. 달이 납으로 된 창문의 격자 사이로 월터의 베개를 비추며…… 그의 머리 위 벽에 선명한 십자가 그림자를 드리우고 있었다. 오랜 세월이 지난 뒤 앤은 이 장면을 떠올리며 그것이 혹여 쿠르슬레트[4]에서 벌어질 비극의 불길한 전조가 아니었을까 생각했다…… '프랑스 어딘가에' 십자가 하나를 세워 표시한 무덤의 전조…… 그러나 오늘 밤 그것은 그냥 하나의 그림자에 지나지 않았다…… 그뿐이었다.

셜리의 목에는 발진이 깨끗이 없어져 있었다. 길버트의 말대로였다. 길버트의 말은 언제나 옳았다.

낸과 다이애나와 릴라가 그 옆방에 있었다. 다이애나는 땀에 젖은 귀여운 빨간 곱슬머리가 얼굴을 감싸고 햇빛에 그을린 조그만 한쪽 손이 뺨 아래 놓여

---

3) 얇은 천으로 원피스처럼 만든 여성용 잠옷.
4) 제1차 세계대전 때 최대최악의 살육이 벌어진 솜 전투 당시 프랑스의 격전지 가운데 하나.

있었다. 부채처럼 펼쳐진 낸의 긴 속눈썹은 뺨에 닿을 것만 같았다. 파르란 핏줄이 희미하게 비치는 눈꺼풀 속의 눈은 아버지를 닮아 담갈색이었다. 릴라는 엎드려서 자고 있었다. 앤이 바로 뉘였지만 꼭 감은 눈은 뜨지 않았다.

아이들은 모두 하루가 다르게 무럭무럭 자라고 있다. 겨우 몇 해 뒤면 저마다 젊은이며 아가씨가 될 것이다. 까치발을 하고 청춘이 살며시 다가오면…… 이 아이들은 기대에 차서…… 아름답고 분방한 꿈으로 떠들썩하며…… 안전한 항구에 정박해 있던 작은 배를 띄워 낯선 나라로 떠나갈 것이다. 남자아이들은 평생을 바칠 일을 찾아서 갈 것이고, 여자아이들은…… 아, 안개 같은 베일을 쓰고 아름다운 신부가 되어 잉글사이드의 오래된 층계를 사뿐사뿐 내려오는 모습이 눈앞에 그려지는 듯하다.

그러나 앞으로 몇 해는 더 내 품 안에 있을 아이들이다. 내가 사랑을 주고 이끌어주며, 많은 어머니들이 불러온 노래를 들려줄 시간이 아직은 남아 있다. 나와…… 길버트의 그늘에서 조금은 더 보듬어줄 아이들이다.

앤은 방에서 나와 복도의 내닫이창으로 다가갔다. 모든 의심과 질투와 원망은 이지러진 달들이 기우는 곳으로 가버렸다.

앤은 자신감을 느끼며 명랑하고 '쾌활한(blithe)' 기분이 되었다.

"블라이드(Blythe[5])! 나는 블라이드다!"

앤은 이 싱거운 말장난을 하며 웃었다.

"퍼시피크가 내게 길버트가 '고비를 넘겼다'고 했던 그날 아침 같은 기분이야."

창 아래에는 신비롭게 아름다운 한밤의 뜰이 펼쳐져 있었다. 달빛이 은가루처럼 살포시 덮인 먼 언덕은 한 편의 시 같았다. 몇 달 지나지 않아 앤은 흐릿

---

5) 앤과 길버트 가족의 성인 블라이드(Blythe)와 '쾌활한'을 뜻하는 영어 단어인 blithe의 발음이 같은 데 착안한 일종의 언어유희.

하게 보이는 먼 스코틀랜드 언덕 위에, 멜로즈 수도원의 유적에, 폐허가 된 케닐워스성에, 셰익스피어가 잠든 에이번강 기슭의 교회에, 게다가 어쩌면 콜로세움에, 아크로폴리스에, 사라져간 제국의 영토를 무심히 흘러가는 슬픈 강 위에 내리는 달빛을 바라볼 것이다.

서늘한 밤이었다. 머지않아 더 매섭고 차가운 가을밤이 찾아올 것이다. 그다음엔 깊이 쌓인 눈이, 수북이 내려쌓이는 흰 눈이, 깊고 차디찬 겨울의 눈이 내리고, 거센 바람과 눈보라가 마구 소리를 질러대는 밤이 찾아올 것이다.

그러나 무슨 걱정인가? 축복이 깃든 방방마다 난롯불이 마법을 부릴 텐데. 얼마 전에 길버트가 난로에 땔 사과나무 땔감을 구해오겠다고 하지 않았던가? 그것은 다가올 잿빛 날들을 환히 밝혀줄 것이다. 사랑이 활활 타오르고 봄이 기다리고 있는데 불어오는 눈이나 매서운 바람을 걱정할 필요가 무엇이 있겠는가? 게다가 길에는 삶의 온갖 작은 아름다움이 뿌려져 있는데.

앤은 창가에서 돌아섰다. 머리를 두 가닥으로 길게 땋고 흰 잠옷을 입은 모습은 그린게이블즈 시절의 앤…… 레드먼드 시절의 앤…… 꿈의 집 시절의 앤의 모습 그대로였다. 마음속 은은한 빛이 아직까지도 내비치고 있었다.

열려 있는 문으로 아이들의 부드러운 숨소리가 들려온다. 좀처럼 코를 골지 않는 길버트가 지금은 의심할 여지 없이 코를 골고 있었다. 앤은 활짝 웃었다.

크리스틴이 한 말이 생각났다. 아이가 없는 가엾은 크리스틴이 앤을 향해 쏜 비웃음의 조그만 화살.

앤은 의기양양한 목소리로 그 말을 되풀이했다.

"정말이지 엄청난 가족이야!"